陳龍傳

彭冲

修来荣 著

群 众 出 版 社

·北 京·

图书在版编目（CIP）数据

陈龙传 / 修来荣著 . —2 版 . —北京：群众出版社，2011. 6

ISBN 978-7-5014-4885-2

Ⅰ. ①陈…　Ⅱ. ①修…　Ⅲ. ①传记文学—中国—当代　Ⅳ. ①I25

中国版本图书馆 CIP 数据核字（2011）第 101935 号

陈　龙　传

修来荣　著

策 划 人：战　俊　葛余敏
责任编辑：李国强　易孟林
装帧设计：章　雪
责任校对：李　霞

出版发行：群众出版社
地　　址：北京市丰台区方庄芳星园三区 15 号楼
邮政编码：100078
经　　销：新华书店
印　　刷：天津盛辉印刷有限公司

版　　次：1995 年 9 月第 1 版　2011 年 6 月第 2 版
印　　次：2022 年 9 月第 8 次
印　　张：20
开　　本：787 毫米×1092 毫米　1/16
字　　数：390 千字

书　　号：ISBN 978-7-5014-4885-2
定　　价：69. 00 元

网　　址：www. qzcbs. com
电子邮箱：qzcbs@ sohu. com

营销中心电话：010-83903991
读者服务部电话（门市）：010-83903257
警官读者俱乐部电话（网购、邮购）：010-83901775
文艺分社电话：010-83901330

陈　龙（1910—1958）

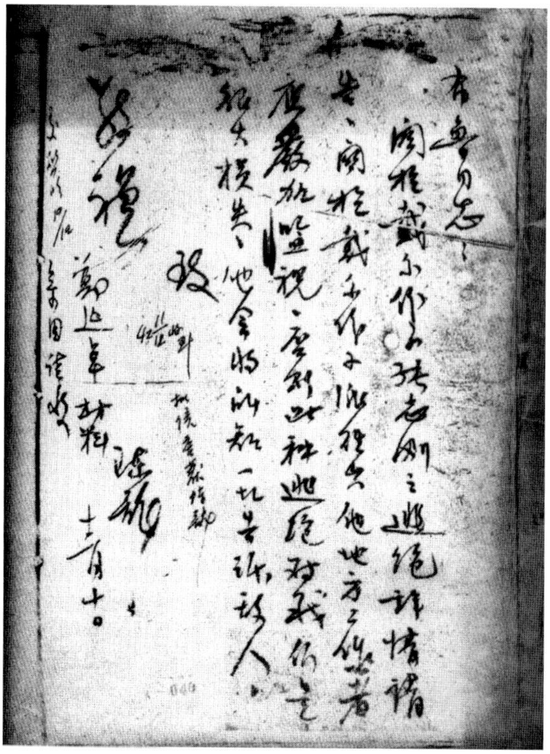

陈龙手迹

新中国成立60周年之际，经黑龙江省各级公安机关和社会各界广泛投票推举，陈龙被黑龙江省公安厅授予“新中国成立60周年全省公安保卫战线最具影响力英雄模范人物”的荣誉称号。

陈龙1945年在延安枣园

日本投降后，汪金祥（右）率队南下（后又转赴东北），陈龙（左）为其送行时摄（1945年8月李克农摄于延安）

1945年8月28日赴重庆谈判（童小鹏摄于延安机场，新华社发）。

左起：张治中　毛泽东　赫尔利　周恩来　王若飞　胡乔木　陈龙

这张照片是从一本外文刊物上翻拍下来的（摄于1945年重庆谈判时）。前排左起：陈龙、毛泽东、龚澎、章文晋。后排右一：乔冠华

1948年，陈龙（手握方向盘者）任哈尔滨市公安局长，同副局长黄华清（坐右车轮上者）等合影

1957年，陈龙与夫人海宇在大连

目　录

再版序言

陈智敏

在波澜壮阔的中国革命斗争史上，可谓英雄辈出，群星灿烂，他们的英名和英雄事迹亦被人们广为传颂。但那些从事我党隐蔽战线工作的同志因其工作性质的特殊，其事迹却往往鲜为人知。陈龙同志是一位长期从事我党隐蔽战线斗争的卓越指挥员，是新中国情报侦查工作的奠基人之一，他的事迹人们同样知之甚少。

长篇人物传记《陈龙传》的出版，使这位传奇英雄的非凡人生形象生动地呈现于广大读者面前，令人无不为之惊叹，为之钦佩，为之感奋。《陈龙传》至今已重印了四次，荣获了全国第五届“五个一工程”奖和公安部首届金盾文学奖，受到社会各界的广泛赞誉；尤其是在公安政法战线，它已成为了全国广大公安政法民警的必读书，成为了从事情报侦查工作的必修教材。

陈龙同志已经离开我们五十多年了，享年只有四十八岁，可谓英年早逝，但至今人们还在真诚地怀念他，敬仰他，还在被他的忠诚无私的奉献精神所激励和鼓舞。究其原因，读罢《陈龙传》便有了准确的答案。

陈龙同志给后人留下了许多宝贵的精神财富，这些精神财富尤其是对于广大公安政法民警更是弥足珍贵。从陈龙同志身上，我们可以看到一个真正共产党人坚定的理想信念，光明磊落、勇于担当的人格品质，善于调查研究、坚持实事求是的优良作风。当年令人震惊的“府海学联”事件的处理，便生动地展现了他的这一品格和作风。

“府海学联”事件发生在1953年。当时公安部连续接到群众的检举信，揭发华南某地有关部门大搞“逼供信”，迫使几百名青年学生承认该学联是一个特务组织。时任中央公安部副部长的陈龙同志知道后，凭其高度的政治敏锐性和工作经验，感到了问题的严重性，当即责成中央公安部政治保卫局向广东省公安厅发电报，要求急速调查，限期将调查结果报部。当时，有人劝他少管这些“闲事”。可陈龙同志认为，这是人命关天的大事，作为公安部的领导，怎么能袖手旁观呢？限期将满的那天，陈龙同志收到复电称，“府海学联”确系特务组织，当地对此案的审查基本正确。陈龙同志当即批示：将肯定该“学联”是特务组织的全部证据交来。电报发出，迟迟不见华南方面将“证据”交部。陈龙同志越发感到了问题的严重性。于是，他报请有关领导同意后，派专人去华南调查核实。经过半个月的认真调查，详细查看有关审讯、旁证材料，终于彻底查明，所谓“府海学联”事件是一起不折不扣的使用“逼供信”手段搞出来的假案。这起假案的炮制和发展过程，几乎与陈龙同志在北京估计的一模一样。

陈龙同志是我们党久经考验的无产阶级革命战士。他个人的成长经历充满了传奇。他二十二岁那年，也就是1932年，作为一名探求救国救民真理的青年抗日将领，终于找到了共产党。可是不久他便因得罪了党内的“左”倾领导，被缴了枪。他想不通。但他并未因此动摇对共产党的信念而消沉下去，反而在不久，经他的入党介绍人引导，正式加入了中国共产党。后来他到苏联，又经历了苏联的“肃反”扩大化，思想变得更加成熟。回到延安后，他出任中央社会部治安科科长；驱逐国民党派到延安的肤施县政府和其国防部派驻八路军总部的联络处，拔掉军统特务站，保卫党的“七大”成功召开，这一件件战绩使他在情报侦查、保卫工作方面的才华初露锋芒。1945年，他随毛泽东主席赴重庆谈判，深入虎穴，历尽艰险，圆满完成了保卫任务。不久他率队徒步跋涉八千里奔赴哈尔滨。在哈尔滨，接管警察局，开展大搜捕，巧计擒匪首，抓捕暴徒“活佛”李明信，铲除潜伏特务组织“滨江组”，协助辽沈决战，熬过一个又一个的不眠之夜，指挥着成百上千的社会部侦察员和公安民警，把一个盗贼横行、匪特猖獗的“大染缸”改变成了治安稳定、经济繁荣的巩固后方。在沈阳，驱逐美国领事；在南京，整顿警风；在北京，筹备和主持第一次全国侦察工作会议……真正是南征北战，战功卓著。1950 年 11 月，陈龙同志奉调进京，出任中央公安部政治保卫局局长。1952 年出任中央公安部副部长。其间，他指导扩大侦破“金”案战果，抓捕国民党特工段云鹏，捣毁海外间谍网，生擒国民党少将特务站长赵一帆，无一不展现了他在隐蔽战线的卓越指挥才能。

陈龙同志无疑是中国公安的骄傲，更是我们党的骄傲。值此纪念建党九十周年之际，群众出版社再版《陈龙传》，对于在公安战线开展“发扬传统、坚定信念、坚持执法为民、树立良好警风”主题教育实践活动，对于全国公安民警、广大读者重温人民公安发展史，无疑有着特殊的价值和意义，也必将有力地促进和推动中国社会主义和谐社会更加健康地发展。

（本序作者为公安部副部长）

序

凌　云

陈龙，是一位久经考验的共产党人，一位鲜为人知的英雄，是我党隐蔽战线上有重要贡献的卓越指挥员。他的英雄业绩，他的气节和品格，他持身清白的一生，历来为他的战友们所称道和钦敬。

陈龙，原名刘汉兴，1910 年 12 月出生于辽宁抚顺，后随父举家迁居吉林省宁安县。因为家境贫寒，少小就投身于东北护路军二十一旅，从一名普通士兵渐次擢升为连长。1931 年“九·一八”事变，东北全境沦亡。陈龙胸怀家国之恨，立志驱逐日寇，恢复国土，毅然率领全连士兵投奔原东北军将领李杜、丁超率领的吉林自卫军（后改称抗日游击军），先后任营长、团长和师参谋长、军副参谋长。他深受周保中将军（东北抗日游击战争著名领导人和抗日联军创建人之一）的器重，在周的熏陶和影响下，1933 年经周的介绍在战地参加共产党，并在东北抗日联军成立后出任抗日联军第二军参谋长；在吉黑两省边境地区，与军长王德泰等并肩作战，屡立战功。从周保中将军遗存的《日记》中可以看出，陈龙是一位有智有谋、骁勇善战的游击战争指挥员，许多重要的作战任务都由他去担当，常使看来要临入绝境的战斗转危为安、转败为胜。东北的对日游击战争开展得最早，环境特别艰苦，战斗非常残酷。陈龙出生入死，甘冒锋镝，可以说经受了千锤百炼的严酷考验，从而由旧军队的一个下级军官，锻炼成长为抗日游击战争的优秀指挥员。他走出了人生历程中重要的第一步。

1936年夏，陈龙到了苏联。他在莫斯科东方大学学习，前后约有两年多时间。在这里，他努力去了解这个世界上独一无二的社会主义国家出现的新事物，比较系统地学习了马克思主义理论。同时，他也感受到了苏联的“肃反”错误及其后果，感受到了王明等人的宗派主义活动及其对党的事业的严重影响。此间，思想理论上的提高，更加坚定了他的共产主义理想和革命的世界观、人生观。但面对那些令人不解的问题，他也有困惑和迷惘。中共驻共产国际代表团的陈潭秋对他的理解、关怀和教导，给他以很大的帮助，使他得以正确理解和认识这些他一时不解的问题，政治上日趋成熟。

陈龙离开东北这块故土后，一直眷恋着白山黑水间的战斗生活，眷恋着同甘苦共生死的战友，关注着来自那里的抗日联军的每一个胜利或失败的讯息。“男儿何不带吴钩，收取关山五十州。”他盼望着有朝一日返回还被敌寇铁蹄践踏的那片故土，重新投入新的战斗。1938年底他从苏联经新疆回到延安。他本意要返回战地，但没有如愿；组织上派他从事党的保卫工作。从此他走上了对于他来说是全新的隐蔽战线。将近二十年的时间，他一直战斗在这条战线上，为中华民族的解放事业，为保卫新中国，作出了杰出的贡献，建立了特殊的勋业。

在延安，陈龙在中央社会部负责保卫部门的领导工作。1941年4月和8月，根据党中央的指示，中社部先后发出了《关于清理审查反革命嫌疑分子的指示》和第二号指示，陈龙参与了文件的起草工作。这两个文件，对当时各地军政锄奸保卫机关堆积着的相当数量的反革命嫌疑分子案件，作了正确的分析，批评了对反革命嫌疑分子问题的各种错误认识，确定了反革命嫌疑分子的条件、根据、清理办法和审批制度。两个文件明确指出：一方面，由于侦察工作的薄弱，对一些真正有材料的反革命嫌疑分子没有彻底清查，可能造成放松敌人的错误；另一方面，由于有的参与锄奸工作同志的幼稚、主观、夸大、推测、附会、捕风捉影，自造一些所谓的嫌疑分子，违反了“不冤枉一个同志，不错办一个好人”的锄奸政策，可能在客观上制造敌人，使党的干部遭受诬害，党的组织遭受损失。两个文件发出后，陈龙组织领导了中央直属机关、院校的清理审查工作。他经常说，这是关系到一个人政治生命的严肃问题，一定要做到

“勿枉勿纵”，确定一个人有嫌疑，要凭事实和材料，不能主观臆测；否定一个人的嫌疑，也要凭事实和材料，也不能主观臆断。他考虑问题非常细致，对每个被审查者的问题，要求必须确切地占有各种材料，从实际出发，实事求是地作出结论。正是由于坚持了实事求是，清理审查反革命嫌疑分子的工作在延安中央机关、院校取得了很大成绩，一大批捕风捉影、主观认定的所谓“嫌疑分子”被否定了，适当分配了工作。但是遗憾的是，一年多以后，康生主持的“抢救运动”，犹如急风恶浪般地袭来，把那些已经否定了的陈年烂账一股脑儿又翻了出来，“特务”帽子满天飞，许多好同志遭到诬陷，党中央不得不重新部署甄别工作，花费了两三年时间和大量人力物力，才大体上解决了“抢救运动”所留下的问题。

谈到“抢救运动”，陈龙也是审查工作的参加者。他对这场“运动”中的错误做法，抱有自己的看法，头脑清醒，态度鲜明。他坚决反对刑讯逼供，对当时有一定影响的审讯工作中的主观唯心主义思想，一直持批判态度。“抢救运动”开始前夜，一位由兰州地下党送到延安来学习的青年同志，在逼供诱供下，写出了一份“坦白书”，说国民党在它的统治区对地下的共产党实行一种“红旗政策”，说甘肃党就是这种“红旗党”，意思是国民党制造的假共产党。康生得到这份“坦白书”，如获至宝，把这位青年同志带到延安抢救失足者大会上去“现身说法”，到处部署找“红旗党”。一时间，“红旗党”的帽子满天飞，河南、甘肃、四川、贵州等省的地下党组织，都不明不白地成了“红旗党”，那里的党的负责干部成了被怀疑的审查对象，许多来自那里的革命青年，不管与地下党有关还是无关，统统有了“问题”。陈龙对这种荒谬之事不以为然。他坦诚地对一些同志指出这种“坦白书”是先逼供后诱供搞出来的，是不可以相信的。他认为，国民党实施防共、限共、溶共，在国统区搞“短促突击”，用制造和使用内奸的办法破坏共产党地下组织，这是有国民党自己的文件可以证明的，而且有中共江西省委被国民党“中统”特务破坏的实例为证；说国民党到处搞“红旗党”，不仅缺乏常识，也是对我们党的组织和革命力量缺乏自信的表现。随后他积极投入了甄别工作，为一大批同志平反，其中不少人随他去了东北，一直战斗在公安战线上，表现十分出色。

1945年8月，毛泽东去重庆进行国共谈判，党中央决定陈龙作为毛主席的秘书随行，负责安全保卫工作。他坚决服从党的决定，信心百倍地担负起了这个光荣而又极其艰巨的任务。毛泽东的重庆之行，延安的人们非常担心，因为大家都深知蒋介石是反复无常的阴谋家，谋害政敌从来是不择手段的。陈龙重任在肩，却显得十分镇静。他遇事缜密思考，并具有踏实苦干的作风，在为重庆之行作准备期间，更是苦心谋虑，思索着各种可能发生的情况，设想各种警卫应变的方案。他驰骋于白山黑水之间与日寇作战时就练就了一手好枪法，此时，他每日起早贪黑更加勤苦地在枣园后沟山坡上练习手枪射击。临行前他以一种将个人生死置之度外的坚毅态度说：毛主席回来，我也回来，毛主席回不来，我也回不来，始终要同毛主席在一起，保护到底。经过四十三个令人牵肠挂肚的日日夜夜，毛泽东终于胜利回到延安，陈龙也闯过了龙潭虎穴回到了我们中间。李克农多次喜笑颜开地夸赞陈龙，说党中央、毛主席对他完成任务评价很高。

1945年初冬，陈龙去东北工作。当时，东北战区不仅战争形势非常严峻，隐蔽战线上的斗争形势也极其尖锐复杂，从农村到城市都展现了前所未有的严重斗争局面。然而，对于陈龙来说，东北战场上的紧张斗争，正是他发挥才智纵意驰骋的大好时机。他身为东北局社会部副部长兼任哈尔滨市公安总局局长，始终在斗争的第一线组织指挥战斗。他组织起精干的专业队伍，紧紧依靠群众，利用敌人营垒里的诸多矛盾，连续不断地破获了一个又一个的蒋、日特务反革命案件，挫败了敌人一次又一次的暴乱阴谋和其他破坏活动，对东北解放区的巩固和我军胜利作战作出了特殊的贡献，被东北局负责同志誉为“战略意义的胜利”。特别是破获了国民党组织的姜鹏飞暴动案和以反动会道门为掩护的李明信暴动案等重大案件，维护了东北党政领导中心所在地哈尔滨的安全，胜利喜讯越过千山万水传来，党中央高兴，中央社会部很受鼓舞，特地发出了嘉奖电。

陈龙一贯重视从实践中总结经验。他才思敏捷，工作踏实，善于吸取群众的智慧，探索工作中规律性的东西，把实践经验条理化。他在东北期间的重大贡献之一，就是在研究我党政治保卫工作历史经验的基础上，总结了东北隐蔽斗争战场上两年半的斗争情况，提出了符合隐蔽斗争规律的指导思想，并把它作为侦察工作的方针，并有一系列的政策、制度、措施和方法与之配套。在隐蔽战线上把斗争经验条理化、理论化，逐步形成具有中国特色的一整套方针方法，陈龙是第一人。新中国成立以后，陈龙和罗瑞卿一起，对侦察工作的这一指导思想和工作方针作了进一步的阐释，得到党中央的批准。回顾近四十年来，我国隐蔽战线上之所以能取得巨大的胜利，其中原因之一，是与我们的侦察工作有一个符合斗争实际的、正确的、统一的指导思想和工作方针，并得到广大干部的热情拥护与贯彻执行分不开的。这是陈龙留下的一份宝贵财富。

1950 年陈龙调到北京，出任中央公安部政治保卫局局长，1952 年又出任公安部副部长。他擘划运筹，为加强隐蔽战线上的对敌斗争，日夜操劳。罗瑞卿部长对他倚畀甚重。

陈龙不仅在事业上有突出的成就，他的为人、品德也有鲜明的特色，令人钦敬。熟悉陈龙的人大概都知道，他深恶痛绝那些违背原则、搞不正之风的人，有时甚至为此发怒。对于工作不负责任出了差错的人，他持惩前毖后、与人为善的态度，但批评仍是极其严厉的，不了解他的人或许以为他太严厉了，有些畏惧他。如果说过于严厉是一个缺点，那么，坚持原则，是非分明，爱憎分明，也正是陈龙突出的可贵品格。同他相处久了的人都敬佩他这一点，并且因他对待同志、下级那种循循善诱、奖掖提携的好心肠而感动。其实，陈龙是最能够团结干部的。我所熟知的有些在陈龙领导下工作的同志，受过他极为严厉的批评，但他们一直是推心置腹的亲密战友，相互间怀着真挚的战友情谊，现在提起陈龙还深深地怀念着、追思着。

1958 年，陈龙因患心脏病久治不愈，过早地逝世了。这是我国公安与安全战线上无法弥补的重大损失。综观陈龙一生，他是在东北沦为日本帝国主义殖民地的情况下，在残酷的游击战争中，从一个爱国主义者走向共产主义的。他在游击战争和隐蔽战争这两种不同的战争中，经受了血与火的考验。他善于运用灵活的战略战术，掌握斗争的规律，因为他深深懂得调查研究，实事求是，从实际出发，是一切工作取得成功的基础。他出身行伍，来自群众，又深深立根于群众之中，斗争愈是紧张复杂，愈是离不开群众，经常和基层战斗员打成一片。他为保卫毛泽东去重庆，为保卫东北根据地和取得东北战场斗争的胜利，为新中国的对敌隐蔽斗争，都作出了重大贡献。陈龙是有大功于人民和国家的英雄。他的功业，永垂千古！

光阴荏苒，三十多年过去了。我和陈龙的许多战友、亲朋，在饱经了风雨苦难、人世沧桑之后，又迎来了改革开放的新时代。他的崇高品格和杰出业绩，他把自己的一切贡献给中国革命的无私精神，时时刻刻激励着我们。记得一位诗人曾经说过，有的人活着，他已经死了；有的人死了，他还活着。陈龙同志正属于这后一种人。他和无数先烈们的生命之火永远不会熄灭，永远照耀着我们，也照耀着千千万万的后来人！

正是这种理念与情感的融合，许多曾经同陈龙在一起战斗过的老同志，几年前就建议把陈龙的生平事迹写出来，作为一笔历史财富留给后来人。现在，作者修来荣经过几年的调查研究，搜集了有关陈龙生平的丰富资料，以传记文学的形式，完成了《陈龙传》的创作；群众出版社欣然为之出版。这是一件大好事。我想，一切在隐蔽战线上曾经战斗过和正在战斗着的卫士们，定会一睹为快，从中吸取教益。就是战线以外的广大读者，了解了陈龙传奇式的一生事迹，也定会有所思考，有所借鉴，有所激励。

谨以至诚的怀念之情，为《陈龙传》的出版写下这篇短文，奉献给读者。是为序。

（本序作者曾任公安部副部长、国家安全部部长）

第一章　东北抗日（1931—1936）

东北抗日联军第二军是1931年“九·一八”事变后，在中国共产党领导下建立的一支抗日劲旅，人数最多时达四千余名。

在军长王德泰、政治委员魏拯民、参谋长刘汉兴（即陈龙）的率领与指挥下，依靠广大汉、朝族人民群众，协同东北抗联第一军与第五军，联合其他反日武装，在东南满和吉东地区进行了英勇卓绝的抗日游击战争，配合了全国抗战，为中华民族的解放事业建立了不朽的功勋。

——摘自《东北抗日联军史》

1. 一场激烈的突围战

1932年初春，刚刚下过一场大雪，坚冰覆盖的牡丹江和镜泊湖边，便成了血火相拼的战场。

距日本侵华关东军突袭沈阳北大营，发动“九·一八”事变不到半年，写着“武运长久”的太阳旗就插遍了东北三省。时下，偌大的东北，只剩下这一片净土还控制在抗日武装手中。

吉东地区位于松花江下游，张广才岭、老爷岭与完达山互成犄角。牡丹江、穆陵河流经其间，构成了一片山林茂密、地势复杂的三角地区。在这里，几支颇具实力的抗日武装，依托复杂的地形和父老乡亲的支援，日夜奋战，抗击着日寇发动的野蛮进攻。

主力部队，一支是由原东北军二十四旅旅长、依兰镇守使李杜和原东北军二十八旅旅长、滨江镇守使丁超率领的吉林自卫军。1932 年 1 月末，日军大举进犯哈尔滨，李杜率自卫军奋起抗击，战斗持续了五天五夜，终因不支，于大年三十的晚上忍痛撤出了哈尔滨。自卫军从陆路和水路撤至巴彦、方正、依兰、密山等地，与原在这一带御敌的吉林中国国民救国军会合。

救国军总指挥王德林，是原东北军的一位营长，出于爱国热情，并受中共地下党员的影响，于 1932 年 2 月 8 日在延吉小城子召开抗日誓师大会后，指挥部队攻占了敦化、安图和延吉，连续给了日寇沉重的打击。

两支抗日武装，齐集在吉东地区，引起了日寇更大的不安。日本关东军司令部多次召开军事会议，商讨对策，决定调集北满、西满的精锐部队，以钳形攻势袭击这一地区。日本关东军参谋长坂垣征四郎咬牙切齿地发誓，一定要把吉东撕成碎片！

1932 年春节刚过，曾在沈阳北大营打响侵略东北第一枪的日军王牌部队天野旅团从哈尔滨出发，对撤出哈尔滨的自卫军尾追进剿。接着，日军精锐部队上田支队、万目支队等部，也从吉林市和舒兰出发，翻越大秃顶山，直向宁安、镜泊湖扑来。

抢夺和保卫东三省唯一净土的一场大战，迫在眉睫。

自卫军和救国军司令部，连续召开紧急军事会议，布阵迎敌。

李杜任命张治邦为自卫军左路总指挥，马宪章为副总指挥，率部进驻马桥河、梨树镇一带布防。

救国军方面由参谋长李延禄指挥，在镜泊湖附近包围了天野旅团的一部，点燃了反围剿的烽火。双方经过几昼夜冲杀，日寇丢下了数百具尸体，仓皇逃窜，沿途又连遭切割和伏击，最后只剩四百余残兵，窜回了宁安城。

日本关东军司令部坂垣参谋长得知天野旅团在吉东受挫的消息后，急电上田支队和万目支队，星夜兼程扑向吉东。

上田支队和万目支队都是关东军的精锐。这两只恶虎窜入吉东后，便与自卫军、救国军展开了残酷的厮杀。

抗日部队依仗地势，或星夜出击，或拦路设伏，给日军以沉重的打击。

但战场上往往会出现难以预料的危急情况。

救国军副总司令孔宪荣率领一支不足百人的队伍，轻敌冒进，结果被一部分日军围堵在一个山谷里，无法冲出，处境十分危急。

正在指挥队伍与日军上田支队主力部队激战的救国军前方司令吴义成团，相距被围地点太远，恐怕路上耽搁贻误大事，不得不向友邻部队自卫军求援。

正率部与敌寇激战的自卫军左路军总指挥张治邦闻讯大吃一惊。谁都知道孔宪荣原是“老三营”的副营长，早在王德林占山为王的时候，他们就是“拜把子”弟兄，是救国军的三巨头之一，此人如有闪失，救国军将折一副帅，那可如何得了？他问清被围地点后，果断下令，把“刘汉兴营”从战场调出，火速驰援。

“刘汉兴营”原属东北护路军二十一旅六五九团。“九·一八”事变爆发后，在当时的连长刘汉兴率领下，毅然起义，聚合到自卫军的大旗下，“刘汉兴营”的官兵，上下一心，奋勇杀敌；不论是在敌寇眼里，还是在自卫军中，“刘汉兴营”都是以剽悍勇猛著称。

营长刘汉兴，就是本书要描述的主人公陈龙。

陈龙这个名字，是刘汉兴在 1936 年到苏联学习时，中国共产党驻共产国际代表陈潭秋给他改的。

为不致使读者把“刘汉兴”和“陈龙”当成两个人，以下就将自卫军的刘汉兴一律改称“陈龙”。

1910 年 12 月，陈龙诞生在抚顺一户农民家里。出生不久，母亲故去，由继母抚养。八岁那年，父亲为了谋生，带着全家到了宁安，在一家杂货铺给人家当掌柜。陈龙就在当地读私塾。长大以后，父亲想叫他务农，因地没有买到手，又让他去一家酱菜园学徒，他不愿去，便报名到护路军当兵。他所在连的文书是连长的舅舅，这个人不学无术，因陈龙读过几年私塾，有文化，又写得一手好字，凡动笔的事，连长都交给他代办。适逢吉林军官训练团招兵培训，连长见他有培养前途，便送他去受训。结业归队后，陈龙先任司务长，后又升为排长、连长，驻守在牡丹江火车站，直到“九·一八”事变后，他率众起义，参加了自卫军。

当时，陈龙只有二十二岁。他身材适中，皮肤白皙，两道剑眉下，一双漂亮的大眼熠熠闪光。加之全副戎装，腰佩双枪，显得十分英俊和威武。

他读过私塾，有相当于初中的文化，加上勤奋好学，求知欲强，在吉林军官训练团学习时，刻苦钻研《孙子兵法》，掌握了一套治军的办法。他还能双手打枪，百发百中，打起仗来身先士卒，深受全营官兵的爱戴。

为了营救救国军副总司令孔宪荣，陈龙领命，率全营出发。走出不远，就是一座高山。这座山，乱石满坡，冰雪覆盖，攀登起来步步艰难，陈龙不停地催促战士们加快爬山速度，好不容易爬上山顶，发现下山的路更陡峭。他大喊了一声“跟我来！”索性往雪坡上一倒，带领全营官兵，从山顶上滚了下来。

滚到坡底，面前是一道长长的山谷，雪雾飞扬，道路难辨。刺骨的西北风顺着山势狂吼猛刮，每走一步都得弓背弯腰，使出全身的力气。

行军速度缓慢下来，陈龙急得浑身冒火。他深知此刻肩上的责任是何等重大。如因行军速度迟缓，贻误了战机，致使副总司令遭劫，自己将如何向上司和救国军官兵交代？他先后把四名随身警卫都派了出去，传达他的命令：“走不动，就跑步前进！”

“走不动就跑！”这是陈龙带兵的风格。

先头部队接到命令，果然艰难地跑了起来。

“跟上！麻利点儿！”陈龙连声催促，后面队伍也跑了起来。

转过一道山谷，阵阵枪声传来，陈龙立即发出命令：“提枪！”

一声令下，战士们个个握枪在手，一边奔跑，一边作厮杀准备。

副总司令孔宪荣的残部被围困在一条狭长的峡谷中，正在以微弱的火力抵抗从山谷两头冲进去的日军。

身为副总司令，怎么这么不懂军事，把队伍带到自古兵家最忌的绝境？陈龙急得直跺脚。他迅速跑到队伍的前面，观察地形。这里正处于两山之间，要想营救副总司令脱险，只有先冲垮前面的日军，除此而外，别无良策。此刻，日军正要合围，杀气正旺，要想冲垮这支队伍，必须猛打狠打，打他个出其不意。

决心下定，陈龙低声命令部队，迅速组成楔形，自己提着两支压满子弹的二十响驳壳枪，率领两名轻机枪手，作为楔形尖顶，悄悄地向敌人摸了过去。

在距离敌人不到一百米的地方，被敌人发现了，陈龙大喊一声，“压下去——”便带着队伍猛扑过去。

正在准备合围的日军，突然发觉后路被抄，指挥官还未来得及作出判断，一百余人就像一股势不可挡的旋风，已经杀到了跟前。

陈龙手中的二十响驳壳枪，左右开弓，就像两挺小机关枪连连喷着火苗，两个轻机枪射手也都训练有素，枪一响，便有人倒下，一时间，日军被扫倒了一大片。跟在后面上来的部队冲击力更大，一百余人齐声发喊，一齐开火。这一突如其来的袭击，把日寇打了个晕头转向。

包围圈被撕开了一个口子。

孔宪荣发现有部队与日军激战，本来应该率领残部向陈龙靠拢，以便突破日军的包围，谁知他不但没有率队向陈龙靠拢，反而出人意料地下令，让陈龙率部向他靠拢。陈龙接到命令，深感惊愕和意外。但命令必须执行，他不得不带着部队冲进山谷，与孔宪荣合兵一处。山谷另一头的日军已经攻过来了，陈龙率队伍又一次把他们击退。明知前面是绝地，却不得不闯进去。当看到孔宪荣魂不附体的样子，陈龙心中十分恼火。为能绝处求生，他决定喧宾夺主，担负起指挥全责。他把孔宪荣队伍召集一起，下令趁日军还未及合围，以小股部队佯攻谷口，用突围的假象迷惑敌人，掩护主要兵力冲击右侧的山顶，占据有利地形，以待援兵。

直到这时，昏头涨脑的孔宪荣才发现这员杀入重围的小将，原是友军的军官。听他下达命令既敏捷又果断，只得诺诺称对。

被围的士兵，都是孔副总司令的嫡系，不仅训练有素，而且武器精良，只因指挥不当才陷入困境。现在，听到陈龙的命令，个个斗志焕发，与陈龙营合兵一处，分头出击。

小股部队向谷口出击，果然迷惑了敌人，敌人的火力一起转向谷口。陈龙乘机率领大部队迅速夺取了一个进可攻、退可守的险要山头。

几个护卫连推带拥，把孔宪荣送到山顶一个隐蔽地方。

看到山头已经可以固定，陈龙又指挥部队把谷底的战士接应回来，日寇打算在山谷中全歼这支队伍的企图落空了。

陈龙固守山顶，居高临下，以逸待劳；连续击退了日军的几次进攻，一直坚持到天黑。

掌灯时分，远处亮起了几颗信号弹，接着便传来了密集的枪声。陈龙见吴义成赶派的援兵已到，便迅速指挥部队冲下山来。

眼看将被歼灭的对手就要突围而走，日寇指挥官恼羞成怒，便挥起指挥刀带头冲杀。以武士道训练出来的日军士兵，一个个瞪起眼睛，集中火力向突围部队猛扫。有些日本兵不顾掩护，端着上了刺刀的三八大盖“嗷嗷”号叫着，向山坡上冲杀，与突围部队展开了肉搏。

陈龙击毙了十余名敌寇，驳壳枪中的子弹已经打光，看到日寇已经冲到近前，索性扔了驳壳枪，拿起一支日军尸体旁的三八枪，与一个满脸络腮胡子的大个子日本兵格杀起来。

这个日本兵有三十出头，身高马大，劈刺技法纯熟，是个拼刺刀的能手。他边刺边大声叫喊，妄图先声夺人。陈龙虽不及他身高体壮，却十分灵活机智。他连刺几枪，便发现了对方的弱点，待对方大吼一声，一枪刺来，他不再用枪拨挡，而是收枪躲闪。日本兵刺空后，由于用力过猛，身向前倾，陈龙看准时机，出枪刺向他的下腹。日本兵此刻既无法用枪拨挡，也无法躲闪，锋利的刺刀刺进了他的小腹。陈龙用力拧枪，随着一股鲜血喷出，日本兵发出一声惨叫，扔掉枪支，扬起双手，倒在山坡上。看到营长和日本兵奋勇搏杀，战士们个个抖起精神，纷纷呐喊冲杀。一时间，山坡上鲜血迸溅，杀声震耳。陈龙越杀越勇，又连续刺死两个日本兵，鲜血把他的脸和衣服都染红了。突围的部队凭借着居高临下的优势，终于杀退了日军合围的攻势。

密集的枪声越来越近，吴义成的救国军人马已经杀到了山脚下。包围山头的日军受到前后夹击，不得不狼狈逃窜。

当这支日军与天野旅团残部会合，在海林火车站乘车西逃的时候，又被铁路工人游击队打了伏击，敌酋天野少将被击毙。

至此，日寇对吉东地区的第二次大规模进攻，以惨败而告终。

一周后，在自卫军与救国军联合举行的追悼阵亡将士大会会场上，陈龙又看到了孔宪荣。孔宪荣在大会上慷慨陈词，大谈“不论是哪个军人牺牲了，都是自己身上的肉”。殊不知，正是他轻敌冒进，才使几十名救国军将士名列阵亡榜上。更使陈龙气恼的是，原来这位堂堂的救国军副总司令竟是一个迷信透顶的庸才，在突围时，他下令让陈龙向他靠拢，并非出于战术需要，而是靠推演八卦来决定的。

会后，孔宪荣见到自卫军左路军指挥张治邦和马宪章，介绍了陈龙冲杀重围的情况，称赞了陈龙的智谋与勇敢。面对端着刺刀哇哇怪叫的日本兵，一些战士胆怯了，是陈龙身先士卒，端着刺刀刺倒了几个日本兵，杀出了军威，振作了士气，才得以反败为胜。张治邦听后颇为满意，回到自卫军司令部，便请示李杜，提升陈龙为团长。

从此，陈龙便成为自卫军中年纪最轻的“团座”。

突围的胜利，晋升的荣耀，使陈龙成了自卫军和救国军中一位官兵皆知的英雄人物。但经常接近他的人并未看到他因此趾高气扬，相反倒是经常看见他一个人坐在僻静处发呆。一个天性乐观的青年，为什么会如此反常？这是许多人所不理解的。

陈龙毕竟只有二十二岁，不像一些年纪较长的人那样有城府，能把心事闷在肚子里。不久，他就向几个早在护路军时就跟着他的老兵，吐露了自己的心事。

原来，他心中藏着许多忧虑。而最大的忧虑，就是抗日军中，有的指挥人员愚昧无知。像救国军中的孔宪荣，就是靠给胡、黄二仙烧香和占卜、推八卦行事的人。这样的人，如何能够领兵去打胜仗？自卫军中的丁超呢，也是一个满脑子神仙鬼怪的将军。其他将领也大都信奉吕洞宾，他们随军供奉的那位身披道裳、手持宝剑的道家仙长，才是挥戈运兵的真正主宰。

对日寇的战斗力，陈龙十分清楚，关东军不是草包，它的指挥官深谙用兵之道，士兵都有武士道精神，打起仗来十分顽强，就是生擒活捉，也很少有人诚心投降。

但那个时候在吉东地区抗击日本强盗的，除了救国军和自卫军这两支队伍，又别无他靠，更何况他又当了团长，已经没有选择余地，怎不让他忧心忡忡？

2. 初次会见周保中

抗敌大捷，极大地鼓舞了吉东地区军民的抗日热情，自卫军总司令李杜决定坐镇依兰，兵发哈尔滨，准备逐一将失去的城池夺回。

4 月下旬，右路军由依兰出发，连克方正、宾县。5 月 3 日，前锋抵达哈尔滨市郊的荒山嘴子。中路军经过激战，攻入了珠河县（现尚志县）境内。

对这种锋芒犀利的进攻，狡猾的日寇采取了避实就虚的策略。在迎战自卫军中、右两路军进攻的同时，秘密调遣兵力，组成了一支武器装备精良的船队，从哈尔滨沿江出发，直扑自卫军大本营——依兰县城。

李杜原以为依兰有松花江和牡丹江两道天险，日寇不会贸然派兵攻打，不料敌人恰恰利用了两江的地理条件，从水路发动了奔袭。强敌压境，幸有警卫团掩护阻击，自卫军司令部才得以撤出依兰。

得胜的日军在依兰烧杀抢掠之后，又驱兵直扑牡丹江市。3 月下旬，与日军鏖战的左路军，正在牡丹江、绥芬河一带休整，闻知日军进犯，当即奋起抵抗。双方为争夺牡丹江火车站，展开了激烈的拼杀。

丢失了“老营”的李杜、丁超撤到救国军的防区。为了扰乱敌人进攻海林、宁安、牡丹江的作战部署，救国军参谋长李延禄在军事联席会议上，提出避敌锋芒，以攻为守，分兵三路，直插敌后的作战计划。这一计划，得到了王德林和自卫军代表的赞同。会议决定自卫军派出二十四旅部分官兵和“陈龙团”协同作战。

三天后，“陈龙团”与救国军混编的队伍，由救国军前方作战司令吴义成率领，向已被日寇占领的敦化和安图进发。

雪化冰消，道路泥泞，陈龙带着部队在翻了浆的道路上，艰难跋涉。他们沿途不停地袭击日伪军，从而扰乱敌人的后方。

1932 年 5 月 5 日，日寇同蒋介石签订了《松沪停战协定》。5 月 11 日，从遥远的上海抽调到东北的广濑十四师团开到海林县，刚要发动新的进攻，却由于安图、穆棱、汪清等后方城池被袭吃紧，不得不分兵前去救援。

事实证明，采取深入敌后、扰乱敌人后方的策略是正确的，它不仅保卫了牡丹江，大量地消灭了进攻的敌人，同时也扩大了自己的队伍。由工人和贫苦农民组成的第二补充团，就是在这个时候建立的。这个补充团与第一补充团都隶属司令部参谋处，也就是由参谋长李延禄指挥的。

李延禄那时三十多岁，身材修长，戴副近视镜，像个书生，但他却精通战术和谋略。当时，陈龙并不知道李延禄等人是受共产党派遣，参加救国军的。他真正了解这些情况，还得从周保中说起。

周保中出生在云南一个白族家庭。他十五岁当兵，参加过“护法讨袁”斗争；1927 年加入共产党，1929 年去苏联学习军事。回国后，适逢“九·一八”事变爆发，在上海受党中央派遣，来东北任满洲省委军事委员。

作为省委军事委员，周保中不愿坐在哈尔滨遥控指挥，他要到抗日斗争第一线，组建由共产党领导的抗日武装。经过对东三省抗敌斗争形势的周密分析，他决定把吉东地区作为第一目标。

周保中化装成一个收购山货和皮货的南方老客，来到牡丹江后，又徒步向绥芬河进发。

在万路沟的山路上，迎面碰上了救国军前方司令吴义成和参谋长胡泽民，他们率领部队正要去东宁。

胡泽民一见周保中，故作惊喜地连喊“巧遇”。两个人像久别的老朋友一样寒暄了一番，胡泽民邀请周保中跟他到东宁去住几天，周保中未加拒绝，便随队伍一起行军去东宁。

周保中与地下共产党员胡泽民途中相见，当然不是偶然的巧遇，而是中共吉东地下党组织的有意安排。

到了东宁，当晚，胡泽民便带着周保中去见吴义成，并力荐周保中到救国军中工作。

吴义成对这个南方蛮子并无好感，只是碍着参谋长的面子，才勉强同意让他在救国军中当一名参议。

参议，顾名思义，就是参参议议，并无实际兵权。对这一点，周保中倒并不介意，因为他相信，随着时间的推移，随着对敌情、我情的了解，总会展露他的军事指挥才华的。

时隔不久，周保中由参议被提升为救国军的总参议。

此刻，吴义成攻打敦化，他又出谋划策，提出：“分兵打援，主力攻城。”

陈龙团担任攻击城池的先头部队。5 月 13 日拂晓，吴义成一声令下，陈龙立即指挥部队向城内发起了猛攻。

敦化是救国军在小城子揭竿而起后，攻下的第一个县城。后来，又被日军攻占，守备格外严密，守军不但配备了重型火器，还加高、加固了城墙，修筑了炮台，成了吉东一带重要的军事据点。

战士们扑到城下，龟缩在炮台里的日军用密集的火力向外猛扫。救国军几次冲锋都未获成功。亲临前线指挥攻城的吴义成和周保中，便命战士们选择隐蔽处，用冷枪消灭炮台上的敌兵。

陈龙团不乏枪法神奇的老兵，他们各自选好位置，朝炮台上、城头上施放冷枪。其中有位王连长，枪法更是百发百中，不消半个时辰，北门外炮台上的日军几乎全部被消灭。炮台上火力一停，战士们便跃起冲锋。王连长举枪呐喊冲在最前面，不料，被一颗流弹击中，当场牺牲。

目睹王连长倒在城下，吴义成、陈龙登时怒火中烧。吴义成呼地蹿出掩蔽处把上衣一脱，光着膀子，挥起驳壳枪，高声叫喊：“弟兄们——压上去！”

陈龙在盛怒之下，夺过身边一位战士手中的轻机枪，紧跟着吴义成，呐喊着也冲了上去。

长官奋勇，士兵拼命。看到吴义成、陈龙冲锋在前，几千名官兵呐喊着迅速扑到城下，架梯爬城，不顾一切地猛打猛攻。守城的日本军终于不支，败下阵去。

冲上城头的战士，一个个就像下山猛虎。陈龙端着轻机枪，在前面猛扫，杀退了前来阻截的敌人，步步向城内深入。守城的日军十分顽强，他们一面调动部队占据街口，拼死阻挡救国军的进攻，一面命令日军炮兵开炮猛轰。一时间，敦化城北门一带炮火连天，血肉横飞，战斗进入白热化状态。

攻入城内的陈龙团，再也无法深入，而城外的救国军又遭到了敌人炮火的堵截，无法冲入城中。战斗一直持续到天色将晚，突然传来了已被救国军“姚振山旅”攻克的额穆又失守的消息，吴义成不得不下令撤出战斗，带兵去援救额穆。

救国军部队从敦化撤出，连夜北进。作为先头部队陈龙团此时已成了后卫。由于天黑，日军只是轰了几炮，未敢追赶。救国军便在夜色的掩护下，顺利地进行了转移。

夏天的夜晚闷热而又干燥，战士们一个个走得大汗淋漓。前面仍然不停地传来命令：“撒脱点（东北方言，快的意思），跟上！”

在敦化城战斗期间，陈龙团的战士冲进一座大院，里面拴有几十匹拉野炮的东洋马，战士们便当作战利品缴获过来，于是陈龙团便有了一支马队。此刻，这支马队正驮着伤员、弹药走在队伍的最后头。

陈龙骑在一匹棕黑色的东洋马上，更显得英姿勃发。他的四个警卫员也都骑上了马，五匹坐骑抖着缰绳，在阵前一跑，真是八面威风。

但是此刻，他的心中却很烦躁。敦化城没有攻下，还牺牲了一些战士。特别是王连长的死，更使他心情沉重。早在东北护路军时，王连长就在陈龙部下当班长，从“九·一八”事变酝酿起事，到缴获牡丹江商会一百多支枪械，王连长都是最积极的响应者。他还记得，当时牡丹江商会民团准备投降日寇的消息，也是王连长提供的。后来，把队伍拉了出来，几次打仗他都冲锋在前，不久，他被提升为排长，继而又当了连长，想不到，今天竟捐躯在敦化城下。

听到战士们的抱怨，陈龙心中更为恼火，他催马向前想要问个清楚：是不是又要他的团去当先头进攻部队？

陈龙能打仗，也不怕打苦仗、硬仗，但是自从分兵三路转入敌人占领区作战以来，他总感觉有点儿不对劲。

“吴总偏向着救国军！”

“救国军的人马哪次打过头阵？”

“压在最前头的总是咱自卫军。”

士兵们的议论，不断地送到陈龙的耳朵里。他觉得吴义成可能有意保存自己的实力，这次敦化之战就很明显。这使他更感到愤懑和不平。

他打马向前，很快跑到了自己团的前面，但吴义成还在前面很远的地方。

他本想继续往前赶，却发现士兵们都散坐在了河滩上。原来，前面的部队正从一道摇摇晃晃的木桥上过河，木桥不够坚固，队伍只能排成两列通过。周保中正在桥头大声喊着，招呼着，用他那半生不熟的东北话指挥部队过河。

他看见陈龙等人骑着马赶到，便迎了上来。

陈龙是自卫军中著名的青年指挥官，在敦化城下，周保中曾亲眼目睹他率部冲锋的英雄气概。他只身孤影来到救国军，目的就是想为党建立一支抗日武装力量，眼前的陈龙，应当是最理想的骨干人选。

陈龙曾在指挥部见过周保中，因为听不懂南方话，并未和他交谈，只是在行军途中听吴义成的秘书陈翰章谈了一些他的情况。

陈翰章是吉林敦化人，曾在民众教育馆当过讲解员，口才好，又有文化，一投奔救国军就受到了吴义成的重用。他跟陈龙年纪相仿，一经接触，两个人便成了好朋友。陈翰章对周保中印象特别好，他说周保中既有文化修养，又有军事才能，是个罕见的帅才，将来，准能干成大事业。陈翰章还偷偷告诉陈龙，周保中大概是个有来历的人物，听说他毕业于云南讲武堂，还参加过“护法讨袁”斗争。显然，陈翰章和周保中已有很深的接触。不然，他不会了解这么多。听了陈翰章的介绍，陈龙当即对周保中产生了一种敬意。

他看见周保中走过来，急忙从马上跳下。

“团座，要过河吗？”周保中用生硬的东北话问道。

陈龙把马交给警卫员：“我要去见吴司令。”

“吴司令已经过去半天了。”周保中身边闪出了陈翰章，“坐下，歇一会儿再走吧。”

陈龙示意，让周保中坐在路边一棵被风刮倒的树干上，自己也挨着周保中坐下来。陈翰章跑到桥边去指挥队伍过河，警卫员牵着马站在远处。

这是他们第一次谈话，也许就是这次谈话影响了陈龙的一生。

周保中首先谈起了他对李杜、丁超指挥的自卫军的看法。军官沉湎酒色，士兵消极悲观，恐怕很难和日本人对抗。

“你说的都是实情，总司令、司令要保老本，副总司令一打仗就推‘八门’（占卜的一种）。”陈龙用马鞭子敲打着鞋面的泥土。

“那你看，日本鬼子能打败吗？”

陈龙满腹惆怅地摇了摇头。说实话，他真看不到有能够打败日本人的希望，只能无可奈何地回答：“军人嘛，就是拼死沙场，哪天我倒下了，也就算是尽了天职。”

陈龙小时候读过《精忠说岳》、《杨家将》。做一个抗敌民族英雄，拼死疆场，马革裹尸，一直是他最崇高的理想。

“自卫军、救国军中有不少热血男儿，就看是谁来领头打仗，”周保中边说边观察着陈龙的反应，“依我看，李参谋手下的补充团就打不垮。”

“为什么?”陈龙颇有点儿不服气地望着周保中。他李参谋的补充团打不垮，难道我陈龙这个团就能打垮?

“那些工人、庄稼人和朝鲜苦力很能吃苦。”周保中用赞叹的口气说道。“自卫军、救国军虽有几万人马，但不能吃苦，说垮就垮！更不必说他们只是想当官发财了。”

这几句话倒说到了陈龙的心里，他担心的不正是这一点吗？这一点，他是几次硬仗打过来才感到的。周保中来了不多久，就得出这样的结论，他不得不佩服周保中的远见卓识。

“依你之见呢，就看着他垮?”陈龙不无忧虑地问。

“只要中国人不垮，抗日斗争就不会垮!”周保中语气坚定地说。说完他站起身，拍了拍陈龙的肩膀，“我要过河去了。你的部下也快到了，有机会咱们再唠一唠。”最后这个“唠”字，他说得既不准确又很吃力，显然他是来东北后刚学会的。

周保中跑步奔向桥头，陈翰章还站在那里等着他。很快，两个人便隐没在过桥的士兵之中了。

陈龙坐在那里一直未动，直到警卫员牵着马来喊他，他才慢慢地站起来……

额穆是一个没有防御工事的小镇子，易攻难守，谁的兵力强，谁就能把它拿下来，谁能积蓄更多的兵力，谁就能再攻占到手。这里成了抗日军和日寇拉锯的地方。

吴义成率大兵一到，日军开始还拼死抵抗，等看到自卫军、救国军士兵像潮水般涌进，只好狼奔豕突拼命逃窜。

攻下额穆，陈龙团一直作为后卫，等撤出时又成了先头部队，重新走过那个木桥。

那棵风倒树还躺在路边，只是桥边再没见到周保中的身影。陈龙驻马桥边，望着部队从眼前走过。

昨天分手后，周保中的身影一直留在陈龙的心中。难怪陈翰章那样敬重周保中，短短的几句话就让陈龙听到了从那些司令、副司令嘴里从未听过的新观点、新看法。

陈龙出身行伍，在部队里受过多年熏染，也学会了说粗话、脏话。东北军这些人带兵靠的是什么？靠的是乡邻、亲戚、拜把子哥们儿。讲的是出生入死，患难弟兄。在他们当中，有谁说过“中国人不会垮”？有谁说过“抗日是一场斗争”？又有谁有这么高的见地和信心?

通过那次谈话，他感到周保中是和那些司令、副司令不同的另一类人，这种人过去他还从未接触过。

陈龙有一个最大的特点，就是遇事爱动脑筋，喜欢思索。他不仅想到了周保中是另一种类型的人，而且在探求，他究竟是种什么样的人？

一个南方人，连东北话都说不清，却万里迢迢跑到吉东这边远的地方来，究竟为什么？是为了打日本？可日本人在关内也在不断制造事端。许多人都在关内搞抗日救亡运动，他不留在关内抗日救亡，却偏偏跑到吉东来，绝非兴之所至。

陈龙只知周保中有见地，有知识，有军事指挥才能，除此而外，他对周保中几乎是一无所知，但有一点可以肯定，他是个颇有来历的人。

他很希望能够再见见周保中，再听听周保中那晦涩难懂的南方话，看能不能从中悟出一点儿自己所渴望知道的东西。就凭这一点，他真有点儿羡慕陈翰章，羡慕他能天天和周保中在一块儿。

3. 何去何从

血战接着血战，拼杀接着拼杀，完达山在厮杀中颤抖，镜泊湖在炮火中呻吟。已经是1932年的深秋了，日寇仍然没有能够完全占领吉东地区。自卫军、救国军的数万人马依然在这块燃烧着血与火的土地上，不屈不挠地抗击着日本侵略者一次次的猖狂进攻。

这些不愿当亡国奴的关东汉子，依托着养育自己的土地，靠着家乡父老的支援，在南起图们、汪清，北至牡丹江、八面通（穆棱）的几百里方圆的战场上，呼啸呐喊，前仆后继地展开了牡丹江争夺战、汪清围歼战、敦化攻坚战，战斗一次比一次艰苦，拼杀一次比一次惨烈。

这块不屈的土地，对于日本关东军有如鲠在喉。要进攻华北，要灭亡整个中国，就不能让它的部队陷在这片土地上。关东军司令部不断调兵遣将，从已被征服的地方调来大量兵力，发起一次又一次灭绝人性的攻击和围剿，恨不得要把这片土地撕成碎片，碾成齑粉。

吉东地区的抗日斗争，到了最紧急的关头。

9月底，刚刚结束了一场反击战，陈龙团几百名战士，正在牡丹江南岸集结休整。

掩埋了几十具战友的尸体，安排完对十几名轻、重伤员的治疗和抢救，陈龙疲惫地走向临时团部所在地——一座紧靠江边的三间农家草舍。

天近黄昏，夕阳西坠，晚霞把牡丹江水染得通红。滔滔江水，载着满江赭红色的波涛缓缓流淌，多么像从战士身上淌出的鲜血。“九·一八”事变后，他举事带出的那一连士兵，如今只剩下了不过几十人，一大半士兵的鲜血都洒在牡丹江两岸。

牡丹江中流淌的正是他们的鲜血。

望着江水，望着夕阳，陈龙心情沉重，神色忧伤。一年来的浴血苦战，使这个本应在学堂上学的青年，变得更为稳健和成熟，但随着成熟也给他带来许多忧虑和愁苦。回想起刚到救国军总部的时候，东北军的一位老团长，曾拍着他的肩膀说："小兄弟，好好干，不出几个月，咱们少帅就会领兵打回来，到那时，咱们都是守土的功臣！"

如今，几个几个月挨过去了，不但没见少帅的影子，连消息也听不到了。接着，人们又把希望寄托在中央军兵出榆关（山海关）上，可是，直到现在也没看见中央军的一兵一卒。

盼不来少帅和中央军，有的人又把希望寄托在"国联"的李顿调查团身上。

1932 年 10 月 2 日，国联调查团发表《李顿报告书》，公然承认日本人在满洲的"特殊权益"，并鼓吹什么"国际共管"和"自治"，一些人的幻想被彻底击碎了。

10 月的东北，寒风骤紧，草木枯黄。几场秋雨过后，江河里已经出现了冰碴，可是几万官兵却得不到南京政府一枪一弹的补充，得不到一寸布、一两棉的接济，仍然穿着单衣。武器、弹药也已消耗殆尽，形成了人多于枪、枪多于弹的危险局面。

李杜、王德林曾多次派人辗转入关，向南京政府请援。派出的代表在南京上下奔波，四处乞求，却得不到任何一点答复。

为了几万官兵的衣着生计，自卫军和救国军决定联合攻打被日寇又一次攻占的宁安县城。

10 月 11 日，自卫军、救国军以五路大军、三路别动队共五千六百人马，蹚过冰冷刺骨的牡丹江，攻入城中，陈龙团又是这次攻城的突击队。他们与周保中率领的别动队，在城中与日寇混战了一夜，杀到天明，由于日军增援部队赶到，不得不撤出城外。

十天以后，经过休整，自卫军、救国军第二次攻打宁安。此次攻城，将士们下了"不攻下宁安誓不为人"的决心，在城中与负隅顽抗的日寇苦战了三昼夜。为争夺火磨、烧锅等战略要地，几经肉搏，反复冲杀。在战斗中周保中臂部中弹，陈龙也多处受轻伤。战斗进行得异常艰苦、惨烈。23 日傍晚，日寇投入了六架飞机增援，从空中往复俯冲扫射，抗日武装伤亡更加惨重，不得已再次撤出宁安城。

两次攻打宁安均未成功，不仅没有得到所需的布匹、棉花和粮食，反而耗去了大部分弹药，自卫军、救国军的处境更加艰难。

宁安战役后，陈龙感到异常困乏和疲劳，这种疲劳不是累在浑身的筋骨上。凭着他的体格，再累再乏，只要是喝上一大碗白酒，往炕上一倒，睡一觉就会倦意全消。这种疲劳是累在心里，是越喝酒越感到疲惫。正所谓：

借酒浇愁愁更愁！

为了尽一个军人的天职，为了不当亡国奴，在决定起兵抗日之前，陈龙把年迈的父亲和母亲及幼小的弟妹，送到了距宁安数百里外的柳树河农村居住，只带了结婚不久的妻子，参加了自卫军的抗战队伍。一年多的时间，他虽然几经生死，总算熬过来了。如果战局需要他再去出生入死，他还会毫不皱眉。可是就算他死上十回八回，自卫军、救国军能不能最终保住吉东？能不能救得中国？

近几天，战事不算激烈，可这往往是日寇筹备下一次更大规模进攻的前兆。越是在这个时候，陈龙越是不放心。他和比他大十多岁的副团长，检查完防地回到团部，一营正、副两位营长正在屋中等着他。他吩咐妻子烫酒、炒菜。

他的妻子是牡丹江一家姓张的地主的小女儿，自幼娇生惯养。张家有两个女儿，长女个小，次女个高。他和父亲同去相亲，相中的是那个漂亮的个小的长女，便告诉亲家，要娶大女儿，谁知送亲那天，送来的却是那个高个的次女。

陈龙的父亲一见送错了，便要去争辩，送亲的人说，老爷说你们相中的就是二小姐，送得没错。

拜堂在即，亲友齐聚，亲家又不认账，陈龙父子只好认了这门亲。

领兵打仗，妻子随军是东北军历来的规矩。陈龙的妻子无论在营部、还是在团部，都有专人服侍，除了款待客人时下下厨房，平常总是衣来伸手，饭来张口。

今天，几个一起出生入死的哥们儿来到陈龙家，他的妻子亲自炒来两个菜，烫了两壶酒退了下去。哥们儿一边吃喝，一边唠了起来。

他们的年纪都比陈龙大，但却诚心诚意地听陈龙指挥，除了因陈龙识文断字、懂得兵书战策之外，更主要的是陈龙秉性刚直，为人正派，重交情，讲义气，打起仗来身先士卒，颇得军心。

三杯下肚，一营长说明了来意。

陈龙停箸，陷入了沉思。

原来，一营营长和副营长与在附近山头占山为王、报字叫“亮山”的“山林队”有了接触。“亮山”曾在东北军混过几年，是个颇有血性的汉子。“九·一八”事变后，他见国民政府并非真心抗日，便拉了几十名弟兄，靠着十几条枪，占了山头。他们在山里盖了房子，立了山寨。近一年来，他们抢过县城里的大粮户，劫过日军的给养车。如今，冬天刚到，他们的山寨里便贮存了大批粮食和衣物，准备“猫冬”。眼下，日本人正对付抗日自卫军、救国军，顾不上他们，抗日武装和他们也互不相犯，只乐得天不管、地不收，倒也逍遥自在。

一营副营长和“亮山”手下的一个“炮目”是同乡，关系就是通过这个同乡拉上的。

“亮山”听说过陈龙团敢打硬仗，团长陈龙能双手使枪，百发百中，不但有学问，而且讲义气，心中十分敬仰。“亮山”没念过书，斗大的字识不得一麻袋，对吃墨水长大的人一百个瞧不起，唯独对陈龙是例外，他听了副营长的介绍，竖起大拇指连连夸赞道：“这是一位将才！如果他能上山，就是及时雨宋江，俺情愿让出第一把交椅。”

一营营长和副营长来的目的就是劝陈龙上山的。

这个去处说来倒是诱人的。

近几年，陈龙也会过几个山大王，他们一个个就像粮囤里的老鼠，吃得油光满面，随身还带着几十个马弁，开口讲黑话，闭口论哥们儿，一律都骑高头大马。冬守沟口夏攻城，呼啸而来，呼啸而去，倒也威风。

可是自卫军呢？自己名义上是个团长，直到现在霜降气凝，一天冷似一天，官兵都还穿夹袄夹裤，连套棉衣都混不上。枪支弹药更甭说，打一仗少一些，根本无处去补充。这样的部队，怎么能够打败弹药充足、武器精良的日本关东军？

按说，私通胡匪就应依自卫军的军法论处，更何况他们还要拉长官去当胡匪！但陈龙却毫无怪罪他们的意思。他看了看身边的副团长，想听听副团长的意见。

副团长是大家当然的大哥，平日就少言寡语，今天更是一个劲地低头喝闷酒，一声不吭。

“你倒吱个声啊！”陈龙用筷子指了指他。

“还用说吗？”副团长把酒杯往桌上一蹾，“不瞒你说，是我让他们去和‘亮山’联系的。”

“好啊，瞒着我通匪！”陈龙登时火起，喊了起来。

副团长又喝了口酒，两眼直盯着陈龙，他长长地叹了口气，又把头垂到胸前。

“有话快说，你想把谁急死？”陈龙的急性子又发作了。

“好——我说！”副团长给每个人都倒满了酒，“咱们兴兵起事打小日本，上保国家下安黎民，对得起祖宗和良心。眼下缺衣少穿、负伤挂彩我也不在乎，可是我越干越寒心，一打仗，总是咱们团打先锋，这也行，谁家当娘的不护犊子？可总不能自己内乱呐！孔宪荣凭哪一条就把人家左路军总指挥马宪章给杀了?”

“还有丁超，在平阳镇用铡刀铡了补充团团副苏怀田以下三十多人，你也不是不知道!”一营营长也插了一句。

“说不定哪天就杀到咱们团!”副营长也在一旁帮腔。

陈龙何尝不清楚这些血淋淋的事实！今年 8 月，李杜、丁超掌握的与国民党政府保持联系的老密山电台，接到国民党政府密电，说蒋介石亲自签署命令，委任王德林为吉林省警备司令、李杜为吉林省司令长官，并指令他们要彻底肃清自卫军、救国军中的共产党员。李杜遵命而行，先是由马宪章在自卫军内部，暗杀了六七名被怀疑是共产党员的军官和战士，然后又让孔宪荣在救国军中杀了总部秘书长曹品一和王副官，接着孔宪荣又杀了马宪章。马宪章作为左路军总指挥，是李杜、丁超的干将，两人当然不依，随即产生了自卫军和救国军的纠纷，双方险些火并……

大敌当前，自卫军也好，救国军也好，不是统一御侮，而是相互猜忌，互相提防，为了争地盘、争人马，甚至不惜互相残杀。跟着这样的队伍再干下去，前程如何可想而知。这段时间，陈龙感到疲惫、愁苦，真正原因也在于此。

陈龙看到了危机，却无力解决这个危机；看到了危险，却无法摆脱这个危险。今天，三个哥们儿来找他，正是想给他指一条“明路”。

“我们把全团都拉上山去。”副团长看到陈龙在思索，便鼓动道，“排他个三十六天罡，七十二地煞。扯起大旗，替天行道。”他大概把《水浒传》看得烂熟。

这到底是条什么路?陈龙还没有想清楚，他把手一挥：“就是上山，我也不能坐头把交椅!”

一营长急了:“不由你坐由谁坐?”

“有一个文武全才的能人。”陈龙说道。

“谁?”几个人一齐向他探过身子。

“周保中。”陈龙压低声音说道。

“他?”副团长头摇得像个拨浪鼓，“那个蛮子，说话像高句丽的南方人?”

“对!”陈龙点了点头，“今天，咱们是说完就完了，等我见了周保中，再定大计。”他边说边端起酒杯，说了声，“干!”便把脖子一扬，喝干了杯中的酒。

看着团长把酒喝干，副团长和两位营长也干了。

酒虽然喝了，但他们三个心里都一直弄不太明白，这位少年气盛的团座，一贯是当断则断，毫不含糊，从未听说去求教过什么人。即使求教也不该去求教周保中。对周保中他们也都很熟悉。他瘦高的个子，长长的脸，高颧骨，走路、办事慢条斯理的像个教书先生。这个南方蛮子连话都说不清楚，能有什么韬略，值得陈龙去请教。

4. 认识了共产党

1932年冬天的第一场雪，是在天快放亮的时辰开始下的。这天没有风，大片的雪花，就像撕碎了的棉絮，纷纷扬扬地从天空中落下，无声无息地落在屋顶上、草地里和已经结了一层薄冰的牡丹江中。

天亮的时候，雪停了，天也晴了，一轮红彤彤的太阳放射着耀眼的光芒，从东山背后升起来，把雪后的田野、山岭映得一片猩红。接着，刮起了西北风，气温骤降，严冬过早地来到了大战前夕的吉东地区。

雪把吉东地区变成了一个粉妆玉琢的美丽世界，雪也把困难带给了数万自卫军和救国军士兵。

陈龙起床后，正在洗漱，军需官气喘吁吁地跑到团部来报告：由于天气骤冷，没有御寒棉衣，有两名伤员、一名病号已冻死在包扎所；三营有十几名士兵携械潜逃。

陈龙未料到这场雪来得这样早，他两次去司令部催要棉衣和弹药，都未得到满意答复，只是说总司令在宁安、东宁、穆棱奔波半个月，筹到了一批款，已经派人秘密到哈尔滨买棉布去了，过几天便可运到。

王德林去四处筹款并派人去哈尔滨买棉布，赶制棉衣，陈龙早就知道。他去司令部催要棉衣只不过是个借口，目的是要见周保中，可是去了两次，周保中都不在。据司令部文书官王润成说，周总参议长和陈翰章去拜望陈翰章的父母，两人已走三四天了。

当时，陈龙并不知道，周保中经过长期的共事和了解，已经把司令部两个年轻人陈翰章和王润成秘密发展成了共产党员。他这次和陈翰章出门，名义上是去看望陈翰章的两位老人，实际上是赶赴穆棱县兴源镇，参加绥宁中心县委召开的紧急会议去了。

当然，陈龙更不会知道，周保中是在极端困难的情况下开展工作的。6月份，中共临时中央在上海召开了一次“北方会议”。会议决定改组满洲省委，批判“满洲特殊论”，并要求在已全部殖民地化的东北开展罢工、罢课，组织武装斗争，建立红军，建立苏维埃，反对地主、资产阶级，武装保卫苏联。

会议精神传达到吉东地区特委后，周保中采取的以基层士兵工作为基础，争取团结救国军上层领导的做法，竟被视作是与“上层勾结”和十足的“右倾”，受到批判，甚至要周保中不再和吴义成合作。

周保中是一位饱经风霜、老练成熟的共产党人，虽然他那年刚满三十岁，却有着丰富的革命斗争经验。他认为“北方会议”的决议是错误的，他反复向特委、地委领导说明了团结救国军一致抗日的意义和作用，取得了部分理解和支持，才得以继续留在救国军总部工作。

大雪封山以后不久，日寇开始实施围剿自卫军、救国军的“五毒”计划。“五毒”计划的第一条便是封锁交通要道，切断自卫军、救国军同外界的一切联系。

由于日寇“五毒”计划的实施，从哈尔滨向吉东运送棉布的列车，在一面坡车站被日军查获了。王德林辛辛苦苦筹集的棉衣泡了汤。

寒风怒吼，大雪飞扬，气温降到了零下二十几度，进入滴水成冰、哈气成霜的腊月，自卫军、救国军有一半人没有穿上棉衣、棉鞋。士兵携械逃亡、伤员被冻死已不稀奇。有的连上百十号人只有十来套棉衣，只好谁出岗放哨让谁穿。

11 月底，日军出动了二万余人，分兵七路，在黑龙江省拜泉县攻克了以马占山为首的抗日义勇军总部，接着又以六个师团的兵力，在飞机、重炮的掩护下，向以苏炳文为首的黑龙江义勇军驻地扎兰屯猛攻。12 月上旬，黑龙江全境陷落，苏炳文、马占山撤往苏联境内。日寇采用集中兵力的办法，消灭了活跃在黑龙江省的两支抗日武装，便又急转锋芒，直逼吉东地区。

绥宁中心县委根据对黑龙江形势的判断，日军回军吉东，势必会引发一场决战，救国军和吉林自卫军有可能溃散，抗击日寇的使命，最终将由共产党人出来承担。会议提出，要李延禄以到前方抗敌为由，把补充第一团和救国军中的骨干力量，集合在我党的抗日旗帜下，成立“东北人民抗日游击军”。

会议一散，周保中便到汪清、东宁一线，去联合实际上已受共产党领导的自卫军、救国军部分武装和“平南洋总队”，以便阻击日寇进攻，伺机建立由共产党领导的抗日武装力量。

由于几次未找到周保中，陈龙对是否拉竿子上山的事迟迟定不下来。两位营长着急了，三番两次前来催问，陈龙都没有答复。两位营长只好如实告诉他：“亮山”已派人来催过几次，若再不答复就不够义气了。

“看来你们已经答应了？”陈龙听出了他们话中的意思，瞪起眼睛望着他们。

营长和副营长低下了头。半晌，营长喃喃地说：“这大冬天，士兵连棉衣、棉鞋都没有，吃了上顿没下顿，我们不想干了，也不想让你干。”

“混账！”一股怒火从陈龙胸中升起，他大声吼道，“你们原来是先斩后奏，逼我下水，是吧？”若不是看在多年的情分上，他真想狠狠扇他们一记耳光。

他们也知道陈龙的脾气，火气一上来，动手打人是常有的事。此刻，副营长已给吓得两腿发软，话不成声，想辩解又说不清楚。

还是营长老练一些，他定了定神，申辩道："我们也是为全团官兵的前程着想，总不能叫全团官兵就这样冻死、饿死、困死。"

"胡说！"陈龙余怒未息，"难道我就不考虑全团官兵的前程？"

"自卫军、救国军能救国吗？听说黑龙江的马占山、苏炳文都垮了，跑到'露西亚'（苏联）境内去了，日本大军正往吉东压，自卫军、救国军要吃的没吃的，要穿的没穿的，能顶得住？"营长喘了口粗气，一股脑儿把心里话全说了出来。

"这些我都知道。我虽然没见到周保中，可我想，越是这个时候越不能走。咱们跟着自卫军拼死拼活打了一年多，在这个时候拔腿就走，哪还有什么军人义气？"陈龙此刻已经平静下来，他在屋中踱了几步说。

"那咱们说定了，等打完这一仗，咱们就上山。"副营长终于开了口。

"就是嘛，咱们上山一样打日本鬼子，何必受自卫军管辖。"营长激动地挥了一下手，"我们跟着你，招兵买马，也成立个军，和小日本好好斗一斗。"

"好吧，你们先回去，把兵带好，上边已经传令，要咱们随救国军前方司令部调防。"陈龙手一挥，下了逐客令。

两位营长立正，敬礼，转身走了出去。

屋里静了下来，听得见坐在外屋的几名卫兵轻声谈笑，陈龙心潮翻滚，他不能不再次为自己和全团士兵的前途、命运考虑了。

本来，在东北护路军他是很有前程的，用不了几年，他就可以沿着团长、旅长的线升上去。"九·一八"事变，好像在他面前岔开了三条道：一条是归顺"皇军"，这条路许多人已经走了或正在走，他在军官教导处的一个同学就成了伪军的官长，二十一旅旅长不也打着白旗投降了吗？在他刚把队伍拉出来的时候，不也有人前来劝过他被他骂走了吗？第二条路是回家当顺民，这大概也是父母的希望，全家就数他识字多，开个铺子，做个买卖，养家糊口大概不成问题。"兵荒马乱的年头，能保住性命就成，还求什么大富大贵。"这是一位长辈亲戚规劝他的话。第三条就是做个保家卫国的军人，这是他从小就立下的志愿。他从护路军把队伍拉出来，目的也在这里。这条路虽然艰险，但他却至死不悔。

现在，除了司令部，大概全团只有他才知道自卫军、救国军当前面临的形势是何等严酷。据侦察，这次日军进攻吉东，出动了五万兵力，不仅武器精良，给养充足，而且蓄谋已久。一旦打响，不但自卫军、救国军武器弹药不足，更关键的问题是军心已经涣散，他素以治军严谨著称，团里尚有人准备"拉竿子"上山，更何况其他部队？

一个人最大的苦恼，莫过于发现身陷困境而又无法解脱。1932 年 12 月底，陈龙就是怀着这种苦恼，把队伍从牡丹江边拉向汪清县的山沟的。

一路上，由于严格监督，一营两位营长不食前言，在汪清向前方司令部报到时，陈龙团是人员和装备最齐整的一个团，其他一些团在几天的行军中，士兵竟走失了四分之一以上。

大战在即，担任吉林自卫军和救国军联合司令部总参议长的周保中，已经忙得几天几夜没有合眼。十多天前，他开完秘密会议回到救国军总部的时候，王润成就告诉他，陈龙曾来找过他。周保中料到陈龙找他可能有重要事情，但他无法抽身去看陈龙，直到陈龙把队伍带到汪清，两个人才见了面。

那天是 1932 年 12 月 31 日。傍晚，周保中打发陈翰章和王润成去请陈龙。

大约过了两个钟头，陈翰章和王润成提着马灯，把陈龙领进了周保中的驻地，周保中拿出了白天派人去汪清烧锅打来的白酒。四个人撤去了桌上的军用地图，围坐在一起畅饮起来。

从这个时候起，陈龙才知道他结交的是三个秘密的共产党员。

陈翰章、王润成都是救国军司令部的“字匠”，既有文化，又有胆识，陈龙不得不佩服周保中的眼力，他选的是救国军中的两个人才。同时，他也很欣赏自己的眼力。从桥头那次谈话开始，他就看出周保中来历不凡。

这天晚上，周保中一开头说的不是自己的来历，而是自卫军、救国军的前途。

这正是陈龙最关心的。自卫军、救国军万一失败，他想请周保中，当然也请陈翰章、王润成和他一起到“亮山”那里入伙，再图大业。

周保中神情专注地听完陈龙的想法。他完全理解陈龙的心境和真诚，许多不甘屈服的自卫军、救国军官兵，都有一种要和小鬼子拼到底的决心。

“不知你想过没有，如果几万抗日官兵都抵不住日寇的进攻，你去占一个山头或几个山头，又有什么用？又如何能够占稳？”周保中把这个道理一讲，陈龙无言可对了。

“自卫军、救国军万一失败，别无他法，不过境（指去苏联）那就殉国！”陈龙沉重地说。

“局势虽然严峻，但还没到无可挽救的程度。”周保中挥了一下手，“你还记得我和你在桥头说过的话吗？就看谁来领这个头。”

陈龙叹了一口气：“现在，有钱的人舍不得财产，没钱的人都有家口要养活，谁肯领这个头？”

“我们——共产党。”心直口快的王润成一语道破。

军人不问政治，陈龙对党派的事知之不多。他光知道共产党和国民党一样都是党派，如今是国民党掌权，和共产党是死对头，国民党在关内正在剿共。还听说蒋介石“八月密电”要李杜、丁超、王德林杀尽救国军、自卫军中的共产党，那个共产党的参谋长李延禄，就险些被他们枪毙了。除此而外，他就所知无几了。

“共产党是个有组织、有纪律、有武装的党，”周保中给陈龙的杯里倒满了酒，“在关内，我们有党中央，在满洲、吉东都有党的组织，他们正在领导抗日斗争。”说到这里，周保中心中猛地一沉，他忽然想到了“右倾”两个字。若按“北方会议”的精神，他向陈龙这样的东北军军官讲共产党就是“右倾”，不光是“右倾”，兴许还会被扣上个泄露党的秘密的罪名。但周保中既然已经下了决心，要把这个年轻有为的军官吸收到党的行列中来，当然不能眼看着这个最年轻的团长去当“山大王”。不论“北方会议”有何种说法，他坚信自己的做法是符合党的利益的。

“‘九·一八’事变后，不过两天，也就是9月20日，共产党中央就发表了《中国共产党为反对日本帝国主义强暴占领东三省事件宣言》，反对日本侵略东三省。”周保中呷了一口酒，说。

陈龙连连摇头，表示从未听说过有这样的宣言。

“国民党不但不抵抗，反而把东北军的主力调进关内，去打共产党，实行不抵抗主义。”陈翰章补充道。

陈龙忧心忡忡：“这么说，中央军是没指望了。”

王润成蹾了一下酒杯：“指望他们？指望他们下令杀咱们？”救国军副总司令孔宪荣杀害总部的秘书长曹品一和王副官的悲惨场面，还清晰地印在他的脑海里。

“我今天才明白，你说的‘自卫军、救国军中有不少热血男儿，就看是谁来领头打仗’这句话的意思。”陈龙给周保中、陈翰章的碗里斟满了酒，然后把酒碗朝周保中一举，“我拥戴你们领头。”

周保中忙用双手按住他的酒碗，一字一板地说：“我的意思你还没有弄明白，我所说的领头的，不是指哪一个人，而是靠共产党。”

陈龙重新端起酒碗，神色凝重地高举齐眉：“好——那我就拥戴共产党！”

周保中、陈翰章、王润成一齐举起酒碗齐声说道：“来——咱们一起拥戴共产党！”

说完，四个人一齐把酒喝干。

茅草屋外北风呼啸，寒气袭人。在1932年的最后一天晚上，陈龙找到了共产党。不！也可以说是共产党找到了陈龙。

5. 建立游击武装

1933年1月1日，枪炮声震耳欲聋，日军为彻底消灭自卫军、救国军两支义军的大规模进攻开始了！

由于抵抗不住日寇突击，自卫军总部撤出了下城子。总司令李杜准备去宝清与丁超会合，谁知与日寇秘密勾结已久的丁超公然投降了日寇，坐飞机去长春，就任伪内务部大臣去了。

1 月 9 日，自卫军弹尽粮绝，总司令李杜不得不退入苏联境内。

救国军副总司令孔宪荣在二道河子坚守了两天，阵地被攻破，不得不带着残兵退回东宁县城。日寇尾随而至，东宁眼看陷入了日军的包围。

闻知自卫军、救国军接连失利，周保中决定回师增援。他留下柴世荣旅和陈龙团继续与敌周旋，与吴义成率部急奔东宁。

谁知，日寇早已料到了这一着，他们不断派兵袭扰、狙击，使部队无法向东宁靠近。想要狙击敌人的队伍反被敌人狙击，吴义成、周保中急得浑身冒火。但敌人火力太猛，救国军弹药已所剩无几，不敢再和日军硬拼，只好采取迂回路线向总部靠拢。远水难救近火，远在东宁的救国军总部还是被日军攻克了。

1 月 13 日，壮志未酬的王德林率残部含着眼泪撤入苏联境内。救国军一年多的轰轰烈烈的抗日斗争宣告失败。

东北军的旧部马占山、苏炳文、李杜、王德林等部队，在孤立无援的情况下，顽强壮烈地抗击入侵敌寇的历史终于结束，吉东地区更艰苦、更持久的抗日斗争，责无旁贷地落到了共产党人周保中等人的肩上。

救国军总部被打散之后，散在各地的救国军士兵为数还很多，如果以救国军的名义去联络，还能组织起来，成为一支抗击日寇的力量。经周保中反复耐心地劝说，吴义成打消了去苏联流亡的念头，同意担任代理救国军司令。周保中担任总参谋长，胡泽民任副总参谋长。他们把救国军残部另组了一支游击军，由李延禄任游击军司令，下设四路军，陈龙被任命为第四路军副总指挥，总指挥是曾当过警察、“九·一八”事变后毁家纾难的原救国军旅长柴世荣。

1932 年的最后一天周保中对陈龙的谈话，无疑起到了振聋发聩的作用。他开始意识到，光靠朴素的民族感情，是无法把抗日斗争坚持到底的，要想真正做到率众抗敌，取得胜利，必须拥戴和接受中国共产党的领导。当然他也已经意识到共赴国难、团结抗战光靠哥们儿义气也是不能持久的。周保中说过：“团结抗战的决心，靠的是每一个指战员的无产阶级觉悟。”

陈龙暗暗下定决心，一定要做有这样阶级觉悟的指挥员。

只有在狂风暴雪面前，才能显示松柏的坚贞和挺拔。只有在严峻残酷的斗争形势面前，才能区分英雄和懦夫。

在从汪清回师的路上，陈龙团那位副团长捡到了日本飞机撒下的传单。传单除了说救国军已全军覆灭外，还号召那些“亲爱的山东哥们儿”放下武器，说日本人除给五十块“袁大头”（银元）外，还给买车船票直送山东龙口。这个沉默寡言，在关东闯了六七年的光棍儿汉，经不住诱惑，在一个深夜，纠合了六七名山东老乡，一同溜出营地，投降了日寇。后来听说，这几个人被押送到了哈尔滨，不但没有坐上去大连的火车，反而被送进了矫正院，后来又被转送到日军“加茂部队”设在背荫河的细菌秘密研究所（即七三一部队前身），当成了人体耐寒试验品。最后回到故乡的只能是屈死的冤魂了。

那两位营长，为劝说、等待陈龙上山，倒是表现出了极大的耐心。直到他们得知陈龙将要就任第四路军副总指挥时，才彻底打消了拉陈龙上山的念头。由于陈龙不为所动，他们在战士中的号召力大为减弱，最后只拉了十五六个人携械去投奔“亮山”。

自卫军、救国军经过分崩离析、逃亡离散，最后站到以周保中、李延禄为首的抗日游击军队列中的都是铮铮铁汉。

第四路军在柴世荣、陈龙的领导下，活跃在东宁、宁安一带继续与敌寇周旋。

此时，他们信心倍增，斗志昂扬。因为他们坚信，有了中国共产党的领导，总会有战胜强寇、收复整个东北的一天。

游击军司令李延禄率领补充一团、补充二团，从磨刀石车站撤到五虎林，经过两个月的跋涉，又从五虎林转移到宁安县以南的和尚屯。

这时，已是1933年3月初了，这支抗日武装队伍与地下党失去联系两个多月之后，宁安县委终于又和它接上了关系。

就在这个关键时刻，中共中央1933年1月26日发出的《给满洲各级党支部及全体党员的信》（简称《“一·二六”指示信》），经过辗转传递，终于送到了吉东地区。

《“一·二六”指示信》提出了党在东北实行全民族抗日统一战线的总策略和总方针。要求尽可能地团结包括东北军旧部在内的一切愿意抗日的力量，组成反帝的全民族统一战线，从而纠正了“北方会议”的“左”倾错误。

宁安县委的“扩大游击军，收编零散抗日武装”的意见，就是在这个政治背景下提出来的。

扩充的新队伍，除加强政治思想教育，还要加强军事训练，以提高部队的战斗力。为此，陈龙被调往李延禄领导的抗日游击军担任副参谋长。为了整训队伍，游击军将队伍拉到了离宁安县六十里以外，群众基础较好的团山子。

团山子四面环山，中间有块小盆地，最适于集中练兵。副参谋长陈龙出身科班，受过专门军事训练，又有实战和带兵经验，整训的担子自然落到他的肩上。陈龙每天早起晚睡，严格地训练这支武装。一个多月后，在他的训练下，这支队伍的作战能力和军事素养，都有了很大的提高。

在此期间，他除了指导训练外，还认真研究了日军的战略战术，总结了一年多游击战争的经验教训。团山子整训不仅提高了战士们的军事素质和战斗力，陈龙在游击战略的研究上，也取得了许多收获，为以后指挥作战打下了良好的基础。

东北抗日游击军在团山子整训的消息很快被日军侦知，为了一举荡平这支部队，日寇风岛部队和伪警备十旅八百伪军，以及宁安县二百名伪警察，连夜来犯。

游击军战士经过整训，人人斗志昂扬，听说日寇来犯，一个个摩拳擦掌，要和敌人较量一番。

第二天拂晓，敌人的先头部队宁安警察大队，在东山腰便遇上了“史忠恒团”的埋伏。

陈龙对此次战斗极为关注。他把这次战斗看作是自己负责战士军训成果的一次实战考核，游击军刚进入阵地，他便来到了“史忠恒团”。

史忠恒原是王德林“老三营”二连的一个班长，雇农出身，参加救国军起义后，由于作战勇敢，接连被提升为第九连连长、第三营营长。他在战斗中屡立战功，又秘密加入了共产党，补充团一成立，便被任命为补充团团长。救国军改编为抗日游击军后，又任第三团团长。他与陈龙都是名震吉东的青年军官，两人的感情也很深厚。

此刻，两个人正并肩隐蔽在一块岩石后面，注视着敌人的一举一动。

敌人此次进攻的主力是风岛部队，按照日军的作战惯例，风岛让宁安伪警察大队打头阵，充当日军的替死鬼。

与日、伪军作战一年多，陈龙意识到，伪军虽然听命于日寇，但他们之间也有矛盾，特别是一些伪军，曾是东北军官兵，良心并未完全泯灭，像这次风岛大佐率部来犯的消息，就是伪警备旅李玉锋部下的一个士兵，冒着生命危险偷偷送来的。

作为战术研究，陈龙在军事训练时就曾考虑过如何对日伪军进行分化和离间的问题，并得到李延禄和史忠恒的赞同。史忠恒敲着自己的脑袋：“这个办法我也用过，可就是没有说出个名堂，还是你们这些念过书本的脑袋开窍。”

此刻，两人并肩埋伏在阵地上，就是想应用一下这个战术。

宁安伪警察大队二百多人马终于露了头，王大队长牵着马走在队伍的前头。

估计了一下距离，陈龙捅了一下身边的史忠恒：“喊话！”

史忠恒扯起嗓门喊了起来：“中国人不打中国人，再往前走可就对不住你们啦！”

伪警察听到炸雷一般的喊声，一个个大吃一惊。王大队长急忙跳上马背，向着伪警察乱喊一气，听不清他是在喊“进攻”还是“撤退”。

史忠恒接着又喊："不信，就打个样子给你看一看！"话到枪响，伪警察大队长的马腿被打断，大队长应声落马。

这时，埋伏在山坡上的游击队员一齐高喊："中国人不打中国人！"

伪警察没料到游击队离团山子驻地这么远就设下埋伏，而他们又已钻进了埋伏圈。慌乱中，王大队长高声叫喊："不要打，不要打呀！我们也是中国人！"边喊边扭头往回跑，伪警察见大队长往回跑，更无心恋战，也扭身跟着往回跑，连伤马也不要了。

眼看着敌人转身逃跑，游击军战士心中个个高兴，陈龙更是兴奋，此举证明了伪军是可以分化的。

此刻，从马鞍山方向传来了密集的枪声，原来伪警备团与游击军接上了火。在这里狙击的游击军战士也采取了政治攻势，但口号中却夹杂着大骂："你们给日本人当孙子——婊子养的！""你们这群狗汉奸，甘心当亡国奴！"伪军也不示弱："你们是英雄，就露头露面！"双方先是对骂，然后是对攻。

伪军团长马海山出身于兵痞，手下有不少猎户，他们不仅武器精良，而且枪法极准。连连点射的机关枪，几乎把阵地前面的柞树叶子全扫光了，直打得游击军战士连头也抬不起来。

双方对射了将近一个钟头，游击军的子弹快打光了，就在指挥员考虑是否要撤出的时候，曾送信给游击军，说敌人要进攻团山子的那个伪军，又冒死跑到游击军阵地告诉说："他们的机关枪子弹快打光了，你们再顶五分钟，就能打胜。"说完又溜了回去。

根据这一情报，游击军决定坚守。伪警备团机关枪一停，游击军马上发起了冲锋，马海山伪警备团果然仓皇撤退了。

史忠恒团和打跑马海山伪军的游击军战士，一齐夹攻风岛大佐率领的日军。

日军进攻团山子，本来是靠伪警察大队和伪警备旅做两翼来掩护的，如今两翼已折，游击军又从三面杀入，风岛见势单力孤，不得不下令撤退。这一仗，共打死日、伪军近二百人，打伤一百余人。未能全歼风岛部队，主要原因是游击军弹药不足，在敌人撤退时，许多战士只能提着空枪追赶……

陈龙自从担任副参谋长之后，他不仅注重军事训练，而且重视对敌人活动情报的搜集。

团山子战斗一结束，他便马上派出侦察人员四处活动，侦察日、伪军的去向。侦察员派出不久，便获得了溃退的风岛部队和警备旅共五百多人，正在八棵树屯杀猪烧饭的消息。

根据这一情况，游击军司令部决定由陈龙率李凤山、冯守臣两个骑兵连和史忠恒团一起奔袭八棵树屯。

史忠恒团的车振声连为前锋，最先靠近了屯子边隐蔽起来。这时，一个日本军官披着呢子大衣，拿着望远镜正四下观看，埋伏在大树后边的一个游击军班长端起枪向那个日本军官开了一枪。

好枪法！枪响人倒，一枪毙命。

战后查明，被游击军班长一枪击毙的日本军官，正是敌酋风岛大佐。

枪声为令，陈龙一声吆喝，游击军从三面冲入屯子，又消灭了敌伪一百余人。进攻团山子的伪军和日军，饭也没吃上，就抱头鼠窜，逃回宁安去了。

6. 八道河子的胜利

团山子战斗取得了不小的胜利。

为避开敌人报复，游击军连夜向南转移，来到地势险要的八道河子驻防。

八道河子有三四百户人家，是吉东一带朝鲜族集中的大村屯。

为保住游击军活动的秘密，队伍进驻屯子后，陈龙即在村外建立了一道严密的封锁线，严禁村民外出。

封锁了两天，村子里的头面人物金笑来来到军部，要求允许村民去宁安卖炭，维持生计。

因这个问题关系到农民的生活，又涉及汉族与朝鲜族的关系，陈龙请示军部后答复金笑来，在保证不泄露游击军驻防秘密的前提下，可以允许外出，金笑来答应保证做到。

第二天、第三天，陈龙照例到封锁线找岗哨处了解情况，岗哨报告，凡持路条去卖炭的农民都已放行。

“一共有多少？”陈龙望着通向宁安的唯一山路问道。

“两天出去有三四户。”岗哨答道。

陈龙听后，不由皱起了双眉。全村三四百户人家都靠到宁安卖炭为生，怎么开禁后只有三四户出去呢？这金笑来到底是什么人？凡是外出的都要由他来开路条，他为什么只开给了三四户？难道大多数村民都靠不住，都有泄露游击军秘密的可能？

带着这个疑问，陈龙找到军长李延禄和政委孟泾清，向他们做了汇报。

李延禄和孟泾清率游击军开到这里，只注意了地形，忽略了对该村社会情况的调查。当然，这与他们同地方党委脱离了联系，一时无从查访有关。李延禄、孟泾清当即决定，立即派人赶赴二百六十里以外的汪清县去找党组织，请他们协助调查了解这里的情况。

此时，地方党组织也在时刻关注着游击军的动向，就在游击军派人出发之后，汪清方面的地下党组织派来的两名朝鲜族同志就赶到了。

有地下党组织的帮助，情况很快就查清了。原来这个村子里有一个封建会道门组织，金笑来就是这个封建会道门的头子。他自封为“一世皇帝”，并封他的儿子为“皇太子”，还封了“皇娘”和“大臣”。他们与日、伪军都有勾结，游击军来这里的消息，他们早已派人伪装去宁安卖炭，报告了伊田旅团。

幸亏派出的侦察员已经获得了伊田旅团调集军队准备前来围剿的消息，此次敌军出动了一千三百余人，配有重炮六门，已从宁安连夜出发。

当侦察员骑马赶回来报告的时候，敌人距封锁线还有七八里的路程。游击军司令李延禄听了侦察员的报告，当即调兵布阵，派二团王毓锋、三团史忠恒分别在沟口两侧山头设伏，待敌人进入沟口的时候，伺机出击。

天近拂晓，迎战部队刚刚进入阵地，敌军已经冲进沟来。日寇指挥官治田大佐发现两侧山头有伏兵，便指挥部队向山头猛攻。

团长史忠恒身经百战，他不仅有分化瓦解敌伪军的经验，更有对日军作战的办法，待日寇冲到阵地前五十米的地方，才下令让机枪、步枪开火，并投掷手榴弹。战士们一鼓作气，把敌人的先头部队全部消灭在山坡上。

敢打近战是“史团”的特点，但这种近战必须有胆略有气魄，敢于付出牺牲，才能有效地歼灭敌人。

敌人的先头部队虽然被消灭了，史忠恒也负伤三处。

正在军指挥部指挥战斗的陈龙，闻知史忠恒负伤，急忙带警卫员跑到“史团”阵地。

这时，史忠恒脱下上衣，正用小刀把嵌在胸口的弹头一颗颗挖出，然后用裹腿把胸部紧缠，继续指挥战斗。

陈龙见状，忙命战士抬他到军部医治。

史忠恒当即拒绝，他大声地说：“只要我死不了就不撤退！这工夫我已打死二十多个日本鬼子，痛快极了！”

说话间，一颗手榴弹落到了他的脚下，史忠恒反应极快，飞起一脚便把手榴弹踢到了阵地外。随着一阵炮声，敌人第二次集团冲锋又开始了。

在重炮掩护下，敌人死命强攻。敌人距阵地只有五十米了，陈龙一声令下，战士们把早已准备好的手榴弹，一齐投入敌群。手榴弹在敌群中开花，炸得敌人血肉横飞，哇哇乱叫。敌人第二次进攻被打退了。

接着，敌人又发动了第三次进攻。此时，史忠恒体力已感恢复，他朝冲向山头的敌人接连掷出了十三颗手榴弹。手榴弹飞得远，落得准，一颗颗在敌群中爆炸，战士们直叫好。

面对冲上山来的敌人，陈龙连声高呼：“向史团长学习，大伙来个投弹比赛！”战士们听到陈龙的喊声，一个个情绪高昂，手榴弹就像雨点儿一样投入敌群。手榴弹的爆炸声压过了敌人的重炮轰击。敌人第三次冲锋又被击退了。

天近中午，敌人进攻暂停。

打退了敌人的三次进攻，像固守另一山头的王毓锋团一样，史忠恒团的子弹、手榴弹也已所剩无几，陈龙只得带领部队撤出山头阵地。

进攻沟口的敌人虽然暂时停止了进攻，其余各股部队依然在向山里发动猛攻，有一股敌人已经冲进村子，一直杀到军部。李延禄、孟泾清等人，不得不在卫队的掩护下撤离屯子，隐蔽在村后的一片树林中。

这时，从沟口撤回的王毓锋团、史忠恒团也都撤到了树林中。

战斗从深夜部署，拂晓打响，直到天时过午，指战员水米未沾，陈龙和战士们一个个饥渴难忍，只得捧起雪来大嚼解渴。

攻进村子的敌人，到处放火焚烧房屋和大肆抢掠。从隐蔽的树林里，可以看到村中一股股浓烟腾空而起，间或还能听到远远传来的枪声和惨叫声。

这时，逃散在村外的朝鲜族农民提着棒子、斧头，纷纷来找游击军，要求打进屯里去，并表示他们愿意带头冲锋，去抢救被日寇蹂躏的亲人。

战士们早就纷纷要求去和敌人拼刺刀。由于敌情不明，军部不敢轻易拿战士们的生命去冒险。朝鲜族农民的要求更加激怒了战士。李延禄、孟泾清只好要战士们拿出仅有的子弹，组织一支突击队，仍由陈龙指挥，杀进屯去。

由五十余人组成的突击队，共有子弹不到二百发，每人只能分到三四颗。但战士们早已义愤填膺，就是用拳头、用牙齿也要和日寇拼个你死我活。陈龙一声令下，突击队的战士一个个就如下山的猛虎，瞪着血红的眼睛杀了进去。

这次奇袭，打得又猛又狠，完全出乎正在烧杀抢掠的敌人的意料。在朝鲜族农民的带领下，突击队很快在村中发现了日军指挥官治田大佐。一阵穷追猛打，把他追到了河崖，然后一阵乱刀把他剁成了肉酱。许多逃窜的伪军、日军也都死在了朝鲜族农民的棍棒和斧头之下。

突袭获得了意外的成功，抱着必死决心冲进屯中的突击队员，带着击毙和杀伤敌寇二百多名的战绩凯旋。

金笑来父子及他的“皇娘”、“大臣”们随着败兵逃进了宁安。八道河子战斗取得了辉煌的胜利。

屯子已被日寇烧成一片废墟。当晚，战士们和朝鲜族农民只好躺在露天的炕上取暖。第二天早上，还未来得及打扫完战场，游击军就接到了吉东局的紧急通知，要部队去汪清县马家大屯苏维埃区，参加中共吉东局召开的军政扩大会议。

通知明确说明，吉东局要在党内传达中共中央《“一·二六”指示信》。

游击军决定让参谋长张建东留守八道河子，李延禄、孟泾清、陈龙带一千五百名战士前往汪清。

7. 攻克东京城

汪清县马家大屯是中共吉东局所在地，也是根据“北方会议”指示建立的苏维埃政权。在这里可以看见手持红缨枪站岗放哨的儿童团员，也可以看见戴红袖标的红色自卫队员和妇女抗日宣传队。因为中共吉东局书记童长荣曾担任过河南省委书记，并曾在上海“左联”和苏区工作过，所以这里的一切都是江西中央苏区的翻版。

当晚，在几堆篝火的照耀下，召开了军政民联欢大会，童长荣在会上作了政治形势报告。

在报告中，他首先分析了自卫军丁超的叛变，李杜、王德林的溃散，然后指出，他们抗日是外受广大群众反日运动高潮的影响，内受热情爱国的下级官兵的逼迫，而他们自己则是为了自己剥削阶级的利益才抗战的。所以，绝不能把抗日的希望寄托在他们身上。

不论是来到苏维埃区的所见所闻，还是童长荣的报告，对于陈龙来说都是陌生的、新鲜的。

当夜，他激动得几乎夜不能寐。他从心底里感谢周保中、陈翰章和王润成，是他们引导着他找到了共产党。如果没有周保中的谆谆教诲，也许他此刻已在异国他乡，也许他已在山头称王，当了“替天行道”的宋江。如果自己当了“山大王”，还能抗什么日？救什么国？最后还不是和宋江一样走投无路？而今，遇到了共产党，不仅是找到了一条真正抗日救国的道路，而且这条道路是在通往一个崭新的、像这里的苏维埃管理下的新中国。

从充满苦恼和困扰的自卫军到崭新建制的抗日游击军，陈龙就好像从长满荆棘的迷谷登上了高山之巅，展望前程，充满了胜利的信心和希望。

夜已经很深了，他还在和史忠恒、王毓锋等人不知疲倦地谈论着、争辩着，用刚刚学到的一些新名词谈抗日斗争，谈“一切权力归农会”。他们毫不怀疑地深信，在不久的将来，日寇就会被打败，整个东北也会像江西革命根据地一样，成立苏维埃政权，建立起一支战无不胜的红军队伍，他们都将成为红军的指挥员，带领战士们冲锋陷阵……

虽然，在东北建立苏维埃政权和宣传“抗战速胜论”的观点，以及童长荣对东北军抗日动机的批判，都具有“左倾”和盲动的性质，但它对于陈龙等一大批抗日将士来说，无疑还是起到了不可估量的鼓舞作用。

第二天中午，留守八道河子的参谋长张建东派人送来一份重要情报，说从团山子战斗溃败的伪军马海山团，目前据守在宁安县南的东京城，士气空前低落，因怕游击军攻城惶惶不可终日。张建东建议军部，派少部分兵力去攻取东京城。

李延禄把情报向中共吉东局作了汇报，经吉东局批准，决定派副参谋长陈龙带一个营和“平南洋”李荆璞部队的部分战士，前往攻取东京城。

军部之所以选派陈龙带兵前去，是因为陈龙既能指挥作战，又懂得运用政治攻势做瓦解敌军的工作。

童长荣对向伪军开展攻心战术，一直十分赞赏。鉴于游击军冯守臣在团山子战斗中乱喊口号，把政治攻势变成骂阵的教训，吉东局亲自拟定了一些宣传口号，并组织力量书写了大批的标语和传单，让陈龙带到阵前使用。

这是陈龙到抗日游击军后第一次单独带兵作战。如果说过去打仗是凭着抗日热情与血气之勇，那么现在他已是为崇高理想去作战了。

临行前，他暗暗下了决心，如攻不下东京城，绝不活着回来。

部队离开马家大屯，一路急行军，直扑东京城。

3 月的东北，乍暖还寒，白天被阳光融化的冰雪，到夜晚又结成坚冰。队伍在陈龙的率领下，艰难地翻过了老爷岭，经鹿道、金坑，晓行夜宿，于 3 月 25 日到达镜泊湖东的马莲河镇；在那里休息了一夜，第二天夜晚，到达了东京城外。游击军没有马上攻城，而是在城外到处张贴传单、标语，大造影响和声势。直到 28 日拂晓，陈龙才下令在东京城外发动政治攻势。

看到游击军突然出现在城外，城头上的伪军一片惊慌。

东京城位于镜泊湖北岸，归宁安县管辖。唐代渤海国的都城就设在这里。传说唐代大诗人李白，在金銮殿上让高力士脱靴，杨国忠磨墨，书写《吓蛮书》，就是答复渤海国国王的。

历史变迁，沧海桑田。经过满、汉、朝鲜族人民世世代代的努力，这座塞外古城已变成了一个繁华的商业重镇。这一带不但土地丰饶，山水相依，而且靠近朝鲜和苏联边境，商品交流十分活跃。在这里不仅可以买到苏杭绸缎，两广杂货，还可以买到朝、苏两国商品，其繁华景象可想而知。可惜“九·一八”事变后，两年多来，几经战火，早已百业凋敝，民不聊生，再也难以看到当年的繁华景象了。

从 1932 年冬天起，日伪军一直盘踞在东京城。

日寇为了巩固对东满和吉东地区的占领和统治，特地把伪警备团马海山部、刘万辉部近千人马派驻在这里，并派了三十多名日军官兵作为督察部队，对伪军进行监视和督察。

东京城城墙高厚，工事坚固，易守难攻。陈龙指挥部队开展政治攻势的第一个回合，便是向城上齐声喊话：“中国人不打中国人！”“中国人不当亡国奴！”

伪警备团团长马海山，团山子一战失败后，一直对游击军恨之入骨，他曾多次发誓，一定要报这一战之仇。

清晨，马海山听见枪声，立即赶到城头督战，命令伪军向城下开火。游击军也开枪还击，一时间，城上城下展开了激烈的互射。

听见枪声，日军督察部队也赶到城头，挥舞战刀进行督战，并严令守军用机枪向城下猛扫。

陈龙看到日军出现在城头，顺手抓过身边一个战士的步枪，瞄准一个日本军官，一扣扳机，子弹飞向城头，那个刚才还哇哇乱叫的日本军官，顿时脑袋开花，一命呜呼。接着，陈龙下令："打！专打城上的日本兵！"

一阵冷枪，紧接着一阵口号声："伪军弟兄们，给日本人卖命，不值得！""中国人不当亡国奴！"

随着枪响，又有几个日本军人栽倒在城头。城上的伪军更加慌乱，枪声逐渐减弱。有的伪军在城头开始搭话："你们是哪一部分的？"

"我们是抗日游击军！专打铁杆汉奸！"

"欢迎你们'反水'！倒戈！"城下又是一片呼喊。

马海山气急败坏，连声咒骂，命令士兵开枪。谁知他在城头上一露头，便招来几发冷枪子弹，吓得他忙缩回掩体中，再也不敢露头。

城上城下不再互射了，游击军阵地上喊出了一声高过一声的政治口号，口号比打枪更能打动守城伪军的心灵。

看到伪军动摇，马海山急得直跺脚。他叫喊着令部下射击，可是不管他怎么叫喊，甚至以军法威胁，城头上的伪军面面相觑，谁也不忍心向自己的同胞开枪。

"欢迎弟兄们倒戈！""活捉马海山！"城下又是一阵呼喊。

陈龙双手拢成喇叭喊道："中国人要有骨气，要做自己的主人，不做日本鬼子的奴才！"

马海山心头颤抖，脸色铁青。他吆五喝六虚张声势地呼喊了一阵，见毫无效果，知道再也无法控制军心，便带着几个亲信溜下城去。随团监督的二十多名日本兵，也连蹿带跳地逃出了东京城。

马海山和日本人一逃，城头上的伪军打出了白旗，开了城门，陈龙和战士们齐声呐喊着拥进城去。

抗日游击军开进城里，东京城狭窄的街道两旁，一下子拥出了成千的市民。他们听说率领游击军打跑了日本人，吓跑了马团长的指挥官竟是一位二十刚出头的青年，都争着想要一睹这位青年指挥官的风采。

陈龙气宇轩昂地带领战士们走在夹道欢迎的人群中。他不住地向市民抱拳拱手，表达游击军对东京城父老兄弟的敬意。

接着，在城内的空场上召开了抗日军民大会，陈龙在会上发表了慷慨激昂的讲话，他宣布没收日寇及其走狗经营的商店和财产，其他正当商业一律给以保护。他号召伪军反正，参加抗日队伍，掀起全民抗战的热潮，把日寇赶出东北。他最后说："我们要做新东北新中国的主人！中国的老百姓都要站起来！"

陈龙口齿伶俐，讲起话来感情充沛，很能打动人心。伪军受到他讲话的感染，当场有七百多人表示反正，加入游击军。一些商人听了他讲的游击军对工商业的政策，高兴万分，当场献金筹款，并为部队筹集给养。

第二天，陈龙带领部队浩浩荡荡撤出了东京城。这次战斗，除了取得大量的衣服、布匹、武器弹药外，还带出全副武装的反正伪军五百余人。

这次战斗是很值得认真总结的。这次战斗，可说是运用政治攻势瓦解和消灭敌人的一个成功的范例。这一战例不仅提高了陈龙在游击军中的声望，同时，也为其他抗日武装瓦解敌军提供了经验。但他万万没有想到，在那风云变幻的年代，恰恰是这一切也给他带来了许多意外的麻烦。

8. 对"左"倾的困惑和抵制

就在陈龙率领部队离开马家大屯苏维埃区，去攻打东京城之后，在马家大屯苏维埃区，游击军与前来进剿的龟冈村一旅团长率领的日军展开了激战。在村民的大力帮助下，游击军与敌人鏖战了一天，龟冈不支，率队退去。就在这次战斗中，发生了一件值得令人深思的事情，一位日本关东军间岛部队的辎重兵，用汽车把运来的十万发子弹送到游击军的阵地，留下一封遗书后自杀身亡了。

当时谁也不知道这个辎重兵叫什么，为什么这么干。等打开遗书一看，才知道他叫伊田助男，是日本共产党党员。他在遗书中说："我虽身死，但革命精神长存。祝神圣的共产主义事业早日成功！"

对这位义薄云天的国际共产主义战士，游击军自然十分崇敬。他们把他掩埋在屯后的松树林中，然后鸣枪致哀。

"九·一八"事变后，与日寇血战了几个春秋的抗日游击军指战员，对凶悍残暴的日本官兵无不恨之入骨，但是，当伊田助男把弹药送给抗日部队愤然自戕的消息传开后，他们震惊了，想不到日军中也有人反对侵略战争。陈龙听到这个消息后，心灵上也受到了一次强烈的震撼。他不但从这位日本共产党员身上看到了国际共产主义的奇光异彩，也看到了自己从事的反侵略斗争的正义性质，更感到这条路自己是走对了。

这场战斗一结束，中共吉东局便部署实施在吉东划分游击区和整编部队的计划：游击军史忠恒团七百余名武装留在吉东局，作为另建新军的基础；政委孟泾清、参谋长张建东留在吉东局，孟、张两人的遗缺请满洲省委另派干部补充……

整编会议后，李延禄率部开往密山一带，准备与原游击军一团团长杨太和会合，共同开辟密山游击区。

翻越老爷岭，李延禄在马莲河与副参谋长陈龙率领的先头部队会合了。看到陈龙从东京城带回的五百余名新的武装力量，以及大量的武器弹药和布匹等战利品，李延禄十分高兴，决定在马莲河暂驻，并召开群众大会，宣传党的抗日政策。不料，李延禄率领的游击军离开汪清后，驻守在吉林的日寇多门师团，便分兵两路从老爷岭的杨胖子沟和鹿道尾随跟踪而来。同时，日军伊田旅团也从宁安出发，沿横道河子、孟家屯两路并进，妄图与多门师团以“分进合击，铁壁合围”的阵势，一举歼灭这支抗日武装。

激烈的战斗在马莲河一带展开了。陈龙、李荆璞等人，根据军部统一作战的指示，率部与敌人在元宝山、杨木林子一带周旋。为了调动敌人，他们不时采取夜袭的办法骚扰敌人，终于避实就虚，使大部队跳出敌人的合围，向密山方向疾进。

军部进驻卧龙屯以后，满洲省委派来的政委张文阶、参谋长张奎也到了。李延禄当即召开了干部会，一一向大家作了引见。听说政委和参谋长都来自满洲省委，又有多年党的工作经验，陈龙对这两位新领导不禁充满崇敬之情。他从心底里希望能在这两位新首长的领导与帮助下，取得更大的进步。殊不知。恰恰是这两位新首长的到来，给他和游击军带来了灾难。

1933 年 6 月，游击军开进密山境内。这里沼泽地多，草原多，很少见到村落。自卫军和救国军溃散以后，许多人无法过境去苏联，又不愿向日寇投降，这些自卫军、救国军残部，使拉竿子上山，当起了“山大王”。这里的“金山”、“友山”、“小白龙”、“徐营长”、“李营长”等十多股“山林队”，无一不是自卫军、救国军的旧部。

如何对待这批“山林队”？游击军应与他们保持何种关系？对其中阶级成分好，又有抗日要求的是否可以收编？在这些重大问题上，游击军领导层内部产生了分歧。

在吉东地区，游击军曾收编过“平南洋”和众多的救国军、自卫军残部，在密山开展游击战争，当然也应当联合所有的抗日力量，壮大游击军的队伍；所以，陈龙一进入密山县县境，便开始对散占山头的“山林队”进行调查和了解，以便为日后收编打好基础。

不料，他的做法却遭到了政委张文阶和参谋长张奎的指责和反对。

陈龙一下子懵了。他不明白，为什么原来受到周保中、李延禄肯定和提倡的事情，在二张面前竟然会变成错误的？他们不都是共产党员吗？

在二位新领导面前，陈龙不好说什么，只能听凭指示，倒是李延禄与他们争论了一番。由于谁也说服不了谁，只好请示密山县委。

参谋长张奎走后的当天夜里，游击军被日、伪军团团包围在郝家屯。李延禄、陈龙率军突围。二团十几名官兵因地理不熟，走错了方向，结果在撤退中与敌人遭遇，全部壮烈牺牲。

本来，对这支部队应否远征密山，有些人曾提出过异议，在行军途中又发生了王凤山杀死连长车振声的叛乱事件。此次，在郝家屯被包围，事先既无情报，对地理又生疏，以致被动挨打，许多战士口出怨言。对此，军部只能作简单的解释，告诉大家只要找到密山县委，一切都可以解决。

谁知，军参谋长张奎带回的县委指示，说："不管'山林队'动机如何，因他们成分复杂，不能收编，要保持革命队伍的纯洁性。"

密山县委的指示一传达，李延禄只好无条件地服从。

这样一来，陈龙又一次陷入了困惑之中。

"山林队"有一些本来是救国军、自卫军的旧部，他们中间有许多人原是暂时蛰伏山林，等待时机，准备继续进行抗日斗争的。游击军的到来，激发了他们的抗日热情，像拥有三四百人的"小白龙"，还有一位绰号叫"赵挑水"的赵队长，也有百十人的武装。他们的部下大都是山东逃荒来的贫雇农和伐木工人。而且"赵挑水"本人，就是靠给人家挑水维生的。他们都想和日本人大干一场。如果说这些人成分复杂，不能收编，那么还有什么人是纯洁的?

此间，游击军根据密山县委的情报，准备配合密山当地的游击武装，袭击密山附近的重镇——平阳镇。平阳镇的伪军大约有一个旅。根据攻打东京城的经验，要想比较顺利地拿下平阳镇，就要印刷传单，选拟宣传口号，对伪军进行宣传瓦解。李延禄便把这个任务交给了陈龙。

来到密山以后，陈龙一直处于困惑之中，干这个受指责，干那个也不行，实在感到憋闷。听说要攻打平阳镇，给密山地区人民一个见面礼，精神顿时振作起来。他决定把这个礼送好，大大鼓舞一下当地人民的抗日热情。

接受任务后，陈龙便找了一家民房，挥笔书写着宣传标语，几个"字匠"也跟着他写传单、编口号，忙得团团转。

他们正忙着，政委张文阶来了，陈龙放下毛笔，连忙迎上前去，向张文阶介绍了这些标语、传单的用途，然后又说起他们在吉东地区运用的效果。说着说着他突然打住了。因为他看见政委的脸色已经越来越难看了。

"你们整什么'告伪满士兵书'?"

"这是为了……"

"不要再说了。你们从前就用这种办法跟伪军勾勾搭搭，现在又整这一套!"政委的声音变得严厉起来。

这句话不亚于给了陈龙一记闷棍，他无论如何也不会相信，此等话竟然出自一位军政委之口。

“伪军，伪军就是敌人。你不打他，他就打你，还讲什么他们的祖先父母都是中国人。这不是右倾是什么？”政委边说着，口气已经变成教育的口吻，就像一个长者在告诫孩子。

“我不同意！”陈龙越听越觉着不对味，忍不住大声反驳，“日本人打我们，伪军帮着，我们劝伪军掉转枪口，有什么‘左’倾、右倾？”

“是不是右倾，这是明显的。你以为伪军不用打，就靠你这些花花绿绿的纸片子，能叫他们投降？”

“能！为什么不能？伪军也是人，他们当中也有有良心的人。”陈龙已经憋了好多天的火气，化成连珠炮朝政委张文阶发射出来。

听见吵嚷声，参谋长张奎一步跨进屋中。当他弄清原委后，马上发表了看法：“政委的批评是正确的，这种做法本身就是右倾的表现。什么‘中国人不打中国人’，这种提法就缺乏阶级性。”

对于张奎的观点，陈龙是清楚的，特别是他从密山县委回来后，表现得更为明显。收编“山林队”是右倾，瓦解伪军也是右倾，不用说，让像他陈龙这样东北军出身，又在救国军干过一阵的人当副参谋长，当然也是右倾。

但陈龙偏偏不肯轻易服输，虽然讲不出反驳这是右倾的理论根据，可他知道，这种做法对打击敌人有利，以前在吉东用过，没错，现在用到密山，肯定也不会错！他大声抗争，并用他在马家大屯听来的吉东局书记报告中的名词和内容来争辩，希望说服两位领导。当然，这一切也都是徒劳的。

双方一直吵到很晚，谁也未能说服谁。

游击军本来要去进攻平阳，尚未做好准备，军部所在地郝家屯反而被日、伪军团团包围了。

敌人攻来了，双方停止了争吵，分头奔赴各自的战斗岗位，去指挥战斗。

军政委张文阶、参谋长张奎来到部队后一直忙于反右倾，待到指挥战斗时，这才发现自己对部队的情况几乎一无所知。当时，李延禄又不在郝家屯，敌人到底从哪里攻来，应当调哪支部队前往迎击，心中全然无数。慌乱中，张文阶和张奎不得不派人到前沿阵地，找回正在组织狙击敌人的陈龙，要陈龙指挥全盘战斗。

陈龙临危受命，当即指挥各路人马向敌人进行反击。从凌晨一直打到天黑，才把敌人击退。

这一仗，仅军部的政治保卫连就牺牲了以戴连长为首的三十四名官兵，另外还有一百多名战士负伤。

这是游击军来到密山地区后遭受的一次最惨重的损失。

李延禄回来后，召集会议，了解失利的原委和战斗情况。这时，张文阶又把失利的责任一股脑儿都推给了陈龙，说什么既然参谋长把指挥权交给你，你就应负战斗失利的全部责任。

陈龙当然不服。他从政委、参谋长不准对伪军搞政治瓦解说起，一直说到他们临危失措。说到激动处，他再也按捺不住心中的火气，拍起了桌子。

但他毕竟只有二十三岁，年轻气盛，还有些幼稚。他以为在会上慷慨陈词，痛说原委一定会得到军部领导的理解和认同，所以，放了一通炮之后，会议一散，便检查岗哨去了。他连想也没有想，这通炮将会给自己带来什么后果。

检查完岗哨，回到住处，天已经很晚了，陈龙推开屋门，只见屋中早已站了三四个人，一看便知他们都是政委身边的，他们命令陈龙把枪缴出。

"缴枪?"陈龙几乎惊呆了，他大声质问："为什么？为什么要缴我的枪?"

"这是政委的命令!"几个人冷冷地说。

既然是政委的命令，必须服从，陈龙极不情愿地从身上解下了二十响驳壳枪，交给了来人。

缴枪在手，几个人转身走出了屋门。陈龙这才注意到，在房屋四周还站着许多持枪的战士，显然，他被看守起来了。

一个军人当然知道枪一被缴，等待他的将是什么，陈龙突然产生了一种危机感。这种感觉不论是在与日本兵拼刺的战场，还是在枪林弹雨的宁安城下都不曾有过。这是一种面临生命威胁的危机感。他意识到，政委既然缴他的枪，就兴许会对他下手——囚禁或处决。当然后者可能性最大，因为环境不允许带着"囚犯"去打游击。

他虽是原东北军军官，但有一腔爱国热情，当他从周保中、陈翰章的口中得知有个决心与日寇干到底的共产党以后，便决心拥戴和终生跟随共产党。他之所以没有去苏联，没有去占山头，目的就是为了跟着共产党打日本，抗战到底，那为什么他的枪还被代表共产党的政委下令缴去?

陈龙相信自己带兵智取东京城没有错，相信"中国人不打中国人"的口号也没有错。那么究竟是谁错了？政委错了？政委是代表党的，他怎么会错？是自己错了？自己又错在哪里?

陈龙彻底糊涂了。他想去问一下军长李延禄。东京城是他下令让自己带兵去打的，向伪军搞政治瓦解也是他同意的，那么现在呢？应当找他去评评理！他刚刚站起，又颓然坐下了。他蓦地想到，没有军长的同意，不论是政委还是参谋长，都不可能独自下令去缴一位副参谋长的枪。

陈龙坐在炕边，双手抱头，一筹莫展。他不懂，也不可能懂，这是他一生中开始经历的第一次党内的路线斗争。

忽然，草屋的门被悄悄推开了。他的一名警卫员神色慌张地探身进来，压低声音说："快跟我走——"

看警卫员的神色，陈龙马上意识到有什么危险要发生。他蓦地站起，忙问道：“到底是咋回事？”

警卫员悄声说：“我躲在一旁，听他们议论，说明天就要过堂。”

“过堂？好哇，我正好和他们评一评，到底谁对谁错！”陈龙气愤地说。

“跟他们有什么好评的！过完堂说不定就——”警卫员比了个开枪的手势，“要评，得去找周保中。”

有时，一句话能拨开满天云雾。警卫员一提醒，陈龙顿觉眼前一片开朗。对呀！为什么不去找周保中、找吉东局，让他们来评评谁是谁非呢？

陈龙拍了拍警卫员的肩头：“走！找周保中去！”两个人悄悄溜出门去。

陈龙此刻已是心急如火。他感到这里的情况十分严重，他甚至开始怀疑这两个从满洲省委来的领导不是自己人。

溜出屋子，两个人立即隐没在一片齐人高的草丛中。他们连夜逃出郝家屯，沿着一条河谷，匆匆向牡丹江方向奔去。

9. 秘密入党

8月的太阳像一团火，烈焰腾腾地烧烤着大地，而在镜泊湖边却是凉风习习，毫无暑意。

周保中和陈龙漫步走在湖边的沙滩上。两人边走边亲切地交谈。

陈龙从游击军进入密山地区后所发生的关于收编“山林队”的争论讲起，一直讲到郝家屯被包围，讲到为攻打平阳镇如何写标语口号，如何被缴去驳壳枪。

周保中皱起眉峰，脸上出现了少有的严峻。他一边听着陈龙的叙述，一边眺望着远方，思绪飞向了很远很远的地方，那个地方便是苏联的首都——莫斯科。

1928年底，曾任北伐军十八师少将副师长的周保中，因中共湖南省委遭到破坏，被通缉逃亡到上海。在中央军委领导下先是从事兵运工作，后被党中央派往苏联学习。1929年秋，被定为“托派嫌疑”，1930年3月被开除党籍，送到莫斯科附近一个五金工厂去当工人。当时，周保中同现在的陈龙一样困惑，不知道一个满怀热情到苏联来学习深造的共产党员，为什么会突然变成“托派嫌疑”，不明不白地被开除了党籍。直到1931年2月，另一个共产国际组织审查了他的问题，撤销了他的“托派嫌疑”，并恢复党籍。回国后，他被派来东北。他比陈龙年长十七岁，当然比陈龙更了解什么是党内斗争。这种斗争无时不在，无处不有，而今陈龙刚刚走上革命道路，刚刚经受这一切。但他相信，陈龙经受这种激烈的思想、路线斗争的考验之后，会变得更加成熟。

周保中十分理解陈龙为什么觉得政委张文阶、参谋长张奎不像自己人，也十分理解张文阶、张奎为什么对瓦解伪军反感，当然也理解他们为什么会如此严厉地对待陈龙。但这些事情绝不是三天两早就能够向一个刚刚踏上革命道路的青年人说清楚的。他只能告诉陈龙，用政治攻势瓦解伪军的做法没有错，在今后的斗争中仍然应当运用这一行之有效的办法，去瓦解伪军，孤立日寇，取得对日军作战的更大胜利；他也只能告诉他，张文阶、张奎都是自己人。他们今天虽然不理解瓦解伪军的作用和意义，但他们今后会明白的，到那时，他们一定会主动来团结陈龙，和陈龙并肩作战。

同时，周保中告诉陈龙，党的一切方针政策都是根据斗争发展和客观实际来制定的。只要你的所作所为符合斗争发展的需要和客观实际，总有一天会被承认。

周保中这番语重心长的话，字字句句敲击在陈龙的心上。周保中觉得陈龙是个人才，只要好好培养，这个浑身充满朝气的年轻人，一定会成为一个出类拔萃的指挥员，他决定把他留在身边。

在镜泊湖畔，有陈龙熟悉的许多老战友、老部下，此刻柴世荣、史忠恒和吴义成等人，在周保中领导下，正研究如何攻取东宁县城。

东宁在宁安县以东，紧靠中苏边界，当年救国军总部就设在这里，王德林总司令就是从这里越境去苏联的。

当年东宁失守，宣告了整个东北完全沦陷。消息传出，不但对全东北，乃至全国人民都是一个沉重的打击，尤其对吉东一带的黎民百姓打击更严重。“九·一八”事变后，在一年多的时间里，他们送儿女、送丈夫参加救国军、自卫军，省吃俭用，把粮食、棉布送给抗日的队伍，指望他们能够挽救东北的危亡，不料到底还是失败了。

尽管后来有游击军在团山子的战斗、八道河子的胜利，但毕竟这两次战斗都是在农村、在山沟里，影响不大。周保中深感目前形势严峻，特别是在游击军开赴密山之后，他觉得在吉东地区只有打一个大规模的战役，才能振奋民心，威慑敌寇，掀起抗日斗争的新高潮。于是，他以“绥宁反日同盟军联合办事处”的名义，组织和集中了流散在各地的义勇军、救国军、自卫军残部，以及党领导下的抗日武装，共五千余众，准备对东宁发动一次声势浩大的攻击战。

陈龙受命仍然与柴世荣共同指挥第四路军，向敌人侧翼进攻。这场战斗进行了三天三夜，陈龙的眼睛熬红了，衣服烧焦了，帽子也被子弹打飞了。他几次不顾个人安危率部队攻到城下，都被敌人强大的火力顶了回来。每次退回，他都气得火冒三丈。他大声吆喝着，部署好火力掩护，然后又带着战士们猛打猛冲。他这边向敌人轮番冲击，担任主攻的史忠恒团也连续向敌人冲锋。经过十多次反复冲杀，“史团”官兵终于夺取了敌人重兵把守的一个炮楼，击毙了把守炮楼的三百余名敌军。主攻方面撕开了一个缺口，陈龙的侧翼进攻又取得了进展，攻城部队终于杀进了城中。

东宁城虽被攻破，城内一部分敌军仍在据险顽抗，双方展开了巷战。把最后几股顽抗的守敌消灭，已经是第四天拂晓了。

东宁是吉东地区的一座边防重镇，日寇十分重视，一直用重兵把守。东宁被一举攻克，不能不对整个吉东地区产生强大的震撼。攻克东宁的战斗，既为中国共产党领导下的抗日武装开创吉东游击区打开了局面，同时，也为后来东北抗联第五军的建立打下了基础。

东宁攻克后，游击军凯旋。陈龙、柴世荣率领的第四路军改编为第四旅，继续活跃在宁安、东宁之间的广阔山区，不停地骚扰和打击敌人。

从那次桥头谈话，到新年到来前夜举杯敬酒；从自卫军溃散，到参加抗日游击军，在每一个重要转折关头，周保中都给了陈龙以点拨，而陈龙的每一个进步、每一次成功，周保中也都看得清清楚楚。当看到陈龙经过血与火的洗礼，已经从一个旧东北军军官完全转化为一个共产主义斗士的时候，周保中便及时与王润成研究，准备介绍陈龙加入中国共产党。

深秋，老爷岭变成了绚丽多彩的五花山，火红的枫树、亭亭玉立的白桦，把参天的松柏衬托得更绿、更翠。深秋的山区是成熟的季节，一场严霜之后，吮吸人血的蚊虫死光了，到处是熟透了的山葡萄、松子、榛子和叫不出名目的野果子……

为了度过即将到来的寒冬，周保中在秘密营地一块空地上召开了一个干部会，要求各部多贮备过冬的粮食和棉布，并通报了近期的敌情动向。宣布散会后，他让陈龙单独留了下来。

看到身边只有王润成和陈龙两个人了，周保中望着陈龙，语气深沉地说：“根据你的表现和要求，经我和润成介绍，吉东地区党组织已经批准你加入中国共产党。从现在起，你就是共产党员了，你就要以一个共产党员的身份参加抗敌救国的斗争喽。”

周保中从上海来到东北，已经秘密发展了十几名党员，可是，此时此刻，他的心情仍然显得有些激动。

听了这席话，陈龙心跳加快，血一阵阵直向头上涌。他像一个士兵一样笔直地站着，心中默默地发着誓：“一定，一定做到。”

在回旅部的路上，王润成把他送了一程。他简要地向陈龙介绍了党对每个党员的要求，要绝对保守党的秘密，哪怕是掉了脑袋，也不能叛党。

陈龙默默地走着，默默地听着。

走出一片树林，看到柴世荣和警卫员都在前面等着，王润成停住了脚步。

在临分手的时候，陈龙禁不住握住了王润成的双手，语气激动地说道：“我一定记一辈子！”说完，他双手用力握了握王润成的手，转身向山下大步走去。

10. 严冬婚变

转眼之间进入了冬季，张广才岭变成了一片冰天雪地，狂风如刀，雪深过膝，严寒给游击战争带来了难以估量的困难。

此刻的斗争环境，已无法与自卫军、救国军的鼎盛时期相比。日寇为了最后扑灭吉东地区的抗日烈火，一直用精锐部队控制着牡丹江、绥芬河一带。一有风吹草动，便倾巢而出，对各地的游击部队不停地进行追杀和奔袭。经过一年多的较量，日寇也积累了一定的同抗日部队作战的经验。为了切断抗日部队同人民群众的联系，凡是人口稠密的村屯和交通要道，他们都驻兵设防，建立情报网络，强行推行治安控制和封锁。为了避敌锋芒，保存有生力量，游击部队不得不进入深山老林去建立秘密营地。

吉东地区的抗日斗争，进入了一个十分艰苦的时期。

所谓秘密营地，无非就是在地上挖个深坑，上面盖上茅草的地窨子，再不就是用树枝和茅草搭盖的马架子，稍好一点儿的，也是用土坯垒的茅草房。春秋住在里边还可以，进入冬天，特别是零下二三十度的严冬，又不准生火，压根儿就无法住，常常有战士睡熟后，被冻死在里边。日寇为了寻找游击军的秘密营地，不仅用飞机搜索，还在山上的制高点设立岗哨，一旦发现有炊烟，便马上派重兵突袭。

由于敌人的严密封锁，游击军粮食接济日益困难，特别是盐。弄不到食盐，就是杀了军马煮马肉也难以下咽，破冰捕鱼，鱼没有盐更难吃。由于长期吃不到盐，战士们眼睛看四周都是蓝的，浑身发软，没有一点儿力气。周保中在日记中，曾记有这样一件事，那是在一次战斗的间隙，抗联战士几天没有吃饭，陈翰章不知从哪里搞到一些小麦，托炭窑上的工人用水桶代煮。小麦煮熟了，变成了粥不像粥、饭不像饭的焦黑糊糊。一位战士问工人：“这饭狗吃吗？”工人回答：“狗不会吃，味儿太难闻了。”战士又问：“猪吃吗？”工人又答：“猪也不会吃。”可是抗联战士和周保中、陈龙、陈翰章等人，却狼吞虎咽吃了个精光。

入冬以后，日寇不断组织部队进山清剿，有时放火烧山，有时派特务化装进山，对凡能建立秘密营地的地方，反复进行骚扰。

为了保证秘密营地不被敌人发现，游击军往往不得不采取调虎离山的办法来转移敌人的视线。他们在安扎秘密营地之前，先派出小股部队在远处和敌人兜圈子、捉迷藏，直到把敌人拖垮、累垮。

陈龙和柴世荣都曾多次带兵执行这项艰巨的任务。

要拖垮装备精良和用武士道精神武装起来的敌人谈何容易。有时，一天一夜要奔袭几百里，有时一天要与敌人打几仗，才能骚扰得敌人日夜不安，坐卧不宁。

严酷的斗争环境，严重地损害了陈龙的健康。一连多日，他感到浑身火烧火燎，咳嗽不止；胃里总好像有把刀子在搅动，痛得难忍，人也明显地消瘦了。

1933 年冬天，柴世荣、陈龙旅的秘密营地，设在宁安县南深山之中的东北杈。陈龙的妻子与柴世荣的儿媳、女儿住在一起。生活的艰苦，斗争的艰险，使这位富家出身的女人思想发生了动摇。

衣来伸手、饭来张口的日子她可以过；这种缺衣少食、饥寒交迫的生活，对她简直是致命的威胁，她过不了穷日子，更过不了苦日子。

日寇正在进行 1933 年冬季“大扫荡”，每天战事频繁，陈龙大部分时间都在山林里与敌人周旋，几乎没有注意妻子的唠叨和感情变化，他还是从柴世荣的儿媳那里才听到了一些情况。

陈龙的婚姻并不完美，因为他相中的原本不是现在的妻子，而是她的姐姐。但从参加抗日斗争以来，妻子跟着他转战了一年多，他与她也逐渐建立了感情，希望她能够有一天也像自卫军、救国军、游击军中的女战士一样，经过锻炼去扛枪杀敌，哪怕是救助救助伤员，动员动员民众也好。但是事与愿违，这些事情她根本不想做，也不愿去做。尽管如此，陈龙对她并未完全失去信心，他还在想，也许目前的艰苦环境会使她重新认识自己，从而振作起来，最终做战斗的一员，投身于伟大的抗日斗争洪流中。

1934 年的春节过去了，日伪军进行了几个月的冬季“大扫荡”，因毫无战果而草草收了兵。这个空隙，正是游击军休整部队、医治伤员、准备给养和装备的好机会。

一天傍晚，陈龙带领一个营扛着缴获的战利品刚返回营地，柴世荣便把他叫到了一个僻静处。

柴世荣原名柴兆升，他比陈龙大十六岁，留着大胡子。他曾在救国军当过督战司令，战士们对他都很敬畏。他跟吴义成私交甚笃，在救国军溃散后，吴义成仍然留在国内抗日，在很大程度上与柴世荣苦口婆心的劝说有关。

柴世荣与陈龙共同担负起第四路军的指挥重任后，他一直把陈龙当自己的亲弟兄看待。自然，他对陈龙的家庭也非常关心。

柴世荣是经过世事沧桑的人，他很理解陈龙的心情，他怕引起陈龙伤心。第一次交谈，只是说年轻女人娇惯了，怕过不了苦日子，要陈龙多劝劝她。

陈龙是个聪明人，看到柴世荣以兄长的口气来与他交谈家庭问题，便断定妻子的态度可能变得很严重了。

当晚，陈龙与妻子谈了半夜，并没有能说服她。显然，她要离开秘密营地的决心已经下定了。陈龙也觉得在当前形势下，让她离开秘密营地越早越好。

第二天，他去找柴世荣商议，决定在转移的时候把她送走。

此间，柴世荣的儿媳和女儿也多次对陈龙的妻子作过规劝，均无效果。柴世荣与周保中商量，决定让陈龙的妻子离开。

春暖花开，部队决定向罗子沟一带转移，陈龙便派人把妻子送出了东北杈，让她先去柳树河，和父母兄弟暂住，等环境好转了，再去接她。

殊不知，妻子到婆家没住多久，便回了娘家；而且随着抗日斗争转入更艰苦的阶段，竟和婆家断绝了来往。

11. 抗联战将

日寇原以为李杜的吉林自卫军、王德林的救国军被消灭以后，吉东地区将会出现一劳永逸的安定局面；没想到自卫军、救国军溃散不到半年，吉东地区又到处燃起了抗日的烽火。而且这些队伍精悍灵活，战术巧妙，长途迂回，围点打援，聚而围歼，搅得日寇坐卧不安。关东军司令部连连惊呼：“东满治安肃正远没有完成。”最初他们不知道这些队伍何以如此英勇善战？等他们连续失败、迭遭重创，甚至在整个吉东地区县镇以外已无立锥之地的时候，这才意识到周保中、柴世荣、陈龙率领的这支抗日武装是一个不可轻视的劲敌。

周保中和陈龙对日寇作战均采用游击战术原则，即“避强攻弱”、“乘隙待虚”，打击敌人，发展自己。因此，在1934年春，当牡丹江、东宁的敌军倾巢出动，企图夹攻这支抗日武装的时候，周保中主持“同盟军”党委会，作出了三路分兵的决议。

陈龙随周保中率领东部派遣队远征，会同东北人民革命第二军独立师合攻绥芬河大甸子。这一仗打了七天七夜，因敌人增援部队杀到，只好放弃。

在与独立师协同作战中，陈龙结识了在东满坚持抗日斗争的独立师师长王德泰。

王德泰是山东人，幼年随父母逃荒到东北。先是给地主打短工，后又到山里去烧木炭，受尽了苦难。1932年春，由于积极参加了东满党组织领导的反对日本侵略者的“春荒”斗争，被吸收加入了中国共产党。之后，受组织委派任延边一带“反帝同盟会”组织部长。为了扩大游击武装，他化装成小商贩去做“山林队”的工作，经过一番艰苦努力，终于使延吉游击队从小到大，到今天已有了一个师的武装。

论年龄，王德泰比陈龙大两岁。两人几次见面，都谈得十分投缘，特别是陈龙对战略战术方面的研究，深得王德泰的赏识。他们这段时期的交往，为后来陈龙到二军担任领导职务打下了基础。

1934年，吉东、东满地区的日寇对抗日武装连续发动了三次大规模的扫荡，每次持续时间都很长，约为三个月左右，吉东、东满地区的游击武装损失十分严重。从1934年11月到1935年1月的大讨伐，日寇把伪满王牌部队“靖安军”调了出来，作为主力，配以其他伪军，对游击武装实行分割包围，妄图迫使游击部队和它打阵地战，从而全歼游击部队。

“靖安军”是伪满的御林军，这支部队名义上归伪满皇帝溥仪统帅，实际上受日本关东军指挥。这支部队，从班长一直到排、连、营、团长一律都是日本人，士兵则是各城市的中学生。他们待遇丰厚，一色的黄呢军装，差不多每个士兵都配有长、短枪各一支，每连都配有机关枪和迫击炮。由于他们军装的袖头都用红布装饰，所以人们都管它叫“红袖头”。

日寇把一支几千人的精锐部队派到吉东地区，目的就是想给周保中一记撒手锏。

鉴于敌人过于强大，周保中和陈龙便日夜调动部队，采取声东击西策略，同敌人展开斗智、斗勇的较量。

“靖安军”不但捕捉不到游击队的主力，反而处处被动挨打，往往整班、整排甚至整连被歼。眼看从1934年底发动的这次讨伐又要以失败而告终，穷凶极恶的日寇，便在1935年1月17日，索性把前方司令部从宁安移到了东京城，由日军司令官亲自指挥作战。这次战斗，日军出动了“靖安军”一个团，和伪军、伪警共计二千余人，在日军的督战下，用飞机配合，浩浩荡荡杀向“同盟军”的所属部队。一时间，吉东地区枪炮声终日不断，到处都是交战的战场。

为了避敌锋芒，保存实力，更多地杀伤敌人，陈龙率部冲出敌人包围后，急速东进。

春节到了，陈龙率部进入天桥岭一带。日寇闻讯，迅速调集了一支七百余人的队伍，尾随而至，进行全面包围，妄图一举歼灭这支队伍。

双方相持了六天，激战了七次，陈龙抓住了敌人的薄弱环节，率队跳出了敌人的合围，把队伍胜利地带到了东满地区。

敌人的几次讨伐，均以毫无战果而告终。

陈龙带兵打到东满，与王德泰的独立师会合后，根据中共满洲省委的指示，结合东北地区抗日形势的需要，将东满抗日部队整编，组成了东北人民革命军第二军。任命王德泰为军长，魏拯民为政委（兼哈尔滨市委书记），李学忠为政治部主任，陈龙为参谋长。

二军下辖四个团：一团团长安风学，政委周树东；二团团长张泉玉，政委曹亚范；三团团长车振声；四团团长侯国忠，政委王润成。

东北人民革命军第二军的建立，在东满地区引起强烈震动。据日本间岛协会本部上报给关东军司令部的《最近间岛共产运动状况》情报中称：“该部根据地设在抚松县三道褶子、二道沟。军长：王德泰，三十三岁，满人；政委：李学忠，二十六岁，满人；参谋长：刘汉兴（陈龙），四十岁，满人。兵力七百一十九名，步枪六百三十九支，手枪六十二支，重机枪二挺，轻机枪六挺，迫击炮一门……”

被日寇认为已经四十岁的参谋长陈龙在二军组建不久，便根据全军的战略部署，带领三团、四团于6月间出发，取道向吉东地区进军。任务是与吉东游击区连成一片，与已成立的第五军军长周保中、副军长柴世荣会合，共同开辟新的游击区。

陈龙带兵北上中途必须经过老黑山。老黑山驻有“靖安军”一个连，这个连自恃兵强马壮，在这一带横行霸道，欺压百姓，无恶不作。

陈龙听了乡亲们对“红袖头”的控诉，决心拔掉这个钉子，当即指派四团前往攻打。“靖安军”虽然气焰嚣张，战斗经验却远远比不上身经百战的抗日队伍。四团在团长侯国忠指挥下，设好埋伏，略施小计，便使敌人倾巢而出，陷入了埋伏圈。一场伏击战打响，仅用了半小时就把敌人全部歼灭了。

陈龙带兵北上，一路上边走边打，历时两个多月，终于到达了吉东地区。在吉东地区，陈龙率领二军部分主力，与五军配合，又成功地粉碎了敌人的两次扫荡。

整整半年，陈龙一直率部出没在深山密林之中。为粉碎敌人的秋季大讨伐，他白天行军，夜间同战士们一起在地上和衣而眠。由于风餐露宿，他的胃病、肺病更加严重，本来十分白皙的皮肤，变得又黑又黄，但他依旧意气风发斗志昂扬。因为经过几年的转战，他对同日军作战的战略战术已经了然在胸。这几年，他不但与日寇号称“精锐部队”、“王牌军”的广赖师团、天野旅团、多门师团作过战，而且同伪军中的什么守备队、警备旅、靖安军、警察大队都做过较量。他坚信，只要脚踏生养他们的黑土地，依靠广大人民群众的支援，就一定能够打败日本侵略者。

转战千里，身经百战，二十五岁的陈龙成长了，成熟了。

12. 留学苏联

1936年1月，中共东满特委书记、东北人民革命军第二军政委魏拯民，去苏联参加共产国际第七次代表大会后回到国内，2月5日，由宁安县委书记张中华陪同，到宁安县镜泊湖游击根据地会见了周保中，并传达了中共中央驻共产国际代表关于撤销满洲省委，按游击区建立南满、东满、吉东、松江等四个省委和建立东北统一编制的抗日联军的指示。

自从红军长征离开中央苏区后，东北地区的党组织便与中央失去联系。这两年，就像驾着一艘无舵的船，在雾海上航行，尝尽了艰辛。现在，魏拯民回来了，又带来了党中央的指示，广大指战员受到了很大的鼓舞。

会后，魏拯民于3月上旬又在安图县一个叫“迷魂阵”的地方，召开了二军改编会议。会议决定，将东北人民革命第二军改编为“东北抗日联军第二军”，陈龙仍任军参谋长。

东北抗联第二军建立后，陈龙继续率领部队在吉东一带打击敌人。此时，二师师长史忠恒由于伤重，一时到不了任，陈龙便兼起了二师代师长的职务，直接率领二师战士，与政委王润成、参谋长陈翰章并肩战斗。

他们三人都是从自卫军、救国军出来的青年将领，多年的战斗友情，使他们息息相通，感情笃厚。在战斗的空隙，他们三个人常常围坐在一起。一回忆起在自卫军、救国军的艰苦岁月，心中就充满了豪情和感慨。他们都是在周保中的指引下才找到了共产党，找到了一条真正杀敌报国的革命道路。他们一次次相约，不论谁牺牲了，活着的人一定要挑起两个人的担子，革命到底。

由于陈龙有军事才能，在每次关键性的决战中，都能指挥部队出其不意，克敌制胜，深受周保中和魏拯民的信赖，因而曾一度还兼任过抗联第五军参谋长的重任。

魏拯民率领二军一部南下，远征去抚松、濛江一带，与抗联第一军军长杨靖宇会合，开辟南满游击区后，陈龙则率二师北上，与五军会合，开辟吉东（绥宁）游击区。他和陈翰章、王润成又一次相约：一定完成上级交付的光荣使命，在吉东打出一个新局面。

自从来到吉东地区转战，陈龙感到如鱼得水。因为他自幼长在这里，熟悉这里的山川树木、风土人情，也熟知这里的敌情、我情，更主要的是，有周保中在身边，他可以随时向他求教许多自己弄不通的战略战术和党的基本知识。此外，还有比他年长十六岁的老大哥柴世荣副军长，不仅从思想上帮助他，而且在生活上也给予多方照顾。更不用说还有王润成、陈翰章、史忠恒等好几位与他年纪相仿的师、旅、团长。他们一起出生入死，相依为命，早已结下了生死不渝的革命友情。

自1934年以来，敌人每年发动三四次扫荡，都未能摧毁这支抗日武装，就因为有他们这样一批铁骨铮铮的硬汉子。

1936年，是敌人要全面进攻中国的准备年。日寇非常清楚，要占领整个中国，必须要有强大的兵源和巩固的后方。然而由于东北抗日联军的频频出击，致使日寇不得不屯重兵于东北，从而打乱了日寇进攻中国内地的时间表。

日寇为了安定后方，能够抽出更多的兵力派往关内，1936年对抗日联军进行了更加频繁的讨伐。他们强力推行集团部落、集家并屯的策略，大搞杀光、烧光、抢光的“三光政策”，妄图把抗联同人民群众隔离开，从而达到困死、饿死，最后消灭抗联的目的。

这样一来，整个吉东地区形势变得空前严峻。由于日寇的严密封锁，粮、棉、盐极度匮乏，加之天寒地冻，抗联战士冻饿而死的事经常发生。身为领导人的周保中，既没有为胜利所陶醉，也不曾被险恶环境所屈服。他冷静而又客观地分析了当前面临的形势和下一步敌人的行动计划，谋划自己应当采取什么样的对策。这种险恶形势刚露出苗头，他便在宁安县泉眼头召开了二军和五军干部会议。会上，他除了进行军事部署外，根据上级指示，提出了要把一批青年干部和家属送往苏联的建议。

会后，一批青年干部、重伤员和随军家属，其中包括柴世荣的夫人、女儿、儿媳和李荆璞的夫人、王毓锋团长的夫人，以及肖茂荣等百余人，集中到了卧龙河。

抗联五军在中苏边境有一条秘密的国际通道，魏拯民从苏联回来就是走的这条路。对这条通道，敌人可能有所察觉，曾多次派兵进行骚扰。为了保证这批干部和家属的绝对安全，周保中责令陈龙和王润成带两个连沿途护送。

在护送着这支队伍向中苏边境进发期间，陈龙不由地又想起了自己的妻子。遗憾的是她却走了另一条路，不在这支队伍中。在几天的行军路程中，他不断地责问自己：是不是自己过于忙军务，忽略了对她的开导和教育？但是很快又否定了。柴副军长的夫人、王润成的夫人，她们不是都很自觉地参加部队工作了吗？她们有时赶制军衣，有时看护伤员，甚至烧水做饭，充当炊事员……她为什么就不肯呢？

“你还是忘掉她吧！她不是我们这个阶级的人。”王润成看出了陈龙的心事，劝说道。

到了中苏边界，由王润成过界到双城子，向前来迎接的中共驻共产国际代表杨松（化名斯达冈诺夫）移交档案，介绍情况。因此他也留在了苏联学习。

王润成入苏后，两个连由陈龙带回。

陈龙回来后，敌人更大规模的讨伐已迫在眉睫。陈龙便率史忠恒部和五军一部，转入图佳线老松岭一带，迎击敌人。

敌人这次大讨伐，一直被公认为是几年来用兵最多、历时最久、拼杀也最残酷的一次，可以说是规模空前。

看到敌人的扫荡气势，陈龙不能不更加佩服周保中的远见卓识。只有送走重伤员和家属，免去后顾之忧，才能顶住日寇的疯狂挑战。

9 月 12 日，二军侯国忠团在磨刀石车站与代马沟站之间，颠覆了一列敌人工兵军用列车，车上载运的日军十二师团工兵三百余名全部被歼。由于这场战斗严重地挫败了敌人的国防工程计划，而震惊了日本内阁，被惊呼为“九·一二事件”。

早在9月10日，史忠恒部就在陈龙指挥下与讨伐的敌军在老松岭展开了激战。

史忠恒作战勇猛，指挥作战全然不顾自己的安危，所以他负伤的次数最多，也最为严重。老松岭战斗就是由他带着未愈的枪伤指挥的。

这场战斗是从截击日军列车开始的。战斗一打响，日寇弃车而逃，史忠恒看到敌军逃走，当即跃出阵地，指挥战士进行追击。由于目标显露，遭到敌人的集中射击，史忠恒先是双腿被打断，继而腹部中弹。尽管生命垂危，他仍然指挥战士出击，最后终因流血过多而光荣牺牲。战士们见师长壮烈殉国，个个怒火中烧，一齐呐喊着冲向敌阵，在“为师长报仇”的口号声中，击毙敌人五百余名，并缴获了大批军需物资。

正在侧翼战场指挥作战的陈龙，听说史忠恒不幸牺牲，慌忙赶来，抱着史忠恒的遗体大哭。

从自卫军到抗日游击军，再到东北抗联第二军，陈龙与史忠恒一起战斗了多年，共同指挥了多次著名的战斗，因此，也结下了深厚的友情。此刻，眼看自己亲密的战友长眠沙场，怎不痛彻肝肠？

史忠恒是继二军政治部主任李学忠在抚松殉国后牺牲的第二位高级将领。消息一传开，在战士中引起巨大的悲痛。周保中、王德泰两位军长也分别在各自的战区对他们进行了祭奠。不幸的是，一个月后，王德泰也在南满的临江与濛江交界的小汤河与日军激战中英勇献身。

从抗联队伍的惨痛损失，足可以看出1936年敌人大讨伐之凶狠与残酷。

王德泰牺牲的消息极大地震动了周保中。他似乎已经看到，抗日斗争将从此转入一个更加艰苦的阶段。在这个阶段，也许自己，也许包括一大批干部都有可能光荣牺牲。真要到了那一步，东北的抗日大业谁将来继承？想到这里，周保中觉得要使抗日斗争继续下去，必须用战略的眼光来看待干部这一重要问题。为了保存一批干部，使抗日斗争后继有人，他向吉东特委建议，再送一批干部去苏联。

建议被特委批准后，在拟定派送干部名单时，他首先想到的便是陈龙。

在二军军长王德泰、政治部主任李学忠相继牺牲后，政委魏拯民担任南满特委书记，正与杨靖宇共同指挥南满的反扫荡战斗。从图们、延吉、汪清到吉东地区，二军的领导重任只剩陈龙一人苦撑着。尽管如此，周保中还是决定要陈龙赴苏。

当周保中把这一决定告诉陈龙时，他又一次懵了。他根本没有想到在如此困难的局势面前，周保中会让他离开战场，去苏联学习。

“抗日斗争需要有后备干部，特别是军事领导干部，这是形势的需要。”周保中语气沉重地说道。

“可以派别人嘛！陈翰章、侯国忠……”陈龙一口气说出了五六个人的名字。

“去吧！”周保中用力拍了拍陈龙的肩头，“你是军级领导，到苏联要好好学习，准备回来挑更重的担子。”

陈龙没有再争辩，他似乎已经从周保中的口气和眼神中听出和看出了他内心的含意。

与陈龙分手，周保中真有点儿舍不得。这也难怪，他与这位生龙活虎的青年战友同生死、共患难，在一起生活了将近五年，可以说是他亲眼看着和亲手拉着他成长起来的。陈龙心地坦诚，骁勇善战，对党和人民无比忠诚。特别是自从二军、五军在吉东共同开辟游击区以来，他俩几乎形影不离。尽管陈龙的职务已提到领导层，但他始终如一，一直把他当作师长对待，每次缴获到战利品，总是把最好吃的东西留给他，让他补养虚弱的身体。与这样的战友分手，真是难舍难离。

比较来说，陈龙想的没有周保中深远。在他看来，去苏联学习，只不过是暂时离开，顶多一二年，他就会回来，跟着周保中继续打日本鬼子，直到把他们赶进东洋大海。说得更实在一些，到外国上学，就是“留洋”。“留洋”对任何一个青年人来说，都是富有诱惑力的，对年方二十六岁的陈龙当然也不例外。但当时他从来就没抱过这个奢望，他觉得在这紧要关头，他是不可能从战场上脱身的。但是，周保中却下了许多人都不可能下的决心。

至于周保中为什么下此决心，周保中既未向陈龙，也未向任何人透露过。但从种种迹象看来，周保中是把陈龙当成自己，乃至东北抗联领导的继承人送往苏联深造的。因为陈龙是这几批赴苏的人员中唯一的军级干部。

起程那天的早晨，陈龙带着简单的行李，来向周保中告别。周保中深情地拉着他的手，把他送出老远。当两人握手分别时，陈龙看见周保中眼里噙着一汪泪水，鼻子也不由得一阵发酸，赶紧向周保中招了招手，转身大步朝山下走去。

到了集合地点，陈龙才知道连同地方干部在内一共不到二十人。因为没有家属和伤员，军部只派了两个排护送。

陈龙他们走到中苏边界，前来迎接的仍然是那位戴着高度近视镜的杨松。跨越国界以前，陈龙招呼大家一齐站定，转身，脱帽，向多灾多难的东北大地深深鞠了三个躬。

当迈出中国土地的一刹那，陈龙心中忽然觉得一阵凄苦，两行热泪竟顺着面颊流了下来……

第二章　延安风雨（1937—1945）

1. 从红场到宝塔山

刚刚进入异国境内，一群苏联士兵便围了上来。抗联将士们所带的武器全部被收缴，然后坐上一辆敞篷汽车，颠簸了几十里，被送到一个收容站。

在两个月前，接待王润成和抗联家属的那位戴高度近视镜的斯达冈诺夫（杨松），认真地审查了陈龙交出的全体赴苏人员身份证明信件后，紧拉着陈龙的手，对他的到来表示欢迎。

这个收容站设在乌苏里斯克（双城子）郊外，曾接待过李杜、王德林和许多自卫军、救国军的将士和家属。但他们都被很快转送到苏联中亚与中国新疆接壤的地方，陆续遣送回国内。

在这里，陈龙等一行人则更换了服装，登上了开往莫斯科的列车。

列车横穿西伯利亚，经过七天八夜的长途旅行，停在了莫斯科车站。他们下了车，被送进郊外一座树木环抱的学府——莫斯科东方大学第八分院。

这座学院全称为“东方劳动者共产主义大学”。它是苏联共产党和共产国际联合创建的专为苏联各共和国培养干部的最高学府，同时兼为东方受帝国主义压迫的殖民地国家培养干部。学员中有日本人、越南人、朝鲜人、土耳其人、波斯人，更多的则是中国的留学生。

这座学院成立于 1921 年，斯大林任名誉校长，当年刘少奇作为第一批学员曾在这里就读，并从一个社会主义青年团员转为共产党员。十几年间，中国共产党输送了像任弼时、向警予、赵世炎、王若飞、陈延年、秦邦宪、许光达、欧阳钦、罗世文、孙志远、刘伯坚、杨秀峰、朱瑞、李慰农、李求实等一批又一批优秀干部，来这里攻读《政治经济学》、《军事指挥学》、《西方革命史》和《历史唯物主义》等马克思列宁主义理论。

离开爬冰卧雪的战斗环境，脱下破旧臃肿的棉袄棉裤，换上西装，扎上领带，走进这样一所著名的学府，陈龙心里充满了激情。他决心努力学习，以最优异的成绩来报效东北的父老乡亲。

他们进入这座学府就读后，中国共产党驻共产国际的代表陈潭秋曾来看望过大家。

陈潭秋是中国共产党创始人之一，曾任满洲省委书记，对东北的黑土地、大森林和勤劳豪爽的东北人民有着深厚的感情。“九·一八”事变后，他非常关注东北人民的抗日斗争和党的建设。在短短的几年里，有数十名东北抗联的干部战士来苏联学习深造，与他的积极倡议是分不开的。

见到了党中央的领导，抗联学员就像遇见亲人一样激动。大家推举陈龙作代表，向中央领导全面汇报东满一带抗日斗争的历史和现状。陈龙不负众望，他从吉林自卫军和抗日救国军的兴亡讲起，讲了由共产党领导的东北抗日游击军和东北人民革命军的成长；讲了保卫牡丹江战役、三打宁安城；讲了东北抗日联军的组建，一、二军和二、五军联合作战，开辟南自松花江、北至镜泊湖的游击区。还讲了他们如何痛歼“红袖头”，如何一次次地“反讨伐”，如何在零下四十度的冰天雪地里过夜，以及叮一口就咬去一块肉的“刨锛儿”、防不胜防的毒蛇、黑瞎子……

陈龙谈了差不多近两个小时。这是他有生以来第一次见到党中央的领导人，心里感到就像见到了家人一样亲切。他恨不得把几年来东北人民抗日斗争的情况，一下子全都讲给陈潭秋听，让党对那里的斗争能给予更多的理解和支持。

陈潭秋专注地听着，并不时地在笔记本上记下一些数字和人名。他被陈龙所描述的艰苦斗争的战绩深深感动了。当他听到史忠恒、王德泰等同志壮烈牺牲的时候，禁不住热泪盈眶。

根据学院的规定，陈潭秋要大家在未分配班级之前一律把姓名改换一下。这一决定是为适应学员在毕业之后从事地下工作或武装斗争的需要而制定的。

陈潭秋很喜欢这个年轻人，对他改名换姓颇费了一番心思。陈龙原名刘汉兴，陈潭秋认为他的名字最好取一个“龙”字，因为他精力旺盛，生龙活虎，“龙”字最能代表他的性格。

名字有了，那姓什么呢？总不能光叫一个“龙”字吧？陈龙一时找不出一个合适的姓。

陈潭秋心中早已有了主意，他笑着说："我看，你也姓陈好了，咱们是一家子，我是'秋天的深潭'，你就是'潭里的龙'。"

就从这天起，他正式改名叫"陈龙"，而他的原名刘汉兴则成了他个人历史的陈迹。

紧张而又愉快的学习生活开始了，陈龙全身心地投入对政治经济学和历史唯物主义理论的学习。

在学习中，陈龙非常注重对军事指挥学的研究，并对各种武器和新式武器的发明十分关心，特别是对游击战术的研究兴趣也有很大提高。

他在温暖明亮的教室里学习，而抗联战士却在爬冰卧雪。他吃面包、黄油，而东北人民都在吃糠咽菜。他知道，他在这里每分每秒的学习时间都是来之不易的，他必须刻苦、顽强地学习，掌握更多的马列主义哲学和军事知识，回到东北才能在抗联的抗日游击战争中发挥更大的作用。

此时，苏联的"肃反"正在全国大规模地展开。1936 年连续进行的"莫斯科大审判"，在所有的学员中自然有所震动和影响。学习文件，批判托洛茨基、季诺维也夫、布哈林等人，成了学员当时的政治课程之一。

最初，陈龙是以惊讶的眼光来看待这一切的。他感到了世界上第一个苏维埃政权能够在世界上站住脚跟是何等不易！你看，国内的阶级敌人，国外的特务间谍、代理人不都一个个钻进党内，成了遐迩闻名的共产主义领导人吗？庆幸的是他们在苏联党内隐藏了这么多年，最终还是被挖出来了。因此，不论挖出了谁，他都表示支持和拥护。

但是，随着时间的推移，"肃反"已不再是单纯的苏联内部事务，因为学员们不时听到"共产国际"的一些人也变成了"托洛茨基分子"、"反革命分子"或"反苏分子"，中共代表团也有人在深夜被捉，然后下落不明。特别是 1937 年冬，李立三被冠以"托派"遭到逮捕，消息传开，学员们议论纷纷。

如果说李立三被捕，只是使陈龙感到意外的话，那是因为他不完全了解李立三在担任党中央领导期间所犯的错误到底属于什么性质，弄不清逮捕他是对是错，自然无法表明应该拥护还是反对。但是，当另一个人也被当成"反苏"分子被捕，并且判刑送去了西伯利亚劳动改造营，这就不能不使陈龙对苏联的"肃反"有所怀疑了。

这个人便是与陈龙一起在自卫军、救国军奋起抗日，并在 1933 年与周保中一起介绍他加入中国共产党的王润成。

来苏联之前，王润成是东北抗联第二军第二师的政委，是一个党性和原则性都很强的同志。他跟着周保中、王德泰在转战吉东地区时，曾立过显赫的战功。他们偶尔相聚，每当谈起苏联时，他总是羡慕不已。他比陈龙早到苏联几个月，两人在莫斯科见面时还互相鼓励，一定要把苏联的经验学回去，以便把东北的抗日斗争推向一个新阶段。不料，转眼之间，他竟变成了“反苏”的敌人。不论苏联“肃反”抓多少人，王润成绝不是敌人，这一点陈龙深信不疑。

学校中也开始有人被捕，一时间气氛有些紧张。但此时的陈龙已不是当年气盛莽撞的刘汉兴了，他懂得了沉默的价值。

来苏联以前，他从周保中那里知道了某些人虽然自称代表党，但有时也会和普通人一样犯错误。来到苏联之后，通过耳闻目睹，他知道的又多了一些，不但一般党员会犯错误，有时候许多高层领导人也会犯错误。

后来，他又与早年来苏联的同志一起探讨和议论过苏联保安机关和“契卡”的工作规律和方法，他从他们的口中隐约听出他们对苏联的许多做法颇为反感，这证实了他原先的推断：苏联在保卫和“肃反”工作中所采取的一些方法，不一定都是可取的。

陈龙离开东北后，始终怀念着周保中、柴世荣、陈翰章等那些还留在崇山峻岭中的战友。在那里，敌情紧迫，环境险恶，他们随时随地都会遇到危险，尤其是消息隔绝，这更增加了他对他们的惦念之情。

当时，学院有一份中国共产党在巴黎创办的《救国时报》，只要报纸一到，陈龙总是抢先去看一些有关东北抗联的情况。像他离开东北半年后，抗联二军分别划归东北抗联第一路军和第二路军，在杨靖宇、周保中分别率领下继续抗敌的消息，都是从这份报纸上看到的。

每当看到战友的消息，陈龙心里不由得掀起阵阵波澜。他想起了王德泰、李学忠那些为国捐躯的志士，想起了史忠恒不顾身体中弹指挥杀敌的壮烈情景。

他总觉着有一种强烈的使命感在不停地召唤自己，绝不能让这些烈士的业绩湮没在东北的黑土垄中，应当让全国人民，乃至全世界的人都知道，在东北这块弹痕累累、尸骨横野的土地上，有一批骨头最硬的关东汉子，没有被刺刀征服，没有被死亡吓倒……

想到这里，他一骨碌便从被窝中爬起来，披上衣服，伏在床头小桌上，借着窗外透过的晨曦，满怀激情地提起了笔。写着，写着，他的眼前仿佛又出现了白雪满山的张广才岭、结着厚冰的牡丹江，在没膝的大雪中，抗联战士艰难地跋涉着，走在前面的是师长史忠恒。接着是密集的枪声，史师长率领战士呐喊着冲锋向前，忽然，一颗子弹击中了他……

又经过一个不眠之夜，文章终于写出来了，抄清后他便交给了来校看望大家的陈潭秋，请他转交给巴黎《救国时报》。

就在这年（1937 年）的 7 月 7 日，震惊中外的“卢沟桥事变”发生了。

接着，日军向中国发动了全面进攻。消息传来，陈龙和中国留学生十分愤慨，纷纷要求回国参加抗日斗争，学校方面和中共代表团都没有答应，因为他们当前的任务是学习，一切都要听从组织的安排。

7月10日，在巴黎出版的《救国时报》，用大字标题报道“七七”卢沟桥事变的同时，全文刊登了署名为“东北抗日联军第二军参谋长刘汉兴”的文章：《东北抗日联军第二军第二师师长史忠恒烈士传》。《救国时报》在这个时候刊登这篇文章，很显然是把这篇文章看作弘扬中华民族的爱国志气、控诉日本强盗罪行的檄文来发表的。

当时《救国时报》的发行范围是全世界华人地区。由于文章写得生动、翔实，史忠恒烈士大忠大勇的形象跃然纸上，许多华侨读后都感动得热泪盈眶。报纸经过秘密渠道传入东北，当时正在浴血抗战的抗联战士，特别是史忠恒烈士的战友和部下，看了这篇文章，很受鼓舞。有的战士感慨地说：“能够名扬天下，死了也值得!”

《救国时报》传到学院后，中国留学生争相传阅。除少数同学外，他们谁也不知道这篇文章的作者——抗联二军参谋长刘汉兴，就是每天和他们生活在一起、学习在一起的陈龙。

陈龙仪表英俊，才华出众，加上学习刻苦，很快吸引了一个女同学的注意，她就是继陈龙之后第二年由抗联第五军送到苏联学习的蔡芬。

早在东北，蔡芬就听说过二军有一位年轻英俊的参谋长，他智勇双全，才华出众。当然，她也听说过他的妻子离他而去的情况。来到苏联，同在一个学院学习，使她有机会对陈龙做比较全面的观察和了解。通过几次接触，她确信已经爱上了他。

陈龙对自己的个人问题并没有过多要求，他觉得只要有一个和他有着共同革命理想的战友作为生活伴侣，也就足够了。他的第一个妻子之所以和他离异，就是因为只能作生活的伴侣，而不能作革命的战友。生长在革命队伍里的蔡芬，应当说是比较理想的。

两个人在接触中，相互说明了自己的家庭、身世和理想。作出结婚的决定后，各自向党组织提出申请，经过批准，在一群男女同学的热烈祝贺下，举行了一个简单的仪式，便算是结婚了。

1938年秋，陈龙结束了学业。根据组织安排，他要经新疆先去延安，至于能否回东北参加抗战，要等到了延安再决定。

蔡芬至少要到第二年夏天才能结业，他只好辞别新婚不久的妻子，难舍难离地踏上了回国的路程。他和蔡芬相约，蔡芬一回到国内，他们便一起去东北，在周保中率领下继续战斗。但他万万没有想到，这一分手，竟成了终生的永诀……

1938年11月21~22日，侵华日寇多次出动飞机对延安进行了狂轰滥炸，无数重磅炸弹把延安城里几乎炸成了一片废墟，几百人被炸死炸伤。

就在这次大轰炸不久，陈龙经新疆、兰州、西安，辗转月余抵达了延安。

在苏联学习期间，陈龙就听来自江西中央红军的同学谈过井冈山斗争、南昌起义、二万五千里长征，谈过毛泽东、朱德、周恩来等一些令人敬仰的中央领导人，使他对延安十分向往。抵达延安后，他决定好好看一看延安，然后再回东北去。在延安，他和同他一道回国的同学们兴致勃勃地登上了宝塔山，在延河之滨漫步，饱览了延安这片圣土的风光后，到中央组织部一报到，回东北的愿望落空了。组织部一位操江西口音的青年人通知他：组织部决定让他到中央党校任军事教员，讲游击战术。

在东北打了几年游击战，在苏联又苦苦钻研军事，总结和探索游击战争的规律和经验，原本是为了能够回到东北那片魂牵梦萦的土地抗日杀敌。退一步说，即便不能回东北，陈龙也希望能到关内的前线或根据地领兵作战。更何况他从苏联回来，组织对他的鉴定明明白白写着："该同志，精明能干，适合做军事工作。"谁知现在不是叫他去带兵，而是去当教员，这不能不使陈龙大感意外。

看到陈龙迷惑不解的样子，青年人笑了，他说："我知道，你是想回东北打击敌人，可现在让你回去，你只是一个人；如果让你当两年教员，培养出一大批学生，那时你再去东北或其他根据地，那就不只是你一个人，而是有千百人喽！你想想，到底是哪个合算？"

响鼓不用重槌敲，陈龙心中豁然开朗了，他回不了东北，但可以为东北培养成百上千的革命人才，何乐而不为？想通了，立刻就去干，陈龙欣然接受了组织的分配，到中央党校报了到。

中央党校，顾名思义是中共中央培训高级党员干部的学府。这里不但有来自江西、福建、两广的红军指战员，也有来自沦陷区的地下党的青年干部，他们齐集延河之滨，学习和探索马列主义和中国革命实践相结合的真理。毛泽东、朱德、周恩来、张闻天、王稼祥等一些中央领导人，常来这里讲课、作报告。抗战期间毛泽东的许多著名论述，有些就是先在这里演说而后整理成文，向党内外发表的。

作为一名游击战术教官，陈龙既有实战经验，又去苏联深造过，来到党校报到，自然受到校方和学员们的欢迎。

众所周知，中国共产党从掌握枪杆子那天起，就是靠游击战争创建了一个又一个根据地的，中国工农红军也是在游击战争中成长壮大起来的。当前打击日本侵略者最有效的战术就是游击战术。所以，每当陈龙讲课时，课堂上都是座无虚席。特别是每次授课前，陈龙都认真备课，并把毛泽东在井冈山提出的

“敌进我退，敌驻我扰，敌疲我打，敌退我追”的十六字方针，联系他在东北抗击日寇的战斗实例进行讲授，加上他口才又好，能讲一口人人都懂的“国语”，又不时引经据典，说古喻今，听得学员个个入了迷。课后，学员都夸赞说：“这位新来的教员简直把课讲活了。”

1939 年 2 月，中共建党以来会期最长的中央六届六次全会闭幕了。会议根据和日本帝国主义、国民党反动派斗争的需要，决定组建中共中央社会部，统一领导全党和边区、根据地的锄奸保卫工作。刚从苏联回国的康生任部长，办公地址设在位于延安城西北十几里的枣园。

刚刚组建的中央社会部需要精兵强将，组织上自然又看中了陈龙，就在这年的 2 月，下令要他到中央社会部举办的保卫干部训练班报到。

在中央党校任教期间，陈龙一直没有放弃回东北或到前方去抗击日寇的打算，所以，每当见到从前方来的学员，他总是约他们交谈，向他们打听敌人武器如何，装备怎样，有什么新的战术？准备有朝一日能上战场去和敌人厮杀。不料，上战场的机会未等到，却接到了去保卫干部训练班学习的命令。虽然这并非他心中所愿，但此时的陈龙，已经有了严格的组织观念，一接到调令，便毫不犹豫地背上简单的行李，来到枣园后沟——保卫干部训练班报到。

后沟是一个偏僻的山沟，距枣园有十几里路，平时很少有人到那里去，倒是个培训保卫干部的好地方。

陈龙来此以前，中央社会部已经举办过两期训练班，像罗青长、毛诚、龙潜、吴烈等都曾在一、二期学习过。

来训练班学习的只有十二个人，成立了一个临时党支部，陈龙当选为临时支部的成员。

训练班主要课程有两门：一是政治理论；一是业务知识。来这里讲课的，大都是一些党内早期的情报工作者。康生也来这里讲过课。

从在中央党校为别人讲课，到来训练班坐下来听别人讲课，对陈龙来说，他将面临的无疑将是一个新的天地、新的战场。

2. 西北旅社的客人

在延安南门外新市场对面，沿着山坡有一排整齐的窑洞，这就是当年士农工商进出延安的落脚之地——西北旅社。旅社经理是一位身材消瘦、三十刚刚出头的江西人，名叫汪金祥。

窑洞冬暖夏凉，几个伙计待人热情，干活麻利，经营的又是独此一家的行业，所以生意一直十分兴隆，就连国民党县政府几位官员和所属邮电局的一些职员也都住在这里。

延安，古称肤施，是一座有着两千余年历史的古城。得名肤施，据说与一个著名的佛教传说有关。

相传远古时代，印度有一位高僧名叫尸毗，千里迢迢来到这里修炼。有一天，一只饿鹰追逐一只白鸽，眼看一场血腥的残杀就要发生。尸毗见状，心生怜悯，便毫不犹豫地割下自己身上的肉喂了饿鹰。饿鹰吃饱了肚子，便放了白鸽。白鸽得救了，而尸毗却血流不止，疼痛难忍，跑到山涧一汪泉水那里去洗濯伤口。他撩起泉水往伤口上一洗，奇迹发生了，伤口不仅很快止了疼痛，而且结了痂。从此，这眼泉便被称为“定痂泉”。

其实，那两只飞禽都是佛祖的化身。佛祖亲眼看到了尸毗善良、虔诚的舍身精神，便点化尸毗成了佛

尸毗修炼的山，就是著名的清凉山。由于此地有尸毗割肤救禽的传说，因而早在西汉时期，这里的县城就被称作肤施，也称延安。

1936年，红军长征抵达陕北，把这里叫延安，而国民党县政府仍然叫肤施，并往这里派了县长、科长和工作人员，还设了一个邮电局。

国民党县政府无事可管，邮电局倒是一片繁忙，因为从这里发往全国各地和全国各地寄往这里的信件、邮包，都要通过它来寄收。县政府既然无事可干，县长、科长和工作人员干吗还要留在这里？邮电局虽忙，也无须国民党派驻。他们的真实身份和驻在这里的真实目的不能不令人怀疑。

一天，有一位操东北口音的青年人，住进了西北旅社。他自称是个商人，因东北沦陷，回不了老家，就在关内一带跑行商。他来延安的目的，是想看一看这里有没有什么土产和山货可买。

白天，他外出看货，傍晚吃过晚饭便回到旅社与客人们聊天。他见多识广，说起话来亲切和蔼，妙语连珠，许多人都愿意和他接近。尤其是那些国民党县政府的职员、邮电局的邮差，常年留在这里，难得听到一个走南闯北的人谈东北的沦陷，日军在华北、上海的进攻，以及那些千奇百怪的奇闻轶事。所以，一到傍晚，他们便不约而同地凑到这个青年人住的窑洞里听他闲聊。

一晃半个多月过去了，青年人与他们越处越熟，有的竟以兄弟相称。他还请几个贪杯的人到新市场的饭馆一起去喝酒。三杯一下肚，话匣子可就关不住了。

也许是出于好奇，一次酒酣之际，青年人问一个爱饶舌的邮电局职员，从延安发出和寄到延安的信是不是你们都得“先瞅瞅”？

那个职员早已有几分醉意，为了在“兄弟”面前显示一下自己工作的重要，便悄声告诉青年人：在延安，不论是寄出的，还是寄进的邮包信件，都要经过严格检查。不仅如此，他们还要把与延安有来往的人统统记下来，登记造册，然后把材料转到当地特务机关，以便对这些人进行监视和控制。特务机关

还从这些被监视的人中物色对象，让他们向延安写信，进行反面宣传，或直接对延安的军政干部进行策反。

当然，那个贪杯饶舌的邮局职员，做梦也不会想到这个青年人，便是刚刚从中央社会部保卫干部训练班结业的陈龙。

经常来旅社和陈龙“洽谈生意”的，是与陈龙同期结业的曲日新。曲日新一口山西口音，对市场行情、山货价格一清二楚。不论是县政府的官员，还是邮电局职员，没有一个人不相信他是一个精明的“买卖人”。

实际上，他是陈龙的“交通”。他有时一周来一次，有时五天来一次。每次谈完“生意”，他都按规定把陈龙写的侦查报告带回去，交给社会部领导。

经过一个多月的侦察，陈龙已经摸清了这个县政府和邮电局的基本情况。

就在这时候，陈龙侦察到了一个重要情况：邮电局有一个特务分子，利用工作之便，认识了一个经常到邮电局来寄信和取邮件的延安女干部。特务们通过检查她的信件，发现她不安心在延安工作，并对延安的清苦生活有不满情绪。据此，他们研究并拟定了策反这个女干部的计划，准备资助这个女干部逃往西安。

陈龙通过曲日新及时把这个情况上报给了社会部，社会部决定：一旦时机成熟，即给予打击。

那个邮局特务通过拉拢、诱骗，终于使这个女干部答应逃离延安。就在她与那个邮电局特务在约会地点偷偷会面，特务将资助路费交给她的时候，埋伏在那里的社会部侦察员出现了。

人赃俱获，国民党驻延安县政府和邮电局从事情报、策反活动的阴谋露馅了。边区政府就此向国民党方面提出了抗议。

历时一个多月的侦察任务完成后，陈龙回到社会部，被任命为治安科科长。陈龙离开旅社不久，汪金祥也离开旅社，回到社会部担任办公处主任。旅社经理又换了一个山西人，这就是曾为陈龙当过“交通员”的社会部治安科副科长曲日新。

3. 治安科长

化装到西北旅社侦察，对陈龙来说只不过是牛刀小试。回到枣园，真正挑起延安地区锄奸保卫工作的千斤重担，却是在他担任治安科长以后。

陈龙受命于一个严峻的历史时刻。

这时，红军来到陕北已近三年，经过“西安事变”，共产党虽然取得了一定的合法地位，但蒋介石灭共之心丝毫未变。除了在军事上进行封锁、围剿以外，另一手就是搞政治颠覆。1938 年初，简称“军统”的国民党军事调查统计局成立后，特务头子戴笠便把锋芒直接指向延安，他把设立在浙江丽水的“西北特别侦查组（站）”也迁到汉中，改成“汉中特别侦查训练班”。此外，还有像“交通运输监视处西安分处”这类特务机关。这些特务机关就像铁栅栏一样密布在延安四周，以成百上千的特工人员日夜对延安进行窥视，寻找可乘之机，以求一逞。

与此同时，戴笠还精心设计了在延安谋杀毛泽东、朱德、刘少奇、周恩来、任弼时等中共领导人的行动计划。除了从军统内部选派专搞暗杀的特务潜往延安外，还选择了当地一些杀人越货的土匪潜入边区，伺机进行暗杀活动……

陕甘宁边区不仅处在敌人的军事包围之中，也处在敌特机关的包围圈里，中共中央的领导人和共产党的核心机密受到严重的威胁。

而当时设在枣园的中共中央社会部，与特务爪牙密布全国的军统相比，无论人力还是物力，都显得十分单薄。

几十个人，几排窑洞，几部电台和十几张木板搭成的办公桌，这就是社会部的全部家当。它就是靠了这些人员和家当来抗衡日、蒋两家强大的敌特机关。

日本的情报工作具有世界第一流的水平，不仅历史久远，而且效率很高；而蒋记国民党的特务机关则是按照英、美、德、意等国的情报系统模式建立起来的，除了军统，还有中统。就是这两支用世界上最先进的器材武装起来的敌特组织，使出了浑身解数，在长达八年的时间里，在延安面前却碰得头破血流，有些特务甚至视延安为畏途，一提延安就头疼。这不能不说是世界间谍与反间谍斗争史上的一大奇迹。

而创造这一奇迹的，说来谁也不会相信，竟是一群身穿灰粗布军装、吃小米干饭、住黄土窑洞的共产党人！陈龙就是其中的一个。

陈龙来到治安科，提出的第一项工作任务就是调查情况。

当时，治安科副科长曲日新还在西北旅社当经理。陈龙便领着唯一的一个科员甘露，奔走延安各党政机关，了解各党政机关锄奸保卫工作的情况。

甘露，原名林浩然，早年曾在奉天（今沈阳）兵工厂当过童工。“九·一八”事变后，因不堪日本工头的虐待，逃进关内，先在北平一家工厂做工。“七·七”事变爆发后，日寇铁蹄又踏进了华北。这时，他已是一个二十来岁的热血青年。他不愿当亡国奴，决心和日本鬼子斗一场，便离开工厂，辗转跋涉来到了延安。经过短期训练，社会部治安科一成立，便被调到治安科当科员。

一个多月过去了。陈龙和甘露首先调查了中央军委锄奸部和联防军司令部的锄奸保卫工作现状和他们掌握的敌情动向，而后又到抗大、鲁艺、陕公、延安女大等单位的保卫部门了解情况，接着又到陕甘宁边区保安处。在那里他们见到了早年曾在中央特科和海外从事过情报工作的布鲁。布鲁又名陈泊，有丰富的白区工作的经验。布鲁向他们介绍了目前边区保安处经过长期侦察，已经发现的一些国民党特务机关活动的线索。

傍晚，苍茫暮色笼罩了延安的黄土高坡，陈龙和甘露正走过最繁华的南关市场。他们从中午到现在，走了三四个部门，肚子真有点儿饿了。

路边虽有一两家小饭店，菜香、酒香一阵阵飘到街上，勾人食欲，但两个人看都不看一眼。因为那里根本不是他们涉足的地方。两人一个月的津贴加起来，还不够吃一顿饭的。又没有哪个部门有招待上级检查工作人员吃饭的惯例，他们只好忍着饥饿赶回枣园。

他们正走着，迎面过来一群一脸汗水、满身灰土的男女青年，身上背着行李和背包，一看就知道，是刚刚来延安的。

当这群男女青年擦肩而过的时候，陈龙忽然停住了脚步。他发现其中一个女青年好像是蔡芬。

“是她？”陈龙心中一动，刚要转身看个究竟，忽听那女青年跟走在身旁的同伴说了一句南方话。他的妻子蔡芬是东北人，不是南方人，他这才发现自己看错了。

陈龙跟着甘露继续往前走。心中涌起一阵莫名的惆怅。听说蔡芬去年已经从莫斯科东方大学毕业，一年多了，就是路途再远，也该回来了，可是到现在莫说人影，就连消息也没有听到。但愿她一路平安，路上不致出什么岔子。

延安办起抗大、女大、陕北公学的消息传开以后，它们就像磁石一样吸引着沦陷区、国统区乃至海外的进步青年。许多青年学生、知识分子、工人和店员，在“到延安去，为抗日救国而学习”、“到敌后去，为抗日救国而战斗”的口号鼓舞下，冲破国民党和日伪特务机关的种种阻挠，越过一道道封锁线，跋山涉水，从四面八方拥向延安。

那时，在延安街头几乎每天都可以看见远道而来的青年人。

“到延安去！”已经变成了当时的一股时代潮流。

就在延安各学校、各机关迎接新同学、新战友的时候，活跃在白区和敌人心脏里的情报工作者也在不时向延安发出警报：国民党特务机关正在抓紧训练特务分子，准备让他们伪装成爱国青年，伺机混入延安。日寇特务机关、阎锡山的情报组织，也在千方百计地加紧对延安的特务渗透。

为了防止特务分子的渗入，延安各学校、各机关不得不采取严密的防范措施，对一些新来延安的人进行考察和鉴别。

据此，中央社会部曾发出指示，要把“肃清内奸”，“反对奸细”，作为保卫机关的中心任务。对于那些刚从敌人监狱或俘虏营中逃出和被敌人释放的；一时失踪而又出现但无人证明的；介绍信不明或年龄与相貌不符的；金钱来源不明的；好探听党内秘密的；在政治上、经济上有空隙可以被敌人利用的……都要加以考察。

通过各种可疑现象发现敌特和奸细的做法，作为保卫工作的职责本来是无可非议的，但是由于考察范围既包括敌人，又包括自己人，工作量相当大。

最初，这种秘密考察的任务是由各单位特派员直接领导的“网员”来进行的，后来取消了特派员，成立了保卫委员会，便由各单位的党组织和社会部共同领导此项工作。

根据 1940 年 9 月 20 日中社部颁发的二号文件《除奸工作指示》的精神，各单位划出了一大批考察对象，报送到社会部治安科。

不用说其他工作，光是审查几百份“反革命嫌疑分子”材料，就让治安科忙了好几个月。

刚入夏，下了几场透雨，枣园变得一片翠绿。天气越来越热，“嫌疑分子”的问题也越来越让人伤脑筋。

“哪里会有这么多反革命嫌疑分子？”这是陈龙一直憋在肚子里的话。

现在，报送治安科审查的登记表已达几百份，还有一些由各单位掌握，没有报送治安科。难道延安真有这么多称得上“嫌疑”的人吗？

有一份登记表，引起了陈龙的思索。

这个“嫌疑分子”是中央党校的一名青年教师。早在 1937 年日寇侵占北平的时候，他就随难民逃到了山西，而后又从山西辗转来到了延安。因为他当过中学文科教员，便被分配到中央党校学习，一年后留校任教，主讲历史唯物主义和辩证法等课程。陈龙到党校任教时，两个人曾同住一个窑洞。在陈龙的印象中，此人学识渊博，讲课认真，待人坦诚，从不隐瞒自己剥削阶级家庭的出身。有一天晚上，他还向陈龙讲起自己与家庭决裂的经过和奔赴延安的艰难历程。他还曾多次申请入党，直到陈龙调离党校，也未获批准。他不但不抱怨，反而对自己要求更加严格。像这样的一个令人敬佩的好同志，仅仅因为家庭出身不好，就被列为“嫌疑分子”，不能不使陈龙感慨万端。

他倚在窑洞的门边，望着远处的树木，陷入了深深的思索。

来到社会部治安科快两年了，在这段时间里，陈龙完成的第一项工作，就是几乎跑遍延安从中央到地方的大小机关、学校，从上至下，建立了党委领导下的保卫委员会，彻底改变了中央苏区模仿苏联“契卡”搞的那套垂直领导的锄奸保卫工作的做法，从中央到基层，织起了一张防范敌人奸细破坏的安全保卫巨网，这项工作几乎耗费了他一年的时间。

现在他又面临这一大批“嫌疑分子”的问题，是任凭下面报多少就存档多少，还是把它彻底查清，既能发现真正的敌人，又能解脱像那位中央党校教师一样的人？若选择前者，毫无疑问，既省事又少风险；若选择后者，就要否定一些人，甚至包括某些领导的看法，必然会遇到阻力，也会给自己带来责难和非议……

思索的结果，陈龙下定了决心。他对甘露和刚调来的杨时说道：“明天，咱们都去搞复查，首先要复查那些‘嫌疑’了两年以上的！”

第二天早晨，吃过早饭，陈龙和甘露、杨时等人从枣园出发，分头奔赴有关单位去搞复查。

陈龙的分工单位是陕北公学。

陕北公学是一所专门培养抗日干部的学校。它成立于1937年8月，大部分学员来自全国各地，也有一些是来自南洋、欧美、朝鲜等地的华侨青年。它的教学计划安排是三分军事，七分政治。陈龙调到社会部后，曾应聘来这里讲过游击战术课。

这些学员有些是各地的党组织和根据地推荐和介绍来的，也有一些是自己来延安报考的。他们来延安的目的、个人历史、家庭情况及社会关系，全部都是他们自报的。“反革命嫌疑分子”多出于这些人之中，不可否认，这里边肯定混有以追求进步为名的奸细和特务分子。但究竟是谁？数量有多少？在当时还是一个难解之谜。

一周过去了，甘露和杨时也搜集了一堆情况。几个人凑到一起一交流，都觉得过去那种搞法未免太荒唐了，前方急需干部，而延安却有这么多人因有“嫌疑”不敢送出，简直是误党！误人！

陈龙觉得手头掌握的材料，足以说明过去那种做法的危害性后，便向汪金祥做了详细汇报。

“我早就听到有人对你说三道四了，不过，我还是支持你干下去。”汪金祥听完陈龙的汇报说。

有了领导的支持，陈龙心中更为踏实了。他带领科里的同志又用了一周多的时间，从七八个单位搜集了一批材料。这些材料足可以说明，用过去那种办法确定“嫌疑分子”的严重危害性。

有了材料根据，汪金祥便和陈龙一起来到了杨家岭，向社会部部长康生做了全面汇报。

康生听完汇报，脸上露出了罕见的笑意。他要汪、陈马上写一个详尽的报告，并要求在报告中，把治安科是怎样分兵几路，深入基层单位搞调查研究的情况，突出地写一写。他们并不知道，在他们来汇报之前党中央刚发出了《关于调查研究的决定》，康生见机行事，轻轻一点拨，就把他们的汇报纳入了符合中央文件精神的“轨道”。

汪金祥、陈龙赶回枣园后，立即动手赶写，第二天一早便把报告送到了杨家岭。

根据汪金祥和陈龙的报告，1941 年 4 月 10 日，中央社会部起草并向陕甘宁边区和根据地发出了《中央社会部关于清理反革命嫌疑分子的指示》（即一号文件）。文件指出：各地党政保卫机关之所以“堆积着相当数量的反革命嫌疑案件，没有切实审查”，究其原因，一方面“是各地侦察工作薄弱所致”。另一方面“是由于有的除奸保卫工作同志幼稚、主观夸大、推测附会、捕风捉影，自造了一些所谓的嫌疑分子……”文件要求各地党政机关一律都要“按这个文件所定八条嫌疑分子条件，重新审定原有的嫌疑分子”；而且在重新审定原有的嫌疑分子时，一定要“详细研究”、“慎重考察”；并指出：肯定一个人的问题一定要靠确实的文件、电报材料和一定的物证。“要把真正的反革命嫌疑分子与主观附会、传说自造的反革命嫌疑分子严格分开；把党内错误、思想意识不好或组织关系与历史不清等问题与反革命问题分别清楚。凡是党内错误及其他属于组织问题者，要经组织路线去解决……”文件还规定：“要开展或取消侦察时，都必须履行一定的手续，经一定机关批准。”

一号文件，是陈龙和治安科干部辛勤工作的产物。虽然文件基本上是参照治安科的报告写成的，传达前，陈龙还是把治安科全体干部召集在一起，反复把指示分节分段地读了几遍。因为他们要下去指导工作，必须先把文件的精神吃透。学完文件，他们便按片分工，深入到各单位去协助和指导开展清理工作。

其中嫌疑分子最多、情况最复杂的是几所学校，陈龙决定亲自负责。

位于杨家湾的陕北公学，设有保卫委员会，做具体工作的是一个仪表英俊的青年，名叫凌云。

凌云是在山西“牺牲救国同盟会”从事地下工作的中共党员，国民党掀起第一次反共高潮时，阎锡山制造了“晋西事变”（又称十二月事变）后，奉党的指示，撤入延安。他先是在陕公学习，结业后便留在学校党总支，搞组织和保卫工作。

凌云看了保卫委员会登记的“反革命嫌疑分子”材料，不禁发出一声长叹。原来这些“嫌疑分子”都是凭一些推测之词认定的，并没有什么具体根据。

陈龙听了凌云的介绍，心中又是一阵翻腾，认为这种情况带有一定普遍性。

所谓协助和指导，实际上就是帮助这些单位解决疑难问题。而疑难问题中，最难判断的就是知识分子的剥削阶级家庭和复杂的社会关系问题。许多单位都把这类问题选了出来，让治安科给予解答。

对此，陈龙作了十分明确的解释。他说：“在旧中国，工农子弟几乎没有上学的机会，能够读中学、读大学、留洋的，大多数是剥削阶级出身和中上层社会人士的子女。因此，他们的家庭必然与各级反动政权，有的甚至还会和一些达官要员有千丝万缕的联系。这是中国社会的一大特点。对此，首先，不必大惊小怪；其次，只要他们没有政治联系（他特别把‘政治’两字又重复一遍），就可以排除嫌疑。”

陈龙对知识分子家庭、社会关系问题的解释，很快被许多单位所接受了。据粗略估算，至少有占总数四分之一属于这类问题的“嫌疑分子”被解除了嫌疑。

这个问题解决后，延安马列学院保卫委员会又提出了一个带有共同性的问题，有一些人的嫌疑根据是集体加入过国民党或复兴社，对这种情况应该如何对待，是保留嫌疑，还是解除？希望治安科能拿个意见出来。

甘露、杨时也从他们分工的单位带回了同样的问题请陈龙解答。由于一时抽不出时间到马列学院去，陈龙与汪金祥交换了看法后，便提起毛笔给马列学院保卫委员会写了一封信。

信中根据国统区的实际情况写道：“国民党为扩大其政治统治，正在搞‘全国皆党’，一些国统区的机关、学校就搞了集体入党。童子军训练后也集体加入了三青团，甚至加入了复兴社。他们的党团组织根本不能与我们的党团相比。他们没有严格的组织生活，入了就算，和特务组织根本不是一回事。他们既然主动交代了，又未发现其他问题，依我看，可以相信本人的交代，撤销其嫌疑。”

陈龙对知识分子家庭和社会关系问题的解释，以及对集体加入国民党、三青团、复兴社的答复，不仅在那个历史年代是适用的，就是在新中国成立以后，对这两个问题的判定，也基本上是按照这个精神来办的。

经过一年多的努力，清理嫌疑分子的工作取得了明显的进展。但甘露、杨时，包括一些已陆续调进治安科工作的同志，仍不时带回一些令人头痛的消息：有些单位的领导强调任务太多，工作太忙，没法坐下来搞清理嫌疑分子工作；也有的人认为，嫌疑分子又怎么样？多多少少总还是有问题的，何必搞什么清理？更有的说：嫌疑是有，但并未影响对这些干部的使用，清不清没什么必要……

总之一句话，在清理嫌疑分子的问题上，认识不统一，进展不平衡。陈龙把上述情况向汪金祥作了汇报。经研究，决定以部的名义再写一个指示督促一下。这就是1941年8月2日向全党发出的《中央社会部关于清理嫌疑分子的指示》第二号。

文件在指出当时存在的各种对反革命嫌疑分子错误认识的同时，明确地指出各单位清理嫌疑分子之所以进展缓慢，除了领导不力以外，主要原因是“一、把党组织中个别未查清或未解决的个别问题与真正的反革命嫌疑分子混淆起来；二、把通常的、复杂的社会关系与真正的反革命嫌疑分子混淆起来；三、把各种不良现象或倾向与真正的反革命嫌疑分子混淆起来；四、把一般不满言论和牢骚与有意制造破坏混淆起来；五、甚至还有把出于正义感的某些批评与恶意的政治污蔑混淆起来。”并指出：

“总之……是把现象当本质，把可能当作事实，把推测附会当作具体事实，不分内外，不分性质，自造了一批所谓嫌疑分子……”

由于二号指示把容易混淆的两类不同性质的矛盾清清楚楚地列了出来，为各单位提供了政策依据，从而解脱和撤销一大批嫌疑分子，把清理工作又向前大大推进了一步。

这项工作，从发现问题，到最终解决问题，历时两年有余。

4. 礼堂失火

时间在忙忙碌碌中过得飞快，转眼之间就立秋了。虽说已进入秋天，但天气并未转凉。也许是“秋老虎”发了威，这些日子越发显得燥热。一到晚上，闷得简直让人透不过气来。陈龙嫌窑洞里闷，便摇把蒲扇，坐在汪金祥的窑洞门前，天南地北地和汪金祥闲聊。

汪金祥比陈龙年长几岁。他身材矮瘦，是在江西和方志敏一起发动“弋阳暴动”的领导人之一，曾担任过闽浙赣苏维埃副主席兼保卫局局长。1934年中央苏区在瑞金召开第二次代表大会，他和方志敏一起到会。毛泽东认为闽浙赣苏区搞得好，并对方志敏、汪金祥的工作给予了高度肯定。就在这次代表大会上，汪金祥当选为政府委员，并在瑞金担任政治保卫局侦察部长。红军长征后，他留在苏区坚持游击战争。“七七”抗战爆发，他历尽艰辛到了上海，找到八路军驻上海办事处，又由上海辗转来到了延安。

在一起共事的两三年间，陈龙对这位身经百战的领导心中充满敬佩之情。

汪金祥平素少言寡语，沉稳而又内向，陈龙则是脾气火爆，快人快语。两个人性格、气质虽然截然不同，但这并未影响他们的合作。

两个人聊着聊着，话题便转到了党中央领导人的人身安全问题上。

中央红军长征到达陕北后，党中央先是驻在瓦窑堡，然后迁到保安，1937年1月迁到延安城北凤凰山，1938年11月又迁到了杨家岭。

延安本是个只有几万人口的小县，党中央迁来后，一下子又拥进了许多机关、部队、学校，人员来来往往，使这个小县城显得更加拥挤。党中央机关一向是敌人追击的目标，党的领袖和八路军总部的首长，更是敌人瞄准的对象，但警卫工作却没有跟上。特别是党的领袖和八路军总部首长又经常在各种群众场合和集会上出现，延安市民和放羊娃也随时可以在山路上、延河边和他们接触、交谈。这固然能体现党的领袖和人民的血肉关系，但从当时的敌情考虑，不能不说是一个很大的疏忽。

治安科作为保卫机关，必须保证党中央机关和党的领袖、总部首长的安全，而且要做到万无一失。

“这一点，必须向中央打保票，半点儿含糊不得。”当陈龙提出这个问题的时候，汪金祥以坚定的语气说，“像现在这个样子怎么成？杨家岭是党中央所在地，只设一道门卫怎么可以？”

两个人约定次日到杨家岭向康生汇报。

次日，他们去找了康生。康生当即请来了中共中央办公厅主任李富春。

李富春听说治安科要加强中央首长的警卫，立即表示支持，并希望警卫工作要做到既不妨碍领袖和首长与群众接触，又能保证绝对安全。他要求尽快制定一个办法出来。

几天后，一份经过中央教导大队、总政保卫部、边区保安处共同研究制定的关于中央首长警卫工作的方案，送到了杨家岭。

方案对首长的个人警卫、驻地警卫人数、方式都作了明确规定。中央首长除设一定数量的警卫员外，还要设卫士长。在首长和首脑机关的办公地方要设门卫，并增加外卫和内卫。各警卫区域要有明确分工与衔接。召开有首长出席的大型群众集会，要动员和组织各保卫部门的人员和力量，统一指挥、统一行动，实行全方位警卫，并组织部分便衣人员，随时发现和控制集会场所的可疑动向。

方案通过后，杨家岭便成立了中央警卫科，由红军干部刘连青任科长。同时，专为毛泽东设立了一个警卫班，由叶子龙负责领导。杨家岭还增设了门卫、内卫，凡进入办公区的人员，一律要把武器交给门卫暂时保管。召开有中央首长出席的群众大会时，中央警卫科要及时把出席大会的首长名单通知治安科，由治安科抽调有关单位的保卫干部到会场进行警卫……

中央警卫科成立半年后，刘连青因健康原因不得不调离岗位。刘连青走后，由谁去接替，中央办公厅和社会部挑来挑去都没有找到一个合适的人选，最后，还是陈龙下决心割爱，把杨时派了过去。

杨时颇有文艺天赋，来延安后曾在鲁迅艺术学院音乐系学习过。本想成为一位音乐家，由于工作需要，却分配到了社会部。从研究音符到研究人，使他经历了一个重新熟悉的过程。

按说，一个治安科科员，调到中央办公厅去当警卫科长，职务提升了，杨时应该高兴才对，但杨时却把嘴巴噘得老高。原因是他跟陈龙刚刚学到一点儿侦察业务，还未有机会施展；治安科人手不多，他要一走，更忙不过来了；更何况他很想跟着陈龙能够继续去搞调查，摸情况，以便尽快把那些被列入嫌疑的好同志解脱出来……

其实，他和甘露都知道陈龙脾气不好，动不动就发火。记得有一次，因在登记簿上写错了一个名字，杨时就让陈龙狠狠地剋过一回。

“胡闹，简直是胡闹！谁让你这么干工作的?”“啪”的一声，一本厚厚的登记簿摔到了杨时面前。

杨时吓了一跳。他看了陈龙一眼，只见他两眼冒火，紧紧盯着杨时，那架势好像是要把杨时一口吞掉。

坐在一边的甘露也愣住了，赶紧凑到杨时跟前去看登记簿。这时，杨时已涨红了脸。原来，“嫌疑分子”姓关，而他在登记时却把“关”字错写成了“吴”字。

“把张时写成你杨时行吗？一字之差，误伤好人，这还了得?”陈龙依然怒气不消。

甘露想帮杨时解围，忙拿过笔去改正。陈龙却又朝甘露吼了一句：“你少管！让他自己改!”

这一顿剋，剋得结结实实，剋得杨时火星直冒，但也被剋得心服口服。从那以后，杨时再写人名时，他都要回头再检查一下，看有没有错。这个习惯，他保持了一辈子。

陈龙虽然脾气大，爱剋人，但在他手下工作痛快。凡被陈龙剋过的人都有这种感受。

离开这样对事业对人民有高度责任感的领导，杨时自然舍不得，提出了一大堆理由，但见陈龙毫不回心转意，只得答应上任。

第二天一早，甘露帮他背着行李到杨家岭去报到，陈龙一直送出老远。

杨时刚上任不久，就遇到了一次麻烦。

一天夜里，他刚入睡不久，就被一阵呼喊惊醒了。他披上衣服跑到门外一看，那座专供党政机关开会和演出文娱节目的杨家岭礼堂已被一团烈火包围了。当时正值寒冬，风大物燥，礼堂的屋顶又是茅草盖的，火借风势，烈焰腾腾，把半边天都映红了。

毛泽东、朱德等中央领导人都被惊动了。当时延安没有消防队，更没有灭火设备，就连延河也没有多少水，大家只好眼睁睁地看着一座礼堂被烈火烧塌，最后只剩下一片残垣断壁。

碰上这样的大事，杨时一下懵了头。天刚亮，他就惴惴不安地跑到枣园去找陈龙。

这时，陈龙已经起床，听说礼堂着火，大吃一惊，连脸也没有顾上洗，就听取杨时的汇报。杨时把情况汇报完，正等着挨“剋”。不料，陈龙仔细听完情况，皱起眉头思索了一下说：“调查，你要对火场情况进行详细调查，首先弄清是失火还是放火？”为了加重语气，陈龙伸出右手食指指点着说，“调查，懂吗？一切结论都来源于对情况的实际调查！”

杨时没有挨剋，甘露还说了句笑话：“新官上任三把火！”意思是说他要不小心，以后会有好果子吃。其实，陈龙发火多半是发在干部的过失上，如果干部没有过失，他是轻易不会发火的。

杨时感到事情很大又很严重，生怕一个人搞不清楚，便向陈龙请求：“这事情要查清楚，最好……你也参加。”

陈龙连连摇头：“你是警卫科长，那里归你管，我去干什么？”

杨时还想说什么，陈龙果断地把手一挥：“快回去，把情况查清楚写个报告。”

杨时见陈龙断然拒绝，意识到陈龙对自己高度信任，向陈龙敬了个礼，离开枣园，几乎是一溜小跑回到了杨家岭。

火场四周围着许多人，有的摇头叹息；有的指指点点大发议论；也有的甚至把这场火灾和国民党的反共浪潮连在一起，认定是特务奸细纵火破坏，理由是：这是延安近些年发生的最大的一场火灾，地点又在中共中央、毛主席所在地，烧的又是大家经常听报告、看演出的礼堂。总之，众说纷纭。

杨时返回火场后，大家都把目光集中到这位刚刚上任不久的年轻警卫科长身上，看他究竟对这场火灾会拿出一个什么结论出来。

不仅群众关心这件事，就连毛泽东、朱德也过问这次起火的原因和损失情况，中共中央办公厅还专门听取了礼堂工作人员的汇报，但说法还是多种多样。看来，一切都要等待杨时的调查了。

杨时回到火场后，立即开展工作。他根据陈龙的指点，首先找到了第一个发现起火的人，以确定起火时间；接着，又查问当晚都是谁住在礼堂？当晚他们都干了些什么？……

通过调查，情况逐渐明朗了。原来，礼堂新调来一个能画会唱的青年人，来后干什么还没定，暂时住在礼堂的一间小屋子里。晚上，天气很冷，这个青年要去外单位参加舞会，又怕回来睡觉挨冻，临走，便在床边的火盆里加了两块硬木炭。他锁上门，木炭越烧越旺，烤着了他的被褥，接着，又烧着了木板墙。

从现场燃烧后的情况看，起火点正是那个房间。杨时计算了一下他加木炭的时间，离开礼堂的时间，木炭烧旺的时间，以及第一个人发现起火的时间，判断这场火灾系那个青年的火盆引燃被褥所致。

杨时按照陈龙教给的办法，把这场大火的原因查清后，立即起草了一份火灾调查情况报告，并附了一张火灾现场示意图。在图上标明了火盆、床铺的位置和距离。

由于不到一天时间，杨时便查清了火灾原因，平息了人们对火灾的猜测和议论，受到了李富春的表扬：“你这小家伙还真有两下子。”

“我懂什么？”杨时连忙解释，“这第一下子是陈龙教的，第二下子是他逼出来的。”

1943 年初，毛泽东、朱德、刘少奇等中央领导先后从杨家岭搬到枣园，和社会部住在一起。这给治安科又增加了新的压力。党中央首长在身边，无论如何不能出岔子。

陈龙首先召集全科开了一个会，动员大家要时刻把中央领导的安全放在第一位。无论白天黑夜，都要百倍警惕，一旦发现可疑情况，要立即报告，以便采取果断措施。

开完会，陈龙又去找中央警卫团团长吴烈，两人一起围着枣园坡上坡下走了一圈。从各种角度研究了这一带的地形特点，并设计控制方案。

小砭沟是通向枣园的必经要道，陈龙打算在这里开设一个小杂货铺，把侦察员派去做老板，以监视一切路过的可疑人。陈龙的打算得到社会部的批准后，便派刘涌去筹备。刘涌带着人又是修房又是进货，着实忙了一阵子。杂货铺一开张，便派许立青去当了第一任“老板”。

毛泽东在枣园住了近三年。1944 年 10 月中央书记处也搬到了这里。这个杂货铺虽然更换了几任“老板”，却一直坚持开设。别小看这个小小的杂货铺，它为保卫毛主席和党中央的安全，起到了哨兵的作用。

5. 驱逐行动

一场纷纷扬扬的大雪，送走了 1940 年最后一个夜晚。延安在警惕与欢乐当中迎接即将到来的 1941 年。

傍晚，陈龙和治安科的侦察员们从枣园出发，沿着延河，踏着积雪，到杨家岭、王家坪、清凉山去查看中央直属机关和《解放日报》、印刷厂的警卫和值班情况。

“好冷！”刚走出不远，甘露就用两手捂起耳朵。

“这还算冷？快点儿走，一会儿就热乎了。”陈龙边走边说。

说到冷，陈龙不由地联想到东北。在东北，这种只能算是草木枯黄的深秋，在这种温度下，耐惯了寒冷的抗联战士照样可以倒在草丛中熟睡。按季节说，现在已经交了“三九”，在东北的“三九”，不知道抗联战士该怎么熬过这一年中最冷的关口。

陈龙望着天上的繁星，思绪忽然又回溯到八年前那个夜晚。那是日寇准备一举进攻吉东地区前夕的元旦前夜，陈翰章、王润成把他领到周保中的住处把酒畅谈，从那天晚上，他才真正找到了共产党。八年的岁月过得好快！八年来，他不但由一个抗击日寇的爱国抗联战士变成了一个共产主义者，而且肩负起了直接保卫党中央、保卫毛主席的艰巨使命。这使命使他感到自豪，也感到骄傲。

陈龙还想起远在东北的战友，又想起在苏联的学习生活。但是一想起新婚不久就与之分手的妻子蔡芬，陈龙心里便涌出一阵难言的凄楚。

数周前，一位来自新疆的同志给他捎来一个口信，说蔡芬已经从苏联到达新疆，大概不久就会来延安。

在那几天，他总是乐滋滋的，有时扳着指头数日子。

也许正应了那句话——“天有不测风云”。

那天傍晚，陈龙被叫到汪金祥的窑洞。干部科科长刘涌也在那里，他们认真严肃地把一个组织决定通知了他。

从最近截获的国民党特务机关的电文获悉，蔡芬等一行人，从新疆来延安途中被国民党特务机关逮捕，关押在陕西的一个集中营里。蔡芬承认了她是八路军的家属。据此，组织决定，作为锄奸保卫干部，陈龙应立即与蔡芬脱离夫妻关系。

陈龙头上就像炸响了一个闷雷。不仅夫妻团聚的希望成了泡影，还有更令他作难的，那就是一旦有一天蔡芬在延安突然出现，他将如何对待？

固然，不论蔡芬何时、以何种身份来到延安，陈龙都会按组织的决定行事。但凭内心说，陈龙真不希望出现那样的场面。好在此后他再也没听到蔡芬的任何消息……

新年值班检查一直忙到半夜，返回枣园的时候，已经是 1941 年了。甘露、肖高在雪地上扔雪球，打雪仗，纵情地奔跑和嬉闹。陈龙也许受到感染，也许要在这辞旧迎新的时候，忘掉那些烦忧，便与他们一起奔跑起来……

为了庆祝新年，延安许多机关都放了假。人们拥到大街上，看鲁艺的文艺演出，看秧歌，逛南市场。但是从杨家岭到枣园气氛却十分紧张，电报往来彻夜不断，党中央的领导和八路军首长都在以不安的心情关注着皖南。

在那里，有近万名新四军指战员在奉命转移途中，遭到了蒋介石重兵的包围和聚歼。从 12 月底，中共中央和南方局就同蒋介石频繁进行交涉，但血腥的事变还是发生了。1 月 6 日，国民党第三战区司令长官上官云湘，以八万兵力对新四军发动了猛烈进攻。新四军英勇作战七昼夜，终因弹尽粮绝而失利，除少数人突出重围，大部分壮烈牺牲。

“皖南事变”告诉了中国人民和各阶层人士，在与日寇作战中节节败退的蒋介石在对付共产党的时候，心是多么狠，手是多么辣！

在密谋围剿新四军的同时，蒋介石又向包围边区的胡宗南等战区首脑下达

了命令。根据这一命令，在西起宁夏，南经泾水，东到黄河绵延数省的广阔地带，搞了几道封锁线、封锁沟，筑起了碉堡、鹿砦，修了永久工事……妄图困死和饿死边区的军民。

为配合第二次反共高潮，国民党特务机关对延安和党中央的破坏活动也在不断升级。延安面临的局势越来越复杂了。

新年晚上，陈龙检查完各单位的值班情况回到枣园，即接到了中央的紧急通知。通知除通报了蒋介石不顾民族大义，悍然发动第二次反共高潮的一系列罪行外，要求社会部抓住这一敌人可能暴露的有利时机，积极开展侦察工作，进一步发现潜入延安的敌特分子。

治安科取消了新年假期，立即分头奔赴有关单位，了解有关动向。

为声讨国民党的反共罪行，延安召开了群众大会。朱德、贺龙等八路军首长和边区政府领导人都出席了大会。治安科配合中央警卫科，对大会会场的警卫工作作了严密的布置。

集会结束后，陈龙回到枣园，便被汪金祥喊了过去。

在汪金祥的窑洞里，陈龙接受了一项重要任务。这就是：为了抗议国民党顽固派制造“皖南事变”，中央作出决定，要把国民党派到延安的肤施县政府和其国防部派驻八路军总部的联络处，一并驱逐出延安。

社会部决定把这项任务交给治安科和边区保安处完成。

“驱逐他们很简单，只要一声令下，他们就得滚蛋。问题是怎样才能使他们把搞到的情报带不出延安。”汪金祥用铁筷子拨了拨火盆里的炭火，说道，“这倒要动点儿脑筋。”

陈龙把两手伸向火盆：“给我两天时间，我和周兴、王凡好好研究一下。许多侦察和监视工作都是他们指挥的。他们有一个人潜入了县政府内部，差不多能够控制和了解所有的情况。”

“我看可以，”汪金祥点了点头，“我向中央报告一下你的要求。”

“皖南事变”爆发后，由于国民党的袭击和骚扰，中共方面迅速决定撤销驻在几个省的联络机构，只保留了一个重庆办事处，由周恩来负责领导。国民党方面唯独在延安驻有一个联络机构。两党关系迅速恶化，国民党肤施县党部书记高正千接到上司的应变通报后，马上召集驻八路军总部联络官徐佛观和郭仲容开会，商量对策。

会上高正千慷慨激昂，甚至提出：一旦中共下手，每个人都应做到“不成功便成仁”。

郭仲容和徐佛观并不同意高正千的判断。他们最关心的是如何把搜集的情报带出去。当晚，徐佛观、郭仲容把搜集到的重要情报都送给了高正千。

“放心，”高正千接过情报把手一挥，“只要中共能让我们活着离开，我自有办法把它带出去。”

两天后，延安有关部门负责人召见了高正千，通知他要他的县政府和县党部即刻离开延安。

几乎是同时，八路军总部也约见了徐佛观和郭仲容，限令他们立即离开。

回到县党部，高正千长长地出了一口气，他最担心的是被杀，而不是驱逐。驱逐他才不在乎呢，因为他已做了准备。

半个小时后，十多名荷枪实弹的八路军战士，开到了县党部门前。

为首的是一位气宇轩昂的八路军青年军官，见到高正千，便义正词严地向他宣布：“我是八路军总部的代表陈龙，奉命监督你们离开延安。我重申几项规定：一、你们带走的东西要经过检查；二、如有记载延安情况的文件材料应当交出，如若查出，一律扣留……”

高正千好像恢复了以前的胆量，说了几句抗议之类的话，然后把手一挥：“请便！”

高正千是一名反共老手，国民党陕西省党部之所以把他派驻延安，就是认为他反共坚决，不会被共产党“统战阴谋”所赤化。这一点，省党部倒是看对了，高正千直到将要离开延安的最后一刻，也还是个反共的死硬派。

陈龙把手一挥，几名武装战士走进屋子，分站在门边和窗前，身着战士服装的甘露等人，开始检查高正千一伙准备带走的行李物品。

几件行李、皮箱都被打开了，没有搜查到任何可疑物品。

高正千面带鄙夷的冷笑，斜视着几个执行搜查的战士。

可惜，他高兴得早了一点儿，检查完行李，甘露又把目光转向了靠墙桌子上的那架留声机。甘露毫不犹豫地把手伸进了喇叭筒。

高正千浑身的血液好像一下子都涌到了头顶。

在喇叭筒的拐弯处，甘露摸着一卷东西，费了好大一番力气才把它拽出来。

打开一看，里面密密麻麻的，记载的都是近期高正千在延安搜集到的情报。

陈龙看了看那些情报，缓缓地转过脸来，直望高正千。高正千的头嗡嗡作响，脸上直冒冷汗，两腿也不由自主地抖起来。

现在，轮到陈龙冷笑了。他把那卷情报，在高正千的眼前晃了晃，冷笑了一声：“堂堂的国民党党部，居然搞这种卑鄙勾当，你又怎么解释？”

“请别误会！这里……这是我的工作日记。”高正千结结巴巴地说。

“工作日记？你说，上面记的这些事，哪一件和你的工作有关？”陈龙怒视着高正千。“我刚才重申的几条规定，第二条是怎么说的？”

“统统留下！统统留下！”高正千慌忙回答。

检查完县党部，陈龙等又来到国民党的驻八路军总部联络处。在联络处门口已有八路军士兵把守，陈龙带着甘露走进屋子。徐佛观、郭仲容已把所要带走的东西全都摆放到了桌上，等候检查。

检查任务仍由甘露等人执行。他们的眼睛就好像X光射线，把徐佛观、郭仲容藏在被套里、皮箱夹层里的情报，统统翻了出来。

徐佛观、郭仲容面面相觑，他们万万没有想到，作为受过军统训练的情报老手，竟然栽在延安这些“土包子”手里。

不仅如此，陈龙还派战士到县党部对面的山坡上，把他们埋在庄稼地里的一批情报和材料也挖了出来。

赶走了国民党县党部和联络处，陈龙到杨家岭向康生作了汇报。看到搜查出来的情报，康生满意地笑了笑：“搞得不错，看他们回去怎么交差?”

他们正谈着，一个四十岁出头、脸色黑瘦、戴着一副高度近视镜的首长走进了窑洞。陈龙不认识来人，连忙起身让座。

康生介绍道：“这是皖南事变后，从南方局撤回延安的李克农同志。”

陈龙早就听说过李克农的大名，忙上前与李克农握手，并自我介绍：“我叫陈龙……”

李克农握着陈龙的手，上下打量了一番，笑着说：“我知道，你是治安科长，还是一位抗联将军。”

康生告诉陈龙：李克农回延安后，已被任命为社会部副部长，就住在枣园。有事要多向他请示。

陈龙要回枣园，李克农便与陈龙同行。路上，李克农简要地问了一下陈龙在东北的情况，接着便问起当前的工作。陈龙便把延安建立双重领导的保卫委员会和在几个人员复杂的单位以及以西北旅社为据点开展侦察工作的情况，一一作了汇报。

当两个人快走进枣园的时候，李克农问道：“治安科有多少人?”

“连我四个。”

李克农连连摇头：“太少，太少，国民党这一次反共高潮可能被我们打退，但他还会再搞几次，治安科有好多工作要做……”

李克农是我党杰出的情报工作者，早在1928年便在上海执行保卫党中央的任务。1931年，政治局委员顾顺章在武汉叛变投敌，李克农与打入敌人内部的钱壮飞一起，及时把这一情况报告了党中央，使党中央及时撤出了上海。后来到了江西瑞金，任国家政治保卫局执行局局长。长征抵达陕北，“西安事变”爆发后，任中共中央代表团秘书长，协助周恩来和平解决了这一震惊中外的重大事件。国共合作共同抗日后，曾任八路军、新四军驻上海、南京、桂林等地办事处处长。这次回延安，任社会部副部长，可以预见，今后社会部的工作一定会有新的起色。

6. 萧军是好人

1941年秋，中央作出决定，为加强和充实社会部的工作力量，决定从军政学院、抗大三分校等单位抽调一批政治可靠、历史清白、有一定文化和实践斗争经验的青年干部到枣园后沟，参加保卫干部训练班学习。

经过严格的挑选和审查，王珺、王鉴、孙振、马敬铮、慕丰韵、胥群、卫之民、钟永骥、许凤图、刘坚夫、刘祥纶、杜瑞甫等三十多人来到后沟报到。

从共产党员自身修养到保卫工作原则、纪律，从国民党特务机关的组织沿革到活动方式，从锄奸保卫工作的侦察手段到审讯方法，都是这次受训学员们的必修课程。

李克农说，锄奸保卫干部除了办训练班培养外，若遇到有几年工作经验的保卫干部也可以直接选调过来。陈龙马上想到了凌云，便通过组织关系，把凌云调进了治安科。

训练班结业已经是1943年初春。三十多名学员结业后，走上了工作岗位：马敬铮、慕丰韵、刘祥纶等人被分配到了治安科。他们的到来，对延安的锄奸保卫工作，无疑是雪中送炭。

陈龙在训练班就找马敬铮、慕丰韵等人谈过话。这些二十来岁的青年人，个个都是品学兼优的共产党员，有的已有了两三年的党龄。他们对保卫工作都怀有满腔热忱，走上实战岗位后，都想一展身手，为锄奸保卫工作作出自己的贡献。

干部有了，眉毛胡子一把抓的情况就能改变。陈龙要把治安科的工作分成对国民党特务案件的侦察、中央首长的保卫和调查研究等几大项的夙愿，终于实现了。

人手齐了，岗位定了。怎样才能让这群年轻人充分发挥自己的聪明才智，早日成为智勇双全的侦察干部，便成了摆在陈龙面前的一大课题。

“手把手地教”，倒是一个办法。可是，整个治安科就他一个科长，怎么“把”得过来？看来，唯一有效的办法，就是把他们推到实际斗争中去“摔打”。第一，锻炼随机应变的本领；第二，提高独立思考的能力。这就是当时作为一个锄奸侦察干部的必备的两个基本条件。

小慕就是这样被“摔打”出来的。

慕丰韵是山东蓬莱人，曾在胶东战场上同敌人厮杀过。来延安后进入军政学院学习，从那里又进入枣园“老三班”受训，结业后，分配到治安科当侦察员。初来乍到，这隐蔽敌人到底是什么样，在心中还没有明确的概念，对具体的侦察业务就更陌生了。他很希望科长能够“手把手”地教一教，再不，跟着老同志实习一段也行。

可是，陈龙偏偏交给了他一个“硬”任务，还要他单枪匹马地去完成。这就难怪令小慕有点儿发“懵”了。

这个硬任务就是让慕丰韵对一位名叫萧军的著名作家做调查。

为什么社会部治安科要调查萧军？这还得从萧军到延安后的情况谈起。

萧军是东北人，曾当过兵，写过《八月的乡村》，流亡到上海后，曾见过鲁迅先生。1938 年与萧红分手后，从大后方来到了延安。他性格粗犷、豪迈，缺少作家、艺术家那种斯文，还有点儿目空一切。到延安后，对延安的生活、工作环境说三道四，有时甚至公开吵闹。有一次，中央马列研究院的哲学教师艾思奇找他谈话，他年轻气盛，受不了艾思奇的批评，一怒之下，竟从怀中掏出了匕首。这样一来，在延安这个组织纪律性极强的环境里，萧军自然成了新闻人物，当然也就成了保卫部门注意的对象。

清理嫌疑分子的工作开始后，对萧军的嫌疑是解除还是继续保留？也成了摆在陈龙面前的一道难题。

萧军来到延安，要等待分配工作，有一段时间没有事做。他是个闲不住的人，便每天提根棍棒，既做拐杖，又做防身武器，到处闲逛。有时到南市场与老乡们闲聊，有时到桥儿沟鲁艺去作客，与一些作家、音乐家谈天说地。

由于他言谈粗犷、狂放，很少注意影响，“名气”越来越大，引起了一些领导干部的注意。是友是敌，他们要求社会部能尽快拿出一个肯定的结论，而一些对他的激烈表现有反感的人，则要求社会部尽快给予处理。

陈龙既未急于给萧军下肯定或否定的结论，也未急于“处理”。在征得汪金祥的同意后，他把慕丰韵叫到了自己的窑洞，把调查萧军的任务交给了他。

因为是第一次搞侦察，小慕不知这第一步该怎么走。

“请科长指点一下吧！这侦察的事，我从来没干过。”

“谁生来就当过侦察员？你先去干吗，一干不就知道啦？”

“这第一步干什么？怎么干？你总得告诉我吧。”

“你就不能动动脑子？”陈龙没有发火，而且终于指点了一下，“到招待所去，住在那里，看他每天都干些什么。”

第二天，小慕背上行李，离开枣园上路了。

兰家坪距枣园十多里路，是接待从大后方和各根据地来延安的党政干部的招待所。根据自己的口音，慕丰韵报称来自山东鲁南，住进了离萧军住处不远的一间窑洞。

因为来晚了，没碰上萧军。据说他一大早就出去了。直到天黑，萧军返回住处，小慕才远远地看到这个中等个儿、黑红脸膛、说话大嗓门儿、不满三十岁的典型关东“车轴汉子”。

第二天，天刚蒙蒙亮，小慕就起床了。萧军起得也挺早，“噼啪”一阵乱响，关上窗门，提着那根棍棒，一步三摇地走出了招待所。

小慕在不远处尾随着他。

走出招待所，下了沟就是延河滩。萧军停在河滩上做了几个深呼吸，又拉开架势练拳、练棍。练完了，沿着河滩走了一阵，又咿咿呀呀地唱了起来。

这里视野宽阔，又没有人来往，小慕不便跟过去，只好远远地坐在一处高坡上，盯着萧军。小慕对京剧很是在行，听得出他唱的是一出老生戏《四郎探母·坐宫》一段，因为身体壮，底气足，唱得还真有点儿韵味。

练完了，唱够了，萧军又回到招待所吃早饭。吃完饭，又离开招待所直奔街里，除偶尔与认识的人打一声招呼，一步也不停留，沿着大路一直往东走。

他要去哪儿？去干什么？这都是必须要弄清的问题。小慕只好也跟着他走。

越往东走，路上来往的人越稀少，走出了三四里路，大路上就剩下他们一前一后两个人了。

看样子，萧军是奔桥儿沟去的，有名的鲁艺就在那里。在这大路上一前一后地走，一次可以，两次还凑合，时间一长，难免不被发觉。

幸亏第二天、第三天萧军再没有去桥儿沟，只是在街上转了一阵，就回到招待所，关上门写了起来，不知道他写的是什么。

第三天，按规定是汇报的日子。一见陈龙的面，小慕就面带难色地讲了一通侦察工作的困难。

“唔，唱上‘二人转’了！”陈龙望着小慕说道。

“是不是再增加一个人，这样也可互相照应。”小慕提出自己心中早已想好的主意。

“没有人。”陈龙果断地把手一摆。

“那……可怎么办！”小慕碰了钉子，有点儿犯愁。

“你就不能总结总结？大路朝天，各走半边嘛。”陈龙提示道。

三天一次的汇报结束了，人没有增加，只得了个“大路朝天”的指示，小慕躺在窑洞里，翻来覆去难以入睡。

以后的工作可怎么开展呢？陈龙说总结总结，又能总结出个什么呢？

第二天早晨，萧军喊完嗓子，吃完饭，又提着那根棍棒，沿着大路向桥儿沟方向走去。慕丰韵依旧跟在萧军的后面，走过尹家沟，路上已经绝少行人了，前面的几里路又得唱“二人转”。小慕踌躇着，皱起了眉头。忽然，他望着路边的山坡，想起了陈龙“大路朝天各走半边”的话。对呀！他走大路，我爬山坡，不就让他看不见了吗？想到这里，小慕心中豁然开朗了，不由得暗暗称赞陈龙真是个聪明的好领导。他把钥匙交给你，怎么去开锁却要你自己拿出自己的智慧和办法。

说来也怪，萧军这几天吃罢早饭别处不去，一出门就奔桥儿沟。小慕幸亏采取了“各走半边”的办法，才没有让萧军发觉。可是，小慕也没有看到萧军有什么可疑之处。他不论是到鲁艺找人聊天，还是在窑洞里写什么，一切都属于正常范围。

根据慕丰韵的观察汇报，陈龙对萧军心里已有了底数。不过就萧军来延安后的表现，仅靠这一点来说明他是友非敌，还难以服众，还需要拿出更多的材料。

“你能不能跟他正面接触一下，和他交个‘朋友’，设法深入了解一下他的内心活动?”陈龙问小慕。

“他那么狂，我又是个小青年。和他交朋友，他能瞧得起我?”

“想想办法嘛！你动动脑筋想一想，他平时都喜欢干什么?”

“伸拳，踢脚，练几招武术，再就是唱京剧。”

“这就行了！你不是会拉京胡吗？他喊嗓子，你拉京胡，不就和他交上了吗?”陈龙拍着慕丰韵的肩膀说道。

“那我试试吧。”小慕似有所悟。

慕丰韵原来就学过拉京胡，而且拉得有板有眼，很像那么回事，没想到早年学的这点儿玩意儿现在却派上用场了。为了提高伴奏水平，小慕又找到王鉴帮助“进修”了一番，练了几首“西皮流水”、“反二黄”的曲子。

萧军每天喊嗓子、唱戏都是“干”唱，这天突然听见从招待所一间窑洞里传出一阵有板有眼的京胡声，不禁喜出望外，便循声来见慕丰韵。两个人一见面，越谈越投机，当场，萧军就亮开嗓门唱了一段《碰碑》，慕丰韵给他操琴当琴师，把京胡拉得悠扬婉转。二人一唱一拉配合得真可谓珠联璧合，不仅吸引了招待所的所有旅客，而且博得了阵阵叫好声。

从此，小慕和萧军便成了形影不离的朋友。萧军本是一个性格粗犷、耿直的东北汉子，不出几天就对慕丰韵无话不谈。除了说他在东北军当过兵，还说他有个绰号叫“三郎”，怎样认识萧红，甚至连与她离异的情况也都说了。

说者无心，听者有意，感到对萧军已经有所了解之后，慕丰韵便又去找陈龙作了详细汇报。陈龙带着小慕了解的情况，向社会部领导和有关同志一一作了介绍，这才打消了对萧军的政治怀疑。

时隔不久，不知什么事情又触怒了这位“三郎”，他在延河滩上搭了个帐篷，吼着说延安没有自由，要去西安。

情况反映到了陈龙那里，陈龙又专程到杨家岭作了汇报，上级同意萧军离开延安。谁知萧军又变了卦，住在河滩上，既不去西安，也不回招待所，惹得许多人都跑去围观。作为一种抗议方式，这种做法，在延安是前所未有的，自然闹得满城风雨，以至有人提出要治安科严厉惩治他一下，杀一杀他的狂气。

陈龙拒绝了这些人的意见，他道："延河水大了，冲一下，头脑就会清醒，到那时候，他自己就回去了。"

过了两天，萧军果然搬回了招待所。毛泽东与他谈过话后，分配了工作。根据调查情况，陈龙决定否定萧军的嫌疑。

否定萧军的嫌疑后，惹起了一些人的议论。有的说："就算他不是特务，凭他在延安闹腾的样子，也够戗！"

陈龙不得不再向这些人解释："萧军和桥儿沟有几个留着长头发的文人一样，都是些怪人。怪是怪，可他和特务、反革命是两码子事。"

7. 生产自救

抗日战争期间，延安军民曾经历过一段最艰苦的岁月，那就是国民党掀起第二次反共高潮，继"皖南事变"之后，对边区进行严密封锁的1941年。

当时，国民党不仅撕毁了国共两党达成的诸多协议，停发了对八路军、新四军的一切供给，扣押了海外华侨捐赠给延安的一切物资，而且严厉禁止把布匹、粮食、食盐和医疗药品运入延安，致使延安数万军民陷入了前所未有的困境之中。

在将近两年的时间里，延安没有发衣服和生活日用品，边区仅有的一点点粮食吃了个底朝天。人们严重地营养不良，又没有青菜吃，社会部许多人得了水肿病、夜盲症，不少人一到天黑就看不见路。陈龙十分焦急，便抽空带领大家到野地里去挖野菜。

在东北抗联吃野菜是家常便饭，陈龙可以认出长在荒地里、石头褶子中的几十种野菜。可是来到西北黄土高原，连野菜也得重新辨认。有的野菜吃起来还算可口，吃下去不到半天便引起水肿，有的还引起头晕。

尽管这样，能弄到一大堆野菜放在锅里煮，也算是改善伙食了。

形势严峻，生活艰苦，工作繁重，陈龙、甘露等人起早贪黑个个都消瘦了，但他们的精神却依然十分振奋。在闲暇的时候，陈龙经常给大家讲东北抗联的艰苦斗争故事，睡雪地，蹚冰河，吃猪狗都不闻的野菜糊糊粥……

在这段艰苦的日子里，陈龙和治安科全体战友就是穿着补丁摞补丁的衣服，每天勒紧裤带，靠着喝南瓜汤、吃野菜，支撑着疲惫虚弱的身体，去完成各项艰巨任务的。

"自古兴邦多磨难"。

经过了两万五千里长征的共产党人当然不会被这些困难所吓倒。在一次军政干部大会上，毛泽东情绪激昂地说道："公粮已经不可能再加给农民，可我们现在没有饭吃，没有衣穿，怎么办？看来只有两条路，一条是散伙；第二条是生产自救。你们说走哪一条？”

未等他的话音落地，台下马上发出一片“生产自救”的高呼声。

为响应毛泽东生产自救的号召，4月23日，陕甘宁边区举行了委员会议，讨论各机关搞生产运动的事宜。接着，三五九旅根据党中央关于屯田政策的指示，开进了南泥湾。一个生产自救的大生产运动，在边区轰轰烈烈地开展起来了。

治安科也积极响应党中央生产自救的号召。从保卫训练班来的这些年轻人一到科里，陈龙便组织他们投入了大生产运动。

“民以食为天”。生产自救首先要解决吃饭的困难。春天，大家一齐在一切可以利用的空地上开荒，种蔬菜，种粮食。陈龙还拿出了东北人的手艺，做了一缸大酱。

有一天，陈龙路过刘坚夫住的窑洞，发现门前有一口大号的铁锅，他便动起了脑筋，用这口铁锅能做点儿什么呢？从南洋回国的邹伦想出了个主意，只要能搞到碱和猪油，用这口大锅就可以做出肥皂来。

大铁锅派上了用场，陈龙就派甘露和马敬铮赶着毛驴，把大锅拉了回来，同时也带回了刘坚夫的条件，要真能做出肥皂得送给他们几条，大家的衣服都好长时间没洗了。有了大铁锅，平时不声不响的邹伦，便忙活起来，他东找西凑总算搞来了原料，并担当起总指挥的角色。全科的人都听他的调遣，谁管往锅里加水，谁加原料，谁来点火，谁来搅拌，各司其职。大家被烟呛得一把鼻涕一把泪，却丝毫不敢偷闲，这点儿原料来之不易，要在哪道“工序”上出了毛病，挨总指挥邹伦的批评倒是小事，再去整原料就更难了。

显然大家都是“化学工业”的门外汉，鉴于责任重大，谁也不敢离开大锅半步，就这样忙活了一天一夜，终于把肥皂做出来了，用来洗衣服既起沫又退灰，质量还不错。

肥皂做出来了，大家高兴极了，得给新产品起个名，有的说叫“大生产”牌，有的说叫“胜利”牌、“抗日”牌……最后不知谁提出“利生”牌。利生，就是便利大家的生活，这个名字的意思直截了当，获得了大家的一致通过。

“利生”牌肥皂出厂了，陈龙马上做了两件事，第一不食前言，给刘坚夫送去了两条肥皂；第二把肥皂送给了贸易货栈，换回了大家最急需的日用品。

“利生”肥皂出了厂，后沟的“化学工厂”也在抓紧生产。他们没有邹伦那样的“专家”，就靠着许凤图、慕丰韵几个人动脑筋，想办法，终于也做出了“胜利”牌肥皂。

冬天，延安山沟里经常有狐狸和狼出没，有人想出了个土办法，在猪肠子中装上碎玻璃和炸药，然后用麻缠紧，放在狐狸出没的地方，只要他一咬，炸药就起爆。陈龙和陈刚马上找来武创成做炸药，傍晚放到山沟里。有时在窑洞里就能听见炸药炸响的声音，第二天一早去捡，有时能捡回两三只炸掉了嘴巴或半个脑袋的狐狸和狼。有一次，陈刚放的炸药炸死了一只豹子。据说豹肉治风湿病，陈刚将肉分给了有病的人。海宇正患坐骨神经痛，也得到了一块儿。

夏天，治安科在院子里种的茄子长得又大又圆，为了让大家解馋，做晚饭的时候，陈龙就露了一手，在石头砖块支起的锅灶上，给大家做一道东北名菜——炸茄盒。

茄盒要一个一个地炸。马敬铮、海宇都眼巴巴地围在锅台边看。

茄盒炸得又焦又香，炸好一个，围着的人便消灭一个，炸好一个消灭一个，直到最后一个出锅，又被马敬铮一把夺过放进口中。陈龙这才发现，他炸了半天，连一个也没吃着，他把铲子一摔来了火，冲着大家喊了一通，反倒惹得大家一阵发笑……

10 月是陕北的金秋季节，往日的荒山秃岭，经过生产自救，如今到处是黄澄澄的谷子、糜子。连枣园前前后后的空地上，也都是包米和蔬菜。社会部治安科也有了一部分资金积累。

吃饭、吃菜的困难初步得到缓解。由于国民党对延安实行禁运，穿衣还是一个困难。

党中央又号召大家纺纱织布，自己做衣服。

陈龙带领大家也参加了纺线。

几台纺车摆在窑洞门口，大家坐成一排，一手捻棉絮，一手摇纺车，开始了纺线比赛。一声令下，纺车飞转，一根根棉絮变成了长线。

到晚上一评比，陈龙纺的线又白又细，数量超过大家一二两。甘露、海宇、马敬铮暗暗跟他摽上了，决心多纺一些，好超过他。可是，下一次一评比，还是陈龙在先；原来，随着技术越来越熟练，他已经成为社会部一位纺线能手。

吃苦耐劳是中华民族优良传统，禁运和封锁不但没有困死延安军民，反而更加锻炼了他们克服困难的决心和勇气。

经历了艰难岁月的延安军民，变得更加坚强了。

8. 与海宇结婚

一天，陈龙一没留神儿，裤脚被树桩刚了道三角形口子。回到窑洞，陈龙便取出针和线，一针针地缝起来。

说起针线活，陈龙当然比不上那些心灵手巧的妇女。由于他到延安以来一直过着单身生活，像洗衣服、缝缝补补之类，他的手艺也还凑合，所以，陈龙平常穿在身上的衣服总是整洁的，就是有补丁，也补得整整齐齐。

这个三角口子，他缝得很细致，很专注，就连曲日新走进窑洞他都没有察觉。

曲日新是从西北旅社赶来的，他要向陈龙汇报最近发现的几个可疑情况。

脚步声终于惊动了陈龙。他三针两线结束了缝补，便与曲日新攀谈起来。看到陈龙自己补衣服，曲日新十分感慨，汇报完情况，便把话题扯到了陈龙的个人生活方面。

他们在延安共事多年，曲日新完全了解陈龙两次婚姻的结局。根据组织决定，他与蔡芬分离已有三年多了，作为战友，曲日新不能不为陈龙的生活问题操心。

其实，为陈龙的生活问题操心的何止曲日新一个人，像李克农、陈刚、汪金祥、毛诚就都为陈龙的婚姻大事动过脑筋。基于蔡芬的教训，他们觉得首先政治上要绝对可靠，再就是性格要温顺，陈龙的火爆脾气是出了名的，要是找一个沾火就着的，火爆对火爆，那怎么过？

像李克农、陈刚、汪金祥、毛诚一样，曲日新心里也有个谱。他看到陈龙自己补衣服，触景生情，说："你该说个人了，总不能老是自己缝缝补补。你心里有'目标'没有？"

陈龙没料到曲日新会把话题扯到这里，他摇摇头，表示还没有什么"目标"。

由于两次婚姻的悲剧，陈龙对伴侣的选择采取了极为慎重的态度。他觉得自己未来的生活中，不能再出现以往那样的结局。

"时下，从大后方来的许多女青年都很要求进步，你咋不从中选择一个？"曲日新颇有点儿纳闷。

"像我这样的情况……"陈龙欲言又止，挥了一下手说，"以后再说吧，现在也顾不上这些。"

曲日新当然听出陈龙话中的隐情，他觉得大体摸准了陈龙的思想脉搏，没有再说下去，便起身告辞了。

在返回西北旅社的路上，曲日新还在琢磨这件事。他脑子里涌出了几个姑娘。有的他想了想，又摇头否定了，他觉得和陈龙性格不合；有的人家已经另有所属，当然不成；有的年龄相差太大，也不合适……直到过了杨家岭，他忽然想起，"三八"节那天，延安中国女子大学在中央党校大礼堂演戏，他和陈龙、刘涌、杨时一起去看戏时，曾看到过一位女学生在舞台前边招待客人。她中等身材，留着齐耳短发，举止稳重、大方，待人又很热情，他还记得有人叫她海宇。

想到这里，曲日新心中一亮，他要去女大了解一下。

曲日新到女大政治处见到了副主任林纳，了解到海宇是河南信阳人，1920年生，在中学读书时就受到了党的教育。1938年夏，她参加了新四军，在新四军四支队入了党。因患疟疾，被送到西安八路军办事处治病，病好后来到延安分配在女大高级班学习。到校后，表现一直很好，学习成绩优秀，是班里的党支部书记，又兼学校“保卫网”的“网员”，政治上绝对可靠。还有一点，就是她来校后，一直埋头学习，还没考虑过个人生活问题。

摸到这些情况，曲日新打心里往外高兴。见到刘涌和汪金祥，他就把海宇的情况向他们说了，并建议把海宇调过来。

出于对工作负责，也对陈龙负责，在同意选调之前，陈刚、汪金祥又派刘涌去女大对海宇的家庭出身、个人历史和现实表现作了全面的调查。刘涌还找海宇谈了对“保卫工作”的认识。

1941年8月，海宇接到中社部通知，调她到枣园报到。她到枣园以后，才知道这个机关叫中央社会部。

当天的下午，她才见到了治安科长陈龙。他身材适中，仪表英俊，尽管灰色的军装已经很旧，浑身仍然透着一派英武气概，说一口流利的东北话。

海宇就是在这种情况下和陈龙认识的。但是，她怎么也没有料到来到这里，竟和她的终身大事有关。

陈龙则又是另一种心情。他从刘涌、曲日新那里听了关于海宇的情况介绍，又在一起工作了一段时间，心里对她也有好感，但他考虑的却是对方的心态。他曾多次设身处地为海宇着想，论年龄，相差十岁，况且自己又结过两次婚，究竟成与不成，这要由海宇抉择。

在治安科工作的时间里，海宇觉察到陈龙和周围的同志对她的态度有些特别，以一个青年女性的敏感，她意识到要发生的事情。她亲眼看到了陈龙对党的事业无比忠诚，对工作极端认真负责。更主要的是她看到了陈龙的内心和性格。她觉得他的脾气虽然火爆，却是个爽直的硬汉子。他对事业、对同志总是满腔热忱，一团火热。她觉得若和这样一个人结合在一起，生活会幸福的。为了慎重，她把自己的感觉和担心告诉了王宜民、刘抗、王晋几位知己的朋友。几位姐妹一听纷纷摇头。对方精明能干长得英俊，又有两次婚姻经历，像这样的男人能信得过吗？

海宇从朋友那里回来，下了决心，向陈龙提出要求，要到后沟西北公学去学习。离开治安科，可以冷静地考虑婚姻问题。陈龙只好同意。

出于对海宇的关心，她的朋友自告奋勇，主动充当了海宇的“保护人”，王宜民千方百计地从侧面了解陈龙，刘抗甚至在海宇去看望陈龙的时候，也几乎形影不离地跟去作陪同，而陈龙也对她们热情相待，主动让她们了解自己。

不同的人，有不同的看法，这些人对陈龙七嘴八舌的评论，无形中又增加了海宇作出决断的难度。她和陈龙偶尔单独见面的时候，也相互诉说过自己的身世和经历。陈龙还特地说明了自己两次婚姻的情况，海宇总是默默地听着，直到默默地分手，各自走回自己的窑洞。

陈龙把决定权交给了海宇，因为他已看出，这个姑娘对决定自己的终身大事是十分慎重的，而他只有两个字：等待。耐心地等待。半年过去了，从深秋等到雪化春来，陈龙还在等待着时间的考验。

又是半年过去了，从春风夏雨等到黄叶纷飞。记得那是一个秋雨初晴的晚上，陈龙和海宇在枣园门前的水渠边散步。

“谈谈咱们的事吧。”海宇忽然停住脚步望着陈龙说道。

听口气，他知道海宇心中已经作出决定，陈龙的心激烈地跳起来。他停下脚步望着她。

海宇沉吟片刻，尽力掩饰心中的感情，用平静的语气说：“咱们结婚吧！”

终于听到了久久盼望的一句话。陈龙立即爽快地点了点头。

弯弯的月亮隐没在雨后的云层里，黄土高原笼罩在浓重的黑暗中，两个人沿着小河边走着，秋天的夜晚格外宁静，只有小河哗哗的流水声，伴着两个人的脚步声。陈龙缓步走着，仔细倾听着海宇提出的“约法三章”：

“革命到底，永不叛党，不论遇到什么艰难困苦，我们都要做革命夫妻。”

海宇的声音虽小，但却十分坚定。因为这是她经过深思熟虑之后，出自肺腑的话。

为了作出这个决定，她请几个同学各自谈了她们对陈龙的看法，经过一段时间的观察与了解，王宜民、刘抗和王晋的观点一致了：陈龙是一个值得信赖的好同志，结婚后，他一定会一往情深地对待海宇。

海宇本身就是一个有独立思考能力的姑娘，归纳了一年多来她对陈龙言行举止的了解，又经反复斟酌，才下定了决心。

听完了“约法三章”的第一章，当然这也是最重要的一章，陈龙尽力抑制住心中的激动，严肃地点了点头：“你放心，我一定做到。”

“还有，我们之间要相互忠诚，不论环境如何，都不做对不起对方的事情。”

陈龙觉得浑身一热，猛烈跳动的心几乎要撞开胸膛：“我说话算话，一定做到。”

“最后一条，我从小离家，不会做家务，可能不善于关心照顾你，”海宇说着面带愧意地低下了头，“你别嫌我。”

“约法三章”的第三条，更是显出了她的磊落和坦诚。她曾看到许多男人一结婚就摆起大丈夫架子，嫌老婆这也关心不周，那也照顾得不好。她觉得，与其婚后因为这些而生闲气，不如先入为主，把丑话说在头里。

这三章对别人来说可能是一种约束，对陈龙却作用不大，因为他本来就是一个表里如一的人。

接下来，便是两个人商量怎样向上级和党组织提出结婚申请，等待组织审查批准。

陈龙对这一切都充满信心，因为他知道，他与海宇结婚，正是上级领导所企望的。

除了革命和为党献身以外，不知道世界上还有他物的一对延安青年，就是这般严肃而认真地走到了一起。在他们心目中恋爱和结婚都是革命事业的一部分，没有什么浪漫和缠绵。

从那天起，陈龙就像通过审查考试一样高兴。他的性格、脾气终于被认识，他的遭遇终于被理解，每每想到这些，心里总要漾起一阵甜丝丝的感觉。

为了布置结婚窑洞，他每天傍晚都走出很远，到荒山坡上去割草。有时一天割两捆，有时割三捆，背回来之后，便在窑洞里摊开，横一束，竖一束，把它编结在一起。花了几天时间，终于织成了一个又软又厚的草垫子。

不论是在延安还是在河南，结婚的聘礼是不可少的。但陈龙从东北到延安为革命奋斗了十来年，却拿不出一件能称得上是礼物的东西，送给即将和自己结为终身伴侣的新娘，只有把用自己的双手编织成的草垫子，权当聘礼送给她。

陈龙和海宇要结婚的消息很快在社会部传开了。

帮助海宇“跟踪”、“审查”陈龙，又帮助海宇下决心的王宜民、刘抗、王晋，都是海宇在女大高级班学习的同学，而王宜民还是海宇从初中到参加革命的“老战友”。许多年来陈龙一直感激她们。

婚礼最后确定于1942年11月7日在枣园举行。这是在苏联留过学的陈龙提议的，因为这一天正是苏联十月革命节二十五周年纪念日。

当天李克农以社会部的名义，为陈龙夫妇举行庆祝会餐。

第二天，治安科的同事和西北公学三班的同学也办了个庆祝会餐。程强、凌云从老乡家里买来了红枣，汪金祥、海伦腾出了自己的小灶厨房，马敬铮、慕丰韵、刘坚夫、杜瑞甫帮助洗菜、切菜，王宜民、刘抗和王晋更是忙得不可开交，炒菜、做饭里外张罗。没有山珍海味，桌上摆的全都是自己的劳动成果，吃起来味道格外香甜。这是治安科在大生产运动丰收后办的第一场宴席。

女大的同学、社会部的同事纷纷向陈龙和海宇祝贺，祝贺在大生产丰收的季节里，他们的爱情也获得丰收。

也许是命中注定，陈龙的生活总是一波三折。大生产运动不久，“整风运动”进入审查干部的阶段。婚后不久，“西北公学”便宣布了学生一律不许外出的纪律。海宇也接受了审查。两个人足有一年多时间连面都没见着。

好不容易盼到第二年秋末，中央下达“九条方针”，“抢救运动”结束。在陈刚的过问下，海宇才被解除审查，回到社会部工作。

回家不久，海宇又突然得了坐骨神经痛。当年得疟疾的病体没有完全复原，又得了这个病，海宇的身体算是垮了。

海宇一病，陈龙便默默地担负起护理的责任。

那时，在延安根本没有什么医疗保障，谁生了病，只能靠身体的抵抗力去挺。没有止痛药，更没有什么可以止痛的麻醉药，痛时只能咬紧牙关。因为不敢动弹，被褥被汗水浸湿了，也得等陈龙回来换。有时，一泡就是大半天。尽管劳累，尽管麻烦，陈龙没有半句怨言。他除了到处问医求药，弄回来给海宇吃，还要每天给她打饭、打水、洗头、洗脚……

更让人为难的是去山坡上厕所。海宇爱干净，从不肯在窑洞里放便盆，陈龙十分尊重她。海宇每次要解手，他便先把一个凳子送到山坡上，再回来背海宇上山坡。海宇解完手，再把海宇背回来，然后回去取凳子。海宇病了三个月，陈龙背了她三个月。

天冷了，陈龙怕海宇着凉得病，便自己动手盘了一个火炕。这种炕每天都要烧火，不然会返潮。陈龙自然多了一项任务，上山打柴、割草，天天烧炕。

看到陈龙如此劳累，海宇心里非常难受，经常流着泪对陈龙说：“我连累了你。”陈龙却觉得这是分内的事，不但应当做，而且应当做好。

由于陈龙无微不至的关怀照顾，在春天快要来临的时候，海宇的病渐渐好转起来。当她走出窑洞重新上班工作后，她对陈龙的爱恋更加深沉了。真是令人难以置信，一个曾经驰骋疆场的硬汉，居然也会有这般细腻的感情和爱心。

9. 拔掉军统特务站

众所周知，在国民党发动的反共高潮中，以戴笠为首的国民党特务机关充当了急先锋。他们费尽心机派遣到延安的特务分子，在一片反共的喧嚣声中伺机蠢动。

一天早上，西北旅社经理曲日新匆匆来到枣园，向陈龙汇报了一个可疑情况。他最近接触了一个正在延安陕北公学学习的叫杜麟喜的青年，交谈中发现他对延安的学习、生活环境极为不满。曲日新凭着多年从事侦察工作的经验怀疑他是个有来路的人。

曲日新虽然是治安科的副科长，因为不在枣园上班，两人平日接触甚少，但陈龙对曲日新的工作能力一直十分敬佩。他思维缜密，作风稳健，坐镇西北旅社，不仅把旅社搞得井井有条，还从不放过任何可疑情况。

他反映的每个情况，陈龙都十分重视。

当天上午，陈龙便来到陕北公学了解杜麟喜的情况。

杜在学校的表现和曲日新讲述的情况大相径庭。学校领导听他讲述的都是对延安如何热爱，对抗日斗争如何充满胜利信心，为了证明这一点，他还把老婆从山西接了来。

两下一对照，初步可以作出判断，若说杜是个阳奉阴违的两面派并不过分。

他仅仅是个两面派吗？还是有别的身份？这倒是陈龙很想弄清楚的。

陈龙把情况略作汇总，便向汪金祥和李克农作了汇报；并提出了如下工作方案：除要曲日新继续与杜保持接触外，还要通过陕公的保卫员监视杜的言行和接触关系；在杜离开学校外出活动时，也要派侦察员进行跟踪。

这几项做法，逐步都取得了效果。杜麟喜在延安经常接触的有三四个人，有的来延安已有数月，在延安被服工厂当工人；有的刚刚到达，正等待分配。

他们的登记填得清清楚楚，来龙去脉也都有着有落。一般来说延安是无法去外地搞调查的，要是来自云、贵、川、康，更是鞭长莫及。看来，单凭保卫员在单位监视和侦察人员在外围跟踪，是无法解决核心问题的。工作一段时间，还是无法弄清他的真实身份。就像俗话所说："光听轱辘把响，不知井在哪儿。"

陈龙结合自己在西北旅社工作过的那一段侦察经验，产生了一个想法，要想找到"井"，还得靠曲日新。

作为第一步，他要曲日新继续和杜"套近乎"，拉好关系，交谈中向杜流露一些对延安的不满情绪……

曲日新与杜麟喜又有几次接触。也许经过长时间的考察，杜认为曲日新确实是一个可以拉拢和利用的对象，终于在一次长谈之后，向曲日新吐露了真情，原来他是胡宗南属下一个特务训练班的特务。他说他目前已在延安站住了脚，下一步则是伪装进步，争取在陕北公学毕业后，能分配到共产党的核心机密部门去工作。

这是社会部治安科通过侦察手段最早发现的一批国民党派进延安的特务分子。

就在陈龙指挥对杜麟喜侦察的同时，陕甘宁边区保安处送来了一份重要报告，说他们接待了一个秘密自首的军统特务。

该人名叫吴南山，在军统"西北特侦站"受训后奉命潜入边区，已在庆阳县县政府担任了三科科长。潜入边区后所见所闻，使他对自己的使命产生了怀疑。随着蒋介石悍然发动"皖南事变"，他进一步看清了国民党的真实面孔。经过反复的思想斗争，他决心彻底与这个反动政府决裂。

吴不仅交代了他在"西北特侦站"受训的经过，还说出了许多一起受训的特务的名字。这些人大部分都以各种伪装身份和化名潜入了边区和延安，其中有些人已经混入了党、政、军一些要害部门。

这一情况迅速呈报给了李克农和康生，边区保安处长周兴等人还亲自来到枣园做详细汇报。陈龙与周兴、王凡、布鲁等人多次研究案情，认为此案应以吴南山为线索，继续深入开展侦察，力争尽快地查清潜入延安特务分子的名字和工作单位。同时，配合跟踪和调查工作，力求全歼这伙特务分子，不使一人漏网。为了补充边区保安处的侦察力量和及时沟通情况，建议抽调正在“老三班”学习的叶运高、王珺去保安处协助工作。

治安科和保安处的工作方案得到了社会部领导的批准，一张要全歼“西北特侦站”的巨网正在陕甘宁边区张开。在周兴、王凡、布鲁等人的具体指挥下，各项工作齐头并进，案件侦破很快取得了重大进展。

从年初到夏末，在半年多的时间里，边区保安处已经基本上掌握了“西北特侦站”向边区派遣的人员名单和一部分化名。

10 月的一天，吴南山和庆阳县政府的一位工作人员去延安开会，走到甘泉，意外地碰见了“西北特侦站”教官祁三益。祁潜入边区的目的，是与当年他培养的学员们进行联络，并向西安传送情报。

见到吴南山，祁三益也十分意外，他是从其他学员口中知道吴南山已经潜入庆阳县政府工作的。因为他是必须要联络的人，正要去庆阳找他，想不到在这里不期而遇。

吴南山避开同行的人和祁三益进行了短暂的交谈，并相约在庆阳详细汇报潜入延安后的情况。两人分手不久，边区保安处根据吴南山的报告，将祁三益秘密拘捕。几经审讯，祁三益全部供述了他的历史与身份，以及潜入边区的具体使命。

通过祁三益的供述，基本上搞清了“西北特侦站”的全部底细：近年来，他们共向边区和延安派遣特务达四十四人。

经查证，已经有二十七人混进了延安党、政、军机关内部，有的掌握着军事机密，有的被提拔为科、股级领导干部。其余十七人分别在延安和边区的院校中学习。

这样庞大的特务组织被一举破获，在延安引起了极大的震动。人们不得不对许多事情做重新估价。

还有一名敌特分子是在延安整风运动开始后发现的。

1942 年的盛夏，暑气蒸人。一天中午，中央军委锄奸部的钱益民顶着烈日，满头大汗地从杨家岭来到枣园。

他一走进陈龙的窑洞，就抓过毛巾擦了把脸，又拿过蒲扇，解开衣襟用力扇着，连声说道：“好热！热昏了头。”

钱益民是军委锄奸部一员有勇有谋的干将，他与陈龙年纪相仿，脾气也相投，加上工作上频繁接触，两个人便成了好朋友。看他急匆匆的样子，陈龙便知道准有急事，他端过黑瓷碗，给他倒了一碗白开水，让他坐到身边。钱益民顾不上喝水，便从兜里掏出几页材料，放到了陈龙的桌前。

陈龙展开一看，原来是抗大的一份学员登记表，表上的学员名叫郑行潮，来自东北，填表时间是1939年。

“他已经毕业留校。最近发现他有些可疑情况，吴溉之要找你汇报。”

“什么时候学会正经了？汇报不敢当，说说情况我听听倒可以。”陈龙用半开玩笑的口气说道。

“归纳起来有两条，一是自称文化不高，但是有人发现他懂日文；二是说陕北无亲友，却三番两次往绥德跑。”钱益民的汇报，简要利落。陈龙边听，边皱起了眉峰。“日语——绥德——”他意识到有一种预感在提醒他，这个人不可忽视。

“这个家伙，像有点儿来历。”陈龙边沉吟边说，“这么办吧，工作由我们两家来做。为了保守秘密，其他人不要插手。”

绥德虽属于陕甘宁边区管辖，但那里也有国民党办事机构，当然也有秘密的特务组织，这些机构都是国民党派来对延安进行监视控制的前哨阵地。

既然那里无亲无故，他总去那里干什么？为了弄清这一疑问，陈龙决定派人跟踪郑行潮。治安科侦察员与军委锄奸部侦察员轮流上阵，不消一个月，便把郑行潮去绥德的情况基本上搞清了。

由于交通不便，郑行潮去绥德，有时是步行，有时是搭过路的车。到了绥德，他既不探亲也不访友，总是去找邮局的一个邮差。两人碰头，有时在街头，有时在路上。一见面两人并不多说话，郑行潮把一封信交给邮差旋即返回。

郑行潮去绥德，唯一的目的看来就是送信。

是什么信，不在延安寄，还要往绥德跑？当时，不论是绥德还是延安，所有邮政系统都是由国民党控制的。郑行潮的疑点越来越大。

此刻，延安的整风运动已经深入开展，郑行潮的情况有了进展，引起了几位领导整风运动的首长的注意。有的提出把郑行潮抓起来审讯；有的提出把郑行潮交给学校，组织群众大会进行批判揭露，以推动运动开展。

对这两种意见，陈龙都反对。他反复向领导说明秘密侦察的作用和下一步的工作打算。有的领导说不通，陈龙就再去说明；到最后，还是不通。陈龙发了脾气，他拍桌子，大声争吵，声音震得窗户纸哗哗地响。经过说明和争吵，几位首长终于同意，对郑行潮继续进行秘密侦察。

钱益民对陈龙的胆识和魄力打心眼里佩服，要不是他据理力争，恐怕很难改变某些领导对侦察工作的看法。但他也替陈龙担心，他的脾气太大了，一发作起来就暴跳如雷，万一触怒了哪位领导，还有什么好果子吃？但时间一久，他发现这种担心完全是多余的，不论是康生、李克农、汪金祥，还是其他领导，对陈龙的脾气大都不大在意。

保住了对郑行潮的侦察权，钱益民当然十分高兴，但怎样才能拿到说明实质性问题的证据，他却感到棘手了，于是请陈龙拿主意。

陈龙很快设计出了一个在绥德实施的行动方案。

陈龙认为，郑与邮差接触，很大可能是输送情报。要想拿到证据，又不惊动郑，那只有在邮差身上做文章。在征得社会部和军委锄奸部领导的同意后，陈龙便派马敬铮和军委锄奸部的一名侦察员，再加上边区保安处调来的一名搞技术工作的侦察员，组成行动小组，要他们待郑把信交给邮差之后，跟踪那个邮差，在一个叫甘戈驿的地方，伺机扣下他的邮袋，交给技术人员，在不漏痕迹的检查之后，再把邮包还给邮差。

马敬铮等人依计而行，一切都干得干净利落。通过信件检查，终于获得了郑与绥德国民党特务机关相互联系的内容，同时还得到了国民党特务机关发给郑的一张通过国民党地区的秘密路条。

获取了证据，白纸黑字，郑行潮的特务面目已经暴露，许多人都认为可以收网捉鱼了，但陈龙还是不同意，他的目光又盯在那张秘密路条上，一个更大胆的侦察计划在他的脑海中形成了。他找来了保安处的布鲁，让他充分利用这张路条，到国民党占领区走一趟，争取把国民党特务机关设在绥德一带的秘密据点和情报网全部摸出来。

化装侦察是布鲁的拿手好戏，他乔装成一位国民党高级特务，公开身份是某报社的记者，带着几个随从到了国民党占领区。凭着那张路条，以沿途巡视为名，首先找到了这一地区的特务机关头目，听取了他们对延安开展情报工作的全面汇报。接着布鲁又到了甘戈驿，会见了潜伏在这里的特务头目何某。何汇报完工作后，听说布鲁要派人潜入延安，便托布鲁把对郑行潮下一步工作的指示带去。布鲁当然乐意代劳。布鲁把这份指示带到延安，让侦察员在抗大校门外交给了郑行潮。郑看到指示，不敢怠慢，便把近日搜集到的有关延安的军队调动、整风、审干进展情况写成报告交给侦察员。侦察员把报告交给布鲁，经过改写，又送到甘戈驿。这样，郑与特务机关的活动，便完全落入了我们的手掌心。

凭着一张路条，以布鲁的机智，完成了在敌区“巡视”侦察的任务，不仅弄清了以绥德为中心的国民党特务活动的网络，连延安邮电局特务的潜伏活动也都查了个一清二楚。

演完了所有能演的戏，得到了所能得到的一切，陈龙才决定报请批准逮捕郑行潮。国民党军统局煞费苦心安插在延安的又一颗钉子被拔掉了。

10. 抢救运动

抗日战争中期，中国共产党已经拥有八十万党员，成为一个在全国范围内政治上、思想上、组织上完全巩固的马克思列宁主义政党。它是在克服各种“左”的和右的错误中成长起来的。特别是以王明为代表的教条主义“左”倾错误路线，延续时间最长，造成的损失最严重。遵义会议以后，虽已确立了毛泽东在党内的领导地位，但是这条错误路线的恶劣影响，还没有从思想上加以彻底清算，还在严重地干扰着党的正确路线的贯彻执行。广大干部也还没有从教条主义的桎梏中解放出来。抗日战争开始以来，党得到了空前大发展，拥入党内的大批新党员，又缺乏马克思主义的教育和革命斗争的实际锻炼，许多人只是组织上入了党，而思想上却没有入党，他们把一些非无产阶级思想带到了党内，成了党内各种错误倾向的温床。

正是在这样的历史条件下，中国共产党从1942年起，发动和领导了全党范围的整风运动。这是一次普遍进行的马克思主义的教育运动。通过这次运动，树立了实事求是的学风，分清了路线是非，保证了党的团结统一，开辟了中国革命的胜利道路。

1941年5月，毛泽东发表了《改造我们的学习》的文章；1942年2月，毛泽东又在中央党校先后发表了《整顿党的作风》和《反对党八股》的演说。整风运动在毛泽东的号召下轰轰烈烈地展开了。

这时，陈龙几乎全身心地投入了运动。他同汪金祥一起，带领全体干部积极认真地学习整风文件，中央社会部掀起了前所未有的学习热潮。

陈龙和治安科全体人员是一个整风学习小组。他们本着“惩前毖后，治病救人”和“知无不言，言无不尽，有则改之，无则加勉”的原则，联系个人的思想和工作实际，进行了认真的批评和自我批评。在整个整风运动中，陈龙总是以自己的模范行动来影响别人，他带头学习文件，带头检查自己工作中存在的缺点。每学一篇文件，或每个专题，他都写出一篇学习小结，谈自己的认识，联系实际说明存在的问题，并提出克服的方法。他还循循善诱，帮助别人分析问题，认识问题。细雨和风，大家学习得非常愉快，都有进步，都有提高。

1942年末，严冬降临了，整个社会部，包括治安科空气显得有些紧张了。办公室和治安科从“老三班”（保卫干部训练班）调进来一批经过精选的干部，充实了队伍，整风运动即将要进入审查干部阶段。在社会部，在其他机关，审查干部的准备工作正在默默地进行着。

审查干部，目的是纯洁和巩固党的组织，这就与反特务斗争紧紧联系起来。1942 年 11 月，毛泽东在西北局高级干部会议上就曾指出：“整风不仅需弄清无产阶级和非无产阶级（半条心），并且要弄清革命与反革命（两条心）的问题，要注意反特务的斗争！”“半条心”和“两条心”，是毛泽东用来形象地比喻“党内问题”和“敌我问题”两种不同界限的。后来做的结果，发生了严重的“扩大化”，把两种界限混淆了。在扩大化的问题上，总学委副主任、中央社会部部长康生负有很大的责任。

1942 年前后，延安和陕甘宁边区形势十分严峻。蒋介石发动的第二次反共高潮和“皖南事变”刚过去一年多，边区又被国民党数十万大军团团包围，经济封锁，使军民缺衣少食，国民党特务机关还在边区周围遍设处、站和秘密据点，形成军事包围以外的特务包围。就在这个时候，边区保安机关陆续发现了潜入的国民党军统特务分子有五十多个。这些特务分子，都是经过专门训练的，有的已经潜入我延安党政机关和学校，有一个小组，共三人，已经钻进中央军委的机要机关。就是在这样的情况下，中国共产党中央作出了关于审查干部的决定，大多数干部也都认为审查干部、清查特务是理所应当的，必要的。

但是，康生一出手就制造了一起假案，对后来运动的发展起了十分恶劣的影响。这就是当时在延安人所共知的“张克勤案件”。

张克勤何许人也？张克勤，甘肃兰州人，共产党员，十九岁那年由党组织送来延安学习，先是在陕北公学，后调到西北公学，准备把他培养为情报保卫干部。他父亲和他妻子都是共产党员。他父亲在兰州开设的一家照相馆，是党的地下联络点。张克勤到延安一年以后，他父亲被捕，父亲、妻子先后变节，被国民党甘肃中统特务机关所利用。陕甘两地隔绝，张克勤同父亲、妻子无任何牵涉，更谈不上有什么可疑。但在康生的直接策划下，对张克勤进行了逼供。

张克勤身体瘦弱，性格怯懦，作风也有点儿吊儿郎当。经过大会施加压力，小会围攻，再加上不断找他“个别谈话”，惊恐，委顿，使他再也无法承受下去了，便开始胡编起口供来。

最使康生感兴趣的，是 1943 年三四月间他写的那份“坦白书”。“坦白书”说，据他所知，国民党对在其统治区内的共产党组织实施了一个所谓“红旗政策”。说得明白一点儿，就是说那里的共产党地下组织实际上是在国民党的控制之下，打的是“红旗”，实际是在特务控制下搞的“假党”、“伪党”，他原在的甘肃党就是这样的党。康生早就有“特务如麻”，“特务问题是群众性的问题”的观点，张克勤这份“坦白书”正合康生之意。

这时，审干工作已经在各机关学校陆续铺开。在康生的观点指导下，受到怀疑的人，严重一点儿的被逮捕关押起来了；次要的留在本单位进行审查；还有一部分虽然被认为问题比较严重，但还没有到必须逮捕的程度，就被送到由几个学校改成的审查机关去进行审查，实际上也被隔离起来了。中央社会部的干部学校——西北公学，从三四月间，就改变成这样的一个审查机关了。陈龙新婚不久的妻子海宇，就是因所谓“河南红旗党”的问题，在西北公学“学习”，实际是接受审查。

陈龙对于张克勤的所谓“坦白”、“交代”，一开始就是持怀疑态度的。抗战以来，特别是在两次反共高潮中，在国民党统治地区的中共地下党组织，同国民党反动派进行了顽强斗争，这是有口皆碑的；另外，我们还有坚强的侦察情报系统，为什么从来没有发现国民党有这种阴谋伎俩，而一个未满二十岁的幼稚的新党员，反倒能够洞悉国民党的这种阴谋呢？陈龙作为一个从事侦察保卫工作的负责干部，看问题，断案子，从来都是重事实，重证据，不轻信空话的。他翻来覆去思量这个案子，越思量越觉得这是逼问出来的假口供，不能轻易相信。按照他素来的性格，他准得找上门去问个究竟，和持不同见解的人争个面红耳赤。但是，现在他不能，他不能去和掌握着生杀予夺大权的康生顶牛，何况当时的整个空气也容不得他说话，即使说，也不会有人听他唱“反调”。他只好忍着。

延安在审干中成批捕人，是在 1943 年 3 月末，4 月初，这时“抢救失足者运动”尚未开始。

一天，康生把李克农、汪金祥、陈龙等人召集到他的窑洞，郑重地向大家传达中央总学习委员会的指示：一直对延安进行军事封锁的国民党顽固派胡宗南，最近突然以“友军”的面目出现，提出要派胡公冕作为他的私人代表到延安。看来此人来者不善，为防止延安内部敌特与他们来往，对一些身份比较明确的敌特分子应当抓起来。名单早已拟好，由社会部执行。行动时间定在 4 月 1 日晚上。

由中央社会部直接逮捕审查的部分，任务自然落到了陈龙主管的治安科头上。在这段时间，治安科几个人忙得团团转，“敌情”要汇总，各单位运动发展的情况要归纳汇报，有时搞到深更半夜。尽管这样，仍然没有发现哪个单位挖出了一个像样的特务分子来，而康生却认为延安的特务已经不是几个、几十个，而是成百上千。

陈龙从甘露手里接过誊抄得十分清晰的名单，略略看了一遍，不由暗暗吸了一口凉气，里边有许多人的名字都是他熟悉的。在陈龙主持的 1941 年开始的清理嫌疑分子的工作中，大部分都已作了结论，解除了嫌疑。当时参加清理工作的凌云、甘露、马敬铮等都知道得很清楚。如今居然又把这些人提出来了，问题也升了级，不再是什么搞不清楚的“嫌疑分子”，而是变成正牌的“特务分子”了。

没有任何事情比原先认为十分满意的工作被全盘否定更令人沮丧的了，但此刻的陈龙还是冷静的。他清醒地告诫自己，还是要相信上级，既然有名单，一定是有依据、有理由要这样做，作为下级，应当遵照执行。陈龙提出人手不够，康生答应从别的科室派人来协助工作。

拘捕行动从4月1日夜开始。从中央直属机关共捕了二百人左右，有的押往后沟拘留所，有的送往边区保安处，也有的不是拘捕而是送到西北公学接受审查。

回到窑洞，天已放亮，陈龙只觉得两眼干涩，头昏脑涨，但却没有睡意。对执行这次任务，他从内心就感到不安，这倒不完全是因为许多被他亲手解除嫌疑的嫌疑分子，又被当作“敌人”抓起来，更直接的原因是他又想起了在东北延吉地区的“反民生团”斗争，以及历史上曾经发生过的“肃反”错误。延安这次逮捕行动会不会重蹈覆辙？……

恼火、困惑都无济于事。审干正借着春风夏雨愈演愈烈。陈龙尽量不过问运动的事，他领着大家种菜、纺线、搞调查研究。特别是军委锄奸部钱益民报来郑行潮案后，他便全身心地投入了侦破工作。

7月15日，延安召开了一次声势很大的干部大会，康生在会上作了“抢救失足者”的报告。他的报告真可谓杀气腾腾，他罗列了一堆未经核实的所谓“案例”，并把张克勤带到会场作典型示范，要求各机关学校追查特务，搞起了“抢救失足者”运动。会后，各机关学校都搞起了“逼供信”。从张克勤供述的所谓“红旗政策”，演变、发展成了审查“红旗党”。一时间，河南、四川、贵州、浙南等地的党都成了“红旗党”，从这些地方来的党员干部或非党群众，都被列为怀疑对象进行审查，真可谓是草木皆兵了。

事有凑巧。一天，陈龙在枣园后沟，遇见了踽踽独行的张克勤。他显得心事重重，愁眉不展。见了陈龙，大概是准备聆听教训，默默地站到了路边。陈龙见了张克勤，想到他胡供乱编的一套，以及所引起的祸害，不禁要发火，可又觉得这个瘦弱的无辜者实在可怜。他瞪起眼吼了一句：“你胡说了些什么？”张克勤一下蒙了头。一时，他听过的“打气”和“鼓励”的话，有的机关学校听了他的坦白报告，让他骑马、挂红花欢迎的事，一闪而过。眼前的这位中央社会部治安科长，竟然一针见血地戳破了他的假象，张克勤惊得像被雷击似的呆立在那里。陈龙又加上了一句：“这是哪有的事，嗯？”张克勤不敢说是，也不敢说不是，更不敢正视陈龙那两只喷火的眼睛。

陈龙气得“嘿”了一声，大步流星地走了。直到看不见陈龙的身影，张克勤才扭身踉踉跄跄地跑进一片小树林，倚在一棵小树上，大口大口地喘着气，耳边还响着陈龙的问话，“你胡说了些什么？”“哪有的事？”负罪感、内疚感紧紧地攫住了他的心，眼泪顺着面颊簌簌地流淌下来……四十多年后，张克勤真切地、动情地向作者描述这一幕时感慨万千地说：“这件事我永远也忘不掉。”

这以后，陈龙越来越不安起来，“怎么可能这么多地下党都成了‘红旗党’？一个‘假党’能给我们发来那么多重要准确的情报？这可能吗？简直不可想象。康生这么搞有……”陈龙的性格有一个明显的特点：有话憋不住。他对康生的看法发生了明显的变化，这变化很快就表现出来了。

有一次，社会部的几个干部在一起议论哪里又审出了“大特务”，康生听取汇报后作了什么指示，等等。这时，陈龙突然冒出了一句：“他这个人，说话没准头。”

周围的人大吃一惊。

当时，整风审干正在如火如荼地进行着。在这种政治气候下，说康生没准头，那还了得？显然已经不是什么“自由主义”、“小广播”一类的一般问题，在场的人们，都知道陈龙爱“放炮”的脾气，何况他说的又是大家想说而又不敢说的话，所以没有酿成什么后果。这样一来，这场议论也没有再继续下去，因为没人敢接这个话茬。

不料，以后他又“放”了几次“炮”，弄得大家都替他捏了一把汗。

其中最着急的是陈刚。陈刚是大革命时期的老党员，是社会部里主管人事工作的领导。他待人热情，极富同情心，人们都把他看成师长、老大哥。在延安生活最困难的时候，许多人因营养不良得了缺碘症。为了搞到含碘的食品，陈刚费了很多脑筋，试了许多办法都未成功，最后还是通过在天津的地下情报关系，费尽周折为延安送来了一批海带。他对陈龙在运动期间乱“放炮”，极为担心，生怕会惹下大的是非，便几次找陈龙谈，劝他别“乱说”，特别是对康生更不能老说什么“没准头”，这会给自己添麻烦的。当然他对康生也有看法，但从不多言……

西北天空积起一片浓黑的雨云，一条条闪电像夏夜里的金蛇，拖着闪着亮光的身子，窜来窜去，每亮一次闪电就隐隐传来一阵雷声，这雷声像远处有几百人敲着一面大鼓，低沉而又雄浑。隆隆的雷声贴着地面、贴着人们的耳边滚过，很容易让人们又联想起憋得透不过气来的大会会场。谁都看得出，大自然的风雨和当前的政治风雨要一起袭来了。延河的水究竟涨多高？会不会泛滥成灾？这一切都是未知数，都变成了压在每个人心上的石头。

在康生作“抢救失足者”报告那天，与陈龙一起走出会场的是王涛江，他最近和汪东兴、毛诚一起都调到西北公学去担任“学习班”的班主任。王涛江平时喜欢运动，也喜欢说笑，和陈龙很对脾气。担任班主任就是领导挖特务，他对这个办法有点儿怀疑，但又吃不准。前几天他借着工作之便来到枣园，找到陈龙，说起康生如何到西北公学去督阵，亲自搞审讯。陈龙听后心情沉重地摇了摇头，他扫视了一下四周没有人在跟前，便把嘴巴凑到王涛江耳边小声说：“我看他说话、办事，都没有准头。”

王涛江完全同意陈龙的看法，觉得康生确实没有准头。

在康生报告的第二天，有的机关学校在当天夜里就开起了“抢救大会”。接着名目繁多的“规劝会”、“坦白会”、“批判会”、“挽救会”，开遍了中央各机关、团体和学校。

像一块巨石投进湖水，“抢救”的浊浪席卷了延安和陕甘宁边区，甚至波及一些根据地。

陈龙以惊讶的目光，注视着这一切，他简直不敢相信，短短时间，延安怎么会变成了特务如麻的地方？

在后沟礼堂，以西北公学为主，也有社会部的干部参加，开了一个大会，叫“中国人大会”。意思是说：你坦白交代了，就成了真正的中国人。先是首长讲话，后来不知是谁提议，让有问题的人都上台，忽地一下子，会场站起来一多半人都往台上拥，会场秩序乱了。陈龙简直不能理解，怎么一下子会冒出这么多有问题的人？为了维持秩序，他只能站到台口大声呼喊“不要乱，不要乱……”这时，一个二十多岁戴着高度近视镜的小个子青年正朝他挤来，也要上台。陈龙看在眼里，气在心头，觉得这样一个人也有问题，实在有点儿荒唐。可是他还是往上挤，陈龙气不过，喝道：“你上来干什么？回去!”猛地一把将他推下了台。这位青年名叫陆石，现在已是著名书法家，曾担任过中国文联秘书长和中国书法家协会副主席。当时，他无法理解这是怎么回事，自己为什么要上台？而陈龙为什么又要推他下去？

接着，陈龙又发现十四五岁的黑娃，也要上台坦白“特务”问题，可真有点儿叫人啼笑皆非了。

“黑娃”是延安土生土长的孩子，从小没爹没娘，是靠乞讨、放羊长大的。由于很少穿鞋，脚掌特别宽大，十个脚趾都向外分着。他不知道自己姓什么，叫什么，也不知道自己多少岁。陈龙见他无依无靠、孤苦伶仃，便把他留在身边，帮助大家打水、打饭、收拾窑洞。他长得又瘦又黑，大家都管他叫“黑娃”。黑娃很顽皮，天一热就穿不住衣服，光着膀子，打着赤脚，上树掏雀，一天到晚不闲着。有一天陈龙让他去打午饭，去了一个多小时也不见回来，陈龙肚子饿得咕咕叫，便去找，只见盛饭的瓷碗放在一棵大树下，人却不见了。顺着大树往上一看，原来他躺在树杈上睡着了。陈龙真是又好气又好笑，怕他受惊掉下来，只得轻轻把他唤醒。有一天夜里，天气闷热，窑洞里像个蒸笼。为了图凉快，黑娃把窗户纸扯开个洞，就睡在窗口。第二天早晨腰痛得不能动弹，他以为要死了，吓得又哭又叫。人们闻讯急忙赶来，才知道他受了风寒。延安缺医少药，大家都有点儿束手无策。陈龙听说后跑来了，一看病情，马上让大家一齐动手，把他抬到做酒的“烧锅”去。刚烧出酒的酒糟还冒着热气，陈龙便用酒糟把黑娃的身子埋上，闷着出汗。这是他在东北抗联的时候用过的奇效“秘方”，这会儿用上了。埋了不到二十分钟，黑娃出了一身透汗，腰也不痛了，出了烧锅又蹦又跳地玩去了。

就这个一天到晚连脸都不洗的黑娃，也成了派遣特务，岂不是天大的笑话！

陈龙生气了，当即派人把黑娃找来，大声质问他：“你为什么要去‘坦白’？”

别看黑娃顽皮，他对陈龙却一直充满敬意。他看陈龙生气了，不得不说实话：“我馋面条，人家说谁坦白是特务，就给谁一碗面条吃。”

陈龙顿时气得七窍生烟：“你吃了吗？”

黑娃有些手足无措了，心想干部们开会，动员坦白，自己也跟着去坦白，无非是为了捞一顿面条吃，也不至于惹得陈龙生这么大的气呀！

“你知道特务是干什么的吗？”陈龙又问。

黑娃两只赤脚来回搓着地，嗫嚅着说：“有得吃烙饼，有得吃面条呗！”

“哼！”陈龙拿他没办法，只得把手一挥：“以后不准再坦白！也不准去吃面条！”

看见陈龙挥手，黑娃像得到大赦似的扭身跑出了窑洞。

陈龙在窑洞里来回踱着，他再也无法按捺胸中的愤懑：“运动怎么搞成这个样子？想不到‘抢救失足者’报告会招来这么严重的后果！”陈龙这几天一直在想，应不应当去找找康生，劝他刹一刹车。

他知道康生对“抢救失足者”的报告所产生的巨大反响十分得意，去谈，也许会惹怒康生，可不说，又咽不下这口气。还是黑娃给陈龙创造了一次机会，他就以黑娃为例子，也许会有说服力，康生也是认识那个光着脚丫子满处乱跑的黑孩子的。

康生在枣园住有五孔窑洞，陈龙的到来，打断了他与曹轶欧的闲谈。两个人把凳子移到窑洞外的一棵大树下。曹轶欧端来了一壶刚沏好的茶，为陈龙斟了一杯，她还特意告诉陈龙这是一个安徽来的人特地给康生部长捎来的黄山毛峰。

陈龙不习惯喝茶，也不懂什么毛峰到底好在哪里，他呷了一口，只感到和自己心头一样苦涩。“康生同志，黑娃也去坦白，说是国民党派他来当特务，还吃了顿面条。”

康生不动声色，曹轶欧倒显得惊奇：“哟，连黑娃也是特务？”

“是啊，一个供十个，十个供一百，各单位再这么搞下去……”陈龙用试探的口气说。

康生仍然不动声色。他在想什么？摸不透。他想说什么？猜不着。也许说“同意”和“很好”，也许板起脸训斥一顿，送你去接受审查。既然话已出口，对这一切只能听天由命了。

陈龙又端起茶杯。

苦涩。

沉默。

大约足有几分钟，康生才眏了眏镜片后的眼睛，沉吟着说："站着看，走路看，没有蚂蚁。蹲下看，到处都是蚂蚁。所以……运动还要进一步深入。"

首长讲话总是充满哲理。运动深入就是蹲下看蚂蚁。可是，特务有蚂蚁那么多吗？真是特务多如蚂蚁吗？

"有些单位靠打人，靠不给水喝，不给饭吃，不让睡觉往外挖特务，这怎么行？"陈龙再也按捺不住，他想应当提醒康生注意这些情况。

康生的脸慢慢地阴沉下来。他望了望茶杯，又望了望天空，一言不发。

真能把人急出火来。

秘书走了进来，他提醒康生，中央开会的时间到了。

康生起身要走，陈龙只得告辞。

这次谈话毫无效果。

康生漠然而又阴冷的态度实在令人心寒，看来，这场"抢救运动"还得无限期地"抢救"下去。耳闻目睹的现实已经让人无法忍受了，再这样干下去，怎么得了？难道这样干下去，不会把革命事业葬送？

也许是一肚子火气已经无法忍受，也许是康生的态度更加激怒了他，陈龙决定要不顾一切地再放一"炮"，放一次大"炮"！

这一次不是动口，而是要动笔。这一次不是简单地发一句两句牢骚，而是要有理有据。

从整风运动开始，治安科就承担了一项任务，就是每周要写一份简报，向党中央报告运动的进展情况。每次上报的材料，都要复写五至七份，分送毛泽东、刘少奇、朱德、任弼时和康生等中央领导人。甘露的字写得好，每次都由他抄写。这项工作已经坚持了一年之久。

陈龙就想借这个简报材料，把情况直接反映给党中央。

他走回治安科，甘露正好迎了上来，神情严肃地把一份已经复写好的简报递给他。

陈龙匆匆一看，不禁一怔，想不到甘露已经把他要写的材料写好了。

"心有灵犀一点通"。原来，看到运动发展到这种地步，甘露早已无法按捺自己的不满情绪，便把从中央某些机关到边区一些单位搞逼供信、变相体罚等错误做法，一一写到了材料上。他还统计了多少人自杀身亡，多少人被关押和变相关押，最后，他还写上了挖出的所谓特务、奸细的比例数：现在，延安被审查、被抢救的人已达干部和学员的百分之五十以上……这份材料，是甘露整理的材料中抄得最工整、最整洁的一份。陈龙看后，果断地签上了名字——上报！

不言而喻，在这种政治气候下，不论是起草报告，还是批准上报的人，都已将个人生死及政治前途置之度外了。

固然，在此期间有不少敢于仗义执言的共产党员、革命干部，直接或间接地向中央反映过整风运动中所出现的波折，而由社会部治安科所上报的这份有调查情况、有数字统计的报告，无疑是反映自“抢救运动”以来出现的各种严重问题的最全面、最有说服力的材料。

这份材料，引起了中央政治局常委的高度重视。

中央大礼堂正在召开全延安规模最大的“抢救失足者”大会，这个大会初步拟定开十天。开到第三天，任弼时来到了会场。他逐个询问那些被批斗的人，到底都有什么问题？回答是：有的是跟一个被挖出是“特务”的人一块儿坐过火车，有的是因为和“奸细”是同乡……任弼时听后非常愤慨。他到了西北公学，又到了关押人犯的后沟，询问了许多被审查、被关押的人，他们被审查、被关押的原因，个个都很荒谬。任弼时到枣园，向毛泽东汇报了这些情况，毛泽东立即指示，取消十天的大会，并找来康生，对他提出了尖锐的批评。

当天夜里，党中央政治局召开会议，针对审干工作中犯的反特扩大化的错误，作出了《关于审查干部的决议》（即九条方针）。《决议》强调，“首长负责，自己动手……调查研究，分清是非轻重，争取失足者，培养干部，教育群众。”《决议》特别指出，要坚持“实事求是的调查研究，禁止主观主义的逼供信方法”。

这天傍晚，从毛泽东住的窑洞方向传来一片嘈杂声。治安科的侦察员闻声急忙跑出探看究竟。原来是中央军委总参三局的十多名青年男女来找毛泽东，问为什么要“抢救”他们。

看到这群二十来岁的年轻人，毛泽东心情十分激动和不安。他大声说道：“‘抢救运动’搞错了。‘抢救’到你们头上就更不对了。”

青年人一下子怔住了，他们原想找毛泽东反映情况，也许中央会认真研究，也许要等到首长们开会，没想到，毛泽东开宗明义，一句话便把“抢救运动”否定了。

大家屏住呼吸，静听着毛泽东讲话：“好像是打夜仗，谁也看不清谁，自己人打起来了。”他环顾大家，抬起手在胸前擦了两下，“高锰酸钾洗澡，伤了皮肉喽。”

这两个比喻既形象又生动，年轻人不由发出一阵感慨的唏嘘。

说着，毛泽东摘下头上的帽子，朝大家深鞠一躬，语气沉痛地说：“我请大家原谅。”

毛泽东的窑洞前，不，应当说整个枣园一下子沸腾了。因为陈龙、甘露、海宇等社会部的干部早就站在周围聆听着毛泽东的讲话了。许多年轻人激动得流下了眼泪，有的激动得拥抱在一起，有的振臂高呼："共产党万岁！"

陈龙心潮激荡，一时间好像涌出了万千感慨。"毛主席真是英明。"一语道出了大家的心里话。曾经有过的愤懑和不平，顿时烟消云散，鼻子一酸，眼泪竟簌簌地流了下来。

毛泽东鞠躬赔礼的消息，像一阵春风，当夜就传遍了整个延安，人们额手称庆，奔走相告。长时间压在人们心底的阴霾一扫而净。

延安，雨过天晴。

第二天，毛泽东又在中央党校、行政学院召开大会，向大家赔礼道歉。他把手举到帽檐，说道："大水冲了龙王庙，自家人不认自家人了，党中央相信大家都是好同志。我请大家原谅。如果不原谅，我的手就不放下。"

掌声、欢呼声、哭声、口号声，震撼着礼堂。人们用一切可以表达感情的方式来表达心中的喜悦。

延安，雪化冰消。

接着，毛泽东又在转绥德反奸大会的材料上批示："一个不杀，大部不抓，是此次反特务斗争必须坚持的政策。"同时指示社会部，负责对被审查干部逐人进行甄别。凌云、王鉴、钟永骥等，在汪金祥领导下，担负起这件消除"抢救运动"后遗症的工作。

"九条方针"一传达，海宇也被解除审查。甄别工作一开始，陈龙就积极投入了这项工作。他一再告诉凌云、刘祥纶等人，甄别工作要先易后难，解决一个算一个。对有些根据地能够证实的问题，可以利用电报，搞"空中调查"。

甘肃省工委被敌人破坏后，工委负责人之一王实先侥幸逃脱，来到延安，当然也受到"抢救"。为甄别王实先的问题，凌云要求用电台向甘肃方面调查。经过与活动在甘肃的地下电台联系，打入国民党特工部门的情报人员发回电报说，王实先逃脱后，敌人仍在到处追捕他。凌云以此电文为根据，解除了对王实先的审查。

这个办法既快捷又可靠，继王实先之后，先后又向华北、华中、南方发出了一封封电报，使一大批干部的问题迅速得到了澄清。

河南省委负责人刘子久来延安后，陈龙把他请到治安科，在马敬铮、甘露、海宇、刘祥纶共同参加下，开了个座谈会。了解河南省委的情况，陈龙的目的很明确，就是想通过座谈调查，找到可以推翻河南党是"红旗党"的根据。

还有两个干部，在"抢救"中为了自己过关，便胡乱检举别人，受他们牵连被"抢救"的有百人之多。为了尽快解决这一百多人的问题，负责甄别的同志几次找他们谈话，他们都支支吾吾，既不能肯定问题，又不愿否定自己。陈龙听后，火气又上来了，便来了个亲自出马，见到他们开口就要“根据”，他们当然拿不出。陈龙干脆地告诉他们：你们要“写材料，说真话”。倒是陈龙促使他们下了否定自己的决心。陈龙带回了真实材料后，迅速把这一百多人的问题全部撤销了。

和“抢救运动”时相比，此刻陈龙的态度可以说判若两人。

“抢救运动”搞了一个多月，而由社会部“边保”等单位搞甄别，却用了两年的时间，直到1945年“九·三”胜利，还没有结束。

11. 保卫“七大”

虽然出现过“抢救运动”的曲折过程，历时两年的延安整风运动的作用和意义仍不可低估。它不仅彻底清除了王明“左倾”教条主义的影响，统一了全党的认识，为夺取抗日战争的胜利做好了思想上、组织上的准备，更为重要的是为召开中国共产党的第七次代表大会奠定了基础。

中共中央早在几年前就准备召开第七次全国代表大会，许多代表已途经敌占区、根据地来到延安。由于种种因素，会期一拖再拖，许多代表都在延安参加了工作，时间长达五六年之久。

今年盼，明年盼，终于盼来了“七大”的召开。

1945年4月，和煦的东风给黄土高原带来了温暖的春意。中国共产党第七次代表大会即将召开的消息，使延安城到处洋溢着喜庆气氛，党中央所在地杨家岭更显得喜气洋洋。从敌后、从根据地、从海外赶来的代表们陆续到达了延安，中央办公厅日夜忙着接待各地和海外来的代表，分配住房，安排会议日程……

召开第七次代表大会，是中国共产党历史上的一件大事。筹备阶段一开始，杨时就到枣园向陈龙汇报和研究如何做好大会的安全保卫工作。接着，中央又临时任命陈龙为“七大”保卫处处长，全面负责大会的安全保卫工作。

陈龙带领治安科的干部，几次来到杨家岭，查看地形和房间，研究警卫力量的分布与安排。

会期临近的时候，陈龙便率人住到了杨家岭。

“七大”的安全保卫工作是在延安驻军、边区保安处、公安局、中央社会部各部门共同配合下完成的。

中央社会部和中央军委警卫科负责会场和代表们的安全保卫工作。

随着会期临近，各地代表陆续到达。他们中有各根据地的党政负责人，有各军、师，各军区的指挥员。

他们来到延安，一走进杨家岭，就像游子回到家门，兴奋异常。毛泽东、朱德、刘少奇、周恩来等中央领导，像迎接亲人一样欢迎他们，亲昵地称他们是各路“诸侯”。各路“诸侯”都是各地的党、政、军要人，他们来延安时都带着贴身警卫，有的是重兵护送。来到延安以后，警卫员和卫兵无须跟在身边。那些全副武装的警卫员、通讯员和护送的战士无事可做，有的到处玩耍；有的看望战友；有的三五成群钻到山沟里去乒乒乓乓打兔子、野鸡，比赛枪法；有的难得在延安轻松几天，便去喝酒、下饭馆，甚至摆弄枪走火的事也发生了……

各路代表和首长大都住在杨家岭，警卫员当然也都住在这里，这样一来，安全保卫的任务就太重了。一下子拥进这么多首长不说，还拥进了这么多带枪的人，他们挎着枪随随便便在中央首长办公的地方走来走去。你说他几句，他还不高兴。有的还抢白你，说“中央干部信不过地方干部”。

哪是信不过地方干部？这么多带枪的人挤住在党中央所在地，谁走了火，都不是小事情。该怎样解决这个问题，可真让陈龙头痛了一阵子。

杨时这些天就愁眉不展，拿不出解决办法，心又总是悬着，可怎么好？

无奈，杨时又来找陈龙商量。

杨时看到的，陈龙也都看到了，杨时想到的，陈龙也都想到了。这个问题确实有点儿棘手，但棘手也得解决，就看拿出的办法是不是对路子。

陈龙是个思路敏捷的人，许多问题到了他那里，只要略加思索，就能说出个一、二、三，可这件事叫他憋了好几天。

看到杨时一筹莫展的样子，陈龙忽然想起一个办法：“你先去调查一下。”

“调查什么？”杨时有点儿丈二和尚摸不着头脑。

“调查一下哪位首长带来多少警卫员？多少支枪？是什么型号？多少子弹？”陈龙边说边挥着手：“去吧！越快越好。”

杨时站起身来问：“调查这些干什么？”

“你别多问，下午就报来。”陈龙又把手一挥。

接着，陈龙找到了中央办公厅主任李富春，告诉他：“我想出了个解决那些警卫员的好办法。”

这也是李富春犯愁的事情。听说有了办法，心中也是一亮：“快说说看，是什么办法？”

“咱们目前的警卫力量不足，我想把他们的武器统一保管，然后吸收他们参加警卫工作。”

“对呀，这些都是好战士，我看这个办法行。”李富春立即表示赞同，“我以中央办公厅的名义发个通知。”

第二天，中央办公厅果然发了个通知，通知规定，除少数领导同志因工作需要保留一名警卫员或秘书外，其余的警卫人员一律编入中央警卫科，听从警卫科统一指挥和领导，所带枪支、弹药一律交警卫科保管。

通知一下达，各路警卫人员纷纷到中央警卫科报到，并把枪一律交给了杨时。这样一来，杨时的办公室一时变成了一座武器库。

陈龙来看收上来的枪支。这些警卫员的武器装备都是第一流的，驳壳枪清一色都是德国造连发二十响，枪身闪着幽幽的蓝光。他深知枪在战争年代的作用，比较起来，延安的武器倒不如这些来自前线的将士们。他和杨时挑选出十几支最好的枪，送给了为毛泽东担任警卫工作的警卫班战士，还有朱德、刘少奇的警卫员们，替换下了他们手中的那些老的旧枪支。

警卫员归中央警卫科统一领导后，这些机智、勇敢、身经百战的警卫战士都换上便衣，被分配在杨家岭的固定岗位执勤。有的布置在杨家岭沟口；有的布置在礼堂四周；有的在礼堂内门；有的在礼堂外门，各就各位，各负其责，形成了一个内紧外松的警卫圈。警卫战士为能在“七大”会场担任警卫而感到自豪，首长们看到自己的警卫员站在保卫党中央的岗位上，也感到骄傲。还有的首长听说把警卫战士的枪给了毛泽东的警卫班，都为能给毛泽东的卫士们改善装备而感到高兴。有的首长打趣说：“早知道党中央的警卫员还使用这些老掉牙的家伙，我们早就送几车来了。”

收枪、编队的办法一举数得，各方面皆大欢喜。

离正式开会还有几天的时间，为了欢迎和慰问各地的代表，差不多每天晚上在大礼堂都有演出活动。

首长聚在一起，也有个别人不遵守纪律。有一位首长观看文艺演出时，不愿坐后排，三挪两挪坐到了前排。负责维持会场的同志去劝说，他不听。陈龙看到后，就把他从前线带来的警卫员派去劝说。一看是自己的部下，那位首长当然更不在乎。可是，这位警卫员却说：“首长，我过去是您的警卫员，得听您的，现在我是在保卫党中央而执行任务，您得听我的。首长不是讲过，到了延安要遵守纪律吗？”这一招满灵验，那位首长马上站起来回到了原来的位置上……

4 月 23 日早晨，中共第七次代表大会就要召开了，陈龙和杨时又一次检查了会场内外的警卫力量。当七百余名代表进入会场的时候，陈龙又带着治安科的马敬铮、甘露、刘祥纶、孙振在会场内外巡视。将近五十天的会期，陈龙几乎是日夜不歇。他不仅要检查警卫工作，还要与有关机要部门保持联系，随时掌握和发现各种可疑情况，还要与延安四周的情报部门保持接触，以便掌握延安和边区四周敌人的动向。

6 月 11 日，“七大”在一片热烈的掌声和欢呼声中胜利闭幕了，毛泽东当选为中国共产党中央委员会的主席。听到这个喜讯，陈龙、杨时都感到无比振奋。他们都深信，中国革命由毛泽东掌舵，夺取抗日战争和全国革命胜利的一天一定会尽快到来！

“七大”的代表们陆续离开了延安，陈龙把治安科的同志们又带回枣园。几十个日夜不眠不休的工作，累得大家筋疲力尽，但同志们的情绪仍然异常兴奋。他们都以自己能为具有划时代意义的第七次党代表大会付出辛苦和汗水，视为终生的光荣。

就在大会进行期间，传来了苏联红军和盟军攻克柏林的消息，法西斯轴心国德国、意大利相继宣布投降，剩下的唯一的法西斯帝国日本，灭亡也指日可待。这时，陈龙又想起了东北的深山密林，和在那里爬冰卧雪的周保中、陈翰章等无数抗联将士，想起多年断绝音信的父亲、母亲。不知道他们是不是还活在世上。他真想能在一个早晨杀回东北，看一看那里的亲人、战友、大豆、高粱和无边无垠的黑土地……

第三章　山城历险（1945）

1. 毛泽东的“秘书”

1945 年 8 月 28 日，一清早，社会部许多同志就离开了枣园，脚步匆匆地沿着清凉山下的大路向东门外新建的飞机场走去。

刚由延安军民亲手修建的飞机场，平整而又宽阔，这里已经集聚了从各个方面赶来的一千多军民和党政机关干部。大家远望着一架停在那里的双引擎军用座机，默默地伫立着，等待着。

这里没有鲜花，也没有笑容，整个机场的气氛严肃而又凝重，极容易使人联想起狂风暴雨袭来前那沉闷的瞬间。

远处传来了汽车的马达声，人们纷纷翘首向大路望去，两辆吉普车转过山嘴驶进了机场。大家热烈鼓掌，迎接从第一辆车上跳下的周恩来和王若飞，还有佩着短剑的国民党政府代表张治中。

从后一辆车上走下一个身高腿长的外国人，他就是美国驻华大使赫尔利。

周恩来、王若飞走到人群间，和熟悉的同志握手、话别。赫尔利则站在汽车旁，目光阴沉地望着四周，也许他正为自己一出现而掌声顿失感到不快吧？

这时，延安军民十分熟悉的那辆带篷的中型汽车也驶进了机场。车门一开，在一阵滚雷般的掌声中，走下了毛泽东和随行的胡乔木、陈龙。

社会部的同志们奋力鼓掌，看到自己的战友英姿焕发地站在毛泽东身边，承担着寄托亿万人期望的神圣使命，每个人心中都感到十分自豪。可惜，陈龙的夫人海宇因有紧急工作未能前来送行，若是她看见这动人的场面，一定更会激动不已。

有些送行的延安百姓，没有看到护送的部队，感到十分纳闷，重庆可是虎穴狼窝，没有部队保驾怎么成?

“谁说没有？瞧——那不就是，中央社会部三室主任陈龙同志。”人群中有很多人认识他。

“呀！单枪匹马，这不成了当年的赵子龙了吗!”

“比那时处境可复杂得多！谁不知道蒋介石那个人!”

毛泽东要去陪都重庆和蒋介石谈判的消息一传开，就像一阵狂风刮过了黄土高原，人们的心头再也无法平静。人们有一千个理由、一万个理由为领袖的安危担忧。但中央已经作出决定，这也是我党为避免内战，实现全国人民要求和平愿望所做的重大努力。而毛泽东亲赴重庆更是置个人安危于度外的齐天大勇。单是这一点，便可昭我党之大信于天下!

道理是通了，但是心头的石头怎么也搬不掉，许多人都是通夜未睡赶到机场来送行的。

从 8 月 13 日毛泽东在延安干部会议上作了题为《抗日战争胜利后的时局和我们的方针》的报告到现在，仅仅是半个月的时间，中国乃至世界形势，犹如天际不测的风云，瞬息万变，令人目不暇接。

8 月 15 日，日本天皇宣布无条件投降。消息一传开，延安一下子就变成了沸腾的海洋。有的人打起了腰鼓，有的人扭起了秧歌，还有的人敲起了脸盆、水桶，人们用一切能够表达感情的方法表达着心中的狂喜。

在枣园社会部的窑洞里，更是热闹非凡。

陈龙和马敬铮、甘露、慕丰韵、孙振、刘祥纶、海宇等同志兴高采烈地忙着扎灯笼和火把。连远在后沟的凌云、王鉴、许凤图、钟永骥也兴冲冲赶来了。听见一阵欢快的锣鼓敲打声，陈龙高兴得像个孩子似的带着大家跑了过去，跟在队伍后面，踏着铿锵的锣鼓声，扭起了陕北秧歌。

火炬游行队伍从枣园走到杨家岭，融进更多的灯笼火把之中，又朝南关新市场走去，那里已是一片灯笼火把汇成的海洋。

陈龙眼里流着欢欣的泪水，和大家一起唱着、跳着、呼喊着，好像一切外在形式都不能尽情表达内心的狂喜与欢乐。

多少年啊，多少回，他在梦里梦见的那一天，终于走过了十四年的漫长岁月来到了延安。此时此刻的激动和喜悦，是难以用语言和文字能够表达的。

当然，在那天晚上，陈龙还不知道，从“九·一八”那天起就下令不抵抗，在八年抗战中屡战屡败，一直退守到中国腹地的蒋介石，竟借日寇投降之机，为对付他的心腹大患——中国共产党，又在策划着消灭共产党的新阴谋。

8月14日，蒋介石向延安发了一封紧急电报：“延安毛泽东先生钧鉴，倭寇投降，和平世界永久局面可期实现，举凡国际国内各种重要问题，亟待解决，将请先生克日惠临陪都，共同商讨。事关国家大计，幸勿吝驾，临电不胜迫切悬盼之至。”

8月20日蒋介石又发急电，措辞更加恳切，说什么：“期待正殷，而行旌迟迟未发，不无歉然……深望足下体念国家之艰危，悯怀人民之疾苦……如何以建国之功收抗战之果，甚有赖先生之惠然一行……”

为此，毛泽东两次回电蒋介石，提出：“……兹为团结大计，特先派周恩来先生前来进谒，希予接洽为恳……”

8月23日，蒋介石又来第三次急电：“……唯目前各种重要问题期待与先生面商。时机迫切，仍盼先生能与恩来先生惠然偕临，则重要问题，方得迅速解决，国家前途，实利赖之……”

蒋介石三次提出“请”毛泽东“惠临陪都”居心何在？一时间，在党中央引起了不同的猜测。

提起“蒋介石”三个字，不禁有人咬牙切齿。他靠第一次国共合作上台，口喊联俄联共，却发动了“四·一二”政变，屠杀无数共产党人。“西安事变”后，他口称愿意停止内战，共同抗日，却连续发动三次反共高潮。甚至敢冒天下之大不韪，悍然发动“皖南事变”，残杀新四军数万官兵。十几年来刀兵相见，没有一个共产党人不了解蒋介石的本性。他三次电邀一定要我党领袖亲去重庆，难说不是诱我党上当的弥天骗局。

虽说美国多次表示愿出面担保来去安全，可一旦出现意外，什么借口不能把责任推得一干二净？况且，同是美国政府要员，堂堂的驻华陆军总司令魏德迈就曾在记者招待会上说：“如中共领袖朱德、毛泽东依照建议到达重庆，但不能担保彼等之安全，因此举纯系中国问题。”

一面说保证来去自由，一面又说“不能担保彼等之安全”，这相互矛盾的说法，难道不是有意安排的退身之步吗？

一部分领导同志出于种种考虑，坚决不同意毛泽东亲去重庆。要和谈，蒋介石可以来延安嘛，我们也保证他来去自由。

而毛泽东却以特有的果敢和智慧提出：打是针锋相对，谈也是针锋相对。

为此，党中央连续开了两个半天的会议，经过反复研究和讨论，同意了毛泽东的主张。

虽然同意了，却没有一个人不为毛泽东的人身安全担忧。

谁都知道，作为陪都重庆的敌情是何等复杂。那里是蒋介石政权的统治中心，也是美蒋特务横行的天下，军统、中统的臭名早已昭著海内外。这些年有

多少仁人志士死在他们暗杀的枪口下，杨杏佛、邓演达、史量才……

那里还有连蒋介石也无法控制的日、伪潜伏的特务；公开和暗中投敌的汉奸；还有从明、清年间就盘踞在山城名目繁多的封建帮会，他们手下都豢养了一群流氓和打手。

如何保证毛泽东的人身安全，当时已成为全党最担心的头等大事。

唯一可行的办法是选派最忠诚、最勇敢、最机警和富有牺牲精神的人，形影不离地跟随着毛泽东，以保护他平安归来。

谁最适合承担这样复杂而又艰巨的任务？当时中央社会部部长康生和副部长李克农一起来到毛泽东的窑洞。康生一连提出几个人选请毛泽东选择。

毛泽东听完，沉吟片刻后问道："你们那里不是有个陈龙吗？"

"有。只是这个同志的脾气不好。"康生答道。

"听说他带兵打过仗？"毛泽东没有理会"脾气"问题又问道。

"在东北抗联当过参谋长，我们有时还叫他将军呢。"李克农连忙介绍情况。

"那么还是去个武的吧。"毛泽东略作思忖作出了决定。

中央社会部与党中央同在枣园办公和居住，毛泽东很熟悉这些同志们，他独具慧眼，心中早就有了明确的人选目标。

回到社会部，康生和李克农立即把陈龙找来，向他当面交代了这项在中国保卫工作历史上最重大、最艰巨的使命。

他将化名陈振东，以主席秘书的身份，在周恩来同志领导下，全面负责毛泽东人身安全的保卫工作。

李克农还特意提到，这是毛泽东亲自点的将，并解下随身佩带多年的左轮手枪送给了他。

抚摸着带着首长体温的手枪，陈龙的心情十分激动，领袖的信任，首长的嘱托，在心头燃起一团烈火。

他语气坚定地向首长保证，就是抛头颅、洒热血，豁出命也要保卫主席的人身安全。

作为一个卫士，枪法必须百发百中。自从离开东北，他就很少打枪。为尽快恢复到当年神枪手的标准，他清晨对着山沟、对着坡地上自己种的南瓜瞄准，晚上又插上蜡烛和线香，手持双枪练习射击。不消几日，就恢复到了双手出枪，枪响必中的水平。

由于工作关系，陈龙尽管对国民党的政治系统和特务机构十分了解，但这次去的毕竟是一个陌生的地方。为了全面掌握重庆的情况，他连续找到了几位从重庆回来的同志，详细了解那里的敌情变化和风土人情。

当然，也还有一些在当时，甚至以后多年都属于绝密方面的安排，诸如通过国民党内部乃至上层人物，了解和掌握重庆当局和特务机关的决策及变化，还要和南方局社会部及我党有关情报部门，建立和保持密切联系，以应付突然变化……

此行是去和重庆当局打交道，总要有一身体面的行装。陈龙除了刚领到的一套灰布制服，脚上还穿着一双磨得快露脚趾的布鞋。在延安真还很难找到一双像样的鞋子。

曾任过陕北财经工作部部长和中共中央办公厅主任的李富春同志爱莫能助，只好把脚上的皮鞋脱下来给了他，换穿了他那双破布鞋。

同在准备行装的毛泽东，也一样窘迫，他也领到了一套布制服，却没有一顶像样的帽子，周恩来只好把从重庆戴来的那顶盔式遮阳帽戴到他的头上。

8 月 27 日，美国大使赫尔利偕张治中飞临延安。毛泽东要去重庆和蒋介石谈判的消息迅速传开。出发在即，陈龙又详细检查了各项工作的准备情况。尽管准备工作是充分的，心里仍不免有一种莫名的忧虑。为什么会产生这种心情，是担心自己生死难卜吗？不是。这种忧虑早在他投身抗日前线时就抛到九霄云外了。如果说历史上曾出现过这种心情的话，那便是在东北长白山下的一个村庄里，被任命为“抗联”第二军参谋长的时候，当年他只有二十六岁。敌强我弱，环境险恶，有如千斤重担的军事指挥权，落在了一个青年的双肩……而今又产生了这种心情，他深感肩头的担子十分沉重。

出发前的一夜是在紧张和忙碌中度过的。陈龙来不及和海宇说几句道别的话，便赶到枣园小礼堂。在那里聚集着党中央的负责同志和在重庆担任保卫工作的龙飞虎、颜太龙，还有毛泽东的警卫员舒光才、戚继恕等人。他们聚在一起，讨论着警卫工作中将会遇到的每一个问题和细节；互相联络的方法和暗号；在飞机上和到重庆后的警卫分工与配合……

朱德和刘少奇见到陈龙，语重心长地叮嘱他：“主席的安全交给你了，你要做好工作，遇到危险要用身体保护主席。”

林伯渠、李富春也不无担忧地告诉他：“为保卫主席的安全，必要的时候要做自我牺牲的准备。”

已经和国民党当局进行了近十年谈判的周恩来，也感到此次重庆之行事关重大，他握着陈龙的手说：“我们大家都来做主席的警卫员，一定要做到万无一失！”

飞机的引擎发动起来了，陈龙和龙飞虎、颜太龙先行登上机舱，对座位进行了详细检查，留下龙飞虎和颜太龙两个人守在机舱，自己又走下飞机，请主席登机。

毛泽东和赫尔利、张治中、王若飞、胡乔木、陈龙在飞机的舷梯旁摄影留念后，便陆续登上了飞机。

毛泽东走到舱门口，停住步，回身环顾着送行的人群。见人们依依不舍地像潮水一样向飞机旁涌来，毛泽东摘下头上的盔式帽，高高举过头顶用力一挥。

飞机平稳地滑过跑道，斜刺着飞向高空。陈龙瞥了一眼窗外一闪即逝的延河和宝塔，心中默念了一声“再见”，便转过头，把注意力放回在舱中走动的美国机组人员身上。

他知道，从这一刻起，有生以来最艰巨的历程开始了……

2. 夜宿林园

飞机飞离延安不久，便在西安机场降落。毛泽东、周恩来、王若飞等人和赫尔利、张治中下了飞机，与前来迎接的国民党西北战区司令胡宗南握手、交谈。为防不测和意外，陈龙、龙飞虎、颜太龙三个人一直留在机舱中，直到加完油，毛泽东等人登机，飞机飞越秦岭，径直向西南方向飞去。

秦岭不仅是黄河、长江的分水岭和中国的南北分界线，它还是我国气候的分区带。

8月末，在陕北高原的延安已经感到“天凉好个秋”，可是在山城——重庆这个著名的“火炉”里，还是炭旺火红，灼热逼人。

28日下午一点半，九龙坡机场呈现一片热闹景象。为了抢发这条中国乃至世界的头等重要新闻，许多中外记者早就来到这里。

国民党参政会秘书长邵力子偕副秘书长雷震和蒋介石的代表周至柔到达后，接着赶到的是在重庆的各党派的领袖们：张澜、沈钧儒、黄炎培、章伯钧、左舜生、谭平山和刚刚从苏联回来的郭沫若夫妇。

在等候的人群中，心情最激动的莫过于八路军驻渝办事处主任钱之光、王炳南等同志，他们为迎接自己的领袖都兴奋得彻夜未眠……

机场上没有仪仗队和鲜花，为数众多的是担任警戒的美国宪兵，还有负责“照料”一切的蒋介石侍从室警卫组长陈希曾。

三点三十七分，人们在炎热中等待了两个多小时以后，毛泽东乘坐的飞机才出现在机场的上空，最先冲出休息室的是美国记者和苏联记者，中国记者也不甘示弱，大家你拥我挤，各自都要为抢拍最佳镜头而占据有利地形。

欢迎的人群拥了过来，宪兵们如临大敌，拉开警戒架势，等候飞机降落。

机舱门打开，第一个出现在门口的是周恩来，大家热情地鼓起掌来。接着是毛泽东、张治中、赫尔利，一齐出现在机舱门口。人们以欢呼、鼓掌表示对这位象征着和平、团结、光明的伟人最热忱的欢迎。

这里是一片陌生的土地，面前是陌生的人，已经换上八路军军装的陈龙心情颇为紧张。当毛泽东和周恩来被一群新闻记者包围在中央的时候，陈龙和龙飞虎几次抢站到毛泽东的身旁。赫尔利大概为弥补在延安的缺憾，在电影摄影机和照相机前，有意摆出各种显示潇洒的外交家风度的姿势，让记者拍照，口里不断地喊着“好莱坞！好莱坞！”但他很快发现，自己并不是记者们抢拍的焦点，便有意和毛泽东靠近，以便能够在这些具有历史意义的镜头中占有更多的位置。

摄影、拍照的记者把毛泽东围得水泄不通，许多欢迎的人顾不得礼让，只好拼力拥挤才能和毛泽东握手。沈钧儒身材矮小，几次被人挤到圈外，他急得不停地喊：“我是沈钧儒！我是沈钧儒！”

欢迎的场面如此热烈，完全出乎几个警卫人员的意料，他们显得有些紧张，纷纷用求助的眼光看着周恩来。

一直忙着为毛泽东与欢迎者进行介绍的周恩来，马上领会了他们的意图，他从身边一个同志手中接过几个大纸包，高高举起说道：“新闻界的朋友，我从延安给你们带来了礼物，请来拿吧。”听到喊声，记者们一齐围向周恩来，毛泽东才在周至柔、邵力子、张澜等人的簇拥下走向早已候在一边的汽车。

毛泽东、周恩来、张治中与赫尔利同坐美国大使馆的汽车，王若飞和胡乔木、陈龙则坐进了蒋介石拨给毛泽东乘坐的汽车。一路上陈龙注意观察街道两侧情况，他要尽快熟悉这里的地形地貌，以便在警卫工作中做到心中有底。

汽车驶到曾家岩的张治中公馆。这里又称桂园，将是毛泽东在重庆期间工作和会客的地方。

桂园的四周是竹篱笆墙，墙内是一座青砖二层楼房。为加强这里的警卫工作，在驻渝办事处担任保卫工作的朱友学、伍全奎以八路军副官身份提前到达这里。

龙飞虎和颜太龙马上介绍陈龙与他们接头。据朱友学报告，张治中全家已于日前搬走，只留下一个管家负责照料。原来在这里执勤的警卫排已经调出，现在在门前站岗的全是重庆宪兵司令部派来的宪兵。

“这些人肯定都是宪兵队的‘特务宪兵’，既要提高警惕，又要多做他们的工作。”陈龙在随朱友学查看四周环境的时候嘱咐道。

桂园临着大街，说不上清静。田园风光的竹篱笆围墙更无安全保险系数可言，看来一切都要靠警卫人员尽职尽责地努力了。

当日下午五时，毛泽东一行又来到八路军驻渝办事处，陈龙很早就听说这里有“重庆小延安”之称。在抗日战争最艰苦的年月，周恩来、董必武根据党中央的指示，在这里领导着中共中央南方局、八路军办事处和《新华日报》的工作。这里的干部们冒着随时有坐牢、杀头的危险，英勇斗争，勤恳工作，为反对蒋介石投降卖国和新的反共高潮，为扩大抗日民族统一战线，作出了卓越的贡献。在抗战胜利后，决定中国命运的时刻，毛泽东亲临这里，无疑给长期坚持敌后工作的同志们以巨大的力量和鼓舞。

到了这里就是到了家，望着一张张充满激情的笑脸，在机场上、在桂园的紧张和不安从陈龙的心头一扫而光。欢迎会后他马上找到了南方局社会部的负责人之一刘少文，研究下一步的警卫工作方案。

周恩来指示：毛主席在渝期间，南方局、八路军办事处，包括重庆乃至川东地下党最首要的任务就是保卫毛主席的安全。

这个指示在毛泽东未动身之前，已经由南方局传达到各基层党的组织。

现在到了认真贯彻执行这一决定的时候了。要在敌人的心脏腹地获得最大的安全保险系数，有一点最为重要，那就是要有反应灵敏、传递迅速的情报工作。

首先由刘少文全面而又详尽地汇报了南方局所属的地下党员和情报人员，在敌人营垒中占据的位置及能起到的作用。这些同志有的是国民党中央党部核心的工作人员，有的是军统、中统的译电员、电话员，有的是在国民党要员身旁担任参谋、副官……

陈龙从中央社会部带来能发挥更大作用的情报关系名单，这里有国民党核心人物的家属和亲友，有身佩中正短剑的将校军官，还有可以出入敌人机要部门的高级官员……

从中央社会部到南方局的情报关系，已经构成了一个从国民党政府到中央党部，从军统、中统特务机关到宪兵队、警察局以及青、红帮组织的情报网络。这个情报网，基本可以控制蒋介石和特务机关的主要举动。

这还远远不够，还必须动员国民党中的左派和有民主倾向的上层人士，还有各民主党派的朋友们，还有每个基层支部的党员，党的外围组织，青年团的外围组织，可靠的工人、店员……

当然，还应当特别通知活动在华蓥山、大巴山的游击队，做好紧急行动的准备。把游击队的调动提到议程，当然是为了应付最危险的局面。这可怕的局面会不会出现，谁都难以预料，但愿它不会出现。

七时许，毛泽东、周恩来、王若飞和陈龙、龙飞虎、舒光才等人乘坐蒋介石派来迎接的几辆小汽车，离开红岩村，沿着嘉陵江岸驶过沙坪坝，又沿着坡道拐来拐去，再穿过一个山洞，便来到蒋介石的官邸——林园。

掩映在绿树丛中的林园，戒备森严，除了门岗和院内游弋的巡逻队，差不多隔十来步就可以看到一个全副武装的宪兵。如果说这里是官邸，倒不如说是兵营更恰如其分。

蒋介石今晚以东道主的身份，宴请毛泽东，名曰“洗尘”。

宴会厅里灯火辉煌，电扇飞转，多少年在战场上打得难分难解的国共两党领袖，今晚奇迹般地坐在了一起。

通常，在宴会桌的一端，只有一把椅子，那是蒋介石的专座，以表示一个党、一个领袖的至高无上的权威。今晚，他不得不破例再摆上一把椅子。

这些年来，为取毛泽东的首级，他曾几次发出数十万大洋的悬赏。而今晚就是这位毛泽东却坦然自若地走进总统官邸与他肩并肩坐在一起，个中滋味大概只有蒋介石一人知道。

因为蒋介石最近正在鼓吹什么“新生活运动”，宴会的酒食饭菜安排得极为普通。就是这样的饭菜，对延安来的人也算是丰盛的。只是苦了陪坐的赫尔利、魏德迈、张群、陈诚、吴国桢、蒋经国等一群达官贵人。

斟上了第一杯茅台酒，蒋介石首先站起举杯祝酒，宴会算是正式开始。

在大宴会厅的一侧还有一个小厅，陈龙、龙飞虎、舒光才、颜太龙等人被安置在那里，由蒋介石的侍卫官们陪着吃喝。

大概是为了向延安来的“土包子”显示威风和阔气，那个在机场上“照料”一切的陈希曾穿了一套新军装，还特意宣扬他的手表带、纽扣、连皮靴上的刺马针都是金的。

他低估了这些来自延安的共产党人。

看到这些人对黄金不屑一顾，陈希曾便伙同几个侍卫官连连劝酒，他们的主攻对象当然是陈龙。看到陈龙连干几杯之后，一个官阶很高的侍卫官操着一口浓重的浙江味普通话问道：“陈先生是哪里人？”

“东北人。”陈龙答道。

陈龙的回答大出此人的意料，他又问道：“不对吧，毛泽东先生是湖南人，陈先生怎么会是东北人？”

“你们几位都是浙江人吧？还可能都是奉化的。”

听到陈龙的话，几位侍卫官都连连点头。

“可我们这几个人倒是天南海北，龙副官、舒副官、颜副官都是江西人，这里既没有湖南人，更没有湘潭人。”

“陈先生说的未必是实情。”一位侍卫官用挑衅的口气说。

“你们听我的口音，还有，我们东北人小时候要睡头，后脑勺是平的，这些毕竟都是实情。”陈龙从容地答对着。

又有几个人向陈龙敬酒，他们想把陈龙灌醉，希望他能在酒后吐真言，不然让他出点儿洋相，也可以把共产党丑化一番。

看到陈龙又喝了几杯，陈希曾又问道：“陈先生一定与毛先生沾亲带故，不然何以能担任卫士长重任？”

陈龙笑了笑：“我与毛主席一不沾亲二不带故，所以能担任秘书职务是因为我会炒菜。”

“什么？炒菜?”陈希曾的惊讶不仅表现在脸上。

“是啊，炒菜。”陈龙笑着用两手比划挥动菜勺的姿势。

“那毛先生喜欢吃什么菜?”陈希曾立即追问，大概他想打陈龙一个措手不及。

“他喜欢吃的……”陈龙扫视了一下桌面，“这里没有，他喜欢吃辣椒炒苦瓜。”

几位轮番敬酒的人陪干了几杯之后，感到天旋地转，有些支持不住了。有人估算陈龙至少喝了七八两酒，可他依然是神清气爽，谈锋稳健。由于两颊染上了红晕，越发显得他雄姿英发，气度不凡，陈希曾不由得暗暗佩服陈龙的“海量”。当陈龙端起杯要给他们敬酒的时候，几个侍卫官不禁连声告饶。他们心里明白，论口才，论酒量，都不是这位陈卫士长的对手，如果再喝下去，出洋相的倒可能是自己。

天下没有不散的宴席，这一场在中国近代史上称得上是最高层的宴席，只进行了一个多小时便宣告结束。

天色已晚，主人“盛情”地留毛主席等人住在林园。

林园有几幢在当时称得上豪华的楼房，毛泽东被安排在二号楼，周恩来、王若飞住在三号楼。

未等毛泽东等人走进房间，陈龙等人已经把住房的一切陈设都仔仔细细地查看了一遍。接着周恩来又进房间检查一次，他看了床上、床下，连枕芯也取出来看了看，嗅了嗅，又在椅子上坐了一会儿。

“从现在起，你们要保证这里不要离人，”周恩来严肃地作交代，“也不要让别人进来。”

陈龙对警卫工作做了认真的分工，在警卫毛泽东住处的同时，还要派人去警卫周恩来和王若飞的住所。

毛泽东来到屋中风趣地对大家说：“我们真是深入虎穴了，看这次能不能弄点儿‘虎子’回去。”

大家都笑了。

周恩来朗声说道：“我看只要努力，总有可能。”

“在老虎身边睡觉，你们怕不怕?”毛泽东环顾大家问道。

回答这句话并不难，喊一声“不怕”比什么都容易。可是要说真心话——大家都有点儿七上八下的。

“我原来是有点儿怕的。”毛泽东语气轻松地说，“既然人家如此‘热情’招待，我觉得跟老虎挨得近了，反而有安全感。这叫‘旅途劳顿，休息一日’，就住一两夜吧，以后还是要回红岩村去。”

“跟老虎挨得近了，反而有安全感”，这是一句充满辩证和哲理的话，陈龙觉得心里受到鼓舞。

“住就住！看看他敢怎样。”陈龙看毛泽东已经上床，便把龙飞虎叫到房外，愤愤地说道。

舒光才被安排在毛泽东房间打地铺。

颜太龙、齐吉树重点照顾周恩来、王若飞住的那幢楼。陈龙和龙飞虎就在毛泽东房间外面的沙发上假寐。

假寐就是闭着眼睛，让耳朵来捕捉四周可疑的声音。

半夜时分，随着一阵杂乱的脚步声，几名巡逻宪兵走到楼前。

陈龙和龙飞虎微眯双眼，装着打鼾，双手都慢慢地伸到衣中，摸到了顶着子弹的枪柄。

脚步声停止了，宪兵们隔窗驻足向里面观望。偏偏这时，一群蚊子飞到陈龙和龙飞虎的脸上，尽管咬得令人难以忍受，为了表明睡得香甜，却不能用手去轰。

脚步声渐渐走远了，陈龙和龙飞虎长吁了一口气，睁开眼睛，驱赶着成群的蚊子。

天快亮的时候，又走来一队宪兵，两个人又装了一阵熟睡，直到宪兵离去。

天终于亮了，不眠之夜总算熬了过去。毛泽东走出房间，信步向院心走去。

陈龙陪着毛泽东踏着小路，向埋葬着国民党政府前主席林森的那片树林深处走去，龙飞虎、舒光才在距离十多步的后边跟随着。

刚走过林森墓，前面走来几个人，为首的是蒋介石，他也是早晨出来散步，呼吸新鲜空气的。

谁也未料到这两个人会在这条狭路上相逢。

起初，双方都因突然和意外而显得有些尴尬。但是，两位政治家很快掩饰了这种情绪，向对方伸出了手。

不远处有一个圆形石桌，几个石礅，两个人互相谦让几句便走过去坐了下来。

陈龙和跟随蒋介石的三个卫士都退到两侧，相互留神地注视着对方。他们成了国共两党领袖首次谈判的目击者。

毛泽东和蒋介石先谈天气，都说天气很好。接着又问对方起居情况，都说昨夜睡得很熟（这两个观点双方倒是完全一致）。

接着蒋介石说起今天的日程安排，上午由张治中来商谈会谈程序。下午他将率政府谈判代表与中共代表首开谈判……

因为 29 日下午的谈判结束得很晚，毛泽东仍然住在林园。

陈龙和警卫人员在白天没有机会合眼，夜里只能假寐，还要巡逻，只要毛泽东在这里住一天，就要坚持这样做一天，至于这样下去，身体是否能够支持得了，谁也未去考虑，因为这是保卫主席安全的需要。

吃过晚饭，毛泽东在灯下看报，陈龙坐在主席对面，从这里还可以望见楼前的院子。突然，电灯灭了，整个楼里一片漆黑。陈龙立即站到毛泽东身边，在外面警戒的龙飞虎、舒光才也疾步跑进屋中，环站在主席的周围。

来到重庆，陈龙就听说过，重庆是“天不晴、路不平、灯不明”，但是，在总统府里停电，这倒是他们万万没有想到的。

刚刚点上蜡烛，窗外便闪过几道手电光，影影绰绰看见几个彪形大汉朝这边走来。

陈龙低声命令：“注意!”几个人同时伸手握住了腰间的枪柄。

有人在门外粗声粗气地喊了声：“报告!”

毛泽东轻轻挥了下手，陈龙应了一声：“请进。”

一个全副武装的侍卫官阔步走了进来，敬了个举手礼：“蒋主席来看望毛先生。”

毛泽东微微一笑：“欢迎!”说着站了起来。

可是这位侍卫官还不退回，他站在那里打量着陈龙等人：“毛先生在这，请其他各位回避一下。”

陈龙不满地盯了他一眼，身子却向主席靠近了一步。

毛泽东泰然地向龙飞虎和舒光才挥了一下手：“你们出去吧。”

龙飞虎和舒光才对毛泽东的话有些不解，迟迟不动。

毛泽东又挥了一下手，笑着说：“你们不出去，人家可能不敢进来。”

显然，他们已经知道这些警卫人员都是身带双枪的神枪手。

龙飞虎又望了望陈龙，陈龙暗暗地点了点头，两个人只得怏怏退出。

陈龙一直站在毛泽东身边，作为秘书，他是有理由留下的。

窗外、门外已经站满了警卫宪兵，几个侍卫官簇拥着蒋介石走了进来。

也就在这一刹那间，就像方才突然熄灭一样，电灯又突然亮了。

陈龙明白了，这是蒋介石（要不就是他手下的人）有意搞的一套鬼把戏，无非是给毛主席一个“下马威”!

“卑鄙!”陈龙在心中暗骂一句。

3. 危楼脱险

30日早晨，毛泽东和周恩来、王若飞等人乘车离开林园前往市区。

两天一夜，警卫人员没打一个盹，他们是靠着耐力、意志和对领袖的忠诚才熬过来的。

脑袋发沉，干涩的两眼起了红丝，两夜一天，陈龙一直处在极度紧张和担心之中，说来倒也奇怪，直到现在仍毫无困意。他觉得睡觉这个生理需要好像已经不存在了。

林园，留在陈龙的印象中是一座危机四伏的魔宫。

上午，陈龙随同毛泽东、周恩来拜访宋庆龄、美国大使赫尔利和民主同盟主席张澜。下午，随同毛泽东到桂园会见7月份访问过延安的国民党参议员黄炎培、左舜生、傅斯年、章伯钧和民主人士柳亚子、王昆仑。晚上又出席了张治中在桂园举行的欢迎晚宴。宴后，毛泽东等人坐车回到红岩村。

前两夜，毛泽东住在林园，使红岩村的同志们忧心长悬。今晚毛泽东就要回来了，《新华日报》报社和曾在曾家岩工作的同志一齐聚到红岩村。

大家忙着布置会场，排练文艺节目，他们要在有限的条件下，创造一个最欢快的气氛来迎接敬爱的领袖。

毛泽东虽然忙碌了一天，又一连上了一百多级石阶，衬衣透湿，但他见到这些坚持在敌后工作的同志，心情仍然十分愉快，不停地和大家握手谈笑。

陈龙则和刘少文、舒光才到二楼查看给毛泽东安排的卧室。

这里原是周恩来同志工作和休息的房间。为了让毛泽东能够休息得更好，床单、被褥都洗得干干净净。整个房间两面向阳，宽敞明亮，桌椅、用品布置得井井有条。对面是周恩来的房间，陈龙、舒光才就住在两个房间的楼道中。

毛泽东休息后，陈龙便与钱之光同志一起到楼外查看地形，检查保卫工作的落实情况。

红岩村地势较高，从化龙桥上来，除了要登一百多个台阶外，还要走一段石板路。

为了监视这里的一举一动，国民党的特务机关在四周安插了无数个明卡暗哨，还构筑了机枪阵地和瞭望台。

在那条石板路的中段，长着一棵黄桷树。路，在树前分成两条，一条通向八路军办事处，一条通向特务机关的据点。如果万一走错路，就会落入敌人的魔爪，所以有人把这棵桑科落叶乔木叫作“阴阳树”。

办事处楼房的每一扇窗子都在敌人的枪弹射程以内。

陈龙不由得暗自仰天长叹，如果把林园比作魔鬼的宫殿，而红岩村则是被魑魅魍魉团团包围的一座孤岛，在这样险恶的环境中承担如此重大的保卫任务，该是何等艰难！

尽管他两眼干涩，极度困倦，可躺在床上只睡了三四个小时，已经深潜在头脑和心灵中的责任心和使命感又把他突然唤醒。该考虑的事情太多了。

今天，毛泽东要在桂园宴请柳亚子、王昆仑、屈武、侯外庐等民主人士，菜肴要从附近的菜馆烧好送来。为防止敌特投毒暗害，地下党组织已经在两家菜馆作了安排。这还不够，还得派专人监视厨房，从进菜到切菜、上勺装入提盒里都要亲自过目，不然难以保证安全。这还不行，凡送来的饭菜自己都要先尝一口。

周恩来曾与陈龙详细分析过毛泽东在重庆面临的几种危险，暗杀、制造车祸都有可能。但这一切都会引起轩然大波，也许敌人不至于这般愚蠢，他们很可能选择自然事故和投慢性毒药等能够为自己解脱的方法。因此，周恩来提醒陈龙在这些方面要特别警惕。

还是在离开林园的那天，周恩来就告诉陈龙，为庆祝苏联与国民党政府的《中苏友好同盟条约》签订，中苏文化协会要举办鸡尾酒会，同时举办图片展览，邀请毛泽东参加，同邀的还有在渝知名人士三百多人，为扩大我党在蒋管区的影响，毛泽东已经同意出席。

这是毛泽东来渝后首次要在公开场合露面。

陈龙和刘少文到中苏文化协会附近查看。

这个地方叫黄垭口，地处闹市，商场店铺鳞次栉比，从早到晚总是熙熙攘攘，它的对面便是国民党的喉舌《中央日报》报社。如果毛泽东在这样繁闹的地方一出现，势必要出现人山人海、交通堵塞的场面。

这种场面，对于任何一个政党的政治家都是需要的，而对保卫工作则是最大的难题。

靠着出众的才能和经验，陈龙认真地分析了地形、地势和利弊条件，迅速地拟定了一个警卫方案，与刘少文等人商量后，请周恩来批准。这个方案包括：红岩村办事处、《新华日报》报社的同志到黄垭口一带上岗；动员重庆地下党的同志到这一带“逛街”；还要通过我们的情报关系控制特务机关、警察局和青、红帮中反动分子的一举一动……

周恩来基本同意这个意见，又作了几点补充，动员的力量不应仅是党员，还应包括进步的工人、公务员和学生。

重庆的工人运动、青年运动都有着光荣的斗争传统。远的不说，半年前发生在重庆的“胡世合事件”，就充分显示了党在工人群众中的崇高威信和主导力量。

9月1日傍晚，中苏文化协会门前小轿车来往如梭。出席酒会的宋庆龄、张澜、冯玉祥、沈钧儒、郭沫若、史良等知名人士，还有孙科、陈立夫、陈诚等国民党政府要人先后到达。天上虽然下着雨，马路两旁还是站满了围观的群众。当周恩来、王若飞陪同毛泽东走下汽车时，越聚越多的围观群众冲开了宪兵警察松散的警戒线，纷纷聚拢过来。周恩来、王若飞、陈龙、龙飞虎、颜太龙、舒光才等人紧紧围在毛泽东的四周，簇拥着他走进了会场。

会场里的气氛更是热烈，五百多位与会的各界名人争先恐后地围上来和毛泽东握手、问好。冯玉祥眼含热泪紧紧拉着毛泽东的手，两人激动地举起酒杯。国民党元老覃理鸣握着毛泽东的手低声呜咽，久久说不出话。毛泽东走到哪里，哪里就是一片欢笑声、掌声、祝酒声。因为担心毛泽东不胜酒力，周恩来、王若飞、陈龙不得不接杯代饮。酒会进行了一个多小时，苏联大使彼德洛夫夫妇邀毛泽东到楼上参观。

楼上还有反映苏联建设成就的图片展览会。毛泽东在张治中、邵力子、冯玉祥等人陪同下登楼观看。谁知参加酒会的人也纷纷拥上楼来，人们都要一睹毛泽东的风采。

上楼的人越来越多，秩序有些混乱，陪同的张治中、冯玉祥已被挤散。这时，一直紧跟在毛泽东身边的陈龙忽觉楼板一阵颤动，他已经注意到这座楼房的质量不佳，却未料到马上就要出现险情。

他看见周恩来、王若飞的脸上也露出紧张的神色，大概他们也察觉到这一危险信号，但是，毛泽东还被众多的人围在核心，似乎毫无察觉，仍在和大家谈笑。应当怎样对付这意外的危险局面？

今晚这里是重庆名流荟萃的地方，这里是表现外交礼仪的场合。应当采取什么措施，既不失礼节，又能避免一场可能发生的意外事故？

疏散围聚的人，制止更多的人上楼，是一个办法。但，此时此刻的人们，渴望见到毛泽东的感情已经近乎狂热。这股狂热是难以用力量控制和约束的。怎么办？

忽然，楼板又一次颤抖，墙上一处泥灰簌簌落下。

危险随时都可能发生！

这正是周恩来提醒大家要万分警惕的自然事故！

这个危险一旦发生，那才是亲者痛，仇者快！

就在这一霎间，陈龙看见周恩来向他发出一个示意明确的暗示。

军人的素质，卫士的机警，几乎在同时起了作用，陈龙马上从毛泽东的身后挤到了前面，一只手挽着毛泽东的胳膊，另一只手用力推开众人，低声向毛泽东说道："快走！"也许是因为说得太着急，毛泽东还不知到底出了什么事情，只见周恩来、王若飞、龙飞虎等人也一起上前，拥着毛泽东向楼梯走去。

楼梯上还有人向上拥，严严地堵住了下楼的去路，周恩来马上走到前面，一边儿劝说一边儿用两手分着众人奋力开路，大家簇拥着毛泽东才算从楼上挤下来。

看到毛泽东已经下楼，楼上的人蜂拥挤到楼梯口，地板又发出一阵响声，整个楼房都在颤动。

也许已经有更多的人意识到了巨大的危险就要出现，楼上楼下引起一阵骚动，人们纷纷跟在毛泽东的身后向外拥。

正门和院里还挤满了人，许多没有看见毛泽东的人还在向楼内拥，此时此刻，那些身着警宪服装公开维持秩序的宪兵、警察几乎全都不知去向。

院里人太多，那里更不安全，在前面开路的周恩来迅速而又机敏地引导毛泽东拐到楼后的一个侧门。人们随后又拥了过来，这里是一条深长的胡同，如果让人们拥进，毛泽东将进退两难，那情况会更加不堪设想，陈龙只得担当断后的任务。

他站在一道门的中央，两手死死地把着门，用身体阻挡拥来的人群。

人们还在向前拥，陈龙大声呼喊着，用尽全身力气死命地顶，也许只争取了几分钟，陈龙便被人推开。但这时毛泽东已经安全地走到胡同口，坐进了开往红岩村的轿车里。

陈龙直到坐进汽车才松了一口气，总算从这座危楼里脱了险……

4. 忧患与共

用寝不安眠、食不甘味来形容陈龙这一周来的生活状况，并非过分。

他的两眼布满血丝，嘴唇干裂，人也明显地瘦了。周恩来几次告诉他抓紧时间休息，可是他做不到。他肩上的担子太重，要做的事情太多了。

毛泽东看在眼里，疼在心里，不得不下令：休息一天一夜，并且要当天没有谈判任务的王若飞监督执行。

毛泽东这一天早上去桂园的时候，就没有让他跟随。

陈龙只好站在楼门前眼巴巴望着毛泽东远去的背影出神。

这时，王若飞从二楼窗口探出身子喊道："陈振东——上来！"

陈龙怏怏不乐地走到王若飞的房间。

看他走进，王若飞两手扶着他的肩头，把他按在椅子上，回身关上房间的门，又神秘地把手指伸到嘴唇边，做了噤声的手势。

陈龙奇怪地望着他，闹不清这位饮誉党内外的著名政治家到底要干什么。

王若飞打开了床头的一个皮箱，像变魔术似的拿出了一瓶土陶瓷瓶装的茅台酒，放在茶几上，悄声地告诉他："这是我舅舅从贵州带到延安的，一共两瓶，在延安喝了一瓶。"

陈龙在延安见过那位德高望重的老教育家黄齐生先生，他胸前尺把长的银须，特别引人注目。

王若飞又打开橱柜拿出了一个碟子，一个纸包，碟里装的是卤味豆腐干，纸里包的是麻辣牛肉干。

"主席昨天就向我交代了这个重要任务。"王若飞笑着说，"我要完成好。"

陈龙听着心头一阵发热，两眼有些湿润。

“来！我们今天把它喝干。”王若飞性格豪爽，乐观而又风趣。他还有个雅号——“酒仙”，大概他的酒量在办事处所向无敌。

自从那次总统府宴会回来，他听龙飞虎等人说起陈龙的酒量，今天决定会他一会。

陈龙的酒量练自东北抗联的密营，酒是那时冬天御寒的佳品。王若飞的酒量是在内蒙古草原练就的。两个人边谈着往事边推杯换盏，越喝越觉得经历、性格都十分相近，大有相见恨晚之感。

两人直喝到下午，茅台酒喝光了，又接着喝土烧，喝完土烧又喝葡萄酒，直喝得陈龙有点儿腾云驾雾之感，便在王若飞的床上睡了过去。这一觉直睡到第二天凌晨。

两个人后来谁也说不清一共喝了多少酒。

但有一点陈龙一直很清楚，这是他在重庆四十余天中睡的唯一一晚好觉。

9 月 2 日晚，蒋介石在官邸宴请毛泽东、周恩来、王若飞。出席作陪的有冯玉祥、吴铁城、孙科、莫德惠、白崇禧、陈立夫等国民党高级官员。宴会后，蒋介石和毛泽东单独举行了会谈，就军队编制、驻地国大代表等问题交换看法。

9 月 5 日，国民党在广东集中一个军两个师兵力，开始向解放区和游击区发动进攻。

9 月 6 日，毛泽东在林园与蒋介石会谈。中午，毛泽东、周恩来、王若飞出席国民党监察院院长于右任举行的午宴。

9 月 12 日，胡宗南、孙连仲的部队在河南集中二十万人，沿平汉线开始进攻解放区。

很清楚，当时蒋介石的策略就是边打边谈，以打压谈，以争取时间聚集力量，准备大打。

为了粉碎蒋介石的这一阴谋，毛泽东在红岩村通过三楼的机要电台，指挥了著名的上党战役。毛泽东在电报中说：“你们打得越好，我在重庆就越安全。”这句话的另外意思就是说，如果打得不好，他在重庆的安全就没有保障。

陈龙通过情报关系得知，国民党特务系统中已经有人扬言，愿以自身性命去换毛泽东一死。

这份情报引起了周恩来的高度重视。他立即作出布置，一面通过公开方式向国民党当局和重庆宪兵司令张镇提出警告；另一方面通过多种情报渠道和上层关系，向国民党特务机关施加影响，使特务头子们知道，一旦发生这样震撼全国乃至世界的大事，单单拿几个小特务开刀是不行的，恐怕连戴笠也得变成替罪的羔羊。

9月中旬，上党战役和解放区各战场的战斗还在激烈进行，双方一时难分胜负，蒋介石对重庆的谈判便施出了拖的一着。

从谈判一开始，毛泽东除了和蒋介石会谈外，具体条件的谈判都是由周恩来、王若飞承担。

自9月17日蒋介石在林园找了赫尔利，想以美国名义迫使毛泽东同意把军队交给国民党的阴谋失败以后，再也不露面。这样一来，只要桂园没有会客和拜访，毛泽东只好每天待在红岩村。

这段时间对毛泽东来说是十分艰难的。

如此夜以继日地工作，加之对中国前途命运的焦虑，毛泽东的脸色变得憔悴，夜间睡眠越来越少，甚至还彻夜失眠。周恩来很担心毛泽东的健康，特地请了一位老医生为毛泽东检查身体。医生说："问题就是毛泽东的脑子用得太多了，必须设法让毛泽东的脑子在夜间松弛下来。"

可是，这并不是一件容易办到的事情，不论是举行文艺晚会，还是跳舞会都无法达到预期目的。在这一段艰难的日子里，陈龙每日每夜都陪伴在毛泽东身边。

为了让毛泽东吃得好些，他亲手炒毛泽东爱吃的苦瓜和辣椒，每天早晨陪毛泽东散步，向他讲东北抗联的斗争情况，讲杨靖宇，讲周保中、魏拯民……

毛泽东总是饶有兴趣地听着，不时提出一些问题让陈龙回答。

"你认为东北抗联失利的原因是什么？"毛泽东问道。

"没有设法建立起巩固的游击根据地，这是最主要的。"陈龙答道，"原因是气候条件太恶劣，日寇在东北的统治是全方位的。"

毛泽东点了点头："还有什么？"

"不能低估王明和教条主义的影响。"陈龙语气深沉地说，"可惜这两点，我是到延安以后才懂得的。"

"好！懂了就好，这多年教条主义把我们害得好苦。"毛泽东语重心长地说。

接着两人又谈到情报和保卫工作，陈龙介绍了他在苏联学习时看到"契卡"的工作情况。毛泽东听了很不以为然，他认为保卫工作离不开党的领导，离不开群众的支持，否则不堪设想……

在与领袖共忧患的时刻，陈龙像小学生一样虚心求教，得天独厚地学到了从书本上、课堂上无法学到的理论知识和经验。

应当说，毛泽东、周恩来、王若飞几十天的言传身教，深刻地影响着陈龙的后半生。

5. 山城枪声

自从毛泽东一到重庆，蒋介石的心腹、智囊、谋士便一个接一个地向蒋介石献策、献计，目的只有一个，设法除掉这个心腹大患。

尽管有人怂恿戴笠尽早下毒手，但戴笠有自己的算盘。特别是听到有人告诫后，便拿定了主意——绝不拿自己的性命开玩笑，去为别人当替罪羊。

还有人出谋：让谈判无限期地拖下去，把毛泽东长期困在重庆。这不失为一良策。蒋介石这几天就采取了“拖”的战术。

他有意拖延，一方面要困住毛泽东，一方面要看初试锋芒的几场战役的结果。这里，他最关心的还是“上党战役”。可直到9月末，上党地区战事进展情况并不理想。共产党方面以著名军事家刘伯承、邓小平为首，指挥着太岳纵队七千健儿与他指挥的阎锡山近两万人马在上党地区展开鏖战。9月20日，屯留、长子、壶关被太岳纵队占领，长治处于被我军合围之中，上党战役已露败相。

谈判桌上的中共代表周恩来、王若飞，好像看穿了对方“拖”的阴谋，连续几次作出重大让步，不断推动着谈判向前进展。

“拖”，有点儿拖不住了；打，又不一定能打赢。蒋介石有点儿一筹莫展了。

有几位谋士看出了蒋介石的心思，连连又献毒计——把毛泽东、周恩来软禁起来，扣作人质，逼迫共产党让步、就范！据说这条计策曾引起蒋介石的兴趣。

陈龙迅速地把这份情报报告了周恩来。

10月初，重庆官场也曾流传这个消息，这是不是敌人准备动手有意放出的试探性气球呢？

许多关心毛泽东人身安全的各党派朋友纷纷提醒毛泽东，“三十六计，走为上！”

谈判桌上的斗争日趋白热化，国内的形势更加动荡不安。9月30日，美国军队在塘沽登陆，10月1日旋即占领秦皇岛。

蒋介石的几十万大兵，根据美蒋秘密协定，正通过飞机、军舰从西南、缅甸向内地源源运送。全面内战一触即发。

10月3日晚，毛泽东和周恩来、王若飞等同志研究谈判情况，商讨制止内战的方针策略及与延安连续电报往来之后，已是凌晨。毛泽东刚刚躺下，便被秘书王炳南唤醒，告诉他蒋介石派杜聿明、邱清泉在云南昆明用火箭炮、坦克车包围了龙云的官邸，逼着他交出兵权，龙云目前生死不明。

周恩来、王若飞也披着衣服来到主席的房间，他们马上意识到，这是蒋介石用武力解决异己的一个险恶开头。

他对龙云能够干得出的事情，也能对共产党干得出！

看来，必须采取措施进行反击。不然，一切都无法保障。

经过对局势的认真分析后，周恩来及时作出布置。首先，说服国民党谈判代表，同意在报纸上公布国共和谈已经取得成果；向国民党朝野人士表明共产党的和平愿望；向全国人民公布我党在和谈中所作出的重大让步，以争取各界舆论的同情和支持，对蒋介石施加压力。

同时，他又指示陈龙，利用一切可以接近国民党政府实权人物的情报关系，向蒋介石施加影响，使他尽快打消可能自食苦果的罪恶念头。

更主要的一点是全力加强对毛泽东人身安全的保卫工作，红岩村的干部全部参加站岗放哨，人员不够，从《新华日报》报社抽调。

当然，在制定这些措施的同时，为以防万一，也做了应付最坏局面的安排……

尽管形势日益险恶，毛泽东依然从容地来往于桂园和红岩村之间，每天都与各界人士会晤、畅谈。也就是在这个时候，毛泽东书写了《沁园春·雪》一词，赠柳亚子先生。

国共和谈进展情况的公布，特别是《沁园春·雪》的发表，在全国引起强烈反响，毛泽东的名字冠盖山城。加之情报工作的巨大作用，终于迫使蒋介石同意他的谈判代表在和谈协定上签字画押。

中共谈判代表团及时宣布毛泽东将在近日返回延安。

10 月 8 日晚，张治中在林森路军委大礼堂举行欢送晚会。在重庆的国民党要人，各党派、文化界知名人士共五百多人出席。

终于熬到这一天，回程有期，陈龙和警卫人员都很高兴。特别使陈龙感到放心的是这个礼堂宽敞高大，肯定不会出现 9 月 1 日在中苏文化协会那里的危险。

哪知，也就是在这天晚上，却发生了更为严重的事情。

欢迎会伊始，张治中在讲话中宣布，国共和谈协定，将于 10 月 10 日签字，还表示愿伴送毛泽东回延安。毛泽东也在会上发表了简短的讲话，强调“和为贵”，再一次表明了共产党的和平诚意。

谁知就在这时，却传来一个噩耗：在离红岩村不远的嘉陵江边公路上，传出一声枪响，年方三十五岁、外表颇似周恩来的八路军驻渝办事处秘书李少石饮弹身亡。

听到这个消息，周恩来没有惊动毛泽东，只是向王若飞、陈龙低声叮嘱一句注意毛泽东安全后，便与重庆宪兵司令张镇匆匆坐车赶往金汤街市民医院探望。

原来，这天下午，李少石用车送岳父廖仲恺先生生前的挚友柳亚子先生回沙坪坝，在返回市区途中，突遭枪击，子弹从车后工具厢射入，洞穿李少石胸部，经医院抢救无效，当晚七点四十分逝世。

回红岩村，天黑路远，张治中担心路上不安全，劝毛泽东留在市区住宿。

毛泽东显得分外地冷静和沉着，他谢过张治中的好意，仍坚持回红岩村。

周恩来对张镇说："今天就用你的车把毛泽东送回红岩村。你必须绝对保证毛泽东的安全。如果出了事情，首先唯你是问。"

张镇连声承诺。

走出军委大礼堂的大门，陈龙就紧紧跟着张镇。这是陈龙作出的紧急布置，并要龙飞虎等人紧紧围着毛泽东。他要盯住张镇，若是一旦发生意外，他将先擒住这个宪兵司令做人质。

在周恩来、陈龙左右护卫下，毛泽东坐进了张镇的汽车，张镇坐在车前座。一路上，陈龙的左轮手枪枪口一直在暗中对着他。

当夜陈龙又是一夜没有合眼。

10 月 10 日，是国民政府的双十国庆日。国共双方经过四十余天的在谈判桌上、战场上的反复较量，终于以共产党让出南方八个解放区，把四十三个师军队裁缩二十个师的重大让步，达成了协议。并由周恩来、王若飞、邵力子、张治中等人在桂园举行了签字仪式。

蒋介石没有出席，毛泽东在楼上也没下来。

这一夜毛泽东只睡了不到两个小时就起了床。他在屋中踱步沉思，片刻，坐在桌前挥毫写了"李少石同志是个好党员，不幸遇难，永志哀思"的悼文。

11 日上午，从林园到九龙坡机场由宪兵沿途警戒。毛泽东、周恩来、王若飞、张治中和蒋介石的送行代表陈诚分乘三辆汽车奔赴机场。

机场上前来送行的邵力子、郭沫若夫妇、陶行知、章伯钧、茅盾及为数众多的中外记者和八路军驻渝办事处、《新华日报》报社等单位的工作人员已经先行到达。

毛泽东热情地和送行的人握手告别。

仍留在重庆继续和国民党当局进行谈判的周恩来充满感情地握住毛泽东的手连声说道："保重!"接着他又紧紧握着陈龙的手亲切地说，"这些天辛苦了你。"

在重庆谈判期间，陈龙在周恩来的亲自指挥教导下，圆满完成了保卫毛泽东安全的任务。

毛泽东已经走到了舷梯旁，舒光才和齐吉树以及后来从延安赶来的贺清华已经对飞机进行了检查。陈龙和钱之光、王炳南、龙飞虎、颜太龙紧紧握手，便跟随毛泽东登上了飞机。

张治中、王若飞把毛泽东让到靠舷窗的座位上。

C—四十七运输机呼啸着冲上蓝天。

紧张万分的四十三个昼夜总算熬了过来，毛泽东终于平安地坐上了返回延安的飞机。

第四章　挺进东北（1945—1946）

1. 忠心耿耿

离开重庆九龙坡机场三个小时以后，双引擎C—四十七运输机平稳地飞行在黄土高原的上空。

“延安!”不知是谁轻呼了一声。

随着这一声轻呼，机舱里顿时出现一阵兴奋的骚动。毛泽东和张治中都停止了和邻座的交谈，一起向窗外眺望。

宝塔山从机翼下一掠而过。

总算是平安回来了！陈龙激动地长吁了一口气，身上顿时就像卸下了万斤重担。他用臂肘碰了碰身边的王若飞，两个人会意地交流了一个欣慰的目光。

屈指算来，从离开到返回整整四十三天。

这四十三天，对去重庆与蒋介石和谈的人来说，是身在虎穴，同自己的对手激烈较量的四十三天；对延安军民来说，则是对自己领袖的安危提心吊胆的四十三天。

毛泽东今天即将乘飞机返回的消息一传开，延安一下子沸腾了。

党政军各部门的首长，各机关的工作人员，无法按捺兴奋的心情，纷纷走出窑洞。各学校也都放了假，教师带着学生一齐拥向机场。正在田里秋收的农民，也放下手中的镰刀，从七里堡、十里堡，甚至从三十里地以外跑来，欢迎自己的领袖。下午一时，机场四周已是人山人海。

随着飞机的呼啸、盘旋、降落和滑行，人们突然停止了喧闹，两眼紧紧盯着飞机，焦急地等待着，盼望着。

飞机终于在跑道上稳稳地停住了。毛泽东戴上盔式遮阳帽，缓缓地站起，张治中礼貌地闪身站在机舱一侧。毛泽东做了个谦让的手势，走向舱门。

舱门大开，毛泽东走下舷梯。

“毛主席好！”两万多人的喊声似雷声一阵阵滚动。欢迎的人群欢呼着，跳跃着。有人敲起了锣鼓，有人把帽子抛向天空……整个机场变成了欢腾的海洋。

陕甘宁边区政府主席林伯渠、副主席李鼎铭迎上前去，和毛泽东、张治中、王若飞紧紧握手。

挤在人群中的中央社会部的同志们在向毛泽东欢呼的同时，挥手向走在胡乔木后面的陈龙致意。

当晚，陈龙参加完在杨家岭为张治中举行的宴会，便回到了枣园。他需要踏踏实实地睡上一觉，以解除四十余天的紧张、繁忙给他带来的疲劳和困倦。

圆满地完成了保卫毛泽东去重庆与蒋介石和谈的任务，并且平安、胜利地归来，这是中国保卫工作史上一次最重要的事件。而陈龙在周恩来亲自领导下，作为完成这一最光荣、最崇高，也是最繁重、最艰巨使命的具体执行者，当之无愧地应当载入公安史册。

有人曾把他比作京剧《甘露寺》中的赵子龙，也有人把他称作《鸿门宴》中的樊哙，陈龙都一笑置之。他对荣誉和成绩有清醒的认识，正如他在边区保安处作报告时所说：“有人民军队和全国老百姓做强大的后盾，有毛主席的大智大勇，才有重庆这一场斗争的胜利，而我只不过是毛主席的一名卫兵，做了一些我应当做的事。”

尽管陈龙很少谈论自己，但党并没有忘记他在重庆的特殊贡献，毛泽东就曾给予他以极高的评价。当康生、李克农向毛泽东问及重庆期间保卫工作的情况时，毛泽东表示完全满意，并以充满感情的语气对陈龙下了四个字的断语：“忠心耿耿”。

毛泽东对陈龙的夸赞，不仅是陈龙本人的光荣，也是社会部的光荣。

通过四十余天的朝夕相处，毛泽东从心底里喜欢上了这个智勇双全的卫士长。为了纪念这一段难忘的岁月，他一改往日不向他人送礼的习惯，送给了陈龙一块欧米茄手表。

手表，特别是名贵手表，在延安当时并不多见，而且又是毛泽东给的，陈龙自然十分珍惜。他带着这只铿锵作响的手表回到治安科后，大家呼啦一下围上来，像看一件珍奇宝贝似的，你看看，我看看，有人认出了表上的外国字，惊讶地喊了起来：“天哪——世界上最好的手表，欧米茄！”

有人接过话茬说：“这可得好好看看！以前光听说，可没见过。”

大家正在兴高采烈地传看、议论，忽然接到通知，说江青要看手表，让陈龙马上去一下。

江青作为毛泽东的夫人，也住在枣园。社会部的干部对她的印象大都不佳，因为住得近，时常听见夜里她和毛泽东争吵。当时是供给制，干部按参加工作年限，分别吃大、中、小灶。她想吃小灶，伙食管理员说她不够格，她就说管理员是坏人、反革命。毛泽东的公务员罗海章、苛兴录都被她当作坏人，送到社会部西北公学去批斗和“抢救”。有一阵子她任办公厅的教导员，对主管后勤的张松（李范五）很不满意，说张松把后勤工作搞得一团糟。她还提出，每天早晨要吃豆浆、大饼、油条。在延安，当时如何办得到？

江青要看毛泽东送给他的手表，陈龙自然不能不让看，便带上手表赶到江青的窑洞。谁知江青看了手表便爱不释手，就取下自己手腕上的普通手表将欧米茄换去了。

陈龙随毛泽东去重庆谈判期间，社会部人员有了很大的变动，汪金祥奉命率领王鉴、王初、程强、黄宣文等几十名干部离开了延安，到闽、浙、赣去开展敌后斗争；紧接着，杨超也去了四川。

康生搞的“抢救运动”，委屈了一大批干部。汪金祥带领社会部的干部，经过近两年的努力，使其中的大多数人都已甄别清楚，但也还有一部分人有待甄别，特别是消除后遗症，还有大量的工作要做。

“双十协定”签订后，蒋介石并没有停止企图消灭革命力量的狂妄野心，最近大有扩大内战的趋势。陈龙与社会部的干部怀着急切的心情，积极地进行甄别，彻底推翻那些臆想杜撰出来的不实之词，为即将离开延安的干部作出实事求是的结论，让他们轻装上阵，愉快地走向新的战场。

当然，因为有的人涉及敌占区的问题，无法查对；有的人基于多种复杂因素，一时无法得到核实，这些人的问题不得不暂时“挂”起来，或在材料中留个“尾巴”。这使许多参加甄别的工作者多年后还引为憾事。

近来，为了反击蒋介石集团的内战阴谋，延安的大批干部陆续开赴前方，其中大部分正在向东北进军。

看到许多干部进军东北，陈龙心中不免涌起阵阵乡愁。他像许多长年离乡的游子一样，深情地怀念着那片富庶、丰饶的黑土地，怀念着清澈、碧绿的牡丹江，怀念着在日本帝国主义的铁蹄下，经历了十四年苦难岁月的父老兄弟……

十月的陕北高原，秋高气爽，与夏天闷热潮湿的气候形成了鲜明的对比。加之这几天下了一场秋雨，天气明显地转凉了。

这天傍晚，陈龙披着棉袄，和海宇一起从后沟回枣园，半路碰到了社会部负责干部工作的王涛江。王涛江拦住陈龙，说要谈谈工作，海宇便独自朝前走了。陈龙和王涛江沿着一条茅草道向山坡走去。

王涛江比陈龙小四岁，从 1941 年起就在社会部工作。他来找陈龙，是根据陈刚的指示，谈工作调动问题的。

“前几天，社会部领导向毛主席汇报工作时，毛主席问到了你，意思是想把你调到他的身边去工作。”

陈龙听到毛泽东要调他到身边去工作，就好像有一股滚烫的暖流注入心田，感到周身发热。“真的?”他简直有点儿不敢相信。

“当然是真的!”王涛江肯定地点点头，“是陈刚同志要我来向你征求意见的。”

世界上还有什么能比人民领袖的信任和器重更重要、更珍贵的呢?

“我愿意为毛主席洒热血，抛头颅!”陈龙激动得心怦怦直跳，两眼凝视着王涛江，语气坚定地说。

王涛江点了点头，他完全相信，陈龙是个说到做到的血性汉子。

陈龙从兜里掏出一条卷烟纸，撒上烟末。他想抽支烟，平静一下激动的心情；谁知，由于两手簌簌颤抖，卷了半天也没卷成。他转身坐在一个土堆上，陷入了沉思。他不由地想起在重庆他与毛泽东形影不离地度过的那四十多个日日夜夜。他觉得毛泽东的胸怀和气魄，就像高山一样宏伟得使他敬仰；毛泽东的思想和智慧，又像大海一样深广得使他惊叹。

能够在领袖身边工作，那是多么令人神往的事呀!

烟，终于卷成了，点燃后，他深深地吸了一口。晚风把烟头的火星扯出老远，暗红的火光照亮了他的面颊。他想到了自己的弱点——想到了曾多次被领导和同志们批评的火爆脾气。像他这样的脾气能够在领袖身旁做好工作吗?他在地上把烟头捻灭，站起身来说：“让我再考虑考虑吧。”

“好吧。”王涛江说，“陈刚同志也说让你认真考虑考虑，这只是征求意见嘛。”

两个人走下山坡，在一个岔路口分了手。

陈龙没有立即回窑洞，他一直信步走到幸福渠边，在一块干净石头上坐下来。他想在晚风中多待一会儿，以便让自己的头脑更清醒一些，更冷静一些。他一支接一支地吸着烟，直到斗转星移，露水打湿了衣裳……

社会部许多人都在毛泽东那里工作过，可是谁也没有干长，说起原因大概都是因为江青。

“我陈龙去了，能做得好吗?”陈龙陷入了深深的矛盾和思索之中。

经过一夜的深思熟虑，第二天，陈龙找到王涛江：“涛江，我觉得我不适合在主席身边工作。”

“为什么?”王涛江深感意外。

陈龙遗憾地长叹一声：“打心眼里说，我是很愿意到主席身边工作的，可……我这脾气秉性你是知道的，只怕……”

“脾气？可以改嘛。”

“说实在话，为毛主席抛头颅、洒热血我都没二话，”陈龙又长长地叹了一口气，“可我一直想打回东北去，一来那里很需要人，二来那里有我曾经同生共死战斗过多年的战友……”

王涛江走了，陈龙仍然站在原地发呆。想到党的主席这么信任他，器重他，提出要他到身边工作，自己不去会不会惹主席生气；但又一想，自己不去是想回东北，而且东北又是那么需要干部，主席也许不至于怪罪自己……

发了半天呆，他忽然想起自己既然不能去主席身边工作，何不直接去向主席要求回东北呢？说不定主席会答应的。对！直接去问一问主席。

从1945年初开始筹备中共“七大”，到6月闭幕，接着是“八·一五”日寇投降，接着又到重庆和蒋介石谈判，十来个月毛泽东一直处在极度的劳累中。重庆谈判回来，医生多次建议，他需从繁忙的事务中摆脱出来，静养一段时间。但由于时局动荡，他就是想静养也静养不了，党、政、军一些重大问题都有待他去决断。

陈龙走到毛泽东的住处，值班警卫舒光才见他来了，急忙招呼，并亲热地问这问那。听说陈龙要见毛泽东，忙转身跑进院里。片刻，他又跑出来：“快去，主席在等你。”

毛泽东的窑洞宽敞、明亮，办公桌上堆满了文件和电报，还有一些叫不出名的药瓶瓶。

看见陈龙走进来，毛泽东放下手中的一沓文件，亲切地让他坐在身边的一张方凳上。

陈龙见毛泽东两眼由于睡眠不足布满血丝，身体比在重庆时还要消瘦，心中感到一阵痛楚。他不忍心耽搁毛泽东的宝贵时间，便直截了当地说道：“报告主席，我想提点儿个人要求。”

“哦？个人要求？”毛泽东望着他，似乎感到有点儿意外。

“我想……当前东北急需干部，我是东北人，在那里打过游击，又熟悉那里的情况，您看是不是……”

“唔——”毛泽东缓缓地点了点头。

他喜爱陈龙，也了解陈龙。在重庆的那段时间里，他和陈龙摆“龙门阵”，陈龙曾多次向他谈起抗联在东北的艰苦斗争，谈起杨靖宇、周保中、赵尚志等人。如今，武装部队已进入东北，东北确实需要像陈龙这样既熟悉当地情况、又精通保卫工作业务的干部，去那里整顿治安，管理城市。

“好，我同意。希望你到东北做出好成绩。”毛泽东微笑着望着陈龙，缓缓地挥了一下手，作出了决定。

“是!”陈龙霍地挺身站起，“我绝不辜负主席的期望!”

毛泽东回身从桌上放着的一个夹子中拿出了三张照片。

一张是在重庆九龙坡机场照的，右边是身材高瘦的赫尔利，左边是纵声大笑的周恩来，毛泽东戴着盔式遮阳帽，神色凛然地站在中间，陈龙紧站在毛泽东和周恩来的身后，两眼机警地扫视四方。

另一张是毛泽东在中共“七大”作报告时的照片。第三张是毛泽东的生活照，江青在一边抱着李讷。

“我们要分手了，照片送给你，留个纪念吧。”毛泽东深怀惜别之情，亲切地说着，把照片递到陈龙手中。

陈龙双手接过照片，两眼湿润。他站起身来，极力控制着自己的感情，声音哽咽着说：“希望主席多多保重身体。”

毛泽东微笑着点了点头，起身把陈龙送到窑洞门口，又亲切地和他紧紧握手。

陈龙转身大踏步地走了，直到他的身影消逝在远处的树林中，毛泽东还在那里伫立着，凝望着……

2. 初踏征途

1945 年 11 月，秋风萧瑟，草木枯黄，延安已经进入深秋季节。晒场上连枷起落，农民们正在忙着碾谷打糜。社会部的许多干部都在忙着交代工作，收拾行装，为向东北进军做准备。

从地处僻壤的延安走向全国，是中国革命的一个重要转折。延安以外有大江、大海，有城市，也有山村，那里将是一个新的斗争天地。许多年轻人一听说要出征，都兴奋和激动得整夜睡不好觉。他们早就想去闯一闯，去开辟一个新天地，创造一个新世界。

和朝夕相处的战友们就要分手了，几天来陈龙一直依依不舍地和留驻延安的同志谈话、告别。

这一分手，也许几年才能重见，也许就是生离死别，所以不论是走的，还是留的，心里都是沉甸甸的。甘露、凌云等人是留在延安坚持工作的，陈龙鼓励他们，要坚守岗位，人手少了也要努力完成上级交给的工作任务。并特别嘱咐他们，要把“甄别”工作抓到底，因为它关系到许多干部的政治生命和前途。

慕丰韵得知去东北的名单中没有他，急得跑来找陈龙，要求陈龙把他的名字也写上。

这次对每个干部的去留，社会部领导曾经做过缜密的研究。陈龙完全理解小慕要去东北闯一闯的决心，但他深知延安也需要留下一批骨干来坚持斗争，只好耐心相劝。小慕见去东北不成，急得大哭了一场。

临行前那一天夜里，陈龙和海宇并肩坐在窑洞门口。虽然夜已很深，但两个人都没有一点儿睡意，各自回想着来延安后的情景。他们在这里相识，在这里结合，在这里一道工作，延安既是他们爱情幸福的诞生地，也是他们转向做侦察保卫工作新的起点。在这里不论生活条件多么艰苦，工作任务多么繁重，但他们的意志是坚定的，生活是愉快的。几年来，他们工作在党中央和毛泽东身边，现在就要离开了，真有点儿舍不得。

风送轻寒，夜空如洗，北斗七星高悬在天际，颗颗都像晶莹的钻石一样闪烁明亮。望着明亮的北斗星，陈龙的思绪不由地飞到了他早就魂牵梦萦的东北，在那里有东北抗联的深山秘密营地，有东北杈，有罗子沟，有东京城……

海宇也在望着夜空，她虽然没有去过吉东地区，但她知道那里距离延安很远。而且去那里，不能走大路、公路，更不能乘汽车、火车，只能靠两条腿，去走人迹罕至的山林小路。绕来绕去，说不定得走几千里。当然，路再远，也难不倒延安的共产党人，因为有老红军二万五千里长征的榜样。这一点她倒不用担心，使她担心的倒是将由陈刚、肖里和陈龙三人要带走的这支队伍。

两个月前，邵式平、汪金祥率队离开了延安。王初、王鉴、黄宣文、程强都已先行出发。他们带走的几百人，都是从延安有关部门挑了又挑，选了又选的精兵强将。而现在，陈刚、肖里和陈龙要带走的这支队伍却很不整齐。

由于国内形势骤变，东北地区的斗争日益复杂化，那里需要更多的干部，中央决定，不论是怀疑有各类问题的，还是已经查明是敌特分子的统统分批带走。在做此项决定时，毛泽东曾说："东北快要解放了，那里需要大批干部，就让他们到前线去自己做结论吧。是共产党人他会在共产党内，是国民党那就让他跑到国民党那边去，怕什么？"

现在，这支即将出发的队伍中，至少有一多半是属于被"抢救"过的，而且至今未做甄别和结论。其中还有那位大名鼎鼎的张克勤，最让人忧虑的是其中至少还有五名是已经证实的投敌变节分子。

中央同意让他们加入这支队伍，希望他们到东北能够戴罪立功。政策是很宽容的。可是，现在的形势是敌强我弱，谁能保证他们会真心跟着共产党走？

陈龙也为带着这样一支成分复杂的队伍长途行军有些担心，但这是中央交付的任务，有什么话好讲？

他和陈刚、肖里做过认真的研究，也做了周密布置。把所有人的材料都集中交给海宇保管，并对几个重点人物布置了帮助和监控力量。但这一切就准能保证万无一失吗？

明天，这支良莠不齐的队伍就要出发了，也许要从秋走到冬，从冬走到春，走到夏。谁能料到前面将会发生什么？这不能不使陈龙感到忧心忡忡。

一阵凉风吹来，打断了思绪，海宇禁不住打了个寒噤。她看看天色，快到半夜了，便催促陈龙："回去睡吧，明天还得早起。"

"你先去睡吧，我再坐一会儿。"陈龙把手伸进棉袄衣兜里，向外掏着烟末。

海宇走回窑洞，他依然坐在那里吸着烟，望着星星。人的感情多么奇怪，身在延安想念东北，如今就要奔赴东北了，心中又留恋起延安。他要多看看延安的山、延安的水、延安的星星……

1945 年 11 月 9 日清晨，一向安静的枣园突然热闹起来。二十多匹骡马排列成行，运输队长郑德兴正在向被选做驭手的干部们讲解驾驭牲口的要领。要离开延安的干部和送行的干部也都陆续来到枣园。陈龙和海宇也各自提着行李来了，他们虽然已经结婚成家数年，但既无家具，也无私蓄，全部家当就是这两套行李。其实，如此清贫的何止他们一家？肖里夫妇、陈刚夫妇都在延安生活多年，临行时一家全部家当用肩头就可扛走。

安放好行李，同志们按着分组列队。领队的陈刚、肖里、陈龙站在队列前面，刘志汉带领的电台人员和队部工作人员列在其后，警卫班的战士持枪肃立，气氛显得既庄严又凝重。康生率社会部的领导赶来送行，他首先宣布了中央的一项新任命——陈刚担任中央社会部副部长，肖里、陈龙协助陈刚带领队伍开赴东北。接着他勉励大家在建立东北根据地的斗争中努力工作，在那里生根，开花，结果。对于被审查的同志，只要有条件，随时给予结论，对一时无法结论的同志也要轻装上阵……

一阵掌声过后，发出了行军的口令，队伍迈开大步走出了枣园。

真要离开这个朝夕相聚多年的地方了，海宇情不自禁地流下了眼泪，许多同志也在唏嘘叹息。留守的同志们一直把队伍送出老远，才停住，含着热泪向越走越远的队伍招手、呼喊，以表达依依惜别之情。

挥手从兹去，萧萧战马鸣……

行军队伍情绪高涨，他们迈着整齐的步伐，高声喊着口号，一支接一支地唱歌，走过杨家岭、王家坪、桥儿沟，引得过路的军民发出啧啧的称赞。

毕竟是第一天行军，这支队伍刚刚走出延安二十多里，就有人感到腿疼脚痛了。按队伍预先的决定，在三十里堡宿营。

听到自由行动的命令，人们吵嚷着，四散去寻找先遣队给号下的住处。在纷乱的人群中，陈龙忽然听到一声亲切的东北乡音。顺着声音寻去，见讲东北话的是一个身材文弱的青年。一问，才知道他是第一大队第一组的张汉斌。陈龙把张汉斌叫到跟前问道："你是东北人？"

"嗯哪。"张汉斌点头答应。

“那咱们是老乡喽。”陈龙亲切地说。

“我是锦州人。”张汉斌也听出了陈龙说的是乡音。

陈龙说着坐到附近一块石头上。也许是近来思乡之情益发强烈吧，他对东北乡音特别动情，看到说家乡话的人，也感到格外亲切。他和张汉斌，一个坐着，一个站着，不停地说呀，说呀，直到有人把他喊走。

第二天一早，队伍离开了三十里堡。

他们行军的路线是经甘谷驿到延长，经交口到延川，经清涧到绥德，再从绥德到黄河边。

如今要去东北，只要从延安坐上汽车，到西安转乘火车，不消两三天便可抵达。但那个时候，西安没有解放，别说是铁路，就连能走汽车的公路也不属于共产党，这支队伍只有凭两只脚板绕过封锁线，躲过敌占区，踏过那些人烟稀少、蜿蜒崎岖的山路、茅道，才能到达目的地。

当时，日寇刚刚投降不足三个月，一心想用内战来消灭共产党的蒋介石，在美国的帮助下，已经把端着杀人武器的大批部队运送到全国各地，抢占战略据点，为大举进攻根据地和解放区做准备。加之大战在即，许多地主武装割地据守，大量日伪散兵和土匪帮伙烧杀抢掠，地方治安相当混乱。这支只有十几条延安土造步枪的队伍，偏偏在这个时候离开根据地，横越几千里，徒步奔向东北，能否平安到达，很难作出预测。

这种严峻的形势，不仅身为领队的陈刚、肖里、陈龙清楚，每一个去东北的干部也都清楚。他们之所以毫不犹豫地踏上征程，是因为他们是久经战火考验的共产党的队伍，是因为他们深知进军东北对于解放全中国的重要意义。

他们知道可能会有牺牲，但谁也不畏惧牺牲。他们知道前面会有无数艰难险阻，但每个人都充满自信。正像他们在行军中高唱的那样：

“我们在火里不怕燃烧，

漂在水里也不会下沉……”

从行军的第一天起，这支队伍的政治鼓动口号就是：“学习老红军二万五千里的长征精神，坚决走到东北去！”

这支队伍，有男有女，年龄参差不齐，体力也有强有弱。为了保证一个不掉队，行军的里程是循序渐进的。第一天是三十里，第二天四十里，第三天五十里，接着是六十里、七十里。等第七天他们走到黄河边上的时候，不论是年届四十的陈刚，还是体质较弱的女同志，个个都变成健步如飞的“神行太保”了。

奔腾的黄河，自南而北，就像一条金色的巨龙俯卧在山谷中呼啸而下。这一带河床狭窄，水流湍急，浊浪翻滚，涛声震耳，有如万马奔腾。岸边只有一条陈旧的渡船，五六名艄公凭着一身的胆量和超人的水性，长年和这条桀骜不驯的巨龙搏斗着，摆渡着一批又一批过河的人。

这支队伍中的许多年轻人，还是第一次看到黄河。看到这条被誉为中华民族摇篮的大河，不由得心潮激荡，有的唱起了《黄河颂》：

“我站在高山之巅，望黄河滚滚，奔向东南……”有的高声朗诵：“朋友，你见过黄河吗？你到过黄河吗？……”

不知是谁说了一句：“嗐，水这么急，可别淹死。”

不料，这句话被一个年近花甲的老艄公听见了。艄公最忌讳渡河说不吉利的话，他胡子一撅，扔下船舵，气呼呼地蹲在船上吼着：“不渡了！不渡了！你们自己过吧！”这一声吼，刚才说“可别淹死”的年轻人顿时明白过来，他的话犯了船家的大忌，连忙向老艄公赔不是，大家也一齐上前，又是哄，又是劝，老艄工这才操起船舵，开始摆渡。

由于渡船不大，每次只能渡二十来人。而且渡船要先顶水斜划到上游，然后才能顺水流放到对岸，往返一次要半个多小时，等连人带牲口全部渡到对岸，天已近中午了。

对岸是一个叫碛口的小镇，这里已是山西省的地界，虽然还是晋绥地区抗日根据地，但已远非陕甘宁边区可比，随时都有和敌人遭遇的可能。队伍再上路的时候，已不能歌唱，行军速度也明显加快了。

3. 穿越雁北

兴县位于晋西北，是中共中央晋绥分局所在地。9月份，在林枫带领下，有一个近两千人的干部团离开这里，奔赴东北。陈刚、肖里、陈龙率领的队伍经过这里时，受到了公安处长谭政文的热情迎接。

兴县是抗战时期进出延安的咽喉地带，也是敌人破坏和骚扰的重点。作为延安的屏障，公安处在晋绥分局和社会部的领导下，曾破获过许多日寇和国民党特务机关的派遣案件，一些潜往延安的敌特就是在这里露出马脚，被我们捕获的。

谭政文对中央社会部的干部比较熟，见陈刚等带了一大批干部，而且有些以精明强干出名的，就想借机留下几个，来帮他抓晋绥地区的反特斗争。但他的希望落空了，陈刚、肖里、陈龙的答复是：一个也不给！

曾在苏联深造过的刘志汉，带了一部电台，每天都和党中央进行联络，及时报告他们行军的速度，以及宿营地点和第二天的进军路线；同时接受指示。有了它，这支队伍就有了“顺风耳”和“千里眼”。

在兴县稍事休整，根据中央的指示，这支队伍便沿着吕梁山北坡，向岢岚、五寨、平鲁、左云进发。这一路山高坡陡，谷深林密，二百多人拉成一条长蛇，一会儿钻进密林，一会儿攀上崖顶。他们爬坡越沟，翻山越岭，来到了吕梁山南坡。这里不但有公路，有汽车，还有火车，但却是敌人的天下。为了避免发生冲突，遭受损失，他们只能避开公路、铁路，靠两条腿去钻敌人轻易不到的高山密林。

走出吕梁山，来到左云，这里离大同只有一百二十多里，两地都驻扎着国民党的军队，附近还有国民党的小股部队出没。由于情况不明，陈刚、肖里和陈龙不敢率队贸然前进。傍晚队伍悄悄进入一个偏僻的只有十几户人家的山村。

陈龙察看地形，布置岗哨，决定在这里隐蔽，宿营。

从延安出发，上级由中央警卫团挑选了十二个人，为这支队伍配备了一个警卫班。出发以来，最辛苦的就是他们，白天要行军，晚上到了宿营地，大队人马入睡休息，他们却要轮流站岗放哨。这天夜里，陈龙把十二个人全部召集到一起，说明了队伍所处的危险形势，要他们取消轮流值勤，全部上岗；并制止村民外出，以防泄露消息。

十二名警卫战士奉命立即进入岗位。他们持枪在手，警惕地观察着四周的动静。

陈龙问警卫班长："你们能顶住多少敌人？"

班长十分自信："顶他一个连没问题。"

陈龙又来到刘志汉的住地，要他用电台与周围联络，看有没有我军部队，一旦发生战斗好请他们接应。联络结果，在近百里方圆地带未发现有我军的呼号，看来一切都要靠自己了。

陈龙向全体干部做了简短的战斗动员，要求晚间一律和衣而眠，一旦发生战斗，按编队统一行动。

山村的夜是静谧的，除了远处传来几声凄厉的狼嚎，整个山区就好像笼罩在一个无声的世界里，静得甚至连十多里外公路上国民党运兵的美制十轮大卡车的喇叭声都能听到。

雁北的深冬，滴水成冰，寒气袭人。陈刚、陈龙两个人不顾严寒，沿着村边悄悄地走着，察看着岗哨和大家的休息情况。

陈刚是四川人，比陈龙年长四岁。他曾在中央"特科"工作过，还是一位经过长征的老红军。他身体多病，为了照顾他，给他配备了一匹马，但他很少去骑。除了让马给大家驮行李外，就是驮病号。每次宿营，他都忙着给大家安排吃饭和住宿，有时还为病号端水送饭，直到大家都睡了他才休息。第二天，又是他第一个起床，安排一天的行军事宜。离开延安已经一个多月了，由于劳累，他的身体显得更加瘦弱了。

岗哨在各自岗位上，全神贯注地注视着四周的动静。奔走了一天的同志都在和衣而眠，张汉斌、刘振东、海宇、林哲生、孔非、贾正业等一些年轻人已经睡熟，有的还发出了轻微的鼾声。只有马敬铮、许凤图、杜瑞甫等队长、组长们，还聚在一起轻声议论着什么。看见陈刚和陈龙走近，杜瑞甫首先站起来，把自己坐的一段倒木让给他们，二人也不客气，就坐了过去。

“你们在议论什么？”陈刚问。

“还能议论什么？无非是‘抢救运动’呗！”马敬铮回答，“这二百来人中，就有几十人被‘抢救’过，有些到现在还……”

“张克勤表现怎么样？”说到“抢救运动”，陈龙自然想到了他。陈龙还是在过黄河的时候和他谈过几句话。

“还行。就是一天到晚不吱声。”谁在黑暗中回答了一句。

“有人说‘抢救运动’是社会部搞起来的。弄得我们有理也说不清。”杜瑞甫不紧不慢地插了一嘴。

陈刚轻声笑了：“社会部哪有那么大的本事，康生是延安的总学委嘛，有些问题是全党的事情。这个教训是应当全党来总结的。”

陈龙一直默不作声，他的思绪在强烈地翻腾，“抢救运动”搞得“没准头”，形成了扩大化，现在搞清的、没搞清的干部一股脑儿都带了出来。近百人的材料就背在海宇身上。怎么看待这些人？前面的道路又很艰难，国民党有美国撑腰，正用飞机、兵舰向东北运兵，在东北势必有一场恶战。万一这支队伍里有奸细，暗中作祟，那问题就大了！想到这里，陈龙做了个手势，把马敬铮、许凤图招呼到跟前，问道：“夏碧元怎么样？”

马敬铮和许凤图互相望了一眼，又都摇了摇头：“没发现什么。”

夏碧元是已经定论的变节分子，他是在延安训练的情报人员，在东北被捕后，变节投敌，又被派回延安。像他这样的人，在这支队伍中不止一个。今晚，大队人马露宿在这危机四伏的地方，陈龙不能不格外警觉。

他又询问了几个人出发以来的表现和队伍的思想状况，马敬铮、许凤图你一言，我一语作了回答。陈龙便吩咐大家抓紧休息……

离天亮仅有几个小时了，陈龙又沿着驻地转了一圈，重新回到那段倒木跟前。大家都已睡熟，他觉得周身发冷，便裹了裹身上的老羊皮大衣坐了下来。

天上星星很低，很亮，仿佛一伸手就可以摸到。他望了望四周黑黝黝的山峰，这一带是古战场，当年杨家将就转战在这一带。《金沙滩》、《雁门关》、《双龙会》一出出悲壮的故事都发生在这一带。少年时代他就曾幻想做一个忠义报国的民族英雄，随着时事的变迁，他却成了一个共产主义战士。想着他入党以来的十多年间中国的风云变化，以及他走过的道路，不由得感慨万端。他体验到一个人不论是何等出身，何等经历，只要接受真理，思想就会产生变化，只要接受马列主义，就会懂得爱与憎，爱憎分明，才有斗争的动力！

天刚蒙蒙亮，刘志汉通过电台接到了上级指示，为躲过敌人的阻拦，要他们绕过大同，直插长城外的丰镇，到丰镇再等候指示。

陈龙宣布了行军路线，队伍立即起程，沿山坡向北挺进。天近中午，队伍到达了破鲁堡。这里是一座荒凉的村庄，古老的长城就从这里穿过。经过两千年的风化，这一带城墙只剩下颓垣断壁。青砖大都被邻近村庄的村民弄去砌了屋墙，剩下半人高的土垛，横亘在那里。越过长城，便进入了绥远境内，放眼望去，荒草滩坡一望无际，寒风卷着败草和沙土在灰蒙蒙的天空中飞旋，呈现出一种苍凉悲壮的肃杀气氛。

队伍进入丰镇已是傍晚。这里昨天经过一夜战斗，刚刚解放。马敬铮、王安、卫之民先行到达，找到驻扎在当地的部队领导，为后续队伍号好了房子。

大队人马进了丰镇，陈龙和陈刚刚坐下，电台又收到了上级指示，要队伍明天一早出发，直奔阳高，由那里乘火车前往自光复就被我军占领的张家口。

听说要乘火车，警卫班的战士们议论开了："火车什么样？""火车是个啥家伙？"他们从陕北，经过山西到河北，差不多走了一千余里，还没有一个人见过火车。

坐火车和去张家口，对大家很有吸引力。第二天一早，许多年轻人不等招呼便早早地起了床。他们多想坐上从来没见过的或是多年不坐的火车，再说要去的张家口，又是个大城市，大家都很兴奋。

到了阳高，果真看见了火车和铁轨。一些从未见过火车的人，才明白它原是一个在轨道上行驶的有着长蛇般躯体的庞然大物。他们有的用手去摸铁轨，有的用脚踢，他们奇怪，那么重的火车，怎么压不断它？也有人感到可惜："这家伙这么长，要打镰刀，这要打多少把？"

大家坐的虽然是闷罐车和没有篷的货车，许多人上了车还是高兴得又跳又蹦。汽笛一响，都以为要开车了，谁知火车头"呼哧呼哧"开走了，车厢却原地未动，真弄不清这火车到底是个啥家伙？更怪的是，火车头开走，过了老大一会儿又退回来，只听"咣当"一声响，拉着车厢跑了起来。经坐过的人一指点，他们才明白，火车头先开走是为加水；"咣当"一声响，是火车头和车厢挂钩。

他们虽然坐上了火车，但这趟车坐得并不顺利。因为路基堵塞，加上没有煤，路上常常抛锚，有时一停就是半天。由于坐车比走路快得多，而且省力，大家还是很高兴；他们谈笑着，议论着。直到1945年结束的那一天，火车才气喘咻咻地把他们送到了华北的重镇——张家口车站。

4. 滞留承德

张家口地处边塞，是晋察冀军民在日寇宣布投降后接收的城市之一。经过八年的流血牺牲，人们终于迎来了抗战胜利后的第一个新年。全城鞭炮齐鸣，彩灯高照，出现了多年不见的热闹场面。

这支队伍的到来，受到了华北军区司令员聂荣臻和华北社会部部长许建国的热情欢迎。根据电台接到的指示，陈刚决定在张家口先休整一下，然后再出发。

年轻人都逛街去了，大街上可以看到穿着长袍的蒙古商队，牵着高大的骆驼迤逦而过……陈刚、肖里、陈龙和各队队长及骨干留下来，一起听传达刘少奇《关于和平建国新阶段》的报告。

队伍住在一个日本兵营里。新年的主要庆祝活动就是会餐。所谓会餐，无非是菜里增加了几片肉，还有点儿酒，吃高粱米饭。

在张家口休整，一要进行思想整顿，二要补充武器。为整顿思想，陈刚、肖里、陈龙分头讲了话，号召大家学习老红军的长征精神，克服一切困难，用两只铁脚板走到东北去，迎接新的战斗。

在这里，他们接到了李克农从延安发来的电报。电报称，原定康生去东北的计划已取消，肖里调北平军调部工作，队伍由二陈领导。

许建国为大家换了装，每人领到一件棉大衣和一套棉衣，二陈每人还发了件羊皮袄。此外，还为大家补充了骡马，更新了枪支，带足了子弹和手榴弹。据报告，国民党有几个军已经空运到山海关一带，这支队伍原定出关的路线必须改变。二陈又守候在电台旁，与延安方面研究行军路线。

根据上级的指示，在一个细雪纷飞的清晨，二陈奉命率队出发了，他们从张家口坐火车直奔东南。这次坐火车很少再有人说笑。因为车是开往北平方向，那里是国民党大军盘踞的地方，一路上随时都有和国民党军队遭遇的可能。

火车开到青龙桥，再无法前进，队伍便下了敞篷货车。

青龙桥在延庆附近，当年铁路工程师詹天佑曾在这里组织施工修建铁路，在车站上建有他的青铜塑像。这里距北平仅有一天的路程，这支队伍必须绕开它，绕得越远越好。

下了火车，一阵快步如飞的急行军，队伍翻越军都山后，当天下午便到达了一个叫四海的地方。队伍在这里打尖、宿营，第二天天刚亮，又匆匆出发。打前站的是梁韬、刘振东和张汉斌，他们两个多小时前就走了。

这天的行军路线是从四海出发，经过梁根到崎峰茶宿营，然后再向古北口方向前进。现在，这支队伍行军的速度与在陕北、晋北时大不相同了，那时，一天走七八十里，就把一些同志累得腰酸腿痛，而今，日行百里、一百二十里已成家常便饭。二百来人真正变成了一支名副其实的“三快队伍”，即：吃得快，睡得快，走得快。

四海距崎峰茶一百二十里，天刚擦黑，大队人马便从从容容地赶到了。队伍一赶到，打前站的人就报告了一个令人沮丧的消息——古北口已被国民党军队占领。

从古北口过长城、奔承德的打算落空了。二陈守候在电台旁，让刘志汉向中央发报，报告古北口被敌人占领的消息，并听取改变行军线路的指示。

电台每天都向中央报告，报告的内容很多，什么队伍的进程、敌军的调动、路上所见的重大事件，均在上报之列。古北口被敌占领，由于时间短促，中央很可能还不知道，行军电台当然要向中央报告。

回电来了，言简意赅，北进承德待命。

崎峰茶离怀柔不到一百里，在这里宿营，可难坏了打前站的干部。这里的村民都是日本人“归大屯”时从各村镇赶来这里的，缺吃少穿，跑遍全村也找不到粮食。一打听，才知道在日伪统治时期，这里只准种鸦片，不准种五谷杂粮，村民只有交上鸦片才能换回粮食，如今抗战胜利，鸦片没人收，粮食也就断了。

刘振东、张汉斌几个人忙得满头大汗，好不容易才搞到一些糠菜，分到几家锅里煮熟，勉强凑合了一顿晚饭。

看到村民如此贫困，陈龙心中一阵阵发酸。他与陈刚略作商量，决定把大家在张家口换下的衣服统统留下，分给村民，帮助他们度过严寒的冬天。一声令下，大家纷纷响应，一件件虽然破旧但洗得干干净净、折叠整齐的衣服，从各自的背包里拿出来，堆放在一张木桌上，由打前站的刘振东、张汉斌主持分配。

村民们胆怯，围站在四周，无人敢上前领取，大家只好拿了衣服往村民手中塞。

这里的村民自古受兵的气，受匪的气，受日本人的气，从来还没见过吃糠咽菜的部队，更没见过把自己的衣服送给穷苦老百姓的部队。第二天清晨，队伍离开时，许多村民倚在门口或扒在窗前目送着这支队伍脚步匆匆地走过。有人低声祷告着：“阿弥陀佛！”“老天，保佑共产党……”

从崎峰茶到琉璃庙再过汤河口，急行军八十余里便到达了长哨营。在这里，他们听见远处有隆隆的炮声，可能在几十里外古北口一带正在激战。陈刚和陈龙决定，继续前进直奔虎什哈。这一带属燕山山脉，山势陡峭，道路崎岖，加之不久前刚下过一场雪，天冷路滑。许多人摔倒了又爬起，谁也记不清一路上到底摔了多少跟头。

时近午夜，队伍摸黑进入了虎什哈，第二天清晨又奔滦平。从滦平有一条八十里长的大路直通承德。队伍从清晨出发，到下午三点多钟便进入了承德市。

承德地处热河，清朝帝王的避暑行宫就建在这里，也是各朝北疆的军事要冲。辽、金、元、清各朝帝王都曾在这里巡幸狩猎，实际上是巡边防外，保护疆土，防止北方民族侵扰的一种军事行动。这里的战略地位很重要。日本一宣布无条件投降，八路军冀热辽军区就制敌于先，攻占了这个城市。

从政治方面看，当时东北被划分成九省，其中热河省的省会就设在这里。国民党虽因运输困难，无法把它的军队运到这里，但它在这里已预先秘密设立了热河省省党部，准备与共产党展开政治争夺战。

陈刚和陈龙率部到达后，即接到了中央指示，要他们原地休整待命。他们刚把队伍安顿好，又接到了新的指示，要这批社会部干部协助热河省公安部门，做好军调部三人小组的保卫工作。

热河省公安部门负责人，是曾在陕甘宁边区保安处工作过的王凡，在延安期间因陈龙与王凡都负责侦察工作，两人非常熟悉。还有1941年就在情报部工作的夏印，是1939年与陈龙同在中社部训练班学习过的老同学。老战友在征途中见面，自然格外亲切，谈起来无拘无束。大家都知道陈龙在指挥侦察工作方面有丰富的经验，便希望陈龙能协助审讯一个刚刚抓到的叛徒。

这个叛徒叫田耕农，原是冀中军区的干部，投敌后奉命潜回承德，在避暑山庄附近被战士抓获。经陈龙、夏印与承德公安局治安科长姜达生长时间审讯，田耕农终于供述，他投敌后即加入了国民党，并被任命为热河省党部组织部长。他潜回承德的目的，是向省党部书记长汇报工作。

在承德发现国民党省党部，引起了极大震动。陈龙当即调兵遣将，决定将这个省党部一网打尽。

当天晚上，根据陈龙和王凡的部署，热河省公安局和社会部干部一齐出动，国民党热河省党部除书记长外全部落网。书记长是国民党省党部的首要人物，本来应当抓到的，当姜达生率领干部到他家去抓时，只堵住了前门，忽略了后门，结果这个家伙从后门溜走了。

陈龙一听首要人犯跑了，心头不禁火起。但看到姜达生等人追悔莫及的样子，也只好把火压了下去。

然而令他恼火的事还不止这一件。叛徒田耕农被关押在拘留所竟然串通看守，越狱潜逃。陈龙立即下令追捕。刘振东、卫之民等人星夜堵截，终于在临近国民党防区的滦河把他抓了回来。

当天夜里，夏印带人去追捕那个国民党省党部书记长，历尽辛苦，在他逃出承德的第二天，终于抓住了他。

鉴于热河的战略位置，国民党一直对承德虎视眈眈，承德大战一触即发。为了缓和局势，由国共两党和美国政府三方代表组成的军调部三人小组到达承德。

共方代表是1937年曾任三五九旅第一任旅长的陈伯钧。

对三人小组的保卫工作，主要有两大项：一是保卫三方代表的人身安全。因为在南方曾发生过国民党特务袭击自己的代表，然后嫁祸共产党的事件。所以现在不得不警惕。二是情报工作。这是一项复杂而又棘手的工作。参加三人小组的国民党代表，据说是一个情报老手，要想从他手中弄到情报，而又不被发现，是需要高超的侦察工作艺术的。

在这方面，陈龙不仅有经验，而且有胆识。在延安的时候，对美军驻延安观察小组的保卫、国民党政府的军事顾问的保卫，以及对美国将军史迪威访问延安、国民党统治区各大报刊记者团访问延安的保卫等，都是由他来布置的。特别是随毛主席到重庆谈判期间，在中共南方局社会部协助下，他对国民党的军事系统、政治系统、警卫系统的情报工作有了更全面、细致的了解。说到胆识，在重庆吓走两名国民党特务一事，足可说明。重庆谈判期间，有一天他陪毛泽东从红岩村的石阶走下来，发现有两个人在后面尾随，陈龙一眼就看穿了这是两个特务。他突然转回身向那两个人迎面走去，那两个人进也不是，退也不是，一时竟僵在那里。陈龙走到那两个人面前，威风凛凛地一站，眼睛一瞪，大吼一声："滚！"两个特务吓得掉头就跑……

三人小组到承德后，住在交际处旅馆。交际处秘书是马敬铮，收发员是卫之民，会讲英语的尚能和苏敏当服务员。旅馆门口有几个摊床，摆摊叫卖的是刘振东等人。

经过几天的仔细观察和接触，尚能和苏敏跟美方代表的翻译交上了朋友。情报源源而来，甚至连国民党代表和北平、天津、山海关联络有关军队调动、火力配备等情况的电报底稿也能及时得到。这些情况，为我军制定战略战术提供了很好的依据。

1946年春节到了。这个春节，陈刚、陈龙和他们率领的队伍，同当地军民一样是在紧张、繁忙和不安中度过的。这时，国民党的大军已经占领了河北和辽东大部，正从几个方向向承德逼近。在承德几乎天天可以听到炮声。更令人紧张和恐慌的是飞机空袭，国民党仗着空中优势，往往一来就是十几架飞机。它们贴着山梁飞过来，不是扫射，就是扔炸弹。陈龙率部进入承德的当天，就遇到过飞机狂扫滥射。

我军曾两次准备撤出承德。承德守不住，东北能不能占住？中央军正开向关外，将来的天下到底是谁的？这些疑问就像流行的瘟疫，在当地少数意志薄弱者中间蔓延着。

一天，国民党热河省党部组织部长田耕农在拘留所第一次串通看守逃跑被抓回后，第二次越狱逃跑。他在一所空房子里躲了四天四夜，没有吃的，饿急了，冲出来想抢战士的枪，又被捉了回去。谁曾料到，他还能第三次逃跑？因为戴着脚镣，竟是拘留所所长背着他跳墙而出的。虽然第三次又被发现，及时追捕抓回，但这几捉几逃，足可以说明当时一些人思想动荡，甚至严重到为敌所用。从延安来的队伍中，个别人的思想也产生了动荡和变化。

延安“抢救运动”搞得过火，犯了扩大化错误，这一点应该承认，但这并不等于延安就没有敌人。陈龙曾经冷静而又客观地分析过，像他这次带来的夏碧元，就是他一直注意的重点。当然也还有另外几个人，其中之一就是王慕清。在延安审干中，据王慕清自己交代，他是国民党中统特务，曾在大连为国民党工作，来延安是感到国民党太腐败。对王慕清，陈龙一直很警觉。到承德后，因停留时间太久，且住地分散，失于控制，以致王慕清和夏碧元凑到了一起。经过密谋，一天晚间，两人借站岗执勤的机会，又勾通了黄佐汉一起逃跑，投奔了国民党。

事后查明，王慕清不仅是个国民党特务，而且是日本特务，这个双料货直到这时才现出原形。

正月十五，还发生了一件事情，这天，延安来的干部和承德党、政、军干部及三人小组中的美国、国民党代表，一起在剧院里正在看京剧。从延安出发，因为有叛变问题而情绪低沉的徐某，突然离开座位，跑到美国代表面前，“扑通”一声跪倒在地，用英语连声喊道：“救救我吧，救救我吧。”妄图获得美国代表的救援。

一直对徐某进行帮助和监视的两名干部见状急忙跑过去，还未等美国人反应过来，就把他拖回。剧院出现一阵骚动，他俩又急中生智，忙向大家解释：“他是疯子，犯病了。”便把他架出了会场。

上述事件的出现，陈龙觉得必须很好地抓一下队伍的思想工作。他正要抽时间去做的时候，不料，一天夜里突然煤气中毒，海宇、马夫、警卫员也都中了毒。陈龙昏厥后跌倒在地，幸亏马夫中毒较轻，及时打开了窗子，透进新鲜空气，大家这才苏醒过来。陈龙中毒最严重，也可能就是这次煤气中毒，损害了他的心脏。

身体痊愈后，陈龙立即召开队长、组长会议，研究如何巩固队伍的思想和应变方案。接着又召开大会，由陈刚作思想动员报告，号召大家坚定革命信心，一定走到东北去，为彻底打败国民党反动派而努力奋斗。

会后，接到了中央的指示，要他们马上离开承德。

这时从辽东进入东北已无可能。陈刚、陈龙经过研究，决定北上，宁可多绕千八百里路，也要把这批干部带到东北去。

在承德住了两个半月。当队伍告别了送行的同志，踏上奔往赤峰的山路时，陈龙、陈刚就几个问题互相交换了意见。

特别是对夏碧元、王慕清、黄佐汉的叛逃，两个人取得了完全一致的看法。从某种意义上说，夏碧元等人的叛逃倒是一件好事，像这样的害群之马，早暴露一天，就少给革命造成一份损失。

5. 顽强挺进

中央电令二陈即刻率队启程，是为了避开国民党军队大举进攻的锋芒。当他们踏上通往赤峰道路的时候，国民党军队的先头部队已经攻进了承德县附近的下板城。

这一带战斗频繁，冲突不断。为了随时投入战斗，离开承德时，每人发了一支步枪和几枚手榴弹。黄克诚的部队还派了一支骑兵随队同行。

赤峰也驻有军调部三人小组。这里的美国代表、国民党代表对国民党军队的大举进攻视而不见，对共产党却百般挑剔。一发现我方部队调动，他们便在会上向我方发难。因此，二陈决定，队伍白天休息，夜间行进，沿城郊通过赤峰。

赤峰是内蒙古东部的一座重镇，它之所以叫赤峰，是因城东有一座暗红色的孤峰。这支队伍下午从牛家营出发，到达赤峰城郊时已是深夜。远远的笼罩在夜幕中的赤峰，一片黑暗，队伍中不时传来“小心！跟上！”的低声命令。整个队伍，除了细碎的马蹄声、沙沙的脚步声，再听不到其他声息。东方尚未放亮，队伍便越过赤峰，来到了哈拉道口。这一夜他们竟奔波了一百二十里。

到哈拉道口，停止前进的命令一下，许多人不顾天寒地冻，便纷纷在路边躺下来。不过几分钟，就有人发出了鼾声。这也难怪，一夜急行军，他们跑得实在太累了。

按预定的行军路线，本应奔通辽，由于国民党军队和地主武装的骚扰，大保力稿和太平庄一带交通已经断绝，队伍只好转道奈曼王爷庙奔开鲁。

从奈曼王爷庙到开鲁，这一带地处沙漠边缘，到处是沙丘、沙岭、沙山，加之天又下了大雪，走上去，便两脚深陷，难以拔腿，行军速度受到了很大影响。为了不使体弱的同志掉队和尽快赶到开鲁，他们便雇了十几辆胶轮大车，拉行李、枪支。同志们神情肃然，一路无话。在无边无际的沙漠里，由骑兵、车队、骡马队组成的铁流，迎着塞北的风沙，冒着风雪严寒，顽强地向前奔腾。

由于这一带地处沙漠边缘，土地贫瘠，许多地方泛着白花花的盐碱，寸草不生，老百姓的生活十分困苦。再加上他们到达之前，有许多部队曾经经过这一带，这里仅有的粮食已大都吃光，留给他们的只有糠菜，以致打前站的同志每到一地都感到一筹莫展。

如果不是亲眼所见，谁也不会相信这里穷到这种地步。不少人家，只有一条裤子，大姑娘、小媳妇只好围着破被、棉絮坐在炕上，让出门干活的人穿。哪里还能搞到粮食？大家只好煮枯干的杏树叶子，吃起来又酸又涩，实在难以下咽。

看到如此惨状，谁不痛心？日寇统治多年，并村并屯把这一带糟蹋成这个样子……陈刚、陈龙心里非常难过，他们再一次号召大家，把多余的衣服拿出来，分给穷苦百姓。

在张家口大家都领到了棉衣，到承德又补充了一些，因为不知路途究竟要走多远，更不知何日才能到达，许多人都攒了几件衣服，打在行李里，走了几百里路一直背在身上。听到陈龙一讲，当即慷慨地献了出来。

当衣衫破旧、满面风尘的老八路把衣服送上门来，许多百姓感动得泣不成声，有的长揖下跪，有的举家烧香，感谢这些“菩萨兵”。

由于吃了十多天糠菜和树叶了，许多人患了病，有的发烧，有的拉肚子，行军速度受到了影响。二陈只好把休整的地方设在开鲁。

开鲁，位于西辽河北岸，是一个以产粮为主的县。据情报，虽然国民党军队未达此地，但它在这里却设了县党部、维持会，并力图控制这里的蒙古王爷。

队伍临近开鲁，远远地便看见一群身穿黄色和紫色袈裟的喇嘛，吹打着各种法器，列队站在城边，在他们身后，隐隐地还可以看见埋伏的骑兵队伍。

陈龙示意队伍停止前进，并让大家做好战斗准备，以战斗队形散开。陈龙与陈刚低声交谈了几句，便带着马敬铮、许凤图向前走去。

喇嘛们见陈龙等三人离队前来，知道是一位首领，急忙向王爷通禀，一位穿长袍的通译来到前面。

陈龙停住脚步，双手抱拳向对方说明：“我们要去通辽，从这里路过，希望准予通行。”

通译看陈龙举止庄重，彬彬有礼，不敢怠慢，急忙跑回去向王爷禀报。一会儿又跑回来，引着陈龙去见王爷。

王爷就在蒙古骑兵埋伏的阵地前，他首先问了陈龙他们来开鲁的目的，陈龙据实相告。

开鲁虽然地处边塞，但这位王爷并不愚昧。为了保住自己的地位，他既不愿向国民党低头就范，也不愿倒向八路军。听陈龙说明了来意，他突然把眼珠一瞪，用汉语厉声问道：“我要是不准呢？”

陈龙平静如常，从容地答道："东北是我们的目的地，经开鲁只是路过，我们不会干扰地方，王爷何必动怒，造成双方刀枪相见呢？"

王爷再问："你们说话不算呢？"

陈龙顿时明白了，王爷是怕队伍进城后赖着不走，成为他的心腹大患，便又解释："我们是共产党的队伍，一向说话算数。"

王爷连连摇头："话再说得好听，也变不成金子。你用什么行动来表示你的诚意？"

陈龙一时想不出具体办法，反问道："王爷，你看我们该怎么表示？"

王爷把眼珠一转："你们把武器、弹药通通交给我，我会容你住上三五日，待你们走时，我再分毫不差地交还给你们。"

办法倒很简单，但也颇令人为难，谁能保证这位王爷的话就是"金子"呢？这需要陈龙很快作出准确的判断。因为一旦失误，枪支易手，这支队伍就将被人任意宰割。到那时，谁做的决定，谁就会成为历史的罪人。

陈龙的脑子迅速转了一下，估计这位王爷绝不敢开罪于八路军，他之所以这样做，完全是为了自身的安全，于是当即答应："可以照办！"

王爷听了十分高兴，他立即热情地拉着陈龙的手，两人一齐穿过喇嘛的队列。

陈龙返回队伍，向陈刚讲了谈判的情况。陈刚感到很为难，他担心这个蒙古人翻脸不认账。斟酌再三，表示宁肯转道，绕过开鲁，也不能交枪。

陈龙再三陈述自己的看法，队伍疲惫不堪，且有多人发病，如不休整，绕道前进，势必将许多人扔在沙漠里。

看到陈龙坚持己见，陈刚又想了想陈龙说得不无道理，也就点头同意了。陈龙把队伍聚拢一起，向大家讲了进城的要求。要大家把枪栓卸下交出去，把手榴弹藏在背包里，以防万一。

大家把卸掉枪栓的大枪交给了蒙古骑兵，陈龙和陈刚率队进了开鲁城。

进城之后，陈刚立即提出，要大家注意尊重蒙古族的风俗习惯。

因为贾正业曾在蒙古族地区工作过，陈龙特地要他向全队讲解了应当注意的问题。诸如：不能在灶坑烤脚，因为灶坑是蒙古族认为很神圣的地方，你去烤臭脚便是对主人的侮辱；不能坐西墙下的椅子，西墙下的椅子或座位是主人留给祖先的，等等。

队伍进城后，果真做到了秋毫无犯，而且充分尊重蒙古族的风俗习惯，获得了蒙古人的信任。陈刚、陈龙的队部被安排在一个地主庄园里，大家的伙食也得到了改善。朴实热情的蒙古族同胞用烙饼、炖羊肉、小米粥来招待大家。听说队伍要出发，还特意用羊油炒了小米饭，让大家带着路上吃。

有的同志吃不惯羊肉，闻见羊肉的膻味就想吐，人们就劝他吐了再吃，直到习惯为止。因为前面还有很长一段路是在蒙古族地区，不能吃羊肉，就很难行军。

把队伍安顿好，陈刚和陈龙便连续找各队队长、组长谈话，了解每队每组人员的思想情绪。自从夏碧元、王慕清等人叛逃事件发生后，陈龙对大家，特别是一些曾被“抢救”过的人的思想表现更加注意。他特地向马敬铮询问了那位东北小老乡——张汉斌的情况。

张汉斌是崔迪带到延安的。崔迪在东北从事地下工作时，曾被捕过。

马敬铮对张汉斌的印象一直很好。尽管这个小伙子身弱力单，行军走路却有一股子使不完的劲。大队人马从青龙桥下了火车上路后，马敬铮曾几次派他去打前站，他背着大枪，挂着手榴弹，和几个同志天不亮就动身，每天走上百里路不说，到了宿营地还为大队号房子，征集粮食，分配住处，有时还埋锅造饭。在燕山那一带打前站很危险，随时都有与敌人遭遇的可能，但张汉斌每次都能圆满地完成任务……

休整了几天，队伍又要出发了。蒙古王爷如数把枪还给了他们，还送了几匹马作为送行礼物。临行，许多蒙古族同胞还送出老远。

这是陈龙初次与蒙古族上层人士打交道。通过这次交道，给了陈龙以很大的启发，在民族地区只要认真执行党的民族政策，就一定能够收到良好效果。

从开鲁到通辽，大体上要沿着西辽河前进。这一带土地一片荒芜，好像自古以来就无人耕种。但是这里的地老鼠却多得出奇，遍地都是老鼠洞，当我们的队伍经过时，每个洞口都有老鼠探着小脑袋张望，有人打趣地说，“它们在夹道欢迎我们。”

行军路上，有不少笑料。陈龙不时地也与大家说说笑笑或争论问题，大家愿意和他交谈闲唠，他有一股激人向上的蓬勃朝气，感染着大家，一路上笑声不断，歌声此起彼落。但当遇到敌情，他就完全变成了另一个人。

队伍要经过一条叫十八里长沟的峡谷，据报告，通辽方面有人准备袭击这支队伍。陈龙作为一个军事指挥员，觉得敌人如要来，最好的埋伏地点就是这条长沟。

为了使队伍能够以最快的速度通过长沟，并能在遇到埋伏时进行反击，陈龙命令随行的骑兵在两侧前进，让雇来的十几辆大车走在中间，人和行李一律上车。并命令，进沟以后，要打马快行，并做临战准备。

一切都布置妥当后，陈刚一声令下，骑兵、胶轮大车一齐拥进沟口。骑兵端枪监视两侧山顶的动静，胶轮大车甩起长鞭子一阵猛冲，一口气跑了二十多里，还不见十八里长沟的出口，大家都有些焦急。马跑得气喘吁吁，车老板要求休息，陈龙斩钉截铁地把手一挥：“不准停！快跑！”

有一位同志拉肚子，憋得嗷嗷叫，想叫车停下，陈龙吼道：“不准停！要拉就在车上拉!”

足足跑了四十里，这才远远地看见沟口。大家刚要松一口气，骑兵忽然发现两侧谷顶有埋伏，机关枪口对着沟底。骑兵打马猛冲，并鸣枪警告。

在山谷两侧埋伏的是被国民党收编的蒙古族骑兵。他们原以为这支队伍，都是老弱不堪的八路军干部，不堪一击，及至看到这支队伍不仅配有骑兵，而且个个年轻力壮，尤其从在沟中奔跑的气势看，要想伏击，自己得付出惨重的代价。

没有人愿做赔本的生意，领队的蒙古头人一看这阵势，断定这是一支训练有素的队伍，便马上下令撤退。蒙古骑兵听到命令，立即收起武器，跳上马一溜烟儿跑走了。

走出十八里长沟，看到敌人狼狈跑走了，陈刚、陈龙这才松了一口气。

从地图上看，开鲁距通辽有二百余里，这支队伍走两天也就到了。从已知的情况看，国民党的正规部队虽然还未到达，但它的势力已经沿着铁路线伸到了这里。

1946年二三月间东北的形势可以说瞬息万变。苏联军队准备撤出长春、哈尔滨，国民党则拼命夺取战略要地。我进军东北的十万大军和两万余名干部已经先后到达，正与国民党一城一地的争夺。

陈龙通过电台得知，中央已将四分之一的中央委员派到了东北。陈云、彭真、林彪和林枫等领导人，已经在东北开展工作。他们急需一批侦察保卫干部肃奸反特，巩固东北根据地，而他和陈刚率领的这支队伍，现在还在内蒙古荒原中跋涉。一想到这些，陈龙就心焦火燎。

离通辽还有七八里远，忽见一彪人马，在前面大路上一字排开，拦住了去路。

队伍停下来，陈龙赶到队前观察。

是土匪？不像！国民党的正规军？也不像！陈龙估计可能是地方的武装。有开鲁的经验，陈龙顿时有了主意，便带着几个人离开队伍向那彪人马径直走去。

看着陈龙几个人走到跟前，那彪人马中有几个人把大刀一横，枪一举，那架势像是要厮杀。

陈龙扫了那些人一眼，轻蔑地笑了笑。这种阵势他见得多了，在他看来，这不过是他们色厉内荏、心虚胆怯的表现，说明他们对这支远道而来的队伍还不摸底。

陈龙站定，神情泰然地对他们说道：“我们远道而来，是要借路通过，何必这样认真!”

其中一个端枪的蛮横地大吼：“你们是八路军，不准从这里过!”

陈龙冷冷一笑：“你既然知道我们是八路军，那一切都好说，依我看，最好是让我们通过。如果你们一定拦住不让过，那势必要打上一仗。”他回身把手一挥，“真要讲打，我看你们未必是对手！”

那个家伙很凶狠，鼻孔里哼了一声：“别唬人！看样子你们是一定要过了？”

陈龙点点头：“别无他路，当然要过！——可话又说回来，我们过境不扰百姓，不惊动官府，有什么不可？”

“好！你们等着。”那家伙转身跑到一匹马跟前，看来是个小头目，跳上马，狠抽了一鞭子朝通辽城奔去。

过了足有一顿饭的时间，从通辽方向开来一支装束奇特的队伍。这支队伍有的提着扎枪，有的抱着大刀，个个露着半个膀子。他们簇拥着一个五十多岁身穿长袍头戴礼帽的胖子，朝陈龙他们走来。

走到近前，胖子说话了，他软中有硬，看得出是一个饱经世故的人物。

“贵军一定要从这里经过？”胖子问。

陈龙点了点头：“我们是借路，不过没有借路钱。”

“那得在我们的看管下通过。”胖子把头一扬，样子颇为蛮横。

“好！一言为定。”陈龙说完转身走回自己的队列。

陈龙和陈刚研究了一下，立即召开了一个行军党支部、队长、组长会。会上，陈龙就刚刚看到的情况和对方的心理作了分析，国民党可能抢先一步对城中的武装力量进行了拉拢，从十八里长沟蒙古族骑兵的撤离，到通辽城外这伙人的阻截，都说明国民党已与地方武装有勾结，但这种勾结并不紧密，他们既不想为国民党卖命，也不想过于得罪我们，只要我们应付得法，完全可以为我所用。

陈龙的这种判断，既来源于他多年对敌斗争的实践，也来源于他对眼前敌情的深刻研究，甚至可以追溯到当年他在东北抗联那次兵不血刃攻占东京城的战役。

会议迅速作出决定，陈龙负责应酬对方，陈刚率领队伍前进。接着，陈龙又向全体干部、战士做了战斗动员。大队人马便向通辽城下开去。

通辽城外站满了怀抱大刀、手持扎枪的兵勇，一个自称是维持会长的中年人站在那里。

陈龙走到维持会长近前，首先就过境打扰一事表示了歉意，然后请他带路进城。

维持会长把手一挥，兵勇们马上闪开一条大路，陈龙和维持会长并肩走向城内。

进了城才知道，对方竟给摆了一个在武侠小说中才能看到的阵势：大刀队，个个怀抱大刀，一律白坎肩，坎肩前面写着“一心天道”四个大红字，每个字都用大黑圈圈着；手枪队，个个提着长苗、短苗、驳壳枪，一律长袍、礼帽。两队人站在大街两侧，虎视眈眈地盯着这支过路队伍从他们眼前走过，颇有点儿枪上膛刀出鞘杀气腾腾的味道。

陈龙根本不理会这一套，他与维持会长边走边交谈，神色自若地问通辽有多少人口，老百姓吃穿如何。那样子好像不是穿越枪林刀阵，而是与一个老朋友在河边、树下漫步交谈。

有些年轻人从未见过这种阵势，不免有点儿心惊肉跳，但看到陈龙那样泰然自若，也提起了精神，挺胸收腹，从容地在枪林刀阵里走着。

通辽只有一条主要街道。街两侧商店甚多，许多人扒门挖窗，窥视八路军通过刀枪阵。

陈龙走在前面，心里也是很紧张，但他不露声色。他很清楚，走进这刀枪阵就等于钻进了死地，万一对方变脸动手，在重兵包围下，要想反击出去是很困难的。但他已经做了准备，对方一旦动武，他就先把陪在身边的这个维持会长擒住当人质，就像在重庆李少石被枪杀的那天晚上，他用枪瞄着陪都宪兵司令张镇那样。

陈龙和维持会长肩并肩走在前边，两人边走边唠，唠了几句，陈龙便把话引入正题。陈龙告诉那家伙，他们是一支身负重任的队伍，路经通辽不能出任何差错，一旦遭逢不测，在东北的八路军定会把整个通辽踏成齑粉。他的话显然起了震慑作用，那家伙连连点头，态度客气多了。

这条街好像没有尽头，甚至超过了十八里长沟，但他们还是走过来了。

出了通辽县城，他们和刀枪夹道“送行”的人分手后，队伍便越过西辽河，奔花胡硕、包拉温都方向走去。

走出了刀枪阵，大家都长出了一口气，又兴高采烈地畅谈起刚才的胆怯和慌乱。胆怯和慌乱都是难免的，因为他们过去谁也没见过，最重要的是他们还是走过来了！

队伍在行军途中，电台收到了西满分局负责人李富春的电报。电报称根据中共中央东北局的指示，国共两党可能在四平搞“军调”工作，要二陈选派两名锄奸保卫干部到四平找林彪报到。陈刚、陈龙经过研究，决定派曾在承德以交际处秘书身份对军调小组搞过保卫工作的马敬铮和林哲生夫妇去四平。

行前，陈龙再三嘱咐这对年轻夫妇，要坚定信心，努力工作，不论走到哪里，都不要忘记自己是从枣园毛泽东身边出来的干部……

6. 铁流滚滚

通辽距双辽二百余里，从通辽急行军两天两夜就可赶到双辽，从双辽再坐几个小时的火车就到白城子了。可是，中央指示他们要走山路北上奔向白城子，而且明确告诉，他们不准去双辽坐火车。

为了保护这批干部，中央考虑宁可让他们绕弯路，晚到几天，也不能让他们遭受损失。

队伍出了通辽，又走进了偏僻的荒原。这里几乎没有路，只有这类地方国民党军队才不会来骚扰，就连地方上的反动武装也不来捣乱。这里唯一的障碍，就是齐人高的茅草无边无际。

只听说有原始森林，还没听说有原始草原。但可以断定，这些草一定是原始的，从它们打地里长出来，年复一年，就无人动过。无边的草海，被风一吹掀起层层浪花，不知是谁低声唱起了“敕勒川，阴山下，天似穹庐，笼盖四野。天苍苍，野茫茫，风吹草低见牛羊……”这苍凉古老的歌声在草原上回荡着，把人们的思绪带向古老的远方。

从承德出发后，形影不离的骑兵，一进入草原，就与队伍失去了联络。他们不了解人在草丛中行走的困难，依然朝前疾奔。马能踏草而过，人却为草所缠，马走出了老远，人还在原地打转。

骑兵一走失，危险很大，因为他们没有指南针，天空又阴霾密布，看不见太阳，无法辨别方向。骑着马可以日行千里，谁知他们这会儿跑到了什么地方？与骑兵失去了联系，陈龙着实着了急，他操起一支大枪，不顾周围有人反对，连连向天上鸣了几枪。听见远处有枪声传来，估计可能是骑兵也在用枪联络，陈龙又放了几枪。走失的骑兵找准了方向，便向陈龙这边靠拢，终于在一个土岗上合兵一处……

整整走了两天，终于走出了草原，眼前却又出现了一片沙漠。风起处，黄沙铺天盖地，刮得人睁不开眼，站不住脚，有时不得不几个人互相拉扯着，以防被风刮走。人们走着走着，看到眼前有座小山，一场风后，小山不见了，变成了一片溜溜平川；沿着平川往前走，一阵风过后，四周又围上了一片半人高的沙丘。每个人都成了“沙人”、“泥人”，嘴巴里、眼角里、耳朵眼儿里、怀里、裆里到处都是沙子，就连装在布口袋里的羊油炒小米也都沾满了细细的沙粒。

走了两天草地、三四天沙漠，把大家折磨得筋疲力尽。大家使足了力气，好不容易走到一个寨子。

寨子里住着几十户人家，一个地主住在一个宽敞的大院套里，四角建有炮楼，有炮目护院。这一带是国共几次拉锯的地方，村长大都给两党服务，这次他却作了难。因为打前站的是南方人，要他准备粮食时，他把小米听成了“虾米”，这荒原大漠到哪里去弄“虾米”？就是个把人家有个半斤八两的，也是当佐料用，谁供得起这么大的部队？所以，直到大队人马到达，晚饭也没有安排好。

陈龙问明原委，不由哈哈大笑。他拍着村长的肩膀说：“他是江西人，他说的不是虾米，是常吃的小米。”

村长见陈龙是个大官，说话又这么豪爽、和气，马上跑到那个地主家，告诉他来了一支老八路，因没弄清是吃小米，还是吃“虾米”，没有挨家派饭，现在再派已经来不及了，请他务必帮忙。

主人一听说来的是老八路，当官的又很豪爽，马上答应下来，让队伍全进了大院，饭菜由他家安排。送走了村长，他立即召集管事和家丁，把面粉、豆油分到全寨，要各家烙酥油饼，他家则用两口大锅炖了两锅牛肉。

过了有一个时辰，人们抬着箩筐把酥油饼送来了，两大锅牛肉也炖烂了。随着一阵诱人的香气，牛肉和油饼，摆到了每个人的面前。

确实是太饿了，大家都觉得这是离开延安以来吃的最好的一顿饭，也有人说是出娘胎以来吃得最香、最好吃的一顿饭。直到八十年代，有的同志谈起这顿饭，仍津津乐道。

白城子原称洮安县，是吉林西部的一个重镇。几条铁路在这里交会，形成了一个大十字，白城子就在这个大十字的交叉处。可惜由于战乱，火车站没有几列火车进出，已呈半荒废状态。

到达白城子以后，中央来电又要他们从白城子坐火车去昂昂溪，说西满军区和嫩江省军区已相继在昂昂溪一带成立。

火车停在道线上，就是没有司机。陈龙派人去找，最后连说带拉，总算是找来两个。又发现没有煤，刚好车厢里有几十麻袋黄豆，干脆就用黄豆点火，发动机车。黄豆点着后，火势旺，烟又少，一声长笛，火车便开动了。

过了泰来站，火车又没了水，大家只好下车用脸盆去端。加足了水，又朝前开，经过小半天努力，总算是开到了昂昂溪的江桥边。

桥口有苏军守卫。第一次看见帮助解放东北的苏联“老大哥”，大家都很高兴，陈龙立即派两名干部前去联络。

到了岗哨跟前，两名干部向苏军哨兵又是敬烟又是点火，说明这支队伍是从延安来的共产党、八路军，要过桥，然后又伸出两个大拇指比划着：“毛泽东，斯大林！”

谁知几位挎枪的“老大哥”根本不理这一套。其中一个把转盘枪一端，用生硬的中国话命令他们举手；另一个上来把两个人头上脚下翻了个遍，什么香烟、火柴、手表、手册、钢笔、纸币……统统搜了去。然后用枪一逼，一个喊：“走!”另一个喊：“滚!”

两个干部被“老大哥”洗劫一空，狼狈地跑了回来，向二陈作了汇报。

大家都很气愤。有的人要去讲讲理，质问“老大哥”凭什么欺负“小老弟”?

刘志汉制止了大家。刘志汉曾在苏联工作过一段时间，俄语说得不错，对苏军士兵和长官的情况也比较熟悉，他自告奋勇要求前去与苏军联络。陈刚、陈龙嘱咐了他几句，他便向桥头走去。

苏军哨兵看见又来了人，还想像刚才那样端枪搜查，不料刘志汉却嘀里嘟噜说起了流利的俄语：要面见守桥司令。

按苏军的惯例，只要负责一个地区的军官，不论大小都可称为司令，江桥也不例外。

哨兵迟迟不动，刘志汉火了，告诉他火车上来的是共产党的重要人物，一定要见守桥司令。

两个哨兵嘀咕了一阵，其中一个跑到桥头堡去报告。

刘志汉告诉在桥头守候的哨兵，应该把搜去的那两人的东西如数返还。那哨兵大概怕把事情弄到长官那里不好交代，便把手册、火柴和其他零用物品掏了出来，交给刘志汉。纸币、钢笔就是不还，刘志汉也只好作罢。

去报告的哨兵走出桥头堡，喊刘志汉过去。刘志汉走过去，进到桥头堡里与守桥司令谈了半天才弄清，原来苏军接到命令，不准国共双方用火车运兵，他要让陈刚、陈龙这些人坐火车通过江桥，就是违反命令，要受处罚。刘志汉和守桥司令谈来谈去，最后确定了一个折中方案，这就是让车上的人全部下来，步行过桥，待空车开过桥之后，再行上车，这就不算在他眼皮底下用火车运兵了。

这种掩耳盗铃的雕虫小技，也不失为一个解决问题的办法。

刘志汉返回来，报告了与苏军守桥司令洽谈的结果。二陈经过研究，让身体好的统统下车步行过桥，留在车上的都趴在车厢地板上隐蔽起来。火车呼哧呼哧过了江桥。陈刚、陈龙率领下了车的干部和战士列队走向江桥，走到桥边，才知道铁路桥不同于公路桥，桥上只有用钢梁和木板搭成的一条很窄的通道让人通行，而且木板多已破损，走不好就有跌下江去的危险。大家只得扶着铁栏，踩着木板一步一步向前挪，有的地方没有铁栏可扶，只好俯下身爬过去，足足折腾了两个多钟头，二百来人才过了江桥。

昂昂溪驻有苏军，也有中共领导的东北人民自卫军。上个月，一个国民党接收大员到齐齐哈尔，收编了胡匪和流散日军，组织了七个旅的“光复军”，配有坦克、机枪等重武器，攻占了齐齐哈尔和附近的城镇，西满军区只好撤离到昂昂溪。

西满军区和嫩江军区的领导大都是先期到达东北的关内各根据地军事负责人，其中有些人与陈刚、陈龙都比较熟。东北有不少军事干部，却极缺乏侦察干部，特别是经过长期考验的侦察干部。来东北后，有些军事干部去当了市、县公安局长，由于不通民情，不懂侦察业务，工作很难开展，不得已用了一些日伪时期的旧警察。而这些旧警察，有些人又与国民党、胡匪藕断丝连，以致内外勾结、出卖机密等事件屡有发生；有的甚至成了国民党和胡匪的内线，给民主政府造成了很大损失。

见二陈从延安带来将近二百名锄奸保卫干部，哪个首长不动心？不想留下几名？二陈不答应，坚持向中共东北局报到后统一分配。但西满军区也有办法，他们连夜用电台向东北局请示，东北局同意给他们十三名。二陈没办法，只好同意。

根据形势的发展，估计西满有可能是东北人民自卫军在东北最后的一片根据地。这里背靠苏联和蒙古，如果和国民党打下去，这里的斗争形势一定很严峻、很艰巨。为此，陈刚和陈龙决定，不给则罢，要给就给好的。

于是把刘志汉、卫之民、罗之光、刘振东、孔非、贾正业、浦克、王安等十三名中央社会部侦察骨干留给了西满军区。

在长期的战斗中，陈龙和他们结下了很深的友谊，特别是进军东北以来，晋绥、张家口、承德都想要一些侦察干部，二陈咬紧牙关，一个也不给。而今到了东北，就要和这些同志分手了，心里真有点儿难割难舍。

“为了革命需要，为了东北和全国解放，我们同意你们留下，希望你们不要辜负社会部、西满军区的信任和重托，要干出点儿名堂来。”分手在即，二陈又把他们十三个人找到一起，语重心长地叮嘱了一番。

十三个人到西满军区报到后，贾正业、孔非被分到内蒙古开展工作。新中国成立后，贾正业、孔非担任了自治区公安厅的领导，刘志汉担任了中央调查部副部长，卫之民担任黑龙江省公安厅长，其他人也都成了公安机关的骨干。

几十年的历史证明，他们不愧是社会部的中坚。

二陈率队离开昂昂溪后，绕过齐齐哈尔，于 1946 年 3 月 7 日辗转到达了北安。1945 年 11 月 4 日，这支队伍从延安出发，跋山涉水，历尽艰难，行程八千余里，历时四个月，终于到达目的地。

从冀热辽军区先期到达东北的王化成，在北安对这支远道而来的队伍，给予了热情的招待和欢迎。

队伍在北安再一次休整，换洗衣服，拆洗被褥。在休整期间，陈刚和陈龙则忙于会见各方面的干部，了解东北的战局和政局，以及中央对各方面工作的指示精神。这时，以北安为省会的黑龙江省正在召开县委书记联席会议，二陈也列席了会议，听取了工委书记王鹤寿的报告和东北局关于“战”与“和”两手准备的指示。

在这里，他们还听到了一个不幸的消息，3 月 9 日，原东北抗联第三路军总指挥、时任哈尔滨中苏友好协会会长的李兆麟将军遇刺身亡。一位民族英雄，没有被敌寇打死，反而被高唱和平的国民党特务夺去生命，怎不让人激愤难平？这一事件告诉二陈，在东北与国民党间谍特务土匪内奸的斗争，将是极其艰巨的。

就在李将军被刺后，陈龙从原抗联将领向全国通电的名单上，第一次看到了周保中的名字。他高兴地把这个消息告诉了海宇。他多么希望能与这位引路人见上一面啊！

由于国民党大军源源不断地到达东北，苏联军队准备撤离回国。东北局正确估计形势，决定相机进驻四平、长春、哈尔滨、佳木斯和牡丹江。陈龙接到指示，立即带队奔赴哈尔滨。

第五章　保卫哈尔滨（1946—1948）

1. “四·二八”进驻

从延安来的一行人，已经坐了两次火车，这两次火车，有闷罐车，有敞车；可就是没有坐过既舒服又宽敞的票车。

一走进北安火车站，看见一列升火待发的旅客列车，大家不约而同地呼呼啦啦拥上了车，以为这一次可以舒服一下，不会像前两次坐罐、敞车那么难受。谁知一进车厢，竟大失所望，车厢全都遭到了严重的破坏。坐席上的木板被起走了，地板也被掏空了，那些“发光复财”的人们掠走了可以拿走的一切。名为票车，其实比闷罐车好不了多少。

他们就是坐着这样的车，停停走走，走走停停，耗了一天一夜的时间，才开到松花江北岸的一个小站。

暮霭中的松花江，被夕阳染上的一层金黄，静静地向东流淌。遥望对岸，可以看见一个笼罩在炊烟中的城市，那就是号称为“东方小巴黎”的哈尔滨。

陈龙早年曾到过这个带点儿洋味名字的地方。那是他十岁那年，随全家由抚顺迁往宁安的时候。他还依稀记得那时满城都是黄头发、蓝眼睛的“洋人”，街上到处是红的、绿的彩灯，马路是用方块石头铺成的……经过二十几年的风风雨雨，它变没变？变成了啥样？

一行人下了车，被安排在哈尔滨东郊三棵树附近的一座旧日本兵营中暂住，做入城准备。

市委社会部部长毛诚代表哈尔滨市委，向这些即将在这个城市行使专政权力的干部介绍了哈尔滨的现状。

毛诚曾在延安任过中央社会部秘书长，是一位精明能干、有丰富的对敌斗争经验的女干部。1945 年 4 月，她奉命离开延安，随林枫率领的“干部团”来到东北；11 月到达哈尔滨，被任命为市委社会部部长；在极其困难和复杂的形势下，开辟了情报工作的阵地，并建立了一支精干的情报队伍。这支队伍虽然人数不多，工作却十分出色。他们有的打进了国民党哈尔滨市党部和党务办事处，有的则潜伏在国民党军统组织内部，基本上掌握着几方面敌人的活动情况。

由于国民党捷足先登，抢先进入了哈尔滨，致使哈尔滨现状极为复杂。抗战胜利不到一个月，哈尔滨就先后出现了十余个国民党的市、区组织，一些国民党特务机关也纷纷潜来哈尔滨安营扎寨。

这些特务组织活动隐蔽，手段狡诈，破坏能力极强。他们除搜集情报、网罗成员、扩大组织外，还大肆从事暗杀活动。1945 年 11 月 17 日，曾在贺龙领导下参加过南昌起义的卢东升，在接任松江军区司令员职务的当晚即被杀害。12 月 8 日，一个叫李均的报社记者被误认为李兆麟，而惨遭枪杀……

1946 年 1 月 1 日，由国民党接收大员关吉玉、杨卓庵率领的由伪军改编的“铁石部队”，接收松江省和哈尔滨市以后，敌特组织活动更加猖獗。经过周密谋划，于 3 月 9 日在道里区水道街将抗日英雄李兆麟将军秘密杀害。

除了特务活动外，哈尔滨还有二十余股由土匪、地主、恶霸、流氓及日伪军、伪警组成的地下先遣军“建军”组织。其中包括下辖五个军，人马号称数万的第五战区总指挥曹兴武的“中央先遣军”；马锡麟的“松江省警备军”；关铁良的“东北救国第六路军”；郭师祯的“东北挺进军第二纵队”；以及“抗八军”、“松江地区保安军”等。他们四处收编和网罗土匪，曾先后攻打过双城、宾县、阿城，烧杀抢掠，无恶不作。可以说，即将解放的哈尔滨，是一个群魔乱舞的世界……

中共中央东北局和北满分局领导得知中央社会部的干部队伍已经到达，非常高兴。陈云、高岗、张闻天等领导都先后到日本兵营看望了大家。

根据工作需要，陈刚将去桦川县领导那里的土改斗争。陈龙除任北满分局社会部部长、吉黑军区保卫部部长外，并兼任哈尔滨市委常委、社会部部长。实际上，东北局把整个北满的锄奸保卫工作重担全都压到了陈龙的肩上。

针对哈尔滨的敌情状况，陈云、林枫与陈龙多次交谈，把社会部进城后的任务概括为六个字——“压下去，稳得住”。字数虽少，重若千钧。

4 月 26 日早晨，一位足蹬马靴、身着黑色警服的中年警官，骑着一辆“陆王牌”摩托来到了陈龙的驻地。此人就是中共地下党员马亮。他是 1945 年 11 月 23 日民主联军撤出哈尔滨时，以合法身份留在国民党警察局担任督察长的。他把自己掌握的哈尔滨市内的敌情，一一向陈龙作了汇报，然后把一份精心绘制的哈尔滨市区要害部位图交给了陈龙。陈龙看了看，这份图不仅标明了监狱、电业局、粮库、水塔的位置和几处国民党“建军”、特务组织的驻地、接头点，而且标明了哈尔滨臭名昭著的大恶霸、大汉奸姚锡九和李九鹏的住址……

水、电和交通是一个城市的经络和血脉，一旦遭到破坏，势必造成混乱。陈龙非常清楚它们的重要性。根据当前东北民主联军即将进驻哈尔滨的情况，陈龙要马亮立即回去，动员一切可以动员的力量，全力以赴地保卫水塔、水源、电力系统。

“一定要让哈尔滨人民在安居乐业中迎接解放。”陈龙把马亮送到兵营门口，又一次叮嘱。

马亮返回市区后，当晚便把一批可靠的工人、店员组织起来，开赴水源地和火力发电厂，日夜轮流守护。

4 月 27 日，驻哈尔滨的苏军把防地收缩到了道里、南岗和东、西付家区，东北民主联军相继推进到太平、香坊、顾乡一带。国民党接收大员杨卓庵、警察局长余秀豪成了热锅上的蚂蚁，他们要去沈阳，又不敢直接取道南下，只好跟着苏军一起北撤，直到海参崴，才乘船去了上海。

1946 年 4 月 28 日，是哈尔滨历史上一个永远值得纪念的日子。这一天，经历了数十年军阀混战和日本法西斯铁蹄践踏的哈尔滨人民终于迎来了黑暗后的黎明。

上午九时许，驻守哈尔滨周围的东北民主联军四个军分区一万二千五百名指战员，分兵几路开进道里、南岗和东、西付家各区。市民们站在马路两旁，手持红旗，高呼口号，热烈欢迎人民军队和平进驻。陈龙率社会部干部乘坐卡车，也随部队开进了市区。

十点三十分，卡车开到了哈尔滨警察局门前，有十几名年龄不同的警官垂手恭立，等候接收。

陈龙等人下了车，在警官们的簇拥下走进楼里。接替余秀豪担任警察局长的全广江，向陈龙递交了警官名册，并宣布辞职，听候差遣。在会议室里，陈龙郑重宣布，解散国民党的警察局，成立哈尔滨市政府公安局，由周维斌负责具体接收事宜。同时，陈龙还委派了一批从延安来的干部协助周维斌工作。并宣布，原有警官只要不是敌特匪霸，一心维护社会治安的，一律留任；如有制造事端的，严惩不贷。陈龙宣布完，便离开了警察局大楼，驱车直奔南岗区邮政街十二号。哈尔滨市委社会部就设在那里。

来到社会部新址，陈龙根据入城前东北局领导的指示，立即召开了有北满分局社会部、松江军区保卫部和进驻哈尔滨市的各部队首长参加的联席会议。会上，陈龙要求各部门，要相互配合，尽快在哈尔滨全市进行一次全面搜捕，打击国民党反动派的嚣张气焰，以利新政权在哈尔滨站稳脚跟。

“进城以后，还没歇歇腿就搞搜捕，战士太累了，而且很多都是从河北、山东来到东北的……”有人提出异议。

陈龙何尝不是如此？他从延安带来的百余名中央社会部的干部更加辛苦，他们难道不想歇上几天，洗个澡，足足地睡个好觉？

这样做行吗？回答当然是否定的：不行！

“今晚就动手！不然，在这里住不了三天就得滚蛋！”陈龙环顾一下大家，指着木板镶嵌的墙壁说道。

“偷安旦夕，遗恨百年！咱们不能吃这个亏！干！”松江军区保卫部马波生率先响应。

当晚 9 时许，在北满分局社会部的统一指挥下，数百名战士分头走进哈尔滨几十条大街小巷。根据北满分局社会部、哈尔滨市委社会部和马亮提供的地址和姓名，敲开了一家又一家房门。

陈龙也出动了，他带着黄耕夫、许凤图，乘坐吉普车来到东付家区的北市场。北市场是哈尔滨有名的棚户区。这里，小巷曲曲弯弯，窝棚、茅屋、地窨子一个挨一个，就像一排排胡乱扔在一块的鸽子笼。这里烟馆、妓院比比皆是。别看这里既脏又黑，抗战胜利后，在一些日伪汉奸和土匪强盗看来，却是一个可以藏身、出没的理想之地。他们选中这里，应该说是很有眼力的，国民党执政几个月，从来没有一个官员到过这里，就算是坐着车偶尔驶来，也都是掩鼻而过。尽管人人皆知东北民主联军已经进驻哈尔滨，但窝藏在这里的敌人却仍然觉得高枕无忧。在他们看来，共产党要把政权的触角伸到这片垃圾遍地的穷街陋巷，至少还得一二年的时间，天晓得共产党能不能有那样长的寿命？

殊不知，就在东北民主联军进驻的当天夜里，人未解甲，马未卸鞍，肩负北满锄奸保卫重任的陈龙，便驱车来到了这里。他指挥着近百名战士，从低矮的茅屋里、从吱呀作响的木质楼房中，抓出了大叛徒左正雨、日伪汉奸赫文苏和一批日伪战争罪犯……

午夜，陈龙又驱车经过南坎街来到南岗区。这一带，既有高大的楼房、宽敞的马路，也有别墅式的庭院。在哈尔滨十万外国侨民中，就有六七万住在这一带。它以其复杂的国际关系和不同的政治背景，掩护着一大批日伪残余和国民党大小头目。

根据毛诚、李桂森等人提供的情报，由马占山组建并派遣的“东北五省绥靖保安队”司令郭师祯、屠全胜、母杰卿就在这一带匿藏。一点三十分，这伙在合江、松花江地区大力收编土匪，企图阻止共产党进驻哈尔滨的匪首，一个接着一个被从隐藏的楼房中押了出来。

天刚放亮，搜捕的战果汇总到了陈龙的办公桌上。除以上人员外，还捕获了日本特务机关、日本宪兵队、第四军管区的特务十九名，“建军”组织“北满地下军”匪首四十余名，国民党特务和国民党市、区党部骨干分子二十余名……

近二百名人犯被押进了日伪特务机关自己修筑的拘留所里。陈龙派在延安曾负责管理和看守人犯的许凤图担任所长，由黄耕夫、张玉成、李仲英等人立即组织审讯……

还有一件让陈龙念念不忘的使命，那就是要全部缉拿 1946 年 3 月 9 日在水道街 9 号残酷杀害抗日民族英雄李兆麟将军的凶手，以告慰烈士的在天之灵。

在抗联的时候，陈龙率第二军在东满杀敌，李兆麟率领第三军转战北满，两军相隔虽远，但两军领导人都相互闻名。听到李兆麟遇害的消息，陈龙心中十分悲痛，他深知经过十四年浴血苦战，幸存下来是很不容易的，但他没有死于异邦倭寇之手，却惨死在口口声声要建立和平民主之中国的国民党特务手中。悲哉！痛哉！

进驻哈尔滨后，陈龙连续听取各方面的敌情汇报，并对民主联军进驻前所获取的情报和线索认真地进行了研究。在大搜捕结束后，他又特地将黄耕夫、王宏伟、马亮找来，要他们根据毛诚、丁非、吕天、李桂森等人提供的情况，组织人力，不惜一切代价一定要抓获惨杀李兆麟将军的凶手。

黄耕夫等人立即行动。为了捕获女特务孙格玲，他们对孙格玲的母亲进行了全面的控制，并派人在国民党军统滨江本组所有的据点进行蹲坑守候。当获知参加暗杀李兆麟行动的阎仲章、马建胤是伪江上军军官后，黄耕夫便又派朱飒、李克在江沿北市场和大小六道街一带明察暗访。经过几天的工作，终于在一天清晨，抓获了正在倒卖日本军用品的马建胤。

通过对马建胤的审讯得知，女特务孙格玲化装成老太婆经五常、九台已逃往长春。

根据马建胤的口供，又捕获了刺了李兆麟将军七刀八孔的凶手高庆山和滨江本组的几名党羽。至此，组建了八个月、作恶多端的滨江本组被彻底击溃。陈龙亲自对抓到的人犯进行审讯。通过审讯，彻底揭开了李兆麟将军被害之谜，粉碎了国民党特务机关制造的李兆麟将军之死系“桃色案件”的谎言。

早在 1945 年 8 月，军统滨江本组潜入哈尔滨后，就把当时任松江省主席的李兆麟确定为重点暗杀的目标。12 月 8 日，一位报社记者因长得颇像李兆麟遭到了特务的误杀。记者遭误杀的事件发生后，引起了哈尔滨党组织的警觉，加强了对李兆麟将军的保卫工作。敌特几次图谋，都未能得手，于是另打主意。

国民党接收哈尔滨后，李兆麟以中苏友好协会会长的名义在哈尔滨工作，敌特便选派女特务孙格玲混入中苏友协，伺机接近李兆麟。为了取得李兆麟的信任，孙格玲谎称她是曾与李兆麟一起抗日的一位烈士的女儿，她的母亲很想见李兆麟一面。李兆麟相信了她的话，答应一定抽时间去看望她母亲。

3月9日，孙格玲又谎称其母病重，并有重要事情要报告李兆麟。李兆麟当即乘车前往水道街9号探望。车行至中途发生故障，李兆麟告诉了司机要去的地方后，便下车步行前往，根本没有想到所谓其母病重，并有要事相告，乃滨江本组设下的圈套。

李兆麟走进水道街9号，孙格玲给他倒了一杯水，并在水中下了剧毒菁酸钾锂。李兆麟喝下后当即便瘫倒在地。这时埋伏在厨房的敌特一拥而上，把李兆麟刺了个七刀八孔，然后藏尸床下，匆匆逃走。

事情发生后，全市大哗。国民党市政府为掩盖事件的真相，竟编造谎言，说什么李兆麟与一个女人有染，系因争风吃醋被情敌所害……

由于时隔一月之久，有些重要人犯已经逃窜到沈阳、北平。陈龙下令处决了几名杀人凶犯。对其他已逃跑的要犯，陈龙也未放松，他指示有关人员："不论他们逃到哪里，一定要把他们缉捕归案，绝不宽贷。不然，我们就愧对烈士。"

东北人民自卫军进驻后，根据中共中央东北局的决定，哈尔滨市委正式成立，钟子云任哈尔滨市委书记，刘达为市长，陈龙为市委常委兼社会部部长。

刚刚接收过来的哈尔滨警察局，正式更名为哈尔滨市政府公安局。4月29日，经陈龙提议，由市委批准，任命周维斌为公安局长，马亮为督察处长，杨佐青为督察长，王宏伟为司法科长。

进城之前，陈龙只知道哈尔滨敌情严重，但严重到什么程度还不清楚，经过几天几夜的搜捕之后，通过审讯才知道，敌人不但搜集情报、散布谣言、进行抢劫、纵火、爆破……而且把矛头直接指向我党政军高级领导人。

据悉，国民党特务和"建军"土匪，一直把中共党政军高级领导人作为他们袭击的主要目标。从1945年11月到1946年3月，胡宗南系统的匪特头目殷为，与军统滨江本组相勾结，曾先后四次联手组成武装行动队，预谋袭击中共北满分局领导机关，并把谋杀的矛头直接指向陈云。他们先是在哈尔滨花园街二十四号陈云住地附近设立据点，伺机行动。由于警卫战士防守严密，其阴谋未能得逞。后获悉北满分局将向宾州转移，便又抢先进入宾县境内，勾结盘踞在四和庙的土匪八十余人，对宾州城进行夜袭，因陈云当夜住在蜚克图，才免遭其祸。

除陈云外，在他们的暗杀名单上，还有林彪、林枫、于毅夫、张秀山和因画蒋介石的丑态而出名的漫画家华君武……

"压下去！稳得住！"这是中共中央东北局把锄奸保卫的千钧重担交给陈

龙时概括的六个字，陈龙能挑得起来吗？这时他才三十六岁。

从东北抗联到苏联，再到延安枣园，陈龙的经历可说是既复杂又简单。他精心研究过军事战略，也钻研过侦察工作，许多年来他研究了很多，也亲手做了很多。面对许多重大事件，疑难案件，他总成竹在胸。甚至在保卫毛泽东赴重庆谈判的日日夜夜里，他都做到了深谋远虑，机警灵活，受到了毛泽东、周恩来和王若飞的夸赞。

在哈尔滨，陈龙面临的又是一个新天地。在这座曾号称“东方小巴黎”的城市里，马路两旁尽是洋楼和洋房，街心花园里有长凳，商店里摆的多是洋货：大面包、黑列巴、啤酒、酸奶，还有舶来的呢绒和化妆品。到处可以看到高鼻子蓝眼睛、穿戴考究的洋人。一到晚上，中央大街、新城大街、秋林公司门前便会亮起五颜六色的霓虹灯，照得人眼花缭乱，越发使人感到这座城市有一种云谲波诡的迷离气氛。

在这个陌生的城市里，究竟如何开展锄奸保卫工作？如何才能够发现和掌握住隐蔽在万千居民群众之中的敌人？用延安的办法行吗？在那里路少人稀，跟踪弄不好会暴露；可在这里，行人摩肩接踵，稍一疏忽便会“丢哨”。在根据地农村，每家每户家庭人口、活动情况，人人都知道；在这里，同住一栋楼十几年，也可能互不相识。延安的手段，根据地的办法，在哈尔滨都不适用。工作环境和地理条件的变化，迫使陈龙不得不苦苦思索，怎样才能根据党的方针政策，拿出新的侦察工作方法，发现和战胜隐蔽的间谍特务分子，保证共产党在哈尔滨永远立于不败之地。

一进城，他就定下了一个规矩，凡有敌情报告、简报、电报，一律都要及时送交给他，不论白天黑夜不准有分秒的耽搁。而且每天在临睡前，他都要依次给全市各分局长挂电话，了解一天的敌情动态。

连续几天下午，陈龙把公安局正副局长、有关分局长、治安科长、司法科长召集在一起，听取关于敌情方面的工作汇报。

连续几个晚上，他赶到拘留所亲自提审重要人犯，详细询问每一股“建军”土匪和潜伏特务的组织沿革、活动地区及联络和接头的办法……

其目的就在于掌握北满地区的敌情动态、活动规律，从而制定出适应于当前斗争的侦察工作方案……

2. “五·二六”大搜捕

阳光璀璨，春风和煦，一团团、一簇簇淡紫、浅红的丁香花，盛开在一幢幢高楼环立的庭院中。

5 月的哈尔滨到处洋溢着喧闹的春意。

就在1946年5月，随着从南半天卷来的乌云，一份接一份令人不安的情报也传到了哈尔滨。继撤离沈阳、四平后，5月22日东北民主联军又撤离了长春。

由汪金祥带领中央社会部一支干部队伍离开延安本来是要到闽浙赣游击区去的，走到中途，又奉命奔赴东北，于1945年11月到达了沈阳。

在沈阳，汪金祥被中共中央东北局任命为东北局社会部部长，邹大鹏为第二部长。东北局社会部在沈阳仅住了二十多天，就给了国民党和日伪残余势力以严厉的打击，先后破获了以伪警察学校教官齐觉生组织的“铁血锄奸团”、以伪军官王书粼为首的“三青团行动委员会”……粉碎了一千多名暴徒围攻和平分局的反革命暴乱。

撤到本溪、海龙后，东北局社会部又粉碎了诸如“大和团”、“中日便衣队统帅部”等反动组织，并粉碎了日本法西斯分子和国民党共同勾结策划的“通化暴动”。接着又北上长春，仅一个多月时间，就抓获了伪奉天省特务机关长三浦敏事、伪中央银行总裁西山勉、伪新京特别市长徐绍卿、伪满洲国驻日大使谢介石等战犯、汉奸要犯六十余名，还缴获了大批敌伪档案，然后随东北局机关继续北撤。

5月23日，两支来自延安枣园的队伍在哈尔滨会师了。战友重逢，大家激动不已。

陈龙在人群中没有看到在西满分手的马敬铮、林哲生夫妇。一问，才知道他们俩随其他机关从长春撤到了双城。陈龙向汪金祥提出要马敬铮到哈尔滨市委社会部工作。数日后，马敬铮接到了汪金祥的命令，与林哲生一起赶到了哈尔滨。

东北局社会部驻在南岗区大直街一座楼房内。社会部机关的到来，不仅加强了对哈尔滨及北满地区锄奸保卫工作的领导，而且增加了一批新的战斗力量。

在刚安置好的部长办公室，陈龙向汪金祥详细汇报了进驻哈尔滨前后的工作情况和敌情动向。

随着国民党军队的北进，潜伏在哈尔滨的敌特纷纷抬头活动。大街上出现了反动传单和标语，夜间冷枪不断，甚至有敌人企图阴谋暴动的迹象。

更为严重的是，已逃往外县山区潜伏的股匪，最近又持枪跃马扑向哈尔滨，一路烧杀抢掠，无恶不作。还有一些采取“明八路、暗中央”策略的“建军”土匪，早在东北人民自卫军进驻之时，即乘机混入军内；此时他们认为时机已经成熟，纷纷开始叛乱活动，仅双城、宾县、延寿等县，国民党特务就先后策动了三个团、两个大队三千六百余人叛变投敌。这些叛乱分子，经常组织数百人的队伍攻击县区人民政权，捉到我方的党政军干部即残酷杀害，有的活埋，有的吊死；有的甚至开膛挖心，暴尸示众，其残忍达到令人发指的程度……

从头到脚都由美式装备武装起来的国民党军队占领长春后，继续向北推进，数日后，又占领了松花江南岸的桥头堡陶赖昭。陶赖昭距哈尔滨只有三天的行军路程。

根据战场形势的急剧变化，大家都做了撤出哈尔滨的准备。

面对这样的局势，一向把国民党视为“正统”的一些人开始彷徨、动摇。潜伏下来的国民党特务、“建军”分子也准备乘虚蹈隙，置我于死地。

为此，在有东北局领导参加的哈尔滨市委会议作出决定：“不论哈市能否确保或保持时间长短，除一面把应当运走的物资等尽量运走外，对群众工作，各阶层人民的政策，以及与广大人民生活有着重大关系的市政设施等，仍需作长期打算……”

根据市委会议的精神，又听取了陈龙的汇报，汪金祥连续主持召集会议。根据东北局的指示，决定将机关家属、后勤辎重、档案、犯人撤到佳木斯；部分干部随黄宣文暂时撤到绥化；东北局社会部、哈尔滨市委社会部机关仍留哈尔滨，坚持工作，指挥同敌人的斗争。

接下来汪金祥又与陈龙共同制订了一次新的大搜捕计划。

哈尔滨市委和东北局很快批准了这一行动计划，并把大搜捕的日期确定在5月26日晚。这次行动，不仅社会部、驻军、公安局参加，哈尔滨市党政机关，包括街道工作队都要抽调干部加入大搜捕的行列。

这次大搜捕，实际上是国共两党在哈尔滨展开的又一场决战。

当夜，数百名战士和党、政干部，在社会部侦察员的带领下，根据已掌握的名单和地址，分头进入指定街巷，隐蔽埋伏。半夜零点整，统一大搜捕开始行动，当夜即捕获了国民党哈尔滨市党部书记长刘立权等国民党党部和党务专员办事处所属重要人物四十余人。

有汪金祥坐镇，陈龙便亲自上了第一线。他穿着胶鞋，挽起裤腿，冒着大雨亲自开着吉普车到现场指挥，甚至不顾大家阻挠，率先冲进匪窟捕捉罪犯。对重要人犯立即布置就地突击审讯，发现新线索即刻派人追击，采取边搜捕边扩大线索的战术后，战果不断扩大。接着，又捕捉了军统潜伏在哈尔滨的“张禹组”调查科科长唐树义、股长李联茂。可惜在搜捕张禹的时候，由于侦察员经验不足，都挤在前门，忽略了堵后窗，致使张禹从后窗逃脱。陈龙得知后，大发了一顿脾气。脾气发归发，战果还要扩大，通过连夜审讯，又发现了一个重要情况：以曹兴武为首的“第五战区”骨干王执中、白久泰、傅英杰等，在被俘假释后，又与长春秘密勾连，共谋重新建军，并做了肩章、符号和印鉴。

曹兴武匪团人数众多，机构庞大，在民主联军进驻前夕，哈南军区只抓获了曹兴武及其党羽十余名。本着除恶务尽的原则，陈龙一声令下，又在全市各个角落开始了对曹兴武余党的大搜捕。经过两天两夜的激战，共捕获曹兴武所部骨干分子六十余名。这个煊赫一时的“第五战区”，终于被彻底摧毁。

大搜捕夜以继日地在全市进行。陈龙就像一头勇猛的狮子一样，精力充沛地指挥着这场战斗。他经常在搜捕现场听取汇报，下达命令。吉普车就是他的指挥部，哪里战斗最紧张，他便驱车奔向哪里。连续几昼夜的工作，侦察员和看守所的审讯员已经疲惫不堪，陈龙也感到极度疲劳，但是一听说还有一个隶属于胡宗南系统，企图暗杀东北局领导人的反革命组织——“东北解放同盟挺进军”尚未彻底摧毁，便立即指示马敬铮、黄耕夫等，要不惜一切力量和代价，务必把“同盟挺进军”的匪首捉获归案。三天后，马敬铮率人终于在一幢楼房中生擒了藏铮、赵伦田等五名骨干匪首。直到这时，汪金祥、陈龙才将一百八十余名人犯的名单及犯罪事实，呈报北满分局和哈尔滨市委，结束了这场规模空前的大搜捕行动。

在此期间，活跃在南满的民主联军攻占了营口市，歼敌一个团，并争取国民党一八四师火线起义。接着，又收复了鞍山、海城、大石桥，牵制了敌人的兵力，威胁了敌人后方，使国民党军队未敢贸然继续向北推进。

随着这一变化，北满地区的紧张局面有所缓解，撤到外地的机关又陆续迁回哈尔滨，巩固哈市的社会治安就成了一项长期而又艰巨的任务。这时，陈龙已被任命为东北局社会部副部长。根据东北局的意见，社会部几位部长做了分工：汪金祥负责东北地区锄奸保卫工作的全面领导；邹大鹏负责敌占区的情报指挥；陈龙负责抓好哈尔滨地区的治安工作。

3. 巧计擒匪王

1946 年 7 月，一个阳光明媚的早晨，教育家、松江省教育厅长兼哈尔滨师范学院院长韩幽桐正在校门口热情地向一群十八九岁的青年同学话别。这位未公开身份的女共产党员，是应陈龙的要求，送这十名品学兼优的学生参加革命工作的。

为欢迎首批参加锄奸保卫工作的青年人，北满分局社会部举行了隆重的欢迎会。桌上摆着面包、香肠、水果、糖果。陈龙即席讲话，他从共产党人全心全意为人民服务的宗旨讲起，讲到锄奸保卫工作的重要性。当然还有“改造思想”、“无产阶级宝剑”这一类同学们从未听说过的名词。

李瑞是师范学院的一班之长，也是这十个人的带队人，挨坐他身边的是车守田。两个人此时此刻都以激动的心情望着陈龙，聆听讲话。

陈龙虽为社会部首长，但穿戴却不像首长，黄布军装，没扎腰带，也没打裹腿，显得很随和。他的相貌英俊，两道浓眉，一双闪亮的眼睛，略成方形的脸白皙中透着红润，给人们的共同印象，就是长得“帅”。

接下来，陈龙又向同学们一一介绍坐在他身边的几位干部：那位身材魁梧的干部，叫马敬铮，是治安科长，他这个治安科，既不管特种行业，也不管娱乐场所，他们专门负责对特务、“建军”土匪案件的侦察工作；那位矮胖的干部，叫黄耕夫，是司法科长，主管审讯和人犯处理；那位高颧骨的年轻人，是秘书科长，名叫许凤图；还有郑德兴，是总务科长，桌上摆的面包、水果，都是他搞来的。

然后，宣布分工：李瑞、李成明等四名同学分配到治安科，车守田同学到总务科……

治安科在南岗原日本特务机关本部办公，楼下的半地下室就是关押几次搜捕人犯的拘留所。马敬铮告诉同学们，治安科还有一个侦察队，由赵鼎负责，李克、毕生都在那儿工作，为了隐蔽和保密，他们另有办公的地方。

办公室里又加了几张床，是给同学们准备的。看来，办公、睡觉都在这里了。接着，马敬铮又给介绍正在屋中办公的几位干部：副科长程强，干部张玉成、李仲英，他们都是来自延安的“老八路”。

程强随汪金祥来到哈尔滨后，便被陈龙点名要了过来，先在调查研究室工作，最近又调到了治安科。此刻，他刚刚结束了同张晓岩的谈话，这位刚上任的东付家公安分局局长，汇报了一个十分重要的情况：老中医张××在东付家区仁里街开设了一家中医诊所，他的太太曾为抗联做过工作。前几天，他太太在街上看到了伪满第七军管区少将参谋长姜鹏飞。姜穿着白绸褂，戴着遮阳草帽，由两个人陪着，从正阳街一家商店出来，坐四轮马车往桃花巷方向拐去了……

治安科对姜鹏飞这个名字早有所闻。有消息说他在长春被打死了，怎么又在哈尔滨冒了出来？马敬铮让程强打电话报告了陈龙。陈龙要听详细汇报，程强便坐上那辆缴获的“陆王”摩托，来到了陈龙的办公处。

陈龙听完汇报，沉思半晌自语道：“莫不是活见鬼了？”

像姜鹏飞这样的汉奸，一般说一抗战胜利不是投靠国民党，便是逃之夭夭，怎么可能出现在共产党统治的大街上？

“不管是人、是鬼，都要把他查清楚。”陈龙用铅笔敲着桌面：“找姜鹏飞几张照片，请老太太辨认一下。”

姜鹏飞是伪满有名的人物，照片自然不难找到。第二天，程强拿着照片赶到那家中医诊所，去找老中医的太太。张太太没看照片就百分之百地肯定，她所看到的就是姜鹏飞。

从那家中医诊所回来，程强又去向陈龙汇报。陈龙的看法是：“来者不善。”并要治安科立即搞一份姜鹏飞的历史材料。

眼下，陈龙虽然还无法知道这位伪满洲国最年轻的少将在抗战胜利后的行踪去向，但他突然出现在哈尔滨绝不是偶然的，一定负有重要的使命。

此时，陈龙脑子里储存的几条信息也都涌出来了。一条是，半个月前，由南满社会部转来的从敌人营垒内部得到的一份情报：国民党驻东北最高长官杜聿明中将，1月份在锦州会见了一位中将，要他潜往哈尔滨。

还有一条，是一件未解的悬案：2月份，哈东军区在阿城小岭扣押了一个身带一份军用地图、年纪在四十岁左右的矮胖子。几天后，这个矮胖子策反了看守，给盘踞在附近的匪首左建棠报了信，左匪派三个连包围小岭，从狱中劫走了矮胖子。陈龙把几条信息联在一起，便怀疑杜聿明会见的那个中将，很可能与哈东军区在小岭扣押又被土匪劫走的矮胖子是同一个人，而这个人就是姜鹏飞。于是立即通知马敬铮，要他派人带姜鹏飞的照片去小岭查证核实，同时签署了一份电报，要南满社会部彻底查清那个拟潜往哈尔滨的中将是否是姜鹏飞。

经过几天的紧张查证，各方面的消息都汇总到陈龙的桌前：杜聿明在锦州接见的中将，与哈东军区在小岭扣押的带军用地图的矮胖子是同一个人，即国民党新编第二十七军中将军长姜鹏飞。

姜鹏飞早年毕业于日本陆军大学，曾任过伪满奉天训练教导总队总队长，在东北满有很多学生。北满的“挺进军”、“先遣军”、“建军”，分属许多系统，各自为政，难以统一驾驭，蒋介石很想派遣一个高军衔的长官来北满收编整饬，统编为第二十七军。姜鹏飞自然成为最佳人选。

一个中将军长衔的钦差大臣，手中又握有统辖和收编北满各路土匪和各系统杂牌军的尚方宝剑，自然非同小可，很可能是一个强劲的对手，一条大鲨鱼。

这个对手的强劲，不仅表现在他甘冒风险四处活动，还表现在他胆敢把手伸向人民自卫军内部。

7月下旬，吉黑军区保卫部接到军区后勤部报告，后勤部有位姓佟的科长向组织报告，说有个叫姜凤鸣的，通过旧关系拉他参加国民党“建军”组织，但“建军”系统不明。兼任吉黑军区保卫部长的陈龙，接到报告后立即赶到后勤部，同张部长一起找佟科长谈话，了解姜凤鸣拉他加入“建军”的过程。

从谈话中，陈龙注意到佟科长有一定的斗争经验和能力，在当前敌强我弱，国民党大军进逼的险恶形势下，能将当年的旧关系策反他的情况报告组织，说明他信仰坚定，心里便有了主意：这就是将计就计，让佟科长打进去，开展内线侦察。

陈龙把自己的想法先后向汪金祥和市委作了汇报。市委和汪金祥完全支持。市委和汪金祥一致认为：擒贼先擒王，若能把姜鹏飞搞掉，北满的治安就会大为改观，不论花多大的代价都值得。

得到市委、汪金祥的同意后，第二天清晨，陈龙把马敬铮、程强找到办公室作了布置。

为了证实佟科长所反映的情况的可信性，陈龙命马敬铮立即对姜凤鸣开展调查和跟踪，全方位地监视他的行动和接触的关系。命程强以佟科长警卫员的身份，随佟科长一起进入姜凤鸣所住的道外天泰栈。并要程强做到临机应变，既要指挥好内线侦察，又要随时与外面沟通情况，在危急的时候必须保护佟科长的生命安全。

程强当时已经二十八岁，因为长得白净，看上去比实际年龄要小，倒像二十三四岁的样子。

接受任务后，程强心情颇有些紧张。他知道要完成这样的任务，必须有一手好枪法。从接受任务的那天起，他就找了一支崭新的“三八”驳壳枪，并弄了一帽兜子弹，钻进一个大防空洞里，乒乒乒乓练起来。一连练了几天，枪法大有长进。

布置完外围监视和向“警卫员”交代完任务，接下来就是对佟科长进行秘密训练。陈龙一面要佟科长继续与姜凤鸣保持接触，取得信任，以期发现更多的幕后人物；一面叮嘱佟科长，在与姜凤鸣接触中，要随机应变，不怕牺牲，并要保守秘密，听从指挥。

侦察工作往往会出现一些无法预料的事情，这一方紧锣密鼓，准备厮杀；另一方却一连数日毫无动静。姜凤鸣就是如此。自从佟科长将姜凤鸣策反他的情况汇报后，姜凤鸣一连几天深居简出，几乎不与他人来往，就像什么事情也没发生过。

这到底是怎么回事？即将投入一场大战、心弦已经绷紧的马敬铮有点儿按捺不住了。他向陈龙提出，可否让佟科长主动去找一下姜凤鸣？也有人出主意，先把姜凤鸣抓起来，再审问他姜鹏飞究竟住哪里，然后一网打尽。

对一切急于求成的建议，陈龙一概拒绝。通过和佟科长谈话，他早就看出姜凤鸣说的那些急于要佟“反水”的话，是他采取的一种策略，即“投石问路”。这几天他之所以没有动静，目的是在观察佟科长的反应，也许这时他连被捕都做了准备。

为了争取下一步能够取得主动，现在绝不能主动，这是一个比耐力、比智谋的时刻，谁能熬过这个时刻，谁就会占上风。

正是在这种时刻，陈龙显示了他的大将风度。

接连将近一周的时间，姜凤鸣没有发现一点儿反常的情况，一直悬着的心

放下来了。他觉得佟科长是可靠的，遂决定再约佟科长见面。

陈龙的耐力终于占了上风。

这次接触，佟科长是完全按照陈龙的部署行事的。他先是表示对“反水”并不反对，然后表示左右为难，犹豫不决。这一来果然吊起了姜凤鸣的胃口。为了进一步拉住他，姜凤鸣小心翼翼地向佟科长交了底，说他是正牌的国军，隶属于新编第二十七军，军长是蒋介石委任的中将姜鹏飞，他本人就是二十七军的少将参谋长。

作为“警卫员”，程强自然不能和“首长”一块儿进入客厅，只能在天泰栈客厅外一个破沙发上坐着。他一手摁着驳壳枪枪柄，闭着两眼装打盹，两耳却全神贯注地偷听屋中的谈话。当听到姜凤鸣口里说出“姜鹏飞”三个字时，禁不住怦然一动，心想，这次钓的果然是那条大鲨鱼！

这证明社会部在短短的一个月中，获得的情报是完全正确的。早在1946年2月，姜鹏飞就潜入了哈尔滨，为了隐蔽身份，并未与任何国民党官员接触。国民党接收大员撤出后，他依然蛰伏在一座大楼的角落里，秘密草拟“二十七军接收东北要纲”。民主联军进驻后，他又巧妙地躲过了大搜捕。直到得悉东北局决定放弃哈尔滨之后，他认为时机已到，才悄悄离开哈尔滨，四处招抚兵马。由于他持有蒋介石亲自签发的委任状这块招牌，先后把北满地区数十股土匪“建军”武装收罗到一起，组建成了十六个师，并委任了左建棠、刘昨非、谢文东、李华堂等匪首为少将师长，让他们率部向哈尔滨市郊靠拢。他在阿城小岭被哈东军区扣押，后被左建棠从狱中劫走，就发生在他四处网罗股匪之际。

7月下旬，深谙军事战略的姜鹏飞视察各路土匪部队回哈后，感到后勤装备不足，便打起了从民主联军内部发展关系，为其提供装备的主意。参谋长姜凤鸣原是姜鹏飞的老部下，说他有个旧关系姓佟，在吉黑军区后勤部当科长，于是，姜鹏飞便把主意打在了佟科长身上。

根据陈龙的部署，佟科长带着“警卫员”程强，又和姜凤鸣接触了两次。姜鹏飞看佟科长已经就范，便交代任务，要他通过军用粮食调配，查明人民自卫军在哈尔滨的兵力，同时委任他为上校军械处长……

“嗐，好大方。”陈龙接过一块用白绸子写的委任状，看了看，又交还给佟科长，“你要给他们点儿甜头，才能取信于他们。这样吧，我们给你虚拟一个兵力数字，交给他们。”

“还有，他们问我能不能拉一个团级干部过去。”佟科长继续汇报。

“拉个团级干部？胃口不小啊！”陈龙心中不由得一震，心想，看来这条“大鲨鱼”真要游起来了。

不出所料，市公安局治安科长王宏伟连夜送来了一份刚刚缴获的文件。这份文件正是“新编第二十七军”中将军长姜鹏飞亲自签发的“第十号命令”：命李华堂、谢文东、左建棠部集结到蜚克图；刘昨非部集结于阿城；刘松坡部集结在太平庄。对哈尔滨包围之势形成后，等候下一步命令……

姜鹏飞自以为得计，但他没有想到他派出的那位化装成商贩的信使，在呼兰县竟露了马脚被民兵缉获。“十号命令”还未与几个匪首见面，便被截获，送到了陈龙手里。

陈龙不由得暗暗点头：姜鹏飞果然厉害！

他不但要调查哈尔滨驻军的兵力，拉一个团级干部过去，而且在一周前发出了“第十号命令”，显然他是要在哈尔滨搞一场大的行动。但具体要干什么，是一般的骚扰，还是攻城？是外面攻打城内暴动，还是等国民党军队打来搞南北夹击？还不清楚。但不论哪一种行动，都会对哈尔滨构成巨大威胁。

这样重大的案件，仅仅靠佟科长内线侦察，显然已是无法完成的，必须作出新的决策，采取更有效的措施，尽快摸清姜鹏飞的“脉搏”。

陈龙又一次来到东北局社会部。当年同在延安枣园工作的王鉴、黄宣文等几个人，齐集在汪金祥的办公室，一齐讨论陈龙提出的下一步工作方案。

“钓大鱼用小鱼饵不行，他既然想拉一个团长，这倒是个机会，我看，我们可以将计就计。”王鉴的思路一向敏捷。

汪金祥会意地点了点头：“对，我同意陈龙提出的方案，再塞进一个伪装的团级干部进去，想办法把姜鹏飞引出来。”

几个人一致同意：“再塞一个进去。”

侦察队队长赵鼎，接到通知，有点儿忐忑不安地走进部长办公室。他不知道部长为什么要找他，进屋一看，见马敬铮、黄耕夫、王宏伟、许凤图等人都坐在陈龙的办公桌前，就更有点儿不安了。他不明白，这个只有科级干部才能参加的部务会议，为什么会通知他这个股级干部参加？

见他走进来，陈龙摆了一下头，示意让他坐在不远处的一张椅子上。赵鼎刚坐下，陈龙就开口了：“姜鹏飞要搞一次大的行动。我们光依靠佟科长还不行，还需要一个‘团长’打进去。”他环顾了一下左右，接着说：“假定这个人曾在抗联干过，首先年龄上要合适，还要有斗争经验……”

赵鼎听到这里，心中一动，他看着参加会议的人，除了部长，就属自己年龄最大——三十三岁，他似乎有点儿明白了……

陈龙转头望着他：“这个任务我看就由赵鼎同志来承担。你是东北人，曾在抗联待过，身份、年龄都相当。又有斗争经验，你去再合适不过。”

事先没有沟通，连招呼也没打一声，一个关系生死的任务就落在了赵鼎的头上。

陈龙转头又望着马敬铮：“你通知张国庭，要他当赵鼎的‘警卫员’，一起打进去。任务有两条：一、临机应变，随时与外围沟通情况；二、保护赵鼎的安全，其他部门全力配合。”

“这是一个有极大破坏性的行动案件，要速侦，速破，不能拖延时间。”陈龙最后强调了任务的紧迫性，便宣布散会。

几位科长相继离开，赵鼎仍然坐在椅子上。这个任务来得太意外，太突然了，他好像到现在还没完全反应过来。

“有什么困难吗?”陈龙走到赵鼎身边问道。

在这一刹那间，赵鼎心中一阵翻腾，因为他即将去执行的是一个可能结束他三十三岁年轻生命的任务。这使他不由地回忆起一生中几个重要时刻。“九·一八”事变后，他流亡到北平，在那里加入了共产党。第二年被捕入狱。出狱后，失掉了党的关系，但仍留在冀中为党工作。日本投降后，他随部队进入东北，从长春到哈尔滨，仍然没有人承认他是共产党员。但是，今天，陈龙却把一个只有共产党员才能承担的使命交给了他，他怎能不激动?

“没有困难!”赵鼎的声音有些发颤，但却十分坚定。

由于策反了一位后勤科长，又获得了哈尔滨驻军的兵力和部署情况，作为国民党新编第二十七军的参谋长，姜凤鸣自然有点儿自我陶醉。觉得自己虽难比“卧龙凤雏”，但也算得上是足智多谋。于是，又极力建议姜鹏飞，要佟科长设法再策反一个团长过来。

佟科长果然不负所望，几天后告诉姜凤鸣，驻军中有位姓赵的团长，对待遇不满，和关内来的老八路有矛盾。他原是抗联的干部，手下有四五百弟兄，多是抗联的老部下，都愿调转枪口。

“不过，”佟科长略作踌躇，“人家是有兵权的，是共产党的大干部，非得见‘大掌柜’不可，不然，决心难下。”

“要见‘大掌柜’？当然可以。他这几天正在外县视察军务，很快就会回来。”姜凤鸣见佟科长果然给策反了一个团长过来，十分高兴，当即痛快地答应。

“那我就跟人家说，见了‘大掌柜’再定盘子。”佟科长又叮问了一句。

“可以，可以!”姜凤鸣十分爽快：“约他两天——不，三天后，也就是24号到天泰栈来吧!”

天泰栈是一座二层楼，坐落在东付家一条繁华街道上。这里原是一家既储运货物又留宿客商的客货栈，近来生意十分清淡。从佟科长和姜凤鸣在这里第一次见面后，这座楼就被严密监视起来了。

到了约会的那天，佟科长引着赵鼎，带着“警卫员”程强、张国庭来到了这里。这第一次赴约，对赵鼎来说，简直不亚于去赴“鸿门宴”。虽然在这座客栈四周埋伏了不下一连人，有儿挺机关枪控制着制高点，并由一位分局长坐镇指挥，可一旦打响，子弹没长眼睛，那些战士又不知道他是陈龙派进来的，谁能保证到时候不出问题，想到这里，心不由自主地“突突”跳起来。

“搞侦察工作就是出生入死，随时都要有牺牲的准备。”这是陈龙几次在给大家上党课、业务课时经常讲的。他还讲，“两强相遇勇者胜，只有不怕牺牲，才能避免牺牲。”赵鼎心想，看来要想避免牺牲，只有靠陈龙所强调的“勇”，除此而外，别无他法。

“豁出去了！”赵鼎把心一横，神情也变得坦然了。走进天泰客栈，佟科长把赵鼎引荐给姜凤鸣后，赵鼎和姜凤鸣寒暄了几句，就摆出了一副玩世不恭的派头。他怨天尤人，大骂那些从关里来的“蛮子”，说他们仗着是老红军、老八路，把大一些的位子都占了，全不把抗联的人放在眼里。姜凤鸣乘机大讲了一番“良禽择木而栖，贤臣择主而事”的道理。

几个人谈得很投机，就是迟迟不见姜鹏飞露面。

作为“警卫员”，只能待在门外，随时听候首长的招呼。程强和张国庭装出一副蔫头耷脑的样子，坐在门边那个破沙发上，手握驳壳枪柄，假装打盹。实际上在听着门外的动静。

门里、门外都在等待姜鹏飞露面，却迟迟不见人影。屋里只有姜凤鸣和佟科长长一句短一句地陪着“赵团长”发牢骚。这个中原因只有姜凤鸣心中最清楚，因为他根本就没有告诉姜鹏飞来赴约。他又一次来了个“投石问路”。

时间一拖长，化装埋伏在门外的侦察员等急了，有的竟向楼里探头探脑，察看动静。程强恐发生误会，便悄悄溜到门外，示意外面的人不准乱闯。谁知埋伏在外面的人比室内的人更紧张，一见程强露面，以为是行动信号，便有五六个身着便装的侦察员冲进了楼门。程强一见，当即低声喝退了他们。

此刻，屋内的谈话已近尾声。赵鼎洒脱自如的表演，最终使狡诈狐疑的姜凤鸣相信了，那些来自关内的老八路是绝不会和这样一个不骂娘不开口、天王老子都不服的“本地造”共事的，把他降成参谋还算客气，要是在姜某人麾下，也许干脆就给他个“枪子儿”。但目前他还大有用处，他手里有几百老部下，有的还占着机要位置。为此，姜凤鸣对姜鹏飞未到再三致歉，并郑重约定次日——8月25日下午，一定请姜军长亲临。

赵鼎和佟科长起身，姜凤鸣一直送到楼门口，双方拱手告别。佟科长带着警卫员回机关，赵鼎带着张国庭在街上转了几圈，确信无人跟踪，才回到社会部。

长时间的等候，使陈龙精神十分紧张。他一支接一支地吸烟，力图使自己安静下来。这个案件太重大了，它关系到几个干部的生死，甚至还关系到哈尔滨的存亡。偏偏这个时候，一个因工作分配不满意的干部来找他诉苦，他再也忍耐不住，大发脾气，狠狠地剋了那个干部一顿。幸亏那个干部了解陈龙的脾气，一再表示要服从组织决定，才使陈龙消了火。

自进城以来，也许应当追溯到承德那次煤气中毒，陈龙时常觉得心区不适；但他并未放在心上，只是觉得心绪常常烦躁，而且难以自制。现在，消了火，他又为自己没有控制住脾气的发作而懊悔。可惜那个干部早已走了。他叮嘱自己，以后有机会应当向他道个歉。

赵鼎、程强终于回来了。他们刚进屋，那位在外围指挥的分局长也赶回来了。赵鼎没见到姜鹏飞，这一点不出陈龙所料，但他对埋伏的侦察员弄错信号却不能原谅。

“要是姜鹏飞来了，你们冲进去怎么行动啊?”陈龙问那位分局长。他刚对发脾气懊悔不已，现在总算按捺住了自己，口气还算平静。

“宁可都打死也不准跑掉一个。”分局长毫不迟疑地回答。

陈龙诧异地瞪着他。

赵鼎却真急了，腾地一下站起来，大声质问那位分局长：“这怎么行？这样一来，我和佟科长不都得赔进去?”

那位分局长也知道自己太鲁莽了，一时无法回答。是啊，怎么方才忘了，里面还有自己同志呢！

陈龙斜睨了他一眼：“你回去吧，需要的时候再通知你。”

分局长眨了眨眼站起来，转身走出去。他庆幸自己没挨陈龙的“剋”，但他知道，再接通知的可能性已经不再有了。

“外围这么莽撞，很有可能惊扰敌人，打乱我们的计划。”陈龙边思索边说道。“为了你们的安全，明天就不要去赴约了。先让佟科长去摸摸情况，如果他们没有警觉，再安排约会。”

“如果敌人警觉了怎么办?”程强不无担心地问。

这倒是一个难题！如果对方真警觉了有人提着枪冲进来又退了出去，用什么办法才能消除他们的疑心呢？陈龙用手指轻轻敲着桌面，脑子紧张地思索了片刻，指着程强说道：“就说公安局几个便衣在那附近追土匪，冲进了天泰栈，你说楼上有首长，把他们赶了出去。”

几个人又研究了一下，觉得除此以外，再想不出其他更好的办法。

第二天，佟科长按时来到天泰栈，告诉姜凤鸣，赵团长是因临时要参加一个重要会议，不能脱身，希望把见姜鹏飞的日期改在明天。

“可以，最好换个地方。昨天——”姜凤鸣压低声音：“有几个带枪的人……”

佟科长一听便知姜凤鸣对昨天发生的事已有察觉，便摇摇头说：“没事！是侦察队在抓几个‘胡子’走错了门，后来追到前面太古街才捉到的。”

“唔，是这么回事。”姜凤鸣长吁一口气，悬了一天的心总算放了下来。

第二天下午五点，赵鼎和程强、佟科长准时赴约。

一是有大人物出场，二是余悸未消，狡猾的姜凤鸣在安排这次约会时，要了个“一鼠两穴”的把戏，他先是说在天泰客栈附近的光复饭店设宴招待，程强及时把情报传递了出来。接替那位分局长指挥的是马敬铮，接到情报后，立即调大部分战士埋伏到光复饭店四周，并在饭店里安排了几名侦察员，点菜要酒，边吃边等动手的信号。谁知后来姜凤鸣突然把赵、佟二人让到天泰栈二楼一间宽敞的套间客房里，然后深表歉意地说：

“请赵团长见谅，本来觉得到光复饭店去会吃得好一些，就定在了光复饭店，后来又一想，去那里还不如在这里安全、方便，还望赵团长多多包涵。”

赵鼎怎么也没料到姜凤鸣会来这一手，心里连说：“上当！”再通知马敬铮他们已经来不及了，只好另找时机。再说这里是不是他最后的安排也难说。想到这里，他爽快地摆了一下手：“在哪儿都没关系，吃不吃也不要紧。咱们还是说正题吧！你说我要投的是正牌国军，我得看一下姜军长的证件！”

“好说，好说。”姜凤鸣好像早就料到了这一点。说着，从兜里掏出一个小布包，小心翼翼地打开，抖出了一张一尺见方盖着鲜红大印的白绫子。

赵鼎双手接过，佟科长也把头凑了过来。只见白绫子上工整地写着：

总导字一〇三号任命状

兹委任姜鹏飞为陆军新编第二十七军军长

中华民国政府军事委员会委员长蒋中正　中华民国卅四年九月七日

赵鼎看完，恭恭敬敬地还给了姜凤鸣，心中暗自高兴：“果然货真价实！”

姜凤鸣将任命状又小心翼翼地包好，说了声“请稍候”，转身走了出去。

大概姜鹏飞就要出场了，赵鼎和佟科长相互望了望，心情有些紧张起来，因为最关键的时刻就要到了。

果然，几分钟后走廊里便传来一阵纷沓的脚步声。接着，姜凤鸣带着一个矮壮的胖子和一个中等身材的人走了进来。

看到那个四十多岁的矮胖子，不等姜凤鸣介绍，赵鼎的脑子里马上把这个矮胖子和他看过的照片重叠在了一起。毫无疑问，他就是陈龙他们朝思暮想一心要捉拿的那个姜鹏飞！

姜凤鸣首先把矮胖子介绍给赵鼎和佟科长。当他说出“姜鹏飞”三个字时，赵鼎马上捅了一下佟科长，两人都以军人的姿态起立向姜鹏飞敬礼。姜鹏飞双手抱拳，连说“幸会幸会”，示意两人坐下。接着，姜凤鸣又介绍了姜鹏飞身后那个人，赵鼎和佟科长这才知道他叫张福平，是二十七军的军需处长兼驻哈办事处处长，实际上是姜鹏飞的贴身保镖。

赵、佟落座后，姜鹏飞随手从兜里掏出一块白绫子交给姜凤鸣。姜凤鸣抖开交给赵鼎，赵鼎一看，原来是委他为师长的委任状。赵鼎当即装出喜不自禁的样子，又一次站起，双手接过，小心地揣进兜里，连声道："谢谢军长的栽培，请各位多关照。"借着这欣喜的气氛，赵鼎转向门外把"警卫员"喊过来，大声说道："去给我买包最好的烟，不好的不要！"

这是他和程强早已商定好的暗语，暗语的意思是说：姜鹏飞已出现。

程强心领神会，当即转身走出客房，跑下楼去，向隐蔽在附近的马敬铮作了报告。

客房里，几个人春风满面，姜凤鸣把大家让到了套间的外屋。

这里早已摆好了酒席，赵鼎恭请姜鹏飞坐在上首，自己和佟科长分坐两侧。姜凤鸣坐在姜鹏飞的对面，给大家斟酒把盏。姜鹏飞面带笑意，举起酒杯，以军人惯有的干练风度说了声："二位请！"一扬头率先把酒喝干，大家也随着一饮而尽。

接下来，是张福平为众人满了一圈酒。

赵鼎不时偷眼打量姜鹏飞。只见姜鹏飞长得浓眉大眼，相貌堂堂，虽然穿着便装，腰板却拔得挺直，显示出一个训练有素的军人气质；言谈稳健、利落，颇有点儿大将模样。

此刻，姜鹏飞的心情可谓怡然自得。

1906年，他出生在辽东半岛金县的一个小康之家，今年刚满四十岁。他原名姜龙涛，为表明腾飞之志，遂改名为姜凤飞，后来看到《岳飞传》中岳飞，字鹏举，又觉得男儿称"凤"不如称"鹏"，再改名为鹏飞。他十八岁投身军界，毕业于东北陆军讲武堂高等研究班，曾在张作霖张大帅麾下独立第二旅任团长。"九·一八"事变后，他追随旅长程志远投靠日寇，调转枪口在黑龙江围剿马占山、苏炳文等抗日武装，由于作战有功，被派往日本帝国陆军大学学习，并曾受到过裕仁天皇的接见。回国后升任佳木斯第七军管区少将参谋长，1940年被派往华北，曾任唐山行营主任、冀东特别行政区长官，总揽冀东军政大权于一身。此间，他曾多次指挥伪治安军和"铁石部队"对华北根据地大肆扫荡，并在丰润县参与制造了骇人听闻的"潘家峪惨案"，杀害抗日军民千余人。

在冀东，姜鹏飞脚踩两只船，一面效忠日寇，一面又和国民党暗中勾搭。在抗战胜利前夕，蒋介石曾亲手签发命令，委任他为冀东挺进军总指挥。抗战胜利后，又命他"火速退到关外，尽量收容伪满军"，企图与共产党争夺东北的控制权。他到达锦州，又接受了杜聿明的指令，潜入哈尔滨，以国民政府钦差大臣的身份，在北满整顿、统编收降各路先遣军、土匪和伪军。他不虚此行。半年来，共组建了十六个师，还草拟了《招抚日本武装团体同志文》，四处搞招抚活动，在佳木斯、牡丹江、北安等地网罗日本关东军官兵近万人，仅在哈尔滨就网罗了以佐佐木义之、山内英雄等人为首的日军残部一千八百余人。

此间，他多次返回哈尔滨，与哈尔滨市另一股阴谋暴乱势力进行联合行动的谈判，并听取了姜凤鸣对策反佟某和“赵团长”活动的进展汇报。

来到北满以后，整编收降统一指挥、联合暴动、策反等几项重要事情，进行得异乎寻常地顺利，这使姜鹏飞信心倍增。他在给杜聿明的报告中说：“职等振臂一呼，八方响应，暂将东北之义军整饬编组，分担任务，拟击其尾而撼其首，使其全军震撼，一举瓦解奸势……”目前，姜鹏飞胆势更壮，在归哈途中，他已经拿定主意，不管国民党新一军是否向北进攻，他都要在哈尔滨举事。他相信，驻哈民主联军将无法抵挡他十几个师的四面围攻，再加上有赵团长在市里做内应，不愁一举成功。

本来，原定国民党新一军于 8 月 8 日向北进攻时，他相机行动，因考虑到在人民自卫军内部没有内应，缺少成功的把握，才按兵未动。那时的形势正如《三国演义》中所说：“万事俱备，只欠东风。”

现在，既已拉过来一个颇有实力的驻军团长，而且他已接受委任，坐在自己身旁，这“东风”可说是已经借到了，此时不动，更待何时？想到这里，姜鹏飞感到周身一阵发热，伸手拿起酒杯正想和赵鼎、佟科长等要第二次干杯，却不料从门外传来一阵吵嚷声和嘈杂的脚步声。他刚要叫姜凤鸣去察看一下是怎么回事，房门已被撞开，接着拥进七八个身着便装手持长短枪的人。

为首的一个虎背熊腰的大个子高声喝道：“都举起手来！我们是公安局的！”

随着喊声，几个人拥到桌前便动手抓人。

姜鹏飞打了个冷战，酒杯从手中滑落。但他毕竟久经沙场，知道应付这种突如其来的局面，唯一办法就是冷静和沉着。他缓缓地举起双手，用眼角扫视了一下门窗，门窗早已有人守住。佟科长、“赵团长”的警卫员已被缴械。看来逃跑和反抗都是不现实的，只好听任摆布再选时机了。

由于事发突然，姜凤鸣和张福平已经抖成一团，“赵团长”和佟科长也都高举双手，几副手铐把他们一一反铐，鱼贯押出。

天泰栈门外停着两辆临时找来的烧木炭的黑色出租轿车，佟科长、姜鹏飞、“赵团长”被塞进一辆车里，那个大个子坐到前座，扭身用驳壳枪瞄着姜鹏飞，对身边的司机喝令：“跟上那辆摩托，快开！”

司机诺诺听命，几辆车一齐开动，直奔“老巴夺”烟厂方向急驶而去。

半地下室拘留所里，气氛显得有些紧张。看守员们持枪站在门口，翘首等候。负责审讯的尚能和马蕴平等人，喜不自禁地议论着：共产党和国民党打了几十年，锄奸保卫部门活捉一个中将军长，这还是头一回。而且这个军长不是杂牌军的“水牌子”，而是蒋介石亲自委任、国民党国防部在册的正牌货。

在办公室里坐等的陈龙，接到马敬铮的电话报告后，立即带领张玉成等几名侦察员赶到拘留所。姜鹏飞终于被抓到了！久悬的心放下来了。兴奋、喜悦，还有点儿令人陶醉的味道。但，陈龙毕竟是久经战阵，经验告诉他，此时此刻他必须冷静下来。捉到了，并不是全局的终了，还有艰苦的审讯工作，还要扩大线索，追剿其党羽……想到这里，他点燃了一支香烟，狠狠地吸了一口。是啊，还有一个十分重要的问题需要他决策，赵鼎和佟科长怎么办？当然也可以分处拘押的名义，让他们各回本单位，并掩护他们不致暴露。但一想到对姜鹏飞的审讯，陈龙又犹豫了，他觉得像这样一个正牌的国民党中将军长，是绝不会轻易缴械投降的。如果姜鹏飞拒不缴械，那又怎么办？还有赵鼎和佟科长与姜鹏飞只有短暂接触，肯定还有很多秘密不为所知。想来想去，觉得还是把赵鼎、佟科长两个人和姜鹏飞关押在一起为好，那样可以继续开展侦察工作……

十几分钟之后，摩托车、汽车一齐驶到了拘留所门前。随着车门一阵乱响，在天泰栈第一个冲进屋中的大个子——马敬铮和另一位侦察员，紧抓着姜鹏飞的胳膊，把他押了进来，接着押进来的是赵鼎、佟科长、姜凤鸣和张福平。

陈龙仔细打量了一下这个曾经嚣张一时的“北满匪王”。只见他气喘咻咻，满脸油汗，两只眼睛轱轱辘辘乱转，这倒让陈龙想起在抗联时代，他与一个姓金的朝鲜战友，在深山里猎虎的情景，那大虫临死前瞪大两眼，拼命挣扎，眼光就像此时的姜鹏飞，既恐惧又仇恨。

负责搜身、登记的张玉成，仔细地检查了姜鹏飞的衣兜、鞋袜。下一个便轮到赵鼎了。

赵鼎摆出一副军人的派头，从腰里掏出手枪，“砰”的一声放在桌上，怒气冲冲地说：“我是军人，你们抓我要负责任。还有，我这手枪可特殊，你们不能给我换了！”

4. “活佛”落网

一盏低度的灯泡，用铁丝网罩着，镶在水泥棚顶上，透过昏黄的灯光可以看到这间坚固异常、略呈正方形的牢房，窗口不大，空气不畅，地板、墙壁有些发潮。这里，原是伪满囚禁关押反满抗日志士的地方，由于民主联军进驻时间太短，虽经几次清扫，环境仍未得到彻底改善，蚊蝇乱飞，跳蚤蹦来蹦去。

姜鹏飞被关进牢房。嗅到了人的气味的一群跳蚤立即扑了过来，不消片刻就把姜鹏飞咬得奇痒难耐，口里不住地埋怨赵鼎："妈拉个巴子，我要知道你带着家伙，早就叫你开枪，把那个大个子打死逃跑了——可惜！"

赵鼎也痒得难受，两只手伸进衣服乱搔一气，故意用理直气壮的口气说道："我们都是军人，又是朋友，见见面有什么问题？就算想处理我们也得到军法处，他们管不着。明天送我的时候，我一定能逃出去。"

姜鹏飞感叹地点了点头。世间的事真是白云苍狗，变幻莫测，想不到快到成功的日子，却来了个失脚翻船。但落水不一定就得身亡，只要能爬上岸去，就一定能够重振雄风。要想从这座戒备森严的监牢里逃出去，看来只有依靠这"赵团长"和佟科长两个军人了。想到这里，他感到又有了希望，便把身子向赵鼎靠了靠，压低声音说道："只怪共产党这一手下得早，若再晚几天，就不是他们抓咱们，而是咱们抓他们……"

赵鼎听出了姜鹏飞话中有话，当然不会放过这个机会，便把身子向前凑了凑，想问个究竟，但又怕引起姜鹏飞的疑心，灵机一动，先来了个欲擒故纵，他长长地叹了口气，说道："是啊，抓住他们，也让他们尝尝挨跳蚤咬的滋味儿。可眼下、我最担心的是把我那把手枪给换了，我那枪……"

"咳，一把枪算什么？"姜鹏飞挥了一下手，打断了他的话，"你若能逃出去，要抓紧去找人来救我。"

赵鼎点了点头："那是一定。只是……就怕我的部下被他们遣散了……"

从进牢房就装作垂头丧气的佟科长，听到这句话，作出失望的样子，他把两手一摊，喃喃地说："完了，完了，这下没指望了。"

姜鹏飞却信心十足，拍着佟科长的肩膀说："没关系，别耷拉脑袋，只要能挺过这两天去，到了28号就会有好戏！"

赵、佟急忙问："什么好戏？"

姜鹏飞慢条斯理地说："说不定有人会来解救咱们。"

赵鼎耸了耸肩膀，惨笑一声："28号？你有天兵天将？"

"差不多！"姜鹏飞把腰一挺，却又闭上了嘴，原来是门外正有看守走过。等了半天，直到脚步声消失，姜鹏飞才压低声音说道："三千兵马都会佛法，吞下灵符，刀枪不入。到时候他们会从太平桥、顾乡屯、马家沟三路发兵；咱们的两个师也会从江北杀过来，给它来个四面进攻。哈尔滨驻军加一块儿也不过两千多人，到那时，定会一举荡平！"

赵鼎和佟科长不禁暗暗吃惊：想不到哈尔滨即将面临这样严重的局面；看来姜鹏飞这个中将军长还真有点儿胸中兵甲，若不是采取了狱中侦察这一手，哪儿能弄出这么重要的情报？靠审讯，再耽搁两天，那可就误了大事了！——必须把这个情况及时报告给陈龙。

估计现在已经十点多钟了。从牢门外一直未间断的脚步声判断，对姜凤鸣和张福平的审讯正在连夜进行。赵鼎心中颇为焦虑。情况太严重了，也太危急了，绝不能等候提审。想到这里，他向姜鹏飞耳语了几句，便走向牢门大声喊道："喂——是哪个看守？我是军人，是民主联军的团长，你们押我纯粹是误会。我要见你们首长，快去报告！"他边喊边把牢门敲得咚咚响。

看守听说押了个团长，不敢怠慢，急忙赶到审讯室，向正在和许凤图一起审讯姜凤鸣的陈龙报告。

姜凤鸣这个家伙顽固至极，面对审讯什么也不肯交代，就连他的姓名、年龄，也都是几经追问才交代的。陈龙总觉得这个家伙所以如此嚣张，像是有恃无恐。可他究竟"恃"的是什么？这是必须要弄清楚的。

听看守说那个团长嚷着要见首长，陈龙估计赵鼎可能有重要情况要讲，便吩咐把姜凤鸣押下去，把赵鼎带来。

赵鼎进来后，回手把房门插上，陈龙紧紧和他握了一下手，又给他倒了一杯水。赵鼎忙不迭地说道："28号有几千人要暴动，说是会什么佛法，刀枪不入，要来劫狱。"

陈龙大吃一惊，忙问道："情况可靠吗？"

赵鼎喝了一口水，用手背擦了擦嘴："是姜鹏飞方才亲口对我讲的。说他还有两个师要从江北杀过来。"

陈龙边思索，边自语："28号，后天？几千人……"

赵鼎不无担心地问："部长，他该不是吹牛吧？"

陈龙缓缓地摇摇头："不像。"

对张福平的审讯，倒有些进展，这个身材结实的兵痞，跟随姜鹏飞多年，享了很多福，作了很多恶，就是没见过这种场面。自从被捕浑身就不停地筛糠，在黄耕夫的厉声质问面前，开始吞吞吐吐地交代自己的历史。

陈龙走了进来，黄耕夫急忙给他让座。在一边记录的李瑞呈过审讯记录。张福平看在眼里，他断定进来的这个人一定是个大官。

陈龙翻看了审讯记录，又退还给李瑞，抬头打量了一下张福平。只见他脸上淌着汗水，呼吸急促，眼神十分慌乱，最显眼的是两只手不停地在膝盖上揉搓。

"胆小鬼。"陈龙鄙夷地皱了皱眉头，暗骂了一句，然后说："你的历史以后再讲，先说你们二十七军下一步的打算。"

陈龙的声音不高，但威严有力。张福平眨了眨眼睛，随着喉结蠕动，咽了口唾沫，开口说道："在外县编了十六个师，准备攻打哈尔滨。"

"什么时间？"

"人马正在集结……估计得十天半个月。"

"不是还有会佛法的吗？"陈龙突然提高声调。

张福平怔住了，两眼直瞪着陈龙，两只手不再揉搓，好像被电击了似的呆坐在那里。很显然，这句话打中了他的要害。

陈龙点燃一支香烟，吸了一口，镇定地望着他。

张福平嘴角不停地抽动，眼睛又眨了几眨，竟抽抽噎噎地哭了起来。

“快讲！”突然，陈龙大喊一声，同时用手猛地拍了一下桌子，随即站了起来。

这一声不亚于打了个惊雷，张福平登时停止了抽泣，扑通一声跪到地上：“长官息怒，据我所知，有位活佛叫李明信，他手下有三千佛兵，姜军长曾去联络过。”

“你不是联络处长吗？”

“是，可是那次我没去，是姜军长去的，所以不知在哪儿。”张福平被黄耕夫掩起，又坐回到凳子上。

陈龙匆匆赶回办公室，已是午夜十二点了。这突如其来的情况，一下子冲乱了狱中的审讯计划。现在最大的危机，是尚不知这三千多“天兵天将”藏身何处。他抓起电话，向市委书记钟子云和汪金祥分别报告了这一新的情况，随即又召集全市各分局长开会，布置任务。他认为这三千人的行动肯定与封建迷信活动有关，而且搞佛法，闹什么刀枪不入，就不会完全偷摸着干，只要在全市撒下罗网，仔细寻找，也许不难发现他们的踪迹；由于这类活动多发生在郊区，或城乡接合的地方，陈龙特地对太平分局的张广信和香坊分局的邹瑜两位分局长，作了叮嘱。

完成这样大规模的搜捕、审讯和调查工作，光靠哈尔滨市委社会部的兵力显然是不够的，东北局社会部的侦察员和市公安局治安科王宏伟带着干部相继赶来支援。马敬铮、程强便又赶回天泰栈隐蔽埋伏，以期捕获其他党羽……

从逮捕姜鹏飞到第二天下午，整整一天一夜，陈龙不曾合眼，就在他困倦已极、刚想闭目养一养神的时候，顾乡公安分局传来了报告：发现该地一些居民在赶制扎枪，有的还用黄表纸画符……

听到这个报告，陈龙登时倦意全消。他立即喊来司机，坐上吉普车赶到顾乡公安分局，听取详细汇报。傍晚，太平公安分局长张广信又打来电话，有个侦察员从一个要参加暴动的亲属口中得到确切情报：“活佛”李明信确定 8 月 28 日凌晨二时发起暴动，队伍已经秘密集合……

陈龙闻讯立即赶到太平公安分局，听取张广信和治安股长马诚的全面汇报。

据悉，参加暴动的人都吃了灵符，吞了神药，都相信自己成了星宿下凡的天兵天将，可以刀枪不入。暴乱分子将从太平、顾乡、东付家、西付家四路同时攻击，重点攻打公安局，救出姜鹏飞后，到南岗文庙会师……

陈龙看了一下手表，时针已指向八点，距敌人暴动时间仅有六个小时，心里不免有些焦急。现在哈尔滨驻军，只有朝鲜支队，兵力相当于一个团，不足一千人，如何能抵挡这几千人的进攻？何况除了“佛兵”以外，还有“建军”土匪的几个师。哈尔滨若被攻占，这么多党政机关、东北局还有许多位中央委员，他们的安危怎么办？这一系列问题，一个接着一个出现在陈龙的脑海之中。虽说陈龙素以果断、冷静著称，现在额上也冒出了一层冷汗。

一年前，毛泽东在重庆谈判时，就通过红岩村的电台与延安联系，部署要不失时机地“抢占东北”，大批党政干部离开延安，奔向东北，就是按着这个部署行事的。毛泽东和陈龙在红岩村的山坡散步时，曾说，国共两党谁占有了东北，谁就有了天下。一年来的实践，完全验证了中共中央和毛泽东的远见卓识。东北战场关系全国，哈尔滨就是东北战场的指挥中心和后勤基地。如果哈市被敌人发动暴乱而占领，其损失绝不仅是一个哈尔滨，其他城市的潜伏敌人也会效法，到处制造暴乱，配合国民党大军乘机向北推进。

可现在暴动只有个朦胧的情况，李明信是何许人？躲藏在什么地方？究竟有多少兵力？武器装备又如何？都是未知数。去审姜鹏飞和姜凤鸣？估计这两个死顽固也不会轻易缴械。

时间不等人！

陈龙急忙驱车赶到市委，找到了钟子云书记，接着又到东北局找到了彭真、陈云，详细地汇报了抓捕姜鹏飞和在侦讯中发现李明信准备暴动的情况。东北局领导人当即作出决定，集中哈尔滨市所有武装力量，包括政工和后勤人员，一律上阵，分兵三路拒敌于太平桥、顾乡下坎和江北一带。一旦发生暴动，要坚决就地消灭，绝不能让他们进入市区和到南岗会合。对监狱、公安局、电台及机关重地也要设兵布防，防止小股敌人流窜骚扰。从今夜零点起全市布岗，盘查可疑行人，东北局和市委领导直接参加指挥战斗……

离开东北局，陈龙心绪稍定。有东北局的直接领导，他对扑灭这场暴动，有了充足的信心。

回到办公室，陈龙又感到心区隐隐有些作痛，他这才想起从昨晚到现在他一直还未合过眼。最近心区好像变成了一个报警器，每逢睡眠不足，它就跟你闹上一阵。这次闹得凶一些，先是一阵快节奏的慌跳，搅得人心烦意乱；接着，跳动又忽然间歇，停个一秒、半秒，憋得人满头大汗。陈龙推开窗子，仰望天空，长吁了几口气。天空中乌云四合，厚厚的云层就像沉重的黑石板压在哈尔滨上空，几道闪电过后，传来隐隐的雷声。今夜的天气和敌情一样，大有黑云压城城欲摧之势！

时近午夜，电话一个接一个地打来，命令一份接一份地下达，侦察员进进出出报告情况。

什么心区慌跳，什么跳动间歇，陈龙都顾不得了，他已经忙得忘记了这一切。

电话报告：一时许，在社会部侦察员带领下，近千名朝鲜支队战士分三路跑步出发，分别隐蔽埋伏在太平桥、顾乡和沿江一带，准备迎击敌人。

二时正，侦察员报告，伴随阵阵雷鸣，从太平区几条小巷传出一阵阵锣声，接着一伙伙手持大刀、猎枪、扎枪的暴徒，从四面八方拥来。他们有的袒胸露腹，在胸前、肚皮上用墨笔画满曲里拐弯的符咒；有的把写在黄纸上、绫绸上的符咒缝到衣服上，随着锣声一阵紧似一阵，一个个好像上足了发条，高喊着“杀八路军”、“杀共产党”的口号汇集到马路上，向太平桥头蜂拥而去。

紧接着，电话又报告：顾乡屯的暴徒在锣声的召唤下拥到街上。队伍后面有一个白面净皮、二十多岁的年轻人，手持钢刀，怀揣两颗印玺，由手持令旗、令箭、令符的五男六女组成的阴阳“护身”在两侧簇拥着，护卫着。这群人一出现，四周的暴徒发出一阵呼喊和怪叫。这个白净面皮的人，就是暴乱头目、国民党军事委员会和敌后工作委员会少将委员、“活佛”李明信。

太平桥在哈尔滨东北，顾乡屯在哈尔滨西南，两地相距二十余里。由黄枪会统一指挥，两地暴徒几乎是同时出动，鼓噪向前。

暴动开始了，近千名举着大刀、扎枪的暴徒冲了过来。

隐蔽在太平和顾乡两地的朝鲜支队战士，看见暴徒拥了上来，高声喝令制止他们前进，暴徒无一人听从，继续举刀舞枪，呐喊着，向前冲来。

根据上级命令，战士又向天空鸣枪警告。暴徒听见枪声却不见有人中弹倒下，以为符咒果真灵验，刀枪不入，胆子更大了，一齐呐喊着向部队阵地发起了冲锋。指挥员见暴徒嚣张已极，果断下令：“打！”轻重机枪一齐开火。随着枪声，冲在前面的身画录符的暴徒像被割倒的庄稼，纷纷栽倒在地……

后面的暴徒见法术不灵，一个个惊得魂飞魄散，纷纷扔掉刀枪四散逃命，连在后面督阵的李明信也吓得浑身筛糠，在几个亲信的簇拥下仓皇逃走。

此时，天下起了大雨，雨点劈头盖脸打下来。部队战士冒雨追击，直到天亮，两路暴动人马被全部击溃。

李明信逃走后，潜藏在市区一个道徒家中，但他想做“皇帝”的野心不死，派出“阴阳护身”四处打探消息，准备搜集残部，商讨对策，以便伺机再起。根据被俘暴乱分子的检举，侦察员发现了他派出的“护身”的行踪，便尾随跟踪，终于在 8 月 30 日将李明信等几名骨干分子抓获。

8 月 28 日这一天，对牢房中的姜鹏飞和姜凤鸣来说，也是个难熬的日子。他俩几乎一夜未睡，整宿都在紧张地谛听外面的动静，可是等到天亮，连枪声也未听到，更不要说会有人前来劫狱搭救了。

尽管如此，姜鹏飞仍然贼心不死，他相信由他安排的这次军事行动，一定会取得成功。因此，几次提审，他都顽固抵赖，企图推到暴动成功那一天。一直到30号夜晚，他从牢房的小窗口看到李明信和他的几名“罗汉”也被押了进来，才明白大势已去，一切都不可逆转了。

在侦察队捕获李明信的同一天，根据赵鼎报告的国民党“建军”第六路军第三军军长崔大刚也准备蠢动的线索，陈龙又下达命令，王宏伟、亢天祥和侦察队全体侦察员一齐出动，一夜之间搜查了崔大刚的第三军的十六个据点，逮捕了以崔大刚为首的第三军师、团长五十六名，并将其部属进行了收容和遣散。

紧张战斗了三天三夜，一场反革命暴乱平息了，消灭了预谋暴动的反革命组织，捉获了一个中将军长、一个少将军长、一个少将参议和一大群师长、团长、参谋长，还有“护身”、“罗汉”，战果辉煌！

东北局彭真、陈云、张闻天和民主联军司令部刘亚楼、伍修权等领导相继给市委社会部打电话，或亲临市委社会部表示祝贺和慰问。中央社会部接到报告后，通报全国，予以嘉奖，并赞扬这一案件的破获，“给了蒋日特务机关重大打击，揭露了国民党勾结敌伪反对人民的罪行，对争取东北自卫战争的胜利，巩固东北解放区建设，教育东北人民起了重大作用。”

首长们一致交口称赞，这是陈龙继保卫毛主席赴重庆谈判后，为我党立下的又一件大功……

9月9日，哈尔滨市政府组成特别法庭，对姜鹏飞、李明信、崔大刚等数十名罪犯，进行了公开宣判。9月10日，十余名人犯被押赴东付家二十道街公园执行枪决。曹兴武、崔大刚、李明信，连同北满匪王姜鹏飞在内的“四大匪团”先后被歼的消息不胫而走，坐镇沈阳东北行辕的杜聿明闻讯后如丧考妣。南京国防部哀叹“痛失名将”。10月10日，在沈阳，国民党东北“剿匪司令部”为姜鹏飞、李明信、曹兴武、崔大刚举行了规模盛大的追悼会。在长春，国民党万余名军官士兵举行跪祭遥拜，以追悼亡魂。这些悼念仪式恰好宣告了蒋介石和杜聿明亲手制造的“滋扰后方，相机占领哈尔滨”的作战计划和武装土匪阴谋暴动的彻底破产。

5. 铲除“滨江组”

“破案只是完成任务的一半，下一半工作是总结经验、教训。”从延安枣园时候起，陈龙就经常告诉大家，要特别重视对每一起案件经验、教训的总结。姜鹏飞、李明信案件破获不久，马敬铮和程强就起草了一份侦察工作的总结报告，请黄耕夫等人看过，并根据他们的意见做了几处增删，誊清后，马敬铮亲自送到了部长办公室。

陈龙从头至尾看了一遍，便把总结报告锁进了抽屉。

马敬铮刚要转身离去，陈龙把他叫住了："星期天咱们打猎去！"

打猎，是陈龙的爱好之一，他枪法好，对许多飞禽走兽的脾气禀性又都摸得一清二楚，所以每次出猎，他都是满载而归。

"好！我回去准备一下。"马敬铮爽快地答应了。

东方刚刚露出鱼肚白，陈龙便驾着吉普车，载上马敬铮和警卫员陈洪升，驶过松花江大桥，来到一片沼泽地。

这一带草木丛生，夏天江水上涨，这里到处是水，秋天江水回落，坑洼处便成了一个个水泡子。从此路过，去南方过冬的大雁、野鸭子，往往在这里停歇、觅食和过夜，然后继续南飞。此刻，它们正在睡懒觉。

陈龙替马敬铮选了一个理想的所在，然后带上警卫员小陈，隐蔽到几百步以外的一片草丛中。

所谓理想的所在，就是猎物多，容易击中。眼下，马敬铮所处的位置便是这样一个地方。伏下不多一会儿，就有几只又肥又大的野鸭子，缓缓地向他游来，估计相距顶多有三十米，这是有把握的射击距离，马敬铮端起枪瞄了瞄，便扣动了扳机。

一声沉闷的枪响，惊破了草泽的宁静。一群群、一片片的水鸟纷纷飞起。接着便听到陈龙那边连连开枪，想必是连那边的水鸟也飞了起来。

一只又肥又大的野鸭子被击中，马敬铮兴冲冲地蹚水过去捡起来，又回到草丛中伏下。

失去同伴的水鸟在射程以外的高空鸣叫、盘旋，却不再落下，马敬铮抱着枪，只能眼巴巴地望着。

陈龙那边却枪声不断。马敬铮探身望去，只见一只又一只的野鸭子，在陈龙那边的一片水草丛中飞起又落下，随着枪声，被击中的野鸭子纷纷跌落在草丛中。警卫员小陈高兴得连蹦带跳去捡回"战利品"。

狩猎持续了两个钟头，一边是战果累累，一边是冷冷清清。

马敬铮只得放弃自己的"阵地"，提着枪来到陈龙身边。陈龙身边已经堆了二十多只野鸭子。

"怎么你这边的鸭子这么傻？一边挨打还一边落？"马敬铮纳闷地问。

"你是手段单一，"陈龙又往枪筒里压着子弹，"我是既有外线，又有内线。""内线？"马敬铮越发糊涂了，怎么打鸭子也用上了"外线"、"内线"？

这时，又有几只野鸭子在头顶盘旋。马敬铮举枪向天，刚要扣动扳机，却被陈龙拦住了："再等一会儿，它总会落下来的。"

马敬铮半信半疑地放下枪。果然，几只野鸭子越旋越低，眼看就要降落。这时，陈龙示意马敬铮举枪。枪响后，两只野鸭子应声落地。

马敬铮一边退弹壳，一边问道："这就怪了，野鸭子怎么也听你的？"

陈龙拨开眼前一片芦苇丛，指着不远处水边："看！那就是为我诱敌的情报员。"

马敬铮顺着他指的方向望去，原来那里拴着一只受伤的野鸭子，是它的叫声，唤来了一只又一只的同伴。

"这些日子，我悟出一点道理，搞侦察工作也得和打猎一样，像你那样露头就打，见头就抓，不可能有大收获。"陈龙指了指前面那只哀叫的伤鸭："要树立长期作战的思想，把打入敌人内部侦察当成侦察工作的核心来对待，钻进敌人的内部上层，才能挖出隐蔽更深的敌人。"

"像孙悟空三借芭蕉扇一样。"马敬铮似有所悟。

天上又有几只野鸭子低空盘旋，陈龙连头也不抬，他的思绪早已进入了对侦察工作的探索之中，"打入内部侦察"这个想法，不仅要写在侦察总结报告里，还要在全北满、全东北推广、应用。

就在这天夜里，满载而归的陈龙把野鸭子分送给食堂和大家，回到社会部，便伏案改写那份侦察工作总结报告。对四条经验中的第一条，他改写道："姜案的破获证明，侦察工作是保卫工作的神经中枢，没有侦察工作就不能及时发现和有效地打击敌人，保卫自己。而'深入敌人内部侦察'，是一网打尽敌人最有效的办法。"

中国的侦察工作，自《孙子兵法》中提出"用间"开始，已有两千多年的历史。谍海风云，波谲云诡，变幻莫测，在中国历史舞台曾经演出了一幕又一幕斗智与斗勇的活剧。"用间"的成败，不但关系到一次战争的胜负，甚至关系到一个国家的王位更迭，政权的交替。因而，"用间"历来被军事家、政治家视为克敌制胜的法宝。

当然，打入敌人内部开展侦察的做法和提法并非自陈龙始。远的不说，第一次世界大战、第二次世界大战，甚至是战后和平建设时期，不知有多少间谍、特工人员在敌对双方的营垒中潜伏着。敌伪统治时期，中共就有许多地下党员是打入敌人内部进行活动的。

问题是在掌握政权之后，还应不应当继续沿用这种办法去和敌人斗争？这在当时还是个有争议的问题。

陈龙写道："这一指导思想，首先提醒每一个主管侦察部门的领导同志，必须意识到同国民党和海外帝国主义间谍、特务作斗争，是一个长期的任务，而同他们斗争的主要手段便是深入敌人内部开展侦察。"

姜鹏飞、李明信案的破案总结报告，经陈龙修改后，上报给东北局社会部。

汪金祥对陈龙提出的这一指导思想十分赞赏。从中央早期的情报工作到红军保卫局，从延安中央社会部到东北战场十多年的侦察工作实践中，他敏感地意识到，这一方针一定会对全国的侦察工作产生重大影响。他建议，在认真筹备的基础上，争取在今冬明春召开一次东北地区社会部长、公安处长会议，研究各地区敌情，制定新的侦察工作方针，并建议陈龙就这一侦察工作方针做一个全面的阐述，以便贯彻到工作中去，使东北地区的侦察工作面貌迅速改观。

1947 年 1 月，东北解放区在哈尔滨召开了有东北各省、市社会部长、公安局长参加的“东北公安工作会议”。

会上，汪金祥代表东北局社会部作了《关于东北反奸斗争情况与当前任务》的报告，陈龙作了《关于加强侦察工作问题》的报告。在报告中，陈龙第一次提出了“我们侦察工作的主要方针应该是长期深入敌人内部侦察”的论述。他说道：“只有这样做，才能深入敌人心脏，找到敌人的主力，全面掌握敌人，达到一网打尽的目的。”

这个方针一提出，便在与会者中间引起了强烈的反响。大家对这一方针议论纷纷。绝大多数干部根据切身体验认为“长期深入敌人内部侦察”这几个字既精炼，又概括，为打击隐蔽的敌人指明了方向，提供了办法，它必将会对整个侦察工作产生深远的影响。但也有个别人提出异议，那就是在如何理解“长期”和“内部”这几个字上推敲不休。对此，陈龙又作了进一步的阐述，他说：“提出这样的方针，并不等于不及时破案，但破案必须具备一定条件：一是我们掌握的敌特组织没有存在价值；二是带行动性的敌特案件……只要侦察证实即可破案。”同时，他又指出，“各级锄奸部门在贯彻这一方针时，要区别城市和农村，区别中心区和收复区。城市侦察工作必须以专门工作为主，一般社会调查为辅，与合法统治、群众路线相结合……乡村居民分散，交通不便，农村的侦察工作主要应依靠群众路线。”

由于共产党刚刚进入城市，许多人还不了解或没有掌握侦察工作的方法与手段，因此，陈龙在报告中，又对不同地区采取哪些不同的办法作了详尽的说明与规定。身为东北局社会部副部长，他希望东北所有的侦察机关，都能把这一方针和规定贯彻到实际工作中去，把对敌特的侦察工作提高到一个新水平。

整个会场气氛活跃而又热烈。恰在这时，在远离会场的一条公路上发生了一场追逐战。

前几天，李克随黄耕夫一起从社会部调到香坊公安分局工作。今天由他押送人犯去道里监狱，为防止人犯逃跑，李克特地让八个人犯坐在胶轮大车中间，警卫班战士围坐在人犯的外围，这可倒好，战士们倒成了人犯的挡风墙。

这一年冬天冷得出奇，1947 年 1 月 17 日哈尔滨的气温降到了历史上最低点，零下四十度。刚离开香坊公安分局三四里远，李克就觉得两脚已经冻得发木，他跳下胶轮大车，跟在车旁奔跑，好让两脚暖和过来。

跑了一阵，觉得身上有点儿热乎了，李克又跳上胶轮大车。这时，迎面跑来一辆马车，马和驭手浑身都挂满白霜，像是跑了很远的路。马车的车座上蜷曲坐着一个用棉帽子大围巾捂得严严实实的人，两车交会时，那人向胶轮大吉普车这边瞟了一眼。

人世间有很多事情的变化，往往带有某种偶然性。假如马车上的人不瞟这一眼，两辆车南辕北辙，事情就过去了，偏偏这一眼引起了李克的注意。他扭头一看，就在四目对视的一瞬间，两辆车上的人都相互认出了对方。

马车里坐的是曾与李克同在伪江上军任过职、抗战胜利后又投靠国民党任电台台长的郝春龙。5月份大搜捕时，破获了以张禹为组长的军统东北组，张禹在逃，郝春龙也躲了起来。想不到事隔半年，竟在这里狭路相逢。

两车相错后，很快拉开了距离。李克忙叫人犯下车，派两名战士看守，然后带上其余战士，调转马头追了上去。

郝春龙也在催驭手加鞭。两辆车便在大路上展开了一场追逐战。论速度，胶轮大车当然跑不过拉客的马车，双方渐渐拉开了距离。李克果断地朝天开了一枪，马车驭手听见枪声，回头看见有军人追上来，“吁”的一声勒住缰绳，因为他与这个乘客素不相识，当然不肯冒着被枪击的危险再向前跑。胶轮大车追了上来，郝春龙束手被擒。

陈龙在会场接到捕获郝春龙的报告，立即用电话通知马敬铮，要他赶赴香坊分局组织审讯，同时又叮嘱道：“对待像张禹领导的行动特务，必须速侦、速破，不能拖延。这次一定要活捉张禹，不能像前两次那样，再让他逃脱。”

马敬铮、张玉成反复讲解政策，终于撬开了郝春龙的口。郝春龙为张禹服务是出于雇佣思想，他不想隐瞒雇佣的情况而使自己遭到严惩。根据他的供述，当夜在铁路局站内单身宿舍中起出了电台和密码本，先后逮捕了保密局北满站特务杨知时和孔繁玉、丁全义、盛稔五、马述良等十二人。唯有张禹的住址十分难找，直到天将破晓，才在“地包小市”一条积满厚雪鸡肠似的弯弯曲曲的胡同里，摸到他的藏身之处。

张禹，这个军统局（戴笠死后更名为国防部保密局）滨江组组长，抗战胜利后即潜入哈尔滨活动。因其性格多疑诡诈，反应敏捷，稍有风吹草动都会引起他的警觉。5月大搜捕，他是社会部要捕捉的重点对象，已经堵住他的家门，却被他从后窗逃走。一个月后，他又潜回哈尔滨。10月，发现他的踪迹，刚要抓捕，他又闻风而逃。这次是第三次搜捕，已经找到他的家门，马敬铮这回不敢大意，要在房前屋后布好伏兵，再行破门。

几名侦察员分头迂回包围。谁知，踏雪的吱嘎声，又使张禹警觉，未等侦察员合围，他已从被窝里窜出，披上衣服推开后窗，就跳了出去，赤着脚，蹚着深雪逃得无影无踪。

侦察员听见窗响，忙跑到后院，只见脚印穿过院墙，伸延进另一家院内，追进这家院内，才知道这个院子有几个出口，通向几条胡同。侦察员分头追赶，追来追去，又转回了原地。这一带胡同七折八拐形同迷宫。看来，张禹藏身这里是经过认真选择的。

马敬铮追出几条胡同，碰见的都是在胡同里乱转的侦察员，才不得不认定张禹已经逃走。追捕工作又一次遭到失败。心里一急，嗓子发干，说话就变了音。

一个敌特首要分子两次从手头滑脱，已使陈龙十分恼火，这一次他特地嘱咐，一定要把张禹活捉回来。直到天明，他还在等候消息。

天色大亮，满身霜雪的马敬铮垂着脑袋回来了。

陈龙一听张禹又跑掉了，顿时心头火起，朝着马敬铮当头就是一句："你是干什么吃的？"

马敬铮一看陈龙脸色红涨，知道他真生了气，想要解释几句，偏又不知从何说起，加上嗓子生疼，只张了张嘴巴，又低垂下头。

"你是侦察科长吗？你是熊蛋包！都堵住家门了，还让他跑了！"陈龙从桌后绕过来，站到马敬铮面前："你说，他到底是怎么跑的？"

陈龙眼里冒着蓝火，呼气烫脸。马敬铮把头垂得更低了："都怪我，没想周到。"

"没想周到？你是干什么的？你这个侦察科长只能抓鸡毛蒜皮，是吧？遇到特务头子你就不周到了！"

"我请求，给我处分。"马敬铮嗫嚅着说。

"处分？处分顶个屁用？你跑一百个，我处分一百回吗？"陈龙的嗓门越来越大，响得能震动全楼。

马敬铮低着头，干脆一言不发。若是处分不顶用，他也弄不清还有什么能够弥补自己的过失了。

"回去好好检查好好认识！打不了硬仗，算什么侦察科长？"陈龙依然怒气不息。他坐到沙发里，脸朝窗子像拉风匣似的呼哧呼哧地直喘粗气，不再说话。

等了半晌，也不见再发连珠炮，马敬铮试探着问了一句："我回去检查？"

又过了半晌，才听见陈龙从鼻子里嗯了一声，马敬铮赶紧退出部长办公室。

嗓子越来越疼，脑袋涨得像柳罐，马敬铮自己也闹不清是怎么回到治安科办公室的。

一进办公室，他便扭死了暗锁，不想见任何人，也不想让任何人看见他。他一坐到椅子上，竟呜呜地哭了起来。

马敬铮这年二十七岁，浓眉大眼，身高体壮，论长相、论气概都属得上堂堂的男子汉。他从十六岁离开煤矿参加工人游击队，到改编成三五八旅成为八路军战士，一直是冲锋在前的小老虎。1941 年调入社会部搞侦察，也称得起一员干将，想不到，干了五六年之后，竟能遇到这种窝囊事。他恨透了这个张禹，若是再碰上他，绝不能再让他溜掉，到那时非结结实实地揍他一顿，出一出心中这口闷气不可。

其实，他心里更恨自己，自己怎么就没想到敌人会比狐狸更狡猾，看他选的住处、房间，哪一样不是为随时逃跑预备的？自己莽莽撞撞地带着人一拥而上，焉有不失败之理？陈龙批评得好，批评得对，打不了硬仗，算什么侦察科长？

马敬铮走后，屋子里只剩下了陈龙一个人。他闷坐在沙发上，刚发了一通火，心区又感到隐隐作痛。他点燃了一支烟，深吸了几口，想借此稳定一下心绪，可是，心区的疼痛越来越猛，竟疼得他额头冒出了冷汗。

“妈的，这是什么毛病？”他暗骂了一句，他不知道心区最近连续疼痛是不是病，因为最近连续开会，会前为准备材料，常常从早忙到晚，从晚忙到夜，加上昨天又一夜未能合眼——他认为这一切都是疲劳造成的，只要睡个好觉，一切都会好的。

他静坐了有一顿饭的工夫，疼痛减轻了，拿起电话拨通了香坊公安分局，找到了黄耕夫，询问审讯情况。

黄耕夫告诉他，十几名人犯都已审过，供述情况基本一致，只等抓到张禹，“滨江组”就算彻底摧毁了。

张禹跑掉了，“滨江组”就不能算彻底摧毁。这个家伙生性顽固，几次失败都卷土重来，恢复“滨江组”继续活动，颇有点儿“屡败屡战”的气势。

“滨江组”成了割不完的韭菜。

怎样才能斩草除根？陈龙觉得不应当只批评下级，重要的是自己得拿出办法。

第二天，马敬铮嘴角起了火泡，说话嗓子嘶嘶啦啦的，陈龙看在眼里，暗暗埋怨自己昨天火气发过了头。晚上，他把马敬铮和林哲生叫到自己家中，让海宇炒菜、烫酒，还特意关照做了一个马敬铮爱吃的煎鸡蛋。两个人坐到桌前，边喝边聊，陈龙肚子里有的是奇闻趣事，直到把马敬铮等人逗得开怀大笑，才谈起了“割韭菜”的问题。

“张禹割了三茬，说不准还得割第四茬。”马敬铮对这个问题感触颇深，“这么割下去也不是办法。”

“你看郝春龙这个人怎么样？”陈龙若有所思地问。

“人很精明，他是技术人员，没什么信仰，谁舍得花钱他就给谁干。”

“要是我们雇他呢?”陈龙问。

“这个……我倒没想过，不过估计他也许愿意干。”因为参加过对郝春龙的审讯，马敬铮心里多少有点儿把握，“但是……”他把想说的话又咽了回去。

“干什么吞吞吐吐的?”陈龙望着他追问道。

“干这种事是刀尖上跳舞，弄不好……七言八语就多了。”马敬铮猜出了陈龙的心思。

“试试看，给长春的‘北满站’心窝子里捅上一把刀子，出了问题由我和汪金祥担着。”陈龙按熄了烟蒂。

“北满站”是保密局派驻在东北地区的特务机构，也是“滨江组”和东北敌特组织的领导机关。

“咱们没干过，也没听说兄弟单位干过。”马敬铮还有顾虑。

“总得有人开头。”陈龙的语气意外地坚决而又平静。

多年的合作，马敬铮学会了单凭眼神、语气就能领会陈龙内心思想活动的本事。他知道陈龙的决心已下，便起身告辞，连夜赶到拘留所。

郝春龙曾是江上军通讯队的中尉军官，一年前被拉进军统局哈尔滨特别组后，张禹亲自考核了他的收发报技术，任命他为电台台长。被捕后他交出了电台，并供述了全组的名单，有心与国民党的特务机关一刀两断，希望人民政府能给他一个自新的机会。

马敬铮答应了他的要求，但提出了一个条件，这就是立功赎罪。

郝春龙经过一番思考，点头应允。

夜已经很深了，陈龙的办公室里还亮着灯，马敬铮正伏在桌上，根据陈龙的口述编写发往敌区的第一份电报。发这份电报的目的，就是离间张禹和他的顶头上司“保密局北满站”的关系，引起“北满站”的疑心——为什么张禹组的成员多次被一网打尽，而张禹却能独自逃脱?如果产生了效果，张禹就是逃回长春，让他浑身是嘴也说不清。

“还要给他们一点儿甜头，找几条过时的情报，编成情报发过去。”陈龙吸着纸烟缓缓地说道。

马敬铮把编好的“情报”请陈龙过了目，然后驱车返回治安科，在监视台的监视下，让郝春龙把电报发了出去。

回电来了，敌人询问被捕人的情况，关心电台安危，对发去的情报很感兴趣，并让继续搜集——敌人上当了!

“继续发报，用假情报迷惑他们，把‘北满站’拖进死胡同。”陈龙又下达了新的指示。

从此，这个电台不断向敌人发出一份份情报，敌人也不断回电予以表彰和鼓励。张禹逃回长春，果然受到了严厉审查，虽然未被“清除”，也一直在坐冷板凳。他几次向“北满站”主任参谋汤执中请求，重回哈尔滨组建“滨江组”，却始终未被应允。因为汤执中知道，“滨江组”一直在哈尔滨秘密活动着，无须重新组建。而张禹的要求很可能是为逃避审查的遁身术。

张禹这棵韭菜虽未被我们除根，却被敌人自己拔了秧。“离间计”取得了完全的成功。

由于“郝台”得到了信任，“北满站”许多发给齐齐哈尔、牡丹江等地潜伏电台的指令和情报，也由“郝台”转发，因而又陆续发现了敌人的齐齐哈尔组潜伏台和“松江组”潜伏台。

一石二鸟，一举两得，利用敌人一部电台，发现了两部潜伏台，战果不可谓不显赫。在一片赞扬声中，是“见好就收”还是继续同敌人斗争下去？陈龙又一次表现了他的气魄和胆识。他决定，如有可能，就把这两部电台都利用起来。

经过研究，其中只有一部电台具备条件，将人犯逮捕后，把电台交由张玉成、张汉斌掌握，开始编写假情报送给敌人；另一部由于技术原因不便利用，遂连窝端掉。

从 1947 年 1 月，一份份经过精心设计的军事、政治假情报，通过这两部电台发往敌区。“北满站”如获至宝，及时上报给保密局和东北行辕，作为敌人制定战略战术的依据之一。可想而知，这些情报将会给敌人首脑机关造成多大的混乱！在“三下江南”、“四保临江”的战役中，敌人因受假情报迷惑，多次出现进攻和防御的失误，多次为民主联军歼灭敌人创造了有利契机。这两部电台，可以说起到了任何部门都无法代替的重要作用。

6. 谈“龙”色变

从出动大批人马组织大搜捕，到利用敌人电台把尖刀插进敌特指挥机关，在仅仅半年的时间里，哈尔滨的侦察工作便取得了飞跃的进展。综观其成就，足可以与世界任何国家的情报机关相媲美。

由于东北解放战争一度处于拉锯状态，加之民主联军一直以杀伤敌人有生力量的运动战为主，经常是攻占一个城池旋即主动放弃，致使双方时常出现无明确防区的状况。解放区经商的“老客”只要持解放区机关的路条，就可以越过哨卡到敌占区去做生意，敌占区的商人也可以到解放区来采购商品。还有大量被炮火毁灭家园的难民四散逃难，敌特如果化装成商人或难民，要进入解放区和哈尔滨是十分容易的。

由于国民党军事进攻再无法向北推进，在解放区制造骚乱和刺探情报，便成了敌特机关的首要任务。哈尔滨既是中共东北局和民主联军总部所在地，又是指挥前线作战和支援东北解放战争的基地，理所当然地成了敌人破坏目标重点之中的重点。1947 年敌特机关对哈尔滨的派遣达到了前所未有的高峰。

为适应敌情变化，1947 年 3 月，中共哈尔滨市委决定，调周维斌到合江地区工作，由陈龙兼任哈尔滨特别市公安总局局长。

为便于集中兵力统一指挥，陈龙决定将社会部治安科和公安总局司法科合并，调王宏伟任松浦公安分局局长，由马敬铮担任治安科长。

合并后的治安科，调整了部分干部，充实了新的力量。马敬铮领导全科认真学习了汪金祥、陈龙在“东北公安工作会议”上的报告，决心充分利用敌人电台，采取“拉出来，打进去”等各种侦察手段，同形形色色的潜伏或派遣特务作坚决的斗争。

也许是一种巧合，在陈龙调整侦察力量的同时，敌长春保密局“北满站”和国防部二厅派驻长春的特务机关痛定思痛，也重新调整了计划，根据以往的教训，决定在施行“人海战术”的同时，选派经过多年培养的高级特务潜往哈尔滨，以求得情报数量和质量的双重收获。

赵克难便是一个由美国情报机关精心培养出来的超级特务，即所谓“全能特工”。

他的本领确属一流，能驾驶汽车、飞机，能收发电报，能跳伞，还能讲多国语言和各地方言，还能够化装成各种年龄和身份的人物，甚至老太婆。一句话，他简直是“无所不能”。

有了这么多本事，便自信没有完不成的使命。他取名“克难”就在于表明他的雄心和抱负，可以克服一切“困难”。正因本事大，他便有点儿目空一切，在他的眼里，哈尔滨的汪金祥、陈龙不过是延安出来的“土包子”，怎能和他这个美国情报部门一手培养的高才生一比高下？许多人“栽”在哈尔滨，不说明别的，只能说明他们无能。像他这样的“全能特工”，是一定能够打出一个新局面来的。不料，他雄心勃勃地携带电台潜到哈尔滨之后，第一次发报就被治安科发现，不出半个月这个代号为“东北青年社”的特务组织就被一网打尽，“全能特工”赵克难及其成员悉数被捕，电台一部、长短枪六支，全都成了治安科的战利品。

还有一个专门在我党政军内部从事策反活动的特务组织，名叫“策反委员会哈尔滨特别小组”，拥有十四名组员，在代理组长任庆余的率领下，全员潜入哈尔滨。还没等他们在党政军内部找到适合策反的对象，它的一名骨干便被治安科侦察员“策反”出来。经过训练又派了回去。通过两个多月的工作，基本上掌握了它的全部情况后，遂在一个晚上一举将其打掉，缴获了电台一部，行动计划多份。

保密局派出的“松江组”遭到破获后，还不死心，1947 年 1 月又从长春派遣赵民强来哈尔滨重建。赵民强不辱使命，辛苦奔波了四个月，吸收了十几名成员，却不知他重新网罗的组员中至少有两个人是与市公安局治安科科长马敬铮、侦察股长张玉成在马迭尔旅馆或敖连特电影院定期会面的。5 月，赵民强被委任为“哈一组”（原为“松江组”）代理组长后，有些忘乎所以，准备在哈尔滨搞几次“行动”，向长春邀功。治安科根据陈龙在报告中明确提出的“对带行动性的特务组织必须及时打掉”的精神，在一天夜里，迅速出击，把赵民强刚刚恢复关系的“哈一组”成员全部逮捕归案。

保密局在搞特务活动时，历来有股顽固劲，“哈一组”垮了又建，建了又垮，但它仍不死心，事隔四个月，又重整人马潜来哈尔滨继续组建“哈一组”。这一次，陈龙变换了策略，当他获悉“北满站”派出的一名特派员已经潜来哈尔滨时，便在半路打伏击，将其抓获。经审讯，弄清了其任务及接头暗语后，便派股长张汉斌冒充特派员与“哈一组”残余分子接头。张汉斌除对残余分子进行“训导”外，并对其工作进行了全面的“检查”，把隐蔽的电台和波长、呼号了解了个一清二楚，之后返回治安科向马敬铮和陈龙作了全面汇报。

当陈龙听到敌特残余分子曾抱怨该组报务员技术生疏时，灵机一动，便决定给他派去一个技术全面的报务员，以掌握其电台活动。过了几天，经“张特派员”引荐的报务员便操纵电键，开始向长春发报。

就这样，在治安科监视下，“重建”的“哈一组”继续在哈尔滨活动着。长春的敌特机关当然不会知道，“哈一组”的报务员在收发报时，治安科也在同时收抄。不仅如此，如果一旦发现有关键性的情报，这位技术全面的报务员便毫不客气地予以“扣发”。

除了“哈一组”，保密局派进哈尔滨的还有“哈二组”，该组潜入不久，便被侦知。因发现该组成员几次想要接近高崇民、车向忱等知名民主人士，陈龙担心会发生不测，便下令尽早打掉。随着这一声令下，“哈二组”一夜之间便寿终正寝了。

保密局“北满站”如此卖力，经常得到上司夸赞。国民党另一特务机构——国防部二厅也不示弱，在长春以“中国新事业协会”为掩护，连续派遣“二五一组”和“二五七组”，携带电台潜入哈尔滨。国防部二厅是军事谍报机关，它企图在我军事部门打开缺口，物色成员，扩大组织，以便获得更有价值的军事情报。

实际上，这两个组刚刚潜入哈尔滨，便被侦知。1948 年 4 月，国防部二厅为加强“二五一组”的力量，决定派遣在长春刚刚结束“匪区”活动训练的高级特务聂蕴洁和一名“全能报务员”进入哈尔滨。聂蕴洁等人来到哈尔滨郊区后，为了瞒过岗哨的盘查，便租了一辆胶皮大车，谎称走亲戚，顺利通过了关卡。进入市区后、大车左拐右拐进了新成大街南端一所带围墙的大院。车夫刚跳下车，就从楼内走出几位身穿民主联军军装的人。一个虎背熊腰的大个子，走到大车前，招呼道："下车吧，到地方了。"

聂蕴洁和报务员这时才发觉情况不对，刚要掏枪反抗，就被冲上来的几个人摁住，夺下手枪，拖下车来。

原来，大车把他们径直拉进的大院正是治安科所在地，出来的大个子就是科长马敬铮。

聂蕴洁还未来得及施展其刚学到的在"匪区"活动的本事，便进了拘留所，一连几天那个令他气恼的声音还在耳边响着："下车吧，到地方了。"

逮捕聂蕴洁和报务员后，"二五一组"也就失去了侦察价值，就在这天晚上，陈龙批准了治安科全歼"二五一组"的行动计划，将潜伏在哈市的宋静波、杜今等人一一抓获。一个本想在哈尔滨干出几件大事的军事特务组织就这样全军覆灭了。

相比之下，"二五七组"算是长命的，它的电台连续多年一直向上级发送情报。国防部二厅对这个仅存于"匪区"的独苗倍加重视，专门配备了一台超小型最新式的美国造电台供其使用。其实，"二五七组"所以"长寿"，并非是它隐蔽巧妙，而是因为从组员到报务员已经全部"换岗"。它是陈龙给国防部二厅心窝子里插上的又一把尖刀。陈龙相信侦察工作的任务是长期的，只要经营得好，早晚会派上更大的用场。

这期间，被侦破的敌特组织还有：保密局北满站"佳木斯组"、重建的"齐齐哈尔组"、国防部绥靖大队派遣的"哈尔滨组"，与此同时，还抓获了一批单独潜入哈市活动的特务分子，其中有中统特务戴文林、国民政府长官部宣抚特派员张盛田、国防部二厅谍报队长桑遗风等多人。

在不到三年的时间里，在东北局社会部的领导下和陈龙的指挥下，哈市的侦察工作逐步由被动转为主动，治安科共破获敌特组织二十三个，缴获电台十八部，捕获特务分子四百八十名。

敌特组织一个接着一个在哈尔滨覆灭，使坐镇长春、沈阳的特务头子们惊恐万状，他们把哈尔滨比作"死地"和"刑场"，几乎无人再敢涉足。特务组长滕思曾两次被派往哈尔滨，两次都未敢站脚便逃回长春。后来上司发怒，强令他携带电台必须潜入哈尔滨，如再逃回，军法从事。滕思无奈，只得领命出发，他不敢向哈尔滨靠拢，偷偷把电台架在长春郊区的二道河子，向上级发电，谎称他已经进入哈尔滨。

1948 年 10 月 19 日，长春解放，保密局北满站秘书李秉一和长春站主任参谋汤执中被生俘。张汉斌受命到长春审讯李、汤二犯，核查两站派遣的敌特是否还有漏网的隐藏在哈尔滨市。审讯结果，汤、李二犯的口供和缴获的敌特机关保存的派遣档案是一致的，凡是由两站派往哈尔滨的特务都已抓获，无一漏网。唯一逃回的张禹，在长春坐了一年冷板凳后，也未逃脱覆灭的命运，长春解放时，他企图化装逃跑，被我活捉并处以极刑。

“这简直可以称作谍报史上的奇迹。”李秉一无可奈何地摇着脑袋哀叹道，“全世界也难找到这样的先例。那位陈龙实在厉害，我们这里许多人是谈‘龙’色变。因为实在弄不到情报，只好想方设法找你们的报纸，从上面摘点儿什么以应付上级。”

据说，汤执中曾希望见一见陈龙，想要看看把他们打得如此惨败的人究竟长得什么模样，是不是三头六臂……

7. 疾风知劲草

艰苦的斗争环境既能锻炼干部，也容易识别干部。进驻哈尔滨后，因局势动荡，几次准备撤离，就是对所有干部，特别是青年干部的最严峻的考验。

李瑞、车守田、李成明都是十八九岁的小青年，刚走出校门的学生，参加社会部工作不到两个月，就听说上级要放弃哈尔滨，到山里打游击。一时间，家长担心，亲友们扯后腿，去、留问题，就像试金石一样摆在他们面前。

毕生、李克、刘光、朱飒原是伪江上军的青年军官，江上军起义后，经吕天介绍，认识了刚从延安来东北的毛诚。他们在毛大姐的指引和帮助下，在极为险恶的形势下，积极参加了对敌斗争。许多原江上军的同事，有的去跑行商，有的开工厂，还有的投靠国民党穿上了校官制服，而他们进入社会部工作后，一切都靠供给制生活，每月发给的东北流通券只够买几包香烟和牙具，听说要撤出哈尔滨，一些人便断定共产党必败无疑，有的埋怨他们不该进入政界，有的嘲讽他们误入了歧途……

这些青年人每前进一步，都要克服无数的羁绊。

他们能够经受住艰苦环境的考验吗？怎样才能提高他们的觉悟，使他们跟着党革命到底呢？面对如此动荡、险恶的环境，陈龙不能不想到这些问题。

陈龙决定对青年人进行党的传统教育，办法是请延安来的干部讲党课。第一课是由他主讲的。

听课人员包括所有的非党同志，也包括在十多年前失去党籍的赵鼎，还包括来自延安尚未恢复党的关系的崔迪、李仲英。

在第二次大搜捕之后，陈龙又讲了第二次党课。这堂课讲的是几次党内路线斗争，他说：“‘左’的和右的错误路线，都险些把革命葬送。每次的错误路线都冤屈了很多好同志、好干部。但是，自从有了毛泽东同志的领导，我们的党就一直沿着正确的路线前进。”在结束讲课时，他激动地提高了嗓音，“不论环境多么险恶与困难，我们一定能够打败蒋介石，解放全中国！到那个时候，个人的委屈，眼前的困难都不算什么！”

这些充满信心的话，给大家增添了战胜困难的勇气，就连没有恢复党籍的几位干部，都觉得陈龙这话是讲给自己听的，不由得一阵激动，他们和大家一样用力鼓掌。

陈龙对青年人有一种吸引力。课间休息他和大家一起打扑克，大家也都愿意围着他，请他讲在东北抗联的故事，讲保卫毛泽东赴重庆谈判的故事。

后来他又几乎用了一堂课的时间，讲了他是怎样在周保中的引导下，从一个只知以死报国的旧军人成长为一个共产党员的曲折经历。

当然，讲党课和进行思想教育不会是万应灵药，因为时局严峻，总有人会变成逃兵和懦夫。在社会部治安科，就有一个人最终走上了变节的道路。他就是从延安来的崔迪。

1946 年 5 月，由于我军准备放弃哈尔滨，社会部便忙着转移档案和人犯，马敬铮带着部分干部去了一面坡，治安科暂时由黄耕夫负责，留下张玉成、崔迪、李仲英等坚持工作，当时告诉他们，顶多在三四天后随部队一起撤离。

从那些日子的情况来看，国民党要进入哈尔滨好像已成定局，几乎每天都有谣传，说国民党已经过了松花江，还有人说已经占了双城，离哈尔滨只有五十里了……

这天中午，崔迪正在办公室和李仲英捆扎档案，突然接到一个电话。一个姓王的约他到中央大街一家西餐馆见面。

姓王的名叫王之安，真名叫夏碧元，就是随陈龙一起从延安出发，在承德与其他两名特务一起逃跑的那个家伙。

民主联军进驻后，王之安来到哈尔滨，在大街上“巧遇”了崔迪，表示想见一见陈龙，对在热河逃跑表示悔意，希望能够安排他在社会部工作。

崔迪引他见了陈龙，陈龙因当时尚不掌握他有更多的问题，只同意他做一个“社会情报员”，由崔迪领导，拒绝了他进入社会部的要求。

“社会情报员”并不是什么工作，任何一个愿意反映情况的市民都可以当。崔迪见陈龙对他不信任，也就懒得去领导他。

此次电话约请，王之安说有重要情况要汇报，崔迪便来到预定的西餐馆。

不料，王之安并没有什么“重要情况”，而是带了他漂亮的妻子和年轻的妻妹与崔迪见面。

席间，王之安对崔迪极尽拉拢之能事，并暗示只要他愿意留下不走，便可把妻妹许给他。

崔迪有自身的历史问题，王之安正是紧紧抓住了这一点。

崔迪是延安培养的情报人员，曾在多年坚持东北抗日斗争的李维民领导下，在吉林、长春两地从事报务工作，由于不慎被日本宪兵队逮捕。在敌人的威胁与利诱面前，他虽承认了自己是共产党员，来自延安，但同时也向敌人耍了花招，保全了李维民和地下电台。在日本宪兵队关了些日子，因未掌握更多的证据，便同意由其家属保释出狱。

出狱后，他又重返延安，并把一心向往革命的张汉斌也带到了延安。

在延安，崔迪向组织交代了上述过程，接着就随队伍来到东北。一路行军，他经受了考验，夏碧元、王慕清、黄佐汉在承德逃跑时，他也毫不动摇。这一切都被陈龙看在了眼里。加之崔迪文化程度较高，处事机灵，又会收发报，是一个难得的人才，来到东北后，又证实了李维民和电台都安全无恙，陈龙便决定让他到社会部工作。

可惜，他最终没能抵御住女人的诱惑，而走上了叛变革命的道路。

崔迪和王之安的妻妹一夜同居之后，王之安便露出了真实面目。他告诉崔迪，他从承德逃出去之后，在北平加入了国民党情报机关，现在是中校军官，领导着哈尔滨一个庞大的地下情报组织。他要崔迪向他提供有关社会部内部的情况和“军调部三人小组”三方代表到达哈尔滨的准确时间。

走完了生活腐化的第一步，必然走向政治变节的第二步。这时的崔迪，只能满足王之安的一切要求。

军调部三人小组要到哈尔滨的同时，社会部接到了一份重要情报。情报是从敌人营垒内部发来的：

> “据悉，由军统局、中统局共同组建的行动组织‘爱国锄奸团’，已由赵万里率领潜入哈市，其任务是谋杀军调部三人小组美方成员，以嫁祸共方。”

为保护军调部三人小组人员的安全，必须尽快歼灭这个“锄奸团”。陈龙看到电报后，指挥社会部在哈尔滨开展了广泛的搜捕。经过几天几夜的搜寻，终于在南岗文瀛街抓到了赵万里，在飞机场附近一间废弃的房子里抓到了“爱国锄奸团”的十几名骨干分子。搜捕中，还发现写有社会部内部情况的材料和盖有社会部公章的路条。

通过审讯证实，王之安是“爱国锄奸团”的另一首领，已去长春。提供社会部内部情况和开给路条的就是崔迪。

崔迪叛变投敌已是确定的事实。被捕后，他哭哭啼啼想见陈龙，遭到拒绝后便在黄耕夫、李仲英面前供述了自己变节的经过。

当黄耕夫有事离开审讯室，屋里只有崔迪和李仲英两个人的时候，崔迪居然打起策反李仲英的主意，要李仲英和他一起逃往长春，又走上了罪恶的第三步。

李仲英虽然在政治上也受了委屈，但不为其所动，当即向黄耕夫和陈龙报告了崔迪的策反活动。

崔迪一误再误，不肯悔过，反而越走越远，已经变成了一个死心塌地的反革命分子，其结局可想而知。

在险恶的形势面前，分出了勇士和懦夫；在烈火面前，分出了纯钢与残渣。社会部绝大多数青年人，都经受住了锻炼和考验。他们是勇士，是纯钢，是敢于搏击风暴的雄鹰。

陈龙打心里喜欢这些青年人，他决定把这些人尽快地吸收到党内来。他找来马敬铮、黄耕夫、许凤图等人，听取了他们对自己身边的青年人思想考察的汇报，要他们加紧培养，帮助他们克服缺点，争取早日达到党员标准。最后，陈龙强调，在党未在群众中公开之前，发展党员一定要保证质量，一旦培养成熟，每个科长都应当是介绍人。

1946 年 11 月，朱飒、李克、毕生、刘光、李瑞、车守田等人，分别填写了自传，经党小组考核、支部大会讨论，上报市委。市委组织部个别领导，对批准其中四个曾干过日伪江上军的人入党有所顾虑。这四个人的入党申请在市委组织部搁浅的消息传到陈龙耳朵里，陈龙又发了火。他觉得，这几个人虽然干过江上军，但他们投身革命是坚定的，在险恶的形势下，经受住了考验，并奋不顾身地日夜奋战，破获了一起又一起重大政治案件，沉重地打击了“建军”、土匪、特务、盗贼的嚣张气焰。这样的人为什么不能加入党的行列？他从市委组织部要回了四个人的入党申请材料，坐车到东北局面见陈云。

陈龙赶到东北局时，陈云正与几位商业物资战线的干部交谈，听说陈龙来了，很快结束了谈话。

“有几个江上军的下级军官要求入党，市委组织部迟迟不批，我想请你看看他们的历史和表现，看够不够入党标准。”陈龙说着，把材料放在了办公桌上。

陈云粗略地看了一下材料，笑着说：“我以为发生了什么重大事情，原来是几个青年人入党，这是好事嘛！你认为怎么样，合格吗？”

陈龙点了点头：“我认为都合格。”

陈云点了一下头，告诉身边的秘书：“打电话通知市委组织部，就说我批准了。”

1946 年 12 月 12 日，市委组织部终于批准了这几个青年人为预备党员。陈龙把他们召集到一起，告诉他们：“要记住这个日子，这是你们一生中最重要的时刻，你们入党的时间和十年前西安事变是同一天。”

三个月后，在道里商市街一座古堡式的楼房中，举行了庄严的入党仪式。李瑞、车守田、刘光、李克、毕生、朱飒等，在党旗下举手宣誓，市委组织部专程派人表示祝贺。仪式结束后，陈龙兴致勃勃地又把大家领到松花江边，用他那架老式苏联照相机为大家照相留念。

看到许多青年人都先后入了党，李仲英心头更加沉重，但他知道着急也没有用，他的嫌疑问题必须到河南才能解决，那里现在是敌占区，有什么办法？

马敬铮见李仲英心事重重，便向陈龙作了汇报。

陈龙知道有这类问题的人，不只是李仲英，还有赵鼎。赵鼎是在从事地下斗争时，因为党组织转移，失去党的关系的，到现在已经有十来年了。这是有关一个人政治生命的大问题，长期不解决，势必影响他们的工作情绪。要解决，又必须等到当地解放，那得等多少年哪？陈龙也有些替他们犯愁。这时，有个党员提出，审查现实表现，如合乎党员标准，是不是可以重新入党？

“这倒是个两全其美的办法。”陈龙从那个党员的提问中，受到了启示，当即把李仲英和赵鼎的情况向市委组织部作了反映。

有人听说陈龙要给李仲英、赵鼎解决党籍问题，颇为陈龙担心。刚刚把四个江上军军官吸收入党，现在又要让“复兴社”的嫌疑分子和“脱党”情况未弄清的人重新入党，就不怕人家说三道四？再说，这两个人万一真有历史问题，将来岂不要落下话柄？一个高级领导干部，何必为两个非亲非故的人去担这么大的政治风险？

但陈龙没有理睬这些好心的规劝，他觉得，这些人说到底，还是“一事当前，先替自己打算”。这种不关心他人痛痒，明哲保身的处世哲学，根本不符合他的性格。

他又专程跑到市委组织部，反映这两个干部的情况。他不厌其烦地介绍李仲英在崔迪策反面前的坚定态度，介绍赵鼎冒着生命危险打入敌人内部，并在狱中获取李明信阴谋暴动重要情报的功绩。他看到市委组织部领导对这两个人的嫌疑问题举棋不定，拿不定主意，便郑重表明，他愿以自己的党籍担保。

市委组织部斟酌再三，终于批准了李仲英、赵鼎重新入党的请求，陈龙告诉马敬铮、黄耕夫分别找李仲英、赵鼎谈话，告诉他们，这是重新入党，党龄从现在算起；如果全国解放，他们的问题搞清，党龄连续计算。

过了大约六七年，他们的嫌疑问题先后都得到了解除，证实了他们对党的忠诚，李仲英的党龄从 1938 年算起，赵鼎的党籍从 1936 年算起。至今可能他们还不知道，他们之所以能在 1946 年重新入党，是陈龙用他的党籍担保才获得批准的。

处决了崔迪之后，陈龙又想到了另一个年轻人，那就是在民运工作队做街道工作的张汉斌。本来，在崔迪的问题还只是嫌疑的时候，就因他是崔迪带到延安的，没有让他进入社会部。崔迪经不住王之安的引诱叛变革命被处决后，许多人都担心会对张汉斌有影响。陈龙却认为，张汉斌随崔迪赴延安，是向往革命，是大势所趋，何况在进军东北和在哈尔滨工作后经受住了严峻考验。至于崔迪叛变投敌，与张汉斌更无联系。现在，崔迪的问题已经处理，对张汉斌应当正常使用，否则就是对干部不负责任。于是在1947年9月他兼任公安总局局长，将社会部和公安局两个治安科合并的时候，将这个总是面带憨笑的青年，从民运工作队调到了治安科。

陈龙关心青年的成长，更关心党员，特别是对党员领导干部的立场、思想、作风的整顿和教育工作。随着三下江南、四保临江战役的展开，蒋军在东北地区的攻势已被挫败，哈尔滨的形势日趋稳定，在一部分干部中，滋长了骄傲自满情绪和官僚主义的作风，还有的人经受不住资产阶级生活方式的影响，出现了敌我不分、违反纪律和影响风化的行为。陈龙发现这种倾向后，为防止其蔓延和发展，便在科长、分局长一级干部中开展了一次整风。

这次整风，从1947年2月开始，进行了十八天，共有三十二名领导干部参加。

会上，陈龙提出，领导干部要首先检查进城以来的立场、作风、思想和群众观点等几个方面存在的问题，在提高认识的基础上，认真改进，以便把工作做得更好。参加整风的科长、分局长踊跃发言，认真检查，积极地开展批评与自我批评。这是锄奸保卫机关从农村转入城市后，一次纠正不良倾向、增强组织观念、严肃党的纪律、改进工作作风的重要会议。这次会议给大多数同志敲了警钟，使大家对资产阶级思想的侵蚀有了警惕。同时也给少数犯有各种错误的干部击了一猛掌，使他们在危险的边缘清醒了过来，他们从心里感激，是整风会把他们拉回了党的怀抱。

在东北即将解放的时候，在公安队伍中清理一些非无产阶级思想，增强对城市中邪恶势力的腐蚀的抗御能力，不但是必要的，而且也是急需的。

但这次会议也有不尽如人意的地方，有的同志在批评别人的时候，由于言词过激，使被批评的同志感到委屈。还有，就是会后把整风小结中一些过于严厉的评语也装入了档案。

两年以后，当同志们读到毛泽东于1949年3月在党的七届二中全会上作的关于“防止资产阶级糖衣炮弹进攻”的讲话时，都倍感亲切，有的同志感慨地说：“要不是两年前的十八天整风会给大家增强了免疫力，说不定真有人会被糖衣炮弹击倒呢……”

8. 治本之策

1946 年 4 月 28 日，陈龙宣布接收哈尔滨警察局时，全局共有三千余人。里边既有从张作霖时期干到伪满、又干到国民党时代的“三朝元老”，也有抗战胜利后趁国民党扩编混入的地痞、伪官吏、“建军”、土匪，还有逃亡地主……

在怎样解决这三千人的问题上，市委内部众说纷纭，有人主张立即遣散；有人主张派军队接管；有人甚至提出把他们全部集中起来，收缴武器，编入俘虏大队……

而陈龙却当众宣布：“全部留用，坚守岗位，继续工作。”这一做法招来众多人的反对。陈龙在市委常委会议上多次解释：警察是一个准军事机构，三千人是一支不小的力量，如果我们刚刚进城，就把他们全部赶走、遣散，势必会造成许多人失业，激化对立情绪，也会有更多的人跑到敌人营垒一边，这等于我们自己给社会治安制造麻烦。如果派军队接管，这些刚从山东、河北、陕西赶来的干部、战士，连路都不认识，怎么能管理这样复杂的城市？至于把警察当成俘虏的建议，那是缺乏对警察和军队常识的了解。哈尔滨的警察并未与我军交战，他们全员待命，听候调遣，怎么能当成俘虏看待？

全部留用，并不等于全部使用，要在留用过程中进行考查和清洗，这实际是一种稳定这几千人，防止激化矛盾产生动乱的一种策略。

市公安局党支部和局长周维斌一起对旧警员进行了全面的整顿。从 1946 年下半年开始，陆续清理出有破坏活动迹象，历史上有罪恶的警员一千一百余人。

1947 年 3 月，陈龙兼任哈尔滨市公安总局局长，黄华清担任副局长。4 月，便以各区改建街公所为契机，又清洗了七百余人。6 月 2 日，号召各单位裁减冗员，压缩机构，又清洗了九百五十多人。

通过三次清理整顿和平时处理淘汰，两年中共清洗了二千六百余人。

这种有理、有节、有计划、有步骤地打碎旧警察机器的做法，对于稳定人心、稳定社会秩序，起到了显著作用，对陆续解放的全国各城市来说，无疑是一条宝贵的经验。

回顾进驻哈尔滨以来的工作，陈龙认为，在一年的时间里，消灭了危及我政权生存的姜鹏飞、李明信、曹兴武、崔大刚四大匪团和几十股预谋暴乱的“建军”、“先遣军”，这只能说完成了“压下去”的任务。但是，哈尔滨的社会治安还没真正“稳得住”。市内盗贼横行，杀人、抢劫、绑票等案件不断发生；市郊散匪猖獗，进入郊区的土改工作队员被杀，整个村屯惨遭洗劫，盗贼散匪成了扰乱社会治安的大问题。

说起哈尔滨的土匪，可谓历史久远。东北人把土匪称作“胡子”，也叫“关东响马”，它泛滥于清末民初，少者十几人，多者几百人，啸聚山林，称霸一方，打家劫舍，杀烧抢掠，无恶不作。有的经历几个朝代长盛不衰；有的子承父业衣钵相传，像活跃在郊区的“盖五洋”、“小白龙”就是其中的典型。为歼灭郊区的土匪，卫戍司令部与公安局共同组建了顾乡、香坊、松浦、太平四个警备大队。他们开赴郊区驻扎，一面剿匪，一面保卫土改，参加土改运动，一年来共消灭大小胡匪四十余股，缴获长短枪近八百支。

在“剿”的同时，还以松江省政府的名义，在道外设置了专门收降散匪的安抚委员会，其政策是“无论有无罪恶，只要主动投降交出武器，不再为非作歹，则不咎既往，并发给缴枪费”。收降工作开始后，通过家属规劝，有一些匪徒前来想碰碰运气，当看到共产党真发了“缴枪费”、放人回家才相信了。消息传出后，一传十、十传百，就有五百多人前来缴枪自首。诸如报字“金山”、“八省”、“明山”、“青山好”、“九山好”等绺子的匪首，纷纷放下了武器。

通过剿、抚两手，哈尔滨的匪患基本得到了清除。

哈尔滨的盗贼活动，更是五花八门，有“卡线”（路劫）、“砸孤丁”（入室强抢）、“压疙瘩”（撬门压锁）等，此外，还有“文地”二十种，“武地”十三招，不一而足。

对城市的盗贼，陈龙并不了解这些人，也没有对付这些人的经验和办法。但是，当了公安局长就得学会和这些人打交道的本事。他开始亲自调查研究，找来了从伪满时期就与盗匪打交道的“老警”，询问侦缉的手段和方法，并亲自听取对盗贼的审讯，以了解他们的作案活动规律。经过调查和研究，他觉得采取“以盗制盗”的办法对付盗匪，虽曾破获过大量刑事案件，但也有少数人借机报私仇，诬陷好人，有的甚至顺手牵羊乘机作案，对此必须慎用。何况这种办法，只能治标，不能治本。通过摸索，陈龙觉得要在哈尔滨这个十里洋场的都市里杜绝盗匪，其难度不亚于侦破派遣和潜伏的敌特。尤其是在摩肩接踵的市场、拥挤不堪的车站、乌烟瘴气的烟花区，这些都是他们容易藏身的地方。治本，必须动员全党、全社会做许多艰苦工作，包括建立相应的组织机构，培养和提高公安干警的战斗素质，清除藏污纳垢的阴暗角落，改造社会风气，以铲除犯罪滋生的温床。

从 1946 年夏开始，陈龙和市委、市政府、市局领导相继提出了一系列治理城市的具体方案。诸如；在居民集中的地方成立邻闾委员会；恢复和健全全市外侨的户口管理工作；彻底取缔妓院、烟馆、赌场；收容游民乞丐，改造妓女……

治本的结果，铲除了刑事犯罪滋生和藏身的温床，使一批惯盗、惯窃分子不得不改换策略，有的逃往外县，有的流窜到蒋管区。哈尔滨的社会治安渐趋好转。

在抓治安的同时，陈龙还十分关注城市消防工作的建设。

哈尔滨消防大队已有二十余年的历史，大队长是一名白俄，名叫杜罗维奇。在把消防大队置于公安总局的建制之内时，有些人对这位白俄大队长能否留任的问题，提出了异议。有人说："共产党的消防队，怎么能叫'老白俄'当队长？"有人说："消防工作有什么了不起，谁都能干，干吗非用个大鼻子？"

陈龙力排众议，他解释说："消防工作有技术问题，救火有战术问题，我们不懂。杜是内行，为什么不可以利用他的专长，培养我们自己的消防队员？只要他真心为我们服务，'老白俄'又有什么关系？"他一锤定音，坚决主张留用。同时，他还提出，消防队员只要不是坏人，全都留用，让他们继续为消防工作作贡献。

原来准备离开消防大队的杜罗维奇，听到这个决定，感动得流下了眼泪。他表示，一定要尽平生所能，把哈尔滨的消防工作搞好。

杜罗维奇果然不负众望。1947 年全市共发生火警二百九十五起，在他的领导下，经消防队员全力扑救，都没有酿成大灾，受到了党政领导的称赞。

1948 年 10 月 3 日，在市政府门前广场，举行了一次消防大演习，东北局领导李富春、林枫，市委书记钟子云、刘达、聂鹤亭、饶斌及各界人士百余人出席检阅，陈龙特邀杜罗维奇也坐到了主席台上。

消防队员在广场上表演了水龙四射、电梯耸立、救命索、越障碍、爬墙等高难度技术项目，受到了数万观众的鼓掌称赞。

表演结束后，陈龙讲了话，他高度肯定了消防工作的成绩，并号召全体消防队员，加强技术训练，提高救火战斗能力，为保卫人民生命安全，保卫生产任务完成，支援解放战争作出贡献。

大会奖给消防大队一面锦旗，奖给杜罗维奇一个银盾和一对银杯。当这位年近六十岁的老白俄接过奖品时，又一次流下了激动的泪水。

哈尔滨是东北局和东北民主联军总司令部、松江省委等众多党政机关的所在地，随着战争的变化和治安的稳定，一些国营军工工厂相继开工生产。为保卫机关和军工生产的安全，陈龙提议在哈尔滨市公安总局成立机关保卫科，并调程强任科长，王初、张汉斌任股长，任务是肃清潜藏在机关、工厂内部的敌特奸细，建立必要的保卫制度，保卫生产要害部位的安全。

城市管理是一门科学，搞好这门科学必须有准确的人口数字。国民党接收大员大概也懂得这一点，在撤出哈尔滨之前，为了制造混乱，并为我们对敌斗争和维护治安设置障碍，一把火烧掉了全市的户口底簿。1946 年末，形势稍微稳定，陈龙便向市委建议，发动全市党政机关进行大规模的人口调查，重新登记户口。1947 年 1 月，市政府发布命令，并在报纸上发了《清除坏人确保治安，全市即进行户口清查》的报道，由市委统一组织，以公安学校二百名学员为骨干，组成了有工人、店员、民政工作队干部参加的近五千人的户口清查大队，从下半年起分散到全市各区街间、组，逐门逐户逐人进行户口登记。截至 1947 年 9 月，全市共登记人口六十一万四千六百五十七人。同时，还整顿了街名和门牌号码，发放了居民证，建立了旅行路条，迁移、外宿、临时住宿挂条，以及出生、死亡等登记制度……延续至今的全国户口管理基本制度，均源出于此。

当然，陈龙也没有忽视交通管理工作。对全市车辆进行统一登记，驾驶员进行考核，并制定了交通规则。由于对用旗指挥还是用手指挥拿不定主意，陈龙与王鉴等人还到马路街口去征求了交通民警的意见。

还有一个方面也不容轻视，那就是对刻字、印刷、旅店等行业的管理。这些行业极易被犯罪分子利用，必须采用特种办法严加控制。对此，陈龙也让有关人员调查研究，制定了一套管理办法，这就是全国最早开展的特种行业管理工作。

实践证明，整顿、治理哈尔滨的经验和办法是成功的。1948 年 9 月，中央社会部向各中央分局社会部、各兵团、各纵队保卫部，转发了哈尔滨市关于公安保卫、清除敌特、肃清盗匪、建立革命秩序的经验，要求各地参照执行。这个经验，后来便成了全国解放其他大中城市时，进城党政军干部必备的参考材料。

每个新生事物的诞生，都不是一帆风顺的。这些整顿、治理方案的出台，也并非一唱百诺，除了那些风言风语，还有辩论、争论，甚至争吵。这些在公安局、在社会部、在市委常委会都发生过，有时甚至吵到东北局。这也难怪，因为许多党政领导干部来自各个不同的根据地，对政策各有各的认识和理解。例如，农村搞土地改革，一些农民便进城来抓在农村拥有土地、在城市又是工厂和商店老板、经理的人；还有些农民直接进城搞清算斗争，当时市内就有十七家商店、工厂被分了财产，宣告倒闭。

当时，陈龙听到有农民进城搞清算斗争，曾严令禁止，但未收到实效。原因是市委有一位常委认为：在农村我们依靠贫、雇农，在城市就应当依靠工人和城市贫农，特别是要坚持“工人阶级领导一切”这个口号。对待工商业，也应当像对待富农、地主一样列为革命对象。在这种思想指导下，一些工会的店员、工人被武装起来，自设监狱、法庭，随意抓人和宣判“犯罪分子”。受这种“一切群众说了算”的思想影响，有些人甚至反对成立公安局，称公安局是“二满洲”，提出警察应当全部解散。并振振有词地鼓吹：“这种旧社会用来统治人民的工具，必须彻底砸烂!”你不同意砸烂、解散，他们就组织工人冲击派出所，殴打警察。甚至还有人公开提出不要什么社会主义秩序，因为一切秩序都是约束和统治人民的，应当把整个哈尔滨的管理权交给街道“贫民会”。

对这些貌似革命、其实无政府主义的论调，陈龙一直与之进行激烈交锋。几次讨论上述问题的市委常委会都开成了争吵会、辩论会，而且差不多每次都争论到深夜。

在原则问题上，陈龙总是力陈己见，毫不退让，甚至拍桌子和对方辩论。陈龙的意见一直得到钟子云、刘达、毛诚等市委领导的支持。但对方的理论也有广泛的市场，以致许多问题由于观点对立而无法决定，最后，不得不以钟子云、陈龙等人的观点为一方，持反对观点的人为另一方，一起到东北局去各陈己见，请彭真、陈云等领导人裁决。

1947 年 1 月 28 日，市委下发了《关于禁止乱杀人、乱捕人的决定》的文件，解散了工人武装和法庭，及时控制了滥捕、滥押、滥罚。把捕杀权统一集中到市委社会部和公安局，就是多次争吵的一个胜利战果。

但一纸文件并没有能够制止外地的“贫农团”，他们继续进城抓人。呼兰县农民来抓同记商场经理伍伯祥，汤原县农民拿着县委介绍信来抓双合盛经理张廷阁，就是其中的两例。当时，陈龙闻讯后，急忙赶去与农民见面，耐心地向他们解释了党对地主兼工商业资本家的政策，才把农民劝阻回去，农民是回去了，但不能总是这样扮演“消防队”的角色。

到底要不要保护城市的工商业？这个问题又争论到市委常委会。在会上，陈龙坚持认为哈尔滨的工商业必须保护，不能随便把人抓走，因为前方要武器，要军装，要药品，这一切都要靠工商业来生产和制造。

在争辩中，陈龙问那位常委：“对资本家是吃鸡？还是吃蛋?”

那位常委也不含糊，竟回答：“鸡蛋没了，可以吃鸡腿。”

像这类关系到革命对象，关系到哈尔滨稳定的重大问题，不争论清楚是无法开展工作的。汪金祥得知上述情况后，明确表示支持陈龙的看法。他还对陈龙说：“这是涉及土改中对地主兼工商业主、资本家政策的大事，丝毫退让不得。你抓紧把发生的情况和双方争论的观点写一个报告，我转交东北局领导。”

与此同时，市委书记钟子云、市长刘达也带着这两种意见到了东北局。最后，还是由罗荣桓政委与彭真、陈云、李富春等研究后，一锤定音：除社会部、公安局外，任何群众团体不得随意抓人，外地到哈尔滨抓人（指工商业者），必须由钟子云、刘达、陈龙三人同时批准。

据此，哈尔滨市委作出决定，外县农民进哈尔滨捕人，一律要通过社会部批准。市委决定下达后，陈龙立即安排由延安来的女同志肖虹负责专门对外县农民进城捕人进行审查、申报和办理手续，没有他批准盖印，一个人也不准带出哈市。同时，陈龙还向北满分局建议，及时通报各地、市、县，不仅不准派人到哈市捕人，连本地的工商业者也不准不顾政策随便斗争。1947 年松江省委《关于群众运动问题致县委的一封信》，就是在这个背景下发出的。

事隔多年，刘达说起这场争论，仍然感慨万端："若不是陈龙据理力争，问题迟迟不能定论，那损失可就大了。"

其实，当年争论的焦点不仅仅是依靠什么人团结什么人的问题上，甚至还有对杀人盗匪的该不该处理的分歧，其中最典型的案例，就是于兴随匪帮绑票的案件。

1948 年 3 月 22 日，曾任"建军"排长的惯匪于兴随和"建军"营长周治富合谋，在道外十六道街，将本厂经理胡长山之子胡茂盛绑架，塞进出租汽车中拉走，次日向胡长山索要巨款。东付家公安分局局长姜达生接到报告，便向陈龙汇报了。陈龙十分重视这起案件，指示要周密侦察，不能轻举妄动，以防匪徒撕票。胡长山第一次送钱赎票未成，匪徒又提出第二次送钱。为此，陈龙专门召集有关部门开会进行研究，会上，对发现匪徒是跟踪还是逮捕产生了争执。争论双方各执己见，相持不下。陈龙犹豫一阵，终于拍板定案："同意逮捕！"接着他又说："这是'黑红宝'，也可能押到'黑宝'，也可能押到'红宝'。"他用了赌博的术语，说明了这次任务的危险性。为了在胡长山第二次送款时打好伏击战，陈龙从市公安局抽调了曾破获姜鹏飞案件的赵鼎参加指挥，并从太平分局、东付家分局治安科抽调了有战斗经验的侦察员化装埋伏。到了预定时间，土匪果然出现了。在交火中，东付家分局三等局员倪金德中弹牺牲，土匪逃之夭夭。这一仗押到"黑宝"上了。

听到战斗失利，陈龙便派黄华清副局长到东付家分局慰问，鼓励大家总结经验，以利再战，并参加了倪金德的追悼会。

这次失利，给了陈龙以很大的震动。他认为，通过这次较量，可以得出这样一个结论，即土匪枪法好，行动诡秘，对他们绝不可死打硬拼，要想打垮他们，必须充分发动群众，发挥基层政权的威力，进行缜密而又细致的调查研究。根据这个思路，他找来了东付家分局局长张晓岩、姜达生，太平分局局长张广信、治安股长马诚，重新研究了案情，部署了新的侦察方案。经过近一个月的艰苦工作，通过两个闾长反映的线索，顺藤摸瓜抓到了于兴随的姘头，并根据其姘头提供的地址，在阿城县将匪首于兴随生擒归案。据匪徒供述，他们在哈市先后绑票十九次，不仅杀死了胡茂盛，枪杀了倪金德，还把绑架的一个皮货商残杀在地窖中。

当晚，市长刘达来局，陈龙约他一起去提审于兴随。

两人乘车来到东付家分局，局长张晓岩、姜达生都不在，看守把于兴随提了出来。

尽管于兴随的同伙已经供认不讳，于兴随的态度还是十分顽固，仍拒不供述枪杀倪金德的事实。陈龙胸中的仇恨怒火再也忍耐不住了，解下皮带扑过去，劈头盖脸朝于兴随一顿痛打。刘达也气愤至极，跳过去，一阵拳打脚踢，直到把于兴随打得满地乱滚，两个人累得气喘吁吁，解了心头之恨，才算罢手。

驱车返回家中，陈龙仍然激动不已，便有声有色地向海宇叙说痛打于兴随的经过。

海宇听完叙说，沉着脸，便问道："整个公安局打骂犯人，是不是从你带头开始的？"

一句话给陈龙的头上泼了一盆冷水。陈龙这才感到问题有点儿严重。

"好啊，一个市长，一个局长可以带头打犯人，明天我也打。"海宇不紧不慢地又加了一句。

陈龙不得不承认，自己的行为有开打人先例的危险。"我明天检查！当众检查！"

第二天，在有科股长参加的会议上，陈龙主动检讨了殴打于兴随的错误："我脾气不好，修养差，火气一上来就控制不了自己，连刘达市长都拉不住，希望大家不要学我……"以后在一次有派出所长和干警参加的大会上，他又检讨了一次。两次检讨，他只字未提刘达市长动手，把全部责任独自承担下来。

检讨归检讨，人犯还要严肃处理。没有想到在处理这个问题上，个别领导干部口里又冒出了新的论点。说什么公安局、法院在量刑的时候，都不能离开阶级观点，你们要看被绑票的是什么人？是资本家嘛！而绑票的呢？都是贫雇农和工人。因此，我们不能不考虑，保护谁？打击谁？这是个阶级立场问题！

对绑匪也讲阶级，简直是滑天下之大稽！陈龙对这种论点睬也没睬，便批准将于兴随、周治富等九名罪犯处以极刑，将其余三十五人课以重刑。为震慑盗匪，教育群众，并决定在八区公园广场召开公审大会，亲自到会主持。在五千多人参加的大会上，陈龙请姜达生、张晓岩、张广信等分局长坐到主席台上，以示对这些破案有功人员的表彰。

9. 决战辽沈

1948 年的初秋，带着土地改革和解放战争两个胜利的喜讯来到了松辽平原。田野里，高粱红了，红得像高举的火把；苞谷伸着粗壮的棒子；谷子低着沉甸甸的穗头。翻身农民第一次在属于自己的土地上收获劳动的果实，真是笑在脸上，喜在心里。哈尔滨人打开报纸，扑面而来的都是歼敌战果、胜利捷报，东北战局胜负已定，这一点已不再有人怀疑了。

秋风送来了秋雨，伴随着一阵阵雷声，大雨哗哗下个不停。傍晚，一辆美制吉普冒着大雨，沿大直街驶到汪金祥的住所门前。车门开启，首先跳下来的是几位斜背驳壳枪的警卫战士，接着下车的是一位年近四十岁的军人。汪金祥、陈龙已经等在门前，他们撑着雨伞迎上前来，把来客接进楼里的客厅。汪金祥的夫人海伦带着孩子退了出去，警卫战士在紧闭的房门外巡视。显然，这是一次非同寻常的会见。

刚来的这位军人，乃是东北野战军参谋长、代号“103”的刘亚楼。

下午，陈龙接到了东北局书记兼东北民主联军总司令林彪打来的电话，询问社会部是不是掌握着敌人的电台，陈龙答复后，林彪告诉陈龙，晚上让刘亚楼去详谈。

没有客套，没有寒暄，刘亚楼参谋长进屋坐定，就向汪金祥、陈龙传达了中共中央、中央军委关于要东北野战军迅速组织以锦州为主攻目标的辽西战役的电报和中央军委野战军分委会的作战部署。他边说边拿起桌上的笔，只几笔便勾画出了东北的略图。他说：“‘野司’决定用一个纵队、七个独立师继续围困长春；用六个纵队、一个炮兵纵队、一个坦克营攻击锦州。并在锦州南面的塔山、高桥一带，部署两个纵队阻击华北敌人的增援；在彰武、大虎山、黑山一带布下三个纵队，以阻击沈阳敌人的增援；这次战役共动用了十三个纵队、五十三个地方师，计七十万人，再加上支前的民工，起码要超过百万。”

中央的电报和“野司”的决策，句句都像敲响的黄钟大吕，震撼人心。汪金祥、陈龙的脸上露出了欣喜的笑容。是的，他们来到东北就盼望着这一天，经过两年多的艰苦磨难后终于把这一天盼来了，怎不让人欣喜异常？

“围长困沈打锦州是一招高棋，这几个月就盼着东北大决战，可没料到是这么个打法，中央的决策出人意料地高明。”汪金祥激动地指着桌子上的草图说。

“是的，‘野司’也是这样看法。”刘亚楼点了点头。

“需要我们做什么？”陈龙有些急切地问。

“我来的时候，101（林彪）、102（罗荣桓）都叫我转达对你们和邹大鹏同志的表彰。在长春前线的司令员常夸你们的情报准确极了。长春的敌人几次要想突围，他们突围的方向、兵力，甚至谁在前、谁在两翼，都搞得清清楚楚，还都是提前送到，所以他突哪里，我们就堵哪里，一打一个着。”

汪金祥点了点头：“我们正在安排邹大鹏在长春做六十一军曾泽生的工作，在沈阳做五十三军周福成、赵国屏的工作。如果能争取他们火线起义就最好。”

“为打好辽西战役，情报工作可以全力配合。”陈龙想催促转入正题。

“好，既然你们着急，我就说一下‘野司’的意见。”刘亚楼把草图推到陈龙面前，“你们看！目前在辽西一带我们只有二十几万人，要打这一仗，就得从北满、东满、西满向辽西调兵。近百万大军调到辽西走廊，这不是一个简单的事情，而且还不能让敌人摸清我们要攻打锦州，一旦敌人识破这一步棋，就会在铁岭、新民、彰武、阜新一带阻击我们。战线在这一带一拉开，就会使我们无法靠近锦州。这样一来，辽西会战的设想就难以实现，也就无法完成中央的部署。”

汪金祥、陈龙一齐望着刘亚楼。没料到，打好这一仗，还有一个天大的问题横在面前。

“‘野司’虽然做好了兵力调动的一切准备，但是，我们如果被敌人阻击在辽中一带，几十万兵力不能按时抵达锦州外围，这一切都将变成空话。”刘亚楼把双肩一耸，摊了下双手，皱起双眉接着说，“这个形势真好比《三国演义》中的赤壁之战，周瑜做好了一切破曹的准备，就因为缺少东风无法实现，急得他大病一场。我今天找你们二位就是来唱《借东风》的。”

陈龙吸着香烟，陷入了思索。汪金祥从桌上拿起草图仔细打量。他们两个人都感到了这个任务的分量，这“东风”可不是反常天气，只要计算准确，到时候总会刮起来。这是近百万人马的大调动，有的可能就从敌人鼻子底下过，要想让敌人弄不清运兵地点和目的地，岂是易事？须知，敌人也不是傻子，他们空中有飞机侦察，地面有情报网络，何况在长、沈、锦还有近四十七万用美式装备武装起来的大军。

“101 虽然没有像周郎一样病倒床榻，但也被这个难题扰得坐立不安。‘野司’情报部门拿不出好办法，101 才直接给你打电话，看来，只有把任务压给你们了。”刘亚楼望着陈龙语气十分沉重。

一支烟吸得只剩了烟蒂，陈龙又掏出一支点燃，接着吸了起来。

“我们研究一下，明早提出方案。”汪金祥抱着双臂，在屋中踱了几步，停在刘亚楼面前。

“我们手中有一部逆用电台，敌人很信任，看来，得在这上面做文章。”陈龙沉默半晌后说道。

“需要什么配合，‘野司’会全力提供。”刘亚楼起身告辞。

外面的雨依然下个不停。

送走了刘亚楼，汪金祥、陈龙又回到客厅。两个人在刘亚楼画的草图上，又画了几条线、几个圈，设计着一个又一个方案，直到深夜，两个人还在低声交谈。

第二天早晨，两个人乘车来到了“野司”，向 101、102、103 首长汇报了最后敲定的方案。

这个方案是：佯攻沈阳，实打锦州。具体做法，是调至少四个师的兵力，大张旗鼓地开向沈阳方向，给敌人造成要进攻沈阳的假象。而去辽西的部队开拔后，所有电台一律留在原地，照常收、发报，以迷惑敌人的情报机关。最后一点是建议，部队向辽西进发，最好是夜间行军，白天休息，路经的村屯，都要实行严格的戒严，不准村民离村，以防走漏消息。

“要四个师配合，戏唱的不小哇！”林彪耸起浓黑的双眉，望着刘亚楼，“我们从哪里拿？”

“可以从围长春的地方师抽调。”刘亚楼略作思忖，答道。

罗荣桓起身走到大幅军用东北地形图前，说道：“四个师不算多，想要借箭还得几条草船呢！”

林彪点了点头：“这四个师，行军的时候要有气势，必要的时候可以打出‘野司’的牌子。”

“只要你们‘东风’一起，我们就调兵遣将。”罗荣桓挥起手臂，朝左下角的锦州方向用力一劈。

离开“野司”那幢欧式小楼，陈龙径直驱车来到位于新城大街南端的治安处（即原治安科）。

在处长办公室，陈龙向马敬铮、张汉斌布置任务。

被张汉斌掌握的“二五七组”电台，此时已经晋升为“国防站二厅长春站”的独立台。它的情报，敌人一直深信不疑。陈龙要他们拟一份电搞，请示“长春站”，为掌握共军的军事秘密，可否从野战军司令部拉出一个作战处的参谋，随时提供军事方面的情报。

张汉斌曾为这部电台拟过上百份电稿，何况，今天陈龙的布置又这样具体，他与马敬铮低声交谈了几句，只消片刻，便拟出了电文，请陈龙过目，陈龙稍作改动便批准发出。

陈龙虽然十分信任这两个人，但他并未透露为什么要拟发这样的电文，他只是嘱咐一遍：“二五七组”电台收发的来往电文，一定要经他过目。

张汉斌掌握这部电台已经有两年之久，平时草拟电稿都是由马敬铮科长批准，便可发出。今天，陈龙要亲自掌握这个电台，并且连电文的内容都已拟好，凭着预感，他知道这部电台将在解放东北的战争中发挥作用。尽管他们还不知它究竟充当什么角色，但仍然十分认真地向译电员、报务员做了叮嘱，要他们从现在起要更加仔细地对待每一份电文，每个密码都不准出一点差错。

回到办公室，陈龙忽然觉得心里有点儿慌乱。他明白，自己是在为方才签发的电文而担心。

自从决定利用敌人这部电台以来，他从未产生过这种忧虑，而现在，心里却充满了不安。因为，这份电文的分量太重了。

固然，战争的最终胜负是要在战场上取得的。重兵对阵，你冲我杀。但是在战场之外还有多少人在秘密地斗智、斗谋、斗勇！

这份电文，就是东北战场上国共两方情报机关一场斗智、斗谋、斗勇的大决战。

如果这份电文能蒙骗敌人，那我们就可以牵着他们的鼻子，使他们一步步走向灭顶的深渊。可是，万一敌人不上钩呢？

“会上钩的。”陈龙凭数年和国民党情报机关打交道的经验，深知这一点。但因为情报是假的，他总担心敌人会从中看出破绽。

这一夜，陈龙是在担心与不安中度过的。

直到第二天晚上，才接到“长春站”的回电。从野战军总部里拉出作战参谋一级的人参加特务工作，是敌人梦寐以求的愿望，现在，这个愿望即将变为现实，自然使他们兴奋不已。回电除了表示完全赞同，还有褒奖和赞许，并要求尽快把此人的姓名、年龄和军阶上报，以便加官晋爵。

电文译出后，马上呈交给陈龙。陈龙长吁了一口气，千斤重担放下了一半。

基于“二五七组”在敌人心目中的分量，它提出可以拉出一个作战参谋的情报，肯定会引起敌人的兴趣。这一点果然不出他和汪金祥所料。陈龙告诉马敬铮，马上草拟一份电文答复“长春站”，说这位根本不存在的作战参谋叫王展玉，现年三十八岁，并暗示这位参谋最近就有一份重要军事动向情报准备报告，作为他参加组织和“弃暗投明”的晋见礼。

“长春站”回电，加封王展玉为少校谍报员，并说，只要情报作用重大，随时都可晋升。

看来敌人已经深信有一个在我军核心的作战参谋为其提供军事情报。当然，这还只是这场情报战的序幕，压轴的重戏还在后面。序幕的演出已经成功，对演好下一步的重场戏，汪金祥和陈龙就有了信心。他们向刘亚楼参谋长报告，民主联军野战部队可以向辽西一带调动，在长春附近的那四个师也应立即出发，具体行军路线、宿营地点，都要通过联系电台随时报告。

在短短的几天夜里，从北满，西满、东满像潮水般涌来了几十万大军。他们越过松花江，奔向西满草原和内蒙古沙漠地带，直扑辽西。他们昼伏夜行，沿途警戒，随军电台一律默不作声，达到了高度的机密。而直接向沈阳前进的那四个师，却是大张旗鼓，气势非凡，电台电波飞传，电话电报不断，每到一地便与群众联欢。他们与奔赴辽西的部队完全相反，晚上早早地宿营，日上三竿才出发。载重汽车、骡马大车、支前的几千民夫，沿着中长铁路沿线的公路，浩浩荡荡向南进发。

民主联军大规模地调动部队，震惊了敌人，从东北“剿总”到各军部、师部，到各情报机关，都在紧张地注视着这一突然的变化。

长春的守敌犹如惊弓之鸟，唯恐这些部队一举攻城；沈阳的守敌更是惊恐万分，卫立煌、廖耀湘、周福成一天几次催问有关部门，是否弄清了共军大规模调动的目的与意图。

保密局、中统局的情报首脑，也急得像热锅上的蚂蚁。他们在哈尔滨、齐齐哈尔、四平的情报组织，先后都被粉碎了，现在就是有三头六臂也难以向上峰复命！此时此刻，只有国防部二厅的“长春站”，还可以吹吹牛皮。因为它有“二五七组”的报告，他们不仅在民主联军大规模调动之前就获得了调动的情报，而且由于拉出了一个民主联军的参谋，情报还在源源不断地通过电波传递给“长春站”。

当然，敌人最初发现的还是大张旗鼓向南挺进的那四个师，他们连续两次向哈尔滨“二五七组”发电询问，四平附近共军正规部队向南移动的意图何在？

陈龙看到这个电文，十分高兴。既然敌人连这四个师的动向都不知道，更不要说向辽西的进军了。这说明进军辽西的部队保密工作做得十分出色。他很快又草拟了一个电文：共军主力南下之目的，是围困沈阳。

电键嘀嗒，电文通过密码电波传到了“长春站”。译出后，“长春站”站长如获至宝，马上把电文转给“剿总”，并呈到卫立煌、廖耀湘的面前。卫立煌和廖耀湘第一个反应是惊，第二个是疑，惊的是民主联军斗胆包天，竟敢来包围屯兵几十万的沈阳；疑的是这份情报的可靠性。他们觉得，沈阳与长春不同，这里是“剿总”的所在地，国军不仅占据了沈阳，还占据着四周的辽阳、铁岭、抚顺、本溪等市县，共军靠什么把沈阳围住吃掉？他们详细询问了情报来源，然后要“长春站”在近日拿出可信程度较高的报告，并决定派出飞机进行空中侦察，以核实情报是否准确。

又是几次电波往来，张汉斌根据“野司”送来的情报，又草拟了一份电文，将向沈阳方向前进的四个师的出发时间、行军路线及宿营地点及时报告了“长春站”。敌人将收到的电文与空中侦察的情况一对照，发现完全一致。“长春站”禁不住额手称庆。“二五七组”发来的情报既是出自于民主联军内部接触上层机密的人士之手，其真实、可信程度可想而知。依此判断，民主联军要攻打周围各县，围困沈阳的图谋不得不防。

卫立煌立即命令廖耀湘率领的第九兵团适当收缩防区，集中力量控制沈阳周围各市县，以免沈阳遭受长春同样的命运。

就在卫立煌抓紧布置沈阳防务的时候，忽然又收到紧急报告，说在阜新、北票一带发现有民主联军大部队运动，而且严密封锁消息。

卫立煌顿时被惊得目瞪口呆。

通过两处民主联军大部队的运动，他感到一种惶惶不安的情绪正向他袭来。他最担心的事情也许就要发生，即共军一方面围困沈阳，另一方面攻打锦州，关上东北通往关内的大门，再把他们一刀一枪地吃掉。

但是他又想，就民主联军的实力来看，又想围沈阳，又想打锦州，并非是上策。林、罗两个人都是军事干才，难道就不懂首尾不能兼顾这一点普通常识吗？想到这里，他觉得必须尽快弄清阜新、朝阳民主联军大部队运动究竟意欲何往？

国防部二厅、中统局、保密局驻东北的情报首脑被连夜召集到东北“剿总”，卫立煌严令他们，必须尽快行动，在两天内他要听翔实的报告。

走出“剿总”大楼，保密局、中统局驻东北的几位负责人，不约而同地围住了国防部二厅“长春站”少将站长，要求“长春站”在这个关键时候能提携他们一步，来点儿利益均沾，把获取的有关情报上报之前能通报一声，总不能让军统、中统在司令面前来个“无可奉告”。

“长春站”站长倒也慷慨，当时点头应允，答应次日凌晨收到电报后即行通知各位，然后钻进汽车扬长而去。

当夜，经汪金祥、陈龙研究后，拟好电文，又通过电波发到了“长春站”。电文称，辽西民主联军运动意向已探明，系奉调入关，准备协同华北野战军进攻赤峰和承德。

次日凌晨，“长春站”先把情报送到“剿总”，然后又把内容大致相仿的电文，通报给了军统和中统。

卫立煌、廖耀湘看到电报，心事甫定，接着又收到了其他方面呈上的情报。两个人把几份情报综合、比较了一下，得出了一致的看法，既然几个情报机构得来的消息说法一致，这个情报应当是可信的。

从目前民主联军大规模运动的情况看，确有在华北一带展开大战的可能。所以，发现有部队向沈阳方面运动，朝阳、北票也发现有大部队运动，显然是想围困沈阳，也可能还围困锦州，目的是封锁关内外通道，阻止关外国军进关增援。

“要不要把情况向华北‘剿总’通报一声？或者拦击一下？”廖耀湘问道。

卫立煌把头摇得像拨浪鼓，连说不宜。他说：“华北‘剿总’自有它的情报系统，我们何必多此一举！”然而他对“长春站”倒是大方的，提笔在“长春站”的情报上批示：奖黄金二十两，以资嘉勉。

得胜的猫儿欢似虎，受到嘉勉的“长春站”得寸进尺，还想摸一下东北野战军司令部的行踪，立即又给“二五七组”发了一份密电：“据称：敌酋林彪已经离哈，去向何处？望查。”

电文报给陈龙。陈龙早知道有一列配有高射防空武器的专用列车载着林彪、罗荣桓和“野司”其他首长已离开哈尔滨奔赴辽西，现在，可能已经抵达目的地。为了麻痹敌人，陈龙采取了“移花接木”的办法，让“二五七组”回电：“据悉三岔河设有‘前指’，有无敌酋林彪待查。”

三岔河确有一个前线指挥部，敌人要核对也无破绽可寻。用“待查”两个字，又可拖上三五日，到那时恐怕所有的人都会知道林彪在哪里了。

经过十几次电波往来，十几天已经过去了。民主联军几十万大军几乎是毫无阻挡地抵达了辽西前线，从北票、朝阳看似进入绥远省的野战部队，突然来了个向左转，一下子扑向了北宁线。9 月 12 日，枪炮声震撼辽西大地，连克绥中、兴城、义县的民主联军野战部队直逼锦州城下。蒋介石、卫立煌一直担心的事情终于发生了！东北民主联军没有进入华北，而是攻击锦州，来了个“关门打狗”。最严重的还是它的突然出现，事先竟无任何察觉，致使国民党朝野一片惊慌。

哈尔滨市委社会部、市公安总局治安处在东北社会部直接领导下，成功地指挥、利用了敌人的“二五七组”电台，吹起了一阵强劲的“东风”，向敌人发出了一份份毫无半点儿破绽的假情报，麻痹了敌人，蒙蔽了敌人，掩护了民主联军大规模行动，为取得辽沈战役的伟大胜利作出了巨大贡献。

东北野战军司令部和中央社会部对辽沈战役中出色的情报工作给予了高度评价。从不轻易夸赞别人的林彪，也对哈尔滨市委社会部的工作表示赞赏。他说：“东北的情报工作足可以抵上一个主力纵队。”

10 月，沈阳解放在即，东北局便开始组建沈阳解放后的接收机关。一个城市的守敌被歼后，下一步最重要的任务就是保卫、治理好这个城市。这个任务理所当然地要落到锄奸保卫部门肩上。沈阳是国民党东北行辕和“剿总”所在地，也是敌特机关在东北进行活动的老巢，可以预料，解放后的沈阳，隐蔽战线的斗争可能比哈尔滨还要激烈。为了稳定沈阳治安秩序，打击敌人的破坏活动，必须要有一个勇谋兼备的人来担此重任。

东北局经过反复研究，决定选调陈龙，带锄奸保卫干部赶赴沈阳。

在哈尔滨夜以继日的艰苦奋战，使陈龙深深爱上了这座城市，听说要调他去沈阳，他还真有些舍不得。

这里的松花江和养育他长大的牡丹江一水相连。从延安来到东北后，他很想知道已经十年杳无音信的父母、姐姐、弟弟的下落。已经十年了，关山重隔，没有听到他们一点儿消息。到哈尔滨工作后，因为工作忙，无暇顾及个人私事，直到 1946 年 7 月，海宇从报上看到合江省政府成立，他的老家宁安县剿匪又获得大捷，便催促他给父亲写封信联系一下。

当他提起笔写上“父、母亲大人”几个字后，心中不禁一阵凄然。从“九・一八”事变到东北抗联，他一直是日本人眼中的“匪首”，是被明令通缉的“要犯”。父母为了躲避敌人的迫害，扔下房子、土地，搬到了几百里地以外的穆棱县山沟中隐藏。十年来，他作为长子，除了让父母遭受流离之苦以外，未尽半点儿孝道。每念及此，总感到万分地内疚。

为寻找他的父母，合江省政府派专人调查了两个月，才在牡丹江找到了他的弟弟刘刚。刘刚得知哥哥现在哈尔滨，便兴冲冲地赶来，在南岗邮政街见到了嫂嫂。海宇当即打电话给陈龙。陈龙赶回家中，见到弟弟第一句话就问：“父亲身体怎样？”刘刚红着眼圈告诉他：“父亲已经不在了。五十五岁那年心口痛，缺医少药，没怎么治就死了。”

陈龙流泪了。

十多年分手，一朝相聚，兄弟二人有说不完的话，两个人从下午一直唠到第二天东方发白。陈龙三岁的时候，生母病逝，从五岁起是继母把他抚养长大的，他对继母一直怀着敬爱之情。第二年，他借苏联向东北社会部移赠一批物资在牡丹江交接的机会，回到了家乡，看望了一下继母和弟弟们。因为公务在身，他在家没有多耽搁便匆匆返回了哈尔滨。临行前，他托付正在牡丹江工作的钱益民，把继母接到了哈尔滨，颐养天年。

海宇第一次见婆婆，她脱下军服，穿上了一件旗袍，恭顺地站在婆母身后，照了一张“全家福”。

也就在这一年的夏天，陈龙得知东北各省施政联席会将在哈尔滨召开，东北民主联军副司令周保中将军将作为东北抗联的代表在大会上发言，这对陈龙来说无异是一个喜讯。开会那一天，他兴冲冲地来到会场，坐在台下，目不转睛地注视着主席台上的周保中。

他还是那么消瘦，两只眼睛仍然是那样顾盼有神。只是头上增添了白发，脸上多了皱纹，明显地见老了。

会议休息期间，他在走廊中迎候周保中。两个人一见面，互相喊着对方的名字，四只手紧紧地握着，连连摇晃着，他们互相打量着对方。

他们分手整整十年了。“十年生死两茫茫，不思量，自难忘。”一旦相逢，怎不让这一对生死相依的战友感慨万端，激动万分？

周保中自从与他分手后，再未听到他任何消息，更不知道他已改名为陈龙，他仍然叫他“汉兴”。

当晚，陈龙把周保中请到家中，两人畅谈别后的情景，直至深夜。

陈龙之所以舍不得离开哈尔滨，除了他在这里战斗了两年多以外，这里还有钟子云、刘达、朱其文、冯仲云、饶斌、毛诚等一批年轻有为的好战友，他们党性强，朝气蓬勃，不仅与他年纪相仿，而且思想情趣、业余爱好也大致相同。他们除了夜以继日地工作，稍有闲暇，便凑到一起打麻将，相约到郊区去打猎，以消除紧张工作给他们带来的疲劳。

但不愿离开也得离开，东北局已经从各解放区抽调了四千人，组成了以陈云为首的沈阳军事管制委员会。并已决定由陈龙率领一批锄奸保卫的干部，自行取道赴沈阳近郊待命。一俟沈阳解放，立即进城开展工作。

陈龙从东北局社会部和哈尔滨市公安局抽调了马敬铮、乔庄、陈钟、李石生、李仲英、林哲生、张广信等二十余人一起奔赴沈阳。

10 月末，哈尔滨下了一场大雪，气温骤降，而这批即将奔赴沈阳的干部还都穿着单衣。陈龙先是派人到市政府联系，领取棉衣未获结果；出发的命令又已下达，心中着急，便亲自到市政府找秘书长索要。一个要，一个不给，话不投机，两个人便吵了起来。陈龙无法容忍这种对干部生活漠不关心的态度，火气上来，大发了一通脾气，连桌上的茶碗都被他摔得粉碎，最后还是如数争到，发给了大家。

发完冬装，他又乘车去医院。此刻海宇生病正住院治疗。由于任务紧急，出发在即，她不能同行，他又不能留下陪她，两个人只好在病床前互道珍重，匆匆告别。

傍晚，一列客货混编的列车，满载着去沈阳接管的干部，徐徐开出哈尔滨车站。陈龙坐在车窗前，望着一闪而过的楼房、树木出神。忽然，一幢圆顶的俄罗斯式高楼映入他的眼帘，那曾是一个白俄的住宅。他不由想起，两年前刚率队来到哈尔滨时，根据苏联红军攻克柏林后缴到的档案，发现有一批纳粹间谍隐匿在哈尔滨白俄中间，上级要哈尔滨市委社会部协助缉捕。他当夜开着吉普车，由卢竟如做翻译，和同志们敲开了一家又一家白俄家门，将那些俄奸悉数捕获，送到了满洲里。就在这座楼房里，住着一个纳粹间谍的头目……

要离开这片熟悉的土地，眼前的一切，又勾起陈龙心中的怀念和回忆。这里不仅有三十多度的酷暑，还有零下四十度的严寒，不仅有“四大匪团”，还有“四大公害”。就在这样的险恶环境里，他熬过了一个又一个不眠之夜，指挥着成百成千的社会部侦察员和公安干警，凭着坚定的无产阶级党性，凭着高尚的共产主义情操，栉风沐雨，废寝忘食，艰苦作战，终于把一个盗贼横行、匪特猖獗的“大染缸”改变成为治安稳定、经济繁荣的巩固后方，迎来了哈尔滨的黎明。

从 1946 年 4 月末，到 1948 年 10 月末，整整两年半的时光，陈龙在这里度过了最磊落、最豪迈、甚至可以说是轰轰烈烈的战斗岁月。

夜色深沉，列车隆隆向前，哈尔滨已经变成了他的过去和历史，前面将是一片崭新的天地。他躺在睡铺上，微闭双眼，陷入沉思，即将解放的沈阳，又是个什么样子呢？他幼年时代，随父亲搬家，曾路过那里，可现在怎么也想不起它的模样了……

第六章　解放沈阳（1948—1949）

1. 组建公安机关

1948 年深秋，东北解放战争到了最后时刻。

11 月 1 日，陈龙率队来到铁岭，由于火车不能再向前行驶，便改乘吉普车继续前进。

沿途都是士气高昂的行军队伍，战士排成多路纵队，浩浩荡荡向南挺进。在这万千战士的身影中，陈龙忽然在路边发现一个熟悉的面孔——东北局社会部开原情报站站长程光烈。他是在今年春天开完第二次锄奸保卫工作会议后，从哈尔滨派到开原工作的。在半年多的时间里，他在邹大鹏副部长的领导下，先后把数十位情报人员派进沈阳，通过各种关系和渠道钻进了敌人内部，又从那里物色了一批掌握东北“剿总”核心机密的青年军官，把近百份机密情报送到了东北野战军司令部，并指挥情报人员策动了国民党五十三师火线起义。

随着战局的变化和时间的推移，这一切都将变成历史。战友相逢，程光烈惊喜地奔过来，问道：“部长，你这是上哪去?”陈龙让他挤上了车，告诉他：“上沈阳抓特务去。”就这样一句话，结束了开原情报站的使命。

连夜行军，11 月 2 日零点，陈龙率队抵达了沈阳近郊。由于敌第八兵团的部分守军，还在城内组织什么“沈阳保卫战”，妄图与攻城部队进行巷战，有的同志担心这支锄奸保卫干部队伍的安全，建议他们等城内平静下来再进城。陈龙连连摆手，下令要大家随大部队一起前进，并做好与敌人巷战的准备。凌晨时分，社会部的干部队伍冒着硝烟流弹，随着攻城部队从铁西区突进市区。这天夜里，由无数人马、无数辆卡车组成的滚滚铁流，从几条公路涌向沈阳城。人喊马嘶，车灯耀眼，伴随着时断时续的枪炮声，组成了一幅无比壮观的战争画卷。此时，陈龙心情无比激动，他嫌司机开车太慢，便接过了吉普车的方向盘，不停地加大油门，带领载着几百名干部的卡车飞驰向前。

从作战的规模看，整个沈阳似乎没有什么激烈的战斗，沿途所见尽是敌人缴枪，攻城部队抓俘虏的场面。整连整营的敌人站在路旁，身边堆放着枪支弹药。当官的不住地朝过路的战士喊："我们是投降的，谁来管我们?"真是"树倒猢狲散"，"兵败如山倒"。

但这里毕竟还是战场，市区兵工厂一带枪炮声依然不断，敌二〇七师一部分顽敌还在负隅顽抗。陈龙率队进入市区后，便命令大家抢先进驻敌东北"剿总"大楼和敌特首脑机关，配合部队妥善保护档案、电台和一切设施。

敌东北"剿总"机关显然逃得很慌忙，一些文件、档案都还摆在那里，连机密军事地图也都原封未动地挂在墙上。据说这地图是蒋介石三次飞来沈阳制订作战计划用的。陈龙安排了保护"剿总"的工作，便带人赶到大和旅馆进行安全检查，以陈云为首的沈阳军事管制委员会将要在这里安营扎寨。

2 日晚，安东省社会部部长何侠接到陈龙的电令，自带了一部电台，星夜兼程赶到沈阳。陈龙命他和乔庄、马亮去接收沈阳警察局。这次接收与哈尔滨大不一样，除了已有接收经验外，还有从哈尔滨东北科学院公安系来的经过专门培训的一百二十名学生。他们在支队长胡绍普率领下，已经连夜赶到了沈阳。何侠等人与胡绍普会合后，便于当晚赶赴警察局。

警察局早已被我军看守。里面混乱异常，许多人就像没头的苍蝇，楼上楼下乱窜；也有的因抢夺公物而争吵，打斗；更多的则是因弄不清共产党对待他们的政策，在那里长吁短叹。

晚上十点钟，接管队伍来到门前。一声令下，全体警察在操场列队。收缴武器后，何侠宣布了和陈龙在哈尔滨宣布的同样命令："全部留用，坚守岗位，维护社会治安。"宣布后，每个警察发给一个带钤记的白臂章，上街执勤。

那些由东北科学院培训出来的公安专科学生，除胡绍普等五人留在东北局社会部外，其余一百一十五名都分配到市局和分局担任科、股长和分局长、派出所长。

3 日拂晓，陈云同李富春、江华等领导人进入沈阳，住进了大和旅馆。

当日，陈云主持会议，讨论成立沈阳军事管制委员会，实行军事管制，决定陈云任军管会主任，伍修权、陶铸任副主任，委员还有张学思、王首道、陈郁、朱其文、陈龙。3 日晨，宣布军管会成立，并发出了第一张布告，宣布按军、警、财、经、后勤、铁路等几个方面，对沈阳各系统实行由上而下全面接收。

此刻，沈阳市区混乱异常，大街上到处扔着枪支弹药，近二万名穿着国民党军服的散兵游勇，像热锅上的蚂蚁在大街上东窜西奔。

一支进城部队冲进监狱，由于没有经验，以为关押的人犯都是受迫害的革命同志和穷苦百姓，未经请示，便打开牢门一股脑儿全放了。岂不知这里关押的是几千刑事罪犯，这批人一放出，即窜到大街上捡枪支，拾弹药，三五成群，结帮拉伙，转眼间便成了武装匪帮。他们到处打家劫舍，杀人越货，给本来就混乱的治安更添了混乱。

进城的当夜，陈龙接到地下党同志的报告，有一大批未来得及乘飞机逃走的国民党高级官员正准备化装逃出城。陈龙立即找部队首长联系，并建议派部队火速在沈阳四周设立关卡，封锁一切道路，盘查可疑行人，严防他们逃跑。

军管会一声令下，沈阳四周立即布满岗哨，这种封锁四门、瓮中捉鳖的办法收获甚丰。首先在城郊捉到了化装外逃的国民党第八兵团司令周福成及其随从，在飞机场活捉了东北“剿总”副参谋长兼第一处处长宋事英，在通往营口的公路上生擒了国民党沈阳市党部书记长张宝慈、绥靖二大队大队长陈振山及其参谋室中校姜载仁等一大批高级官员。

得知四门被关，走投无路的国民党辽东省党部书记长、曾一手策划“通化事件”的李光忱、保密局督察室副主任滕勉等人不得不投案自首。

陈龙把东北局社会部临时安置在华北路原警察局长的官邸。这座楼房虽然豪华，却没有人能去享受。大家每天只睡三五个小时的觉。屋里的几部电话铃声轮番地响，马敬铮、陈全中、李石生、李仲英忙得团团转。楼上楼下的工作人员日夜不停地进进出出，听汇报，发布命令，调遣兵力，还有，地下党的干部一批又一批来汇报敌情，直到天快亮的时候，大家才挤在地板上睡上几个钟头。

有些单位进城后，借混乱之际到处抓房子，抓汽车，抓吃，抓喝。陈龙却下令，社会部一律不准动用敌产，虽然到处都是美国进口的洋白面，大家仍然吃高粱米、大楂子和白菜豆腐汤。进城一个月，才吃了一次馒头，许多年轻人眼馋有的单位进城后大摆宴席，门前汽车排成几排，但陈龙硬是不准乱吃，乱拿。为了这些事他不止一次地大发脾气。有个干部借上缴武器之机，换了一支手枪，陈龙发现后，大训了这个干部一通，吓得这个干部忙把枪又送了回去。按规定，陈龙应当吃小灶，但他仍旧和大家一起吃大灶。有时熬夜弄点儿酒，他便招呼大家一起喝。由于部长和大家一起吃粗粮喝菜汤，就再也没有人提那些宴席、汽车的事了。一些新来的年轻人，对此感到无上光荣，因为他们终于过上了官兵同甘共苦的战斗生活。

在沈阳军管会成立大会上，根据东北局社会部的提议，陈云宣布何侠为沈阳市公安局局长，厉男为副局长；并将一个独立师改为公安总队，调给公安部门领导，何侠任司令员，厉男任政委。有了这样一支强大的公安武装力量，日夜巡逻在大街小巷、繁华市场，沈阳市的治安状况日趋好转。但是，沈阳的敌人在逃走前也搞了应变计划，埋伏了大批的特务间谍，寻机进行暗杀、爆破等破坏活动，妄图等候蒋介石卷土重来。

针对潜伏在沈阳的敌特组织，陈云向陈龙作了明确指示："打击敌特要先主后次，先上后下，先打骨干、指挥电台。"陈龙把这些指示原原本本向何侠作了传达，并调马敬铮担任治安处（侦察）处长。郑学修、解衡担任侦察科长，具体负责对国民党潜伏特务的侦察和调查工作。

由于人心所向，政策方法对头，沈阳市的接收、锄奸工作，进展十分迅速。

进城的第二天，即恢复了通电。入夜，全市一片灯火辉煌，商店市场纷纷开张；第三天，全市电话接通；第四天，沈阳的邮件可以发往东北各地；第五天，初雾放晴，电车载客行驶，自来水流进了千家万户。

接收顺利，使沈阳人民亲眼看到了共产党人的办事效率，人们怀着感激的心情，纷纷走上街头，举行欢庆游行，红红绿绿的标语贴满街头巷尾，工厂的工人主动组织护厂队，街道群众积极看家护院，很快形成了一个群众维护治安的局面。

在沈阳地下市委宋黎和李正锋领导下，共有地下党员一百七十余人，地下工作人员几千人，他们有一个强大的情报网络，占有大量的敌情资料。进城之初，陈龙几乎每天都与反映情况的地下党同志保持联系。根据他们提供的情报，陈龙指挥在全市进行了几次大规模搜捕行动。不到十天的时间，共抓获上校、少校、中将级敌特首要分子二十七名，敌特骨干一百余人，一般特务分子三百余人，缴获电台达八十余部。这些敌特机关多年豢养的情报老手、"党国干臣"，有的连电台都未及启封便当了俘虏。

市公安局长何侠原是山东军区的锄奸干部，抗战胜利后随肖华渡海来到东北，曾任第三纵队保卫部长、辽东军区情报部长，参加过"三下江南"、"四保临江"的战斗，有着丰富的对敌斗争经验。在东北局社会部和军管会领导下，他认真执行党的方针政策，使全市的公安保卫工作迅速纳入了正轨。由于刑事犯罪分子作祟，进城后的第一个月，全市就发生了重大刑事案件四百余起。鉴于刑事犯罪严重，何侠一面整顿旧警察队伍，一面大量吸收产业工人和店员参加公安工作，并组织打更巡逻，站岗放哨，严厉打击刑事犯罪活动。仅一个月就抓获刑事犯罪分子近千人，第二个月发案率急剧下降，全市仅发案四十起。

1948 年 12 月底，根据中央指示，东北局由哈尔滨迁到沈阳，汪金祥率东北局社会部全体干部星夜兼程赶来沈阳。海宇病体未愈，但一直牵挂着陈龙，便离开了医院随队赶来。

沈阳解放，宣告东北全境解放，真应了那句话，蒋介石首先在东北打响了内战的第一枪，内战的枪声也应最早在东北结束。

2. 驱逐美国领事

由于战争胜利来得迅猛，辽南许多城市几乎是在同一天解放的。汪金祥来到沈阳后，要陈龙在指挥东北全境锄奸保卫工作的同时，要关注正在进行反动党团登记的沈阳地区的治安形势。

对参加过反动党团组织的人员进行登记，只要没有血债和罪恶一律实行宽大和赦免。这是一项旨在瓦解敌人社会基础，巩固人民政权的政策。

由于这一政策深得人心，许多登记自首的反动党团分子在交代自己问题的同时，也检举了一些可疑情况。一起重大的国际间谍案，就是在这个背景下露出端倪的。

据一个自首登记人员检举：有一个叫坂下喜一的日本人和美国驻沈阳领事馆有过接触，可能是一个为美国人效命的间谍。

美国在沈阳设立领事馆已有一年之久。现在，国民党已经逃离东北，按美国政府当时和中国共产党的关系，依据国际惯例也应当尽早离开。尽管现在已经无“事”可“领”，领事馆人员却仍赖在沈阳不走，其居心何在，不言自明。所以，东北民主联军一进沈阳，便对其实行了军事管制，在领事馆四周设了岗哨，领事馆工作人员一律不准外出。应领事瓦尔德的请求，陈龙派王鉴、陈钟两人两次到领事馆与瓦尔德商谈。在军事管制期间，粮、煤和副食品统统由外面送进去。

其实，美国驻沈阳领事馆从事非外交活动，早已经引起了当时还处于地下的沈阳市委和东北局社会部情报人员的注意。

年底，陈龙曾与掌握情况的几位干部多次接触，详细了解1946年春天，美军驻华联络团东北分团团长沈乐甫来沈阳的情况，追寻坂下喜一的线索。

这一次谈的时间很长，不知不觉已经夜深。送走了这几位干部，他又与沈阳市公安局何侠、马敬铮通了电话，把坂下喜一、沈乐甫等人的情况告诉了他们，并要求他们先从坂下喜一下手，尽快找到他。

放下电话，才觉得浑身发冷，原来，晚上暖气早已停烧。他呵了呵冰冷的两手，起身走出办公室。

刚走出楼门，便有阵阵冷风迎面扑来，吹在脸上像刀割一样疼，天太冷了。

走出院门，看见哨兵仍穿着单薄的棉袄、棉裤，持枪站在雪地里。

陈龙穿的是和哨兵一样的棉袄、棉裤。他知道，在这样冷的天里，穿这样一套棉袄、棉裤站岗，不消半个钟头就得冻僵。这怎么能行？他停住脚步问道：“你怎么没穿棉大衣?”

哨兵见是陈副部长，忙敬了个礼：“我以为不冷，谁寻思……”说着，禁不住打了个寒噤。

陈龙见他脸色发青，知道他全身已经冻透，不觉引起一阵关切，便说：“快回去穿大衣。”

哨兵依然站在那里：“这咋成？我不能离开岗位。”

“唔——”陈龙赞许地点了点头。别看这个战士只有十八九岁，革命责任心还挺强呢！哨兵离开岗位是不允许的，但也不是没有办法，陈龙拍了下他的肩膀：“你去穿大衣，我在这里替你站岗。”

“真的?”小战士刚要转身，却又站住了。怎么能让副部长在这里挨冻?想到这里，忙又挺身说道，“我不冷了。”

陈龙从他手中把步枪拽过来，推了他一把：“快去!”

小战士心中一阵激动，他想说两句感谢的话，却又不知说什么好，只是“嗳嗳”两声，转身便朝大楼跑去。

枪身冰冷，握着有些冰手。陈龙以哨兵的姿势站在雪地里，向四周瞭望。大楼一片宁静，寒风一阵紧似一阵。他猛然想起在牡丹江边、镜泊湖畔，风也是这样紧，天也是这样冷，血和火染红了白山黑水，好惨烈，好悲壮哟！时间过得真快，一晃十多年了，有些事情就像发生在昨天……

楼门“砰”的一声被撞开，小战士穿着鼓鼓囊囊的棉大衣从楼里跑了出来，气喘吁吁地从陈龙手中接过步枪：“谢……谢陈部长。”

陈龙替他扣上一个敞开的纽扣：“谢什么！”说完，便朝马路走去。

小战士挺直胸膛站在哨位上，目送着陈龙，直到他的身影消失在黑暗里……

通过多方侦察，终于发现了坂下喜一的行踪，接着又通过外线侦察发现了他的接触关系，随即从中物色突破口，组织“内线侦察”，把侦察的触角深入到了敌特组织内部。

经过近两个月的侦察，通过“内线”情报和外线跟踪，终于揭开了这个间谍组织的面纱。

早在1946年春天，美国中央情报局间谍、美军驻华联络团东北分团团长沈乐甫，带领德国籍特务克律斯劳和日本籍特务西田，乘飞机来到沈阳，目的是建立由美国人直接控制的东北情报网络。在沈乐甫眼里，国民党的情报机构都是无能之辈，他十分欣赏日本特务的活动方式。来沈阳不久，西田就为他物色到一个理想人物，这就是曾在伪蒙兴安军官学校俄蒙科受过专门训练，抗战胜利后被国民党“剿总”二处收罗进行特务活动的佐佐木弘经。

佐佐木对日本帝国主义在中国的失败，并不甘心，满脑子装的都是在东北这块“第二本土”恢复大日本帝国的邪念。沈乐甫对这个法西斯分子的冥顽不化，十分欣赏。一见面就信誓旦旦地告诉他“只有美国帮助，才能解决内蒙古独立问题；只有美国出面，才能建立第二个满洲国，而美国一定会帮助，因为它与共产党‘红祸’是势不两立的。”

佐佐木感激涕零，他庆幸遇见了新的主子，当即表示愿意参加特务组织，愿受美国人指挥，甘心为其效力。

从此，这个以国民党东北“剿总”二处特务身份出现的日籍特务，便化名张执中、从美国人手中领取了电台、密码，又秘密吸收了白俄尼古拉、门道维奇，曾在伪蒙德王府任秘书的曹承德，留鞍钢工作的日本人坂下喜一、谷户等中、日、朝、俄、蒙等不同民族和国籍的特务三十余人，组成了一个庞大的特务组织。在东北解放战争期间，这些特务分子以“行商”、“公出”为掩护，出入解放区和中苏、中蒙边境地带，多方搜集我党政军和苏联有关情报。由于成绩显著，深受美国器重。1948 年 1 月美方将另一个特务组织与其合并，在沈阳、北平分设了两个支部，在长春、哈尔滨、齐齐哈尔、佳木斯、图们设立了五个“出张所”（站下面的小站）、在满洲里、珲春和苏联境内的海参崴、伯力等地设立了六个联络站，开始了更大规模的特务活动。

1948 年 10 月，东北民主联军发起“辽沈战役”，沈乐甫断定沈阳必将不保，遂制订了一个详尽的潜伏计划：要佐佐木继续埋藏在共产党的腹地，负责指挥这个颇有成效的特务机构；把总部设在北平无量大人胡同，沈阳设立总站，由坂下喜一负责；所有潜特都发给伪造的内蒙古贸易局的身份证，继续以经商掩护情报工作。还规定，除可与美军驻上海联络团本部联系外，还可直接与设在日本的麦克阿瑟军部“涉外局”接触。

这项潜伏计划搞得如此严谨周密，沈乐甫不愧为美国的情报老手。

可是有一点是他们始料不及的，那就是他们的对手更为高明。随着“内线侦察”的逐步深入，这个间谍网的成员名单、电台位置和活动规律，无一不在陈龙的控制和掌握之中。

随着北平解放，无量大人胡同的据点也在“外线”侦察员的日夜监视之下，佐佐木弘经已经暴露在我们的视线之中。不仅如此，还有诸多事实证明，这个间谍网的根子就是那个赖在沈阳不走的美国总领事瓦尔德。

他赖在沈阳不走的真实目的终于被弄清了。

经陈龙请示中央同意，决定对这个和民主政府没有外交关系的外交官展开工作。这是东北地区第一次遇见的涉外案件，将会有一场十分复杂和艰巨的斗争。由于缺乏与美国人打交道的经验，个别干部有畏难情绪，陈龙却自有见地，他风趣地说："怕什么！国民党特务不都是他的学生吗？学生那样孬种，教出孬种学生的老师有什么了不起！"从这个意义上说，的确他们早已和美国人交锋多年了。

侦察工作能否取得突破，就看在掌握了诸多线索之后，如何制定有效的进攻方案。在制定这种进攻方案方面，陈龙可说是最优秀的设计大师。当他得知领事馆有一个中国工人，因要工资遭到了美国领事馆瓦尔德的殴打时，立即决定利用这个机会做文章，来个小题大做，处理这桩"侵犯人权案"。

瓦尔德被传讯到公安局，这个家伙态度傲慢，他在中国公安人员面前摆出一副"洋大人"的架势，开口是抗议，闭口是"外交豁免权"，不仅不承认殴打中国员工的事实，还扬言要到"联合国"去控诉，使审讯一度陷入僵局。

一直密切注视着审讯进展的陈龙，几次与负责审讯的王鉴、乔庄商讨对策，陈龙说："对这场审讯，我看，应当'以眼还眼'，他搞外交辞令，我们也得给他搞外交辞令。他不是不承认打人吗？没关系，我们就想办法让他把他当时的动作描绘出来。"

这是一种特殊形式的审讯。瓦尔德拒不供认殴打他人，那么你就谈事实，谈当时的表现，谈具体细节。在事实与证据面前，瓦尔德不得不说出他打人的事："手，接触了那位工人的皮肤，使他产生了疼痛感。"至于特务活动，瓦尔德先是矢口否认，在证据面前，又不得不承认"有搜集情报的行为和目的"。但他又为自己狡辩说："记者、外交官也搜集情报，但不能说成是特务……"

这种此地无银三百两的供述，典型地表现了美国外交官的风格。

根据证据和瓦尔德的供述，刚刚建立的沈阳市人民法院对瓦尔德作出了判决，宣布他为"不受欢迎的人"并立即驱逐出境。一场有理、有利、有节的反间谍外交战，取得了全面胜利。

美国总领事被驱逐的消息公诸报端后，在东北乃至全国引起了极大的震动，并为一些有崇美、恐美思想的人上了生动的一课。站起来的中国人民，成了自己国家的主人，美帝国主义也不过是只纸老虎。

随着瓦尔德被驱逐，对佐佐木特务组织的搜捕也开始了，同时破获的还有以美国特务伯彦苍为首与蒙奸陶克陶相勾结，企图在郑家屯策动内蒙古政变的特务系统，以及潜伏在美国领事馆的以吴人杰为首的谍报小组……

3. 调往南京

只顾忙工作，不觉 1949 年的夏天已经匆匆过去，秋霜、秋雨早已染黄了树叶。一进 9 月，报纸上便连续报道了中央筹备开国大典的消息。第一届全国政治协商会议开过之后，汪金祥将随东北地区观礼团去即将成为首都的北京参加大典。就在此时，陈龙接待了一位来自北京的贵客——江青。

她是来沈阳游玩的。

陈龙既是保卫又是陪同。

江青看了沈阳的市容，游览了北陵。她兴致很高，临走之前，她告诉陈龙："有一次毛主席和我说起中央领导人的安全保卫工作，又一次提到你，你要做去中央的准备哟！"

陈龙点了点头。这次接待，他对江青是很尊重的，但她作为毛泽东的夫人谈起这些，也只能当作可供参考的消息。

事隔几天，陈龙真的收到中央社会部领导写来的一封信。

信中除了谈及侦察工作，还说道：开国在即，党和国家的内务外事活动将更加繁忙，为保卫中央领导人的绝对安全，决定加强警卫工作，毛主席有一次谈到此事，又提到你……

读罢全信，联想起江青的话，陈龙心中百感交集，激动不已。一别数年，开国在即，毛泽东该有多忙，用日理万机来形容都不过分，可是他还想到了自己，还是那样信任自己。他打开抽屉，从笔记本中找出毛泽东送给他的那几张照片，仔细看着。

重庆，宪兵、特务环立的机场，林园的不眠之夜，从红岩村到桂园那条危机四伏的路……难忘的四十三天！

延安，枣园、杨家岭、窑洞、小米……整整七年的战斗历程，真让人刻骨铭心！

毛泽东在九龙坡机场的风度，是何等凛然，和李讷在一起，又是那么和蔼与慈祥。两张照片活生生地展现了一位伟人的精神风采。

看着看着，他又激动了。是啊，也难怪自己感情激动，对一个战斗在第一线，远离北京的公安干部来说，还有什么能比领袖的信任更珍贵。

激动之余，他又一次反复斟酌自己的短处与长处。他深知自己脾气暴烈，生性好动。只有全身心地投入到最激烈、最紧张的搏斗之中，才最适合自己的特性。越是风险重重，越是要绞尽脑汁，才越能显示出自己搏击风浪的勇气与智慧。在哈尔滨消灭"四大匪团"和几十个潜伏特务组织的时候，在沈阳挖掘佐佐木间谍网，以及和美国领事瓦尔德斗智的时候，他的才智才得以充分发挥与锤炼，只有那时，他的心情才是最舒畅的。他休息的时候，喜欢打牌，喜欢打猎。与其说是消遣，不如说是他在磨炼意志和智力。

他最怕无所事事，如果三五天没有战斗，没有任务，他便感到浑身不适，坐立不安。一想到如今要把他调离第一线，年复一年地去蹲在办公室里，心里就有一种说不出的烦闷。说实在话，他太不适合这项工作了。但这还不是主要的。

更主要的是，陈龙看到了对党和国家领导人安全的最大威胁，是来自即将崩溃的国民党特务组织和海外帝国主义分子。这些不甘心灭亡的敌对势力，将会通过各种手段派遣特务间谍进行暗杀、爆破等恐怖活动，颠覆年轻的人民共和国。他确信自己已经有了洞悉这些阴谋的办法，掌握了对付这些形形色色敌人的手段，如能和这些暗藏在国内的敌人作斗争，这比坐在办公室里听汇报、接电话、开会作用要大得多，而且会对党和国家领袖的安全起到更大的保障作用。

想到这里，他抓起毛笔给毛泽东写了一封信。在信中，他先问候了毛泽东，之后，坦率地谈了对中央领导人安全保卫工作的看法。并说，自离开延安来到东北以后，在工作中取得了一些城市保卫工作的经验，掌握了一些敌情，还愿意在东北继续工作下去，为保卫党和国家领导人的安全作出贡献。希望毛泽东能够谅解……

信写好之后，他来到汪金祥办公室，请即将动身去北京的汪金祥，把信交给李克农部长，请李克农转呈给毛泽东。

他解释说，因为组织还未作出决定，他只是提点儿个人看法，并不违背组织原则。

汪金祥见陈龙不想去中央搞警卫工作，没说什么。他了解陈龙的性格和脾气，也了解他的苦衷，万一他在那里有什么看不惯，忍不住发作起来，人们理解还好说，如果不理解，就很难说不惹出什么祸患。

汪金祥收下信，答应一定替他转交。

陈龙离开部长办公室，在走廊遇上了来东北局社会部研究工作的解衡。两个人见面后交谈了几句，解衡便向他提出了想调往哈尔滨公安局工作的想法。

解衡是哈尔滨人，“九·一八”事变后，流亡关内，为寻求救国之路，1938年辗转到达延安。在延安，他一直在陕甘宁边区保安处搞锄奸保卫工作，是一个聪明机智的侦察干部。1946年来到东北，一直在大连市委社会部工作。沈阳解放，调来沈阳被任命为市公安局侦察科长，在侦破美蒋特务案件和打击刑事犯罪的斗争中，屡立战功。东北全境解放后，父母得知解衡在沈阳的消息，便写信给他，希望他能回哈尔滨工作。

陈龙当时没有答复他，他知道解衡和他一样爱喝酒，便要他一起到外面去找个地方喝点儿，庆祝即将举行的开国大典。两个人来到南市场，找了个小饭馆，便走了进去。陈龙酒量虽然很大，但最近因心区不适，好长时间滴酒未沾了，今天他提议只喝啤酒。喝了几杯，陈龙说起了在家乡的好处，有父母在跟前，能够享受天伦之乐。接着，他又谈起了在家乡工作的难处，熟人多，七大姑八大姨，今天叫你办这个，明天求你办那个，办不了就得罪人。与其在家乡，倒不如在外地。在外地，按月寄点儿钱，抽空回家乡去看看，一样可以尽孝道，还显得亲近。一席话，解开了解衡结在心中多日的疙瘩。解衡打消了要求调往哈尔滨的念头。由于心情愉快，话说投机，两个人豪情大发，抓起酒瓶连连相碰，一连干了好几瓶。这大概是陈龙一生中最后一次喝酒喝得这么痛快。

10月1日，中华人民共和国宣告成立。几天后，汪金祥回到了沈阳，传达新任公安部长罗瑞卿的指示，调陈龙到南京市任公安局长。

这个命令来得很突然，陈龙毫无思想准备。但陈龙对组织已经作出的决定，从来不打任何折扣，当即表示，服从组织决定，并做起身的准备。

汪金祥首先向陈龙大致介绍了一下南京的情况。说南京原是“六朝胜地”，又是国民党的首都，反动势力根深蒂固。国民党逃跑前为了给南京制造混乱，打开牢门，放出了三千多名刑事罪犯。南京紧靠上海，政治形势和经济形势十分复杂。接着，又谈起了陈龙的调动：“鉴于南京情况复杂，南京军事管制委员会主任粟裕，在北京找到罗瑞卿，要罗瑞卿一定要给派一个得力的公安局长。公安部物色了几位人选，权衡再三，最后选中了你。”

“我是东北人，对南京的情况不熟悉，就怕担负不了这个重任。”陈龙知道自己的不足之处。

“就再带几个人去，人选由你定。”

陈龙深知汪金祥性格内向，看得出他并不愿意自己离开东北，但上级既已做了决定，只好忍痛割爱；怕他单枪匹马到南京难以打开局面，便又让他挑选几名得力干部带走。

在沈阳，陈龙选中了两个人：王鉴和马敬铮。目前，王鉴正在汪金祥身边工作，起草文件，掌握情况，是汪金祥的左右手。自己走了，再把王鉴带走，对汪金祥影响太大，于心不忍。最后，他确定只带在沈阳市公安局的马敬铮。

“另一个，我想回哈尔滨去看一下，看黄华清、黄耕夫有谁能抽得出来?”陈龙望着汪金祥，征询他的看法。

“好，都依你。”汪金祥回答得十分干脆。汪金祥很爱陈龙这个将才，而且多年相处，有深厚感情，他有点儿舍不得让他走，但舍不得，也得让他走，而且还得支持他。

第二天陈龙动身回到哈尔滨。他首先征求了哈尔滨市委的意见，决定调黄耕夫去南京。然后又到市公安局与王化成、黄华清、黄耕夫谈完话。许多老熟人听说他来了，都热情地围上来。秘书科长赵明、户政科长郭九龄，拉住他的手问寒问暖。在人群中，他看到了在延安“抢救运动”中曾到处去坦白“红旗党”而名声远扬的张克勤。陈龙把他带到东北后，担心分配到别的地方，难以被人理解和信任，在征得王化成的同意后，就把他留在了北安市公安局任股长。王化成调哈尔滨后，他也随王化成调来哈尔滨。

陈龙看到张克勤，便想起了他在延安的遭遇。他问张克勤："你怎么还在这？"

"不在这里，能在哪里？"张克勤有点儿丈二金刚摸不着头脑，被问得张口结舌，"啊，是……"

陈龙又问道："你党籍恢复了吗？"

张克勤摇了摇头。说实话，他这辈子再也不敢去想恢复党籍的问题了。

看张克勤竭力掩饰内心的苦痛畏畏缩缩的样子，陈龙也有些替他着急："你的问题应当回到甘肃去解决。那里已经解放了，你为什么不去找人证实？"

陈龙的话，完全出乎张克勤的意料。他嗫嚅说："我怎么能回西北？"

陈龙把手一挥："怎么不能？你跟我走，去告诉黄局长一声！"

听说能回西北，张克勤高兴得几乎要跳起来。他说了句"你等着我"，便"噔噔"跑上楼去，不一会儿又"蹬噔"跑下来，连声说道，"黄局长同意了，我这就跟你走！"

陈龙阻止了他："你先收拾一下东西。"

这回他看出张克勤性急了。张克勤把手一摆："我什么也不要了。"

陈龙却不同意："你去收拾一下，我等着你。"

此刻，张克勤的声音已变得哽咽了："好，我就去。"说着便朝宿舍跑去。

第二天，陈龙和黄耕夫回到了沈阳。看到同来的还有张克勤，许多人都迷惑不解。当得知是陈龙要送他去西北解决历史问题的时候，有人对陈龙这么关心干部表示赞许，也有人背后嘀咕："陈副部长真爱管闲事。"

干部问题有专人分管，大可不必由他去操心，但他还是操了，而且操得十分认真。

11月中旬，陈龙、黄耕夫、马敬铮夫妇离开沈阳，取道北京去南京赴任，张克勤也一起同行。到了北京，陈龙找到中央组织部，向组织部一位负责同志介绍了张克勤的情况，希望把他调到西北去，以解决他在甘肃那一段问题。

那位负责同志虽然不是来自延安，但他对"抢救运动"挺熟悉，张克勤的事他也听说过。听陈龙说张克勤已经到了北京，表示马上就办。当天下午，张克勤便到组织部拿到了去西北局工作的调令。

从延安到东北，张克勤的心情一直十分压抑。虽然在甄别期间，没费多大力气就证明了他的确是"胡说"，什么"红旗政策"，什么"叛徒"，什么"红旗党"，那些"莫须有"的罪名统统一扫而光，但这并没有使他的心境彻底好转。他深知这些"胡说"造成的影响和后果，并非三天两日就能消除干净，这也就注定了他的问题还远远不能得到真正的澄清。

不料，来到东北，陈龙依然在关心他，而且在工作调转之际，顶着舆论的非议，把他从东北带到北京，为他创造解脱重负的机会。张克勤心中的感激之情油然而生。当他手持去西北局报到的调令，向陈龙告别的时候，禁不住心头发热，泪水在眼里直转。他真想抱住陈龙大哭一场，以表达难以用语言形容的复杂感情。陈龙见张克勤拿到了调令，也很高兴，但他并没有把自己所做的事当成对受委屈干部的恩赐，他完全是出于对自己同志的信任和尊重，是在尽一个做领导的责任。

张克勤到了兰州，见到了西北局书记习仲勋，向习仲勋汇报了自己在延安的遭遇和在东北工作的情况。时隔不久，西北局组织部便批准恢复了他的党籍，并安排他在兰州市政府担任了领导工作。

第七章　决斗南京（1949—1950）

1. 战友情深

到了北京，除了解决张克勤的问题，还有许多事情要做，陈龙先到弓弦胡同去看望分别数年的李克农部长。这位老首长，面色比在延安时红润多了，因为劳累，他的近视眼镜好像又多了几个圈圈。他一见到陈龙，热情地迎了上来，开口还是那句老称呼："我们的'将军'来了。"

陈龙和李克农无拘无束地交谈了个把钟头。他详细地汇报了东北的侦察工作。李克农边听，边满意地连连点头。

临别，李克农又告诉了陈龙两件事：一是康生也在北京，要陈龙去看看他；第二件则是埋怨。他告诉陈龙，信已代转，毛泽东看到那封信，心情不快，曾说过："人家不愿意来，就算了吧。"李克农希望陈龙要么改变想法，要么去见一见毛泽东，解释一下。

回到北京饭店，陈龙一夜也没有睡好。

"人家不愿意来，就算了吧。"这句话，就像重锤一样敲击着他的心。他了解毛泽东的性格，他对任何事情轻易不做决断，做出决断从不轻易更改。大到指挥千军万马，小到吃饭散步，一概如此。何况这是选定身边的安全人员？毛泽东选定他，一定是经过反复考虑的。但是，从延安到沈阳的四年间，他曾两次回绝毛泽东的提议，这在党内恐怕是罕见的。

他反复思索，自己做的究竟是对，还是错？

思索了一夜，他觉得自己是从整个公安保卫战线的大角度来看中央首长的安全保卫工作的，如果不把敌人派遣的根子挖出来，把每条派遣的渠道都堵住，就算是有千百个警卫也防不胜防。他相信这个角度是正确的，既然是正确的，那么毛泽东就一定会理解，因为他太了解毛泽东了。

天快亮了，陈龙也想通了，便踏踏实实地入睡了。直到海宇看到去看望彭真的时间快到了，才喊醒他，一睁眼，已经九点了。

彭真调到北京已近半年。在东北数年，共同经历了无数风风雨雨，两人感情笃深，家属之间也互有来往。

彭真已经知道陈龙写信给毛泽东的事，也知道他奉调要去南京。一见面，彭真就对陈龙提了个疑问："你是怎么考虑的？"

听彭真一问，陈龙便知道自己这种做法不被人理解、禁不住有些犯难。于是便向彭真谈了自己的想法。当前敌情那么严重，海内外敌人不甘心灭亡，正在组织大规模的派遣行动，他如去中南海当警卫处长，只能是被动的防御。如通过侦察工作把潜伏的、潜入的敌特全部消灭，使敌人无法接触党的核心，那就不是被动的防御，而是主动的打击。两者相比，他觉得还是主动进攻较防御好，何况自己性子火暴，不适宜在领袖身边工作。

彭真听了他的想法眉头舒展了，连声说道："有道理，有道理。你应当直接去见主席，向他说明这些道理。有机会我也向主席解释解释。"

有了彭真的支持，陈龙觉得心里踏实了。回到北京饭店，他便给汪东兴打了个电话，请他向毛泽东转达他想见一见毛泽东的愿望。

汪东兴自陈龙率队离开延安后，便接替陈龙担任了中央社会部第三室的主任，并随毛泽东转战陕北；进京以后，一直负责中南海的安全保卫工作。作为老战友，他深知陈龙在毛泽东心目中的位置，随即报告了毛泽东，并安排当日下午让陈龙去中南海。

中南海楼台连楹，绿荫葱葱，与延安的窑洞有天壤之别。见到陈龙，毛泽东还是那样热情、开朗、亲切，他询问起陈龙这几年在东北的工作情况，陈龙一一作了汇报。接着，便说起国内外敌人正在施展种种阴谋、妄图颠覆刚刚诞生的新中国，说起当前侦察工作基础还很薄弱等令人担忧的问题……

毛泽东仔细地倾听着，不时地点点头。显然，他已经理解了陈龙的心愿，便告诉陈龙，原十九兵团政委罗瑞卿已调到公安部当部长，希望陈龙予以合作，并希望陈龙能把东北的侦察工作经验，尽快介绍到其他地区。陈龙一一答应了。

当晚，中南海有舞会，陈龙和汪东兴陪毛泽东来到舞厅。音乐声起，陈龙就向毛泽东告辞了。

离开中南海，陈龙心中既感欣慰，也有些惆怅。欣慰的是毛泽东终于理解了自己；惆怅的是，他到南京后，不知何时才能再回到北京见到毛泽东。卫士与领袖之间，情感是真挚的。一想起毛泽东伫立门口目送他的情景，心中便充满了对毛泽东的敬意。

第二天，陈龙即去公安部拜会罗瑞卿，罗瑞卿热情接待了他，并设宴招待。

席间，罗瑞卿频频祝酒，希望陈龙把东北侦察工作的经验传到全国，把国民党老巢南京的治安抓好。陈龙也频频起立向罗瑞卿敬酒。为了便于和中央保持联系，罗瑞卿答应给陈龙一部电台，并派一名译电员去南京。为此，陈龙又一次起身举杯向罗瑞卿道谢。

陈龙来到北京的消息很快传开了。慕丰韵听到后，便赶到北京饭店去看望。自从在延安分手后，已有三年多没有看到陈龙了，小慕心中一直惦念着这位把自己领进侦察工作门槛的恩师。

战友重逢，百感交集。寒暄几句后，两个人互相望着对方，怔怔地谁也没说话。其实，两个人心里都有许多话想说，只是一时不知该从哪里说起。

直到海宇端着茶杯走过来，才打破了僵局。问起小慕别后的情景，小慕这才一五一十地说起来。

陈龙率队离开延安后，小慕曾调中央办公厅任警卫科长。党中央迁到河北省平山县西柏坡时，他担任建屏县（后划入平山县）公安局长，为保卫党中央的安全作出了贡献，进入北平后。他先后担任过崇文区、东城区公安分局局长。

听着小慕的叙说，陈龙想起了小慕那年因去不了东北而哭鼻子的情景，心中感到十分欣慰。如今的慕丰韵已不是当年与萧军交朋友时的小慕了，延安这批青年，走进了城市，已经适应了新形势的需要，变成公安战线的主力了。

这时，刘坚夫也在北京市公安总局任分局长。他随党中央东进，也负责过中央的警卫工作，后因在党小组会上批评江青不尊重警卫战士而闹僵了关系。

他见到陈龙，为尽地主之谊，想请他去吃烤鸭。陈龙却坚持要吃北京的小吃。刘坚夫拗不过他，便带领陈龙夫妇、黄耕夫夫妇和马敬铮夫妇来到西单“烤肉宛”，七八个人围着一个烧得炽热的大铁平锅，用特长筷子夹起切好的薄肉片蘸上调料放在平锅上，边烤边吃。“真香”，“真有味”，赞不绝口，也不知吃了多少斤肉。11 月的天气，每人的额头上都冒汗了。

在回来的路上，刘坚夫说起他和江青争吵的事。事情过去两年多了，可她毕竟是毛泽东的夫人，刘坚夫至今仍然有点儿惴惴不安，也是可以理解的。陈龙把手一挥：“别理她。你今后也不一定有机会见到她。不用担心。”接着，陈龙告诉刘坚夫，只要你按党性原则办事，就不必有顾虑，因为在党性原则面前，不管是谁，都是平等的。这无疑给了刘坚夫一颗“定心丸”。

此刻，那位在延安“抢救运动”以后不大出头露面的康生，从山东来到北京检查身体，他也住在北京饭店。陈龙听说他就住在同一楼层，便去看望。康生的样子没有大的变化，说话还是那样慢条斯理。听说陈龙要去南京，要他一定要到济南停留几天，陈龙爽快地答应了。因为他已得知，凌云正任济南市公安局局长，一别多年，也很想去看看他。

在北京，应当办的事，办了；应当见的人，见了；陈龙一行人便离开北京，坐火车去南京。火车开到济南，山东省公安厅负责同志和凌云夫妇一起到车站去迎接。当晚，陈龙夫妇便住在了凌云家中。

陈龙率队赴东北后，胡宗南进犯延安，凌云便随中央社会部东渡黄河到达了河北省平山县西柏坡。济南战役打响，凌云到了前线，因为组织上已经任命他为济南市公安局长。从山沟里来到城市，这公安局长究竟怎么当？第一件事干什么，在凌云心中还是个未知数，就在这一连串问题临头的关键时候，中央社会部转发了哈尔滨市的工作经验。凌云连夜看了几遍，直到东方发亮，心中才踏实下来。因为，他知道了进城的第一件事，应该接收旧警察局，命令他们“全体留用，坚守岗位，维护治安”。下一步便是大搜捕，开展对潜伏特务的侦察。接下来就是整顿全市户口，回头再对旧警察人员进行清理，从部队、工厂补充新生力量……

按照这个步骤，凌云一步一步地走过来了。济南和沈阳几乎是同时解放的，而今，凌云已经把济南的治安整治得井然有序，敌特潜伏组织大都扫光。陈龙听了凌云的情况介绍非常高兴，刚夸赞了几句，凌云就打断了他的话：“这些都是跟你学的，是按照侦察工作的规律，把敌特一个个打掉的。”凌云还告诉他，在延安的时候，毛泽东听说哈尔滨侦破了国民党“建军”、土匪阴谋暴动案，捉到了一个中将军长，十分重视，马上告诉中社部总结经验材料，通报全国。1948 年，中社部给各中央分局社会部、各兵团各纵队保卫部下发的《关于哈尔滨市公安保卫，清除敌特、肃清盗匪，建立革命秩序的经验》材料，就是在这个背景下发出的。据很多人说，他们也都像凌云一样，是拿着这个铅印的经验材料走进刚刚解放的城市，去担任公安部门的领导工作的。

在济南停留之日，应凌云的要求，陈龙向济南市公安部门领导们做了关于侦察工作经验的报告。在报告中，陈龙除了介绍成功的案例，更多的是总结失误的教训。例如，军统特务于大光曾在哈尔滨一家银行住过，银行的一名打字员便是他的电报员。我公安人员已经侦知电台就藏在这家银行里，因为未搜到这个女特务，决定暂不取电台，留做诱饵，以便捕获更多的敌人。谁料第三天，另一部队保卫机关不知从哪里得到情报，派人把电台拉走了，结果打草惊蛇，把整个侦察工作计划全部打乱了……

陈龙在报告中之所以举出这个例子，其目的就在于强调侦察工作的统一指挥的重要性。他希望各级领导要充分认识侦察工作的长期性和艰巨性，并能正确地运用侦察工作方法去打击敌人。接着，他又反复说明锄奸保卫工作，只有结合党的中心工作，争取群众的支持与配合，才能无往不胜。这个报告，使与会者受到了深刻的启发和教育。

在这几天里，不论是在北京，还是在济南，能与战友重逢、畅叙别情，了却思念之苦，使陈龙感到了前所未有的愉快和欣慰。因为他十分注重感情。虽然他曾长期离开东北，关东汉子的秉性，却丝毫未改。

2. 初战告捷

随着寒流南下，风雪就像是和列车赛跑，离开济南不远，大地就铺上了银装；随着列车飞奔，雪铺满了长江两岸。

足有两个篮球场大的轮渡船，徐徐靠近了浦口江岸。列车分成三段上了船，一声长笛，渡船缓缓驶向南岸下关。

人坐火车，火车坐船，倒也是件稀罕事。陈龙、马敬铮都把头探出窗外眺望。

车窗外就是被称作“总括汉泗，兼容淮湘”的万里长江。

马敬铮激动地凭窗背诵起《赤壁赋》：“乱石穿空，惊涛拍岸，卷起千堆雪……”

别看现在正是隆冬枯水季节，长江依然波翻浪滚，浩荡东流，怪不得蒋介石去年还想以长江天堑来阻挡全国解放，想不到一年之后，他不得不跑到海岛上去了。

看见长江，不由让人想起松花江。三年前的春天，他们刚从北安到松浦车站下车，凭江遥望哈尔滨。那时节蒋介石是何等气势汹汹，把消灭共产党看作只是翻手之间的事情，他绝想不到，今天会有个陈龙到他的老窝来“犁庭扫穴”。

这一行人中最兴奋的要属黄耕夫。他是浙江人，一到长江，就离家乡不远了。

轮渡驶近下关车站。大家上岸。南京市公安局副局长孙克骥、治安处长洪沛霖等早已迎候在那里。

陈龙等人下了车，互相做了介绍和问候，便一起乘车驶向市区。

在南京市公安局会议室，陈龙简要地询问了治安等方面的情况，便来到为他安排的住所。

陈龙刚刚进屋，便有一个年轻人脚步“咚咚”地闯了进来。陈龙一见，惊喜地呼叫起来：“甘露！”

陈龙率队离开延安去东北后，甘露便担任了治安科长。胡宗南进攻延安，他随李克农到了河北省平山县西柏坡村，然后和党中央一起进入北平；再后又随“二野”保卫部长周兴到了南京，现任公安局侦讯处处长。

陈龙忙把马敬铮夫妇也喊了来，大家一见，互相握住手，久久不放。枣园社会部治安科的战友南京会师，喜不自胜。

陈龙端来茶水。大家坐在床边和矮凳上，亲热地互道别后的情景。陈龙当然最关心南京的形势。一谈起南京，甘露不由叹了口气。“二野”周兴、赵苍璧，在南京时间很短，未等摸清情况便随大军去了西南。华东军区保卫部长龙潜接任公安局局长后，整天忙得团团转，因为不熟悉地方工作，还未打开局面。当前的南京城是冷枪不断、长江、太湖土匪还在横行……

陈龙眯着双眼，仔细听着。初来乍到，一切都很生疏，需要多听、多看、多熟悉。

“你冷吗?”甘露看陈龙不住地用哈气暖手，便岔开话题问陈龙。

“嗯——还好。你们就是这样过冬的吗?”陈龙指着窗子问道。

甘露看了看窗子。窗子关得很严，因为是单层，冷风仍然不断透进来，室内温度也就两三度。陈龙穿着皮夹克、长筒马靴，就差没戴皮帽子了，就是这样，仍然冻得嘴唇发青。土生土长在北方的陈龙，同意到南京来工作的时候，根本没去考虑气候问题，当然也不会想到冬天在零度左右的南京，竟会没有取暖设备。

甘露歉意地笑了笑：“这儿——没有炉子，也没暖气。太冷了，得生个炭火盆。”

看来屋里真得弄个炭火盆，晚上在被窝里还得放个“汤婆子”。他是东北人，东北虽说冷，可是屋里暖和。南京却是屋里屋外一样冷，真有点儿让人受不了。

马敬铮倒不在乎，他是个彪形大汉，火力旺，抗冷耐寒，就是不知道到夏天在这有名的“火炉”里能不能经住煎熬。

大家正在说笑，门外响起了汽车刹车声，这是接陈龙、黄耕夫到市军管会报到的。

在市军管会，陈龙他们见到了粟裕、唐亮、江渭清和柯庆施等人。

他们对陈龙一行人的到来，表示热烈欢迎。在谈话中江渭清把南京社会秩序比作一团乱麻，把陈龙等人比作“快刀”，希望他充分运用哈尔滨锄奸保卫工作的经验，快刀斩乱麻，把南京的治安治理好，不然，许多工作根本无法开展。

12 月 8 日，南京市公安局举行欢迎、欢送大会，全局处科级干部参加，市委书记江渭清代表市军管会和市委讲话，对离任的龙潜表示欢送，对到任的陈龙、黄耕夫、马敬铮表示欢迎。

陈龙在热烈的掌声中讲了话，他感谢市军管会和公安局的热情欢迎，表示愿与大家共同努力，提高业务水平，使南京市公安局为保卫生产和人民安全作出更大贡献。

接着，新任副局长黄耕夫讲话，他勉励大家努力学习，联系群众，把南京的社会治安搞好，为中华人民共和国成立的第一个新年献礼。

欢迎、欢送会一直开到中午，孙克骥宣布散会，然后带大家到门外照相，到食堂就餐。在餐桌上陈龙又见到了曾在延安工作的卢伯明同志。

卢伯明作为上海地下党的“七大”代表，1940年冬到达延安，因为“七大”延期，便留在敌工委工作，并参加了延安整风运动。1945年初，卢伯明被派往上海，从事地下情报工作。后来，传说卢伯明在镇江被捕牺牲，陈龙还很难过了一阵子，想不到竟在这里意外相逢。

陈龙高兴地扯住卢伯明，让他坐到自己身边，为他斟了一杯酒，两人碰了一下杯，一干而尽。

宴会散了。陈龙与龙潜握手告别，又送走了江渭清，便约孙克骥、黄耕夫到办公室商量人事安排和业务分工问题。

孙克骥虽比陈龙和黄耕夫年轻五六岁，革命经历却很长。他曾在福建搞地下工作，后调入新四军。抗战八年，解放战争三年，一直都在部队做锄奸和情报工作。他思路敏捷，处事果断，对公安工作也有许多构想。陈龙认真听取了他的看法和介绍，对全市公安机关的情况有了一个概括的了解。

南京市公安局的架子已经搭起来了。一部分人来自“二野”，一部分人来自“三野”，都充实在侦察部门。各分局的干部大都是在南京从事地下工作的。南京解放后，他们在极为短暂的时间里，依靠群众，日夜不息地奋战，在周兴、龙潜两任局长的领导下，通过清查敌伪档案、信箱，共掌握敌人逃离南京时布置的潜伏特务三千四百余名。

通过发布布告敦促自新、登记自首的敌特分子已有二百多名。几个月来，通过侦察，他们还破获了“保密局潜字一分站”、“中国青年反共同盟”等敌特组织多起，捕捉到特务分子四十余人，其中包括国民党老牌特务、保密局少将荆有麟等一批骨干分子，严厉地打击了敌特分子的嚣张气焰。在这样短的时间、这样的条件下取得这些胜利是难能可贵的。

但南京的潜伏敌人远不止这些，肯定还有隐蔽更深的敌人，有待挖掘。

目前，南京突出的问题是社会治安问题。国民党撤退前从监狱中放出了三千名刑事犯，这些人有的结成匪帮，有的混迹在夫子庙一带，到处拐骗偷抢。此外，还有从苏、浙、皖流窜过来的一些国民党散兵游勇，也在为非作歹。

陈龙一边记录，一边皱眉，南京的情况要比哈尔滨、沈阳更为复杂。南京已解放半年了，一些没有来得及彻底摧毁的敌特派遣组织，在半年的时间里，一定会像土拨鼠一样，在地下钻得更深更隐蔽，也更难寻找。

鉴于南京诸多工厂企业将转入建设和生产，陈龙提出应当成立机关保卫处。这一提议，经过研究后，决定调甘露担任机关保卫处处长，由马敬铮担任侦察处处长。

孙克骥提出，陈龙携有电台，除报务员、译电员外，还需要有一名机要秘书，保管机要文件，并为局长会议做记录。他问陈龙有无人选？

陈龙摇摇头，他从东北来没带秘书。

孙克骥便提出了一个人选请陈龙考虑，这个年轻人名叫顾林昉。

“多大年纪？哪里人？”黄耕夫在一边问道。

“1928 年生，今年二十一岁，江苏南通人，十三岁参加革命，是个‘红小鬼’，”孙克骥好像对他非常熟悉和了解：“他在乡下打过游击，后来参加新四军。解放战争开始，转入‘三野’，参加过洛阳、开封战役，当过侦察员、军法书记，写得一手好钢笔字。”

“他怎么来的？”陈龙对这个年轻人的经历感到满意。

“他是龙潜同志的秘书，被我留下了。”

“好——”陈龙看见黄耕夫也露出满意的神情，便做了决定，“就用他吧。”

海宇借跟陈龙南下的机会，从北京回到了河南信阳老家，住了两天，便匆匆赶来南京。

一连十几天，陈龙忙于了解情况，组建机构，家里除了一张床，其他的东西有的还捆在箱子里。海宇来到南京，市委组织部分配她到市政府工作，住进了市政府宿舍。这天星期六，她回到家中，等陈龙回来。陈龙见海宇正在给他整理一套新棉衣，便问道：“找这些干什么？再冷也不能都套上。”

海宇把棉衣放在床边，说：“把你的夹克脱下来，皮靴子也脱下来，把这个换上。”

陈龙很奇怪：“换什么？我穿着不是很好吗？”

海宇有些生气了：“好什么？那么多人照相，就你穿得特殊。”

陈龙有些不解：“这有什么特殊？我在哈尔滨，在沈阳不都穿的这个么？”

海宇还是坚持：“叫你脱，你就脱！这里是新解放区，你得考虑影响。知道有人议论什么？”

陈龙摸不着头脑：“穿衣服有什么好议论的！”

海宇把棉衣往他跟前一推：“我刚到就听见有人说你像个国民党起义军官。”

“唔——还有这样的议论。”影响不能不考虑，陈龙只好脱了皮夹克、长筒靴，换上了“三野”官兵穿的棉军服。

来到南京时日不多，却有许多令人费解的事。南京解放已半年多了，还没有像在哈尔滨、沈阳那样进行过大规模的搜捕，捉获几十、几百敌酋匪首，也很少有破获敌特组织的消息。是敌人已被挖净了，还是更深地隐藏着？总不会跑光了吧？

为解答这些疑问，他与洪沛霖、赵宏成、靖实秋、陈良、卢伯明、甘露等人多次交谈，研究其中的原委。

来自部队的洪沛霖性格直爽，看问题尖锐、深刻，他是负责刑事案件侦察的。他认为，工作还没有完全展开，原因很简单，就是领导调动频繁，还没来得及作出全面安排。再说，打击刑事犯罪，是稳定南京治安的重要环节，需要全党、全社会的配合，没有这个配合，单凭警察去抓几个小偷，根本无法改变南京的治安面貌。

陈良曾打入国民党“首都警察厅”，在极其危险的条件下，秘密通过“警运会”发展地下党员，为南京解放作出了很大贡献。他认为还有一原因，这就是市公安局人员有来自部队和地下党的，还有留用人员；部队来的，又分“二野”、“三野”；几方面力量还没有拧成一股绳，有的不安心搞公安工作，有的互相闹小团体主义，分散了战斗力。

把许多问题归纳到一起，陈龙不由得抚案长叹：南京的工作何其复杂！何其艰难！

陈龙与各处处长谈话之后，一连几天，乘车检查全市各分局和重点派出所，并与分局长、派出所长进行座谈。在检查和座谈中，他发现许多分局和派出所还在因袭国民党警察局的规章制度，甚至连请示报告都是老格式，把领导称作“钧座”，把市局称作“钧局”，公文也都有什么“等因奉此”、“备文选呈”、“谨呈核建”等字样。

对公安局“局座”陈龙驾临检查，各下属单位无不毕恭毕敬，起立答问，鞠躬迎送，一派诚惶诚恐。这套作风怎不叫陈龙大皱眉头？

接着，他又与孙克骥、洪沛霖来到秦淮河边的夫子庙。秦淮河是一潭死水，到处散发着臭气。六朝金粉之地那种“酒船衔尾如游龙”的盛景，早已荡然无存。以前，这条河里尚有“七板子”（船）可以乘坐，现在，只有不嫌弃脏臭的鸭鹅在那里打滚。岸边倒是依旧热闹非凡，扯着嗓子叫卖的烟摊、洋货摊、食品摊挤挤轧轧地排在街道两侧。人们在摊前挤来拥去，使本来就狭窄的街道变得更加狭窄。在摊床的后面便是各式各样的聚赌场所，什么麻将、牌九、骰子、押宝，应有尽有，有的在桌上，有的在地上。三五成群的金银贩子，也在明目张胆地做着交易。穿着国民党军服的散兵游勇，大声吆喝着，兜售美国军用皮鞋、皮带……妓女、小偷、流氓、乞丐，在这里更是比比皆是。陈龙、孙克骥、洪沛霖他们站了不到几分钟，便看见几个流氓大打出手，几个

小偷乘机去掏那些围观者的腰包，好像旧社会所有的残渣余孽全都汇集到了这里。夫子庙变成了南京的一个脓包。

陈龙带着调查研究的情况，来到了南京市军事管制委员会，见到了“三野”政治部主任唐亮，向他作了全面汇报。

唐亮自主持南京市军管会工作以来，对全市的治安工作十分关注，听到陈龙的汇报感到十分欣慰，他希望陈龙立即拿出一个包括整顿和建立人民公安政权的全面的工作方案。

南京的冬天潮湿、阴冷。夜晚寒气袭人，炭火盆虽散发热量，却也产生一氧化碳，这使陈龙又想起在承德发生的那次险些危及生命的煤气中毒。但他却没有想到，一氧化碳中毒除对神经造成损伤外，还会对心脏造成损害。他来到南京以后，心区不适的次数明显增加，这分明是心脏病日益严重的警告，由于他缺乏养生知识，从未放在心上，也从未留意和关心过自己的健康。

陈龙一连几个晚上，伏案疾书到深夜，直至困倦得睁不开眼睛，才扔下笔。数日后，写好的一厚叠稿纸，交到黄耕夫和孙克骥手中，请他们传阅，这就是他起草的关于全局开展下一步工作的几个方案。

黄、孙二位副局长阅后，便召集各处正副处长开会讨论。

这时，顾林昉已被任命为机要秘书，带着记录本参加会议。他身材清瘦，虽然穿着臃肿的军装，看上去仍像个中学生。黄耕夫偷眼看了看他的记录，真的是一手工整的好字。

第一个方案是局长分工。陈龙分管一处、二处和六处，这三个处是负责政治侦察、工厂机关保卫及审讯工作的；黄耕夫主管治安和刑事侦察处；孙克骥主管四处、五处，负责人事和后勤工作。

第二个方案是整顿机关秩序。要求部队来的干部彻底清除游击习气，留用人员改变工作作风；把办公室和宿舍分开，科室门口挂上牌子，不准在办公时间喧哗打闹；设置收发室、传达室；建立会客和考勤制度，对无故旷职者要给予处分。

第三个方案是在公安局建立各级党的组织。报请市委批准后，市局成立党组织。在召开党员代表大会后，成立机关分党委；各处和分局成立党支部，全面加强党的领导作用。

第四个方案是建立健全财务管理制度。对房产、钱财、敌产、赃款、赃物要认真登记，统一管理。

“这几项工作必须在 2 月 15 日，也就是春节前，全面完成。”陈龙斩钉截铁地下了一道死命令。

方案迅速传达到基层派出所后，全局上下为之一振。所有的干警普遍意识到，公安机关将作为一支重要的专政力量，为彻底改变南京的治安面貌承担起自己的使命。这使命是任何部门、任何单位都无法取代的。

在全局上下努力贯彻四个方案的同时，陈龙一连几天又到政治侦察处，研究对敌特组织和暗藏的反革命武装的侦破工作。

侦察处设在原国民党赫赫有名的保密局的办公旧址——洪公祠。这幢大楼式样别致，有如一只卧虎。当汽车驶近这里时，陈龙下车伫立良久。从中央社会部在延安成立，就与这个臭名昭著的前军统特务机关结成了生死对头，先是和军统特务头子戴笠，戴笠摔死以后，军统改组为保密局，又和保密局的头子毛人凤，施展各种手段明争暗斗。陈龙从延安和它斗到哈尔滨，又从哈尔滨斗到沈阳，十年鏖兵终见分晓，这个恶贯满盈的特务机关逃出了大陆，他们当年施威作恶的地方变成了人民公安机关。站在这幢大楼面前，亲眼目睹这斗转星移巨大变化的陈龙，此时怎能不感慨万千。

陈龙不是诗人，但他觉得还是毛泽东的诗篇最能抒发此时此地的心情。

虎踞龙盘今胜昔，天翻地覆慨而慷！

侦察处下边的侦察科，科长是罗振，副科长是路群和邱路。审讯科科长是李德来，技术科科长是周伯勋，外侨科科长是余义。陈龙和这些科长第一次见面时便留下深刻的印象，他们年轻，有充沛的精力，而且其中一些是有六七年斗争历史的“老革命”。有这样一支坚强有力的队伍，陈龙以往的担心一扫而光。他相信，只要加强领导，努力提高侦察业务水平，完全可以把潜藏在南京的敌人彻底肃清。

他要马敬铮找出在哈尔滨召开的两次社会部长、公安处长锄奸工作会议文件，以及由马敬铮、王鉴编写的《侦察工作的讲授纲要》，让大家学习、阅读，同时听取已掌握案件的工作汇报。

据汇报，半年来，侦察处已经掌握了众多敌特活动的线索，但都没有获得突破性的进展。陈龙敏感地发现，其症结所在，是没有采取行之有效的侦察工作手段和方法。究竟采用什么手段和方法，才能把这些线索搞清楚？陈龙没有回答，他要大家先学他从东北带来的文件和教材，并让马敬铮领导讨论和研究。他相信，只要大家都掌握了侦察工作的方法，就一定会像他们在哈尔滨、沈阳那样，把所有的敌特组织一扫而光，管你是什么“首都”什么“老巢”。

马敬铮自认是陈龙的学生，从延安到东北，他对陈龙的侦察工作思想已经掌握得一清二楚，并和王鉴进行过系统的总结；今天，作为侦察处长他完全有能力指挥对这些案件的侦破。

尽管陈龙对马敬铮曾发过多次火，但他对马敬铮是完全信赖的，事实证明也是如此。经过几个月的工作，侦察处不负所望，在华东公安部统一部署下，在四周五个行署公安局的大力配合下，就一举破获了“长江中下游挺进军案”，抓获了匪首魏义民、安燮天和几十名匪徒。接着，又破获了“苏浙皖特区反共自卫军案”，捉获匪首陈世和及匪徒十余人。还捣毁了“苏浙皖人民反共救国军总指挥部”，生擒了以王国镇、蒋成林、蒋云龙为首的五十四名匪徒。

同时，还破获了潜伏在永利锤厂的敌特组织，缴获了其电台和全部密码。接着又破获了潜伏在江北浦口的特务组织……

陈龙在哈尔滨工作的两年半期间，是国民党特务机关猖獗活动的鼎盛时代，共缴获敌人电台十六部，而南京刚解放仅一年，侦察工作刚刚展开，就缴获电台达二十二部之多，可见国民党特务机关对这个“老巢”下了多大的赌注。

3. 整顿警风

1950年春天的收获，不仅表现在政治案件的侦察方面，在市军管会的支持下，陈龙还将两个团改编为公安总队，令战士与民警日夜在大街小巷巡逻，这对社会治安也起到了积极的稳定作用。同时，他还组织了几次大规模取缔和收容行动。对夫子庙一带的娼妓、赌徒、金银贩子、流氓、扒手，进行了反复扫荡，对这个“脓疮”实施了彻底的“外科手术”。

水上分局和公安总队还把武装力量集中到上至马鞍山，下至镇江一带，沿长江水域对水上盗匪进行了全面清剿。这种被称作“赶水鸭子”的战斗，一直进行了几个月，终于把沿江一带的水上盗匪彻底消灭了。

在黄耕夫副局长和洪沛霖处长的领导下，对刑事案件的侦察也取得了突破性进展。不仅破获了一大批强抢、路劫、绑票、凶杀等重大刑事案件，还成功运用了“拉出来”、“打进去”的侦察手段，一举破获了一个抢劫六十余次，有八十六名成员的庞大匪帮，缴获了长短枪共二十一支、军刀五把……

按照哈尔滨、沈阳的经验，在打击敌特、土匪、刑事犯罪取得初步成效，治安状况好转之后，下一步便是抓城市管理的基础建设。陈龙向市军管会提出，在1950年夏秋，要开展三项工作：第一是号召反动党团进行登记；第二是动员部分青年学生、工人参加，对全市七十万人口进行登记，建立户口管理制度；第三是抓交通管理，改变三轮车、机动车乱驶乱停的混乱局面……

寒冬总算熬过去了，撤掉了炭火盆，迎来了桃红柳绿的江南春天。这一个冬天，陈龙不仅是冻肿了手、脚和耳朵，更严重的是渐渐感到心闷加重了。心区疼痛越来越频繁，他不得不暗自承认，他的心脏出了毛病。

海宇催他去医院，他每次都答应，却不见行动，他确实太忙了，忙得实在难以抽身。

最近，马敬铮、卢伯明指挥的侦察员，在公安局内部发现了敌情——保密局少将组长朱玉峰，冒充我失去关系的老党员，率中校科长康子明等二人，混进了我公安机关。有一次，看守所安排犯人推磨，一下子竟逃跑了十五个……

这时，社会治安虽有所好转，但公安机关内部屡出问题，违法乱纪无人管，甚至有人大闹工会、大闹分局也无人制止。陈龙虽在会上几次催促要严肃处理，却总不见下文。这一切都是为什么？原因在哪里？他找副局长孙克骥谈，孙克骥只说是自己能力较弱，办法不多，人事、后勤工作都没有抓好。

陈龙并不认为孙克骥谈的是实际情况。他觉得孙克骥是一个有领导才能的干部，他一定有难言之隐。但症结究竟在哪里？看来还需要下工夫搞一点儿调查研究。他找来了负责秘书和后勤工作的莫潜和廖卓之了解情况，接着又到人事处找干部谈话。通过调查，他发现了一个奇怪的现象：自从市公安局党委成立后，市委再调干部并不通知主管副局长，而是直接通知党委，人事处对下面干部的调出和调入，也不通知处长、分局长，而是通知协理员。

更令人不解的是，市委在批准市公安局成立党委时，把人事处长任命为书记，而副局长孙克骥只是党委委员。还有，各分局的支部书记实际上也变成了全分局的领导，分局长要决定行政工作，得先向党支部汇报，获得批准才能实行……

据说这样做的目的，是为了“加强”党的领导，“突出”党的领导作用。

这些做法当然不是公安局人事处、分局党支部本身的事，显然是“上头”有精神。难怪孙克骥说自己无能。

对这种情况怎么办？最好是同意和默认。实际上，有许多同志就是这样做的。有人也劝陈龙这样做，而陈龙偏偏无法容忍，他又大发了一顿脾气。

他认为，这种绕过市公安局领导的指挥方式，是一种彻头彻尾的“非组织行为”。这种以党的领导为借口干预行政工作的做法，必然会削弱行政领导的积极性和主动性，当然也就无法保证行政任务的完成。个性、党性都不允许陈龙对这一切听之任之，他不管是来自“上头”，也不管是什么天王老子，决心要管一管，而且要一管到底。

听说他为这事发了火，有位好心人跑来劝他：对这种来自“上头”精神的事情，最好先试探一下“气候”，能不管，还是不管为妙，因为弄不好会影响上下级关系；上下级关系一闹僵，必然要影响自己的前途。

陈龙十分理解这个好心人的心意，但遗憾的是他太不了解自己了。若是为自己的前途而放任不管，那就不是他陈龙的性格了。自从投身革命那天起，在他的心目中就只有党和人民的前途，而自己的一切早已置之度外了。听了这位好心人的劝说，心中又涌起一阵火气，陈龙真想狠狠地剋他一顿，怎奈，心区又感不适，只是说了声“知道了”，便挥手让他离去。

好心人走了，剩下了陈龙一个人，枯坐在办公室里。他心区疼痛，汗顺着鬓角直往下流。他觉得浑身一阵阵燥热，恨不得一头扎到冰水里。足足折腾了十几分钟，心脏跳动才逐渐趋于正常。汗消了，他又抓起电话，通知人事部门，马上筹备召开一次人事工作会议，会议的目的是总结前一段工作，肯定成绩，检查存在的问题，提出改进意见。其实，召开人事工作会议，要解决的还有一项重大问题，就是对留用人员的审查和清理。

南京解放已将近一年了，人事部门始终未能弄清留用的近三千名国民党“首都警察厅”人员的真实面貌。在这些人员中，谁是在南京解放前真心向往革命而加入“警运会”的？谁是看到大势所趋才参加革命的？谁是受敌特机关指使潜伏下来的特务分子？这一切不搞清楚，怎么能把队伍建设好？把专政工作搞好？

根据分工，人事工作会议本应由孙克骥副局长与人事处长一起研究拟定会议议程，起草会议文件，不料这位人事处长因不同意召开这个会议，竟拒绝参加研究任何问题，更不要说起草什么文件了。

孙克骥虽然身为副局长，但他在分党委中只是委员，人事处长却是书记，到底谁领导谁弄不清楚，只好自己来起草文件。

人事工作会议总算如期召开了。陈龙带着自己写好的发言稿到会讲了话，他在肯定前一阶段人事工作成绩的同时，指出：缺点也是严重的。在进入公安局的农民干部中，有的认为进城后大米饭吃不饱，大小便不方便，生活不习惯；部队干部中，有的认为在战争中曾经流过血、流过汗，是有功之臣，现在进了城，应当坐享天下。他们有的游山玩水，有的大吃大喝，更有甚者，有人还订了八大计划：留分头、穿皮鞋、镶金牙、盖花被、戴手表、买车子、戴戒指、穿洋服。这些人是想干革命吗？不是，他们是抱着个人享乐主义投机革命。而我们的分党委和党支部呢，他们不去了解这些干部的思想状况和生活状况，不去研究如何对这些错误思想进行批评和教育，而是过多地去干预行政事务，听行政领导的工作汇报，甚至有的连拘留人犯也要由党支部审批。这种党不管党的错误，不管是什么人的主张、什么人的意见，都必须彻底根除。因为政府机关的党委和军队的党委性质不同，机关党委不是领导机关，不是决策机关，它的任务是对党员进行思想教育，保证行政任务的完成，这一点中央早就有明确规定，为什么在我们这里却本末倒置？

陈龙的讲话有实例，有论证，深入浅出，简洁生动，在与会者中间引起了强烈的反响。

会议决定，党的各级机关支部要全力抓好党的建设，对党员和干警进行思想教育，做好“提高老干部，吸收新成分，改造旧人员”的工作。

对留用人员的审查和清理，会议也提出了意见：对怀疑有双重身份的人，一律调往华东党校，边学习，边审查。

会议还决定制定《人事条例》，报市委批准后实行。

会后，根据这次会议制订的《人事条例》，报到市委便遭到了厄运。首先是组织部门感到不悦，认为公安机关没有权力，也没有必要制订什么《条例》，接着便是来自市委领导的严厉批评。

陈龙对这种情况早有思想准备。他到市委，列举了公安机关人事工作中存在的种种问题和一些奇怪的现象，并指出了对留用人员进行审查的必要性。他慷慨陈词，据理力争，终于使市委大多数领导改变了看法。唐亮检讨了自己不了解情况，不知道公安局分党委书记不是副局长孙克骥，而是一位人事处长。当然，也不知道公安局的党支部“党不管党”。通过陈龙的说明，他认为制订《人事条例》很有必要，当即予以批准。

《人事条例》终于得以实施，尽管它的诞生是艰难的，毕竟总算能够贯彻，这不能不说是一次胜利。

《人事条例》问题解决了，还有一个带全局性的问题，一直萦绕在陈龙的心头，那就是残留在各处、各分局的那些言必称“钧座”、话不离“卑职”的国民党腐朽之风；还有些是部队来的干部，遇事不重视请示报告和例行公文的游击习气。对这两种极端现象，有人看成细枝末节，陈龙却高度重视，并决定趁热打铁，召开全局秘书工作会议。

这次会议仍由孙克骥筹备。他召集了廖作之、莫潜、顾林昉草拟文件。陈龙到会上专门做了《做好正规化秘书工作》的讲话，他建议各级领导要认真学习毛泽东在延安整风时所写的文章《反对党八股》，抛弃国民党的腐朽文风和游击习气，使全局的秘书工作迅速走上正规化。

人事工作会议，秘书工作会议，虽然不是挖潜伏特务，抓刑事犯罪分子，却为南京市公安局走上革命化、正规化迈出了坚实的一步……

天空就像个打不开的闷葫芦，一连个把月总是这样阴云密布，从早到晚下着如烟似雾的细雨，到处都散发着潮湿气。房间里不仅被褥发黏、放在衣柜里的皮夹克长了霉点，堆在床下的靴鞋反出白硝，就连几盒香烟忘了吸，放在抽匣里几天就变了味。这还是陈龙有生以来第一次体察到江南“梅雨”的滋味。

他生长在北方，连性格也像那里的天气，要么霹雷闪电，倾盆大雨，要么晴空万里，红日当头。一遇到这不寒不热、不阴不晴、整天泡在潮湿里的天气，陈龙就感到憋闷气短，心境烦躁……

这天中午，发生了这样一件事，市政府召集的一次干部会散会后，众多的与会者从俱乐部大门蜂拥而出。因为下雨，人们纷纷撑开雨伞。莫潜和那位人事处长随着人群走出了大门后，直奔停在马路对面的汽车。车停在那里，却打不开车门，因为司机不知干什么去了。两个人站在雨中淋着，寻找着。撑着雨伞的司机总算回来了，人事处长非常恼火，见到司机，不由分说，上前就是两个耳光。

司机被打得眼冒金花，满脸委屈地打开车门，让两个人上了车，才解释说，他见散了会，怕领导挨淋，便撑着雨伞到门口去接，因人多拥挤，没有找到。可是，人事处长并未因此而消火……

人事处长打司机的事情，传到了陈龙耳朵里，顿时气得他脸色发青。他自己的脾气不好，可是对身边的司机、勤务员、警卫员总是和和气气，关怀备至，这一点是有目共睹的。他实在无法容忍一个领导干部动手打人，特别是打一个终日辛辛苦苦的汽车司机。他找来司机询问情况，又找来莫潜进行查证核实，当认为一切都确凿无误的时候，便下令给市委写报告，把人事处长调走。他不能再留这种人在公安机关工作。

后来，那位人事处长果然被调走了。因为报告上已经写明，如不同意调走，市公安局将给他以严格的纪律处分。

在那位人事处长调走的同时，陈龙又向市委建议，人事处长、市公安局分党委书记的空缺，暂由副局长孙克骥代理，经党代会选举再正式任职。江渭清、唐亮接受了陈龙的建议。

但是，并非所有的事情都这么顺利。时隔不久，公安局又一个请示报告在市委搁浅。

公安局通过侦察，捕获了一批国民党特务和政治土匪。拘押了几个月，经过审理，其犯罪事实已基本查清，公安局建议对其中罪大恶极的特务分子、土匪首领及时处决；对一些有罪恶、有民愤的特务分子判以重刑，从而震慑敌人，稳定南京的治安秩序。

这个报告搁浅，并未出陈龙所料，因为他早已听说有一种论调，说什么“共产党得到了全国政权，应宽厚、大度，不必大开杀戒……”市委不批准处理这批人犯的理论根据，大概就是这种“宽厚大度”。

与此相反，对公安局要求批准从宽的一个有为我工作的条件的对象，却一反常态，坚决主张杀掉。

这种大相径庭的决策，使陈龙困惑不解。从哈尔滨到沈阳，他和市委、市军管会都是踏着同一步伐，从一个胜利走向又一个胜利，为什么到了南京就乱了阵脚？你想上东，他偏命令你向西，这究竟是为什么？

陈龙到市委进行说明，解释要处决和要从宽的理由，希望领导重新考虑。这时，有一位领导一开口就批评陈龙，说陈龙不能准确地掌握党的政策，不了解南京是新解放区，又是国民党老巢。少杀是为了便于了解情况，免得引起更大的波动，当然，少杀不等于不杀，像公安局要从宽的那个人就一定要杀！

陈龙好像从未见过这般不懂政策的上级，他刚要进行争辩，不料又招来一堆更大的帽子：什么居功骄傲啦，不尊重市委的领导啦，等等。

陈龙脸色变得铁青，气愤使他觉得心脏要跳出胸膛。他从不惧怕扣帽子，你越扣帽子，他越要争辩。可是刚争辩几句，对方就祭起了最后的“法宝”，市委已经作出决定，作为党员干部拒不执行是什么意思？

这是最重量级的一击，这一击，不仅对陈龙，就是对任何一个党员干部都是足以致命的。他已经看出，这位领导之所以祭起这个“法宝”，显然是早就说服了市委的其他领导，再进行任何争辩都是徒劳的。

陈龙虽然精通侦察业务，堪称专家，但他却缺少一个政治家的“素质”，似乎根本不懂什么纵横捭阖之道，更不懂逢迎取巧。在党内，他只知心口如一，摆事实，讲道理，甚至不惜争得面红耳赤，以求公论，却应付不了这种绵里藏针的权术。他连续碰了几个钉子，只能气得浑身一阵又一阵发抖，回到局里心区绞痛便发作了。这一次发作得很厉害，豆粒大的汗珠从头上滚落，他蜷缩在沙发里，半晌不敢动弹。

陈龙忽然想起了一段相似的经历，那是1933年在抗日游击军转战密山的时候。当时他是副参谋长，为了攻打平阳镇，他在郝家屯一家茅草屋中写标语，他想用“中国人不打中国人”的口号去瓦解伪军。可是，从北满省委刚刚派到游击军的政委和参谋长却完全否定了他这种做法，说什么“中国人不打中国人”的口号，本身就没有阶级性，结果没有按他的做法办，以致郝家屯战斗失利。事后，政委和参谋长不但不认账，反而把责任一股脑儿推到了他身上。一气之下，他离开了那里，去找周保中评理。

那年，他二十三岁，而今他已经到了不惑之年，但是，那年周保中对他讲过的一段话，仍然记忆犹新：“只要你的所作所为，符合斗争发展的需要和客观实际，总有一天会被承认。”

他相信，这些特务骨干、土匪首领，总有一天是要被处决的，市委总会意识到这一点。但是需要时间。

想到这里，他觉得心区疼痛已经有所缓解，便拿起电话，要马敬铮、卢伯明来汇报最近对“中国青年反共同盟”二十三名成员的审讯进展情况……

4. “一侦”会议

7月盛夏，南京变成了一个名副其实的大火炉。灼人的热浪，蒸得陈龙每于挥汗如雨，白天酷热难熬，夜晚闷得无法入睡。马敬铮身高体胖，热得更是难挨，成天扇着一把大蒲扇，还是大汗淋漓。这时，中央公安部电令传到南京，要求全国公安系统在全党进行整风的基础上，开展一次整顿思想作风的运动。电文通知，在学习中，要认真阅读、讨论毛泽东在党的七届二中全会上的讲话，警惕糖衣炮弹的袭击。

根据电令通知，陈龙立即召开了局务扩大会议，进行部署，分党委召开党员大会，进行思想动员。运动刚刚开展，公安部又传来电令，要陈龙去北京公安部主持筹备全国侦察工作会议。

全国解放，中华人民共和国诞生，一大批从事秘密工作的情报干部和指挥战争的军事干部，走上了各大行政区，各省、市公安部门的领导岗位。全党的中心任务是医治战争创伤，恢复生产，发展经济，建设社会主义。但是，对帝国主义和反动派绝不能放松警惕。

在新中国成立前后，毛泽东主席曾多次在讲话和批示中指出：逃到台湾的国民党反动派和以美帝国主义为首的反华势力，他们绝不甘心在中国的失败，他们必然千方百计地进行破坏和捣乱。

针对党内外有人散布企图削弱公安工作的论调，政务院总理周恩来于1949年10月30日在全国第一次公安会议上指出：“天下安危，公安系于一半。”对公安工作的地位和作用，给予了高度的评价。

全国解放了，究竟还有没有隐蔽的敌人？敌人隐蔽在哪里？他们会采用什么方式和手段进行破坏？我们应当采取什么样的对策才能挫败敌人的阴谋活动，保卫党和国家领导人的安全，保卫国家大规模经济建设的顺利进行？

这是摆在公安侦察机关面前的一个新课题。

罗瑞卿部长、杨奇清副部长都曾在部队从事过保卫工作，有丰富的斗争经验。他们在全国众多的公安局长中，选定陈龙来筹备并主持这次会议，说明他们信赖陈龙，认为多年指挥侦察工作并卓有成就的陈龙，一定能开好这次会议，并通过这次会议，使全国的侦察工作来一个大的飞跃。

接到电令，陈龙向市委作了报告，并安排黄耕夫主持全局业务工作，孙克骥抓整风运动，然后动身赴京。

在公安部，陈龙听取了罗瑞卿、杨奇清对开国前后重大敌情动态和毛泽东等中央领导对公安工作一系列重要指示的介绍，并认真查阅了全国各地关于敌情动态的报告，特别是朝鲜战争以来美帝国主义情报机关的动向，与参加筹备工作的其他同志一起，拟定了会议程序，写出了《敌我情况及今后侦察工作的任务方针》的长篇报告。

1950年8月23日，全国第一次侦察工作会议在北京开幕，这是继全国经济保卫工作会议、治安工作会议、全军保卫工作会议、铁路公安保卫会议之后又一次全国性的重要专业工作会议。全国各大行政区，各省、市公安厅、局主管侦察工作的负责人共七十余人参加了这次会议。

会议由陈龙主持。

会上，罗瑞卿首先传达了毛泽东、周恩来、朱德在公安部组建前后的重要指示，然后联系新中国成立前后重大的敌情动态和动向作了重要讲话，要求全国侦察机关，要高度警惕海外敌人的阴谋破坏，特别是美、英等帝国主义国家对我国的颠覆活动。

陈龙在会上作了长篇发言。他首先详尽地分析和介绍了海内外的敌情动态和动向，接着从蒋介石逃出大陆前夕，1948 年 4 月保密局在南京召开站长以上会议，部署“应变措施”谈起，剖析了敌人“多层多线”、“一元两套三层”、“整退零进”等潜伏方法，以及保密局、国防部二厅逃台后的机构改革，特别是朝鲜战争爆发以来，郑介民受美帝国主义指使在香港统一指挥对大陆搞大规模派遣活动的情况。然后，又就我情，作了成绩与缺点两方面的客观分析。他说：新中国成立前后，我们的反特侦察工作虽然取得了令人瞩目的重大成就，捕获了敌特数千名，搜出敌人电台千余部，还捕获了像原复兴社总干事康泽和国防部二厅副厅长沈温洁等一些敌特首脑，但存在的问题也是严重的。

他说：首先是侦察工作的指导思想不明确，对隐蔽斗争的长期性认识不足，缺乏长远建设的思想。虽然个别地区在搜捕工作中曾提出过继续隐蔽力量，但在实际行动中却常常忽略了这一点，单纯地以破案为快，盲目地见头就抓，竭尽全部力量进行搜捕……他说：“这次会议的任务，不仅是发现缺点，提出问题，更重要的是明确任务，找到解决问题的方法。”

讲到这里，他略作停顿，环顾了一下会场。

会场上寂静无声，与会代表都在全神贯注地倾听他的报告。最后，他就今后对敌斗争的任务，谈了他的看法。他说：“我们不仅要在战役上消灭敌人，还要在战略上战胜一切敌人！”

他的讲话，赢得了一片热烈的掌声。

“一侦”会议的召开，预示着新中国的侦察工作将产生一个跨时代的飞跃。

会议期间，公安部接到了南京市公安局的电报：9 月 3 日，位于北京路的前埃及大使馆遭匪徒抢劫，代办阿巴提身负重伤。这是新中国成立后第一起涉外刑事案件，引起了毛泽东和周恩来的重视，限令三天一定要破获此案。

罗瑞卿担心南京市公安局难以在限期内破案，便找陈龙商量，是否需要公安部派人协助，必要时还可派专机送陈龙回南京指挥。陈龙对南京市公安局的侦破力量颇有信心，他认为有黄耕夫、洪沛霖指挥，完全可以在限期内破获此案。

不出所料，三天后接到了南京市公安局的电报：前埃及大使馆被劫案已破获，该案系国民党特务、“中国反共抗俄救国军”骨干分子高遐昌主谋策划，现已将十六名案犯全部捉获……

会议结束后，毛泽东、周恩来等中央领导接见了与会代表，因为毛泽东看过会议所有简报，对会议取得的成果十分满意，他高兴地与罗瑞卿部长、杨奇清副部长和陈龙亲切交谈，并同大家合影留念……

南京的9月，正是秋老虎施威的季节，天气仍十分闷热。全国侦察工作会议一结束，陈龙便赶回了南京，他找来孙克骥、黄耕夫了解近两个月内的工作和整风运动的进展情况。

在陈龙去北京的两个月里，全局工作进展顺利，政治案件和刑事案件的侦破都取得了明显的成绩，但整风运动却处于半停滞状态。主要原因是市局和分局个别领导，对整风的目的和如何“整”法，看法不一致，以致无法对整风运动进行总结。

接着，顾林昉把两个月来南京市委、市政府下达的所有文件，还有公安局印发的工作简报和整风运动大事记也都送来了。陈龙听了黄耕夫和孙克骥的汇报，又翻阅了顾林昉送来的材料，对前段整风的情况有了一个概括的了解。

这时，正值国庆节前夕，为庆祝中华人民共和国成立一周年，《南京公安报》编辑部约陈龙写文章，陈龙当即挥笔写了一篇《国庆纪念献辞》。在这篇《献辞》中，他明确指出：“我们应该开展与深入整风运动，健全思想，改善作风，提高业务，掌握政策，在现有的基础上提高一步，使人民的公安工作成为名副其实的专政工具，为进一步巩固人民民主专政，保卫生产建设而奋斗。”

嗣后，经过多日的酝酿和准备，于10月7日，在大会上他就整风运动作了总结报告。在报告中，他仍然用两句话来概括南京市公安局一年来的工作和运动的情况，即：“成绩是主要的，缺点是严重的。”他在列举了取得的成绩和存在的问题的同时，明确地回答了整风的目的，以及如何“整”法等争论不决的问题，指出了某些公安分局长存在的官僚主义、文牍主义作风及其危害，并重申了在“人事工作会议”上曾经提出过的“提高老干部，吸收新成分，改造旧人员”的口号。

他特别指出，侦察工作的缺点是没有全面地开展工作，尖锐地批评管训大队“以特制特”的观点是错误的。

最后，他要求对整风运动没有认真进行的单位，要重新补上这一课；并希望全局干警同心合力，把南京市公安局变成名副其实的人民民主专政的工具，以完成党和人民赋予的光荣使命……

11月初，中央公安部发来电令：鉴于海外帝国主义势力和国民党特务机关借朝鲜战争爆发之机，大肆对大陆进行派遣活动，国内的潜伏特务也认为，第三次世界大战已经爆发，纷纷蠢蠢欲动，为加强对海内外敌特活动的侦察工作，中央决定调陈龙同志任公安部政治保卫局（一局）局长。

接到电令，陈龙不得不与共同战斗了十个多月的南京市公安局的战友们告别，到北京去上任。

这时，有人建议陈龙和海宇乘交接工作的机会，到上海、杭州去转一转。

陈龙本来好动、好奇，平时也流露过有时间要到上海和苏杭去看一看的想法，可是，到了真正有机会的时候，他却拒绝了。因为他深知当前海内外敌情的严重性，甚至不等海宇向市政府领导请示批准调动，便匆匆交代了工作，起程赴京了。

在与新任局长陈养山交接工作的时候，由于他心区病情发作，大家力促他到医院做了一次检查。这次检查对他无异于一次当头棒喝：心脏冠状动脉硬化，建议卧床静养，并忌烟酒。

一连几天，陈龙心情很沉闷。过去虽然心区多次出现疼痛，但却不曾料到会这么严重。他甚至有点儿恨自己不争气，恨这么早心脏就出了毛病！

但最后他还是宽慰自己：病，确实有，但绝不会像医生说的那么严重，医生总是夸大其词。烟可以不抽，酒可以不喝，但卧床静养，还没那个必要。

他的身体状况，引起了黄耕夫、孙克骥的关注，他们决定选派一名生活秘书，来照顾他的饮食起居。选谁呢？他们觉得选派的人，首先要有良好的品质，还要有较强的工作能力，否则无法适应陈龙的工作节奏。此外，还有一点，这就是得有涵养，能经得住陈龙的脾气。他们在南京市公安局几十名年轻干部中挑来选去，最后认为还是顾林昉合适。

和小顾一谈，这个尚未结婚的小伙子，很爽快地答应了。因为他十分敬佩陈龙的为人。作为一个年轻人，他精力充沛，完全能够适应陈龙快节奏的工作。至于陈龙的脾气，他早已完全了解，知道他从不无缘无故地发火，工作上真出了错，就是叫他骂一顿也应该，何况他来南京后从未见他对年轻人发过火。

深秋的一个傍晚，陈龙和顾林昉一起登上了开往北京的火车，黄耕夫、孙克骥和马敬铮、洪沛霖、甘露、卢伯明到车站送行。

在站台上，陈龙与大家亲切握手话别，直到火车开动了，他还把身子探出车窗向大家招手。虽然他在南京工作的时间不长，但离开南京，离开这些朝夕相处、共同战斗的战友们，也还是有些难舍难离。

列车开出下关车站，来到长江轮渡码头，又分了三段上了渡轮。

起锚了，庞大的渡船缓缓地驶向北岸。陈龙、顾林昉探身窗外向江面眺望，此时长江虽然已过汛期，但水势仍然异常汹涌，在如血的残阳映照下浊浪滚滚向东流去。望着浩瀚的长江，陈龙不禁联想起苏东坡的词：

“大江东去，浪淘尽，千古风流人物……”

第八章　奉命进京　鞠躬尽瘁

(1950—1958)

1. 政保局长

列车隆隆向前，越向北走，天气越冷。进入山东境内，早已寒天冻地，大雪纷飞。陈龙在车厢中翻阅着报纸，仔细地读着有关中国人民志愿军在朝鲜的战斗消息。自夏天爆发朝鲜战争以来，陈龙一直十分关注那里的战局。在全国侦察工作会议上，他和参加会议的代表对美国情报机关的间谍活动，进行过专题研讨。罗瑞卿部长在会上也反复强调“随着朝鲜战争的爆发，中国的侦察情报工作必须努力加强，以适应新的形势的需要”。

陈龙来北京就是要接受这一重要使命。

刚成立不久的中央公安部，坐落在天安门斜对面的东长安街上，那里有一片高低错落的欧式建筑。那里原是英国利用不平等条约在北京设置的英国兵营。新中国成立后，兵营被北京市军事管制委员会接管，公安部便设在那里。

那里的干部都穿着解放军的黄布军装，佩戴着公安臂章，他们大都是经过战争锻炼，长期从事侦察保卫和情报工作的优秀人才。

大院西侧有一幢用绿色油漆漆过的西式平房，人们称它为“绿房子”。房前有树丛和草坪，低矮的院墙边，种着一行紫丁香，每当春暖花开的时候，满院都是清香。

刚刚来京担任公安部政治保卫局局长的陈龙，就在这里办公和居住。

自公安部组建后，政保局长的职务一直由副部长杨奇清兼任。

组建刚刚一年的政保局，一起步就显示出它的重要作用。在罗瑞卿部长、杨奇清副部长的领导下，组织和指挥各省市公安机关侦破了一批美蒋特务派遣、潜伏案件，给了妄图借美帝发动侵朝之机浑水摸鱼的间谍特务以沉重打击。

为了弄清敌情，寻找潜伏的特务间谍，政保局曾对来自各个方面、各种情报渠道、许许多多嫌疑线索组织进行调查。这些材料有的有姓无名，有的有名无姓，有名有姓的又无准确地址，反映的事实也往往一鳞半爪，似是而非，真假难辨，调查起来极费周折，还常常处于停顿状态。

陈龙来到政保局作出的第一项决定，就是停止对这些线索的调查。他建议把这些材料统统转给有关省、市和自治区，由各地分别清查处理，这样既可以调动各地的力量，大家动手，容易取得成效，又可以使政保局腾出双手，关注斗争的主要方面，寻找和打击最主要的敌人。

接着，他又深入到各处和各科室了解情况，听取处、科长及工作人员的汇报，并查阅政保局组建后的“情况简报”和工作纪事。对一些重大案件线索，他还调阅档案，与办案人员详细交谈，了解立案的根据、经过和进展情况……

北京的初春和南京大不相同，南京一到初春，楼亭山上、玄武湖边一片桃红李白，垂柳依依，而北京却是风沙扑面，一场又一场大风，吹得全城一片昏黄。从塞外直扑过来的狂风，有时一刮就是两三天。

桌上摊着一大堆材料，耳边响着风吹窗棂的喧嚣，陈龙心中就像风涌海潮般难以平静。

抓了第一线的材料，听了作战单位的具体汇报，才知道敌情是何等的严重和复杂。

随着朝鲜战争爆发，海外敌人对大陆的派遣活动空前猖獗，仅香港一地就有国民党各派系特务组织数十个，各个组织之间为了争功邀赏，甚至不顾有无活动条件，采取广种薄收的办法突击发展特务，争相派回大陆。难怪有人说，中国当时进口最多的不是轻重工业产品，而是“特务”。

在这些派遣特务中，有一部分是凶恶的骨干特务。他们的任务一是暗杀；二是爆破。暗杀的目标首先集中在北京，矛头直指党和国家主要领导人和著名的民主人士，接下来是天津、上海、广东的党政军领导人。

风越刮越猛，陈龙的思绪更加像海涛一样翻腾汹涌。

他曾经向毛泽东亲口表示过，通过对海内外敌人的打击来保证党和国家领导人的绝对安全。今天，他真的站到这个岗位上了，怎样才能兑现自己的诺言呢？

夜深了，他仍在伏案深思。

纵观世界两千多年的情报斗争史，从《孙子兵法》中的“用间”到希腊传说中的“特洛伊木马”，从罗马帝国的查理五世大帝到法国的拿破仑，从现代的美国中央情报局到苏联的“格柏乌”、“克格勃”，无一不是以打入敌方内部为最高目的。为了钻进敌方营垒，不惜付出最高昂的代价。他们苦心孤诣，施展各种手段，无所不用其极。

陈龙觉得古代的、外国的情报斗争的一些做法，可以借鉴，但必须结合中国自己的情况去探索，去工作。他还想到了罗瑞卿多次引用过的一句古话：“以其人之道还治其人之身。”想到了先贤说过的深含哲理的话：“以子之矛攻子之盾。”面对当前严峻的对敌斗争形势，只有下本钱，花气力，深入敌人内部去开辟情报斗争的新战场。

这一工作，在各革命根据地锄奸反特工作的基础上，从解放初期就已开始了，只是力度和深度都还不适应需要，而指挥艺术、斗争手段和策略也都有待改进和提高。

思路清楚了，第二天下午，陈龙便向杨奇清作了汇报。他在肯定政保局前段工作成就的基础上，明确地提出了侦察工作要“立足国内，着眼海外”的设想。

杨奇清饶有兴味地听着，不时地点着头。他1928年参加由彭德怀、滕代远领导的“平江起义”后，曾在江西革命根据地艰苦转战，并参加了二万五千里长征，先后担任红军第三军团保卫局执行部长、侦察部长和十五军团保卫局局长。抗战期间，任八路军野战政治部锄奸部长、北方局社会部长、晋冀鲁豫中央局社会部长、华北局社会部副部长。新中国成立后，任公安部副部长兼政保局局长。长期的保卫工作，使他养成了坚毅、果断的作风和性格。

兼任政保局局长期间，杨奇清纳百川于大海，为集合全国各地的情报系统于政保局统一指挥之下，做了不懈的努力，其目的就是想形成一个拳头，给敌人以迎头痛击。

当前，情报系统的理顺工作还在进行，陈龙的到来，无疑将会助他一臂之力。

杨奇清静静地听着。陈龙的想法几乎是和他不谋而合。两人从下午谈到傍晚，又一起去见罗瑞卿部长，三个人吃过晚饭又畅谈到深夜。经过十多个小时的交谈，罗、杨满意地批准了陈龙的设计方案。

最后，罗瑞卿说：“和帝国主义不同，我们向海外开展工作，是为了掌握敌人对付我们的阴谋，这是一种防御，一种积极的防御。只有做到知彼，才能更好地保护自己。”

无疑，这是新中国海外情报工作必须遵循的原则。

得到罗、杨部长的支持，陈龙决心不负重托，立即开始着手研究全国的海外派遣工作。

陈龙对有关海外的工作，几乎是事必躬亲，对每一份情报都作出详尽指示。为此，他常常不得不工作到深夜。

这天夜里，他刚看完天津市公安局报来的关于侦察保密局特务崔铎案的进度报告后，又感心区不适。离开南京前，医生曾再三嘱咐他要安心静养，按时服药，他早已忘在了脑后。到部里以后，虽忙碌异常，却未引起像在南京那种令人难挨的发作。看来，心脏病和思想情绪有相当重要的关联。今晚的不适，只是一般的心动过速，可能是太疲劳了，他想，只要吃上几片药及早上床休息，明天就会缓解过来。

这时，顾林昉匆匆进来，送上一份“加急”件。陈龙展开一看，不仅睡意全消，甚至连心区不适也忘到脑后了。

这是一份来自上海的报告——

2. 假戏真做

“敌特机关为考察‘金’在大陆的活动，拟派员随交通同来。我拟同意，并设法引入预定地点，加以控制……请予指示。”

此电文所说的“金”案是上海市公安局正在侦察的一起重大案件。该案始于1949年12月，那时陈龙刚到南京，在华东局社会部领导下曾协同上海为“金”案做过一些工作，略知案子的内容，来北京后，他又听过详细汇报。现在敌人要派员进来考察，如何把假戏唱好，便成了“金”案能否继续开展下去的关键。在这个紧要时刻，需要他立即作出决定。

在延安枣园的时候，他经常说：“不搞调查研究是党性不纯的表现。”许多年来，凡事都要经过调查研究才下决心，这已成为他的工作习惯。

“你去把‘金’案的全部案卷都拿来。”他对站在身边的顾林昉说。

小顾看了看表：“快十一点了，值班的同志也休息了。再说，我看你的脸色又有点儿不大好……”和陈龙相处一年多，小顾已经摸到了他的一些病情规律。

“叫你取就去取，我没事！”陈龙挥了一下手。

“还是……”小顾还在迟疑、磨蹭。

“这样重大的问题，最迟要在明天上午答复，不能拖！”

看到陈龙决意要看，小顾只好连夜到办公室取回材料，送到陈龙那里，此时已过半夜了。

陈龙摊开材料，吩咐小顾去休息，自己一页一页地仔细看起来。

第一份是特级电报：

“保密局江南特别站长兼江南人民反共自卫军司令金，即太湖著匪金，已来沪向我秘密投诚。”

第二份是中央公安部批准的复电。

接下来是华东局社会部和上海市公安局与中央公安部的电报往来，华东、上海方面汇报案件进展情况，中央公安部政保局的复文。

现在，华东公安机关根据形势变化提出了拟同意敌交通视察员进入大陆的问题。

从一年多的工作情况看，上海市公安局在扬帆局长的领导下对“金”案的指挥是成功的，这是对台湾保密局开展的一次直接的侦察。由于“金”取得了台湾的信任，保密局不仅送来大量的武器弹药、美金、电台和密码，连同其派往大陆的敌特人员也要由“金”领导和护送，使我们掌握了敌人派到镇江、丹阳、溧阳、常州、无锡、苏州、上海以及整个沪宁线上的特务和二十余部秘密电台的位置、呼号和密码，还掌握了苏北、安徽、浙江、河南、陕西等地的敌特活动情况……

这一出威武雄壮的大戏，一年来唱得有声有色，当然还要继续唱下去。

由于由“金”护送的敌台都“安然无恙”，敌人才想派个“钦差”来，亲眼看一看“金”号称拥有的二万余众的“江南人民反共自卫军”是何等样子。

问题是让这位“钦差”怎么看？看什么？当然可以给他安排一些假象，让他观察，也可以让他拍一些照片带回去汇报，但这会给我们带来很多的麻烦。万一伪装有纰漏，引起这位“钦差”的怀疑，就会造成全盘皆输的后果。

说“金”案已经发展到一个关键时刻，指的正是这一点。

如何避免这种危险出现，并争取主动，上海市公安局已经提出了一个大胆的设想：这就是索性把交通视察员策反过来，这一着棋成功，全局就活了。

无疑，只有高度掌握侦察艺术的人，才敢于提出这个大胆的设想。

一箭双雕，何乐而不为！

应当相信华东公安部，相信上海市公安局，他们既能在长达一年多的时间里，把这出大戏导演得这般活灵活现，也应当完全相信他们能把这出戏继续唱好。

第二天一早，陈龙找来了政保局二处处长慕丰韵，把“金”案的卷宗交还给他，并说明自己的决定：“同意。”

慕丰韵回到办公室，立即拟好发往华东公安部的电报，通告陈龙已经敲定的设想。

电报发出，华东公安部、上海市公安局开始执行已经批准的方案，做好各种准备，等待保密局“钦差”的到来。

预定日期到了，载着保密局“钦差”，装着大批枪支弹药和电台、慰劳品的交通船，秘密由定海经余姚海面驶达川沙，再由“金”的船只接送到上海。

这位“钦差”在海上提心吊胆地颠簸了一夜，已十分疲劳，便要“金”派的人员立即给他找个安全休息场所，好好睡一觉，再去太湖地区会见“金”。

他的要求当即被接受了，来人用汽车把他送到了一家颇为豪华的“旅馆”。

一进房间，“钦差”便吓得魂飞天外。原来屋里既没有沙发，也没有钢丝床，根本不是什么旅馆，而是一间地地道道的预审室。

坐在主审位置上的是上海市公安局政保处长王征明和科长李涤非。

“钦差”稍稍镇定一下自己，还以为可能是“金”对他施行的一种考验。可是当王征明以沉静的口吻开门见山地告诉他“金”的两万精兵纯属虚构，“金”早已与公安机关携手合作之后，这位“钦差”终于耷拉了脑袋。

“摆在你面前的只有一条路，就是与我们合作。”李涤非声色俱厉，字字如斩钉截铁，“不然，我们可以让你消失，让台湾再派人来。不过，我们还是希望你认清形势，蒋介石八百万军队都被消灭了，现在困守孤岛，你以为反攻大陆还能有希望吗?”

这些话说得在情在理，没有一个台湾人会相信反攻大陆能够成功。“钦差”把头垂得更低了。

“当然，你也可以不合作，我们也可以放你回去，但也许你要背上一个已经‘投共’的罪名，由你的主子来收拾你。”王征明口吻还是平静如常。

看来，要想活命，只有一条路，那就是像“金”一样，与大陆公安机关合作。

保密局视察员无可奈何地长叹了一声，表示投降，愿意合作。

接下来便是为他设计回到台湾的汇报内容。他想拍一些照片回去交差，这并不难，经市公安局与上海电影制片厂联系，临时组织了一个电影摄制组，陪“钦差”一起来到太湖边。

“故事”情节很简单，主角当然还是“金”，他在演练自己的游击部队，给自己的游击士兵训话。化了装的几百名公安军战士，把游击士兵演得惟妙惟肖。这些精彩的场面都被“视察员”用照相机一一拍摄了下来……

这位“视察员”返回台湾后，把“视察”详情报告了保密局。

保密局在“民国四十年工作考绩”中，给予了“金”以“最优”的评语。

接着，保密局局长毛人凤亲自给“金”发来电报：

> “领袖对兄部破坏工作迭有表现甚为嘉许。顷奉总长周至柔代电称：金兄功绩卓著，核发云麾勋章一座，证书一面……”

3. 长线钓鲨鱼

“查保密局特务段云鹏确系京火药库爆炸案首犯，段曾先后三次去港，随时可能返京活动。”

此电报因抄收时间在晚上，送到陈龙面前已经是深夜了。看完电报，陈龙把它交还给顾林昉，并要他通知北京市公安局政保处，明早去研究对付段云鹏的办法。

顾林昉走后，陈龙一直无法入睡。从这一刻起，他的心境又有些亢奋起来。能够发现敌特京津地区头目的行踪，对保卫党和国家领导人的安全和京津地区的稳定，无疑是一件好事，但是必须做到百密不疏，不，万密不疏，万一让他钻了空子，其后果将不堪设想。

这一夜陈龙睡得很不踏实，好像总有一个黑影在眼前晃来晃去，他是谁？原来是一只“鹏”，一只被册封为中将军长，在东北妄图统帅人马一举夺回哈尔滨的“飞鹏”，那只“飞鹏”在哈尔滨已被陈龙折断了翅膀，扭断了脖颈，想不到时隔数年，在北京又遇到另一只“云鹏”……

第二天一早，陈龙便赶到北京市公安局，与冯基平等研究段云鹏的情况。

侦察科长邢相生曾对段云鹏做过详细调查，掌握着许多重要材料。

老北京人都知道，在民国初年，京津一带出过一个飞檐走壁的“飞贼”，名叫“燕子李三”。据说他轻功盖世，武艺超群，能像燕子掠水一样在水面上奔跑。他在北平、天津专偷官宦富豪和王公贵族的家，后来，被官府捉住，落了个法场问斩。他死后，有人编成了唱词、话本、大鼓书，大加渲染，到处演唱，于是燕子李三便成了京津一带家喻户晓的人物。但是人们只知有个燕子李三，却不了解他还有个作恶多端的徒弟“小狸猫”。

这“小狸猫”是河北冀县人，早年原是曹银部下的一个兵痞，沦为盗贼后结识了“燕子李三”，并拜李三为师，学了几年轻功。他虽不能像李三那样在水面上奔跑，却也能纵身越墙，飞身上房。武艺学成，便在京津一带闯荡作案。“燕子李三”被开刀问斩，他就成了京津一带的头号飞贼。他不仅偷过外国使馆，抢过清朝王公的家，还偷过北京最大的绸缎庄——瑞蚨祥。这个绰号叫“小狸猫”的飞贼，就是现在台湾的保密局特务段云鹏。

1945 年日寇投降后，他在一次行窃时，不慎被北平国民党警察局捕获，军统发现他是一个特工奇才，便罗致他入了军统。有了军统这个后台，他行窃也就更加肆无忌惮。为报答军统的知遇之恩，他在执行特工任务时，当然也特别卖力。

1946年他曾受命暗杀在北平军调部的中共代表叶剑英，在叶剑英的住房上潜伏了两三个夜晚，终因警卫严密，未能得手。这件事虽未完成，但在平津战役期间，他却实现了另一项重大破坏活动。平津战役期间，傅作义将军和北平市长何思源，鉴于国民党大势已去，决定和中共代表进行和平谈判。保密局得悉后，立即派叶翔之到北平，设计破坏和阻挠。叶翔之决定对何思源采取暗杀行动。由于何思源的保镖都是神枪手，根本无法接近，几次试探都未成功。后来，叶翔之又派段云鹏和崔铎两人执行。段云鹏和崔铎接受任务后，于当夜各携两枚威力强大的特制炸弹，越墙潜入何宅，把炸弹放置在房梁上。早晨四点五十分炸弹爆炸。何思源被炸伤，何的女儿被炸死。保密局随即造谣说是城外解放军开炮打的。

听到崔铎这个名字，陈龙当即告诉冯基平：天津已经掌握了崔铎返回大陆活动的情报，从这一点分析，段云鹏和崔铎可能同属一个特务系统，其活动范围肯定是在京津地区。

接着，一位侦察员又汇报了段云鹏在北京解放前夕犯下的又一罪行。

当时，北平地下情报组织有一部秘密电台隐蔽在王府夹道，敌人的电台测向车虽然发现了这部电台的大致方位，却因胡同狭窄深长，汽车无法开进，难以确定其具体位置。这一带住户密集，调查起来又十分困难，于是敌人便把这一搜索中共地下电台的任务交给了段云鹏。段云鹏根据测向的方位，每到夜晚便到王府夹道一带房上窜来窜去。地下电台的具体房间终于被段云鹏发现，报务员李政宣夫妇双双被捕。

这样一个十恶不赦的行动特务，新中国成立后曾潜伏北京，闻风而动的北京市公安局政保处对他的追查已经进行半年之久了。

听完汇报，陈龙心中既感到欣慰也感到担忧。欣慰的是北京市公安局对段云鹏历史情况的掌握可以说是充足的，令人担忧的是段云鹏在京津活动多年，有众多形形色色的社会关系。要找到这些关系，查清这些关系，把他们一个个都严密监控起来，一旦段云鹏接触便能发现，这需要花很多的人力、物力。为了逮住这样一个危险的敌人，尽管北京市公安局愿付出一切努力和代价，但陈龙却连连摇头。他担心这种监控工作旷日持久地进行下去，难免会出现疏漏，一旦被段云鹏钻了空子，后果堪虑。他提出可全面调查段云鹏在京、津一带的所有社会关系，凡新中国成立后与段云鹏有过来往并参与掩护、资助和其他违法犯罪活动而又没有检举揭发的，一经发现，立即逮捕，以铲除段云鹏的落脚、掩护之地，对其中能够为我们利用者，可保留一二，备作“陷阱”。这是个“釜底抽薪”的办法。

北京市公安局志在必胜。他们抽调了一批精兵强将，组成了一个代号为“500”的专案组，与天津市公安局、河北省公安厅密切配合，展开了艰苦的工作。

“500”专案组日夜奋战。他们根据陈龙“釜底抽薪”的设计方案，先后逮捕了伪警察秘静轩、鸦片贩子魏金山、日本特务分子赵友山，进而发现段云鹏于1949年6月和1950年10月曾两次潜回北京，并带着一个二十多岁的女秘书。段云鹏有时突然进门拜访，有时夜间越墙而入，与他的旧日关系频繁接头。同时还发现，他在天津有多处落脚点，其中的“曹老板”是其京津两地联络员。这些情况，说明了陈龙的估计是正确的，段云鹏把他在京津两地的数十名社会关系，差不多都网罗进了特务组织。

经过三个多月的紧张工作，到1951年五一劳动节前夕，北京市公安局已将段云鹏在京津一带联系发展的六十余名特务分子，全部抓获归案。

此间，陈龙多次听取汇报，缜密研究作战方案。在征得周恩来总理、罗瑞卿部长的同意后，根据人犯的坦白交代情况及与段云鹏的关系，选择了几名特务分子，在我严密监视下，让他们继续与段云鹏保持着通讯联系，以期段云鹏再次潜回大陆后，能够一举将其抓获。

然而等了一年多，段云鹏这个狡猾凶险的家伙仍旧迟迟不肯露面。

时间在焦急的等待中匆匆过去了。第二个年头，第三个年头，直到1954年初，还没有获得他确切的行动消息。

随着时间推移，不论机构、人事如何变化，对段云鹏的侦察工作一刻也未停止。

政保局慕丰韵处长一直掌握着这一案件。从1953年起，陈龙因病体难支，大半时间都在卧床养病。稍见好转，他就上班工作。到1954年初，病势愈发严重，只好整天躺在床上了。

有一次慕丰韵去看望他，先汇报了近期的工作，接着又谈起对付段云鹏的问题。

“我们也曾设计过几个方案，想在香港或海上打他的主意，后来都放弃了。因为他会武功，人少了对付不了，人多了又不容易隐蔽。”慕丰韵边说边发出叹息，“问题在于部里只要‘活猫’不要‘死猫’，不然，一枪就把他报销了”。

在新中国成立后，窜入大陆的敌特中，段云鹏最为凶险，因为他的活动目标是在北京，使命是暗杀中央领导人。侦察机关对他下的工夫最大，花的本钱也最多。公安部和京、津、沪等地公安机关都在张着网口等他，事实上他已成为我国公安机关要捕捉归案的第一号行动特务。

“要活猫，不要死猫”，是陈龙下的作战命令。因为他相信抓到活的段云鹏，一定会在他身上榨出更多的油水，再给保密局一记闷棍。

“这是在刀尖上跳舞，危险得很，不能有半点儿闪失。”陈龙曾这样形容这场战斗。

只有具备最强的自信心，才能决定走这一步险“棋”。

陈龙半倚在床上，两眼望着窗外，默默地听着。慕丰韵说完了，半晌他还不做声。

慕丰韵知道这是他思索重大问题对策的习惯，不用着急，不用打搅，等一会儿他就会给你一把能打开心扉的钥匙。

片刻后，陈龙果然开口了，他问道：“你钓过鱼吗？”

慕丰韵点点头，表示钓过。

“要想钓大鱼就得放长线，就得有好鱼饵，是吧？”

“是的，放长线钓大鱼嘛。”慕丰韵爽快地回答。

“这还不够。浅水大鱼游不过来，死水，大鱼也不会游过来。”

“你是说要有‘深水’、‘活水’？”慕丰韵已有所悟。这几句话已经打开了他的心扉。

“有了‘活水’，我想，他一定会游过来，到时候——”

陈龙把手一提，做了个钓鱼提竿的动作。他的语气十分轻松，看来，他对逮住段云鹏已经成竹在胸。

回到局里，慕丰韵向凌云做了汇报，他特别说明了弄一片“活水”的重要性。凌云心领神会。接着，两个人便做了一番筹划。

虽然包括公安部等几个侦察机关都在做段云鹏的工作，就其接触的条件看，属天津的情报关系最为贴近、有力。根据这一点，两个人作出决定，把主攻任务交给天津，其他侦察机关全力配合。

天津的情报关系是一个做药材生意的买卖人，他与段云鹏在台湾相识时，段云鹏尚未受到重用。段云鹏在经济上一度陷入窘境，是这个药材商救了急帮他渡过了难关，此后两人遂成为至交。

1953 年这个药材商来内地走私贵重药材被天津公安机关抓获，因他知道段云鹏是大陆公安机关缉拿的要犯，为了保全自己，便供出了有关段云鹏在台湾的情况，并表示愿意戴罪立功。天津公安机关把他放回香港后，他不食前言，不断向天津公安机关报告段云鹏的行踪，加之其他情报人员也在搜寻段云鹏的行踪，段云鹏在香港、台湾的活动，便被我公安机关大致掌握了。

就在天津公安机关加紧工作的时候，忽然接到了一份重要情报，情报称：“最近，国民党保密局二处处长张龙庆派段云鹏去接受美国高级特工教官的单独训练，主要课目是：爆炸、射击、电台操纵、密码掌握等。学习的目的是派他去大陆从事对中共领导人的暗杀活动。”

接到这一情报，天津公安机关和几个兄弟单位都拉紧了弓弦。

段云鹏一学四个月，从春末开学到秋初结业，我各情报单位足足等了他将近半年。为了搞一片“活水”，天津公安机关从夏天便在广州专门开设了一家药材商店，通过那个药材商的关系，与段云鹏建立了通讯联系。

1954年9月初，段云鹏在来信中透露他要回大陆做几笔药材生意。紧锣密鼓准备了三年的大戏就要开场了，天津市公安局副局长江枫立即带领吴火等人，赶赴广州，坐镇指挥。

公安部政保局立即指示有关部门全力协助，并要求在段云鹏过境后立即抓到他，绝不准他窜入内地。

广州军区派出部队秘密封锁了港、澳边境。

过了几天，又接到段云鹏的来信。说他近日要雇“黄牛”（经常偷越边境的走私分子）带他越境。

这天晚上，大雨滂沱。根据刚刚得到的紧急情报，江枫、吴火在段云鹏准备过境的沙头角附近梧桐山一带埋伏了三道防线，严阵以待。

大雨下了一夜，指挥员、战士埋伏了一夜，淋了一夜，直到天亮也未见段云鹏的影子。

情报明明说他昨晚已经到了沙头角南侧，怎么不见人影，究竟怎么回事？

有人估计，段云鹏过境后，可能是发现了警戒防线而隐藏在山中未敢动弹。江枫认为此话有理，便下令搜山。从早上搜到中午，仍然没有发现段云鹏的影子。

这时，又接到报告，说香港打来电话，段云鹏也淋了一夜大雨，未能过境，是因接应的“黄牛”得了钱中途逃跑了，害得他空等了半夜，天明只好又返回香港，并说，此时他正坐在旅馆里大骂“黄牛”骗人。

一场精心组织的阻击战又落空了。

尽管失望，却不能气馁，只要段云鹏在香港，就要严加防范。

由于“黄牛”不可靠，偷越边境没有把握，一个月后，段云鹏又决定买通行证从深圳入境。

1954年9月14日清晨，段云鹏终于跨过了罗湖桥。

有了一片“活水”，这条大鲨鱼果然游过来了。从他的双脚一踏上大陆，他的身边就布满了侦察员。

段云鹏过境，并已受到严密监视的电报及时发到了公安部。此时陈龙已去苏联治病，凌云便直接向罗瑞卿部长作了详细汇报。

罗瑞卿部长指示，立即逮捕，绝不能拖到晚上。罗瑞卿的担心是有道理的，因为到了晚上想活捉段云鹏并非一件容易事。

从深圳乘火车到广州，江枫、吴火和侦察员就一直在寻找下手的时机，但段云鹏十分警惕。海关检查时，他紧贴着几位老人。上了火车，他又打开了车窗，做了随时跳车的准备。看来，要下手得在广州想办法。

在路上，吴火向公安部和有关单位作了报告，并请求协助在广州中药店四周布置埋伏。

火车开到广州车站，药材店经理“老韩”夫妇前往迎接。由于有关单位的侦察人员进入药店，设好埋伏需要一段时间，“老韩”便邀段云鹏先去吃早饭，然后去澡堂洗澡，段云鹏欣然同意。两个人进了附近一家饭店，吃完饭又进了一家浴池。这期间“老韩”的“妻子”赶回药材店报告了情况。

从浴池到药材店，侦察人员又设了三道防线。

洗完澡已是中午。“老韩”领段云鹏回药材店。

药材店设在一座小楼里，楼下是店铺，楼上是居室。走到楼门口，不知哪道防线触动了段云鹏的神经，他忽然停住脚步，警惕地打量了一下四周。见此情况，“老韩”不由得捏了一把汗。幸好这时一个“女叫花子”正路过门口，见了段云鹏便伸手要钱。也许是这一伸手，分散了他的注意力，段云鹏伸手要掏零钱，“老韩”忙掏出钱来，塞给了那个化装成叫花子的女侦察员，请段云鹏进楼。段云鹏看了看四周，再未发现什么可疑征候，这才迈步走进楼中。

段云鹏进了楼房，我侦察人员设的包围圈迅速收缩到小楼四周。

楼内楼梯很窄，只能容两个人侧身通过。段云鹏刚上了几阶，还未等走到拐弯处，忽地从楼上跳下一彪形大汉。段云鹏见势不妙，刚要纵身躲过，不料双腿已被身后的“老韩”死死抱住。段云鹏惊叫一声“不好”！话音刚落，便被大汉撞倒，接着又从楼上跳下两三个人，扯腿、拽胳膊、铐手铐、戴脚镣、往腿上缠绳子，没用几分钟就把段云鹏捆了个结结实实。

段云鹏此刻才知道上了大当。

接着，吴火来到楼上的居室，就地对段云鹏进行审讯。回想入境后的遭遇，段云鹏自知大势已去，抵赖是没有用的，便如实供述，说他此次入境的目的是准备潜往北京，伺机谋杀毛泽东和周恩来。

捕获段云鹏的消息迅速报到了北京。凌云、慕丰韵自得知段云鹏已入境的消息后，便一直等候在办公室。接到电报后，久悬的心一下子放了下来，因为终于逮了个“活猫”。凌云马上抓起电话向罗瑞卿报告了这一喜讯，接着他又指示复电给有关部门，请广州空军派专机，把段云鹏立刻押往天津。

在天津，公安机关为段云鹏专门设计了一个牢房。为防止他自杀，天棚、墙壁、门窗、桌子、椅子和室内一切用具都贴上了一层足有半尺厚的胶皮……

“鱼”终于从香港钓了进来，并装进了一个胶皮“鱼缸”中。下一步就是如何用他做诱饵，把更多的“鱼”诱进网中。这一行动，是由公安部、天津市公安局共同设计执行的，前后一直持续了十余年。执行的结果，一条条“大鱼”按着我们安排的路线，沿着“活水”游进了网中，与此同时，大批作为活动经费的港币、美元和由美蒋特务机关最新设计的窃听设备、爆炸装置，也源源不断地送到了公安部，供我们分析研究。

像哈尔滨那只“鹏”一样，这只“云鹏”也被折断了翅膀……

4. 摧毁海外间谍网

1951年初，天津市公安局政保处传来警报：继1950年7月15日、29日两次电车爆炸案后，又发现了敌特要炸毁第一百货公司的阴谋。

天津，距北京一百多公里，自古就是京畿门户，中华人民共和国成立，把首都建在北京，天津就成为敌特伺机对北京进行破坏活动的桥头堡。

1950年4月，受保密局派遣的行动特务乔振东、王明五从香港潜入天津。乔、王都是保密局的老牌特务，他们选择4月份潜入天津，任务是爆破“五一”节庆祝会场，以期制造混乱。

陈龙对天津发现的情况极为关注。刚接到报告，便把李广祥处长派去天津，协助天津市公安局政保处全力组织侦破。

一周后，天津市公安局政保处长张友恒率领侦察员在河北定县抓获了负责指挥爆破的特务组长。李广祥在通县缴获了敌人的电台，并捕获了报务员及特务成员多人。

接着又查到了乔振东、王明五两名行动特务的踪迹，在二犯制作爆炸“五一”节会场炸药时，被双双逮捕。

连续侦察破获多起行动特务案件，及时地遏止了敌人企图搞连续大规模爆破活动的阴谋，为保卫天津市人民生命财产的安全，作出了巨大贡献。

李广祥从天津回到北京，又带回一个重要线索，在审理预谋爆炸案时获悉，由美国间谍机关中央情报局和国民党保密局共同组建的一个特务机构——“中美联合工作总部”，已潜入天津，进行秘密行动破坏，还有几名成员在上海潜伏。

从延安到东北，捕获的特务中有许多是“本国造”，其中也有一些是美国中央情报局一手培养的徒子徒孙。为消灭这些“万能情报员”、“全能特工”，陈龙率领这支延安“土造”侦察队伍，与他们较量了十几年。事实证明，这些“全能”、“万能”已经远不是对手，现在，终于看到“教师爷”赤膊上阵了。

陈龙听完汇报，做了明确指示，他认为直接与美国特务机关斗争，任务十分艰巨，一定要通过缜密而又有效的侦察工作才能战胜它。

根据陈龙的指示，李广祥相继向天津、上海发出电报。津、沪两地根据电报指示，共同组建了专案组，携手开展对“中美联合工作总部”的侦察工作。事实正如陈龙所料，这个由美国情报机关一手武装，并由海外直接指挥的特务组织，活动十分隐蔽和狡猾，他们密写情报的配方都是美国的最新研制品，他们准备进行爆破的炸药和雷管，也都是美国的最新器材，是一个地地道道的“硬头货”。

自中华人民共和国诞生以来，国际形势一直是极为严峻的，美帝国主义不仅不承认新中国，还部署了“新月形”包围。朝鲜战争已经打了整整两年，中国人民志愿军正在以“一把炒面一口雪”的艰苦代价，同朝鲜人民军一起，把这个世界头号军事大国的军队打回了“三八线”。现在，美国情报机构已不是再在幕后指挥和“中美联合”，而是指挥间谍飞机直接从驻日本美军基地起飞，把间谍特务投向中国。

这些事实预示着新中国侦察工作的重心，已经从国内走向国际舞台。

这是新中国侦察工作一个划时代的变化。

陈龙敏锐而又及时地看到了这种形势的变化，为适应这个变化，他认为中国的侦察工作必须作出相应的调整和加强，才能在风云变幻、强手如林的国际间谍斗争舞台上夺取胜利。

在一次部党组会上，陈龙提出了召开全国第二次侦察工作会议的建议，罗瑞卿部长当即表示赞同。

1952 年 4 月，陈龙被任命为公安部副部长，同时兼政保局局长。此时，他的健康状况已逐步恶化。在断断续续的治疗中，他一直强挺着病体，坚持工作。他急需一个得力的助手。经陈龙提议，罗瑞卿部长给中共山东分局发了一个电报，要济南市公安局长凌云到公安部报到。

凌云匆匆赶到北京，当即被任命为政保局副局长。

从在延安搞清理反革命嫌疑分子时相识，到调他到枣园中央社会部治安科工作，陈龙对凌云一直是深有感情的。

凌云早在延安就曾感慨地说过：“是陈龙改变了我的一生。”

此番，两位战友又并肩战斗在一起，心中都有说不出的喜悦。两个人都有一个共同的心愿，要在新的岗位上努力工作，共创中国侦察工作的新局面。

凌云来到公安部不久，便在陈龙领导下，与政保局办公室主任徐守身一起，为即将召开的全国第二次侦察工作会议做准备。

7 月 23 日，全国第二次侦察工作会议在北京召开。

全国各大行政区、省、直辖市和主要城市公安保卫机关侦察工作的主要领导齐集北京，聆听陈龙的报告。

陈龙在报告中列举了“一侦”以来，全国情报侦察工作取得的巨大胜利，指出了工作尚存在的各种问题。他特别强调，为了适应国际、国内的斗争形势，全国的侦察工作干部队伍要做适当的调整和加强，以提高日益复杂的侦察、情报工作的水平……

会前，因为工作繁忙，他的心脏病又复发了一次。临近会期，他未及恢复，便投入了会议的筹备工作，直到他在台上作报告时，心区还隐隐作痛。尽管如此，他仍坚持每天到会。与大家一起讨论，共同畅谈。

8 月 8 日，在会议将要结束时，他又抱病聆听罗瑞卿做大会总结报告，并主持会议闭幕。

罗瑞卿在报告中，反复强调了与帝国主义间谍特务斗争的严重性。他号召全体侦察情报工作干部，特别是主要领导干部，要认真领会会议精神，提高指挥能力，按照已定的侦察工作方针和政策，努力开创新局面。

全国的政保侦察战线的领导干部，有一半以上早年就是陈龙的部下和同事，大家都十分敬重他，爱戴他，看到他病到这个程度，心中都十分难过。会议休息期间，大家都拥过去问候，关心着他的健康。有的人还向他汇报重大案件的情况和侦察工作中的疑难问题，请示解决办法；有的向他汇报与海外敌特的斗争情况，请他给予指示。对这一切，陈龙都认真地听取，并作出客观分析和详尽的答复。会议结束时举行会餐，大家纷纷过来向他敬酒，他都一一婉谢。想不到一个当年海量豪饮的关东汉子，现在连几杯啤酒也喝不下去了。

在第二次全国侦察工作会议期间，陈龙听取了天津市公安局关于“中美联合工作总部”一案的侦察工作汇报后，应张友恒之请，他决定到天津去检查工作。

就陈龙的身体状况，到外地检查工作已经十分困难，连上楼梯都成了负担，走几级就得停下来喘息一阵。尽管这样，他还是与天津市公安局许多领导干部和战斗在第一线的侦察员们见了面，详细了解了几起重大案件的工作情况，认真听取了对美国中央情报局直接指挥的特务活动案件的侦察汇报。

陈龙天津之行收获很大，特别是针对帝国主义间谍特务案件，确立了明确的斗争方案。为了给帝国主义分子一个当头棒喝，他要求不仅在天津，举凡全国各地只要有类似案件，一旦条件成熟，就应一律打掉。

根据这一指示，北京、上海、南京、广州等地的公安机关相继行动，一个又一个披着各种伪装的帝国主义间谍特务被捕获。根据他们的犯罪程度，有的驱逐出境，有的处以刑罚。

给帝国主义间谍最有力的一击来自东北。

朝鲜战争爆发以来，东北边境地区屡次发现敌特活动线索，公安部政保局直把目光注视着那里。

9 月初，政保局获悉在长白山一带发现可疑无线电波，当即电告东北公安部，要求迅速查明情况。

东北公安部部长汪金祥召集王鉴、解衡做了详细布置，调查人员立即奔赴长白山区。

经过一个多月的奔波调查，作出了肯定性的结论：长白山地区没有任何党、政、军机关架设过电台，那些可疑电波，极有可能是发自敌人在山区架设的潜伏电台。

既然肯定是敌人的潜伏台，就必须尽快找到，予以消灭。

东北公安部开始组织小股部队搜山。

长白山绵延千里，山势险峻，气候恶劣，最早在8月末便飘雪结冰。在这样恶劣的环境下搜索几个隐蔽的敌人，岂不如同大海捞针？

看来，行之有效的办法应当是部队搜山、堵卡与发动山区群众相结合、才能收到事半功倍的效果。

在山区，通过向广大农民、猎户、参农进行反奸防特教育，提高了他们的警惕性。过去看见夜间飞机盘旋无人理会，现在只要一听到飞机的嗡嗡声，马上就有人向山下有关部门报告。

有位参农，在山上遇见了五名穿着中国人民志愿军军装的人，他们要买米、买面和烟草。参农觉得可疑，他巧妙地应付了他们，下山后，立即报告了当地公安机关。

早在1947年召开东北第二次公安会议时，陈龙就指示过，要做好公安工作，在城市要依靠专门力量，在农村，主要是依靠群众和发动群众。这个观点，在这里得到了充分的验证。

根据群众提供的线索，东北公安部初步掌握了敌特在长白山区出没的大致方位，于是电令吉林省公安厅负责剿灭。吉林省公安厅副厅长王吉仁接到东北公安部电令后，当即率侦察人员与公安部队进入长白山区。

时值寒冬，长白山区积雪盈尺，气温降至零下二十多度。由于事先对恶劣天气估计不足，许多战士冻伤了手脚。但在山区群众的支援下，搜山部队忍饥受冻，步步为营，仍然像梳头一样把山区搜了个遍。经过几十个日日夜夜的搜寻，终于在吉林安图县老岭山区密林深处，发现了隐藏的空降特务。

敌特发现部队搜山，知道无法逃脱，便凭借手中的武器负隅顽抗。双方经过激烈的枪战，搜山部队抓获了敌特头目张载文和他的电台台长，并缴获了枪支、弹药、电台、军用地图、降落伞、望远镜和准备过冬的衣物等一大堆战利品。

本着除恶务尽的原则，搜山部队又发动了第二次、第三次搜山，又抓获了敌特沈衡年和他的报务员。

搜山歼敌取得了重大胜利，公安部致电给予表扬。

从搜山开始，陈龙就一直关切地注视着这场战斗。从东北发来的每份电报他都要亲自过目。

安图、老岭、大荒沟……一连串熟悉的地名又跳动在电报上，这是他当年率领抗联第二军转战驰骋过的地方，那里有他熟悉的老乡和战友。当年，为了躲避日寇的讨伐和追击，他经常率领队伍去钻深山老林，而今，他则以一位侦察指挥员的身份去下令搜索隐藏在深山老林中的空降敌特。经历了这样翻天覆地的变化，怎不让人感慨万千！

最近，他的心脏病又有几次发作，逼得他不得不躺在床上，听取凌云和几位处长汇报工作，批阅电文。

被捕获的空降敌特押到沈阳，汪金祥、王鉴立即组织审讯。

据张载文、沈衡年供述：他们原都是国民党青年军官，在香港被美国中央情报局招募，参加了特务组织“自由中国运动”，并被送到日本接受美国教官的训练，然后被空投到长白山区，妄图在这一带搜集军事、政治情报，发展武装力量，建立东北游击基地，以配合美军从朝鲜向东北的进攻。

审讯工作还在进行，长白山区又发现了一架无国籍标志的飞机，把一名空降特务投到了老岭山区。这个敌特，身着中国人民志愿军服装，以为有这个伪装，足以畅通无阻。他掩埋好降落伞后，便坦然下山。谁知刚走出不远，就碰上了岗哨盘查，他刚蒙混过去，走了数里又被拦住了。他见这里早已是层层罗网密布，知道无论如何也应付不了一次又一次的盘查，不缴械投降，恐怕连命也难保，便到明月沟派出所自首了。据他供述，他叫李军英，是美军间谍飞机空投下来的特务，希望得到宽大处理。

吉林省公安厅接到报告后，迅速派专车把他押送到了沈阳。

在审讯中，李军英供述：他此次被空投下来的目的，是与张载文、沈衡年取得联系，检查他们的活动情况。据说他们已经发展了一批武装力量。

吹牛、撒谎大概是美国“全能特工”的共同本能。

审讯人员问他：“你检查情况后，如何回去复命？”

“空取。美国飞机把我空取回去。”接着，他又讲述了在日本受训时练习“空取”的情形。

东北公安部经过缜密研究，提出了诱歼敌机的战斗方案，报中共中央东北局和公安部审批。

陈龙接电报后，立即向罗瑞卿部长作了汇报。两人详细研究了当前的斗争形势和诱歼敌机的全部细节，为了给帝国主义间谍机关以更大的打击，决定批准东北公安部的方案。

复电时，罗瑞卿又问陈龙，像这样大规模的战斗，公安部要不要派人去东北指挥？陈龙摇了摇头。他完全信赖东北公安部，认为东北公安部一定能够打赢这一战役。

11月下旬，汪金祥根据中共中央东北局和公安部的指示，派东北公安军副司令员和东北公安部乔庄为现场指挥，率领部队开赴预定山区。

11月29日深夜，果然有一架C—27型美制间谍飞机贴着山脊飞了过来。

看到山中燃起的三堆火，飞机旋了一个圈便俯冲下来，接着，从肚子下面扔下一条下面有一个大钩的长索。飞机低飞，钩子拖地，只要钩住李军英坐着的空取器，飞机飞起来，转动机尾的绞轮就可以把人吊进飞机，办法想得不可谓不巧，不可谓不妙，却不知三处火堆中间多了一条牢牢拴在两侧大树上的粗绳子。钩子在地上一拖，钩到了绳子上，“砰”的一声，绳子被拉断了，险些把两棵大树连根拔起。

绳子一断，飞机打了个趔趄，翅膀险些撞在地上，驾驶员知道发生了意外，急忙操纵飞机上升。可是为时已晚，埋伏在四周的防空武器一齐开火，飞机未及升起，已中数弹，机头一歪，撞到了不远的巨崖上，机身折为两段。

埋伏在四周的战士一齐大喊，冲到飞机跟前。驾驶员已死，从机身断裂处爬出了两个侥幸活着的美国人，他们一站到地上，便把两手高高地举过头顶。

在长白山区活捉美国间谍唐奈和费克图的消息，很快公布于世，美国飞机向中国派遣间谍飞机侵犯中国领空的侵略行径昭然于天下。长白山区的战斗，获得了反特斗争、外交斗争两大胜利！

5. 生擒赵一帆

AAAA

主席、中央：

保密局行动处于6月11日指示四邑站赵一帆谋杀叶剑英同志。金海、银河号电船为其联络船只……

罗瑞卿　陈龙　6月17日

AAAA

中南公安部杨（奇清）部长并转叶剑英同志：

据确悉，匪保密局密谋刺杀叶剑英同志，详情我们已告广东，并正计划破案，希在武汉沿途特别注意剑英同志的安全。

罗瑞卿　6月18日

1952年6月中旬，北京、广州间特急电波飞传。

保密局四邑站谋杀中共华南分局书记叶剑英的罪恶阴谋还在筹划阶段，便引起了中国最高层领导人，包括正在全神关注中国人民志愿军入朝作战和“三反”、“五反”运动的毛泽东的关注。

在中南海颐年堂，毛泽东刚刚送走了两位约见的民主人士，机要秘书匆匆赶来，把罗瑞卿和陈龙发来的写着四个“A”的电报递给了他。毛泽东接过电报看了一遍，便放到了茶几上，随手点燃了一支香烟，深吸几口，转身坐到沙发上，陷入了沉思。

叶剑英是功勋卓著的开国名将，也是新中国的南天柱石，有关他的安危，不能不引起毛泽东的极大关心。

数分钟后，一串密码电波飞出了北京。

AAAA

华南局及叶剑英，并告子恢同志：

（一）用一切可能的力量迅速侦破四邑特别站及行动队，务必彻底肃清。

（二）……

（三）剑英同志要特别小心谨慎，不可靠和不必要的群众集会不要去参加。

此外，要加强警卫。

毛泽东 6 月 19 日

得知毛泽东主席给华南分局发出了要迅速破案的电报指示，陈龙感到坐立不安。侦破这样重大的案件，他本应亲自出马，去广东进行调查研究，然后制订具体破案计划。可是，他的心脏却频频告警，连走路都感到吃力，更不要说离开北京去广州了。

无奈，只得选派得力人选到广州坐镇指挥。6 月 21 日下午，经与凌云研究，他用电话把政保局一处处长李广祥叫到了办公室，决定派他去广州指挥。

李广祥是山西人，曾担任过晋冀鲁豫军区保卫科长、华北局社会部二室主任，有着丰富的侦察情报工作经验。这两年他一直战斗在第一线。

李广祥行前，陈龙向他详细说明了自己对案件的看法。他认为，对类似这样的案件，必须不遗余力速侦速破，必要时可以动用一切手段，甚至调动军队。为了使广东省公安厅和各侦察情报部门统一认识，他把一封长达千余字的亲笔信交李广祥带去，转交给寇庆延、薛焰、刘坚夫等人。

李广祥肩负重托，离北京南下，到达广州后，便把广东地方、军队的侦察和情报机关负责人召集到一起，首先传阅了陈龙的亲笔信，然后告诉大家，这是毛泽东主席批示的案子，一定要办好，并要求大家全力合作，尽快抓到赵一帆。

到达广州后，李广祥得知，国民党特务机关保密局至少向下属五个特务组织下达了谋杀叶剑英的命令。看来，在广州将有一场大战。

赵一帆是保密局四邑情报站少将站长，他的叔叔赵其林则是“四邑反共救国军司令”，这两个靠反共起家的老牌特务，在九龙架设了电台，向保密局谎报已进入珠江三角洲新会、江门一带。

更有甚者，他们还编造说，已经发明爆炸灯泡。只要一通电，灯泡就会爆炸，全屋的人都会被炸死。此外还有什么“定时毒药”等，不一而足。

这些亦真亦假的情况，使案件变得更加扑朔迷离。为了抓住这个行动特务，广东省公安厅派出了大批干部在新会、江门一带搜索。他们的足迹几乎踏遍了整个珠江三角洲，也没有发现有任何潜伏电台的踪迹，于是认定敌人可能是搞的一种骗术。但是，已经耗掉了一个月的时间。

7月中旬，赵一帆又向台湾报告称，他已获得叶剑英在广州的准确住址、所用汽车车牌号码和每天乘车去省府上下班的时间。

保密局二处接到报告后，立即电示四邑站广州行动组：“‘八一’即到，为振奋大陆民心，以正国际视听起见，特务行动组策划缜密部署，在广州‘八一’纪念会场进行爆炸工作……一俟完成，决予优奖。”

同日，保密局二处又电告四邑站：“关于进行部署制裁叶剑英之办理计划如何？请切实遵照前电办理。”

“八一”建军节将近，接连截获这样的情报，怎不叫专案人员紧张万分？他们不得不建议广州市政府取消在“八一”广场的集会活动。

8月1日这天一清早，近百名侦察员化装成各行各业的游人，在广场四周分兵把守，交通路口、制高点也都设了便衣岗哨。

李广祥和广东省公安厅长把指挥部设在离广场最近的一栋灰楼中。从这栋灰楼的窗口可以看到整个广场。天刚亮，他们就坐镇在这里，按分按秒地数钟点，好不容易熬到半夜，整个广场没有发现任何异常情况，才鸣金收兵。

这样兴师动众的大兵团作战总不是个办法。下一步究竟怎么搞？李广祥带着这个疑问回到了北京。

陈龙听取了李广祥的全面汇报后，好久没有说话。根据李广祥的汇报，陈龙觉得假如能肯定赵一帆并没有在大陆，就应当把侦察的矛头伸向香港、九龙和澳门，到那些地区去寻找赵一帆的踪迹。在这一点上李广祥已经做了部署——广东省公安厅侦察科长刘毖指挥的情报人员，一直在港澳地区进行搜寻。

“人少了不行，要舍得花本钱，下力气。”陈龙斩钉截铁地说。看来他已经认准了这个目标，“一旦发现了赵一帆的踪迹，要不惜一切代价把他抓过来。给那些企图搞暗杀的家伙们一点儿颜色看看，不然，我们就会越走越被动。”

李广祥完全理解陈龙的意图。他要不惜一切代价打击赵一帆的目的，就是为了给保密局一个下马威，让它收敛起在大陆搞暗杀的妄想。如果抓不到赵一帆，一旦让赵一帆得手，肯定将会有更多的特务争相仿效，到那时可真要“越走越被动”了。

带着陈龙的指示，李广祥又返回广州，向广东省公安厅和各情报侦察部门的领导做了传达，要求他们把搜寻赵一帆踪迹的重心迅速移到港澳地区。

各情报侦察部门迅速行动，纷纷派人进入香港、澳门。

赵一帆是个老牌特务，生性狡猾。由于他谎骗保密局说他已经进入大陆潜伏，故他在香港的藏身之地就得保守秘密，他不仅怕大陆的安全机关发现他的踪迹，也怕被保密局的人发现他的踪迹，所以一直深居简出，很少露面。

二十多天过去了，我侦察部门派到港澳两地的人，都没有获得有关赵一帆的准确消息。

进入9月，公安部连续电询案件进展情况。毛泽东、周恩来也几次过问案情。

这样一来，上级在无形中就给立案侦查工作划定了一个时间表，在国庆节前必须抓到赵一帆，以防他在国庆期间制造事端。

为此，李广祥几次召开会议，研究案情，催促各有关方面尽力找到线索，以便向中央复命。

9月24日中午，刚要午睡，刘毖科长忽然接到香港拍来的一份加急电报：赵一帆将于24日晚十一时，乘香港“德兴号”商轮去澳门。电报还提供了船舱的座号。

总算搜寻到了这条恶狼的踪迹。刘毖高兴得睡意全消，他马上去查看地图。从香港到澳门要经过公海，从广州到公海是四十海里，如能在晚上十点钟及时赶到公海，截住“德兴号”商轮，便有可能抓到赵一帆。

机不可失，事不宜迟。刘毖忙带五名侦察员乘车赶赴南海舰队，要求派快艇赶赴公海。南海舰队领导当即决定，派出三艘快艇和一艘三百吨位的扫雷艇，交刘毖指挥。

刘毖等人登上扫雷艇，一声令下，四艘舰艇一齐出发，劈波斩浪，直奔珠江口，过了虎门，到达大、小零丁。此时，天色已黑，加之海面风急浪高，不惯乘船的刘毖和侦察员们纷纷呕吐，但他们依然不顾一切地要求加快航速。前面还有三十多海里，若不能在十一点钟赶到，就将前功尽弃。

舰艇航速为每小时十一海里，要到达距三十多海里的预伏海面，至少需要三个小时。为了能尽快进入预定埋伏的海面，舰艇不得不超速行驶。晕船的侦察员们躺在船舱里一动也不敢动，胃中的食物已经吐光，接着吐的是黄色的胆汁。

经过近十个小时的超速航行，总算赶在“德兴”轮到来之前，进入了埋伏区。

刘毖刚下达了让各舰艇闭灯隐蔽的命令，“德兴”轮已经在远处露出了它的庞大身影。

好险！再晚三十分钟就错过战机了。

看到“德兴”轮渐渐驶近，刘毖一下子精神百倍，什么晕船和呕吐都忘在了脑后。他命令三艘快艇一字排开，并按国际惯例连续三次发出要“德兴”轮停驶接受检查的信号。

不料，“德兴”轮根本不理舰艇发出的信号，仍然朝前直闯。

双方距离越来越近，眼看这艘庞然大物就要冲过去了，刘毖急得浑身冒出了冷汗，几位侦察员和艇长一齐望着他。

再发信号让它停驶接受检查，看来“德兴”轮也不会听命，唯一的办法就是开炮警告，可是一旦开炮拦截，就有可能引起国际争端。不仅如此，一旦开炮拦住客轮，要抓住赵一帆，也还好说，万一抓不到，那问题就大了。

此举的是非成败，一面牵扯着国际争端，一面牵扯着叶剑英的安全。不管从哪方面说，刘毖都承担着重大的责任。

两方相距不到一百米了，是拦？是退？必须尽快作出决断。

刘毖觉得浑身燥热，两眼冒火，手心也沁出了热汗。对他来说，这些问题是太重、太大了，它的压力已经远远超过了一个情报科长所能承受的程度。

“它要跑！”艇长突然喊了一声。眼见“德兴”轮已经加速，正准备冲过防线。

也就在这一霎间，刘毖果断地排除了各种顾虑，毅然下令：“开炮警告！”

扫雷艇立即向远处开了三炮。

炮声响过，“德兴”轮仍未减速，继续往前冲。

“妈的！你以为我不敢打你。”刘毖骂了一句。此刻，什么国际争端，什么个人政治前途，都一股脑儿抛进了大海。他眼前只有一个目标，就是拦住这条船，抓住赵一帆！他向侦察员交代任务时，曾不止一次地说过：“就是豁出命去，也要保证叶剑英同志的安全！”这句话，现在要由他自己来兑现了！

“开炮！打船尾！”刘毖又一次下令。

“德兴”轮共载有二千名乘客，是一艘名副其实的巨轮。听见舰艇上的广播和炮声，“德兴”轮上一些好奇的旅客，便跑到甲板上看热闹，要看看“德兴”轮怎么冲破海上拦截。

一阵机关炮扫到了“德兴”轮的船尾，子弹射穿了一名旅客的鞋子，虽然未伤着脚，却也吓得他哇哇怪叫。“德兴”轮的旅客一下子乱了营。

“德兴”轮在机关炮的警告下，不得不停止前进。

扫雷艇又发出信号，让“德兴”轮向万山群岛靠近，接受检查，万山群岛有我海军的要塞。

此时，“德兴”轮只能俯首听命，跟随引航的快艇，驶到了垃圾尾岛附近。

刘崧率人登船检查。他首先用扩音器向旅客发表讲话，说明检查的目的是为了查找一个伪造人民币扰乱市场和金融的潜逃犯。

得知登船的是中国政府的工作人员，乘客们逐渐安静了下来。

刘崧率领侦察员挨舱搜索。

此刻，赵一帆确在船上。这条狡猾的恶狼，见“德兴”轮闯关未成，便知事态严重。他怀疑我政府工作人员上船检查，可能是冲他而来。为了做到有备无患，他当即与同行的人换了衣服，又与邻舱的旅客调换了船票和位置，隐在人群后面静观动静。

殊不知，这一切都没有逃过一直跟踪监视着他的情报人员的眼睛。他借侦察员检查旅客的机会，把赵一帆更换衣服和换船舱、换船票的情况报告了刘崧。同时还报告说，赵一帆持有一本假护照，护照上填的名字叫赵持火。

刘崧站在扩音器前，让赵持火近前答话。

赵一帆听到喊“赵持火”的名字，脸色一下子变白了。他知道再也无法躲过去，便硬着头皮走了出来，大声宣称：“我没有假造人民币，你们不要诬赖好人。”

同刘崧一起从广州来的侦察员中有人认识赵一帆。他低声告诉刘崧：“就是他!”

刘崧命令把赵一帆带到船长室询问。

赵一帆自恃是在英国商轮上，刘崧等人不敢把他怎么样。但是当他走进船长室，听刘崧亮出身份说他们系奉广东省公安厅之命，缉拿他回大陆受审，顿时傻了眼。他像杀猪似的号叫、抗议、求救，然后又躺在地上耍赖。

刘崧心头火起，当即下令用绳子把他捆了个结结实实抬下了船。

当赵一帆被押到炮艇上时，天已经亮了，刘崧命令给“德兴”轮发信号：放行!

“德兴”轮刚刚起航，远处有三艘英国炮舰高速驶来，天空也出现了几架英国飞机，围着垃圾尾岛低空盘旋。

刘崧命令舰艇全速返航。

三艘快艇在前，一艘炮艇在后，排成“三一”队形驶回珠江口。

英国军舰在远处绕了一阵，飞机也旋了几圈，眼见“德兴”轮已经驶向公海，便一起返回。

赵一帆被生擒的电报，发往公安部。陈龙在接到电报的同时，接到了罗瑞卿部长的电话："广东在公海上开炮拦截商船，强行上船抓人，香港已经登报，英国当局也向中国政府提出了抗议。中央询问海军总部，海军总部说是由公安部门指挥的。周总理对此十分生气，要我们写检讨。"

"祸"果然闯下了。

抓到了赵一帆，是喜是忧？是功是过？陈龙一时也闹不清了。

罗瑞卿执行中央的指示，从来一丝不苟。他要陈龙了解一下情况，该表扬的表扬，该批评的批评，该检讨的检讨。

陈龙向广东省公安厅和李广祥详细询问了事情的经过，他认为抓获了赵一帆，完成了毛泽东主席交付的保卫叶剑英安全的任务，虽然动用了海军舰艇前往拦截，造成了一定的国际影响，但是，干部和战士们的勇气可嘉。不然，错过这个机会，一旦赵一帆行动得手，到那时国际影响将会更大。作为公安机关也无法向党中央和毛泽东主席交代。此事可说是功大于过，不应当做检讨。

罗瑞卿不同意他的意见，认为还是让下面写一下检讨好。

陈龙沉吟半晌，摇了摇头："必要时，我向中央说明情况，因为这涉及保护干部战士的积极性问题。"

陈龙不写检讨，罗瑞卿也不再勉强，后来，还是他向周恩来总理说明详情，得到了中央的谅解。

6. "府海学联"事件

1953年初，公安部连续接到群众的检举信，揭发、控告华南某地以肃清"府海学联"特务组织为发端，大搞逼、供、信，逼迫几百名青年学生承认，在新中国成立前刺探我方情报并在游击队员的饭中放过毒，招了供的，有的已判处死刑……几个青年秘密逃出来，到北京找国务院和公安部告状。

在一个偶然的机会，陈龙知道了这一事件。历史的经验，政治上的敏感，使他感到这一问题的严重性，当即责成政治保卫局向广东省公安厅发出电报，要他们急速派人赶赴该地区进行调查，限期将结果报公安部。

陈龙自从来到部里，管了不少"闲事"。所谓"闲事"，就是不属于他分管的工作。不少人都有严格界限，不属于自己管辖范围内的事，绝不插手，而陈龙却偏偏爱管那些没有人愿意管的"闲事"。他在家休养的时候，院中有一位清扫工，常和他在一起聊天。有一次，他听清扫工说：他老早参加过八路军，抗日战争时候打过日本鬼子，后来因为形势变化，丢了军籍不说，还一直背了个历史嫌疑的"包袱"。陈龙听后，便到有关部门去询问，并催促他们要调查清楚。作为一个副部长，他本来可以不管这件事，可是他不但管了，而且一管到底，直到彻底查清。时隔不算太久，这位清扫工的历史包袱卸掉了，并恢复了军籍。

管“闲事”，落“闲话”，似乎成了一个规律。尽管也有人劝陈龙，你身体有病，像“府海学联”这种事情，可以由别人去管，可他偏偏不听，而且坚持一管到底。

因为这里有人命，人命关天哪！

一个公安部的领导，怎么能把人命当作“闲事”？

就在限期将满的那一天，陈龙收到了复电。电文称：据调查，“府海学联”确系一特务组织，该地对此案的审理及处理基本上是正确的。

陈龙从复电中，看出了破绽，既然肯定是正确的，为什么在复电的措词上还用“基本”二字？

1953 年 2 月 2 日，陈龙看完复电，立即给机关保卫处处长孙振写了一个措词严厉的批示。

孙振同志：

需要给华南地区发一电报，应提出批评。

（一）将肯定该“学联”是特务组织的全部证据交来；

（二）……

（三）不能因为时间已过，就不负责任；

（四）来电精神并不是抱调查研究、分清是非的态度，而是主观肯定问题……

（五）……

孙振根据陈龙批示，起草了电报。

电报发出后，迟迟不见华南方面将“证据”交部，陈龙越发感到了问题的严重性。

一周过去了，仍无消息，陈龙再也不能无限期等待下去了，便分别给罗瑞卿部长、中央组织部安子文部长、中央监察委员会钱瑛书记写了信，说明他对华南这一“学联”事件的看法，以及事态的严重性，并建议由各方组成工作组，尽快到华南调查核实。

在征得有关方面的支持后，陈龙便将政保局预审处处长姚伦、工作人员王韦找到了办公室。

姚伦是 1936 年入党的老党员，参加革命后，长期在保卫部门工作，有着丰富的预审工作经验。王韦虽然才是二十几岁的女干部，但也是经过中社部训练班培养出来的优秀人才。陈龙选择他们两人去华南，说明他对事件的复杂性已经做了充分的估计。

陈龙首先告诉他们，将派他们去华南工作一段时间，春节将近，他们的家庭有没有脱离不开的困难。在得到毫无牵挂的答复后，便向他们交代了具体任务。

在介绍了“府海学联”事件的概况后，他几乎是用断言的口气，认定这是一起假案。

他说，这个“学联”是我们地下党在全国即将解放的时候组织起来的，不可能是特务组织。即使有个别特务分子混入，也不能讲凡是参加这个“学联”的人都是特务。他说，他不相信，在解放军已经渡过长江，国民党即将逃离大陆的时候，还会有几百名青年学生去加入国民党的什么特务组织。接着，他又谈了他对华南复电的看法，他说，破获这样一个庞大的特务组织，完全没有侦察过程，这是令人难以置信的。全部案情只是从口供到口供，这说明什么呢？说明这个案子完全是由逼、供、信搞出来的，是一个假案。

这是王韦来到公安部后，第一次接受一位副部长亲自交付的工作任务。她仔细地听着，认真地做着记录，生怕漏掉一个字。听到陈龙对全案的分析，她感到由衷的敬佩。真不可思议，她面前的这位副部长，对这起复杂的案子竟分析得这样清晰、透彻，而又有条有理。

接着，陈龙提到了抗战时期在山东发生的“湖西事件”、冀东地区的“李小初托派案”，当然还有延安那次“抢救运动”。他说，这些给党和人民造成严重损失的扩大化案件，无一不是用逼、供、信的方式造成的。

说到“府海学联”事件靠审讯定案，陈龙顿时来了火气，他霍地站了起来，激动地离开办公桌，在屋中来回地踱着。忽然，他停在姚伦面前，两眼喷着怒火，大声说道：“逼着一个人供十个人，逼着十个人供一百人，几次扩大化，不都是这样‘滚雪球’滚出来的吗？现在，全国已经解放了，党中央规定了各种政策，可是还有人这样干。怎么能够容许？”

姚伦、王韦顿时有一种庄严的使命感！他们好像听到了关押在那里的百余人，正在向他们呼唤，呼唤他们去查明真相澄清是非。事关人命，急如水火，姚伦、王韦恨不得一步就到目的地。

“你们到了那里，可能会遇到很大的阻力、压力，但不论遇到多大的阻力和压力，我希望你们都要顶住，踏踏实实地进行调查研究，把材料搞扎实。最后要靠材料说话。你们要找办案人员谈，也要找被处理的人员谈，要听取大家的申诉。”

王韦以为陈龙已经谈完了，便合上了笔记本。谁知，陈龙接着又谈下去，王韦连忙又打开笔记本，继续记着。她真想不出，还有什么问题没有谈到。

“第三者也要谈，要找那些没有介入这起案子的党政领导，听听他们对这个案子的分析和看法。”

这是王韦没有想到的。

最后，陈龙告诉他们，将由最高人民检察署、公安部组织一个联合调查组，由广东省公安厅长寇庆延带队，不日就要出发。姚伦、王韦站起准备告辞时，陈龙又向姚伦招了一下手，叮嘱他，不能让王韦坐飞机，听说她有心脏病。王韦听到这句话，顿时涌起一股热流，她不知道陈龙从哪里得知她有轻度的心脏病，更没有料到，在布置解决这起严重案件的时候，副部长居然还惦记着一位普通干部的健康。在这一瞬间，她感到了父亲般的关怀。

当面聆听部领导布置这样重大复杂的案件，王韦平生还是第一次。陈龙分析案情的一席话使她顿开茅塞，当时真有一种胜读十年书的感觉；陈龙不加掩饰的喜怒哀乐表现出的鲜明的、强烈的爱和恨，使她懂得了应该怎样去做一个合格的公安保卫人员；陈龙对同志对下级细致入微的关心和爱护，使她倍感革命大家庭的亲切和温暖。对陈龙在侦察工作上的建树，以及他的无产阶级革命家的胆识，王韦早有耳闻，正因为如此，想象中陈龙副部长一定是一位高不可攀的威严长者，哪里想到竟是如此平易近人。数十年过去了，陈龙当时的言谈风貌历历在目，给她留下了永恒的记忆。

工作组带着党中央的关注，来到了华南的边境地区。他们认真地开始调查研究，分头与办案人、当事人和当地党政领导进行了认真的交谈与了解，详细查看了证物与审讯、旁证材料。经过一个半月的艰苦工作，终于彻底查明，所谓“府海学联”事件是一起不折不扣的用逼供信搞出来的假案，是一次严重的扩大化错误。

更令姚伦和王韦感到惊奇的是，陈龙的指导思想竟如此明确，这起假案的炮制和发展过程，几乎与陈龙在北京的估计一模一样。

调查处理工作结束时，工作组向广东省委陶铸、钱瑛等领导人作了汇报，回北京给部里写出了“府海学联”事件调查处理情况的报告。这时，陈龙已住医院，即由政保局长凌云接手处理。凌云听取了他们的汇报，表扬了他们，称赞这一工作做得细，做得好，落实了党的政策，拯救了一批青年……凌云在这份报告上批示：“此事用了力，报告写得很好。并将此事报送中央。”

刘少奇看后也作了批示。

7. 苏联遇故人

罗瑞卿因公外出刚回到办公室，值班秘书便向他报告：“总理来电话说，让您回个电话。”

罗瑞卿拿起电话，接通了中南海。

很快，那边传来了周恩来的声音：“是罗瑞卿同志吗？我找你是想商量这样一件事情，最近，中央外事工作越来越繁忙，党和国家领导人出访、外国领导人来访越来越频繁。安全保卫工作光靠汪东兴一个人实在忙不过来，中央认为有必要加强一下安全警卫工作。主席说还是把陈龙同志调过来，主持这项工作。你觉得合适吗？”

罗瑞卿忙答道：“他很适合做这项工作，只可惜他最近病得很厉害，几次住院，已断断续续休息半年多了。

总理皱起了眉头：“病了？什么病？”

“心脏病，似乎比较严重。”

“抓紧治疗嘛！找什么人看过？”总理关切地问道。

“北京著名的心脏病专家都看过了。”

“到苏联去治疗怎么样？据说那里的治疗水平还是很高的，治好了病好工作嘛。”

“好。我通知他，马上去苏联治疗。”罗瑞卿答道。

罗瑞卿放下电话，径直来到陈龙家，向陈龙传达了周总理的指示。

陈龙当时还住在政保局附近那栋绿房子里。

见到罗瑞卿亲自来看望，他不顾罗瑞卿的劝阻，坚持要下床。尽管行动十分缓慢，落座到沙发上时，还是气喘吁吁，好一阵才平静下来。

罗瑞卿看在眼里，心中一阵难过。想不到个把月未见，他的病已经重到这个程度。询问了一下病情，罗瑞卿便向他原原本本地转达了周恩来的电话内容。

听说毛泽东还想调他去中央搞警卫工作，陈龙心中又是一阵激动，想不到时隔这么多年，毛泽东还想念着他。这是毛泽东第三次提出要他去身边工作了，可见毛泽东对他的感情真是又深又厚。

作为一个共产党员，一生最大的幸福，莫过于得到领袖的信任和关怀。想到这里，他觉得周身有些发热，连鼻子也有点儿发酸。但一说起到苏联治疗，他便连连摇头，觉得没有什么必要。在他看来，中国的心脏病医生并不比苏联差。况且，这种病在全世界也没有什么特效疗法，何必花那么多钱，长途跋涉去求人家？他提出了一大堆无须去苏联治疗的理由，倒把罗瑞卿难住了。只好说：“这是总理提议的，部里也研究决定了。”

陈龙对领导的关心非常感激。既然是总理提议，部里也做了决定，陈龙只好同意了。

罗瑞卿让办公厅给他配备一名医生，一名翻译。陈龙想到刚刚去世的办公厅副主任任岳的爱人王一是个医生，俄语又说得好，最近她要求去苏联接女儿，并去处理些留下的家务事，就提出让王一同行，这样一举三得，还节省了一个人的费用。

听说陈龙要去苏联治病，许多同志对他的康复都寄予期望。凌云、慕丰韵、孙振、刘复之、席国光等人先后来看望他，并祝愿他旅途顺利，早日康复。见到这些朝夕相伴的战友，陈龙总是三句话不离本行，问这问那。他对政保局很多工作还挂在心上……

1954 年 6 月初，陈龙夫妇和医生兼翻译王一从北京乘火车，经满洲里进入苏联边境；从那里，还要坐几天几夜的火车，才能到达莫斯科。

时隔十八年，陈龙又一次踏上苏联的国土。那时，他还是一个生龙活虎的关东汉子，而今却变成了一个重病缠身的人；抚今忆昔，不能不使陈龙又发出许多感慨和叹息。

火车绕过贝加尔湖，穿行在西伯利亚广阔的平原上，这是他当年走过的地方。那时，东北抗联许多人都走过这条路，至今也还有人留在这异国的土地上。像他十分尊敬的战友柴世荣，和入党介绍人之一的王润成，至今仍下落不明，这是萦绕在他心中多年的一块病。临行前，他请周保中到家中，两个人仔细回忆了由抗联去苏联而今下落不明的人，并拟了个名单，准备交给驻苏使馆，请他们与苏方交涉，帮助寻找。他想，自己这次去苏联，就算治不好病，也要解决这块“心病”。要能把这些人找到，也不算白来苏联一趟。

海宇心里明白，陈龙能同意来苏联，要解决这块“心病”是其因素之一。

火车抵达莫斯科，中国驻苏大使张闻天的夫人刘英和使馆武官吉合等官员到车站迎接。同时来迎接的还有苏联安全部门的几位官员。

陈龙一见到刘英，便把他与周保中共同拟就的名单交给了她。

她匆忙看了一遍，说道：“王润成已经找到了，他就在莫斯科。”原来，这几年大使馆也一直在寻找这些人。

陈龙一听王润成就在莫斯科，便迫不及待地要见到他。

刘英怕他旅途疲劳，让他休息几天再说。

陈龙连连催促，越快越好，最好今晚就能见到。

当天晚上，王润成来到宾馆。他穿着西装，脸色青灰，布满皱纹，神情木讷。他不知道刚从国内来的姓陈的公安部副部长为什么要见他，心情十分紧张。

陈龙一见他，心头一阵发酸，想不到十七八年没见，一个英俊青年竟变得这般苍老、憔悴。见到朝夕惦念的老战友，陈龙连连喊着“润成”迎了上去，紧紧抓住他的双臂使劲儿摇晃着。

王润成却依然木讷地站在那里，他对眼前这个人的举动既不表现出热情，也不予以拒绝，只是任其摆布。

连晃了几晃，王润成还是呆呆地望着他。这不能不使陈龙大感奇怪和意外。

我的变化很大吗？变得让王润成认不出来了？不会——那么来的人到底是不是王润成？

是！一点儿也不会错。那眉毛，那眼睛，都说明眼前站的是王润成。

陈龙松开他的两臂，退了几步，大声问：“润成，你真认不出我了？”

王润成依然木雕般地站着，只是抬了一下眼皮望了陈龙一眼。那眼睛仿佛看清了什么突然闪出的一星亮光，可是，亮光旋即消逝，他又耷拉下眼皮，依然垂手呆立。

陈龙忽然想到时隔多年，一个人的形象容易改变得让人难以认出，可名字总应当记住，他走向前一步又问道：“你认不出我了？我叫陈—”说到这里，他突然止口，这“陈龙”两个字他是不会知道的，便大声说：“你不认识我啦？我是刘汉兴，汉兴，你记得吧？”

听到“刘汉兴”这个名字，王润成浑身猛地颤抖了一下。他睁大双眼，死死地盯住陈龙的脸，眼里突然又冒出亮光：“汉兴？刘汉兴，是你——我的好兄弟！”边说着，他浑身突然乱抖起来，两行眼泪就像止不住的泉水从脸上流了下来。他猛地张开双臂，脚步踉跄地奔到陈龙跟前，紧紧地抱住陈龙的双肩，失声痛哭起来。

陈龙也哭了起来，他把王润成扶到沙发上坐下。站在一边的王一紧张了。出于医生的职责，她要出面缓解，海宇也禁不住流着泪，正要上前劝阻时，陈龙发觉了，马上对王润成介绍说：“这是你弟妹海宇，跟我在一起工作。这位是王一大夫。”然后转身对海宇和王一说，“你们进里屋去休息，不要来了。”

在这种情况下，海宇知道要劝他休息是不可能的，只好离开。她俩在里屋揪着心，不时地关注着外屋的动静，陈龙和王润成一直谈到东方发亮，她俩同样一夜没有合眼。

这也难怪，一个愿为民族解放出生入死的共产党员，满怀希望来到苏联求学，却被冤狱折磨了近二十年！当年的抗联师政委，却在西伯利亚耗去了青春年华！多少年来，他有冤无处申，有苦无处诉，而今见到了亲人，怎能不尽情倾诉苦衷？

心脏病人最怕激动，每个给陈龙看过病的医生都是这样嘱咐的。有的还特意警告海宇要控制他的情绪，过分激动容易导致突然死亡。

可是，陈龙偏偏不能自已。第二天，陈龙病情发作，医生赶忙把他送到医院抢救治疗。一周后，病情缓解，才离开医院。

王润成被安排住在宾馆，陈龙通过中国驻苏使馆为其办理回国手续。

王润成赴苏联学习是在1936年夏末，还是陈龙率队一路护送的。进入苏联，在收容站他见到了抗联第二军前一批赴苏学习的一位朝鲜族女战士。不知哪里出了差错，在进入苏联的名单上没有她的名字，她便被收容了。王润成是师政治委员，又是这次赴苏学习的带队人，自然有证明此事的责任。他向杨松说明情况后，征得了同意，便把她的名字填到了这期学员的名单上，一起来到莫斯科。

出于对王润成的感激，这位朝鲜族女战士一路上对王润成倍加照顾，两个人便产生了感情。到了莫斯科，正赶上全苏搞“大镇反”。这一下子出了麻烦，有人说是当时正在共产国际工作的康生插了手，怀疑王润成和这个朝鲜族女战士是“间谍”，于是都被拘捕。王润成被押往西伯利亚。经过严酷的审问，未得到任何“间谍”罪证，便给了他一点儿自由——做苦役营的杂役。在苦役营，两个苦命人结成了患难夫妻。时隔不久，“间谍”的问题又被提起，这点儿自由也被剥夺了，两个人又变成了苦役犯。一晃，十七年过去了，两个青年都已年过半百，变成了迟讷、木然的老犯人。直到 1953 年底，这对夫妻才被宣布期满释放。释放后，他们思念祖国，却不知祖国将会怎样对待他们。王润成冥思苦想的结果，决定让妻子先回国投靠亲属，等谋得一立足之地，然后他再回去……

一个月后，公安部在哈尔滨找到了王润成的妻子，陈龙便安排使馆人员把王润成送到了哈尔滨（王回国后，经周保中、冯仲云、钟子云证明，恢复了党籍，分配在北京矿业学院工作。1957 年调吉林蛟河矿务局工作，第二年调任舒兰矿务局副局长，1965 年 10 月病故）。

现在，陈龙唯一牵挂的只剩下柴世荣了，使馆人员经过多方调查，在陈龙回国之前，把准确的消息通知了他：柴世荣已经死在了西伯利亚劳改营……

8. 光耀千秋

1954 年深秋，陈龙从苏联回国。在苏联经过两个月的治疗和休养，病势稍见好转，他便启程回国了。找到了王润成，总算是不虚此行。

回国不久，中央决定撤销大区一级的行政机构，中南公安部长杨奇清、东北公安部长汪金祥、西南公安部长周兴，相继调到公安部任副部长。

王鉴、解衡、胡绍普等人也从东北公安部调到了北京。听说陈龙已从苏联回国，便纷纷前来看望。

凌云、慕丰韵向他汇报了几个月的工作情况：段云鹏已被捕获，上海还破获了美国间谍组织“第四十四海外观测队”。最近，美蒋特务机关准备对大陆实施全面的“心理作战”，为此，政保局已采取对策……

陈龙对政保局的工作甚为满意，特别是抓获了段云鹏，更使他欣喜不已。他要凌云告诉天津：“要看好这只‘活猫’，用好这只‘活猫’……”

接着，杨时来向陈龙辞行，他将去越南参加顾问团工作。陈龙听后感到十分高兴。他说："我们也培养出了自己的专家。"

时间过得真快，从延安到北京转眼十多年过去了，而今杨时将要作为一名专家去外国工作。陈龙嘱咐他，要尊重当地的风俗习惯，对下级要以理服人，不要像他似的动不动就发脾气。

说起发"脾气"，杨时知道这是陈龙在向他做变相检讨，因为去年夏天，陈龙还向他发过一次火。

看到重病缠身的老领导还这样严格要求自己，如此诚恳地对待部下，杨时心中感到一阵滚热，眼睛也有些湿润，他真舍不得与老领导分手。这一去不是三年，就是五载，看他的病体，真难以预料还有没有相见的一天。想到这里，杨时心中又是一阵发酸，便急忙起身告辞。他怕万一控制不住自己，会引起陈龙难过。

快过新年的时候，凌云又来看望他。他们说起了康生，回想到1952年那次两人一同去北京医院看望康生的遭遇。

当时，要探视康生需要事先用电话联系。凌云怕吃闭门羹便让陈龙打电话。陈龙抓起电话，接通了病房。接电话的是康生的老婆曹轶欧，陈龙亲切地称她为曹大姐。当他自报姓名说是他要和凌云一起去看望"康老"的时候，谁知这位"大姐"突然变了声调，她大声吼道，"不用你们来看！社会部的人，我一个都不想见！""叭"的一声便把电话挂上了。

陈龙顿时火冒三丈。想不到一个党的高级干部会这样对待自己的同志！若依照过去的脾气，他真想闯进去当面跟他"理论"一番，可是今天，陈龙却冷笑一声，压住了火。他和凌云走出北京医院，都觉得好像已经完全看清了康生和曹轶欧的为人，和这样的人闹僵并不觉得失去什么。

"永远不要理他。"这是陈龙和凌云的这次北京医院之行后得出的共同结论。

时间过去两年了，党中央揭发了"高饶反党联盟"事件，居心叵测的康生借此机会对一些干部施放冷箭，他给中央写信，说他原来的秘书沙陶和凌云都是被饶漱石收买的"反党分子"。材料转到公安部，陈龙得知后便直截了当地告诉罗瑞卿："康生是在胡说八道。"罗瑞卿也深知康生的为人，根本没有买他的账，没有理这件事。康生施放的冷箭，在公安部竟变成了强弩之末。

回想起当年延安"抢救运动"的"没准头"，到今天借"高饶反党案件"放冷箭伤人，使陈龙对这位所谓的"马列主义理论家"产生了本能的厌恶。他看穿了康生长着一副鬼蜮心肠，从此，两个人彻底绝了交。甚至有时去医院看病碰上了，谁也不理谁。

不久，医生严令禁止陈龙再上班工作，全休养病，甚至连一般工作也不准他过问。

基于陈龙的病情，罗瑞卿根据医生的建议，也多次劝陈龙好好休养，把病尽快治好，以便为党做更多的工作。

从1955年起，陈龙便无可奈何地放下了所有的工作，遵从组织和医生的意见，全休养病，开始度着一生中最痛苦的时光。

他生性好动，病魔却逼着他静卧在床；他生性乐观，心绞痛却不时痛得他大汗淋漓；他一生唯一的爱好就是工作，而这个唯一的爱好却被无情的病魔彻底剥夺了。他愿意投入到反间谍斗争的急流中，越是艰难、越是凶险的案件，越能激起他迎刃而上，置敌于死地的强烈责任感。经过几十年的斗争实践，他已胸有兵甲，计出万全，手中有无数克敌制胜的法宝。可是今天，他却被抛出这个急流之外，每天只能望着四壁和天花板出神。

“龙”困沙滩！

其实，对他折磨最大的，还是日益加重的病势。如果说去苏联治疗前，还抱有希望，而从苏联回国后，他开始为自己的生命担忧了，这就是自己还能活多久？

为了排遣郁闷，打发时光，海宇劝他练练书法，还给他买回几本有名的字帖。可是，笔下写出的尽是“壮志饥餐胡虏肉，笑谈渴饮匈奴血”，“莫等闲白了少年头，空悲切……”

实在无法写下去了，古代英雄的悲剧触及了他胸中的块垒，多年积郁在心头的困惑、悲怆和愁苦一下子都涌了上来。他扔下笔，跌坐在椅子上，怔怔地望着窗外。望了好一阵，也无法控制住自己，先是不由自主地啜泣，后来竟伏在桌子上“呜呜”地大哭起来。

他长大成人后只哭过三次。第一次是在东北抗联哭失去的战友；第二次是在莫斯科哭王润成的不幸遭遇；这一次则是哭自己。

眼泪滴湿了衣襟，润湿了桌上的宣纸。

哭，是对悲痛的宣泄，也是一种心理机制平衡的调节，有了这个平衡才能正确认识疾病，才能适应不再工作的单调生活，才能真正体会到“既来之，则安之”这句话的深刻含义，才能领悟“人生自古谁无死”的永恒哲理。

此后，陈龙真的做到了随遇而安。海宇又为他买来了《内科学》、《本草纲目》等医学书籍，每天进行钻研，想对照书上的理论，找出一个制伏病魔的办法。有了这个念头，又有了这么多书，时间好像过得快了许多。

1958年，他从大连回北京，搬到一座古建筑院落里，这里原是清代的一个王府，现在是干部宿舍。这样一来，他每天都和孩子们在一起，日子过得倒也快活。

看了《内科学》和《本草纲目》，他对治疗心脏病有了自己的观点，他不再相信什么高级补品和补药。他从沈阳调往南京时，解衡曾送给他一支野山参，有的战友听说他病了，从苏联给他带回一些鹿茸精，他都不肯吃，全都送给了身体虚弱的病人。

1956年5月，陈龙夫妇到大连疗养。当时，刘坚夫刚从广州调到鞍山任公安局长，得知陈龙在大连疗养的消息，便借到大连开会之机，去看望陈龙。

刘坚夫是个乐观的人，他陪陈龙去海边一边钓鱼，一边给陈龙讲在广东、鞍山的新见闻，说起北方人吃不惯南方的“肉片粥”和炒不熟的菜，特别是说起南方风俗与北方风俗的不同，以至闹出了不少笑话时，引得陈龙开怀大笑。

然后刘坚夫又向陈龙说起鞍山。他说，鞍山作为中国钢铁工业基地，保卫工作还有待加强，因为不时发生破坏事故、反动标语。有的甚至把写的反动标语拍成照片埋到地下，等国民党反攻大陆时，拿出来请功。

陈龙告诉他，鞍山和广东不同，这里的反革命多是自发的，侦察破案在很大程度上要通过依靠群众、发动群众来搞，这样，既可以提高群众的觉悟，也便于挖掘敌人。

钓上的鱼拿回疗养院，陈龙亲自下厨房炖鱼，还拿出一瓶陈年绍兴酒。他给刘坚夫斟了满满一碗，自己却只斟了一小杯，抿了抿，便放到了桌上。

刘坚夫的到来，使陈龙心情开朗了许多。但是，他一走，又给陈龙留下了一片思念和惆怅。

养病的日子不好过。他总向往着工作。一天，大连市公安局副局长林树清来看他。根据公安部的指示，林树清从不和陈龙谈论工作，可陈龙却偏偏耐不住寂寞，问这问那。林树清懂得，让陈龙不过问工作是不可能的，只好向他汇报了大连最近发生的几起未破的政治、刑事疑难案件。

陈龙一听，劲头就来了，他兴致勃勃地帮助林树清出主意，设计侦察方案。林树清回到局里，按计行事，果然很快把这些案件破获了。

案件破了，陈龙又陷入了苦闷之中。

有一次，公安部政保局一位干部来大连开会，顺便来看陈龙。他本想向陈龙请教有关几起案件的侦察决策问题，当看到陈龙的病情后，又不想给他增加精神负担了。他欲言又止，仅仅寒暄式地问了陈龙的起居饮食，便匆匆起身告辞了。

这一切当然都瞒不过陈龙的眼睛。

难道真的掉队了，再也赶不上前进的步伐了？难道就这样永远让人同情、让人惋惜？

一种莫名的悲哀袭上心头，他用右手摁着左胸，怔怔地望着天花板，眼泪不知不觉地顺着面颊流了下来。

海宇送客人回来，见到陈龙这副模样，吃了一惊，忙俯身问道：“你——这是怎么啦?”

陈龙擦了擦泪水，一声不吭。

海宇猜透了他的心思，冷静地说：“又想回北京了。”

陈龙长长地嘘了一口气，好像要吐尽心中的郁闷，缓缓地说道：“我……掉队了，再也跟不上了。”说着，眼泪又涌出了眼眶。

一个战士在革命的行列里掉了队，是什么滋味，特别是像陈龙这样一个生在关东从未服过输的硬汉子掉了队，是什么滋味，这个中的甘苦，海宇是最能够体察到的。她紧紧地握着他的双手，连连安慰道：“医生说，你只要耐下心来，好好休养，病会好起来的。那时再从工作中补回失去的时间。”说着拿过两片硝酸甘油，放在陈龙的舌下。

这种安慰的话，陈龙已经听了无数次，每次他都是一笑置之。可是今天，他觉得这几句话却有特殊的分量，他知道海宇说的是真心话，心里话。十多年的患难夫妻，他很理解妻子的坦诚、善良，特别是自他生病以来，她既承担着领导工作，又承担着全部家务，已使她心力交瘁。她只有三十六岁，看上去已四十开外，从打延安结婚起，她没有做过一件带花的衣服，按照一个女人的标准，她几乎是一无所有。陈龙担心自己的生命，自然也惦念妻子的未来和前程。

随着口中硝酸甘油的药力发挥，陈龙的神情逐渐稳定下来。他让海宇坐在他的身边，语气平静地说道：“你知道我现在在想什么?”

海宇反问说：“你想什么?”

陈龙侧过身望着海宇：“我在想，你一向不善于管理自己的生活，衣食住都马马虎虎，这是我最不放心的。我要不在，你连饭也吃不成。”

海宇一时未理解这话的深层含意，漫不经意地说：“你不在，我去吃食堂。”

陈龙摇了摇头：“不能总吃食堂……”

海宇忽然领悟到了陈龙到底要说什么，忙用手捂住他的嘴：“不许你乱说……”

陈龙夫妇在大连一直休养到1958年2月，顾林昉又把他们接回北京继续治疗。

自1955年陈龙全休之后，顾林昉到政保局工作了两年多。陈龙从大连回北京后，他又回到陈龙身边。

小顾思维敏捷，待人诚恳，深得陈龙的喜爱。越是这样，他越不愿拖累一个青年人的前程。所以他找了主管政治部的王昭副部长，并同杨奇清、汪金祥副部长分别打了招呼，由凌云将他安排到政保局工作。

分别两年多，在大连又见到老首长，顾林昉感到非常高兴。但喜中有悲，他敏感地看出，虽然休养已近三年，陈龙的身体状况仍未见明显好转。

列车穿越辽东半岛后，从沈阳拐向西南，径直奔向北京。海宇坐在车厢中正想心事。这次回北京，自己无论如何都要上班工作，可陈龙怎么办？他病成这个样子，很需要一个尽心尽力而他又信得过的人来照顾。于是，她试探着征求小顾的意见。

顾林昉毫不犹豫地点头答应了。他非常愿意继续照料陈龙，直到他彻底康复。

其实，顾林昉心里非常清楚，陈龙的病几乎没有好转的可能，也许还能拖个三年、五年。面对这种情况，在别人，也许要考虑自己的前途，考虑值得不值得去陪伴这样一个病人。但小顾在这个利己还是利人的问题上，却义无反顾地选择了后者。

事实证明，小顾也确实是值得信赖的。他不仅在陈龙活着的时候，尽心尽力地去照顾陈龙，在陈龙逝世之后，他又给杨奇清副部长当秘书多年。在那个“史无前例”的年代，全国刮起的那阵“砸烂公检法”的妖风中，造反派逼着顾林昉揭发杨奇清和陈龙及其家属的“反党”罪行，顾林昉在长达数年的时间里，一直硬着头皮顶着巨大的压力一言不发，表现了一个共产党员的刚直和忠诚。

这年8月，陈龙又抱病参加了一次全国性的工作会议，这是他最后一次见到许多公安战线上的老战友、老部下。会后，压抑和愁苦又一次使他病情发作，住进了医院。

当时正值“反右”斗争在全国展开。哈尔滨市公安局的李克局长与几位公安分局局长到北京参加学习，顺便到医院去看望陈龙。

见到来自哈尔滨的老战友，陈龙的脸上露出了多日少见的笑容。他关切地打听一些熟悉的干部在历次政治运动中的情况，然后一再叮嘱李克：像你这样历史经历不同一般的人，更要多加注意，有些话别人能说，你不能说……

看望他的人来了又都走了，病房又陷入寂静之中。他躺在床上，两手支着后脑望着天花板，思绪久久萦绕在哈尔滨——那是他经过几千里跋涉才到达的地方，也是让他终生难忘的地方。

他在那里待了两年半。在两年半的时间里，他指挥社会部、公安局，连续消灭了“四大匪团”，活捉了中将军长姜鹏飞，少将特务、反动会道门头子、暴动首领李明信，枪毙了大恶霸姚锡九、李九鹏，歼灭了保密局“哈一组”、“哈二组”、“滨江组”，并逆用“二五七”组，支援了辽沈战役……

接着，他又想起了他和刘达一起痛打于兴随的情景，一个市长，一个公安总局局长居然动手打一个刑事犯，想起来，真让人可笑……

还有，他在沈阳，那次开车闯信号灯的事。当时他亲自开吉普车，拉着几位东北公安部的干部去参加一个会议，因为闯了信号灯，被交通民警拦住。那位交通民警以为他是一个粗心大意的司机，结结实实把他剋了一顿。车上的同志几次想说明他的真实身份，都被他拦住了。那时他是何等地朝气蓬勃……

这年他四十八岁，也是他的本命年。四十八岁是一个人一生的壮年，按说还有一大段路要走，他自信自己不会就此倒下，也不愿意倒下……

进入10月，天气渐渐转凉，陈龙感觉身体逐渐结实起来，心绞痛发作次数越来越少。他暗自庆幸，莫非真要痊愈了？其实，他不知道，也许医生也不知道，这是心脏代偿功能达到极限的时刻，也是最危险的时刻。

10月14日，星期二。这天早晨，他醒得特别早，在医院的草地上散了一会儿步，还打了一段刚刚学会几个招式的太极拳。见有人在测试肺活量和握力，他也过去试了试。双手一握，嚇！左、右手各五十斤，肺活量也达到了一个运动员的标准。

这时，顾林昉带着几份近期的文件来到医院。陈龙兴奋地对小顾说："我现在感觉好极了，你告诉海宇，不用来医院看我，要她安心炼钢，回家再见！"他又抓住小顾的手，用力握了握，笑着问道："怎么样？疼不疼？"

陈龙的手确实很有劲，握得小顾连连说"疼"，他才松开。看到他这么高兴，小顾当然也很兴奋。

顾林昉离开医院不久，李渥如来看他，一直聊到吃晚饭。不料，就在这天晚上八点多钟，他那被病魔彻底损害的心脏做了最后一搏，便永远停止了跳动……

从大西北吹来的冷风像剃刀一样，把树上的黄叶削得满地飞旋。这些日子，天空老是灰蒙蒙的，让人觉得又阴又冷。大概离嘉兴寺不远，有不少炼铁、炼钢的土高炉，正在喷烟吐火，空气中含有一股呛人的煤烟味。

10月17日清晨，一批佩戴黑纱、白花的人，迈着沉重的脚步，鱼贯走进嘉兴寺院中。

早已没有了僧佛的大殿，被布置成了一座灵堂。大家将在这里向三天前逝世的公安部副部长陈龙作最后的告别。

哀乐，如低沉而悲壮的哭声，时强时弱地萦绕在灵堂内外。

中共中央政治局委员、国务院副总理李富春，中国人民解放军副总参谋长李克农，原东北抗日联军领导人周保中，原东北人民政府副主席高崇民，以及孔原、吴德峰、李士英、杨奇清、汪金祥、谭政文等领导同志先后来到这里，他们眼噙泪花，站在人群的前列。两侧是公安部各级领导和机关干部，以及专程从哈尔滨、沈阳、南京赶来的公安、司法战线的负责人。

灵堂前边摆放着一排花圈，周恩来总理因陪外宾在外地访问，未能参加，他送的花圈醒目地摆放在覆盖着党旗的骨灰盒前。

灵堂四周挂着一幅幅黑色的挽幛。

公安部罗瑞卿部长送的挽联是：

为共产主义奋斗到底，赤胆忠心，不愧我党优秀党员
同特务间谍坚决斗争，勇敢机智，堪称模范公安战士

徐子荣副部长的挽联是：

为无产阶级事业忠心耿耿，二十余年如一日
在保卫工作战线兢兢业业，为人民奋斗终生

杨奇清副部长的挽联是：

忠诚老实，勤勤恳恳，为人民尊敬喜爱
大刀阔斧，眼明手快，使敌人胆战心惊

汪金祥副部长的挽联是：

转战白山黑水，驰骋公安阵前，二十余年，壮志忠魂如一日
坚持党委领导，力行群众路线，一转瞬间，妖风邪气尽披靡

李富春副总理眼噙热泪，声音哽咽地致悼词："中央公安部副部长陈龙同志于1958年10月14日二十时因心脏病在北京医院逝世，终年四十八岁。我们党和人民从此失去了一个忠诚的保卫战士，我们公安工作者从此失去了一个亲密的战友，这莫大的不幸，真使我们感到万分悲痛……"

默哀中的人们，望着挂在灵堂正中的陈龙遗像，见他依然用深情的目光凝视着大家，再也抑制不住心头的哀痛，由唏嘘和抽泣变成了一片哭声。

人们痛哭，痛哭他不该走得这么早，他离去的时候正值人生壮年。

人们痛哭，痛哭他不该走得太匆忙，扔下许多未竟的事业。

哀乐如泣如诉。在哀乐中，人们依次和陈龙的夫人海宇紧紧地握手，安慰她，鼓励她。

这位从在延安时候起就与陈龙并肩战斗的女战士，是从大炼钢铁的土高炉旁赶回来料理他的丧事的。此时，她极力克制着心中剧痛。可是弟弟刘刚，儿子刘德厚、女儿刘晓华却早已泣不成声了，意外袭来的巨大打击使他们悲恸欲绝。

来自哈尔滨、沈阳和南京的干部们，也与海宇紧紧地握手，他们带来了广大公安干警深情的问候。人们忘不了陈龙热情开朗的笑容、火爆耿直的性格，更忘不了他明察秋毫的判断和高明的领导与指挥艺术。他们热爱他，敬仰他，曾殷切地盼望他能病愈上班，继续指挥他们开展新的斗争。谁知，回天无力，他竟英年早逝，怎能不使大家万分惋惜……

汽车沿着笔直的公路，向八宝山急驶。海宇把骨灰盒紧紧地贴在胸前，她不由地想起当年得了腰痛病，是陈龙每天背她进出窑洞，而今，她却抱着他的

骨灰走向墓地，想到这里不禁肝肠寸断……

等到汽车驰进公墓的院中，人们这才注意到满院的枫叶已经红了……

枫叶红了落，落了又红。时间，载着人世的风风雨雨走过了八个年头，一场史无前例的狂风暴雨席卷了整个中国大地。

人妖混淆，是非颠倒。

从共和国主席到许多普通党员，都被卷进了灾难的旋涡。有的罹难致死，有的被推进牛棚，有的被关进监狱，有的天天挨批挨斗……陈龙虽然早已离开人世，也未能逃离厄运。他也被江青、康生、谢富治及其爪牙“揪”出来，被扣上“修正主义侦察路线祖师爷”的大帽子点名批判，江青、康生早就对陈龙恼恨在心，这时正好借题发挥，陈龙一次又一次地受着极恶劣的污辱与谩骂……

枫叶又是几红几落，将近十个年头过去了，被监禁了六年多的海宇，走出了牢房。在满山红叶的时候，她又来到了八宝山。值得告慰陈龙的是，乌云毕竟遮不住太阳，“四人帮”被粉碎了，真理又重现了它的光辉……

海宇如今已是年过古稀的老人，她从公安部五局副局长的岗位退下以后，忙于许多社会活动。她一生中只爱过一个人，当然万分珍惜与陈龙共同度过的十六年苦、辣、酸、甜的时光，陈龙面带笑意的画像一直挂在她的卧室中，因为没有任何人能够取代陈龙在她心中的地位……

陈龙永远活在人们心中！

附　记

修来荣

文学传记难写。

要求真实，是它的一大特征。哪次会议在哪天开的，都有谁参加。哪天出发，走到哪里，大体都不能错。这就决定你不能关在屋子里“编”，非得东奔西跑去找素材、找资料不可。几十年的历史翻起来，实在吃力。

公安人物的文学传记更难写。

难就难在他们所做的一切都是保密的。秘密、机密、绝密、三“A”、四“A”，等级分明。这些事情没有记录，不存档案，只要当事人不在，谁也说不清楚。

有些事情好容易弄清了来龙去脉，有的甚至写了出来，有人一看就说：“这一段不能写，得保密，要泄漏出去，谁担责任？”写文章的人当然不想担责任，只得整页整页往下扯。

好几次想打退堂鼓。

但直到今天，这个“鼓”也没敲响，反倒写出了几十万字，这主要是有一股热情支持着。

这股热情本不是我的，它源于陈龙的许多老同事、老部下。这些当年在延安吃小米、住窑洞的青年侦察干部，如今都已年逾古稀，他们中间有的当过部长、副部长、局长、副局长，有的当过公安厅长、公安局长。不论是谁，只要一谈起中国的侦察工作，人人必说陈龙，一说到陈龙，又都激动不已。他们把陈龙称为“引路人”，“侦察工作的入门恩师”，“一辈子都忘不了的好领导”。

陈龙逝世已经三十多年了，何以还存留着这样崇高的威望？这样激动心灵的人格魅力？

仅这一点就值得我去探索、去追寻。

他们一致认为，中国的侦察工作是成功的，成就是辉煌的。不论是在延安，还是把蒋介石赶出大陆之后，敌人谋杀领袖的企图未能得逞，破坏国防和经济建设的阴谋也未如愿，一系列事实，都雄辩地证明了这一点。在他们看来，这些成就的取得，除了党的领导、群众路线和广大干警的努力之外，便是出了陈龙这样一个好领导。

他一边指挥破案，一边培养造就了一代侦察干部。当然，还有他创立的侦察工作方针。

仅这一些，就值得大书特书。

除去在东北抗联的几年，陈龙的历史就是一部中国侦察工作史。

在这部历史上，记载着胜利、失利、决策、失策，更多的是可歌可泣的壮丽与辉煌。

应当把这部历史留给后人，也应当让年轻的公安战士知道，历史并不是从他们穿上警服的时候才开始的。

正是这些震撼人心的声音，促使我下定决心，无论有多少困难，也要把这部传记写出来。

这决心整整坚持了六个年头。

在这六年间，特别应当提及的是我所在单位——哈尔滨市公安局的陈永才、蒋长玉、王松岩、张潮、吴大桓、付琛清、乔克玺、冯少华、张汉斌等前任，以及现任局、处领导和局史志办的同志们。是他们给了我脱产写作的机会，提供了充足的经费，让我走遍了全国二十多个省、市，采访了近百位东北抗联和我国侦察工作的前辈们，录制了数十盘磁带，收集了百余万字的文字资料；加之公安部历史处、文艺处的全力协助，才使这一创作任务的完成变为可能。

在这六年间，我尤其得深深感谢公安战线老前辈凌云、王鉴、刘坚夫、慕丰韵、王初、李文达等对我的关怀和悉心指导，从而使得本书日臻完善。

我还有幸得到了河北省抚宁县南戴河张国栋先生相助。同时，还得感谢特邀编辑赵中、王兰升，责任编辑易孟林等编辑们，感谢他们为编辑本书所付出的辛苦。

六易寒暑，感触良多。

陈龙故去的时候是四十八岁，我接受为他立传任务的时候也是四十八岁。这不仅仅是一种数字年龄的巧合。这本书是他生命不朽的延续，也是我认识公安历史的开始。

当然，比起创造历史的先辈，任何一个作者都是渺小的……

写于癸酉春节

认识陈龙

——读《陈龙传》

李文达

被誉为新中国侦查工作奠基者之一的陈龙，过早地离开了他为之倾注了全部心血的事业，逝世时年仅四十八岁。

我见过他两次，听过一些关于他的传说，有东北抗联时期的故事，还有重庆谈判时，他是保卫毛主席的“三条龙”之一。总之，传说中的他是颇具传奇色彩的人物。

现在，我看完这部关于他的文学传记所得到的印象，就远远不只是传奇了。

我看到的是震动和感动。

首先，抗联时期的那一章，气壮山河、长虹贯日，它写出了抗日联军那段悲壮惨烈的历史。在那段历史中活跃着一大批堪称民族脊梁的人物——他们在冰天雪地之中，处于孤立无援的境地，面对武装到牙齿的凶恶敌人，为民族的生存苦斗了十四年。

但这部传记中，更震颤人心、更使人感动不已的，是陈龙的人格力量。

抗联时期的陈龙，不仅勇猛、机智、果敢、豪迈、潇洒，他还怀有强烈的爱与恨。他热爱他的祖国，热爱那片生养他的黑土地，热爱父老乡亲，热爱和他一起战斗的士兵兄弟，而他那百发百中的双枪，发向敌人的每颗子弹则带着深深的仇恨。

在捍卫自己脚下每寸土地的战斗中；在救援被围困的友军而进行的反复冲杀中；在争夺宁安城、袭击磨刀石车站等的打先锋的战火中；在看到刚刚被占领的村屯冒出浓烈的黑烟，听到村中传出女人孩子的哭声，遇到泪流满面的村民们一双双祈求的目光后，他又带领激怒的士兵和悲愤的村民杀回去进行复仇的拼杀中；在他洞察了伪军心理，提出“中国人不打中国人”的口号，展开瓦解敌军的政治攻势中……他是何等地威武而勇猛，何等地果敢而多智，何等地坦荡而豪迈！

1945年，毛泽东在重庆谈判，住了四十三天，陈龙担任警卫工作。回延安后，毛泽东对陈龙的评价是四个字：忠心耿耿。

忠心耿耿地保卫毛主席，就是保卫党和人民的事业，就是忠心耿耿地对待中国革命。这就是不惜一切地来捍卫真理的陈龙的思想。

陈龙的这种思想，并不是生来就有的。在他还是个孩子的时候，就羡慕当兵；他上过东北军的一个军校，当过东北军的一名下级军官，这时脑子装的是来自《岳飞传》和《水浒传》的精忠报国、除暴安良的思想；“九·一八”事变，他率一连人毅然地参加了旧东北军将领创建的抗日自卫军，向强于自己无数倍的日本侵略者进行了浴血抗争。这时他有单纯的对祖国对乡土的爱和对敌人的恨。这支由旧军队编成的队伍，士兵是英勇的，但指挥官们靠算卦问卜来指挥，生活上还保留着腐朽习惯。活动区越打越少，队伍越打越少。正在他为这个队伍的前途日益感到担心，忧虑丛生之时，他遇到了共产党（也可以说，是共产党发现了他），于是眼前豁然开朗，朴素的爱国爱乡思想得到了升华，他开始了立志要成为像周保中等共产党人那样的有理想、有理论、有政策的人。从此，他的每一宗勇猛战绩，他流出的每一滴汗血，都有了新的意义。就这样，他终于成熟了，成了一名无愧于共产党人称号的立场鲜明、坚持原则的无畏战士。

真正的无畏者，是彻底的唯物主义者。毛泽东关于实事求是的教导，在陈龙身上发生了异乎寻常的作用。不了解这一点，就不能认识陈龙，就不能理解他那出了名的火爆脾气是怎么回事。天生禀性之说，也有一定道理。还有人说他太认真、太天真、太孩子气、太好认死理，甚至还有说他不知天高地厚的，这都难怪，有谁会在市委会上拍桌子？有谁会在上级领导面前大喊大叫，拒绝作检讨？有谁会为了几个小青年的入党问题，竟至于跑到东北局领导那里去争？

但是，如果剖析一下他那火爆脾气的每次发作，细听一下他每次拍桌子、大喊大叫的内容，很明显，都是为了分辨一个是非，或是为了坚持他所认定是原则是真理的东西。所谓认真、天真、孩子气不正是实事求是吗？认死理吗？只要是真理，死的活的他都要争。天高地厚吗？不管它多高多厚，还有比真理比原则更高更厚的？这样的事，在哈尔滨他为了制止农民入城抓地主兼工商业者时发生过，在南京他为了坚持镇压不杀不足以平民愤的恶霸时发生过，在北京他为保护立了功但在工作上也犯了错误的同志时发生过……

在延安当中央社会部治安科科长时，正是他刚到自己的根据地不久，处处以小学生的心情去求学的时候，他经常提醒自己不要发脾气，但还是有憋不住火的时候。他在工作中发现，延安各单位的特派员手里都有一把反革命嫌疑分子的名单，加起来数目之大，使他产生了疑问。他也理解，延安处于各种敌对势力（日、蒋、阎）的威胁和渗透下，各单位保卫人员警惕性高到多疑的程度，是难免的。但他更担心的是会再发生像东北的“民生团事件”和山东的“湖西事件”，那都是在极“左”思想指导下造成的有数以百计受害者的大冤案。他于是耐心地进行摸底调查研究。在陕北公学，他听到那里的保卫干部叹息着告诉他，三年前造的这份名单上，有的已分配到外地工作，已分配和未分配的都背着包袱，入不了党，结不了婚，有的连工作也没有，更惨的是有的已在前线牺牲……他听到这里，又憋不住地叫了起来：我就不信投奔延安来的青年会有那么多的反革命！人家把命都献给革命了，我们还有良心去怀疑人家吗……

根据他的调研结果和建议，中社部报经中央批准，对这批反革命嫌疑分子进行了甄别清理。

他又一次憋不住，而且比上次更厉害的，是在“抢救运动”中发生的。康生利用整风运动搞出一个典型，即著名的“张克勤案件”，这是用“一逼二供三相信”的办法搞出的假案。康生又用这个“典型”得出有大批内奸混到革命队伍里来的论断，做了个“抢救失足者”的报告。于是，在大搞逼供信的情况下，一批批、一堆堆的所谓“反革命”供认不讳了（实际上是连锁式地胡咬出来了），其结果不但原已甄别澄清的“特嫌”又戴回了帽子，而且又新增加了为数更多的“特嫌”。陈龙对此又发生了怀疑，而且憋不住地在治安科里嘟囔着：我就不信，这么多人供认的都是真的，延安怎么会有这么多的反革命？这一天，在动员坦白大会上，响应号召主动坦白者纷纷起立，纷纷拥向台上去。站在台子上的陈龙，对这个做法本来就有一肚子气，这时他看见一个戴眼镜、瘦弱的小青年正向台上爬，便怒冲冲地向他喝了一声：你想干什么？快回去！硬把这随大流要上去“坦白”的小青年赶了回去（这个小青年现在已是七十多岁的老人，他亲口对我说起这件事。还不知道陈龙当时在混乱中赶走了多少要“坦白”的呢）。陈龙回到治安科，完全忍不住了：“这个人（指康生，当时是中社部部长）办事太没准头！这样搞出来的反革命有真的吗？”

如果在治安科嘟囔，已算作“自由主义”，那么拦阻“反革命分子”坦白，更是超自由主义了。然而后来事实证明，那个“抢救运动”根本就是错误的，又按中央指示给那批同志们卸下了包袱。同志们这时想到的是，陈龙的“自由主义”和火爆脾气，以及他的“太认真”、“太天真”、“太孩子气”等，是出于一颗多么可贵的心啊！

但是陈龙一听到“卸包袱”同志的感激话，连忙摇手。

公安保卫工作是以人为对象的工作，认真不认真，是关系人的性命和政治生命的大事！这种实事求是的认真精神，对于一名公安保卫战士来说，不就是起码的标准吗？这就是陈龙的思想。

坚持这个起码标准，也不是一句话就能办到的。

给绝大部分所谓“失足者”摘了帽子之后，还剩下一些一时无法澄清问题的人。这时抗战已结束，延安调一批干部去东北。这批无结论的干部也随队前往，带队人之一即陈龙。对这些要继续审查的干部的工作，主要就靠他了。

这是一次充满艰难险阻的征途，其艰险不仅来自外部，也来自内部。果然，在征途中发生了叛逃事件。人们担心地问：会不会发生更大的问题？对这些审查未了的人怎么办？陈龙却对大多数人不动摇，对政策不动摇——我不相信都像那个叛徒！他更谨慎也更耐心地做工作，思想工作上指出前途，生活上认真照顾他们，终于胜利地到达哈尔滨。这时流言蜚语不断，对陈龙留下那批干部在公安机关内更是议论纷纷。但是他相信那八千里路云和月对干部们的考验，作出了实事求是的负责的分析。和他争论的对方还是不听，他又拍起桌子来，而且坚持把要留下的留在公安机关，分派了工作。

他建立了哈尔滨市公安局，还接受了我地下党领导下的一批原伪江上军的起义下级军官。这些青年原在地下党领导下已做过不少工作，在刚解放的灯红酒绿的哈尔滨，糖衣炮弹向公安人员纷纷打来，他们不受影响，甘愿和老八路们吃高粱米。哈尔滨一度准备撤离，一时人心惶惶，这些青年毫不动摇，坚决跟共产党走，而且不少人立了功。陈龙认为这些人应当吸收到党内来。这又引起市委组织部工作人员的非议和拒绝。陈龙历数这些人的表现，拿出党章来对照，又讲了吸收这批青年的积极影响；他说不服人，拍桌子、叫喊、拿出自己的党籍作保，一切都无用。他憋着火，跑进东北局找陈云去讲他的“死理”。终于他的理由有了承认的地方，一批青年入党问题解决了。

有人曾说，他不值得为这些事费这么大的劲。为什么不值得呢？——这是陈龙的思想——一批愿为我们的事业献身的青年，他们的政治生命问题能是小事吗？党应不应该信任他们，这是小事吗？

信任，这对于一个公安保卫人员，是多么重要的事！

关心和爱护，这对于每一个被领导的干部，是何等重要的事！

那些出身于非工农的青年，那些受审查未得出结论的干部，在哈尔滨公安局的工作态度证明他们没有辜负对他们的信任，没有辜负对他们的爱护和关心。他们的卓越的工作，有目共睹。

陈龙对同志的关心爱护，有时细致到没有人想得到。有一次派干部出差执行任务，出发前交代任务时他听到其中一个一般同志的名字，立即吩咐道：

“别人乘飞机，让她坐火车，她有心脏病，坐不了飞机。”有一个从延安一起来的无结论的干部，由于陈龙的了解，安排到公安局工作，后来虽因立功重新入党，陈龙还是认为他应该到原地区河南彻底解决历史问题。临行前还给河南写了信，请那里帮助这位同志解决问题。那是1958年，陈龙正在病中。正是在他临终前不久，那位同志的历史问题得到解决，急忙到北京找陈龙报喜，不料陈龙就在前不久去世了。这位同志闻讯大哭，到陈龙遗像前失声叫唤：

“陈部长，你不该走啊！……”

和陈龙一起工作过的那么多的人，尽管不少人都碰见过他的火爆脾气，挨过他的“骂”，可是无一不衷心地热爱他。这是什么原因？固然，因为大家知道他的脾气总是对事不对人，来得快去得快，错了就认错道歉，对了也是过去就算，过去了一切恢复正常，照样继续一起商量下步工作，照样在休息时一起打扑克说笑话，有时还一起喝两口，那些单身科、局长们也照样逢年过节必到他家，让他夫人给做好吃的。固然是这样，但除了这些，还有受批评者方面的原因。马敬铮的解释是最有代表性的。

“陈部长骂你，都是因为你该骂，因为你给工作造成了损失，这时你自己先恨自己恨得要死，别说挨骂，挨一顿打也不委屈你。”

对一个有高度责任心的人来说，自己的错误造成的内疚程度，是和工作损失程度成正比的。大个子老马曾因工作布置不周密，被一名要犯钻了空子，从没有布置监视的后门跑了。陈龙为之大发雷霆，老马挨了骂，回到自己屋里，锁上门又抱头大哭，骂了自己一顿。

“陈部长问我：你是干什么吃的？问得好，我这个侦查科长是干什么吃的……我真恨死了我自己！”

由此也可见，陈龙毫不留情的责备、批评，都是对着有高度自觉的、懂得内疚的人。正像一位英国作家说的：“懂得羞耻的人，才是最值得尊敬的。”

对于不自觉、不懂羞耻的人，陈龙就不一样了，至少这本书告诉了我们两个例子。

一个是那位人事处处长，他仅仅因为汽车司机没有坐在车上等他，就给了司机两个耳光。陈龙知道了，骂也没骂，就到市委坚决要组织部把这样的人调走。

还有一位就是主席夫人江青。

以前很少有人知道，毛泽东曾两次要调陈龙到身边工作，他都不肯去。为什么呢？

第一次，是他陪毛泽东从重庆回来不久的事。他听到干部部门向他提出这件事，经再三考虑后，找上级领导说明了心事：自己脾气不好，有时会无法控制，他看不惯江青的为人，他怕闹不好犯了脾气，这对主席实在说不过去。

正是延安准备调干部去东北的时候他便亲自向主席说明了心事：自己是东北人，熟悉东北，东北正需要干部，他到那里会发挥更大作用。不用说，江青的问题还是存在的，但是也不能否认，乡土之恋起了更大的作用。毛泽东理解了他，同意他去东北。

第二次是 1949 年，新中国成立的大势已定。此时他已在哈尔滨、沈阳等大城市都干过一段，城市经验已摸出一套（已作为中社部指导各地工作的重要依据）。这时中央考虑调他到中央来工作，毛泽东又提出调他到身边来。他考虑了再三，写信给毛主席表示用已有的经验，抓好全国的侦查工作，做好保卫共和国的工作，就是更好地保卫了党中央和毛主席。到了北京，又向毛泽东当面谈了一次。

毛泽东又点头称是。

1954 年，陈龙已在公安部工作，周恩来向罗瑞卿部长又提出调陈龙到中南海毛主席身边工作。罗说明陈患心脏病，周恩来说有病就去治，治好了再来。陈龙却认为他的身体难以治好，担不起这个重任，坚决推辞了。

江青这个问题，可能仍存在，但可以看出这个向来不隐瞒自己观点的人所说的理由无疑都是真的。

我们也可以从陈龙三次拒调的思想上看出，陈龙的实事求是的精神始终是思想发展的主线，而且越来越顽强。这种唯物主义的大无畏精神，推动着他不断前进，使他真正懂得人的价值，使他敢于逆水行舟，为革命为同志敢于承担风险。

现在“老公安”们谈起新中国侦查情报工作的内线方针的确定，都承认陈龙的贡献。年轻的“新公安”们不免有点儿奇怪，内线侦查，古今中外历来如此，这算得什么发明创造？不错，这不是发明创造，《孙子兵法》里也早有了。可是，如果你了解一下当时的中国情况，了解从红军时期到抗日民主根据地时期，敌人的包围和渗透所引起的高度警惕性是怎么回事，如果你了解一下最初使用内线，尤其是使用来自敌方的力量（更不用说要赔上一些似是而非的情报——来了“运动”时，谁又说得清不是似非而是呢），这将担当多大风险？遇到多少“右倾”以及“通敌”的帽子？

如果你了解宁“左”勿右思想如何影响着人们（有的只是政治上幼稚、不成熟，有的则是以“左”掩盖其无知，更有的是以此明哲保身），以及反右容易反“左”难的情形……那你才能明白，坚持这个方针，使之确立下来，比发明创造个淋浴热水器要难过多少倍。你不会想象得出，为了坚持这个古今中外已为常识的方针，陈龙曾生过多少气，曾使他的心脏受过多少刺激……

他为了这条方针，多少次和来自左右两方，而特别是“左”方的压力对抗着。

在这点上，也表现出陈龙作为一个成熟的共产党人的气质。说到贡献，在这点上比那方针本身的意义还要重大。

陈龙，今天，我们是何等地怀念你啊！

你坚持原则，你为党为人民鞠躬尽瘁，你爱祖国、爱乡土、爱父老乡亲、爱士兵、爱战友，你疾恶如仇，你敢于为真理逆水行舟，你是真正的改革者们、尤其是广大公安战士的榜样！

你是我们心中永远腾飞着的龙！

1992年3月21日于方庄

（本文作者曾任公安部群众出版社副总编辑）

附录（一）

陈龙简历

陈龙，原名刘汉兴，1910 年 12 月生，辽宁省抚顺人。幼年随家迁居吉林省宁安县（现在属黑龙江省）。多年读私塾。因不听父命从商学徒，投奔东北军二十一旅六五九团一营四连当兵。不久，被送往吉林陆军军官教练处学习。毕业后任排长、副连长、连长。

1931 年参加革命。“九·一八”事变，率全连投入原东北军将领李杜、丁超率领的吉林自卫军（后改称抗日游击军），被委任为营长，后升任团长、师参谋长、军副参谋长。

1933 年，经周保中、王润成介绍加入中国共产党。

1935 年，任东北人民革命军第二军参谋长。

1936 年，任东北抗日联军第二军参谋长。

1936 年到 1938 年底，在苏联莫斯科东方大学学习。

毕业后经新疆到延安。

1939 年初，在中央党校任军事教员。不久，调中央社会部保卫干部训练班学习，结业后任中社部治安科科长。

1945 年，任中社部三室副主任、主任。8 月，改名陈振东，以“毛泽东秘书”的名义，跟随毛泽东赴重庆和蒋介石谈判，担任毛主席的警卫工作。

1945 年 11 月，从延安赴东北。

1946 年 4 月，到达哈尔滨市。任北满分局社会部长，兼吉黑军区保卫部长，兼任哈尔滨市委委员、社会部长、公安总局局长。东北局社会部副部长，东北公安总处副处长；兼任松江省委委员，社会部长。因破获、镇压重大反革命暴动案，1946 年，受到中共中央、中央社会部通电嘉奖。

1948 年，沈阳解放，东北局迁沈阳。任东北行政委员会委员，东北局社会部副部长，东北公安部副部长。

1949 年 11 月，调往南京。任南京市市委委员，市公安局局长，市人民检察署署长。

1950 年 10 月，调北京。任中央公安部政治保卫局局长。

1952 年 4 月，任中央公安部副部长。

1958 年 10 月 14 日，病故。

附录（二）

东北抗日联军第二军第二师师长

史忠恒烈士传

东北抗日联军第二军参谋长　刘汉兴

哀声遍野，草木含怨，我们亲爱的战友，抗日救国的英勇战士史忠恒同志光荣伟大地牺牲了。史忠恒同志是东北抗日联军第二军第二师师长，是中国共产党党员，是东北人民爱戴的领袖之一。忠恒同志为抗日救国收复失地，为中华民族之独立生存、自由解放而勇敢坚决不屈不挠地直到流了最后的一滴血。

1936年10月间，日寇集中大兵施行最严重的冬期大讨伐，忠恒同志为了先发制人，利用敌人兵力尚未完全布置就绪时，集合附近所部千余人，截击图佳线老松岭段的日寇兵车，将日寇消灭大半。然忠恒同志以未得尽歼寇敌为憾，遂即奋勇直前，率所部呼跃冲锋，不顾一切危险，以致目标显露，敌知为我高级将领，以数架机枪集中射击，忠恒同志首先双腿受重伤，倒卧地上。附近战士见师长负伤即来救援，忠恒同志负痛坐起摆手说："你们不要顾虑我，赶快冲锋争取最后胜利。"正谈话间，又被敌机枪扫射击中腹部应声而倒，而忠恒同志仍一再呼着："打倒日本帝国主义""收复失地"等口号。在这样悲惨壮烈的呼声中，东北同胞所爱戴之忠恒同志为国牺牲了。全军将士听到忠恒同志牺牲的消息，皆顿足捶胸，痛不欲生，咬牙切齿，齐呼同日寇决一死战，替师长复仇，于是将士们均含泪向敌猛冲，卒将敌击溃三分之二，残敌四散逃窜。是役计击毙敌五百余名，获得枪械子弹军需品甚多。

忠恒同志几年来为救祖国救故乡进行英勇抗敌的斗争，在极端困难环境里面，既受敌严重的封锁，而又处处遭到寇贼重兵包剿，不但不稍减救国卫民之热诚与斗志，相反地更提高勇敢刚毅百折不挠的精神与决心，鼓动将士，坚强地同日寇血战，只杀得日寇闻名丧胆。忠恒同志受过初级军事教育，特长游击战术，料敌如神，善能出奇制胜。尤有一种特技，能双手持匣枪同时发射，连续不断地如同轻机枪一样，勇敢过人，每次战争必身先士卒奋勇杀敌，在密如骤雨的敌弹下往来指挥。他常说，在火线上指挥官的勇敢行动，更能鼓励士气，我以身许国，生命已置之度外矣。史烈士数年血战，共负重伤三次，受创八处，遍体都是创痕。特别是在 1935 年冬日寇及伪满军施行大讨伐时，烈士身负重伤，尚力疾指挥，经四月之久的长期战斗，冲破了敌人的讨伐。忠恒同志之刚毅坚强，实非一般人所能比拟。而且史同志不仅勇于战阵，并有过人的政治才能。当共产党提出反日民族统一战线政策，史同志是拥护最早、执行最坚决之一人，因此能联合各部义军造成强大的抗日部队；对秦书明、“忠侠”、“中国”等组织散漫的山林队，均能利用各种方法团结在自己的周围，施以整理、组织、教育而皆成抗日劲旅。同时对于党特别地忠实，诚恳地接受党为争取中国领土完整，中华民族独立生存自由解放的政策以及各种各样的指示，并彻底执行党所给他的任务，富有警惕性，具有自我批评的精神。

我同忠恒同志在抗日救国战线上共事很久，在一起作过很多次有名的战斗，关于忠恒同志的历史，及有名的战绩知道甚详，兹简略分述于下以纪念忠恒同志并飨我海内外爱国诸同胞。

忠恒同志原籍吉林省，吉林县人，家中有父母，并有一个哥哥。家庭特别地贫困，专赖在农村雇工度生活。因家道贫寒，从未念书，于九岁时即替财主家牧猪，稍长做雇农。在 1926 年因为农村维持生活困难，遂投效吉林督军署卫队团第二营八连当兵，继而升充中士。于 1929 年请假离队，转投吉林陆军第十三旅七团三营（即救国军王德林部）九连当兵，深得王德林、孔宪荣及全营士兵的信任与爱戴。不久提升中士（即正班长），同时被选送至第十三旅军士教育连受军事训练。“九·一八”事变时该部驻防于延吉县瓮声砬子。辽吉相继失陷之噩耗传来，烈士悲愤填膺，眦裂发指，痛恨政府之不抵抗，当卖国贼汉奸之无耻投降，深信抵御强敌之侵略为唯一自救之途。遂本此抗日救国之志愿，秘密联络全营的班长士兵，准备窥机竖立义旗，抗日救国收复失地，以尽军人保国为民之天职。恰巧十一月间日寇测量队到瓮声砬子画军事地图，忠恒同志见有机可乘，密率兵士十余名到日寇测图地带，向测量队开枪射击，当场击毙测量队长一名，绘图员二名。此时驻间岛的日寇总领事即向关东军司令部请愿，日寇本繁即转令卖国贼熙治、吉兴，解除该营全体官兵的武装，然后用机枪屠杀一名不留。驯良的走狗熙治、吉兴等，当然秉承日寇的意旨，调动大军会合日寇军队逼近瓮声砬子；一时风云紧张，忠恒同志积极号召全营士兵向营长王德林请愿，并劝说王德林、孔宪荣等速举义旗，共赴国难。王、孔等见兵士爱国热情已达沸点，日满匪军又节节逼近，危险万分，遂依兵士群众的意见，竖旗起义，号称救国军。由此可见救国军的起义，史忠恒同志实有莫大的功绩。救国军起义后，忠恒同志被任为第九连连长，继而任第三营营长，率所部转战于吉东、东满各县。1933 年春，日寇动员在满的全部兵力向救国军、自卫军大举进攻时，忠恒同志隶属在李延禄部下，在中东路磨刀石站防守。磨刀石是敌人进攻最主要的道路之一，敌人的兵力数倍于我，并利用飞机、大炮、坦克、各种新式武器向我军冲击轰炸，血战终日。在这次战役中，忠恒同志最卓绝的战绩是，当李延禄司令被敌包围时，忠恒同志亲率数十名勇敢战士用刺刀、手榴弹冲开了一条血路，将李延禄及司令部全体人员救出重围，然后率所部作掩护队将全军掩护安全退却。当王德林等将领被迫退出国境时，忠恒同志却坚决向李延禄提议往东满、北满一带进行游击活动，李即采纳这个意见开始从宁安一带活动。1933 年春李延禄组织救国游击军，史烈士被任为第三团团长，我当时充游击军参谋长，因得同忠恒同志经常在一起工作。是初敌寇集中日伪军一千三百余名向我军驻在地八道河子进攻，史烈士率精锐之一部在前线要冲地带设伏，距敌人行进路不过五十米远时，首先将日寇的先头部队完全消灭于阵地前。当时史烈士胸部已中三伤，幸未中要害，史同志当即将自己衣服脱下用小刀将弹头挖出，用裹腿将创口缠上，仍力疾指挥，毫不懈怠。我终得到史同志负伤的消息，立刻到该阵地，见他虽然遍体是血，用裹腿缠着胸部，但尚勇气百倍地指挥军队。恰遇敌人此时向我们施行冲锋，我即劝他速下火线到后方医治。史同志答道，“我虽负伤，尚不致死，现在我已亲手将日贼击毙二十余名，非常痛快，无论如何我是不下火线的。”我见他异常坚决，只好亲身在此地进行指挥。此时敌人以炮火压制我军阵线，冲锋部队已接近我阵地约百余米远，我即下令将手榴弹准备好，等敌人距阵线五十米远时，一齐向敌抛掷。史烈士见我在此参加指挥，更异常地兴奋，抛手榴弹的命令下后，他亲手连掷了十三个手榴弹，抛掷的技术非常地好，完全命中敌人，只炸得寇贼血肉横飞，同时全线猛烈地抛掷，遂将敌击退。如此敌人连冲三次均被击退。嗣后因我军子弹告罄，遂决定退却，我要他先行退走，他始终不肯，结果同我率一部队伍在后面掩护，大部队完全退走后，才一同退下。这表现史同志的英勇坚决精神是如何地伟大呵！是年 5 月间，史烈士加入了中国共产党。当时游击军全部往密山、勃利等县游击。史烈士仍留在东满活动。1933

年 8 月间，会同义军吴义成、柴世荣等各部约有千余众进攻东宁县城，该城之西部有高地筑有坚固炮垒，日寇用重兵扼守，为该城之支撑点，如果不先将炮垒攻下，即没有占领县城的可能，而且容易受到损失。史烈士奋勇愿作前驱，攻击炮垒，同敌人鏖战三昼夜，冲锋十余次，始将该炮垒攻下，同时占领了县城。在同敌冲锋格斗时，烈士手持大刀砍断敌铁丝网，率众冲到阵地前，用手榴弹向敌阵地抛掷，守该堡垒之日军共三百余名，多被击毙在阵地里面。是役史烈士又负伤四处，计被炸弹炸坏股腿及腹部，机枪子弹将左胳膊打穿，因此次战斗功绩为全军所敬仰，遂升任义勇军第十四旅旅长。史烈士威名远播，日寇大为畏忌，遂各处悬赏购买烈士之首级。1935 年 2 月间史烈十率部经过东宁县二道沟，适值伪满靖安军出动讨伐，在途中遭遇。史烈士以先发制人的手段，利用优良地势，向敌人攻击，靖安军不支，当即败退。史烈士即挥军尾追，直捣敌人防所，敌人亡魂丧胆，不敢抵抗，全部被解除武装。是役共得敌捷克式轻机枪三挺，三八式步枪百余支，子弹三万余发，手榴弹三百余枚，其他军需品甚多。得此胜利后即转道汪清县大荒沟，日寇进攻腰营沟之游击区，忠恒同志即决定在孙家营一带消灭敌人，挥军向孙家营前进。因天降大雾，对面不见人，对于行进路之展望特别困难。不料敌人亦沿大道向我前进，两方的路上侦探走了个对面，相距约两三步彼此尚辨别不清。我侦探即向对方问：“谁的队？”答：“日军讨伐队。”日寇复问：“你们什么队？”我侦探机警地答道：“我们是满军孟营。”因之日寇毫不注意，我方已有了充分的准备，即利用河岸散开待敌，行军纵队走到河岸边时，我方一齐开枪射击，日寇纷纷应声而倒，先头之一百余人已被消灭。正在搜索战场时，敌后续部队又到，雾气弥漫，仓促之间分不清楚敌我，互相以优势的火力猛射，所以忠恒同志身负重伤，被机枪子弹由腰际穿过，弹头在小腹的上边夹住。史同志虽身负重伤尚勉强支持。同时我军有一轻机枪射手阵亡在忠恒同志附近，他恐轻机枪丢失，想去将机枪拿在自己手里，但因伤过重不能行动，只好勉力爬到机枪附近，将枪拖在手中，又爬回，再顺河岸爬了三百余米，始遇救护队将他背起来送到集合地点去。嗣后我到医院去看他，见胳膊肘腕均有伤痕，即问其受伤原因。他答因为负伤后，拖了一架轻机枪爬了半里多路，被石子树根磨坏了。我即说，你既受这样重伤，就应该赶快离开战场，何必还顾虑机枪受更多的痛楚呢。他答道，“我们武器都是爱国的健儿用血肉由日寇手中得来的。只要我的一息气不断，绝不忍目视它丢掉的。”由此几句简单谈话里即可证明忠恒同志之伟大爱国精神，对民族解放斗争事业上的彻底忠实性。1935 年秋季，东满一带之集团部落已告成，日寇以为封锁政策成功，遂对忠恒同志施行威胁利诱的办法，由间岛日驻军司令同伪满第七旅贾旅长共同派人持信要求忠恒同志投降，所许的条件：一、如率所部竭诚来归，任伪满军旅长；二、先发给招安费二万元。

信内并用威吓的言辞，谓满洲国之成立是应天顺人，现已奠若磐石，绝非跳梁小丑所能动摇推翻，并且碉堡政策已实现，各处集团部落林立，日满军即便不去围剿，亦可以把你们饿死在山林里，火速投降，勿稍迟疑等语。忠恒同志读后，怒发冲冠，大骂日寇走狗之无耻，遂招集部下将士及民众开会，痛陈日寇利诱之阴谋，凡我同志，勿中寇贼之诡计；同时鼓励部下要精诚团结，抗敌御侮，并号召将士共同宣暂谓“宁赴沙场死，不作亡国奴”，当场枪毙伪使。在场军民被忠恒同志之忠义所感，有痛哭流泪者，同时宣誓军民一致拥护忠恒同志为祖国奋斗到底。这一段光明磊落的措置，真是可歌可泣，为爱国同胞所共钦佩！1935 年冬期讨伐特别地紧张，忠恒同志即率所部冲破敌人包围线，到宁安同抗日联军第二、五军的部队会合。在二、五军掩护之下稍事休息整顿后，正式参加第二军，以忠恒同志原有的部队编为一个团，并以第四、五两团补充编为第二军第二师，忠恒同志任师长。不幸竟于老松岭战役牺牲了。忠恒同志之死，固然是抗日战线最大的一个损失，但是继忠恒同志之后的，有千百万的爱国同胞为忠恒同志未竟的事业而奋斗。忠恒同志之死是永久光荣的，忠恒同志之事业是必然胜利的！东北抗日联军战士没有一个不因忠恒之死更加愤慨万分，誓死杀敌！我希望全国同胞都秉着忠恒同志为国奋斗始终不移的精神，以争取我伟大中华民族的彻底解放。

（此文发表于 1937 年 7 月 10 日巴黎《救国时报》。作者刘汉兴，即陈龙）